VIRGINIA HENLEY

Der Pirat und die Sklavin

Buch

Wild und unberührt wie die stürmische Küste Cornwalls – diesen ersten Eindruck macht die junge Lady Summer auf Lord Ruark Helford. Das unkomplizierte Mädchen vom Lande, das da mit wehendem Haar auf ihrem Pferd den Strand entlanggaloppiert, wird ihm eine willige und anregende Bettgefährtin sein – so glaubt er.

Niemand ist daher überraschter als er, als sich die blutjunge Schönheit mit dem geschmeidigen Körper und dem seelenvollen Blick mit aller Macht in sein Herz schleicht. Lord Ruark, engster Berater und treuer Freund Seiner Majestät, König Charles, hofft die Liebe seines Lebens gefunden zu haben. Doch Lady Summer kämpft mit dem Mut der Verzweiflung. Vom eigenen Vater verraten und vom Bruder verlassen, kann nur noch eine reiche Heirat das herrschaftliche Gut retten. Der stattliche Lord Ruark scheint daher die Antwort auf all ihre Gebete zu sein. Und als seine heißen, wilden Küsse sie erbeben lassen, ist ihr Glück vollkommen. Aber ein entsetzliches Mißverständnis stellt ihre junge Liebe unverhofft vor eine harte Bewährungsprobe …

Autorin

Virginia Henleys Romane bestechen durch ihre historische Detailgenauigkeit und die ausdrucksstarke Sinnlichkeit ihrer Charaktere. Mehrfach wurde die höchst erfolgreiche Autorin bereits preisgekrönt. Virginia Henley lebt abwechselnd in Kanada und Florida.

Die Romane von Virginia Henley bei Goldmann:

Der Falke und die Taube. 42995
Der Rabe und die Rose. 42996
Der Falke und die Lilie. 42994
Namenlose Versuchung. 42937
Trügerische Herzen. 42933

VIRGINIA HENLEY

Der Pirat und die Sklavin

Roman

Aus dem Amerikanischen
von Uta Hege

GOLDMANN

Originaltitel: The Pirate and the Pagan
Originalverlag: Dell Publishing, a division of Bantam
Doubleday Dell Publishing Group, Inc., New York

Umwelthinweis:
Alle bedruckten Materialien dieses Taschenbuches
sind chlorfrei und umweltschonend.
Das Papier enthält Recycling-Anteile.

Der Goldmann Verlag
ist ein Unternehmen der Verlagsgruppe Bertelsmann

Deutsche Erstveröffentlichung April 1997

Umschlaggestaltung: Design Team München
Umschlagillustration: Johnson/Schlück, Garbsen
Satz: deutsch-türkischer fotosatz
Druck: Elsnerdruck, Berlin
Verlagsnummer: 42997
Lektorat: SK
Redaktion: Elke Bartels
Herstellung: Heidrun Nawrot
Made in Germany
ISBN 3-442-42997-8

1 3 5 7 9 10 8 6 4 2

Für Adele Ellis, meinen allerersten Fan,
und für all meine LeserInnen, die mir die Treue halten.
Ich weiß ihre Loyalität sehr zu schätzen.

1

»Was für ein schöner Hahn«, flüsterte sie. Die junge Frau war selbst eine Schönheit, auf eine dunkle, unkonventionelle Art, und ihre Persönlichkeit und ihr Lebensstil paßten durchaus zu ihrem Äußeren. Sie starrte das Tier eine lange, schweigende Minute voller Bewunderung an. Dies war zweifellos der größte Hahn, den sie je gesehen hatte. Ihre Augen weiteten sich vor Vergnügen, ehe sie ein paarmal blinzelte, um sicherzugehen, daß ein solch herrliches Tier nicht nur in ihrer Einbildung existierte. Überglücklich, daß sie bald die Besitzerin dieses Prachtexemplars sein würde, leckte sie sich die Lippen.

Es war wirklich ein außerordentliches Vieh. Sie verharrte vollkommen reglos und lockte den Hahn mit leiser, verführerischer Stimme an: »Komm, mein großer Junge, noch ein paar Zentimeter und du gehörst mir. Nur keine Angst, lauf nicht weg, schließlich begehe ich keine besonders große Sünde«, flüsterte sie verführerisch. »Unsere zufällige Begegnung wird nicht lange dauern«, beruhigte sie das Tier voller Zuversicht.

»Du bist ein riesiger Hahn – ich hoffe, du paßt überhaupt in den Topf – egal, ich werde dich schon irgendwie reinstopfen«, murmelte sie und bat: »Wenn ich meine Hand ausstrecke, läßt du dich dann von mir berühren?« Besser nicht, dachte sie, als er sie kampfbereit anzublitzen schien.

Nun, da sie so kurz davor stand, überlegte sie fieberhaft, ob sie es überhaupt schaffen würde. Sie hatte es noch nie zuvor getan, obgleich sie seit Wochen darüber nachdachte, aber sie wußte, wenn sie es dieses Mal über sich brächte, würde sie es wahrscheinlich wieder und wieder tun. Einen Augenblick lang weckte die Größe des Tieres regelrecht Furcht in ihr. Was, wenn er ihr weh tat? Wenn sie ihm eine Chance gab, fügte er ihr vielleicht eine unheilbare Verletzung zu. Dann jedoch verdrängte sie die Angst, atmete tief ein und stürzte sich auf den Hahn.

Der fette Gockel gackerte so laut und flatterte so verzweifelt mit seinen schwarzen Flügeln, daß sie ihn fast wieder losgelassen hätte, aber das schreckliche Hungergefühl in ihrem Bauch bestärkte sie in ihrer Entschlossenheit. Sie schloß die Augen und drehte ihm den Hals um, bis er schlaff und leblos in ihren Händen hing.

Lady Summer St. Catherine hatte üppiges, rabenschwarz schimmerndes Haar, das ihr schwer über die Schultern fiel und sich an den Enden fröhlich ringelte. Die sanfte Cremefarbe ihrer Haut stand in lebhaftem Kontrast zu dieser dunklen Pracht. Ihre von schwarzen Wimpern umkränzten Augen waren manchmal haselnußfarben, manchmal hellbraun und manchmal blattgrün, und sie standen so schräg, daß sie ihnen den Spitznamen Cat, Katze, verdankte, der ihr lieber als ihr richtiger Name war, der ihr lächerlich hochtrabend erschien. Ihren vollen Mund konnte sie schmollend verziehen, entschlossen zusammenpressen oder zu einem betörenden Lachen öffnen – immer jedoch war er so rot wie Erdbeermus.

Cat war schlank und langbeinig wie ein Fohlen, mit kleinen, hohen Brüsten, über denen sich das zu enge Jungenhemd spannte, das sie trug. Außerdem war sie in ein Paar abgewetzter Kniebundhosen und abgenutzter Stiefel gekleidet, aus denen ihr jüngerer Bruder, der Vicomte Spencer, herausgewachsen war.

Vicomte Spencer St. Catherine haßte seinen Namen ebenfalls und reagierte nur, wenn man ihn Spider, Spinne, rief. Das Gut in Cornwall, auf dem sie lebten, hieß Roseland, und obgleich das einst prächtige Herrenhaus von reichlich Land umgeben war, gab es nicht einen einzigen Hausangestellten oder Gärtner, so daß das gesamte Anwesen verwildert und vernachlässigt aussah. Cats Mutter war tot, ihr Vater lebte, und sie wünschte leidenschaftlich, es wäre umgekehrt, da sie für ihren Vater nichts als Haß empfand. Er war ein selbstsüchtiges, skrupelloses, versoffenes Schwein, das jedem der Menschheit bekannten Laster zu frönen schien.

Ihre Mutter war bei der Geburt ihres Sohnes gestorben, als ihre Tochter erst drei Jahre alt gewesen war. Jahre später hatte Cat durch den Klatsch der Dienstboten erfahren, daß ihre Mutter bereits bei ihrer Geburt fast gestorben wäre und daß der Arzt Randal St. Catherine unmißverständlich klargemacht hatte, ein zweites Kind würde ihren sicheren Tod bedeuten.

»Was soll ich mit einem so nutzlosen Balg, einem Mädchen?« hatte dieser getobt. »Ich werde nicht eher Ruhe geben, bis sie mir einen Sohn geboren hat.«

»Es wäre vorsätzlicher Mord, Randal, ihr ein weiteres Kind zu machen«, hatte der Arzt gewarnt.

St. Catherine hatte mit den Schultern gezuckt. »Dann kann ich mir wenigstens eine neue Frau nehmen – eine jüngere, gesündere Frau, die mich im Bett zufriedenstellt.« Aber als seine Frau ihm schließlich seinen Sohn geboren und passenderweise tatsächlich das Zeitliche gesegnet hatte, hatte der Bürgerkrieg die Welt des arroganten St. Catherine vollkommen auf den Kopf gestellt. Das Parlament hatte beschlossen, das Land in die eiserne Hand Oliver Cromwells zu geben, und St. Catherine hatte es als ratsam erachtet, sein Mäntelchen nach dem Wind zu hängen, da man für seine Königstreue mit der Beschlagnahmung sämtlicher Besitztümer bestraft werden konnte, und da es als Verbrechen galt, ein Mitglied der Aristokratie zu sein.

Also hatte er der strengen ›neuen Ordnung‹ Lippenbekenntnisse gezollt, die Trinken, Hurerei, Glücksspiel und jedes andere Laster, das das Leben eines Gentlemans erträglich machte, verbot. Es hatte nicht lange gedauert, bis diese neue Ordnung weniger streng gehandhabt wurde, da die Engländer bald bemerkt hatten, daß sie sich äußerst nachteilig auf ihr Leben auswirkte. Durch rückläufigen Handel und schlechte Ernten wurden alle Menschen ärmer und liefen mit langen, unglücklichen Gesichtern in ihren tristen Kammgarnkleidern herum. In den größeren Städten wimmelte es von Cromwells Spionen, und bereits eine

Andeutung von Protest führte dazu, daß man eines der zahlreichen Gefängnisse von innen sah. Die Bewohner von Cornwall waren nicht ganz so zahm wie die anderen Engländer, und während die integeren Ehrenmänner wie die Grenviles und Helfords ihren Reichtum und ihr Leben riskierten bei dem Versuch, die Herrschaft der Stuarts wiederherzustellen, nutzten andere wie St. Catherine die Abgelegenheit ihrer Güter schamlos zu ihrem eigenen Vorteil aus.

Roseland hatte sich in eine Spielhölle verwandelt, und Karten, Würfelspiele und Alkohol hatten zum täglichen Leben gehört. St. Catherine spielte niemals ehrlich, und bald hatten selbst seine Kinder das Falschspiel gelernt.

Im Jahre 1660, als zur Freude aller endlich Charles II. zum König gekrönt worden war, hatte sich auch St. Catherine durchaus gefreut. Er war nach London gegangen und hatte in den letzten Jahren dem ausschweifenden Leben in der verruchten Stadt gefrönt. Nach Roseland kam er nur zurück, um die wertvollen Gemälde von den Wänden zu nehmen oder das letzte der Pferde aus dem Stall zu führen.

Als er zum letzten Mal vor vier Monaten zu Hause aufgetaucht war, hatte Cat ihren geliebten schwarzen Ebony aus dem Stall geführt und die ganze Nacht mit ihm im Freien verbracht. Schließlich war der Widerling Rancid, wie sie ihren Vater nannte, zornbebend wieder abgereist, nicht jedoch, ohne die junge Höllenkatze bis in alle Ewigkeit zu verdammen und seine sämtlichen Bediensteten mitzunehmen.

Cat schob sich durch das Gestrüpp auf ihrem Grundstück an der Grenze zu den gepflegten Ländereien der Helfords, auf denen sie bisher nur ein einziges Mal gewesen war. In der Nacht, in der sie Ebony vor dem Zugriff ihres Vaters geschützt hatte, war sie mit ihm über die weiten Felder von Helford Hall geprescht und hatte sich in einem der zahlreichen Eibenwäldchen versteckt. Die streng zurechtgestutzten Eiben bildeten hohe dunkle Mauern, durch die noch nicht einmal das Sonnenlicht drang und hinter denen es bestimmt selbst an den heißesten Tagen kühl und angenehm war. Inmitten des ausgedehnten Eibenhains war es totenstill gewesen und mehr als nur ein wenig gespenstisch, ja geradezu bedrohlich ruhig.

Das Helfordsche Gut war zehnmal größer als Roseland. Es erstreckte sich von der Küste den Helford River entlang bis direkt nach Helston hinauf. Das Haus selbst stand wie Roseland auf dem Rand einer Klippe, aber die beiden Gebäude lagen über eine Meile voneinander entfernt, und nur Helford Halls gebündelte Schornsteine, Türmchen, Obelisken und die dazwischen verlaufende Allee waren von St. Catherines Grundstück aus zu sehen. Natürlich sah man sie nur, wenn kein Nebel über der Küste lag.

Cat summte leise vor sich hin und schlenkerte zufrieden mit dem riesigen Hahn herum. In Sichtweite ihres Hauses winkte sie ihrem Bruder fröhlich zu. »Spider, hast du die Eier gekriegt?«

Als er sie sah, blieb er stehen wie vom Donner gerührt, und dann bildeten sich dunkle, mißbilligende Falten auf seiner Stirn. »Verdammt und zugenäht, Cat, du schickst mich los, um Eier zu stehlen, eine Aufgabe, die auch ein Fünfjähriger erledigen kann, und währenddessen schleichst du los und fängst einen Hahn!«

Sie seufzte, da sie wußte, daß seine männliche Eitelkeit getroffen war. »Spider, ich schwöre bei Gott, daß er plötzlich durch ein Loch im Zaun kam, direkt auf mich zu. Ich wäre fast über ihn gestolpert. Was hätte ich denn deiner Meinung nach tun sollen? Ihn bitten zu warten, während ich loslaufe, um dich zu holen?«

»Egal«, knurrte er. »Es gehört sich nicht für eine Dame, irgendwelche Viecher abzuschlachten.«

Sie nickte ernst. »Du hast recht, aber ich brauchte nur ein bißchen zu gackern, und schon fiel er vor Verzückung um.«

Spider grinste. »Himmel, ist das ein Riesengockel. Ich wette, er hat gekräht wie wild.«

Jetzt lachte sie. »Ich dachte wirklich, der verdammte Wildhüter käme jeden Augenblick angerannt. Aber falls er tatsächlich aufgetaucht wäre, hätte ich es ihm schon gezeigt. Der Besitzer einer Sache ist immer im Recht, und schließlich war der Hahn auf unserem Land.«

»Außerdem ist der Bastard schuld daran, daß ich keine Kaninchen mehr fangen kann. Anscheinend kann er es nicht zulassen, daß die Tiere an den wertvollen Helfordschen Büschen rumknabbern.«

Sie gingen geradewegs zur Küchentür. Um diese Jahreszeit war Roseland ein Traum. Seine freundlichen roten Backsteinwände waren über und über mit blühenden Weinranken bedeckt. Geißblatt wucherte über jedem Türrahmen, und rosa Rosen und Frühlingsveilchen wetteiferten in einem Meer von Narzissen miteinander, das sich unter den blütenübersäten Obstbäumen erstreckte. Der Rasen in der Nähe des Hauses erstrahlte in üppigem Grün und wirkte durchaus gepflegt, aber das lag nur daran, daß Cat ihr Pferd Ebony und Spiders Pony dort grasen ließ. Sie hatten weder Hafer noch sonstiges Futter für ihre Tiere, so daß der dichte grüne Rasen reichen mußte.

Hinter dem Haus hatte Cat einen Gemüsegarten angelegt, der für ihr Überleben unbedingt erforderlich war. Sie hatten die gesamte Herbsternte und die letzten Äpfel verzehrt. Um diese Jahreszeit war der Garten sehr hübsch, aber davon wurde man nicht satt. Das einzige, was groß genug zum Essen war, waren junge grüne Zwiebeln und ein paar neue Kartoffeln, nicht größer als Murmeln. Cat seufzte, als sie den Wasserkessel über das Feuer hängte. Erst mußte sie den Hahn rupfen und ausnehmen, und dann würde es noch eine Ewigkeit dauern, bis der Duft des brutzelnden Vogels durch die Küche zog.

»Der Alte ist dieses Mal ganz schön lange weg«, sagte Spider.

»Seit vier Monaten«, bestätigte Cat.

»Ich frage mich, wann in aller Welt er das nächste Mal kommen wird«, sagte Spider, wobei er versuchte, sich seine Sorge nicht anmerken zu lassen. »Nicht, daß ich ihn jemals wiedersehen möchte, aber wenigstens bringt der Widerling immer Unmengen an Essen und Trinken und eine ganze Reihe von Bediensteten mit.«

»Ich hoffe, der Kerl wird vom Blitz erschlagen!« murmelte Cat. »Wir müssen das Boot flicken. Dann können wir, wenn nötig, von Fisch leben. Wenn wir uns erst einmal mit dem geklauten Vogel die Bäuche vollgestopft haben, gehen wir in den Keller, um zu sehen, ob die Flut irgendwas Nützliches angespült hat, und du kannst dir den Schaden am Boot ansehen.«

Das Herrenhaus stand auf einer felsigen Klippe. Die Keller waren um natürliche unterirdische Höhlen herumgebaut, in die man nur durch einen bei Flut unter Wasser stehenden Geheimgang kam. Bei Ebbe fand man häufig ein Faß Brandy oder irgendwelche andere Schmuggelware dort, die eines der Schmuggelschiffe verloren hatte. Ihr eigenes kleines Ruderboot hatten sie am Eingang der Höhle festgemacht, nachdem es beim letzten Sturm beschädigt worden war.

Während Spider auf das Essen wartete, schlief er am Küchentisch ein. Es schmerzte Cat, den Jungen anzusehen. Er war erst vierzehn. Er war so dünn, und dieses Jahr war er wie Unkraut in die Höhe geschossen, so daß seine Handgelenke und Knöchel eine Meile aus seinen verwaschenen, schäbigen Kleidern zu ragen schienen.

Während sie das Essen vorbereitete, hing Cat Träumen von ihrem Tagesbeginn nach. Die Dämmerung war eine besondere, ganz eigene Zeit für sie. Sie hatte heute morgen dasselbe getan wie jeden Tag. Bei jedem Wetter ritt sie auf Ebony meilenlang über den leeren Strand und begrüßte den Sonnenaufgang.

Die halb tropische Südküste von Cornwall war mit warmen Buchten und schmalen Meeresarmen geradezu übersät. Die hohen Klippen waren mit exotischen Wildblumen bedeckt, und die Luft war mild, ob bei Regen oder Sonnenschein. Oft war es neblig, ehe die brennende Sonne die letzten grauen Schleier lüftete. Die heftige Brise, die ihr schwarzes Haar peitschte, wenn sie wild am Ufer entlanggaloppierte, war oft warm und verführerisch. Die sanfte Küste stand in krassem Gegensatz zur Küste im Norden von Cornwall, obgleich sie nur in geringer Entfernung lag. Dort war das Wetter grausam, und die zerklüfteten Klippen ragten düster über dem sturmgepeitschten Atlantik auf. Dieser Gegensatz der Elemente schien für die Teufel verantwortlich zu sein, von denen einer Teil der cornwallschen Bevölkerung offenbar besessen war. Zumindest gab Cat diesem Kontrast die Schuld an dem Teufel, der sie selbst manchmal ritt. Wie sonst sollte sie diese an Wahnsinn grenzende Sucht beschreiben, die sie jeden Morgen an den Strand trieb?

Ihre Gedanken kehrten zu ihrer Arbeit zurück. Wenn sie mit der Tagträumerei nicht aufhörte, gäbe es nie etwas zu essen. Sie dachte an die Grausamkeiten des Lebens und stieß einen abgrundtiefen Seufzer aus. Die armen Hühner zum Beispiel gaben ihr Leben lang Eier und endeten dann zwischen irgend jemandes Knien und wurden gnadenlos gerupft. Aber das Tier, das sie in den Händen hielt, war ein Hahn, und sie wollte verdammt sein, wenn sie ihr Mitleid an ein männliches Wesen vergeudete!

2

Sie hatten die Teller saubergeleckt und zur Seite geschoben und die Füße auf den Tisch gelegt und lümmelten nun – zum ersten Mal seit langer Zeit zufrieden und vor allem satt – vor dem warmen Feuer. Spider fielen immer wieder die Augen zu, aber er grinste von einem Ohr zum anderen.

»Ich frage mich, was Lord Helford wohl sagen würde, wenn er wüßte, daß wir uns heute abend auf seine Kosten die Bäuche vollgeschlagen haben.«

»Bah! Er ist so reich, daß er fünfzig Bedienstete hat, die es sich den ganzen Tag über bequem machen, während sie sich angeblich um ein Gut kümmern, das er nie besucht. Der verdammte Lord Helford kann meinetwegen zur Hölle fahren. Ich hoffe, er verbringt einen scheußlichen Abend, wo auch immer er gerade ist«, sagte Cat und leckte sich ein letztes Mal die Finger ab.

Wie sich herausstellte, hatte Lord Helford alles andere als einen »scheußlichen« Abend. Er hatte gerade ausgiebig mit dem wichtigsten Männern des Königreiches in Arlington House diniert.

Baron Arlington, der Staatssekretär, beschäftigte die besten französischen Köche und war als Londons bester Gastgeber bekannt. Heute veranstaltete er weder einen Ball noch ein Bankett, sondern lediglich ein Geschäftsessen, doch das Essen war üppig und die gebotene Unterhaltung gewagt.

Madame Bennets nackte Tanzmädchen wurden gemeinsam mit der Räucherforelle und der neuesten französischen Sensation, einem Getränk namens Champagner, als Appetitanreger serviert. Die Männer am Tisch, die das Bedürfnis danach verspürten, wählten ihre nächtlichen Gespielinnen aus und machten sich dann pflichtbewußt an ihr Essen und die dringenden Geschäfte, um die es ging.

König Charles II verzog zynisch sein Gesicht, als er sich die Ratschläge anhörte, die man ihm erteilte.

Der Herzog von Buckingham maß jeden der Männer im Raum in dem Versuch, herauszufinden, wo die Schwäche jedes einzelnen lag, was ihm vielleicht zu einem späteren Zeitpunkt einmal von Nutzen sein würde.

Sir Thomas Cliffort, Lord Ashley und der freimütige Schotte Lauderdale schienen miteinander zu streiten, während Jack Grenvile, der neugekürte Earl of Bath, und Lord Helford milde lächelnd zuhörten.

»Meine Herren, die holländische Flotte versucht, England von der Landkarte zu fegen, und ich wüßte gern, was wir dagegen unternehmen werden«, sagte Charles unverblümt. Er litt unter der Demütigung, daß die Holländer einige seiner Schiffe gekapert hatten, denn die britische Marine war sein ganzer Stolz. Er wußte, daß seine Nation nur durch den Seehandel zu einer Großmacht würde. England mußte die Herrschaft über die Weltmeere haben, oder es wäre zu ewiger Armut verdammt.

»Auch wenn ich Gefahr laufe, mich ständig zu wiederholen und dadurch langweilig zu werden«, sagte Buckingham gedehnt, »aber die einzige Antwort darauf ist Krieg.«

Charles sah ihn an. »Kriege kosten Geld, George. Wir haben nicht alle so vollgestopfte Taschen wie Sie.« George Villiers, Herzog von Buckingham, verfügte über eins der größten Privatvermögen im Land.

Jetzt fragte er unverblümt: »Was ist mit der Mitgift?«

Charles rollte mit seinen dunklen Augen. »Die dreihunderttausend Pfund sind noch nicht in meiner Schatztruhe, und meine Spione erzählen mir, daß Portugal über die Hälfte davon in Zucker und Gewürzen statt in Gold bezahlen will.«

»Von Zucker und Gewürzen allein lebt sich's schlecht«, stellte Buckingham boshaft fest. »Das haben Sie davon, daß Sie die Sache Clarendon anvertraut haben.« Edward Hyde, Earl of Clarendon und Kanzler von England, glänzte durch Abwesenheit. Er wurde von allen außer dem König gehaßt.

»Portugal hat nicht mich geheiratet«, sagte Charles, »sondern die englische Seeherrschaft. Darum haben sie uns ihre wertvollen Kolonien Bombay und Tanger vermacht. Aber jetzt machen die Holländer unsere Seeherrschaft zum Gespött der Welt.«

Alle Anwesenden hatte in den letzten drei Jahren eine Menge Geld verdient und sämtliche Verluste mehr als wettgemacht, die sie während der mageren Jahre im Exil erlitten hatten. Nur ein Narr hätte es nicht geschafft, ein Vermögen zu verdienen in London mit seiner entspannten Politik freien Unternehmertums. Also waren sie dafür verantwortlich, dafür zu sorgen, daß England gedieh.

»Es geht doch immer nur ums Geld, egal, ob man über eine Hure spricht oder über eine Nation«, sagte Lauderdale geradeheraus.

Charles seufzte. »Ich brauche mehr Geld für Schiffe, mehr Geld für Spione, mehr Geld für Bestechungen.«

»Wir müssen die holländische Flotte weiterhin verfolgen, ohne ihnen direkt den Krieg zu erklären«, sagte Arlington.

»Wir hetzen inzwischen seit zwei Jahren hinter diesem Hasen her und haben ihn immer noch nicht erwischt«, stellte Charles zynisch fest.

»Stellen Sie mir einen Kaperbrief gegen die Holländer aus«, schlug Ruark Helford vor. Er war Kapitän eines von Prinz Ruperts Kaperschiffen gewesen und hatte während Cromwells Herrschaft die Schiffe des Parlaments attackiert.

Jack Grenville grinste. »Gibt es überhaupt einen einzigen Mann in Cornwall, der in seinem Herzen kein Pirat ist?«

Ruark sah ihn freimütig an. »Das müssen Sie doch am besten wissen.«

Charles begegnete seinem Blick. »Sie könnten ja erst mal in Cornwall für Ordnung sorgen, Ruark. Das Schmuggelwesen nimmt dort allmählich überhand. Kein Wunder, daß mir dort niemand Steuern bezahlt. Jeder Mann und jede Frau scheinen eine Möglichkeit zu finden, um die Bezahlung der Steuern herumzukommen. Sämtliche importierten Waren unterliegen der Einfuhrsteuer, ob es sich um amerikanischen Tabak handelt, französischen Wein oder venezianisches Glas. Und was passiert? Statt in London einzulaufen und ordnungsgemäß die Steuern zu entrichten, legen die Schiffe heimlich an der Küste von Cornwall an. Ich habe beschlossen, Sie zum Richter und Hochkommissar der gesamten Region zu ernennen. Fangen und bestrafen Sie die Schmuggler, und Sie werden sehen, plötzlich kommt wieder Geld herein.«

Helford hob unmerklich die Brauen, doch Charles nickte zustimmend. Eine Basis in Cornwall würde nicht nur dem Unwesen der kleinen Schmuggler ein Ende machen, sondern sie gäbe auch einen hervorragenden Stützpunkt für internationale Spionage ab.

»Himmel, ich weiß nicht, warum Sie uns erst um Rat bitten, wenn Sie bereits alle Antworten zu haben scheinen«, knurrte Buckingham.

Doch Cliffort stellte fest: »Nun, solange einer von uns seinen Verstand benutzt, haben wir anderen die Freiheit, unsere anderen Organe zu benutzen.«

Die Versammlung löste sich um Mitternacht auf, und Lord Helford kehrte mit dem König zum Palast zurück. Sie nahmen die Abkürzung durch die alten Maulbeergärten westlich des Palasts.

»Ich hätte nie gedacht, daß ich einmal die Nacht erleben würde, in der Sie pflichtgemäß zu einer Ehefrau zurückkehren«, stellte Ruark lachend fest.

Charles bedachte ihm mit einem amüsierten Blick. »Ich bin wohl kaum der einzige, der einen Erben braucht ... Sie sind nur unwesentlich jünger als ich.«

Helford wurde wieder ernst. »Ich könnte eine Ehefrau nur dann ertragen, wenn ich sie nicht auch noch außerhalb des Schlafzimmers sehen müßte.«

»Sie scheinen kein besonderer Frauenfreund zu sein, Ruark.«

Die beiden Männer hätten Brüder sein können. Beide hatten eine hochgewachsene, kraftvolle Statur, schwarze Haare, dunkle Haut und hervorragende Manieren.

»Um noch mal auf diese Sache mit den Schmugglern zurückzukommen«, sagte Charles ruhig. »Die Waren, die sie ins Land bringen, sind nicht halb so gefährlich wie die Informationen, die sie außer Landes bringen. Sorgen Sie dafür, daß die Geheimnisse meiner Marine nicht mehr an die Holländer weitergegeben werden, Ru.«

»Ich beende nur noch meine Geschäfte in London, und sobald Sie meinen Kaperbrief unterzeichnet haben, bin ich bereit zum Auslaufen.«

»Vielleicht sollte ich Sie bitten, Ihrem Bruder Rory den Kaperbrief zu überlassen«, sagte Charles.

Ruark Helford erstarrte und erwiderte leise. »Rory ist tot.«

»Ein Gerücht, das der Schurke bestimmt aus irgendwelchen unerfindlichen Gründen in die Welt gesetzt hat und von dem er allein profitiert«, stellte Charles belustigt fest.

»Ist das ein Befehl, Euer Majestät?« fragte Helford kühl.

Charles nickte. »Ich denke, seine Dienste sind für mich von unschätzbarem Wert.«

»Grüßt die Königin von mir, Euer Majestät«, sagte Ruark und verbeugte sich.

Charles verbarg nur mit Mühe ein Grinsen. Er wußte, daß er einen wunden Punkt getroffen hatte bei der Erwähnung des Piraten Rory. »Grüßen Sie Ihre Mätresse. Ich beneide Sie nicht um die Aufgabe, ihr zu erklären, warum Sie sie verlassen und nach Cornwall reisen müssen.«

Ruark Helford zog die Brauen zusammen. »Ich bin keiner Frau eine Erklärung schuldig, Sire.«

Charles lachte laut. »Eines Tages werden Sie der Frau begegnen, die Ihnen eine würdige Gegnerin ist, Helford. Das ist das Schicksal aller Freigeister, mein Freund.«

Cat räkelte sich und stand vom Küchentisch auf, um die Laterne anzuzünden.

»Wohin gehst du?« fragte Spider mit einem herzhaften Gähnen.

»Ich habe vergessen, runterzugehen und nachzusehen, ob das Boot repariert werden kann.«

»Dafür ist doch auch morgen noch Zeit«, protestierte der Junge.

»Jetzt ist gerade Ebbe. Ich kann auch alleine gehen. Geh du ruhig schon ins Bett.«

»Natürlich kannst du nicht alleine gehen«, sagte er bestimmt, und alle Schläfrigkeit wich aus seinem Ton. »Wenn ich nicht auf dich aufpasse, wer dann?« Er stellte die Frage mit der angeborenen Arroganz eines erwachsenen Mannes, und plötzlich wurde ihr klar, daß der Junge, um den sie sich so lange gekümmert hatte, bald kein Junge mehr war. Einen kurzen Moment lang wünschte sie, er würde niemals erwachsen, denn sie haßte Männer, aber dann schalt sie sich für diesen bösen, selbstsüchtigen Wunsch.

Sie hielt die Laterne hoch, während sie gemeinsam durch den Keller in die Höhle gingen, die im Inneren der Klippe verborgen war. Salziger Tanggeruch stieg ihnen in die Nasen, als sie sich bückten, um durch den schmalen Eingang zu treten. Drinnen angekommen hob Cat die Laterne hoch und sah überrascht in Richtung Meer, von dem ein leuchtendes, flackerndes Licht herüberdrang. Es war ganz nah, fast im Flachen, und sie beide wußten sofort, daß es sich um eine Schiffslaterne handelte, die angezündet worden war, weil man das Licht ihrer eigenen Laterne für ein Signal hielt. Eilig blies Cat ihre Laterne aus, und noch während sie es tat, zeigte Spider auf ein Schiff. Es sah wie eine kleine französische Fregatte aus. Die Segel waren zusammengerollt, aber jetzt wurden sie mit großer Eile wieder gehißt. Stimme drangen laut über das Mehr. »*Vite! Patrouille marine!*«

Sie beide verstanden ein wenig Französisch. Das Schiff war von einer Patrouille der Marine entdeckt worden. Sie spähten über die dunkle, kabbelige See und sahen, daß sich der Abstand des Patrouillenbootes zu dem Schiff ständig verringerte.

»*Dans la mer!*« ertönte ein Befehl, gefolgt von gedämpftem Klatschen.

»Sie werfen ihre Fracht ins Meer«, übersetzte Cat. »Wenn sie geschnappt und durchsucht werden, gibt es keinen Beweis, es sei denn, die Patrouille nimmt sich die Zeit, das Zeug wieder aus dem Wasser zu fischen.«

Ein Seemann rief eine Frage. »*Planche à bouteilles?*« Und prompt kam die Antwort.

»*Oui, oui – embariller – sel, sel.*«

»Was hat er gesagt?« fragte Cat leise.

»*Sel* ist Salz. *Embariller* heißt in Fässer verpackt. Sie müssen Fisch an Bord haben«, stellte Spider angewidert fest.

»Nein, nein – er hat den Kapitän gefragt ob er die *planche à bouteille* auch über Bord werfen soll. Das ist ein Holzfaß, in dem Flaschen sind. Ich weiß, was sie getan haben!« stellte Cat aufgeregt fest. »Sie haben das Zeug in Salz verpackt, damit es sinkt. Es dauert ein paar Stunden, bis sich das Salz aufgelöst hat, und dann, bei Tagesanbruch, wird das Zeug an der Wasseroberfläche treiben.«

Spider sah sie verwundert an. »Ist es nicht erstaunlich, wie das Unglück des einen das Glück eines anderen ist? Weißt du, manchmal hat die Welt wirklich eine Art von Gleichgewicht.«

»Aber wir müssen schnell und schlau vorgehen«, lachte Cat. »Wir gehen in die Küche rauf und schlafen ein paar Stunden vor dem Feuer. Bis dahin wird die Flut hereingekommen sein.«

Bis zum Sonnenaufgang war es noch eine gute Stunde, und sie hatten bereits alles geschafft, was sie sich erhofft hatten. Die See hatte fünf große Fässer Brandy und fünf Kisten angeschwemmt, auf denen *vin de champagne* stand. Cat hatte noch nie etwas von Champagner gehört, aber *vin* hieß Wein. Die Flut hatte fast die gesamte Arbeit für sie geleistet. Für den geringen Preis, einmal richtig naß geworden zu sein, hatten sie das Schmuggelgut gerettet, es in der Höhle neben dem Durchgang zum Keller aufgereiht und standen nun davor, um darauf zu warten, daß die Flut auch den Rest anschwemmen würde.

Später schwang sich Cat wie jeden Morgen auf ihr Pferd, um die goldene Dämmerung ordnungsgemäß zu begrüßen. Heute allerdings erwartete sie Gesellschaft an dem ansonsten menschenleeren Strand. Sie richtete sich auf und sah in die Ferne. Als zwei winzige Gestalten am anderen Ende des Sandstreifens sichtbar wurden, trieb sie Ebony zu einer schnelleren Gangart an, bis ihrer beider Blut vor Aufregung und Tempo in Wallung geriet. Die Flut war immer noch hoch genug, um dem Pferd bis zu den Fesselgelenken zu gehen, und sie ritt absichtlich so nah an den Männern vorbei, daß sie klitschnaß wurden. Offensichtlich waren sie ganz in die Suche nach irgend etwas vertieft.

»Guten Tag, M'lady«, murmelten die beiden und sahen sie verlegen an.

Sie nickte erhaben und wartete. Schließlich fragte einer der Männer: »Haben Sie vielleicht hier am Strand ein paar Kisten entdeckt, M'lady?«

Sie kniff die Augen zusammen. »Ihr seid keine Strandräuber, oder?« fragte sie kühn mit einer Spur von Verachtung.

Sie verneinten vehement. »Nein, nein, M'lady. Wir sind ehrenwerte Schmuggler, das ist alles, ehrlich.«

»Wenn ich euch für Strandräuber hielte, würde ich euch der Miliz übergeben!« warnte sie.

»Nein, nein«, sagte der jüngere Mann. »Meinem Vater gehört die Taverne in Mawnan. Wir haben eine Lieferung Brandy erwartet.«

»Ich bin heute morgen schon ein paar Meilen geritten, und ich fürchte, der Strand ist leer.« Sie lächelte. »Tja, wißt ihr, man kann den Franzosen einfach nicht trauen.«

»Nein, M'lady«, murmelten sie in dem Bewußtsein, daß die junge Dame log.

Sie preßte ihrem Pferd die Fersen in die Flanken, dann hielt sie inne, als hätte sie es sich anders überlegt, und sagte: »Wenn ihr das Geld habt, könnte ich euch vier Kisten Brandy und, sagen wir, fünfzig Flaschen französischen Weins aus dem Keller meines Vaters geben.«

Sie sahen einander an und überlegten, wie es diesem Weib wohl gelungen sein konnte, das Zeug vor ihnen zu entdecken und sicherzustellen. Dann zuckten sie mit den Schultern. Es gab nichts, was sie dagegen tun konnten, denn ebensogut könnte sie die Miliz verständigen.

»Bringt heute nachmittag einen Wagen nach Roseland. Bis dahin hat einer meiner Bediensteten das Zeug aus dem Keller geholt«, sagte sie hochmütig, während sie den schwarzen Hengst wendete und wie der Wind von dannen stob.

3

Zum ersten Mal in seinem Leben roch Lord Randal St. Catherine seinen eigenen Schweiß, und er roch nach Angst! In letzter Zeit hatte er so viel Pech gehabt, daß er außer einem einzigen eleganten Seidenanzug und seiner gut gefederten Kutsche nichts mehr besaß. Er wußte, morgen würde er nach Roseland fahren müssen, doch dann schien sich sein Schicksal zu wenden. Es wurde eine erfolgreiche Nacht für ihn. Ganz gleich, wie man es nannte – ob nun Glück, Schicksal oder Bestimmung –, es schien am Spieltisch in der Groom Porter's Lodge hinter ihm zu stehen.

Er hatte früh am Abend angefangen und jedesmal, wenn er an der Reihe war, von unten gegeben, aber je länger der Abend dauerte, um so klarer wurde ihm, daß er gar nicht falschspielen mußte, um zu gewinnen, denn wie durch göttliche Kraft schien ihm immer genau die richtige Karte in die Hände zu fallen. Es war, als stünde er mit dem Teufel im Bund. Welche Karte auch immer er brauchte, sie fiel ihm zu.

Als sein Gewinn mehrere tausend Pfund betrug, war er vernünftig genug, den Tisch zu verlassen. Er bestellte sich einen doppelten Brandy und sprach ein stummes Dankgebet, daß er nicht genug Geld in der Tasche gehabt hatte, um wie gewöhnlich bereits vor Spielbeginn mit dem Trinken anzufangen.

Als er schließlich zu später Stunde in die Nacht hinaustrat, empfand er die Straße als ungewöhnlich leer. Nirgends war auch nur eine Menschenseele zu sehen, und die Gebäude wirkten häßlich und baufällig. Jahrhunderte des Verfalls, der Übervölkerung und der Habgier hatten London zu einer stinkenden Jauchegrube der Korruption gemacht, und er wußte, daß er genauso sehr ein Teil dieses Übels war wie die offenen Abwasserkanäle, die neben den Straßen verliefen.

Die oberen Stockwerke der Gebäude hingen windschief übereinander, schlossen das Licht und die Luft aus und hüllten ihn in einen düsteren Mantel ein.

»Zur Hölle mit sämtlichen Kutschern«, murmelte er, während sein Blick die Straße absuchte und er überlegte, in welcher Taverne sein Mann wohl aufzutreiben war. Er ging an die Ecke und blickte durch die diamantglitzernden Fenster des »Rose an' Crow«, ehe er in die Seitenstraße einbog, wo er einen obszönen Fluch ausstieß, als ihm eine schwarze Katze vor die Füße lief.

Er entdeckte seine Kutsche in einer finsteren Gasse gegenüber dem »Cock and Bull« und wußte, daß er den Kerl gefunden hatte. Er sah flüchtig nach links und rechts, da die Londoner Straßen selbst für Bettler unsicher waren, ganz zu schweigen von Männern, die ein Vermögen in der Tasche hatten. Er hörte gedämpfte Schritte, sah sich um und entdeckte eine gutgekleidete Gestalt, deren breitkrempiger Hut tief ins Gesicht gezogen war.

St. Catherine beschleunigte seinen Schritt. Im Inneren seiner Kutsche gab es eine Eisenstange, die benutzt wurde, um die Räder vom Schlamm zu befreien. Er streckte die Hand aus, um die Tür zu öffnen, und im selben Augenblick hörte er das unverkennbare Geräusch eines Schwerts, das aus der Scheide gezogen wurde. Dies war der Moment, in dem er seine eigene Furcht zu riechen begann. Er drehte sich um, sah dem Tod ins Gesicht und bekam das Schwert zwischen die Rippen gestoßen, als wäre er ein Lamm, das von einem französischen Meisterkoch auf den Spieß geschoben wurde.

Als er den seltsamen Metallgeschmack in seinem Mund wahrnahm, wußte er, daß dies kein zufälliger Angriff war, sondern ein bewußter, sorgfältig geplanter durch einen Gentleman, der unglücklicherweise von ihm betrogen worden war. Jemand, der ebenso kaltblütig war wie er selbst. Als sein Kutscher ihn schließlich fand, lag er in der Gosse, in die er gehörte, aber er klammerte sich noch immer verzweifelt an das Leben.

»Lil«, flüsterte er, »Lady Richwood ...«

Sein Kutscher, der es nicht wagte, einfach davonzulaufen, hob ihn in die Kutsche und verstand gerade noch die gekrächzten Worte »Cockspur...Street...Nummer fünf ...« Der arme Mann kletterte auf den Kutschbock und drosch wie ein Besessener auf die Pferde ein. In den engen, gewundenen Straßen konnte er nicht allzu schnell fahren, doch als er The Strand erreichte, ließ er den Tieren freien Lauf, bis sie an der Biegung der Themse vorbei waren, und dann brauchte er seine ganze Kraft, um sie dazu zu bewegen, in die schmale Cockspur Street einzubiegen.

Er hob St. Catherine aus der Kutsche und kämpfte sich die Treppe zu dem modernen kleinen Haus mit der Nummer fünf hinauf. Den livrierten Pagen, der ihm öffnete, schob er achtlos beiseite und schleppte seinen Herrn in den Empfangssaal im ersten Stock. Dort versuchte er, St. Catherine auf die Füße zu stellen, aber er wußte, wenn er ihn losließe, würde er sofort zusammenbrechen.

Nach wenigen Minuten erschien eine sehr attraktive Frau Ende Dreißig und starrte die Männer ungläubig an. Schließlich keuchte St. Catherine: »Lil...ich sterbe!«

»Das sehe ich«, sagte sie mit einer wunderbar gedehnten, provozierenden Stimme. Sie war nie um Worte verlegen, selbst in diesem Augenblick nicht. »Randal, mein Lieber, ich frage mich, warum sich ein Mann, wenn ihm das Leben übel mitspielt und ihm die Welt den Rücken zukehrt, zuerst an seine nächste Verwandte hält.« Sie machte eine dramatische Pause, fuhr dann fort: »Egal, wie schäbig oder unehrenhaft er die Frau in der Vergangenheit behandelt hat.« Wieder machte sie eine Pause, in der sie die Falten in ihrem eleganten Seidenkleid glättete. »Soll ich dir sagen, warum? Weil eine Frau, egal, wie schlecht sie behandelt wurde, ihrem Bruder niemals die Tür vor der Nase zuschlagen würde, selbst wenn dieser Bruder ein Schwein ist wie du.«

»Lil ...« keuchte er mit totenblassem Gesicht. »Schick ... nach ... meiner ... Tochter.«

»Oh, das werde ich, Randal, keine Angst.« Sie bedeutete dem Kutscher, ihn nach oben zu bringen. »Du warst schon immer das rücksichtsloseste Vieh, das es je gegeben hat. Selbst im Extremfall fällt dir nichts Besseres ein, als meinen neuen Teppich über und über mit Blut zu besudeln«, stellte sie fest. Dann blickte sie über die Schulter zurück und bat den Pagen: »Bringen Sie die Kutsche und die Pferde in den Stall, James – ich bin sicher, daß er keinen Penny bei sich hat.«

Oben führte Lil die beiden Männer in ein kleines, luxuriöses Schlafzimmer. »Ziehen Sie ihn aus«, befahl sie seinem Kutscher, als dieser ihn auf das Bett legte. Dann sah sie sich ohne jedes Mitleid die Wunde an. Mit jedem flachen Atemzug St. Catherines sonderte sie blasiges, hellrotes Blut ab. Ohne ein Wort zu sagen, nahm Lady Richwood eins der Laken vom Bett, riß einen breiten Streifen ab und band diesen fest um seine Brust.

»Arzt...« stieß er rasselnd hervor.

»Arzt?« Lil lachte leise auf. »Mein Lieber, du meinst sicher den Leichenbestatter.«

»Du bist...zu hart...Lil!« keuchte er erbost.

»Ja, Randal, ich bin hart. Soll ich dir auch sagen, warum? Du hast mich, als ich fünfzehn war, gnadenlos auf die Straße gesetzt, und da ich eine Vorliebe dafür habe, regelmäßig etwas in den Magen zu bekommen, habe ich es schnell gelernt, mich auf mich selbst zu verlassen. Um zu überleben, mußte ich einen alten Mann heiraten. Das hättest du nicht gedacht, wie, Randal? Daß ich eines Tages Lady Richwood sein würde? Und dann, als du dachtest, er könnte dir irgendwie nützlich sein, hast du dich auf ihn gestürzt und ihn ausgesaugt, bis er vollkommen ausgeblutet war. Nun, vielleicht ist er arm gestorben, aber trotzdem hat er mich bei Hofe eingeführt, und das, mein lieber Randal, hat mir erneut das Leben gerettet. Und inzwischen habe ich eine regelrechte Vorliebe für Bedienstete, Seidenkleider und Sicherheit.«

»Dieser alte Hurenbock«, zischte er.

Sie zog einen Schmollmund. »Es geht nun mal einzig und allein darum, die richtigen Beziehungen zu haben, Randal. Um diskrete Affären zwischen jungen, wohlerzogenen Damen und Herren am Hofe Seiner Majestät. Jemand, der so ungehobelt ist wie du, würde so etwas wahrscheinlich einen Fleischmarkt nennen, und genau dieser Fleischmarkt, mein Lieber, hat mich hart gemacht.«

Dann fegte sie, gefolgt vom Kutscher, aus dem Raum. »Kommen Sie, ich bezahle Ihnen, was er Ihnen schuldig ist«, sagte sie.

»Soll ich morgen wiederkommen?« fragte dieser unsicher.

»Wenn ich Sie wäre, würde ich meine Verluste so begrenzt wie möglich halten. Sind wir doch ehrlich. Selbst wenn er so reich wie Buckingham wäre, könnte er den Sensenmann nicht derart bestechen, daß dieser ihn noch länger als ein, zwei Tage übersieht.«

Der Kutscher verließ mit einer höflichen Verbeugung das Haus und dachte, war für ein gerissenes Weib sie doch war, zuerst die Kutsche und die Pferde sicherzustellen. Aber immerhin hatte sie ihm seinen Lohn bezahlt!

Lil schickte einen Pagen nach dem Arzt und setzte sich an ihren Schreibtisch, um eine eilige Nachricht zu verfassen. Sie strich sich nachdenklich mit dem Gänsekiel über das Kinn, und dann setzte sie zum Schreiben an.

Lady Summer St. Catherine:
Dein Vater hat einen schweren Unfall gehabt. Bitte komm sofort.
›Tante Lil‹
Lady Richwood

Sie adressierte den Brief an Lady Summer Catherine of Roseland und gab Anweisung, ihn sofort zur Postkutsche nach Plymouth zu bringen. Dann starrte sie aus dem großen Fenster auf die nachtdunkle Straße hinaus. »Nun, Lady Summer, Sie haben die gute Erziehung genossen, die mir versagt blieb. Mal sehen, wie Sie mit diesem Durcheinander fertig werden. Der Schmerz und die Kosten werden zu Ihren Lasten gehen; ich will nichts davon!«

Langsam ging sie durch das Haus, nahm eine Karaffe Brandy in die Hand und dachte, seltsam, eigentlich bin ich überhaupt nicht hart. Sie wischte eine Träne fort und trug den Brandy zu ihrem Bruder hinauf. Sie wußte, es würde eine lange Nachtwache.

»Tod und Verdammnis!« fluchte Cat, als sie die Nachricht von ihrer Tante las. »Ich hätte es wissen sollen. Das erste Geld, das wir je gehabt haben, und jetzt muß ich es zum Fenster rauswerfen, um nach London zu fahren. Das ist einfach typisch für ihn!«

»Ist etwas mit dem Widerling?« fragte Spider

»Der Brief ist von Tante Lil, seiner Schwester. Offensichtlich hat er einen Unfall gehabt und will mich sofort sehen.«

»Höchstwahrscheinlich hat irgendein gehörnter Ehemann ihn beim Duell erwischt.«

»Welche Frau würde ihn denn auch nur ansehen? Er ist doch permanent besoffen. Wahrscheinlich hat er mal wieder falsch gespielt. Und nun, da er eine Krankenschwester braucht, fällt ihm ein, daß er eine Tochter hat.«

»Bis nach London sind es mehr als zweihundert Meilen. Wie lange braucht man für einen so langen Ritt?« fragte er.

»Ich hasse den Gedanken, Ebony zu ruinieren, indem ich ihn eine solch lange Strecke hetze. Verdammt, das ist der Widerling einfach nicht wert. Warum hören wir uns nicht einfach in Falmouth um, ob heute noch irgendein Schiff nach Portsmouth ausläuft? Von dort aus kann ich dann die Kutsche nehmen.«

Cat hatte panische Angst davor, Spider alleine zu lassen, aber sie wagte nicht, davon anzufangen. Ihr Bruder seinerseits überlegte fieberhaft, ob er zulassen konnte, daß Cat allein in eine so weit entfernte, verruchte Stadt reiste, aber er kannte sie gut genug, um sich als Eskorte anzubieten.

In den frühen Morgenstunden, irgendwann zwischen Mitternacht und Dämmerung, weckte Randal St. Catherine seine Schwester, die auf einem Stuhl neben seinem Bett eingenickt war.

»Der Arzt...hat gesagt...daß ich am Ende bin... nicht wahr?« keuchte er.

Lil beugte sich näher, um ihn zu verstehen. Das Kerzenlicht zeigte sein gräßlich bleiches Gesicht und seine Augen, über denen bereits ein trüber Schleier lag. Sie streckte die Hand nach einem Glas und der Karaffe aus. »Trink ein wenig Brandy, Randal, du hattest doch schon immer eine besondere Vorliebe für einen guten Tropfen Alkohol.«

Er umfaßte die Karaffe mit einer schwachen Hand und schüttelte den Kopf. »Buch...Papiere...unter dem Sitz...versteckt.« Er hustete und röchelte, ehe er weitersprach. »Summer...sie weiß...Er...«

»Er? Wer ist er?« fragte Lil verwirrt. »Du meinst, du hast unter dem Sitz in deiner Kutsche ein Buch versteckt und willst, daß ich dafür sorge, daß deine Tochter Summer es bekommt? Dann gehe ich besser und sehe, ob es noch da ist.« Sie nahm eine der Kerzen und eilte aus dem Raum. Sie wußte, das Buch mußte wertvolle Informationen enthalten, sonst hätte er es nicht versteckt. Zuerst fand sie es nicht, doch dann schloß sich ihre Hand um ein versiegeltes Papier und um ein kleines, ledergebundenes Buch. Sie zog beides hervor und öffnete das Buch. Obwohl sie die Kerze so nahe hielt, daß sie sah, was auf den Seiten geschrieben stand, verstand sie nichts. Sie erkannte die Namen von Orten in Cornwall. Außerdem gab es Daten und Namen und vielleicht die

Namen von Schiffen, aber mehr fand sie nicht. Sie eilte die Treppe hinauf, ein Dutzend Fragen im Kopf, aber sobald sie Randals Zimmer betrat, war ihr klar, daß sie die Antworten darauf niemals bekommen würde. Er hatte die gesamte Karaffe geleert, und der Brandy hatte ihn umgebracht.

Als es dämmerte, kam Cat in Portsmouth an. Die Möwen umkreisten kreischend das Schiff in der Hoffnung, daß es Fisch anlandete, und sie lächelte, als sie an den Tabak dachte, der sicher unter ihrem Haus auf Roseland lagerte.

Sie war so früh dran, daß sie problemlos die erste Postkutsche nach London bekam. Der Fahrpreis erschien ihr empörend hoch, so daß sie handelte, bis man sie schließlich für einen geringeren Preis neben dem Kutscher sitzen ließ. Jedes Mal, wenn sie an eine Steigung kamen, mußten sämtliche Passagiere aussteigen und den Hügel zu Fuß erklimmen, so daß es bis zur Endstation in der Lud Lane nahe der Gresham Street fünf ermüdende Stunden dauerte.

Cat hatte den offenen Weiden voller Schafe und Kühe ebenso wenig Beachtung geschenkt wie den verschiedenen Dörfern am Rande der Stadt, aber als sie die Türme von Hunderten von Kirchen erblickte, machte ihr Herz vor Aufregung einen Satz.

Nach kurzer Zeit war ihr regelrecht schwindlig zumute. Ihre Ohren schmerzten von der von Kirchenglocken, Flußverkehr, Dienstmännern, Verkäufern, Lastenträgern und Tausenden von Stimmen verursachten Kakophonie. Ihre Nase rümpfte sich von dem unangenehmen Gestank offener Abwassergräben, verrottender Vegetation, schwitzender Pferde und ungewaschener Menschenleiber.

Ihre Blicke schweiften neugierig hin und her, um jedes noch so kleine Detail dieser größten Stadt der Welt zu erfassen. London war von einer großen Mauer umgeben, und nachdem sie die große Brücke passiert hatten, auf der es sogar Häuser und Läden gab, fuhren sie durch eins der Eingangstore in die Stadt hinein.

Wo auch immer sie hinsah, schien ein heilloses Gedrängel zu herrschen, und sie fragte sich, was all diese Menschen wohl zu dieser Zeit nach London zog. Doch dann dämmerte ihr, daß es wohl immer so war. Mit weit aufgerissenen Augen bestaunte sie prächtig gekleidete Männer und Frauen in Seide und Samt, die an zerlumpten Krüppeln und Bettlern vorbeischlenderten. Einige der Ladies hatten schwarze Masken auf, andere, offenbar Hausfrauen und Bedienstete, waren zu Einkäufen unterwegs.

Vor sämtlichen Läden hingen große Schilder, und in den Türen standen Lehrjungen und boten die verschiedensten Waren feil. Lastenträger schwankten unter riesigen Kisten, andere schoben Handkarren über das Pflaster, die so hoch beladen waren, daß sie jeden Moment umzustürzen drohten.

Sie sah Kinder, die sangen, damit man ihnen einen Penny gab, Taschendiebe und andere Gauner, die die Passanten plagten, elegante Reiter und betrunkene Gecken, die aus den diversen Tavernen torkelten. Das Gedränge von Einspännern, Verkaufswagen und Sänften führte dazu, daß die Kutsche nur im Kriechtempo vorwärts kam. Cat lernte ein paar neue Flüche von dem Kutscher, während er die Peitsche schwang und die übelsten Drohungen ausstieß gegen jeden, der sie am Weiterkommen hinderte.

Cat war vollkommen gefangen von der gewalttätigen Energie dieser Stadt, und ihr wurde bewußt, daß sie permanent auf der Hut sein müßte, wenn sie allen anderen einen Schritt voraus sein wollte.

Neben der Postkutschenstation in der Lud Lane gab es ein Gasthaus namens »The Swan with Two Necks«, und sie fragte ein junges Mädchen, das gerade die Eingangsstufen schrubbte, nach dem Weg zur Cockspur Street.

»Tz tz«, murmelte das Mädchen, als es die vornehme Adresse vernahm.

»Blödes Weib, sprich gefälligst Englisch mit mir«, knurrte Cat erbost.

»Im Leben nich'!« sagte das Mädchen, nahm seinen Eimer und kippte das schmutzige Wasser über Cats staubigen Stiefeln aus.

Cat schnappte sich eine Handvoll Haare ihres Gegenübers.

»Du sagst mir jetzt sofort, wie ich in die Cockspur Street komme, oder ich fege die verdammte Straße mit dir.«

»Herrje! Gott noch mal! Du bringst mich ja fast um!«

»Und ob ich das tun werde, wenn du mir nicht sofort eine genaue Wegbeschreibung gibst«, drohte Cat.

»Die Fleet Street entlang bis zu The Strand ... dann The Strand runter bis kurz vor dem Palast.«

Cat murmelte: »Aufgepaßt, London, ich komme, ob du bereit bist oder nicht!« Doch in diesem Augenblick knurrte ihr Magen so laut, daß ein räudiger Straßenköter, der sich ihr genähert hatte, furchtsam zur Seite sprang, worauf sie in lautstarkes Gelächter ausbrach. Gegen den Hunger kaufte sie eine Kalbspastete und spazierte dann in Richtung Fleet Street davon.

Jede Kleinigkeit faszinierte sie. Sie blickte in jedes Schaufenster, hier eine Apotheke, die Heilmittel gegen Impotenz versprach, dort ein Gebrauchtkleidergeschäft, in dem es die Stiefel toter Männer zu kaufen gab, und an jeder Ecke eine Taverne, die nach Charles II. entweder King's Head, the King's Arms oder the Royal Oak genannt worden war. Sie sah Kaminfeger, von Kopf bis Fuß schwarz, und einen Rattenfänger, an dessen Hut tote Nager baumelten.

Als sie The Strand um die Flußbiegung gefolgt war und endlich die Cockspur Street entdeckte, war sie staubig und schmutzig, und ihre Füße schmerzten. In diesem Teil der Stadt waren die Straßen sauber und die Häuser gepflegt. Sie rannte die Stufen zum Haus Nummer fünf hinauf und klopfte laut an. Ein Page öffnete die Tür, sah sie von oben herab an und sagte: »Verschwinde von hier, du Schlampe.«

Mit einem Fußtritt hinderte sie ihn daran, ihr die Tür vor der Nase zuzuschlagen. Dann griff sie in ihre Jacke und zog eine Pistole hervor. Er rollte heftig mit den Augen und schrie: »Hilfe! Überfall!«

Eine Frauenstimme fragt gedehnt: »James, was auch da vorgeht, wissen Sie nicht, daß in diesem Haus Trauer herrscht?«

Cat musterte die elegante Erscheinung mit den platinfarbenen

Locken, dem geschminkten Gesicht, dem teuren Seidenkleid, dem Elfenbeinfächer und der weißen Perserkatze an einer Silberleine und fragte unsicher: »Tante Lil?«

Die kleine Frau sah sie verständnislos an.

»Ich bin Summer, aber ich werde lieber Cat genannt.« Sie steckte die Pistole wieder ein und zog den Brief heraus. Lady Richwood starrte sie überrascht an. Sie erholte sich nur langsam, griff sich an die Kehle und stieß schließlich aus: »Wie außergewöhnlich! Wie bist du nur hierhergekommen?«

»Zu Fuß.«

»Wie außergewöhnlich! Komm nur schnell herein, ehe dich jemand sieht.« Während Lil das junge Mädchen anstarrte, das ihre Nichte war, schmolz ihr Herz. »Oh, Kind, was hat er dir nur angetan?« rief sie aus. Sie war darauf vorbereitet gewesen, Lady Summer St. Catherine von ganzem Herzen zu verachten, da sie gedacht hatte, sie wäre die verwöhnte, zimperliche Erbin dessen, was einst ihr eigenes Zuhause gewesen war, aber dieses Mädchen hatte ganz offensichtlich noch nie im Leben jemand verwöhnt. In der Tat, wenn man sie so ansah, wirkte sie schändlich vernachlässigt. »Komm und setz dich, mein liebes Kind. Ich fürchte, ich habe schlechte Nachrichten für dich.« Sie atmete tief ein. »Dein Vater ist letzte Nacht gestorben.«

Cat setzte ihre Wollmütze ab, so daß ihr Haar unordentlich über ihre Schultern fiel. Sie spürte nichts. Kein Leid. Keine Freude. »Ich fühle mich wie betäubt«, sagte sie und nahm auf dem eleganten, brokatbezogenen Sofa Platz.

»Summer, mein armer Liebling, du brauchst mir nichts zu erklären. Er war mein Bruder. Ich weiß, was für ein Schwein er war. Er ist nicht mehr hier – der Leichenbestatter hat ihn mitgenommen und in St. John's-in-the-Wood beerdigt ... Ich wußte nicht, ob du kommen würdest.«

»Ich habe kein Geld, um die Beerdigung zu bezahlen. Was soll ich nur tun?« fragte Cat hilflos.

»Nun, ich denke, wir haben beide genug Erfahrung damit zurechtzukommen, auch wenn kein Geld da ist.« Sie nahm der weißen Perserkatze die silberne Leine ab, und das Tier sprang neben Cat auf das Sofa. »Aber alles der Reihe nach. Du siehst aus, als hättest du seit einer Woche nichts mehr gegessen.«

»Ich habe sogar schon zweimal gegessen.«

»Heute?«

»Nein ... diese Woche.«

»Oh, mein Liebling, du bist wirklich spaßig. Wir brauchen etwas, das uns aufheitert. Zum Nachtisch gibt es Erdbeeren. Ich liebe Erdbeeren«, sagte sie. »Ich werde dich füttern und baden, und dann werden wir das tun, worauf sich Frauen am besten verstehen. Wir werden uns unterhalten.«

Lil fand ein schneeweißes, mit Bändern und Spitzen verziertes Nachthemd für Cat. Etwas Schöneres hatte das junge Mädchen noch niemals angehabt. Ihre frisch gewaschenen Haare ringelten sich feucht um ihr Gesicht, als sie neben dem Feuer in ihrem Schlafzimmer saß.

»Nun denn. Liebling«, sagte Lil mit ihrer wunderbar heiseren Stimme. »Dein Vater bat mich, dir dieses Buch und diese Papiere zu geben. Außerdem sprach er von einem gewissen ›schwarzen Mann‹, aber ich weiß nicht, wen er damit meinte.«

Cat erbrach das Siegel des großen Papiers und begann langsam, die Urkunde zu lesen. Plötzlich sprang sie so heftig auf, daß ihr Hocker nach hinten fiel. »Der Mann soll in der Hölle schmoren!« rief sie. »Er hat Roseland bis oben hin mit Hypotheken belastet, und der Wechsel ist fällig! Mein Gott, wenn er nicht schon tot wäre, würde ich ihn umbringen!« Sie stapfte im Zimmer auf und ab und faltete ein zweites Blatt auseinander. »O nein! Das ist ein Vertrag über den Verkauf meines Pferdes Ebony. Dieser alte Bastard! Ich muß unbedingt nach Hause ... Ich muß Geld besorgen ... aber wie?«

»Ich habe die Erfahrung gemacht, Summer, Liebling, daß es logisch ist, wenn sich eine Frau das Geld von einem Mann beschafft, da es schließlich die Männer sind, die all die Reichtümer verwalten.«

»Du meinst, ich soll eine Geldheirat eingehen?« fragte Cat mit

Verachtung in der Stimme. »Ich glaube, ich könnte niemals heiraten, noch nicht einmal für Geld. Männer sind selbstsüchtig und bösartig. Wenn ich einen reichen Mann heiraten würde, wären damit vielleicht meine finanziellen Probleme gelöst, aber meine anderen Probleme fingen erst an, und ich hätte für den Rest meines Lebens damit zu tun. Das ist das letzte, was ich will!«

»Oh, Liebling, so einfach ist das nicht. Ich fürchte, in London sind Eheschließungen hoffnungslos unmodern. Weißt du, es gilt als chic, eine Affäre zu haben, aber in deinem Fall wäre selbst das unmöglich.«

»Warum?« fragte Cat.

Lady Richwood zögerte, doch dann beschloß sie, die Wahrheit zu sagen. »Du entspricht nicht dem gängigen Schönheitsideal. Im Augenblick sind Blondinen der letzte Schrei. Schwarzes Haar gilt bei einer Frau als häßlich und fremdartig, als portugiesisch wie bei der armen Königin. Liebling, ich will ehrlich sein. Du läufst in Männerstiefeln herum, fluchst und sagst immer, was du denkst. Das wollen Männer nicht. Sie wollen eine angemalte Puppe, die süß lächelt, die ißt wie ein Vögelchen, die sich kleidet wie ein Engel und die das Benehmen einer Dame hat, jemanden, der reizend, amüsant und fügsam ist.«

»Fügsam?« fragte Cat argwöhnisch.

»Bereit, alles zu tun, was man von ihr im Bett verlangt«, erklärte Lil.

»So also sehen Affären aus«, stellte Cat erschaudernd fest. »Männer sind einfach widerlich und schlecht. In dieser Welt sind die Männer diejenigen, die alles nehmen, und die Frauen diejenigen, die alles geben. Das ist nicht fair! Du schlägst mir vor, meinen Körper gegen Geld an irgendeinen lüsternen alten Knacker zu verkaufen. Da stehle ich es lieber. Es würde mein Gewissen nicht im geringsten belasten, etwas zu nehmen, was einem Mann gehört.«

»Liebling«, sagte Lil geduldig, »in London heben die Männer ihren Reichtum sicher bei einem Goldschmied oder einem Bankier auf, sie lassen ihn nicht herumliegen, damit ihn sich irgendwer einfach nehmen kann. Ich glaube, du bist eine durchaus abenteuerlustige junge Frau. Warum willst du nicht einfach mal die Rollen vertauschen? Benutze die Männer so, wie sie uns Frauen normalerweise benutzen. Du bist durchaus eine potentielle Schönheit, mein Schatz, und wenn du so clever bist, wie ich denke, dann könntest du Roseland retten und für den Rest deines Lebens in Luxus schwelgen. Ich wette, durch Schmeicheleien und Versprechungen würdest du durchaus an das Vermögen irgendeines armen Kerls herankommen, und wenn es an der Zeit wäre, die Rechnung zu begleichen, kämst du davon, ohne daß es für dich allzu teuer würde. Auf diese Weise wäre er der Gebende und du die Nehmende.«

Cats Sinn für Humor rettete sie. »Nun, ich muß zugeben, der Gedanke, mit irgendeinem wohlhabenden Schwein die Rollen zu tauschen, ist durchaus verführerisch. Mein Bruder könnte mir dabei behilflich sein. Der arme Spider ist zwar ein Lord, aber sein Leben ist ärmlicher als das eines Stalljungen.« Ihr Lächeln schwand. »Nein, ich könnte es einfach nicht.«

»Nein, Liebling, du hast ganz recht, du könntest es nicht«, sagte Lil. »Du hast noch nie in deinem Leben einen Fächer in der Hand gehalten. Und Fächer haben eine ganz eigene Sprache, was das Flirten betrifft. Du weißt nicht, wie sich eine Frau ordentlich kleidet und wie sie tanzt. Wahrscheinlich kannst du noch nicht einmal in hochhackigen Pantoffeln gehen, und ich wette, du könntest noch nicht einmal dann kichern, wenn ich dich dafür bezahlen würde«, sagte sie und wandte damit die umgekehrte psychologische Überredungstaktik an. »Nein, ich bezweifle, daß du die Mätresse eines Mannes werden könntest, ganz zu schweigen davon, daß du jemals einen ehrenwerten Heiratsantrag bekommen würdest.«

Diese Worten trafen Cat. Wenn sie es sich in den Kopf setzte, könnte sie einen Mann um den kleinen Finger wickeln, jawohl, und sie brächte ihn auch dazu, sie zu heiraten. Dann brach sie plötzlich in lautes Gelächter aus. Ihre Tante verspottete sie nur. Reumütig sagte sie: »Es ist die einzige Möglichkeit, wenn ich

Roseland retten will, nicht wahr? Sosehr ich diese Idee auch verabscheue, fürchte ich doch, daß du recht hast. Ich werde sämtliche Tricks lernen müssen. Ich werde lernen müssen, wie man eine echte Lady wird. Ich bin eine hervorragende Schauspielerin ... warte, ich zeige es dir. »Sie schnappte sich Lils Elfenbeinfächer und breitete ihn verführerisch aus. Dann sagte sie in heiserem, gedehntem Ton: »Ich habe eine besondere Vorliebe für reiche Gentlemen.«

Lil lachte. »Oh, Liebling, du hast mich perfekt imitiert!«

»Das liegt daran, daß du mich faszinierst! Alles, was du sagst, klingt herrlich verführerisch, selbst wenn du über Erdbeeren sprichst.«

Lil lachte erfreut, doch dann wurde sie wieder ganz die Pragmatikerin. »Wir werden seine Pferde und die Kutsche verkaufen, um davon die Beerdigung zu bezahlen. Vom Rest werden wir ein paar hübsche Kleider für dich bestellen. Bis dahin leihe ich dir alles, was du brauchst.«

»Oh, ich sollte kein Geld für Kleider vergeuden«, sagte Cat zweifelnd.

»Das ist keine Vergeudung, Summer. Wenn du eine Möwe fangen willst, brauchst du einen Köder. Und jetzt schlaf ein bißchen. Morgen nachmittag werde ich mit dir ins Theater gehen. Es geht um ein einfaches Dienstmädchen, das sich als edle Dame ausgibt und in dieser Verkleidung einen Earl umgarnt. Ich denke, du kannst dabei viel lernen. Und dann«, fuhr sie in ihrer gedehnten Sprechweise fort, »nehme ich dich am Abend zu einem Fest bei Lady Shrewsbury mit. Wenn du den Mund hältst und Augen und Ohren aufsperrst, wirst du sehen, wie man sich in der feinen Gesellschaft benimmt. Der Rest bleibt dann dir überlassen. Ich weiß, daß du so schnell wie möglich wieder nach Hause willst, und ich denke, daß deine Chancen auf eine Heirat in Cornwall bestimmt größer als in London sind, mein Liebling. Die Männer am Hof sind völlig abgestumpft, was Frauen betrifft. Sie kennen inzwischen fast sämtliche unserer zahlreichen Tricks.«

»Gute Nacht, Lil. Ich weiß jede Hilfe und jeden Rat zu schätzen, den du mir geben kannst. Ich bin furchtbar unwissend auf diesem Gebiet.«

»Nun, Liebling, von morgen an wirst du diesen lächerlichen Spitznamen vergessen. Summer ist ein wunderhübscher Name, ein Name, den ein Mann bestimmt nicht so schnell vergißt.«

Also kletterte Summer ins Bett und griff nach dem kleinen Buch, das ihr Vater ihr hinterlassen hatte. Sie blätterte die Seiten um und runzelte leicht die Stirn, da sie nicht genau wußte, was all die Namen bedeuteten, doch plötzlich fiel es ihr ein. Als sie die Worte ›Lizard Point‹ und das Datum sah, wurde ihr schlecht. Dies war einer der Alpträume, die sie am liebsten für immer verdrängt hätte, aber hier war alles sauber aufgelistet, Blatt für widerliches Blatt.

Vor ein paar Jahren war sie ihrem Vater eines Abends heimlich gefolgt, als er von Roseland fortgeritten war. Sie hatte einfach wissen wollen, was ihn in eine Nacht hinauslockte, in der ein furchtbarer Sturm drohte. Sie waren zum Lizard Point geritten, wo der Leuchtturm die Seeleute vor gefährlichen Felsen warnte. Bei Südweststürmen trieben häufig Schiffe an den Strand, und sie hatte entsetzt beobachtet, wie sich ihr Vater zu einer Gruppe von Strandräubern gesellt hatte. Die Kerle hatten das Licht des Leuchtturms oben auf den Klippen gelöscht und Signalfeuer an dem tückischen Strand entzündet, um ein Schiff auf die Klippen zu locken.

Sie warf das Buch fort und schloß die Augen, doch immer noch hörte sie die Schreie der Opfer, als das riesige Schiff splitternd zerborsten und auf Grund gelaufen war. Bei Anbruch der Dämmerung, als sich der Sturm gelegt hatte, hatte sie von den Klippen hinabgeblickt und all die armen Ertrunkenen gesehen. Ihr Vater hatte nichts von einem »schwarzen Mann« gesagt, sondern von »Erpressung«. Sie könnte dieses Buch benutzen, um eine Reihe bekannter Familien zu erpressen. Als ob sie jemals Geld durch Strandräuberei verdienen wollte! Jetzt erinnerte sie sich daran, warum sie ihren Vater derart haßte und verachtete. Männer waren einfach schlecht.

Plötzlich verspürte sie das brennende Verlangen, die Rechnung zu begleichen. Sie würde Lils Herausforderung annehmen und sich das Geld, das sie brauchte, von irgendeinem reichen Kerl holen. Sie hatte es satt, immer das Opfer zu sein. Zur Abwechslung würde sie dafür sorgen, daß wenigstens ein einziges Mal ein Mann das Opfer war.

4

»Es gibt keine Frau auf der Welt, der man trauen kann«, stellte Ruark Helford fest, während er achtlos nach seinen Karten griff.

»Ich habe bereits in der Wiege gelernt, daß nur ein Narr einer Frau vertraut«, erwiderte Charles Stuart auf die ihm eigene lässige, zynische Art.

Buckingham hatte Ruark soeben wissen lassen, daß seine Mätresse beim heftigen Flirt mit dem Herzog von York gesehen worden war. Sie alle waren im Salon Ihrer Majestät zum Kartenspiel versammelt, und auf den Spieltischen türmten sich bereits die Goldkronen auf. Catherines Räume galten nur deshalb als beliebter Treffpunkt für sämtliche Höflinge, weil Charles regelmäßig spätabends dort erschien. Er tat sein Bestes, um ein pflichtbewußter Ehemann zu sein, und es gelang ihm auch, wenn man von dem einzigen Streitpunkt absah, den es zwischen ihm und seiner Königin gab, nämlich seine langjährige Mätresse Barbara Palmer.

Charles blickte durch den Raum zu Barbara hinüber, und sie zog fragend die Brauen hoch. Er reagierte jedoch nicht, sondern zwinkerte ihr lediglich freundlich zu. Er seufzte. Sie war wirklich eine der üppigsten Schönheiten des Königreichs. Wie hätte er ihrem mahagonifarbenen Haar, das sich immer fächerförmig auf den Kissen ausbreitete, oder ihren wogenden Brüsten widerstehen können, die größer waren, als seine Hände zu fassen vermochten? Wäre sie doch nur etwas weniger verführerisch und dafür gefügiger ... etwas weniger herrschsüchtig, etwas unterwürfiger ... etwas weniger extravagant und vorsichtiger ... etwas weniger fordernd und nicht ganz so flatterhaft!

Lord Helfords reglose Miene verriet nicht, wie verärgert er über Buckinghams Bemerkung war. Er hatte den Mann noch nie gemocht, aber er wußte, es war besser, ihn als Freund zu haben denn als Feind. Und was Ruarks momentane Mätresse betraf, so glaubte er durchaus, daß das kleine Biest mit dem Bruder des Königs, James, flirtete. Er hatte ihr gesagt, daß er bald nach Cornwall reisen würde, aber, verdammt, dachte er erbost, sie hätte die Laken wenigstens erst abkühlen lassen können, ehe sie sich einen Ersatz für ihn nahm. Ann hatte ihn gebeten, sie mitzunehmen, und hatte sogar das Thema Heirat zur Sprache gebracht. Die Tatsache, daß er höflich, aber bestimmt abgelehnt hatte, war zweifellos der Grund für ihr unverschämtes Betragen, was James betraf. Er war allerdings zu vernünftig, um seine Mätresse zu ehelichen. Frauen sind doch alle gleich, dachte er zynisch – sie werfen sich immer dem Meistbietenden an den Hals.

Seine Gedanken kehrten zu der ersten jungen Frau zurück, mit der er verbandelt gewesen war. Wenn er daran zurückdachte, erschien es ihm unglaublich, daß er jemals so naiv gewesen war, aber sie hatte ihn an der Angel gehabt wie einen Fisch. Über ein Jahr lang hatte er für das Kind bezahlt, das sie geboren hatte, bis sein Freund Sandwich ihm eines Abends in volltrunkenem Zustand gestanden hatte, daß er das Mädchen geschwängert hatte, ehe sie Ruark vorgestellt worden war. Nun, das war das erste und letzte Mal gewesen, daß er von einer Frau zum Narren gehalten worden war.

Buckingham, der merkte, daß der König und Helford mit ihren eigenen Gedanken beschäftigt waren, nutzte die Chance und lenkte das Spiel, bis er im Besitz sämtlicher Münzen war. Das Geld bedeutete ihm nicht viel, aber das Gefühl der Macht, das ihn erfüllte, als er seinen Gewinn einstrich und die Mienen seiner Gegner sah, verschaffte ihm echte Befriedigung.

Angewidert erhob sich Charles vom Tisch und trat hinter Ihre Majestät. Catherine fand Gefallen am Spiel und kam sich sehr verrucht vor wegen der Angewohnheiten, die sie am Hof ihres Gatten entwickelte. Er beugte sich zu ihr hinunter, flüsterte ihr etwas ins Ohr, sie hörte auf seinen Rat und gewann.

Es war fast Mitternacht, und Charles beugte sich abermals zu ihr hinab, dieses Mal mit einem Anliegen amouröser Natur. Die Höflichkeit zwang sämtliche Anwesenden, immer so lange wie die Königin zu bleiben, und als sie sich zögernd erhob und eine ihrer Hofdamen rief, seufzten nicht wenige der Gäste erleichtert auf. Zum Glück war kein Tanz geplant, sonst hätte sich das gesellige Zusammensein bis fünf oder sechs Uhr morgens hingezogen.

Mehr als eine Stunde war vergangen, als endlich der letzte Kammerdiener das Schlafzimmer des Königs verließ. In einem brokatbestickten Hausmantel begab sich Charles, gefolgt von seinen geliebten Spaniels, in die Räume Ihrer Majestät. Zu seinem Entsetzen kniete Catherine vor dem kleinen Altar, den sie in ihrem Ankleideraum hatte errichten lassen, und außerdem waren noch zwei ihrer portugiesischen Hofdamen da.

Er räusperte sich diskret in der Hoffnung, daß sie den Hinweis verstünden, aber das taten sie nicht. Charles, der von Natur aus gutmütig und wohlerzogen war, wartete geduldig, während seine fromme kleine Frau noch zwanzig Minuten lang betete, doch schließlich öffnete er die Schlafzimmertür und schickte die Hunde in den Ankleideraum. Er wußte genau, daß die Hofdamen nicht die angeborene Tierliebe der meisten Engländer hatten, und hoffte, sie mit dieser Geste zu vertreiben. Doch offensichtlich funktionierte das kleine Manöver nicht, und leicht verärgert ging er ebenfalls hinüber, um die Sache zu beschleunigen.

Catherine kniete immer noch in ihrem voluminösen Nachthemd vor dem Altar und blickte auf das Kreuz an der Wand.

»Meine Liebe, komm ins Bett. Du wirst dir noch den Tod holen, wenn du so lange auf dem kalten Boden kniest.«

»Ich komme sofort, Charles«, kam die leise Antwort, aber gleichzeitig bedachte ihn die Gräfin von Penalva mit einem bösen Blick.

Charles erwiderte ihn. »Sie dürfen sich zurückziehen«, sagte er bestimmt.

Penalva und Gräfin Ponteval, ihre ständigen Begleiterinnen, tauschten einen kurzen Blick aus und sahen dann mit hochgezogenen Brauen Catherine an.

Charles wurde allmählich ehrlich böse, aber immer noch sprach er in freundlichem Ton. »Meine Damen, ich glaube, Catherine braucht niemanden, der sie vor mir beschützt. Sie ist meine Frau, und ich nehme meine Rechte als Ehemann selten genug wahr, da sie beständig unter Ihrer Bewachung steht.«

Die Frauen mißbilligten einfach alles an Charles Stuart und versuchten nicht, diese Gefühle zu verbergen. Nur widerwillig zogen sie sich zurück, wobei sie aussahen wie zwei Schäferinnen, die man zwang, das Unschuldslamm dem bösen Wolf zu überlassen.

Als sie endlich allein waren, trat Charles hinter Catherine und sagte sanft: »Meine Liebe, wenn du ohne Sünde bist, warum findest du es dann erforderlich, so viel Zeit auf deinen hübschen Knien zu verbringen und Gott um Vergebung zu bitten?«

Sie wandte sich zu ihm um und bedachte ihn mit einem trotzigen Blick. »Ich bete nicht für mich, Charles, ich bete für dich.«

»Ah, meine Liebe, selbst wenn du in alle Ewigkeit auf den Knien herumrutschen würdest, gelänge es dir sicher nicht zu erreichen, daß der liebe Gott mir all meine Sünden vergibt.« Er lächelte, und bei seinem Anblick schmolz ihr beinahe das Herz. Er nahm ihre Hände, zog sie auf die Füße und flüsterte: »Komm ins Bett, Catherine.« Er beugte den Kopf, um sie zu küssen, aber sie wandte sich von ihm ab und bestätigte damit seine Befürchtungen. Sie kam absichtlich so spät zu ihm ins Bett, weil sie über etwas Unangenehmes mit ihm sprechen wollte.

Charles seufzte. Er wollte doch nur ein nettes Schäferstündchen mit ihr verbringen und sie mit etwas Glück mit seinem Samen füllen, damit sie ihm vielleicht bald seinen Thronfolger gebar. Er wußte genau, daß von ihr keine Leidenschaft zu erwarten war. Sie konnte sein Verlangen nie befriedigen, und er hatte es bisher immer großmütig und mit einer gewissen Freundlichkeit akzeptiert, aber allmählich war er ihre Vorbehalte und ihren Widerwillen gegen alles Sexuelle leid.

Sie ließ sich von ihm ins Schlafzimmer führen, aber nicht ins Bett. »Charles«, setzte sie tapfer an. »Du gehst einen Weg, der mich früher oder später zutiefst unglücklich machen wird.«

»Sicherlich könnte selbst ich nicht so ein Schuft sein, Catherine«, erwiderte er demütig.

Sie errötete, da Charles ihr gegenüber immer freundlich war. Andere hätten vielleicht über ihre fremdartigen Kleider, ihre Sprache und ihr Benehmen gelacht, nicht aber er. Sie schluchzte leise auf. »Es geht wieder mal um *diese Frau*«, sagte sie und sah ihn vorwurfsvoll an.

Vernünftigerweise enthielt sich Charles eines Kommentars.

»Wie mir zu Ohren gekommen ist, hat sie verlangt, daß du sie zur Gräfin machst.« Sie stapfte entschlossen mit ihrem Pantoffel auf. »Das möchte ich nicht!«

»Meine Liebe, bitte versuch zu verstehen, daß es dich keineswegs entehrt, wenn ich Mrs. Palmer einen Titel verleihe.«

»Wenn du sie auch noch öffentlich ehrst, dann ist das für mich wie ein Schlag ins Gesicht.« Catherines sonst so blasses Gesicht wurde zornesrot.

Charles blickte sehnsüchtig in Richtung Bett, auf dem sich inzwischen die beiden Spaniels flegelten, und dann setzte er sich auf die Kante. »Catherine, es ist nichts Unehrenhaftes, wenn der König eine Mätresse hat. Du möchtest, daß ich die Liaison beende, aber es wäre höchst unfreundlich von mir, sie einfach fallenzulassen. Dadurch würde sie zu einer Geächteten hier am Hof. Sie würden sich wie die Wölfe auf sie stürzen und sie in Fetzen reißen. Indem ich ihr einen Titel verleihe, erfülle ich ihr gegenüber nur meine Pflicht. Das wirst du doch sicher verstehen, Catherine.«

»Was für eine Pflicht?« tobte sie.

Nur weil Charles gutmütig und freundlich war, dachten die meisten Frauen, er ließe sich von ihnen beherrschen. Selbst seine

Mutter hatte ihr Leben lang versucht, ihm ihren Willen aufzuzwingen. Doch gelungen war es ihr nie. »Sie hat mir gerade erst einen Sohn geboren. Das ist kein Geheimnis.«

Catherine brach in Tränen aus. »Ich habe die Gerüchte gehört ... du denkst, daß ich unfruchtbar bin!«

Er zog sie an sich und zwang sie, ihn anzusehen. »Das denke ich nicht, meine Süße. Und noch heute nacht werde ich den Gerüchten ein Ende machen«, sagte er, während er ihr das Nachthemd auszog und seinen Hausmantel ablegte. Er schob die Hunde von dem breiten Bett und nahm Catherine in den Arm. Sie vergrub ihr Gesicht an seiner breiten Brust und schluchzte hemmungslos. Mit unendlicher Geduld wiegte er sie sanft hin und her, bis der Tränenstrom zu versiegen schien. Sie war extrem schlank, und ihre Brüste waren nicht größer als die einer Elfjährigen, aber er streichelte sie zärtlich und fuhr mit den Daumen über die winzigen Brustwarzen. Er küßte sie unzählige Male und murmelte bestimmt: »Was die Sache mit Lady Castlemaine betrifft, so reden wir nicht mehr davon.« Den Titel, den er Barbara zu verleihen gedachte, benutzte er absichtlich.

Mit leiser Stimme entgegnete Catherine: »Ich fürchte, doch.« Sie zögerte kurz, dann platzte sie heraus: »Ich habe Kanzler Hyde gebeten, dem Parlament zu verbieten, ihr den Titel zuzusprechen.«

Jetzt war Charles ehrlich erbost. Obgleich die Königin meistens lieb und fügsam wirkte, schien sie in diesem Fall entschlossen zu sein, alles zu tun, um ihren Willen durchzusetzen. Er warf die Decke zurück, schwang seine langen Beine aus dem Bett und verabschiedete sich kühl. »Gute Nacht, Madame.«

»Charles, wo gehst du hin?« fragte sie jämmerlich.

Der König würdigte sie keiner Antwort. Er fand, daß offensichtlich war, wohin er ging. Er marschierte durch den Garten und nahm eine Abkürzung in die King's Street, die auf dem Grundstück des Palasts verlief. Barbara Palmers modernes Haus lag wirklich günstig. Es war inzwischen fast halb drei, aber er war zuversichtlich, daß sie ihn mit offenen Armen empfangen würde.

Ihre Bediensteten zuckten nicht einmal mit der Wimper, als der König von England entschlossen die Treppe zu Myladys Schlafzimmer erklomm. Barbara lag im Bett, glücklicherweise allein, aber als sie die vertrauten Schritte vernahm, war sie sofort hellwach.

»Steh nicht extra auf, mein Liebling, ich komme zu dir«, sagte Charles und legte seinem Umhang ab.

Barbara warf die Decke zurück, zündete ein Dutzend Kerzen an und trat vor ihn, ihren üppigen Leib in nichts als ein blaß lavendelfarbenes Nachthemd gehüllt. Ihre Augen verdunkelten sich sehnsüchtig, aber sie hob abwehrend die Hand. »Wir müssen miteinander reden, Sire.«

Er seufzte. Sie benutzte nur dann die förmliche Anrede, wenn es um etwas Ernstes ging. »Wir werden später reden, Babs, aber dich zu sehen hat ausgereicht, um mich hart wie Marmor zu machen.« Mit zwei langen Schritten hatte er sie erreicht. Seine geübten Hände streiften die Träger ihres Nachthemds von ihren Schultern, so daß sein begieriger Blick auf ihre vollen Brüste fiel. Er nahm eine von ihnen in eine starke, braune Hand, neigte den Kopf und kostete die volle, dunkle Knospe. Er wußte, daß er sie innerhalb kürzester Zeit allein mit seinen Händen und seinem Mund zu leidenschaftlicher Erregung trieb. Sie warf den Kopf zurück, so daß ihre herrliche mahagonibraune Mähne über ihre Schultern fiel, und umfaßte sein Glied mit wissender Hand. Als er stöhnte, entzog sie ihm ihre Brustwarze. »Wir werden *jetzt* reden. Dein marmornes Nudelholz kann warten. Charles, ich habe heute etwas gehört, das den Wunsch zu sterben in mir weckt!« sagte sie in dramatischem Ton. »Es gibt eine Verschwörung, um zu verhindern, daß ich den Titel bekomme, den du mir versprochen hast!« Sie raffte ihr Nachthemd zusammen, so daß ihre volle Brust nicht mehr zu sehen war.

»Barbara, du weißt, daß ich alles in meiner Macht Stehende unternehmen werde, damit du Gräfin von Castlemaine wirst«, sagte er besänftigend. »Komm ins Bett, dein König braucht deine Dienste.«

»Alles in deiner Macht Stehende!« tobte sie. »Alle Welt wird denken, daß der alte Mann Hyde mehr Macht hat als du. Schaff ihn dir vom Hals, Charles!«

»In gewisser Weise hat Edward Hyde tatsächlich mehr Macht als ich. Er ist mein Kanzler, Barbara, und zugleich der Vorsitzende des Parlaments.«

»Nun, falls du die Absicht hast, dir von jedem Menschen einschließlich deiner Frau Vorschriften machen zu lassen, dann ist offensichtlich, daß deine Versprechungen vollkommen wertlos sind.«

»Ich lasse mir von Ihrer Majestät keine Vorschriften machen«, sagte er. »Aber du, meine Liebe, hast offenbar eine Vorliebe dafür, dich mit mir zu streiten. Ich bin sicher, du tust es nur deshalb, weil du genau weißt, wie verführerisch du wirkst, wenn du zornig bist«, sagte er schmeichlerisch, während er sich näher an sie schob und eine seiner starken Hände ihren Arm bis zu ihrer nackten Schulter hinaufgleiten ließ.

Sie schüttelte ihn ab. »Ich stehe dir Tag und Nacht zur Verfügung, und du bildest dir ernsthaft ein, daß sich alle Probleme im Bett lösen lassen«, schnaubte sie.

»Das ist auch meistens der Fall, meine Liebe. Komm, Barbara, du weißt, daß du ebensolche Lust auf mich hast wie ich auf dich.« Seine Hand umfaßte erneut ihre herrliche Brust, und sie stöhnte leise auf. »Nein, nein, neiiiin, Charles, dieses Mal nicht. Wenn ich an all die Opfer denke, die ich dir schon gebracht habe, dann wird mir schlecht, und jetzt willst du dich noch nicht mal auf meine Seite stellen!«

»Opfer, Barbara?« fragte er und dachte an das Geld, die Häuser und die Juwelen, mit denen sie von ihm überhäuft worden war.

»Ich bin das Gespött von Whithall – der gesamte Hof weiß, daß du Tag und Nacht deinen Spaß mit mir hast. Ich habe meinen Ruf geopfert. Ich habe die Gunst meines Ehemannes geopfert.« Sie riß die Tür ihres Schlafzimmers auf und rief dramatisch: »Komm mit mir ins Kinderzimmer, und dann zeige ich dir, welche Opfer ich noch gebracht habe.«

»Barbara, sei leise! Es wäre grausam und gedankenlos, die Kinder aus dem Schlaf zu reißen.« Er seufzte abgrundtief. »Ich wünschte, du wärst etwas netter zu mir, Babs. Ich habe gerade deinetwegen eine schreckliche Auseinandersetzung mit Ihrer Majestät gehabt.«

»Ach ja?« Mit einem erfreuten Lächeln schloß sie die Tür und schenkte sich ein Glas Weißwein ein. Als sie zum Feuer ging, hoben sich ihre üppigen Rundungen verführerisch unter dem dünnen Nachthemd ab, und Charles mußte sich auf die Lippe beißen, um sie nicht einfach zu packen und zu zwingen, ihm gefügig zu sein.

»Du läßt mich bestimmt nicht in dein Bett, oder?«

»Nicht, ehe diese Sache nicht geregelt ist, Charles.«

Seine langen Finger hoben vorsichtig ihren samtenen Morgenmantel hoch. »Dann zieh um Gottes willen das Ding hier an ... du machst mich wahnsinnig!«

»Wußtest du, daß Ihre Majestät Hyde ausdrücklich verboten hat, meine Ernennungsurkunde zu unterschreiben?« fragte sie.

»Clarendon würde sich wohl weder von Catherine noch von mir von seiner Pflicht abhalten lassen«, erklärte Charles.

Barbara griff nach einem Flakon teuren Parfüms und warf ihn an die Wand. »Clarendon? Clarendon?« kreischte sie wie ein übergeschnappter Papagei. »Also stimmt es ... du hast ihn zum Earl ernannt, während mir der Titel verweigert wird!«

»Dir wird gar nichts verweigert, Barbara.«

Sie schrie hysterisch auf. »Ich habe mich dir gegenüber verhalten wie eine treue Ehefrau, und das ist der Dank dafür ... du wirfst mich fort wie einen alten Schuh!«

Der König setzte ein zynisches Lächeln auf. »Ehefrauen sind berüchtigt für ihre Treulosigkeit, da bist auch du keine Ausnahme, und was die Anschuldigung betrifft, ich würde dich wegwerfen, so wird ein Blick genügen, um dich davon zu überzeugen, daß ich versessen darauf bin, den Rest der Nacht mit dir zu verbringen. Die Schwierigkeit besteht darin, daß es dir offensichtlich mehr Vergnügen bereitet, mir eine Szene zu machen und mich flehen zu hören, als tatsächlich mit mir ins Bett zu gehen.«

Seine Worte verstärkten noch ihren Zorn. »Du weißt, daß das nicht stimmt. Ich bin die leidenschaftlichste Frau, mit der du je geschlafen hast! Ich bin die einzige, die ebenso sinnlich ist wie du. Ich bin immer versessen darauf, dir jeden neuen Wunsch zu erfüllen.«

»Ja, das stimmt«, sagte er wehmütig. »Aber ich bin elf Jahre lang mit dem Hut in der Hand durch Europa gereist. Meine Zeiten als Bettelmann sind vorbei, Barbara.« Er griff nach seinem purpurnen Samtumhang und setzte seine Kappe auf. »Fragt besser mal einen Apotheker nach einem Mittel gegen hysterische Anfälle, Madame, allmählich habe ich genug davon«, warnte er. »Gute Nacht, oder besser gesagt, guten Tag.«

5

Ruark Helford erging es nicht besser als seinem Monarchen. Nachdem er den Salon Ihrer Majestät verlassen hatte, begab er sich zu dem eleganten Haus, das er in der Tothill Street für seine Mätresse Ann Ashley gemietet hatte. Er trat lautlos ein, doch dann wurde ihm klar, daß er sich die Mühe hätte sparen können, da sie noch nicht zu Hause war.

Er machte es sich bequem, indem er seinen Hut und seinen Umhang ablegte und sich eine Flasche Burgunder genehmigte. Ihr Mädchen konnte er nicht befragen, da es nirgends zu sehen war, also lehnte er sich in seinem Sessel zurück, legte die Füße auf den blankpolierten Tisch und wartete.

Nach einer Stunde war die Flasche geleert, und allmählich bekam er Lust auf einen handfesten Krach. Er öffnete eine kleine Schublade im Tisch und begann, Anns Rechnungen durchzusehen. Seine Miene spannte sich an, als er sah, daß sie sich allein in dieser Woche Kleider und Schmuck für fünfhundert Pfund genehmigt hatte.

Sie kam mit ihrem Mädchen herein, sah seinen Gesichtsausdruck und sagte eilig: »Laß uns allein, Millie.«

Ruark Helford begrüßte sie ohne Worte und ohne einen Kuß, und sie erkannte an seiner steifen Haltung, daß er in äußerst gefährlicher Stimmung war. Sie warf ihren Fächer, ihren Muff, ihre Maske und ihren Umhang auf einen Stuhl und begann, ihr Kleid auszuziehen. Sie wußte, daß ihre einzige Chance darin bestand, ihn so schnell wie möglich ins Bett zu bekommen. »Ruark, Liebling«, sagte sie atemlos. »Ich dachte, du wärst heute abend mit dem König zusammen. Wenn ich dich erwartet hätte, wäre es mir nicht im Traum eingefallen, zu Elizabeth Hamiltons Dinnerparty zu gehen.«

Die Rechnungen immer noch in der Hand, musterte er sie von Kopf bis Fuß, und sie meinte: »Ich habe ein neues Kleid gebraucht, Ruark.«

Er zog eine Braue hoch. »Eins?«

»Nun denn, drei ... und ich dachte, vielleicht würde es dir gefallen, mir die Perlen als eine Art Abschiedsgeschenk zu kaufen.« Sie zog einen verführerischen Schmollmund. »Ich wünschte, du würdest nicht nach Cornwall gehen, Liebling. Ich werde vor Einsamkeit sterben ohne dich.«

Inzwischen hatte sie ihr Kleid abgelegt und stand nun in ihrem Korsett, einem winzigen Teil, das ihre Brüste vorteilhaft hob, und spitzenbesetzten Strümpfen mit rosafarbenen Strumpfhaltern da. Sie betete stumm, daß ihre Vorführung ihn ablenken möge. Doch es funktionierte nicht.

»Gibt es noch mehr davon oder ist das alles?« fragte er und wedelte lässig mit der Handvoll Rechnungen durch die Luft.

Sie trat vorsichtig näher. »Du hast mich so sehr verwöhnt, mein Liebster, also laß mich dir auf die Weise danken, die dir am besten gefällt.« Sie zog das Korsett aus, und er blickte auf ihre kleinen, hübschen Brüste und ihre schlanke Taille hinab. Sie stellte sich auf Zehenspitzen und schlang die Arme um seinen Hals, wodurch ihr nackter Busen mit seiner breiten Brust in Berührung kam.

Er löste ihre Arme und trat einen Schritt zurück.

»Was ist los?« fragte sie mit blitzenden Augen. »Du tust so, als wolltest du nicht, daß ich dich berühre!«

»Das will ich auch nicht«, erwiderte er schlicht, »nicht solange ich nicht weiß, wo du gewesen bist.«

»Ich habe dir doch bereits erklärt, daß ich auf einer Dinnerparty war –«

»Ann, beleidige nicht meine Intelligenz«, warnte er. Sein Blick war so kalt, daß sie nach einem seidenen Morgenmantel griff, um ihre Blöße zu bedecken.

»Du hast irgendwelche bösartigen Gerüchte gehört. Es gibt immer jemanden am Hof, der bereit ist, dir irgendwelche Lügen aufzutischen.«

»Den Gerüchten zufolge hast du eine Liaison mit dem Bruder des Königs, James.« Er sprach ausdrucksvoll und wartete darauf, daß sie alles leugnete. Was sie auch prompt tat. Sie durchlief die ganze Skala von Zornausbrüchen über Treueschwüre bis hin zu den hilflosesten Tränen, denen je ein Mann ausgesetzt gewesen war. Schließlich warf sie sich mit dem Gesicht nach unten auf das Bett und wartete darauf, daß er sich zu ihr gesellte und sie tröstend in seine Arme nahm.

Sie wartete vergeblich. Allmählich verspürte sie eine gewisse Furcht. Sie hatte Ruark Helford noch nie so zu manipulieren vermocht, wie sie es mit anderen Männern tat. Gerade das hatte ihn so verdammt anziehend für sie gemacht. Sein Gesicht war immer dunkel, hart und unergründlich. Die Linie seines Mundes wies eine skrupellose Wildheit auf, die in einer Frau das Bedürfnis weckte zu sterben, wenn sie von ihm keinen Kuß bekam. Sie spürte, daß Ruark gefährlich nahe vorm Explodieren stand, doch gleichzeitig prickelten ihre Brüste und pochte ihr Unterleib vor Verlangen nach ihm.

Sie war eine Närrin, mit dem Herzog von York zu flirten, noch ehe Ruark aus dem Rennen geschieden war, aber als er ihr erklärt hatte, daß er nach Cornwall zurückgehen würde, hatte sie ein so übermächtiges, niederschmetterndes Verlustgefühl erlebt, daß sie irrational gehandelt hatte. Und der Verlust wäre nicht nur finanzieller Art – ein reicher Mann ließ sich immer durch einen anderen reichen Mann ersetzen –, er wäre gefühlsmäßiger und körperlicher Natur. Sie hatte sich ernsthaft in Ruark verliebt und sogar von einer Hochzeit geträumt.

Sie hatte nie richtig glauben können, daß ausgerechnet sie das Glück gehabt hatte, den potentesten, begehrenswertesten Mann am Hof anzuziehen. Er war einfach unersetzlich, es sei denn durch einen Mann von königlichem Geblüt, und nur deshalb hatte sie dem Bruder des Monarchen schöne Augen gemacht. Sie rollte sich auf den Rücken und strich verführerisch mit der Sohle ihres schlanken Fußes über ihr Bein. Dann fragte sie atemlos: »Wirst du mich bestrafen?« Sie brauchte das Gefühl seiner Hände auf ihrem Leib, koste es, was es wolle.

Seine haselnußbraunen Augen verdunkelten sich, und er wandte sich von ihr ab, damit sie das Mitleid in seinem Blick nicht sah. »Du wirst für dein Tun büßen, meine liebste Ann, aber nicht, indem ich dich verprügele.« Er zögerte, doch dann fuhr er leise fort. »James hat Syphilis.«

Sie riß entsetzt die Augen auf, und dann wich ihr alle Farbe aus dem Gesicht. Ruark griff stumm nach einem Umhang und seinem breitkrempigen Hut, und mit einem leisen »Ich werde die Rechungen bezahlen« verließ er sie.

Die beiden großen dunklen Männer begegneten sich auf dem Birdcage Walk. Ruark Helford lüftete ehrfürchtig den Hut, und Charles stellte zynisch fest: »Es geht doch nichts über einen gemütlichen Spaziergang im St. James Park morgens um vier.«

»Nein, Sire. Das ist die einzige Möglichkeit, um den Weibern zu entgehen«, pflichtete Helford ihm ebenso zynisch bei.

»Eigentlich bin ich ja durchaus ein Frauenfreund«, stellte Charles nachdenklich fest.

Helford zog selbstironisch eine Braue hoch. »Ich glaube, wir sitzen im selben Boot, Sire.«

»Frauen!« schnaubte Charles. »Wo in aller Welt kommt ein

König bei ihnen je zum Zug?« Er hob den Kopf und sah, daß bereits die Dämmerung einbrach. »Wie wäre es mit einem Tennismatch bis zum Tagesanbruch? Das ist wohl die einzige sportliche Betätigung, die uns heute nacht noch bleibt.«

Ruark verbeugte sich. »Wenn Ihr meint, daß man uns dann nicht zusammen mit all den anderen Verrückten ins Irrenhaus sperrt.« Sein Körper schrie nach Bewegung. Lieber hätte er ein Schiff durch einen Sturm gesteuert oder wäre auf einem wilden Hengst über die Heide galoppiert, aber ein schnelles Tennisspiel reichte vielleicht auch.

Ihr Spiel war so schnell und so zornerfüllt, daß sie bald die Hemden auszogen. Die beiden athletischen, kraftstrotzenden Männer paßten so gut zueinander, daß sie auch nach zwei Stunden immer noch abwechselnd gewannen und somit nur ein Unentschieden zu erreichen war.

Als sie sich wieder ankleideten, sagte Charles: »Ruark ist ein irischer Name, nicht wahr?«

Helford nickte. »Meine Mutter war Irin.«

»Das bringt mich auf eine Idee. Bei Gott, ich werde Barbara einfach einen irischen Titel verleihen, denn das kann ich ohne Clarendons Zustimmung tun.«

»Ein brillanter Schachzug, Sire«, sagte Ruark und grinste über das ganze Gesicht.

Charles sah ihn ernst an. »Man muß eben lernen, auf Umwegen sein Ziel zu erreichen, wenn es um Frauen geht.« Die beiden Männer gingen durch den St. James Park in Richtung Whitehall, als dem König ein weiterer brillanter Gedanke kam.

»Tante Lil!« sagte er und blieb stehen wie vom Donner gerührt.

»Wie bitte?«

»Wir gehen bei Tante Lil vorbei. Sie wohnt hier in der Cockspur Street. Ich hätte nichts dagegen, mal wieder ein hübsches junges Ding kennenzulernen, und welchen besseren Ort gibt es dafür als das Haus von Tante Lil?«

Ruark verzog das Gesicht. »Ich wurde bereits einmal bei Tante Lil einer jungen Frau vorgestellt ... Sie hat mich ein Vermögen gekostet und war noch nicht einmal mehr Jungfrau, als sie das erste Mal zu mir kam.«

Charles lachte. »Jungfräulichkeit ist bei weitem nicht so reizvoll, wie man immer sagt – allein der Gedanke an den erforderlichen Durchbruch ermüdet mich bereits.«

Ruark wußte, er dachte an Königin Catherine.

»Wissen Sie, Ru, durch meine weitreichenden Erfahrungen bin ich zu dem Schluß gekommen, daß alle Frauen gleich sind.«

Charles verfügte tatsächlich über einen großen Erfahrungsschatz. Wenn Ruark jemals eine attraktive Frau träfe, die noch nicht mit dem König und dem halben Hofstaat im Bett gewesen war, dann würde er wahrscheinlich ernsthaft in Erwägung ziehen, sie zu heiraten.

Der König fuhr fort. »Von außen betrachtet haben Catherine und Barbara keine Gemeinsamkeit, aber im Grunde sind sie vollkommen gleich. Sie erweisen einem beide nur ihre sexuelle Gunst, damit man ihnen ihren Willen läßt. Kriegen sie nicht, was sie wollen, wird auch nichts aus dem Spaß im Bett.«

»Tja«, sagte Ruark. »Ich glaube, ich komme besser nicht mit zu Tante Lil, Sire. In einer Woche reise ich nach Cornwall zurück, und das letzte, was ich brauche, ist eine Liebschaft mit irgendeiner neuen Frau. Immerhin ist es mir gerade so gelungen, mich aus meiner alten Liaison zu befreien.«

»Helford, Sie haben geschworen, Ihrem Monarchen immer treu zur Seite zu stehen. Und als Ihr Herr befehle ich Ihnen, mich zu begleiten.«

Ruark zog eine seiner rabenschwarzen Brauen hoch. »Ich habe keinen Herrn, Sire.«

Charles sah ihn bewundernd an. »Himmel, ich glaube, das stimmt.« Und mit einem charmanten Lächeln fügte er hinzu: »Dann kommen Sie als mein Freund mit, der mich moralisch unterstützt.«

Die weiße Perserkatze hatte in Summers Zimmer geschlafen, aber jetzt kratzte sie an der Tür, mußte offenbar hinaus. Summer warf die Decke zurück, zögerte einen Augenblick, ob sie in dem schneeweißen, so herrlich mit Spitzen und Bändern verzierten Nachthemd nach unten gehen konnte, doch dann schnappte sie sich das kleine weiße Fellknäuel und rannte eilig die Treppe hinab. Sie nahm an, daß vor sechs Uhr morgens bestimmt niemand in der Nähe war.

Gerade als sie die Haustür öffnen wollte, klopfte es. Sie war ehrlich verblüfft, als sie zwei große, dunkle Herren selbstbewußt die Eingangshalle betreten sah. Die Katze kratzte sie und sprang erschreckt von ihrem Arm. »Oh, du kleine Höllenkatze«, murmelte sie und starrte mit großen Augen die beiden Männer an. Einer von ihnen trug purpurfarbenen Samt mit Goldborten, der andere schwarzen Samt und einen breitkrempigen Hut mit einer taubenblauen Straußenfeder. Taubenblau, bei Gott! Noch nie in ihrem Leben hatte sie so etwas gesehen.

Ihr Blick ruhte auf den schenkelhohen Stiefeln der Besucher und wanderte dann höher zu dem schwarzen, schulterlangen Haar und den Augen, die sie ihrerseits unverhohlen musterten. Einer der Männer hielt ihrem Blick eine Ewigkeit stand, bis sie sich ihrer spärlichen Bekleidung bewußt wurde und errötete. Als endlich einer der Pagen ihrer Tante erschien, flüchtete sie die Treppe hinauf, das schwarze Haar in einer unordentlichen Wolke und die Wangen leuchtend rot.

Ruark Helford starrte ihr noch lange hinterher. Das Mädchen hatte einfach umwerfend ausgesehen. Ihre dunklen, dramatischen Züge waren exotisch, ungewöhnlich, beinahe geheimnisvoll, und sie hatte eine äußerst aufregende Figur.

Das züchtige Nachthemd mit den zarten Spitzen vor der Brust hatte seiner Phantasie Flügel verliehen. Die heutige Mode war so voluminös, daß ein Mann die Figur einer Frau erst entdeckte, wenn er sie aus all dem Fischbein und sämtlichen Polstern herausgeschält hatte, aber das schlichte weiße Nachthemd hatte sich in weichen Falten um die herrlichen Rundungen ihrer hohen Brüste und den wohlgeformten Po gelegt. Als sie die Treppe hinaufgerannt war, hatte er sogar ihre nackten Füße und ihre schmalen

Knöchel gesehen und gebetet, daß das, was über diesen Knöcheln kam, ebenso schlank und geschmeidig sein möge.

Eins hatte er bereits beschlossen. Wenn sie das erste Mal in sein Bett käme, sollte sie das weiße Hemd mit den Bändern tragen. Bei dem Gedanken, eines nach dem anderen zu lösen, wurde ihm heiß. Die Ausstrahlung des Mädchens verriet, daß der Mann, dem sie ihre Gust erweisen würde, unvergleichliche, leidenschaftliche Erfüllung bei ihr fände.

Obwohl er wußte, daß er sie noch nie zuvor gesehen hatte, erinnerte sie ihn an etwas oder jemanden. Er stellte sich vor, wie es wäre, tief in ihr zu sein, und sein Schaft versteifte sich sofort vor Erregung.

Er sah den König an. »Ich halte es für fair, Euch mitzuteilen, daß ich doch im Rennen bin.«

»Keine Chance, Helford! Himmel, ich glaube, das ist das erste ungeschminkte Gesicht, das ich seit zwei Jahren gesehen habe.«

»Fünfzig Pfund, daß ich sie als erster koste«, wettete Ruark.

»Sie haben den Befehl, nach Cornwall zu reisen, Helford, und ich wüßte keinen Grund, weshalb Sie die Abreise verzögern sollten.«

Summers Tante Lil wollte gerade die Treppe hinuntergehen, als das Mädchen atemlos an ihr vorbeihastete. Sie kniff nachdenklich die Augen zusammen, als sie Charles Stuart in der Eingangshalle sah. Unten angekommen machte sie einen tiefen Knicks und sagte mit ihrer sonoren, verführerischen Stimme: »Euer Majestät, Euer Besuch ist mir eine Ehre, aber muß es vor sechs Uhr morgens sein, Sire?«

»Lady Richwood, Madame, ich bin Ihr bescheidener Diener«, entgegnete Charles und hob ihre beringten Finger an seinen Mund. »Wir sind so gut befreundet, daß ich dachte, ich wäre zu jeder Stunde willkommen in Ihrem Haus.«

Sie wandte sich dem Begleiter des Königs zu. »Lord Helford, ich glaube, Sie hätten meine Nichte mit Ihrem gefährlich guten Aussehen beinahe zu Tode erschreckt.«

»Ihre, eh ... Nichte«, stellte der König fest, »ist mir sofort aufgefallen, und ich wäre sehr an ihrer Bekanntschaft interessiert, wenn ich es mal so sagen darf.«

Lady Richwood erstarrte, und um zu zeigen, daß der König von England einen fast unverzeihlichen Fauxpas begangen hatte, sprach sie plötzlich in vollkommen nüchternem Ton. »Meine Herren, die junge Dame ist tatsächlich meine Nichte, Lady Summer St. Catherine. Ich habe sie hierher nach London gebeten, weil ihr Vater einen Unfall hatte. Bedauerlicherweise schied er gestern dahin. Wir sind also in Trauer.«

Es war das Zeitalter lockerer Moralvorstellungen, aber gleichzeitig gab es einen strengen Verhaltenskodex.

»Lady Richwood, verzeihen Sie, daß wir uns wie Narren aufgeführt haben. Mein Beileid, Madame, zum Tod Ihres Bruders. Helford, Ihr Vorschlag, heute hierherzukommen, kam leider in einem höchst ungünstigen Augenblick.«

Lil Richwoods Stimme wurde wieder sanft. »Ich verzeihe Euch ... denn schließlich habe ich eine besondere Vorliebe für große, dunkle Kavaliere, wie Ihr es seid.«

Beide Männer verbeugten sich sehr tief und zogen sich diskret zurück.

6

Mit nachdenklich zusammengekniffenen Augen eilte Tante Lil die Treppe hinauf. Oben angekommen, unterzog sie ihre Nichte einer gnadenlosen Musterung, ehe sie die Frage beantwortete, die ihr sofort bei ihrem Eintreten gestellt worden war. »Das war Seine Majestät der König, mein Liebling, und er hatte großes Interesse an dir. Aber wenn ich eine Liaison arrangieren würde, müßtest du sehr clever sein, um sein Interesse nicht nach kurzer Zeit wieder zu verlieren. Die Konkurrenz ist übermächtig. Aber auf jeden Fall wären damit deine finanziellen Probleme gelöst.«

Ein Mädchen brachte ein Frühstückstablett mit Obst, Croissants und Trinkschokolade. Lil verzog das Gesicht, als sie sah, mit welchem Appetit Summer alles verschlang. Langsam zwischen zwei Bissen, fragte ihre Nichte: »Du meinst, ich soll mit dem König das Bett teilen ... für Geld?«

Lil sah sie aufmerksam an und erklärte: »Einen Alkoven, ein Badezimmer, eine Kutsche oder welchen Ort auch immer, an dem er dich zu nehmen gedenkt, nicht nur das Bett. Wenn du schon zu verkaufen bist, dann kannst du dich auch gleich dem Meistbietenden hingeben.«

Summer erschauderte. Sie leckte sich langsam den Honig von den Fingern und fragte: »Wer war der andere Mann?« Sie wußte, einen so großen Fisch wie den König bekäme sie niemals ab, zumindest nicht im Augenblick. Und sie wäre durchaus bereit, etwas kleiner anzufangen.

»Ah, Liebling, ich glaube nicht, daß du Ruark Helford gefällst. Seine momentane Mätresse, Ann Ashley, sieht wie eine Porzellanpuppe aus.«

»Helford?« wiederholte Summer plötzlich sehr interessiert.

»Ja, Lord Helford ist der Besitzer der riesigen Ländereien, die direkt neben Roseland liegen, obwohl er seit Jahren nicht mehr dort war. Das garantiere ich dir.«

»Himmel, das also ist Lord Helford«, stellte Summer ungläubig fest. »Ich habe ihn mir immer als fettes altes Schwein vorgestellt.« Sie lachte. »Und es ist noch keine Woche her, da habe ich ihn zum Teufel gewünscht.« Sie kniff die Augen zusammen. »Wenn ich an den Reichtum der verdammten Helfords denke, wird mir schlecht. Spider und ich haben jahrelang gehungert, während sich auch noch der niedrigste von Helfords Bediensteten genüßlich den Bauch vollgeschlagen hat.« Doch insgeheim mußte sie sich eingestehen, daß er nicht unbedingt abstoßend gewesen war, nicht für einen reichen Mann.

»Liebling, wäre es nicht göttliche Gerechtigkeit, wenn du dir Helfords Geld unter den Nagel reißen könntest? Wenn es dir gelänge, ihn zu verführen, dann wärt ihr endlich quitt!«

Summer wirkte nicht gerade überzeugt. »Er hat mich so eigenartig angesehen ...«

»Wie?« fragte Lil.

»Als wenn er mich verschlingen wollte«, sagte sie.

»Genau das könnte er eines Tages auch tun, Liebling. Er ist ein durch und durch gefährlicher Mann.« Lil sah das Zögern ihrer Nichte und wußte, daß sie sie nur dazu überreden könnte, ihn schöne Augen zu machen, wenn sie diese Aufgabe als Herausforderung formulierte. »Du brauchst einen Mann, der sich leicht an der Nase herumführen läßt, und obwohl du ihn erst ein einziges Mal gesehen hast, denke ich, daß du weißt, daß Ruark Helford bestimmt nicht der Typ ist. Vielleicht wäre ein älterer Mann leichter zu beherrschen, jemand, der nicht gerade das verheerend gute Aussehen eines Helford hat.«

»Ich würde ihn nicht gerade als hübsch bezeichnen«, sagte Summer und warf ihr Haar zurück. »Obwohl er auch nicht unbedingt unattraktiv ist.«

»Um Helford herumzukriegen, muß eine Frau wirklich clever sein. Wenn du meinst, daß du der Herausforderung nicht gewachsen bist, dann laß uns überlegen, wer sonst für dich in Frage kommt.«

»N-nein«, sagte Summer gedehnt und kniff erneut die Augen zusammen. »Ich denke, Ruark Helford ist genau der richtige Mann für mich.«

»Also gut, Liebling, aber sag nicht, ich hätte dich nicht gewarnt! Ich werde sofort Erkundigungen darüber einziehen, was er im Augenblick so treibt.«

»Wie willst du das anstellen?« fragte Summer interessiert.

»Meine Bediensteten werden sich mit seinen Bediensteten unterhalten. Das Nachrichtensystem der Angestellten funktioniert immer hervorragend – es ist eine wahre Fundgrube für wertvollen Klatsch.«

»Heute morgen werde ich den Mann aufsuchen, der die Hypothek auf Roseland verwaltet. Ich muß versuchen, ihn von der Zwangsvollstreckung abzuhalten. Ich werde ihn um Aufschub bitten, aber, Lil, ich weiß, daß meine Chancen wesentlich besser wären, wenn ich etwas Vernünftiges zum Anziehen hätte.«

Das Mädchen kam zurück, um das Tablett abzuholen. »Meine Nichte und ich gehen nach oben in den Ankleideraum, und wir möchten auf keinen Fall gestört werden.« Lil nahm Summers Hand. »Komm, Liebling, es ist an der Zeit, daß du Dora kennenlernst.«

Summer stellte überrascht fest, daß das gesamte obere Stockwerk des eleganten Hauses in der Cockspur Street ausschließlich Kleider beherbergte. Die beiden Ankleideräume wurden von Dora beherrscht, die auch schon am Königlichen Theater für die Garderobe zuständig gewesen war. Sie war eine kleine, rundliche Frau mit roten Apfelwangen.

An einer Wand befand sich eine Reihe großer Fenster, an der anderen waren lauter Spiegel angebracht. Kein Wunder, daß Tante Lil immer tadellos gepflegt auftrat. »Dies ist mein Kapital, Summer. Du wärst überrascht, wenn du sehen würdest, daß all die wohlerzogenen jungen Damen, die genau wissen, wie man sich in der besseren Gesellschaft verhält und was man dort zu sagen hat, nicht die geringste Ahnung haben, wenn es um Mode geht. Dora ist ein Schatz, sie vollbringt wahre Wunder. Um die Kosten so niedrig wie möglich zu halten, verwendet sie die teuren Pelze für verschiedene Umhänge und Kapuzen immer wieder neu. Dasselbe gilt für die herrlichen Perlenstickereien und Spitzen. Bänder sind die neueste französische Mode, also hat sie zum Beispiel einfach ein paar hundert Meter von dem Zeug genommen und gleich Dutzende von Kleidern damit verschönert.« Ohne Luft zu holen, fuhr Lil fort. »Nun, Dora, was schlagen Sie vor?«

»Mit ihrem leuchtenden Teint und dem dunklen Haar wird sie in fast allem gut aussehen. Aber wenn Sie etwas Besonderes wollen, müssen wir auf jedes Detail achten. Wenn sie bei Hofe eingeführt werden soll, wäre es eine Sensation, sie in flammenfarbener Seide und mit Mohnblumen im Haar zu präsentieren.«

»Unmöglich, Dora, meine Taube, denn sie ist praktisch in Trauer.«

»Ah, dann müssen wir subtiler vorgehen. Schwarz und Weiß, Malve, Lavendel oder Purpur ... Grau wäre ebenfalls gut. Auf der

Straße kann sie jede Farbe tragen, solange sie eine schwarze Samtmaske trägt ... wir haben alle möglichen Stilrichtungen da.«

Obgleich Summer noch nie im Leben so feine Stoffe getragen hatte, strich ihre Hand mit untrüglichem weiblichen Instinkt über einen blaßgrauen Samtumhang mit einem weichen grauen Fuchspelzbesatz. Gefüttert war das Prachtstück mit amethystfarbenem Satin. »Sie hat einen Blick für Eleganz«, stellte Dora beifällig fest. »Noch ein grauer Fuchsmuff dazu und ein paar Amethyste drauf ... fertig.«

Summer rang nach Luft, als die Frau einen großen Schmuckkasten öffnete und eine amethystbesetzte Anstecknadel herausnahm.

»Glasperlen, meine Liebe. Der Trick besteht darin, sie mit dem Selbstbewußtsein einer Kaiserin zu tragen«, erklärte Lil. »Um den Pelz kümmern wir uns später, Dora. Heute morgen müssen wir den Mann aufsuchen, der die Hypothek auf ihr Land verwaltet. Sie muß wie eine tief trauernde, wohlerzogene junge Dame aussehen, die die besten Heiratsaussichten hat. Er muß den Eindruck haben, daß sie die Hypothek zurückbezahlen kann, wenn er ihr nur ein wenig Zeit läßt.«

Dora spitzte die Lippen und nickte eifrig mit dem Kopf, als vernehme sie einen für die anderen unhörbaren Rat, ehe sie ein cremefarbenes Vormittagskleid mit einer mit Borten besetzten schwarzen Verschnürung hervorzauberte. Dazu wählte sie einen hohen, ebenfalls cremefarbenen Hut mit einer schwarzen Straußenfeder, die fröhlich über eine Wange wippte, und als Krönung des Ganzen zauberte sie schwarze Glacéhandschuhe, einen schwarzen Pelzmuff, einen schwarz lackierten Fächer und ein schwarzes Seidentaschentuch zum Betupfen der tränenfeuchten Augen hervor.

»Wie in aller Welt soll ich denn mit einer Maske, einem Muff, einem Fächer und einem Taschentuch zurechtkommen?« seufzte Summer auf.

Lil ignorierte sie. »Dora, meine Taube, sie wird aussehen wie die neueste Mätresse des Königs. Ah, gut, ich nehme an, das kann durchaus von Vorteil sein. Summer, neben dir werde ich wie eine alte Schachtel aussehen. Tja, um nicht völlig zu verblassen, muß ich dann wohl den schwarzen Zobel nehmen.« Sie strich liebevoll über den luxuriösen Pelz. »Dafür habe ich eine besondere Vorliebe.«

Das Ankleiden wurde eine vollkommen neue und aufregende Erfahrung für Summer. Nie zuvor hatte sie auch nur einen Damenhut aufgehabt, so daß die Seidenstrümpfe, die mit Bändern verzierten Strumpfhalter und die hochhackigen Schuhe sie fast ebenso überraschten wie das Korsett, eine Erfindung, die die weibliche Figur verzerrte, indem sie die Taille einengte und die Brüste hob. Der Effekt mochte unnatürlich sein, aber zugleich war er provokant und verführerisch, denn ihre Brüste schienen regelrecht aus dem Ausschnitt des Kleides zu quellen.

Da sie unmöglich gleichzeitig mit dem Muff, dem Fächer und dem langen Griff der Gesichtsmaske zurechtkam, wählte sie statt dessen eine schlichte schwarze Augenmaske, die mit Bändern unter dem kecken Hut gehalten wurde.

Als sie fertig war, strahlte Dora über das ganze Gesicht, und Lil klatschte begeistert in die Hände. »Liebling, du erstaunst mich. Du siehst aus, als kämst du direkt aus Paris und nicht aus Cornwall! Ich schwöre, wenn du erst einmal anfängst, dich für den Abend zu schminken und dir die richtigen Schönheitsflecken aufzumalen, wirst du so süchtig nach London sein, daß du die Stadt nie wieder verlassen willst.«

Summer dachte an den armen Spider, der ganz allein mit dem geschmuggelten Tabak zurechtkommen mußte und fast nichts hatte, um seinen jungen Bauch zu füllen, und fühlte sich schuldig und schlecht. Tante Lil jedoch ließ ihr keine Zeit, um diesen trüben Gedanken nachzuhängen, denn sie wies umgehend einen ihrer Pagen an, die kleine Kutsche für die Fahrt in die Stadt anspannen zu lassen.

Als Summer aus dem Haus ihrer Tante trat und die Stufen zur Straße hinunterging, bemerkte sie den Reiter nicht.

Ruark Helford war auf dem Weg zum Londoner Hafen, wo

man sein Schiff für die Fahrt nach Cornwall vorbereitete. Aus einem für ihn selbst unerfindlichen Grund hatte er einen kleinen Umweg durch die Cockspur Street gemacht. Doch als er das junge Mädchen, gefolgt von Tante Lil und einem Pagen sah, wurde ihm der Grund plötzlich klar. »Summer«, flüsterte er, »Lady Summer.« Sie war einfach wunderbar!

Solomon Storm, der Geldverleiher, lebte in Cheapside mitten im Zentrum der Stadt. Ruark Helford folgte Lady Richwoods kleiner Kutsche The Strand hinab nach Fleet, über Ludgate Hill bis direkt an ihr Ziel. Er beobachtete, wie Summer aus der Kutsche stieg und sich dorthin wandte, wo die Goldschmiede und Geldverleiher beste Geschäfte machten, indem sie hohe Zinsen versprachen. Da es in der Familie einen Todesfall gegeben hatte, nahm er an, daß Tante Lil keine Zeit verlor, um einen Teil ihres Erbes einzufordern.

Widerwillig überließ er die beiden Frauen ihrem Geschäft und ritt weiter in Richtung der Lower Thames Street und zum Hafen.

Solomon Storm bat die beiden Frauen in sein Büro, wobei er ihre eleganten Kleider wohlwollend musterte. Lil legte den Kopf schräg und sah Summer an. Sie war bereit, sofort einzuspringen, sobald sich das junge Mädchen in zu tiefe Gewässer begab.

»Guten Morgen, ich bin Lady Summer St. Catherine«, sagte diese in dem gedehnten Tonfall ihrer Tante. Sie reichte ihm ein Papier und log, ohne auch nur mit der Wimper zu zucken. »Ich bin gekommen, um die Rückzahlungsbedingungen dieses Kredits zu besprechen und um den Grundbesitz zurückzufordern, den mein Vater beliehen hat.«

»Meine liebe Lady St. Catherine, ich bin keineswegs sicher, daß ich Ihnen erlauben kann, die Rechnung noch zu begleichen. Wie anhand des Datums eindeutig festzustellen ist, ist das Geld bereits ein paar Tage überfällig. Nimmt man die Zinsen dazu, geht es um achtzehntausend Pfund, und ich könnte den Schuldschein problemlos für neunzehntausend an einen Spekulanten weiterverkaufen, der Landgüter kauft und verkauft.«

Sie lachte ungläubig auf. »Neunzehntausend Pfund? Mein lieber Mr. Storm, allein die Kunstsammlung ist mehr wert als das. Das Grundstück grenzt an den Besitz von Lord Helford an, wissen Sie, und nach der Hochzeit ...« Sie legte sich eilig die Hand auf den Mund. »Mein lieber Mr. Storm, ich bitte Sie, zu vergessen, was Sie da gerade gehört haben. Wissen Sie, ich bin augenblicklich in einer etwas schwierigen Lage, denn da ich in Trauer bin, muß die Verlobung ein Geheimnis bleiben. Ich kann mich doch auf Ihre Diskretion verlassen, Solomon?« fragte sie in vertraulichem Ton. »Ich will versuchen, Ihnen meine Position zu erklären, ohne Namen zu nennen. Der Gentleman aus Cornwall wird mir großzügigerweise mein Gut zurückkaufen, aber bis dahin bin ich leider etwas knapp. Warum erhöhen Sie die Hypothek nicht einfach noch um ein paar tausend Pfund, indem Sie, sagen wir, den Kredit gegen einen Zinssatz von acht Prozent um dreißig Tage verlängern, so daß ich in Ruhe meine traurige Pflicht erfüllen und meinen armen Vater beerdigen kann.« Sie hob das schwarze Seidentaschentuch an die tränengefüllten Augen, während Solomon Storm nachdenklich die Lippen schürzte.

Die Tränen rührten ihn nicht im geringsten, denn er hatte schon des öfteren Frauen weinen sehen, aber diese Lady hatte etwas Besonderes, etwas Undefinierbares. Sie würde sich niemals unterkriegen lassen, egal wie schlecht ihre Aussichten waren. »Neun Prozent?« schlug er vor.

»Sie sind ein harter Verhandlungspartner, Solomon Storm. Also gut, neun Prozent!« sagte sie in verführerischem Ton.

In der Kutsche sah Lil Richwood ihre Nichte mit ganz anderen Augen an. »Du brauchst dir wirklich kein Theaterstück mehr anzusehen, Liebling, denn du bist eine bessere Schauspielerin als die Frauen, die auf der Bühne stehen.«

Summer grinste. »Ich will meinem Bruder ein paar neue Kleider kaufen. Weißt du, wo es einen passenden Laden gibt?«

Lady Richwood wies den Kutscher an, sie zum Exchange zu fahren. »Summer, du hast ein bißchen Zeit und Geld gewonnen, aber wenn es weg ist, wirst du ganz schön in der Patsche sitzen.«

»Mit genug Zeit und Geld könnte ich die ganze Welt verändern. Da sollte ich doch mit etwas Zeit und etwas Geld in der Lage sein, zumindest ein paar Dinge zu bewegen ... wer weiß?« Sie bedachte ihre Tante mit einem Lächeln, das viele Geheimnisse in sich barg.

Sie erreichten das Theater in der Upper St. John Street nach fünfstündigen Einkäufen. Summer hatte hundert Pfund bezahlt und Kleider im Wert von vierhundert Pfund gekauft. Der Rest der Rechnung würde ein anderes Mal beglichen werden, hatte sie dem Verkäufer erklärt.

Im Theater wurde sie von rastloser Erregung ergriffen, obwohl der Gestank der vielen ungewaschenen Leiber ekelerregend war. Das lebhafte Treiben gefiel ihr außerordentlich, und die unverhohlene Bewunderung der Männer und die giftigen Blicke der Frauen waren ihr egal. Es gab so viel zu sehen, daß sie gar nicht alles auf einmal aufzunehmen vermochte.

Samtvorhänge waren zur Seite gezogen worden und gaben den Blick auf eine kleine Bühne mit gemalten Kulissen und großen, angezündeten Wachskerzen frei, deren Licht bei den Zuschauern den Eindruck erweckte, sie sähen inmitten der Dunkelheit ein Bild. Summer brauchte nicht lange, um zu erkennen, daß das Publikum wichtiger war als das Stück. Laute Unterhaltungen, heimliche Flirts und Gelächter zwangen die Schauspieler zu schreien, wenn sie gehört werden wollten, und manchmal ließen sie sich sogar hinreißen, auf Zwischenrufe der Zuschauer zu reagieren oder diese durch boshafte Bemerkungen mit einzubeziehen.

Auf den Bänken im Parkett drängten sich junge Männer und bizarr geschminkte Huren. In den kleinen, luxuriösen Logen auf dem Balkon zeigten sich elegante Ladies und modisch gekleidete Gentlemen, und darüber gab es noch eine Galerie mit billigen Plätzen, auf denen junge Burschen saßen, die es für ihre Pflicht hielten, zu lärmen und zu brüllen, zu pfeifen und die Schauspieler möglichst durchgängig auszubuhen.

In der Pause verkauften hübsche Mädchen Orangen und Zitronen, Getränke und Süßigkeiten, und Summer war gleichzeitig fasziniert und abgestoßen von der skandalösen Art, in der die Männer die Mädchen betätschelten. Es schien, als wären der tiefste Ausschnitt, der kürzeste Rock und das keckste Verhalten die Garantie für den besten Verkauf.

Summer saugte all das auf wie ein Schwamm. Obgleich sie das Stück verfolgte, glitt ihr Blick immer wieder zu den feinen Damen im Publikum ab. Sie musterte ihre Kleider, ihren Schmuck und ihre Frisuren, aber vor allem beobachtete sie ihre Gesten, ihr Geflüster, die Art, wie sie ihre Fächer falteten, flirteten und sich zur Schau stellten, als wären sie Pfauen. All das könnte sie auch!

Als sie auf dem Fest bei der Komtesse von Shrewsbury ankamen, hatte sie ein Selbstbewußtsein entwickelt, das eindeutig sagte: »Seht her, hier komme ich, und wenn ihr mich nicht anseht, verschwendet ihr eure Zeit!«

Tatsächlich sahen alle sie an. Ihr Umhang war aus tief purpurnem, königlichem Samt, und als sie ihn ablegte, kam darunter ein zart malvenfarbenes Kleid zum Vorschein, das elegant und zugleich so tief ausgeschnitten war, daß die falsche Amethystbrosche ihrer Tante bestens zur Geltung kam. Obgleich es kein Maskenball war, trug sie eine winzige schwarze Spitzenmaske und einen schwarzen Fächer mit Spitzenbesatz. Da sie in Trauer war, tanzte sie nicht, was auch besser war, denn sie hatte sich noch nie im Takt von Musik bewegt. Ehe der Abend vorbei war, hatte sie jedoch durch bloßes Zuschauen gelernt, wie die Schrittfolge von Courante, Pavane, Menuett, Sarabande und Gavotte verlief.

Indem sie still auf ihrem Stuhl saß und ihr Gesicht halb verbarg, weckte sie die allgemeine Aufmerksamkeit. Die Männer scharten sich um sie, und die Frauen flüsterten einander Bosheiten zu. Buckingham, der im Augenblick ohne Mätresse war, kam spät und begab sich sofort an die Spieltische. Summer hatte vielleicht noch nie getanzt, aber Kartenspiele waren ihre Leidenschaft, und sie tauschte eine spöttische Bemerkung mit Buckingham aus, als klar wurde, daß sie einander nach Strich und Faden zu betrügen versuchten. Er ließ sie galant gewinnen, aber sie zog sich vom Spieltisch zurück, da sie instinktiv erkannte, daß er ein durch und durch unangenehmer Zeitgenosse war.

Auch das Essen war sehr lehrreich für sie. Der Tisch bog sich unter der Last der diversen Gerichte aus Hammel, Kapaun und Rindfleisch, der Puddings, der Biskuitaufläufe und Schaumcremes. Die Frauen, die sich an den Speisen und Getränken gütlich taten, waren durchweg langweilige Fettklöße ohne jede nennenswerte Figur. Die Frauen, denen die Männer Beachtung schenkten, aßen hingegen wie Vögelchen. Sie nahmen einen winzigen Bissen von ihrem Essen oder nippten vorsichtig an ihrem Getränk, ehe sie einen vollen Teller beiseite schoben. Offenbar war es modern, in Gegenwart eines Mannes so zu tun, als hätte man keinerlei Appetit. Und ebenso schien es modern zu sein, daß Männer mit Frauen weder tiefschürfende noch intelligente Gespräche führten. Moderne Frauen ließen sich in zwei Kategorien einteilen. Entweder waren sie oberflächlich, süß und dumm wie Frances Steward, oder sie waren erfahrene Kurtisanen wie Barbara Castlemaine und Anna Maria Shrewsbury. Die Männer beteten beide Arten von Frauen an, aber offenbar galt keiner der beiden Kategorien ihr Respekt.

Auf der Rückfahrt in die Cockspur Street lehnte Summer ihren elegant frisierten Kopf in die Samtkissen und betastete die winzigen schwarzen Flecken in ihrem geschminkten Gesicht. In nur vierundzwanzig Stunden hatte sie eine ganze neue Welt kennengelernt. Sie war eine vollkommen andere Person geworden und hatte bereits ihr *Opfer* ausgesucht. Dies war ihre große Chance, Roseland zu retten und die Rechnung für ihr kärgliches Leben zu begleichen. Sie lächelte. Wenn sie es richtig anstellte, hätte sie dabei vielleicht sogar ein bißchen Spaß – der natürlich auf Ruark Helfords Kosten ging.

Lil Richwood sah ihre Nichte an. Sie war ein voller Erfolg gewesen. Sechs Männer hatten ihr unverblümte Angebote gemacht, und vier weitere hatten vorsichtig angefragt, wer denn dieses bezaubernde Mädchen sei, aber das würde sie ihr niemals sagen, nicht für tausend Pfund. Auf keinen Fall würde sie dieses schöne, lebhafte Mädchen in diese Gesellschaft einführen. Das Leben der Reichen war zu verlockend, zu verführerisch, und ehe sie sich besänne, wäre es bereits zu spät. In kürzester Zeit wäre Lady Summer St. Catherine Gesprächsthema Nummer eins in der Stadt. Sie mußte sie nach Cornwall zurückbringen, ehe sie die ersten zögernden Schritte in Richtung Verdammnis unternahm.

7

Summer saß in dem kleinen Frühstücksraum und nippte nachdenklich an ihrer Schokolade. Sie verspürte heftige Schuldgefühle, weil sie Spider so lange alleine ließ, aber dann sagte sie sich, daß er es bestimmt allmählich leid war, immer von ihr bemuttert zu werden, so daß er es wahrscheinlich sogar genoß, sich endlich allein durchzuschlagen, als Mann.

Als Lil mit blitzenden Augen hereinkam, wußte Summer, daß es Neuigkeiten gab. »Liebling, ich habe etwas Phantastisches gehört! Der König schickt Helford nach Cornwall zurück.«

Summer überlegte gerade, wie sie diese Information zu ihrem Vorteil nutzen konnte, als Lil die nächste Bombe platzen ließ. »Er wurde zum Richter für ganz Cornwall ernannt, um den Schmugglern den Garaus zu machen.«

»Oh, nein!« rief Summer entsetzt. All ihre wunderbaren Pläne lagen wie ein Scherbenhaufen vor ihr, und ihr Magen zog sich zusammen vor Furcht. Sie sah die dunklen, stechenden Augen vor sich, den harten, gefährlichen Mund, und das Risiko und die Herausforderung, die er darstellte, ließen sie vor Erregung erschaudern. Sie liebte es, zu hart am Wind zu segeln, und in diesem Augenblick wußte sie, daß sie alles wagen würde. Das Glück war mit den Verwegenen!

Sie wußte, daß sie Gefahr lief, sich böse die Finger zu verbrennen, da sie von nun an beständig zwischen zwei Feuern lavieren müßte, aber plötzlich war ihr klar, daß es nicht zu ändern war.

Sie hatte ihn gewählt.

Sie würde ihn bekommen.

Dies war ihr Schicksal.

Sie schob die Tasse mit der Schokolade fort, stand entschlossen auf und fragte: »Wo kann ich ihn wiedersehen?«

Lil spitzte die Lippen. »Das wird schwierig, wenn nicht gar unmöglich sein. Er war gestern abend nicht bei Anna Maria Shrewsbury, weil er sein Schiff für die Fahrt vorbereitet. Er fährt noch Ende dieser Woche ab, so daß er wohl kaum noch auf irgendeiner gesellschaftlichen Veranstaltung auftauchen wird.«

»Wo liegt das Schiff?«

»Im Hafen, wo sonst? O nein, Liebling, du kannst unmöglich dort herumlaufen«, warnte sie. »Es gibt Dinge, die eine Dame einfach nicht tut, wenn sie eine Dame bleiben will. Das einzige, was vielleicht ginge, wäre, ihm eine diskrete Nachricht zukommen zu lassen mit der Bitte um einen Besuch bei uns.«

Summer schüttelte den Kopf. »Um Himmels willen, Lil, ich bin schon im Hafen von Plymouth herumgelaufen und von dort aus nach Portsmouth gefahren. Was denkst du denn, wie ich hierhergekommen bin? Ich werde nicht hier herumsitzen und warten, ob er auf eine diskrete Nachricht reagiert. Ich werde noch heute morgen zu ihm gehen.«

Lil ergriff die Hände ihrer Nichte, führte sie zu einem kleinen, satinbezogenen Sofa und setzte sich neben sie. »Hör mir zu, Liebling. Du mußt den Eindruck vermitteln, daß du eine echte Lady bist. Wenn er dich für etwas Geringeres hält, wird er dich nehmen und dich anschließend stehen lassen, als wärst du ein Schmuckstück oder ein Pferd. Etwas anderes als eine Carte Blanche darfst du nicht akzeptieren.«

»Ich weiß, das ist Französisch, aber ich weiß nicht genau, was es heißt.«

»Es heißt, daß du sämtliche Befugnisse einer Mätresse bekommst«, erklärte Lil.

Summer drückte ihre Hand. »Sei doch nicht so ernst. Ich verspreche dir, daß ich mich mit weniger nicht zufriedengeben werde.«

Lil seufzte, doch dann entspannte sie sich. »Ich werde dir das Mädchen mitgeben, das dir heute morgen die Schokolade gebracht hat.«

»O nein«, sagte Summer. »Ich will die ältere Frau mit dem Gesicht, das aussieht wie die Rückseite eines Fischkarrens.«

»Sie ist keine Anstandsdame, mein Liebling, sondern der Schrecken meiner Küche«, erklärte Lil.

»Das weiß er ja nicht«, stellte Summer fest. »Und dann nehme ich noch den hochnäsigen alten Pagen mit. Den, der aussieht, als hätte er ständig einen furchtbaren Gestank in der Nase.«

»Sehr gut, Summer«, sagte Lil voller Bewunderung. »Du spielst das Spiel wirklich gut.«

Summer verzog den Mund zu einem verstohlenen Lächeln. »Ich denke, ich leihe mir heute das herrliche blaßgraue Kleid von dir. Die wunderbaren Kleider, die ich gekauft habe, packe ich lieber gar nicht erst aus. Schließlich segle ich Ende der Woche heim.«

Darauf hätte Lil Richwood sogar Geld gewettet.

Das ungewöhnliche Trio verließ die Kutsche am ersten Dock, und die beiden Bediensteten folgten Summer, die jedes Schiff sorgfältig musterte, ehe sie weiterging. Plötzlich entdeckte sie ihn, tat jedoch so, als hätte sie ihn nicht gesehen. Sie richtete ihre ganze Aufmerksamkeit auf die Namen der Schiffe, bis er fast direkt vor ihr stand.

Er lüftete seinen Hut und grüßte sie warm. »Lady Summer.«

Sie blickte zu ihm auf, sank auf die Knie und hauchte: »Euer Majestät.«

Sofort ergriff er ihre Hände, zog sie hoch und runzelte verwirrt die Stirn. »Ich bin nicht der König.«

Sie riß überrascht die Augen auf. »Oh, meine Tante würde mir doch sicher nicht so übel mitspielen?« Er stand da, hielt ihre Hände und blickte in ihr liebliches, von dem blaßgrauen Fuchspelz der Kapuze umrahmtes Gesicht. Sie fuhr zögernd fort.

»Nachdem Sie wieder gegangen waren, fragte ich meine Tante, wer denn der große, dunkelhaarige Gentleman gewesen sei, und sie sagte, es wäre der König.« Ihre Lider flatterten, und sie errötete zart.

Ruark warf den Kopf in den Nacken und brach in lautes Gelächter aus. Die straffen Muskeln seines gebräunten Halses spannten sich verführerisch, doch sie bedachte ihn mit einem vorwurfsvollen Blick. »Der andere Mann war der König. Verzeihen Sie, daß ich so unhöflich bin und über Sie lache, Lady Summer, aber ehrlich gesagt weiß ich nicht, ob ich mich geschmeichelt oder beleidigt fühlen soll.«

Sie sah ihn unschuldig an, wußte jedoch genau, daß es ihm schmeichelte, mit dem König verwechselt worden zu sein, sonst hätte sie diesen Fehler nicht bewußt gemacht.

»Ruark Helford, zu Ihren Diensten, Lady Summer. Aber was in aller Welt führt Sie hierher in die Docks?« fragte er.

»Ich suche nach einem Schiff, das nach Cornwall fährt. Ich kam mit der *Seagull*, einem amerikanischen Schiff, aber es scheint nicht mehr da zu sein«, sagte sie atemlos.

»Cornwall?« fragte er ungläubig.

Sie entzog ihm ihre Hände und schob sie in den hübschen Pelzmuff, wo er sie nicht mehr zu fassen bekam. »Ich kehre nach Roseland zurück. Es gehört jetzt mir«, sagte sie, ohne den Tod ihres Vaters zu erwähnen.

»Aber Roseland liegt direkt neben meinem Gut«, sagte er erfreut.

»Was für ein Zufall.« Sie riß überrascht die Augen auf. »Dann müssen Sie *Lord* Helford sein.«

»Es gibt keine Zufälle. Es gibt nur das Schicksal, Lady Summer. Alles, was passiert, hat einen Sinn. Ich werde Sie auf meinem Schiff mitnehmen.«

»Sie sind zu freundlich, Sir, aber ich kann Ihnen unmöglich derartige Umstände machen«, stellte sie bescheiden fest.

»In der Tat ist es keinerlei Umstand für mich, Sie mitzunehmen. Ich reise nämlich übermorgen im Namen des Königs dorthin zurück.« Seine Miene war hart und ernst. »Und ein Nein akzeptiere ich nicht. Ich kann Sie unmöglich einem amerikanischen Kapitän anvertrauen.«

Sie atmete tief ein. Offensichtlich war er es gewohnt, Befehle zu erteilen, und ebenso offensichtlich war er es gewohnt, zu bekommen, was er haben wollte. »Kommen Sie an Bord, ich möchte Ihnen die *Pagan Goddess* zeigen.«

Summer blickte sich zu ihren reglos dreinblickenden Bediensteten um. »Ah, Sir, ich glaube nicht, daß die beiden das gestatten würden.«

»Drachen«, murmelte er. »Meine liebe Lady Summer, Sie brauchen zu nichts auf der Welt die Erlaubnis von Bediensteten.« Er erhob seine Stimme und verkündete: »Ich nehme eure Herrin mit auf mein Schiff. Seid so gut und wartet hier auf sie.«

Als er sie mit fester Hand die Gangway hinaufführte, war er geradezu fassungslos vor Glück. Lady Summers Name war überall am Hof zu hören, und er nahm an, daß sie sein Angebot bestimmt gerne annähme, seine neue Mätresse zu werden, sich feiern und umschmeicheln und, wenn er ehrlich war, auch vögeln zu lassen. Zuerst vom König und dann, wenn er nachlässig würde, von seinen Höflingen. Daß sie sich des Aufsehens nicht bewußt sein sollte, das sie erregt hatte, und einfach nach Cornwall zurückfahren wollte, kam ihm geradezu unglaublich vor.

Seine Männer schwärmten über die Decks, als er mit ihr in seine Kabine ging. »Geben Sie mir Ihren Umhang«, sagte er, während seine starken Hände bereits die Schnalle an ihrem Hals öffneten.

Sie umklammerte die Kreation aus Samt und Pelz und sagte atemlos: »O nein, Lord Helford. Ich kenne die Londoner Sitten und Gebräuche nicht allzu gut, aber ich bin sicher, daß wir nicht allein hier sein sollten.«

Ihre leisen Worte waren so verführerisch und provokant, daß er sofort hart wurde und es ihm schwerfiel, seine Hände von ihr zu lassen. Sie senkte die Lider und warf einen verstohlenen Blick auf die Bewegung, die sie in seinen hautengen weißen Hosen gesehen hatte. Was sie sah, alarmierte sie. Er schien nicht wie andere Männer gebaut zu sein. Wie eigenartig, daß sie es erst jetzt bemerkte, denn es war sehr auffällig.

Es juckte ihn in den Fingern, weiter an der Schnalle des Umhangs zu zerren. Wie sollte er es aushalten, sie so dicht vor sich zu sehen, ohne sie sofort auszuziehen? Ihr parfümierter Atem hüllte ihn ein, und sein eigener Mund wurde trocken vor Verlangen, sie zu kosten. Sein Glied richtete sich auf, als wollte es sich zwischen ihre Schenkel drängen. Großer Gott, was war nur mit ihm los? Er reagierte auf sie wie ein unerfahrener Junge, der zum ersten Mal mit dem betörenden Fleisch einer Frau in Berührung kam.

Seine Wangenmuskeln spannten sich an. »Natürlich haben Sie recht. Verzeihen Sie mir, daß ich eine so bezaubernde junge Frau wie Sie derart in Verlegenheit gebracht habe. Ich schicke morgen jemanden in die Cockspur Street, um Ihr Gepäck zu holen, und dann werde ich persönlich bei Ihrer Tante vorsprechen, um mögliche Befürchtungen zu zerstreuen, die Sie vielleicht bezüglich Ihrer Sicherheit hat.«

Summer ließ sich in diesem bedeutsamen Augenblick von ihrem Instinkt leiten. Sie spürte, daß er einen körperlichen und geistigen Kampf ausfocht, und, ganz Frau, wußte sie, wie wichtig es war, daß er diesen Kampf verlor. Sie nahm seine Hand und hielt sie fest. »Danke, Lord Helford. Ich gebe mich vollkommen in Ihre Hand.«

Er schluckte schwer.

»Ich weiß, daß ich Ihnen vertrauen kann«, hauchte sie. Und dann lag sie in seinen Armen, und sein begieriger Mund nahm sich, worauf noch länger zu verzichten ihm unmöglich war. Sie war so klein, und ihre Rundungen paßten so hervorragend in seine Arme, daß sie seine Männlichkeit noch steigerten. Nie zuvor hatte er sich so stark und dominant gefühlt und zugleich einen derartigen Beschützerinstinkt verspürt.

Ihr Mund hatte den Geschmack süßer Walderdbeeren, und ihre Unerfahrenheit überraschte ihn. Seinen Erfahrungen mit

Frauen nach hatte sie noch niemals geküßt, und diese Entdeckung erregte ihn und erfüllte seine Sinne mit ihrem Geschmack, ihrem Gefühl, ihrem Duft und dem unschuldigen Versprechen jungfräulichen Fleisches.

Summer hatte das Gefühl zu ersticken. Seine Stärke und seine Männlichkeit überwältigten sie. Ihre weicher Leib war an seinen harten Körper geschmiegt, und er preßte seinen fordernden Mund derart hart auf ihre Lippen, daß sie sich ihm willenlos fügte. Am liebsten hätte sie die Augen geschlossen, die Lippen geöffnet und ihm die Arme um den Hals gelegt. Sie fing sich gerade noch rechtzeitig. Dies war kein Spiel, sie ging ein sorgsam kalkuliertes Risiko ein. Wenn sie von Anfang an die Kontrolle verlor, hatte sie nicht die geringste Chance. Lil hatte betont, sie müsse dafür sorgen, daß er sie für eine Lady hielt, sonst sähe er sie lediglich als kleine Liebschaft, und sie erreichte nichts! Sie war wütend auf sich wegen ihrer heftigen Reaktion auf diesen Mann und ließ ihren Zorn an ihm aus. »Ich hätte niemals an Bord Ihres Schiffes kommen dürfen, Sir«, keuchte sie mit hochrotem Kopf. »Man hat mich vor Männern wie Ihnen gewarnt. Jetzt verstehe ich, weshalb meine Tante darauf besteht, daß ich das Haus niemals ohne Begleitung verlasse. Noch nicht einmal im Traum wäre ich darauf gekommen, daß ein Gentleman eine Lady derart beleidigen und kompromittieren kann«, kreischte sie empört. »Ein amerikanischer Kapitän täte so etwas niemals.« Sie bedachte ihn mit einem so vorwurfsvollen Blick, daß er ernsthafte Schuldgefühle bekam. Sie machte kehrt, stapfte aus der Kabine und verließ das Schiff, ohne sich noch ein einziges Mal umzudrehen.

Er kam gerade noch rechtzeitig an Deck, um zu sehen, wie sie mit kerzengeradem Rücken, flankiert von den beiden Drachen, im Gedränge verschwand. »Verdammt«, fluchte er und dann benutzte er ein noch unflätigeres Wort, um den Abscheu auszudrücken, den er vor sich selbst empfand. Jetzt führe sie bestimmt nicht mit ihm nach Cornwall zurück. Sein Blick verfinsterte sich, seine Hände ballten sich zu Fäusten. Bei Gott, sie würde mit ihm fahren, und wenn er sie im Schutz der Dunkelheit an Bord schleppen müßte!

Am nächsten Morgen wurde sein Entschuldigungsschreiben zusammen mit einem Strauß cremefarbener Rosen in die Cockspur Street gebracht. Tante Lil stellte trocken fest: »Ich nehme an, du wirst den schneidigen Kavalier von seinem Elend erlösen und ihm im letzten Moment noch einmal verzeihen.«

Summer lachte fröhlich auf. »Weißt du, Lil, wenn ich nicht wüßte, daß mein Amerikaner gerade in Portsmouth ist, wäre ich ehrlich versucht, Lord Helford eins auszuwischen und auf der *Seagull* nach Hause zu fahren.«

»Liebling, das hätte unweigerlich ein Duell zur Folge, und du weißt, daß Charles Duelle verboten hat.«

Summer seufzte. »Ich habe eine besondere Vorliebe für das Verbotene.«

»Dann paßt Helford hervorragend zu dir, kleine Höllenkatze. Ernsthaft, ich werde dich sehr vermissen. Laß mich wissen, wie es weitergeht. Vielleicht wird es schwieriger, als du denkst, Summer, auch wenn er dir cremefarbene Rosen schickt. Ich glaube nicht, daß Helford sich allzu schnell auf der Nase oder irgendeinem anderen vorstehenden Körperteil herumtanzen läßt.«

Summer wußte, daß ihre Tante von seiner Männlichkeit sprach, und erwiderte: »Lil, ich bin so furchtbar unerfahren, daß ich dir unbedingt ein paar Fragen stellen muß, auch wenn es dir wahrscheinlich peinlich sein wird.«

»Das wäre mal etwas Neues. Liebling, mir ist nichts mehr peinlich gewesen, seit ich zwölf Jahre alt war.«

»Wie … sieht ein Mann aus … dort unten? Oh, ich habe natürlich meinen Bruder gesehen, als er noch ein kleiner Junge war, aber Lord Helford … ich meine … er wirkte so … es gab eine so große Schwellung …«

Lils Belustigung legte sich, und plötzlich wurde sie sehr ernst. »Es würde mir nicht im Traum einfallen, eines meiner Mädchen zu einem Tête-à-tête mit einem Gentleman zu schicken, ohne sie vorher genauestens über alles zu informieren, angefangen mit dem Aussehen eines Mannes bis hin zu dem, was er von ihr erwarten wird, aber in deinem Fall will ich das nicht tun. Nein, nein, du darfst deshalb nicht beleidigt sein, Liebling, ich will versuchen, es dir zu erklären. Unschuld kann man nicht heucheln. Es ist ein seltenes und wertvolles Geschenk, das eine Frau einem Mann nur einmal in ihrem Leben machen kann. Wenn sich ein Mann mit Frauen auskennt ... wenn er sensibel und verständnisvoll ist, dann wird er dieses Geschenk ein Leben lang zu schätzen wissen. Es ist sehr bedeutsam für eine Frau, sich die Geheimnisse der Sinnlichkeit von einem liebenden Mann erklären zu lassen, so daß ich dir diese Erfahrung nicht nehmen will. Und das große Vergnügen, das ein Mann empfindet, wenn er dir alles erklären und zeigen und beibringen kann, wirkt besser als der beste Liebestrank. Er wird es nie vergessen. Es wird ihm immer wieder einfallen, ihn überwältigen und dir eine Macht über ihn verleihen, die fast mystisch ist.«

Summer fuhr sich mit der Zunge über die trockenen Lippen. Mystische Macht über Lord Ruark Helford zu besitzen, wäre einfach wunderbar.

Währenddessen fuhr Lil mit ihren Erklärungen fort. »Für die Unschuld einer Frau werden Vermögen bezahlt, sie ist also so etwas wie ein As, das du im Ärmel hast. Ein Mann fühlt sich von einer unschuldigen Frau unwiderstehlich angezogen. Sie weckt seinen Jagdinstinkt und das Verlangen, diese Frau zu umschmeicheln, sie zu beherrschen und das zu besitzen, was kein anderer Mann zuvor erobert hat. Vielleicht ist es sogar möglich, diese Karte so sorgfältig auszuspielen, daß du für deine Unschuld einen Ehering bekommst.«

Summers Augen blitzten begeistert auf.

»Oh, Liebling, das hätte ich nicht sagen sollen. Helford ist bestimmt erfahren genug, um einer Frau die Unschuld zu rauben, ohne dafür den höchsten Preis zu bezahlen. Ich versuche nur, dir klarzumachen, daß du ihm deine Unschuld nicht schenken solltest, ohne daß er dafür ein Vermögen bezahlt.«

8

Später am Tag, als einer der Matrosen von der *Pagan Goddess* kam, um Summers Gepäck zu holen, schickte sie ihn mit leeren Händen zum Schiff zurück.

Auf diese Weise war Ruark Helford gezwungen, persönlich zu erscheinen und vor Lady Richwood für die Sicherheit ihrer Nichte zu garantieren. Zum heimlichen Vergnügen der beiden Frauen trug er sein bestes Benehmen zur Schau, und schließlich ließ sich Summer von ihrer Tante überreden, noch einmal zu überlegen und doch mit Lord Helford zu fahren.

Das Herz klpfte ihr bis zum Hals, als er ihr in seine Kutsche half. Sie würde ohne Anstandsdame, ohne Mädchen oder Zofe fahren. Sie nahmen beide schweigend Platz. Die Luft war geladen vor Anspannung und Sinnlichkeit. Es ließ sich nicht verbergen, daß das Männchen die Witterung des Weibchens aufgenommen hatte und sie als sein nächstes Opfer sah.

Sein Stimme drang voll und tief durch die Dunkelheit. »Sie müssen es eigenartig finden, daß ich Sie zu so später Stunde holen kam, aber wir müssen uns nach den Gezeiten richten, und deshalb stechen wir um drei Uhr morgen früh in See.«

»Sie vergessen, daß ich ein Kind des Meeres bin, Lord Helford«, war ihre leise Erwiderung.

»Natürlich. Es heißt, wir Leute aus Cornwall hätten Salzwasser in den Adern und Feuer im Herzen«, pflichtete er ihr freundlich bei.

»Und mehr Muskeln als Grips«, fügte sie spitz hinzu.

Ob dieser Wortwahl zog er eine Braue hoch, aber ihre Rüge nahm er durchaus ernst. »Nun, London hat durchaus seinen Reiz, aber für einen Mann, der ein aktives Leben liebt, ist es allzu beengt. Ich persönlich freue mich darauf, nach Cornwall zurückzukehren … Es ist lange her, seit ich das letzte Mal dort war.«

Es lag ihr auf der Zunge, ihn nach seiner Ernennung zum Richter zu fragen, aber sie wußte, sie mußte vorsichtig sein. In gewissem Sinne war er ihr Feind. Wie man es auch betrachtete, er repräsentierte das Gesetz, die Autorität, die Macht der Krone, während sie in ihrem Keller Schmuggelware lagerte. Sie erschauderte. Es war die Herausforderung ihres Lebens, ausgerechnet seine Nachbarin zu sein.

»Wie steht es mit Ihnen, Lady Summer? Werden Sie London vermissen?« fragte er beiläufig, obwohl er darauf brannte, ihre Antwort zu hören.

»Ich kann nicht vermissen, was ich nicht kenne, Mylord. Ich habe immer ein sehr ruhiges Leben geführt«, sagte sie sanft. »Ich liebe meine Freiheit, aber vor allem liebe ich wohl meine Privatsphäre.«

Himmel, dachte er trübsinnig, dies ist das zweite Mal innerhalb weniger Minuten, daß sie versucht, mir zu zeigen, was gutes Benehmen heißt. Was für eine wohlerzogene junge Frau. Wollen doch mal sehen, ob ich sie nicht vollkommen umkrempeln kann!

Die Kutsche verlangsamte ihre Fahrt, und als Ruark Helford die Tür öffnete, drangen die Gerüche und Geräusche der See herein. Als er sich erhob, streifte sein harter Schenkel über ihr Bein und ihre Hüfte, und sie wußte ohne jeden Zweifel, daß diese Berührung beabsichtigt gewesen war. Er sprang geschmeidig aus der Kutsche und streckte die Arme aus, um ihr beim Aussteigen behilflich zu sein. Ihr trotzig gereckter Kopf war der Inbegriff der empörten Unschuld, und sie zögerte eine volle Minute, ehe sie sich schließlich dazu herabließ, ihre Hände in die seinen zu legen.

In dem Augenblick, in dem sich ihre Finger berührten, senkte sie verschämt den Blick, und er sah, daß sie allein bei dem Gedanken an eine derartige Intimität errötete. Himmel, wenn sie bereits bei einer Begegnung ihrer Finger derart reagierte, wie wäre es dann erst, wenn sein Mund ihre geheimsten Stellen zu erforschen begann? Die Vorfreude darauf war beinahe mehr, als er ertragen konnte. Das Ziehen in seinen Lenden war angenehm und schmerzhaft zugleich. Er unterdrückte den Wunsch, sie in seine Arme zu nehmen und schnurstracks zu seiner Koje zu tragen, schwor sich jedoch, genau dies in nicht allzu ferner Zukunft zu tun. Eine starke, ruhige Hand auf ihren Ellbogen gelegt, damit sie in der Dunkelheit nicht stolperte, führte er sie auf das Schiff.

Alle Matrosen waren an Deck versammelt, als der Kapitän an Bord kam. In den Gesichtern der ihr am nächsten Stehenden entdeckte Summer Respekt oder vielleicht auch Furcht?

»Mr. Cully«, dröhnte Helford barsch.

»Ja, Sir«, kam die sofortige Antwort, während ein drahtig wirkender Seemann undefinierbaren Alters salutierend aus der Reihe trat.

»Myladys Gepäck«, kam der knappe Befehl.

Summer erschauderte. Er ist es gewohnt, daß man ihm gehorcht, dachte sie und empfand bei den Gedanken eine gewisse Furcht.

Zu ihrer Überraschung führte er sie nicht in seine Kabine, sondern zu einer kleinen, gut ausgestatteten Kabine vorn am Bug.

»Sie werden sehen, daß ich durchaus in der Lage bin, alle Regeln des Anstands zu befolgen«, sagte er mit heiserer Stimme. »Ich wußte, wenn ich Ihnen eine Kabine direkt neben meiner angeboten hätte, hätten Sie sie abgelehnt.«

Summer seufzte erleichtert auf. Zumindest hatte er verstanden, daß sie eine Lady war. Also konnte sie es sich leisten, ein wenig von ihrer Steifheit abzulegen. Sie blickte zu ihm auf und streckte die Hand nach seinem Arm aus, doch rein zufällig landete sie statt dessen auf seiner breiten Brust. »Sie sind sehr freundlich zu mir, Lord Helford«, murmelte sie und spürte seinen starken Herzschlag unter ihrer Hand. Noch eine Sekunde länger, und er würde sie in seine Arme ziehen, aber genau in diesem Augenblick schob Mr. Cully die Tür der Kabine auf und trat, zwei schwere Kisten auf den Schultern, ein.

Ruark sah sie wehmütig an. »Wenn Sie alles haben, was Sie brauchen, schließen Sie die Kabinentür von innen ab. Das ist ein Befehl. Gute Nacht, Lady Summer.«

Als er gegangen war, lehnte sie sich mit dem Rücken gegen die

Tür und warf fröhlich den Muff in die Luft. Ehe sie mit ihm fertig wäre, würde er ihr aus der Hand fressen wie ihr Pferd. Mr. Cully kam mit dem Rest ihres Gepäcks und zeigte ihr den kleinen Schrank, in dem sie Wasser, Seife und Handtücher fand, ehe er die Ledervorhänge vor dem vergitterten Bullauge zuzog, durch das man das Deck und dahinter noch das Achterdeck beobachten konnte, wenn man sich im richtigen Winkel auf das mit einem Kissen ausgestattete Fenstersims kauerte.

»Dürfte ich vielleicht etwas Wein haben, Mr. Cully?«

Er wies auf ein Rosenholzpaneel in der Wand und zeigte ihr, wie man sie öffnete. Dahinter waren Silberkelche und eine Weinkaraffe mit Klammern befestigt sowie ein solides, silbernes Kästchen, das Zwieback enthielt. »Is' besser, so was an Bord zu haben, M'lady. Der Käpt'n scheut vor keinem Unwetter zurück.« Er salutierte und entschwand durch die Tür wie ein Geist.

Sie schob den Riegel vor. »Nun, Ruark Helford, Ihren ersten Befehl befolge ich … alles weitere werden wir sehen!«

Anschließend erforschte Summer die Kabine, las das Barometer, das einen Sturm verhieß, drehte den hölzernen Globus in seinem Holzgestell, befühlte die weichen Wolldecken auf der Koje, trank zwei Gläser schweren Rotwein, drehte die Öllampe niedriger und zog sich aus.

Sie wollte die schönen neuen Kleider nicht durcheinanderbringen, die sie so sorgfältig eingepackt hatte, also glitt sie nackt in ihr Bett. Das Schiff, das immer noch am Kai vertäut war, schwojte sanft und lullte sie in den Schlaf. Irgendwann merkte sie vage, daß sich das Schiff zu bewegen begann und daß der Wind deutlich stärker geworden war. Doch sie drehte sich um und schlief sofort wieder ein.

Plötzlich wurde sie unsanft von lautem Getöse geweckt, als eine große Welle das Deck überrollte und sich das Schiff auf die Seite legte. Sie mußten noch vor Erreichen der Straße von Dover in der Nordsee in einen Sturm geraten sein. Sie warf die Decken zurück und stolperte ans Fenster. Draußen tobte das Unwetter, und der Regen peitschte fast horizontal über das wogende Meer. Während sie versuchte, die Luke zu schließen, hörte sie die Stimme eines Mannes, die sich dröhnend über den Sturm erhob. »Los, an die Streben in den Großmarsen.« Der Bug tauchte tief in ein Wellental, dann legte sich das Schiff wieder in den Wind.

Summers Herz raste. Es war eine erfrischende Erfahrung, bei einem Sturm auf See zu sein. Es war beängstigend und aufregend zugleich, und sie jubelte lautlos in stummer Verwegenheit. Sie hätte alles dafür gegeben, in diesem Augenblick an Deck zu sein, aber sie war zu vernünftig, um die Besatzung abzulenken, solange das Schiff in Gefahr war.

Sie schlang die Arme um ihren Körper. Ruark mußte gewußt haben, daß sich ein Sturm zusammenbraute, aber es war ihm nicht in den Sinn gekommen, die Reise deshalb zu verschieben. Sie klammerte sich an dem Fenstersims fest, denn das Schiff schlingerte heftig im Griff der furchtbaren Naturgewalt. Es schien meterhohe Wellen zu erklimmen, ehe es wieder kopfüber in ein Wellental tauchte.

Allmählich flaute der Sturm ab, und das Schiff rollte sanft hin und her. Die Gefahr war gebannt, und Summer verspürte das Bedürfnis, ihre aufgestaute Energie abzubauen. Sie begann, mit dem Schiff zu schwanken, nahm den wogenden Rhythmus auf. Ihr Tanz wurde wilder, ausgelassener, sie drehte und wand sich wie in einem Wahn. Ihre schwarze Haarmähne flatterte um ihre nackten Glieder, bis sie eine einzige wirre Masse war, und sie warf den Kopf ekstatisch zurück, als opfere sie sich selbst irgendeinem alten Gott der See.

Ruark Helford hatte keine Zeit für seinen Passagier gehabt, solange der Sturm andauerte, aber nun war die See weniger schwer, und er dachte sofort an sie. Was für entsetzliche Angst mußte sie ausgestanden haben, ganz allein in der Kabine unter Deck. Sein Blick fiel vom Achterdeck in Richtung der Gitterluke, und als er durch einen Spalt in dem Ledervorhang spähte, blieb er stehen wie vom Donner gerührt. Was er sah, war der hocherotische Tanz einer splitternackten jungen Frau. Er war ehrlich verblüfft.

Konnte dieses ungezähmte Geschöpf mit der unschuldigen jungen Dame identisch sein, die er dort unten beherbergte? Ihr anmutiger junger Körper, der sich drehte und wendete, die Wolke schwarzen Haars, die ihre vollen, runden Brüste mal enthüllte und mal verbarg. Nie zuvor hatte er eine Frau derart hemmungslos erlebt, noch nicht einmal die Tänzerinnen in den türkischen Bordellen bewegten sich mit einer solchen Offenheit. Doch zugleich verliehen ihre natürliche Anmut und ihr vollkommener Mangel an Kunstfertigkeit ihrer ungehemmten Darbietung eine pikante Unschuld. Irgend etwas in seinem Inneren wurde magisch angezogen von dieser wilden, freien Gestalt.

Er wußte, daß der Sturm auf sie dieselbe Wirkung gehabt hatte wie auf ihn. Die Gefahr hatte sie derart erregt, daß sich ihre Energie in einer körperlichen Explosion entlud. Wenn er sie lieben würde, würde er durch dieselben wilden Exzesse, dieselbe taumelnde Hingabe entlohnt. Sein Blut kochte, sein Puls raste von dem Kampf mit der tosenden See, und auch er brauchte Erleichterung. Seine Zunge leckte das Salz von seinen Lippen, und seine Augen verschlangen die langen, schlanken Beine, deren Krone ein Dreieck aus schwarzen, seidigen Löckchen war. Ihre Arme waren ausgestreckt wie in Erwartung eines Liebhabers. Gott, sie gebärdete sich mit geradezu heidnischer Ausgelassenheit. Es war, als hätte sie Modell gestanden für die Galionsfigur seines Schiffs, die *Pagan Goddess,* denn sie schien selbst eine heidnische Göttin zu sein. All seine Sinne schrien nach ihr. Sie war vollkommen anders als jede andere Frau, der er jemals begegnet war. Sein Blut, das bereits durch den Sturm in Wallung geraten war, kochte vor Lust.

Er übergab einem seiner Männer das Ruder und stapfte los. »Lady Summer«, rief er vor ihrer Kabinentür. »Lassen Sie mich hinein.«

Totenstille antwortete ihm.

»Ich muß mich davon überzeugen, daß Ihnen nichts geschehen ist. Machen Sie auf«, wies er sie an.

Immer noch war alles totenstill. Summer preßte sich von innen gegen die Tür und lauschte dem Verlangen, das aus seiner dunklen Stimme sprach. Sie lächelte und widersetzte sich seinem Befehl.

Allmählich nahm seine Stimme einen drohenden Unterton an. »Ich werde nicht eher von hier verschwinden, als bis Sie die Tür geöffnet haben und ich gesehen habe, daß Sie unverletzt sind.« Er wußte, wenn sie ihm die Tür öffnete, wäre das die symbolische Öffnung ihres Leibes für ihn, und genau darauf brannte er. »Mylady, bitte öffnen Sie die Tür. Sobald ich mich davon überzeugt habe, daß Sie unversehrt sind, lasse ich Sie wieder ruhen.«

»Mit mir ist alles in Ordnung, Lord Helford«, erwiderte sie, und dann flüsterte sie in heiserem, verführerischem Ton: »In der Tat habe ich mich nie … besser gefühlt.«

Seine Erregung war so stark, daß er wußte, er würde keine Ruhe finden, wenn er sie heute nacht nicht bekam. »Davon möchte ich mich mit meinen eigenen Augen überzeugen«, sagte er.

»Wir wissen beide, daß ich es nicht wagen kann, die Tür zu öffnen.« Doch die warme Sinnlichkeit ihrer Stimme sagte etwas ganz anderes.

»Sie können es nicht wagen?« forderte er sie heraus.

»Es wäre nicht anständig, Mylord, Ihnen mitten in der Nacht Zutritt zu meiner Kabine zu gewähren.«

Seine Hände waren bereit, die Tür notfalls gewaltsam zu öffnen, doch dann wurde ihm klar, daß er in verwegener Stimmung war, wild genug, sich ihr aufzuzwingen, wäre die Tür erst einmal offen. Aber er wollte sie nicht vergewaltigen, er wollte eine solch starke Macht über sie ausüben, daß sie sich ihm leidenschaftlich hingab.

»Gute Nacht, Lord Helford«, rief sie vergnügt.

Er legte sein Ohr an die Tür und hörte, wie ihre Atemzüge das polierte Holz streichelten. »Summer?« bat er mit leiser Stimme, die sein Verlangen verriet.

Ihre Augen glitzerten wie die einer Katze, wenn man sie streichelte, und ihre Mundwinkel verzogen sich zu einem triumphierenden Lächeln, als sie auf Zehenspitzen durch die Kabine ging und lautlos unter die Bettdecke glitt.

9

Bis zum Morgen verlief die Fahrt, als hätte es nie einen Sturm gegeben. Der englische Kanal wirkte so ruhig wie ein Ententeich.

Summer nahm an, daß sie sich im Augenblick irgendwo vor der Isle of Wight befanden. Sie summte eine kleine Melodie, während sie badete und das blaß lavendelfarbene Seidenkleid mit dem züchtigen, hochgeschlossenen Kragen anzog. Als sie fertig war, klopfte es. »Ja, bitte?«

»Frühstück, M'lady«, darang Mr. Cullys Stimme durch die Tür. Sie öffnete ihm und sagte: »Vielen Dank. Aber ich hätte auch in die Kombüse kommen können. Wenn ich fertig bin, gehe ich sowieso an Deck. Ich brauche unbedingt etwas frische Luft.«

Mr. Cully schüttelte den Kopf. »Das sollten Sie lieber nich' tun, M'lady ... da oben braut sich gerade ganz schöner Ärger zusammen.«

»Was für Ärger?« fragte sie.

Wieder schüttelte er den Kopf. »Bleiben Sie lieber sicher hier unten in Ihrem Mäuseloch.«

»Was ist los?« drängte sie.

Er zögerte, doch dann platzte es aus ihm heraus. »Einer der Männer wird ausgepeitscht ... Der Käpt'n hat ihn erwischt, als er betrunken Wache gemacht hat.« Mit einem kurzen Kopfnicken zog er sich diskret zurück.

Helford befahl doch sicher nicht die Auspeitschung eines seiner Männer, nur weil dieser einen Schluck getrunken hatte? Besonders nicht nach dem Schrecken dieses Sturms. Sie schob das Essen fort und streckte die Hand nach ihrem Umhang aus.

An Deck bemerkte sie zu ihrem Entsetzen, daß sie zu spät gekommen war. Helford hatte die Bestrafung nicht nur angeordnet, sondern er führte sie obendrein noch höchstpersönlich aus. Der

Matrose war bis zur Hüfte entkleidet und dann an den Mast gebunden worden. Sein Rücken blutete bereits. Helford stand da, in makellosen marineblauen Hosen und schneeweißem Hemd, und schwang eine Ochsenpeitsche über dem Kopf. Sein langes, schwarzes Haar war so sauber zurückgebunden, als hätte er eine Perücke auf.

Außer sich vor Zorn rannte Summer über das Deck »Aufhören!«

Er starrte sie ungläubig an. »Gehen Sie sofort wieder nach unten!«

»Nein!«

Seine Augen verengten sich zu gefährlichen Schlitzen. »Nein? Auf meinem eigenen Achterdeck wagen Sie es, nein zu sagen?«

Sie schwankte, und er sah, daß sie kurz vor einer Ohnmacht stand. Fluchend warf er die Peitsche fort und eilte zu ihr hinüber. »Bindet ihn los«, rief er über die Schulter zurück, und dann umfaßte er mit eisernem Griff ihr Handgelenk und zerrte sie hinter sich her, bis er mit ihr vor seiner Kabine stand. Er riß die Tür auf und warf sie krachend hinter sich zu.

»Was in aller Welt sollte das?« fragte er. Seine Augen waren kalt und hart und glitzerten vor Wut.

Ängstlich trat sie einen Schritt zurück. Sie hatte der brutalen Mißhandlung des armen Matrosen ein Ende gemacht, also war es unnötig, ihn noch weiter zu reizen. Atemlos sagte sie: »Auspeitschungen sind so brutal.«

»Er ist noch glimpflich davongekommen ... Ich hätte den Bastard hängen sollen. Und nächstes Mal werde ich das auch tun.«

»Nur weil er etwas getrunken hat?« fragte sie zögernd.

»Er kann sich blindsaufen, wenn er will, aber nicht, solange er unter meinem Befehl steht und noch dazu Wachdienst hat. Unser aller Leben und mein Schiff liegen in den Händen meiner Männer, wenn sie auf Wache sind. Ich war der verhaßteste Offizier in der Marine Seiner Majestät, weil ich auf Disziplin bestand. Und bald werde ich wohl auch der verhaßteste Mann in ganz Cornwall sein. Ich wurde nämlich zum Hochkommissar und Richter ernannt, um den unverfrorenen Schmugglern das Handwerk zu legen. Und bald werden die Bäume die Früchte meiner Arbeit tragen, das versichere ich Ihnen.« Er unterbrach sich und biß sich auf die Lippe.

»Ich hätte mich nicht einmischen sollen«, murmelte sie.

Plötzlich sah er sich mit ihren Augen und zuckte innerlich zusammen. Eine wohlerzogene junge Dame, die wohlbehütet auf dem Land aufgewachsen war, mußte bis ins Mark erschüttert sein von dem, was sie auf Deck gesehen hatte.

Summer war froh, daß sie den Mund gehalten hatte. Fast hätte sie ihm entgegengeschleudert, daß er seinen Zorn darüber, daß sie ihm die Tür vor der Nase zugeschlagen hatte, offenbar am nächstbesten seiner arglosen Männer ausließ. Nun aber wurde ihr klar, daß sie an alldem vollkommen unbeteiligt gewesen war.

»Lady Summer, ich hätte Sie niemals einem derart brutalen Schauspiel aussetzen dürfen. Verzeihen Sie mir noch einmal?«

Sie nickte stumm.

»Beweisen Sie mir, daß Sie mir verziehen haben, indem Sie heute mit mir gemeinsam zu Abend essen. Ich muß heute nachmittag in Plymouth einlaufen, aber um zehn Uhr heute abend sind Sie daheim.«

»Ich bin froh, daß ich nicht noch eine Nacht an Bord des Schiffes verbringen muß«, sagte sie leise.

»Und das Abendessen?« drängte er.

»Wenn Sie darauf bestehen, Lord Helford«, gab sie seinem Wunsch großmütig nach.

Zurück in ihrer Kabine, legte sie ihren grauen Samtumhang ab, setzte sich auf die Fensterbank und dachte nach. Es gab da ein paar Probleme, die sie lösen mußte, wollte sie nicht mit fliegenden Fahnen untergehen. Daran, daß Lord Helford sie anziehend fand, bestand inzwischen kein Zweifel mehr ... das war gut. Sie hatte weniger als einen Monat Zeit, ehe die Hypothek abermals fällig war ... das war schlecht. Er fühlte sich bereits sehr zu ihr hingezogen und schien sich regelrecht danach zu sehnen, ihr offen den Hof zu machen ... das war gut. Sie war eine Schmugglerin, und er vertrat das Gesetz ... das war schlecht.

Ihr Ziel war es, noch vor Ablauf eines Monats seine Mätresse oder gar Frau zu werden, und dies machte einen ausgeklügelten Balanceakt erforderlich. Sie mußte ihn mit der einen Hand zurückweisen und mit der anderen anlocken. Eine Sache war klar. Sie mußte ihn in der Tasche haben, ehe er Roseland zum ersten Mal sah. Wüßte der wohlhabende Lord Helford, in welch erbarmungswürdigem Zustand das Gebäude war, welch erbärmlichen Mangel an Bediensteten sie hatten und in welcher Armut sie mit Spider zu leben gezwungen war, dann wäre das der Todesstoß für jede Art von Beziehung zwischen ihr und ihm.

Da der König ihn nun einmal zum Hochkommissar und Richter ernannt hatte, würde er alles mit den Augen eines Untersuchungsbeamten sehen. Sie durfte ihn niemals unterschätzen. Summer seufzte. Sie wünschte, sie könnte in seiner Gegenwart einfach sie selbst sein. Sie wollte mit ihm über die wilde Heidelandschaft reiten und ihre Hosen anziehen. Sie wollte fluchen und schimpfen und ihn zum Lachen bringen. Sie wollte ihn beim Kartenspiel betrügen und ihm die Hosen ausziehen ... die Hosen ausziehen, wiederholte sie, und plötzlich errötete sie. Unwillkürlich tastete sie nach ihren glühenden Wangen. Sie mußte sich ganz auf ihre Aufgabe konzentrieren, sie mußte unaufrichtig und verschlagen sein, denn nur dann bestand Aussicht auf Erfolg. Um Roseland zu retten, brauchte sie Geld. Die wilden Ritte, die Flüche und das Kartenspiel durften niemals passieren. Sie mußte eine wohlerzogene, zu Sanftmut erzogene reiche Erbin sein. Nun, die Rolle der Lady gefiel ihr sogar ganz gut. Es war eine nette Abwechslung, mit einem Fächer zu wedeln, auf hübschen, hochhackigen Pantoffeln zu balancieren und verschämt die Lider zu senken, damit niemand ihre freimütigen Blicke sah.

Ihre Gedanken kehrten zu den Orangenmädchen im Theater zurück. Ihre Keckheit zog die Männer an. Doch dann erinnerte sie sich daran, wie Helford angesichts ihrer Züchtigkeit vor Verlangen völlig außer sich gewesen war. Sie würde beides versuchen; so käme er niemals wieder zur Besinnung!

Sie dachte darüber nach, ob sie sich zum Abendessen umziehen sollte, doch dann beschloß sie, es nicht zu tun. Vorhin hatte sie ihren Umhang getragen, so daß er das Kleid noch gar nicht gesehen hatte, und außerdem wirkte der hochgeschlossene Kragen bescheiden und seriös. Wenn sie etwas Modischeres anzöge, schmeichelte sie damit nur seiner männlichen Eitelkeit.

Allerdings bräuchte ihre Frisur noch einen gewissen Schliff. Sie türmte die dichte Haarmasse auf und schob kleine, mit Seidenveilchen verzierte Kämmchen hinein, bis nur noch eine dicke Locke lose über ihre Schulter fiel. Dann suchte sie sich einen dazu passenden Fächer heraus und ging vor dem Spiegel auf und ab. Wenn sie ein paar langsame Schritte machte und sich schnell umdrehte, wirbelten ihre seidigen Unterröcke und flüsterten verführerisch.

Als er kurz vor der Essenszeit an ihre Tür klopfte, war sie bereits zu jeder Schandtat bereit! Beim Anblick des elegant gedeckten Tischs in seiner Kabine riß sie überrascht die Augen auf. Auf einer schweren Damastdecke lagen Bestecke aus Sterlingsilber, daneben standen Kristallkelche und Weingläser, und über den ganzen Tisch ergoß sich ein Meer cremefarbener Rosen, in dessen Mitte sich ein Ständer mit großen, duftenden Wachskerzen erhob.

»Wo in aller Welt haben Sie diese wunderbaren Rosen her?«

»Meine Männer haben heute nachmittag in Plymouth danach gesucht«, erklärte er mit lächelndem Gesicht.

Sie lachte laut bei dem Gedanken an das lächerliche Bild, das seine grobschlächtigen Matrosen abgegeben haben mußten mit all den Blumen in den Händen. Er zog ihren Stuhl zurück, und als sie Platz nahm, gelang es seinen Händern, ihre Schultern wie zufällig zu berühren, wenn auch höchstens eine Sekunde lang. »Wie wäre es mit einem Gläschen Chablis?« Die Frage klang eher wie ein Befehl.

»Ich bin Wein nicht gewöhnt, Lord Helford.«

»Es scheint einige Vergnügungen im Leben zu geben, die Sie bisher noch nicht gekostet haben«, stellte er verwegen fest.

Summer blickte ihm tief in die Augen, um zu zeigen, daß sie die sexuelle Anspielung durchaus verstand, doch dann sagte sie: »Sie meinen sicher das Essen, das bereits so köstlich riecht.«

Er hob den Silberdeckel von einer Suppenterrine und servierte ihnen verführerisch dampfende Hummercremesuppe. Summer schickte einen stummen Dank an Tante Lil, die ihr beigebracht hatte, wie man mit den diversen Bestandteilen eines Bestecks umging.

Sollte sie mit ihrem Essen herumspielen wie all die koketten Persönchen bei Anna Maria Shrewsbury? Sie merkte, daß ihr ein solches Verhalten unmöglich war. Dafür hatte sie in ihrem Leben einfach zu viele Mahlzeiten verpaßt. Sie empfand es als Sakrileg, wenn man Nahrungsmittel vergeudete.

Er bedachte sie mit einem beifälligen Blick, als sie die großen Krabben in die geschmolzene Zitronenbutter tunkte. Etwas Hinreißenderes als ihr sanft im Kerzenschein schimmerndes Gesicht hatte er noch nie gesehen. Ihre Wangenknochen waren hoch, ihre Augen leicht schräg gestellt, ihre Haut so weich wie Sahne und ihre Lippen so voll und rot wie Erdbeermus. Ihr Gesicht war so exotisch und zart wie eine Orchidee.

Sie wußte, jetzt galt es, die ersten Schritte in Richtung ihres Zieles zu gehen. Als er den nächsten Gang servierte und die Weingläser auffüllte, seufzte sie. »Ich habe so viel zu tun, wenn ich wieder zu Hause bin, daß ich gar nicht weiß, wo ich anfangen soll, Lord Helford.«

»Meinen Sie, Sie brächten es über sich, mich Ruark zu nennen?«

»Das sollte ich besser nicht tun«, sagte sie eilig.

»Aber?« drängte er.

Sie zögerte. »Vielleicht.« Und dann fuhr sie mit ihrer Klage fort. »Mein Vater war ein wahrer Exzentriker. Er ertrug keine Bediensteten in seiner Nähe. Was auch besser war, denn er war ein schwieriger Mensch, für den es einfach unmöglich zu arbeiten war, und schließlich ... verließ einer nach dem anderen das Haus.«

»Aber Sie können Roseland doch unmöglich ohne Personal bewirtschaften«, sagte er.

»Bisher habe ich es immer irgendwie geschafft. Aber das wird sich jetzt ändern«, sagte sie.

Er hatte als selbstverständlich angenommen, daß Lady Summer St. Catherine ein verwöhntes junges Mädchen war. Aber vielleicht war sie es nicht?

»Außerdem denke ich, daß es das beste ist, wenn ich in nächster Zeit erst einmal keine Besucher empfange. Das Haus wurde furchtbar vernachlässigt, und ich muß sofort mit den Reparatur- und Restaurationsarbeiten anfangen.«

»Aber was mich betrifft, machen Sie doch sicher eine Ausnahme, Lady Summer?«

»Lord Helford, für Sie gilt dieses Besuchsverbot ganz besonders!«

»Ruark«, erinnerte er sie. »Warum?«

»Weil ich offiziell in Trauer bin und weil ich ... allein auf Roseland bin. Sie müssen mir versprechen, mich nicht zu kompromittieren, Mylord«, flehte sie ihn an.

Das Essen war vergessen. Er stand auf und ging um den Tisch herum. »Ich möchte Sie wiedersehen«, sagte er bestimmt. »Haben sie denn keinen männlichen Verwandten, den ich um Erlaubnis bitten kann?«

Sie hielt den Atem an. Er würde doch sicher keinen männlichen Verwandten um die Erlaubnis bitten, sie zur Mätresse zu nehmen. Sie stand ebenfalls auf. »Es gibt niemanden. Mein jüngerer Bruder und natürlich Lady Richwood sind die einzigen.«

Er lächelte wehmütig. »Und bei ihr habe ich mich bereits für Ihre Sicherheit verbürgt, nicht wahr?«

»Ich könnte ja zu Ihnen kommen und Sie auf Ihrem Landsitz sehen«, schlug sie vor.

»Versprechen Sie mir, daß Sie das tun werden?« fragte er ernst.

Als sie ihr Gesicht hob, um ihn anzusehen, zog er ihr die Kämmchen aus dem Haar, so daß es sich in einer seidigen Masse über seine Hände ergoß. Gleichzeitig neigte er den Kopf und bedachte sie mit einem langen, sehnsüchtigen Kuß. Ein Schauder durchlief sie, während seine streichelnde Zunge sie auf wagemutigere Vorstöße vorzubereiten schien. Er hielt sie viel zu eng an sich gepreßt und schob seine Zunge in ihren weichen Mund. Sie erstarrte und löste sich aus seinen Armen, aber erst, nachdem ihr Innerstes durch diesen sinnlichen Überfall in geschmolzenes Silber verwandelt worden war. Nie zuvor hatte sie die flüssige Hitze verspürt, die in einer Frau den Wunsch weckte, von dem Mann, der sie in den Armen hielt, verführt und erobert zu werden. Jede Frau hatte wenigstens einmal in ihrem Leben den Kuß eines gefährlichen Mannes verdient.

Als es ihr schließlich gelang, sich von ihm zu befreien, sah sie so verletzlich und befangen aus, daß er so etwas wie Scham empfand. »Ich hätte Sie nicht küssen sollen. Ich habe Sie ausgenützt«, gab er zu, doch seine Gedanken widersprachen dem, was er laut von sich gab. Er war froh, daß er sie geküßt hatte. Er wollte sie so leidenschaftlich küssen, daß ihr keine Luft mehr zum Atmen blieb. Zum ersten Mal in seinem Leben hatte er bei der Berührung einer Frau eine eigenartige körperliche Schwäche verspürt. Wenn das so weiterginge, hätte er bald keine Kontrolle mehr über sich.

Seine Worte ließen sie nicht los. »Ich hätte Sie nicht küssen sollen.« Er bedauerte den Kuß doch wohl nicht? Sie hätte schwören können, daß er genauso aufgewühlt gewesen war wie sie. Und sie würde herausfinden, ob es so war. »Wenn Sie mich nicht hätten küssen sollen, muß ich Ihnen den Kuß wohl zurückgeben«, sagte sie, stellte sich auf Zehenspitzen, schlang die Arme um seinen Hals und preßte ihre weichen Lippen auf seinen Mund.

Er war vollkommen unvorbereitet auf diesen Überfall. Mit diesem Kuß bewies sie ihm eine unschuldige Sinnlichkeit, wenn es so etwas Widersprüchliches denn gab, und seine Lust steigerte sich noch und breitete sich wie ein Lauffeuer von seinem Mund über sein Herz bis direkt in die Spitze seines Gliedes aus. Ihr Geschmack weckte in ihm das Verlangen nach mehr. Sie schaffte es, ihn aus dem Gleichgewicht zu bringen, indem sie ihn lockte, ihn abwies und ihn dann abermals zu sich rief. Ihre ungewöhnliche exotische Schönheit war wie eine mystische Macht über ihn, und ihre süße Unerfahrenheit war wie ein Liebestrank, reizte ihn tausendmal mehr als die Künste der erfahrendsten Frau, die je seine Geliebte gewesen war.

Diese Kindfrau war einfach in sein Leben geplatzt und hatte ihn verzaubert. Widersprüchliche Gefühle wallten in ihm auf, während er sie in seinen Armen gefangenhielt. Er wollte sie nehmen, sie lieben, bis sie vor Leidenschaft schrie, doch zugleich empfand er einen ausgeprägten Beschützerinstinkt sowie das Bedürfnis, nicht nur Herr, sondern zugleich Hüter ihres Körpers und ihrer Seele zu sein. Dieser Wunsch war vollkommen neu für ihn. Er würde sie zu seiner Mätresse machen, obwohl sie eine Dame war. Er müßte sich einfach zwingen, langsam vorzugehen, um sie nicht zu ängstigen, um die Magie nicht zu zerstören, die zwischen ihnen zu wirken schien.

Sie schloß die Augen und schmiegte sich an seine Brust. Seine Männlichkeit erregte sie derart, daß ihre Knospen hart wurden, und zwischen ihren Schenkeln prickelte es heiß. Sie löste ihre zitternden Lippen von seinem Mund und sagte heiser: »Ich glaube, es ist das beste, wenn Mr. Cully mich nachher nach Hause bringt.«

»Aber Sie werden kommen, ja? Sie haben es versprochen«, erinnerte er sie.

»Gute Nacht, Ruark«, erwiderte sie sanft.

10

Spider riß verblüfft die Augen auf, während er um seine Schwester herumging und den luxuriösen, mit Fuchspelz besetzten Samtumhang musterte. Was er sah, beunruhigte ihn. Nach dieser Londonreise würde Cat bestimmt nie mehr die alte sein.

»Ich habe dir furchtbar viel zu erzählen, aber zuallererst solltest du erfahren, daß ich zu spät kam. Vater war bereits an seiner

Verletzung gestorben.« Sie bemerkte, daß die Augen ihres Bruders glasig wurden, doch sie glaubte nicht, daß die Tränen ein Ausdruck von Trauer waren. Ihr Vater hatte sich Spencer gegenüber immer besonders brutal gezeigt, und vielleicht war es Erleichterung oder Bedauern darüber, daß das Verhältnis zwischen ihnen niemals normal oder gar gut gewesen war.

»Tante Lil war sehr gut zu mir. Ich habe sie sehr gern. Unglücklicherweise hat Vater uns ein wunderbares Vermächtnis hinterlassen ... Er hat Roseland bis unter das Dach beliehen, und ich muß innerhalb eines Monats zwanzigtausend Pfund auftreiben, sonst wird es verkauft, und wir haben kein Dach mehr über dem Kopf.«

»Dieser alte Widerling«, schnaubte Spider und ballte die Fäuste als Zeichen seiner ohnmächtigen Wut.

»Außerdem hat er Ebony verkauft. Aber sie haben ihn noch nicht abgeholt, oder?« Sie sah ihren Bruder ängstlich an.

Er schüttelte eilig den Kopf, um sie zu beruhigen, aber er selbst war vollkommen am Boden zerstört. Er hatte sich so darauf gefreut, ihr von den Schmuggelgeschäften zu erzählen, mit denen er ein wenig Geld verdient hatte, aber angesichts einer Verschuldung in Höhe von zwanzigtausend Pfund war das nicht mehr als ein Tropfen auf dem heißen Stein. »Was in aller Welt sollen wir nur tun?« fragte er.

»Ich habe noch eine Neuigkeit für dich. Lord Helford ist nach Helford Hall zurückgekehrt. Ich bin auf seinem Schiff nach Hause gekommen. Ich glaube, daß er mich recht gerne mag, so daß ich ihn nur noch dazu bewegen muß, mir einen Antrag zu machen, ehe die Hypothek fällig wird. Auf diese Weise können wir Roseland retten.«

»Soll er dir einen Heiratsantrag machen oder das Angebot, seine Mätresse zu werden?« fragte Spider unverblümt.

»Das ist egal«, antwortete sie.

»Ich werde nicht zulassen, daß du dich diesem fetten, alten Schwein opferst«, stellte ihr Bruder tonlos fest.

»Spider, er ist weder fett noch alt ...« Ihre Stimme verklang, denn was das Schwein in Helford betraf, konnte sie nicht sicher sein. Ihrer Erfahrung nach waren alle Männer schlecht. »Die Sache hat nur einen winzigen Haken ... Der König hat ihn zum Hochkommissar und Richter ernannt, der die Schmuggler zur Strecke bringen soll.«

Spider plumpste wie ein nasser Sack auf einen Küchenstuhl. »Himmel, Mädchen, bist du denn vollkommen übergeschnappt? Morgen nacht kriegen wir fünfzig Fässer Brandy geliefert.«

»Um wieviel Uhr kommt die Flut herein?«

»Früh ... bei Mondaufgang ... ein paar Minuten nach neun – um zehn müßte alles sicher untergebracht sein.«

»Solange werde ich ihn ablenken.«

»Willst du ihn etwa die ganze Nacht beschäftigen?« fragte Spider erbost.

»Spider, es ist nicht so, wie du denkst. Er hält mich für eine echte Dame.«

Ihr Bruder sah sie an, als wäre sie tatsächlich verrückt geworden, doch dann lachte er so heftig, daß er von seinem Stuhl auf den Boden fiel.

»Ich denke, es ist das beste, wenn ihr beide euch zunächst einmal nicht begegnet«, sagte sie steif.

»Um so besser. Dieser ganze Unsinn von Lord und Lady liegt mir nicht«, sagte er und wischte sich die Lachtränen aus dem Gesicht.

»Kommt der Brandy von einem französischen Schiff?« fragte sie in dem Wunsch, das Thema zu wechseln.

»Natürlich wurde er mit einem französischen Schiff angeliefert, aber ich kaufe ihn von einem Privatmann, der ihn den Franzosen abgenommen hat.«

»Du meinst von einem Piraten. Wie heißt er?«

»Bulldog Brown«, sagte er in herausforderndem Ton.

»Uah.« Sie schauderte. »Das ist doch der Kerl, dem bei einem Kampf ein Teil der Nase abgebissen wurde. Um Himmels willen, Spider, sei bloß vorsichtig.«

Mit der nachlässigen Arroganz eines Edelmannes winkte er ab, und plötzlich fielen ihr die Kleider ein, die sie ihm mitgebracht hatte. Sie öffnete eine der Kisten und zog den schwarzen Samtanzug und die langen schwarzen Kalbslederstiefel heraus. »Ich habe dir ein paar neue Sachen gekauft.«

Mit Daumen und Zeigefinger befühlte er den schwarzen Samt, doch dann sah er seine Schwester angewidert an. »Wenn ich mit diesem Zeug rumlaufe, mache ich mich zum Gespött der ganzen Gegend. Und mit ein bißchen Pech läuft der verdammte Vicomte Spencer dann bald noch ohne Zähne herum, weil ihm irgendwer ein paar aufs Maul gegeben hat.«

»Du bist inzwischen ein Lord«, erinnerte sie ihn, »kein Vicomte mehr. Und außerdem sind diese Kleider noch durchaus dezent. In London tragen die Männer pinkfarbenen Satin und taubenblaue Straußenfedern.«

»Versuch nicht, mich auf den Arm zu nehmen, Cat. Ich bin kein kleines Kind mehr, falls dir das noch nicht aufgefallen ist.«

»Doch, es ist mir aufgefallen«, seufzte sie und klappte den Deckel der Kleiderkiste wieder zu.

»Komm, ich trage dir die Kisten nach oben. Ich weiß, daß du bestimmt all deine neuen Kleider auspacken willst, bevor du schlafen gehst. Schließlich sind es die ersten hübschen Sachen, die du jemals besessen hast, nicht wahr, Cat?« Er lächelte sie an. »Schön, daß du wieder zu Hause bist.«

Ruark Helford hatte in der ersten Nacht zu Hause kaum geschlafen. Ruhelos war er noch vor Anbruch der Dämmerung aufgestanden und war in dem halbvergessenen Herrenhaus herumgestapft. Es war so schön, daß er nicht wußte, wie er es so lange in der Fremde ausgehalten hatte. Er ging aufs Dach hinauf, um den Sonnenaufgang zu beobachten – zwischen den vergoldeten Segelschiffen nachempfundenen Wetterfahnen und gewundenen Schornsteinen von Helford Hall hindurch –, und blickte auf das Meer hinaus, das die Dämmerung in eine sich kräuselnde Masse geschmolzenen Goldes verwandelte, während hinter ihm in den dunkelgrünen Eibenhainen der Nebel hing, der sich immer so lange hielt, bis die Sonne voll am Himmel stand.

Summer war ebenfalls noch vor Anbruch der Dämmerung aufgestanden und sofort in den Stall zu ihrem geliebten Ebony gerannt. Der Sonnenaufgang würde bestimmt spektakulär. Die milde Luft war ein Vorzeichen für einen warmen Tag. Die Brise vom Meer war leicht, und sie konnte es kaum erwarten, in gestrecktem Galopp den menschenleeren Strand hinabzureiten. Sie verzichtete auf einen Sattel, legte dem Pferd lediglich das Zaumzeug an, strich ihm über die samtigen Nüstern und saß innerhalb weniger Minuten auf.

In gemütlichem Trag ritt sie fünf oder sechs Meilen die Küste hinab, aber als sie kehrtmachte, spürte sie, daß Ebony seinen Schritt beschleunigte, und ließ ihm freien Lauf. Er sprengte vorwärts und donnerte durch die Brandung, so daß das Wasser nur so spritzte. Ihr Hemd klebte naß an ihrer Brust, ihr Haar wehte wild im Wind, und sie klammerte sich an der Mähne des Pferdes fest und flüsterte ihm Ermunterungen in die gespitzten Ohren, damit es noch schneller lief.

Ruark Helford bemerkte, daß sich unten am Strand etwas bewegte, und als die Erscheinung näher kam, machte er Pferd und Reiter aus. Das Gespann kam noch näher, und plötzlich erkannte er, daß die Gestalt auf dem Pferd Summer war. Die wilde Zügellosigkeit war unverkennbar, sie verriet einen Geist, der so frei war wie der Wind und das Meer.

Dieses Mädchen ähnelte so gar nicht der schüchternen, wohlerzogenen Lady Summer, die bescheiden den Blick senkte, wenn er sich ihr näherte, und die ihn immer auf Armeslänge von sich hielt. Unkontrollierbares Verlangen wallte in ihm auf.

Verlangen, sie zu zähmen.

Verlangen, sie zu nehmen.

Verlangen, tief in ihr vergraben zu sein.

Am schlimmsten war, daß sie ihn selbst dann noch erregte, wenn sie sich züchtig gab und in Begleitung zweier Wachhunde war.

Von seinem Beobachtungsposten aus wirkte sie, als wäre sie bis zur Hüfte nackt. Die Vision ihrer herrlichen, stolzen Brüste unter dem nassen Hemd war zuviel für ihn. Er mußte an den Strand, zu ihr.

Er nahm den Weg die Klippen hinab, aber als er den Strand erreichte, war sie nirgends zu sehen. Es war kaum zu glauben, daß sie so schnell verschwunden sein sollte, aber offenbar war sie dem Helford River landeinwärts gefolgt. Die Flut hatte die Abdrücke der Pferdehufe fortgewaschen, und der Strand war so verlassen, daß er beinahe dachte, er hätte eine Vision gehabt. Er fluchte laut und hatte das Gefühl, vor Ärger zu ersticken, doch zugleich wußte er, daß ihr ausweichendes Verhalten seinen Appetit noch steigerte und seinen Entschluß, sie zu bekommen, verstärkte.

Wegen seines neuen Postens hatte Lord Helford einen Haufen Papierkram zu erledigen, aber mindestens ein dutzendmal an diesem Tag warf er die Feder fort und beschloß, hinüber nach Roseland zu reiten. Er war hin und her gerissen zwischen dem Wunsch, sein Versprechen zu halten, und dem Verlangen, Summer zu sehen.

Schließlich beherrschte er sich. Wenn es ihm nicht gelänge, sein Wort wenigstens vierundzwanzig Stunden zu halten, empfände sie gewiß nichts als Verachtung für ihn. Doch die aberwitzige Hoffnung, daß sie vielleicht noch heute vorbeikäme, gab er nicht auf.

Am frühen Abend war auch dieser Hoffnungsschimmer verblaßt. Das Gefühl der Einsamkeit, das ihn beim Essen in dem riesigen, elegant eingerichteten Speisesaal überkam, war vollkommen neu für ihn. Da er normalerweise sehr selbstgenügsam war, schob er dieses Gefühl darauf, daß er sich an das stinkende, tosende London mit all seiner gewaltsamen Energie gewöhnt zu haben schien. Die Veränderung machte offenbar eine gewisse Gewöhnung erforderlich. In London herrschte permanenter Lärm. Auf den Straßen schrien die Leute herum, rempelten sich an, lachten und tauschten lautstarke Beleidigungen aus; hier hingegen herrschte eine regelrecht ohrenbetäubende Stille.

Gerade als er seine Serviette auf den Tisch warf und seinen Stuhl nach hinten schob, um aufzustehen, kam sein langjähriger Verwalter, Mr. Burke, herein.

»Ruark, draußen steht eine junge Dame, die Sie zu sehen wünscht.«

Er war zusammen mit Ruarks Mutter, Lady Rosalind, aus Irland gekommen, als sie den ersten Lord Helford geehelicht hatte, und hatte sie beide überlebt. Obgleich es für ihn vollkommen natürlich war, seinen Herrn beim Vornamen zu nennen, fiele es diesem niemals ein, ihn anders als Mr. Burke zu rufen.

»Haben Sie sie hereingebeten, Mr. Burke?« fragte er, und seine Augen blitzten vor Begeisterung auf.

»Ja, aber die Lady ist ohne Anstandsdame da und möchte Sie offenbar alleine sehen«, sagte Mr. Burke mit so regloser Miene, als verkünde er, das Essen sei serviert.

Als Ruark sie erblickte, riß er erstaunt die Augen auf. Es dämmerte bereits, aber ihm war es, als erstrahlte sie in einem ganz anderen Licht. Sie macht ihrem Namen alle Ehre, dachte er verwirrt. Sie saß auf einem teuren Pferd, einem schwarzen Berber, und sie trug ein elegant geschnittenes Reitkleid in einem lächerlich unpraktischen Primelgelb. Etwas Lieblicheres hatte er noch nie zuvor gesehen.

»Sie sind schockiert, weil ich keine Trauerkleider trage«, sagte sie.

Er schüttelte den Kopf. »Nichts, was Sie tun, könnte mich jemals schockieren.«

Oh doch … das verspreche ich dir … wart's nur ab, dachte sie.

»Nun, ich bin nun einmal keine Heuchlerin, und ich trauere nicht um ihn«, begründete sie ihr farbenfrohes Kleid.

Er versuchte, sie sich vorzustellen, wie er sie in der Dämmerung gesehen hatte, aber es gelang ihm nicht. Diese junge Frau war so elegant, als käme sie soeben von einem Spazierritt im St. James Park zurück. »Ich bin so froh, daß Sie gekommen sind«, sagte er, trat neben das Pferd und streckte die Arme nach ihr aus.

Sie sah ihn ernst an. »Ich komme als Bittstellerin.«

Während seine starken Arme sie aus dem Sattel hoben, machte sein Herz vor Erregung einen Satz. »Ihr Wunsch ist mir Befehl.«

»Ich lasse gerade die Stallungen renovieren. Sie sind in einem so verfallenen Zustand, daß ein starker Windstoß ausreichen würde, um sie zum Einsturz zu bringen. Dürfte ich Sie vielleicht bitten, Ebony bei sich unterzubringen, bis die Arbeiten beendet sind?« Die Verbindung von Lüge und Wahrheit belastete ihr Gewissen nicht im geringsten.

»Aber natürlich«, versicherte er ihr, froh, sie von nun an öfter zu sehen.

Während sie zu den Ställen gingen, schmückte sie ihre Geschichte noch weiter aus. »Machen Sie sich keine Sorgen, falls Sie regelmäßig Wagen vorbeifahren sehen. Das sind meine Arbeiter.«

In dem großen, luftigen Stall führte Ruark Ebony in eine leere Box, nahm ihm den Sattel und das Zaumzeug ab und tätschelte ihm bewundernd den Hals. »Ein wunderbares Tier.«

»Ich habe eine besondere Vorliebe für ihn«, sagte sie in provozierend kehligem Ton.

Der Duft von Heu und Leder hing in der Luft, und Ruarks Erregung war nicht zu übersehen. Am liebsten hätte er sie neben sich ins Heu hinabgezogen und wäre dort mit ihr herumgerollt, bis sie beide splitternackt daliegen würden und sie zwischen seinen Schenkeln gefangen gewesen wäre. Seine Augen flackerten wie Kerzenflammen, doch zugleich wurde ihm die Unmöglichkeit eines derart ruchlosen Verlangens klar. Ihr primelgelbes Kleid war makellos und ihr Haar im neuesten ›Herzensbrecherinnenstil‹ frisiert. Er durfte nicht vergessen, daß sie eine Lady war … und obendrein jung und unberührt.

Widerwillig rief er einen Stallburschen heran. »Lady St. Catherine wird ihren Hengst für ein paar Wochen bei uns unterstellen. Sorgen Sie dafür, daß er die beste Pflege erhält.«

Als sie den Stall verließen, fragte sie leise: »Wie soll ich mich für diese Freundlichkeit nur jemals erkenntlich zeigen, Lord Helford? Ich scheine jeden Tag tiefer in Ihrer Schuld zu stehen.«

»Trinken Sie ein Glas mit mir. Ich möchte Ihnen das Herrenhaus zeigen.«

Es klang nicht wie eine Bitte, sondern wie ein Befehl, doch sie schüttelte bedauernd den Kopf. »Sie wissen, daß das unmöglich ist«, sagte sie leise. »Aber ich würde mir gern einmal den Garten ansehen.«

»Es ist bereits dunkel«, protestierte er.

»Der Mond geht gerade auf«, beruhigte sie ihn.

»Schmugglermond«, murmelte er, und sie schauderte.

Als sie den samtigen Rasen überquerten, der das Haus vom Rosengarten trennte, wurden sie in den Duft zahlreicher Nachtblüher eingehüllt. Sie gingen unter einem Bogen voll schwerer, taunasser Blüten hindurch, und Ruark sah sich in der Dunkelheit um, bis er das Gesuchte fand. Er verließ sie kurz und kehrte dann mit einem Armvoll Blumen zurück. »Ich denke, ich werde Ihnen immer cremefarbene Rosen schenken«, versprach er ihr, und als sie in die Finsternis des unheimlichen Eibenhains traten, fragte er: »Sie haben doch keine Angst?«

Sie schüttelte den Kopf. »Nicht, solange Sie an meiner Seite sind.«

Während sie Seite an Seite dahinschlenderten, ergriff er ihre Hand. Sie erwiderte den Händedruck, und er wünschte, er könnte sie halten bis zur Morgendämmerung. »Es heißt, in diesem Hain gingen Geister um«, sagte er, blieb stehen und sah sie an. »Aber das einzige, was mir die Ruhe raubt, sind Sie.« Das Mondlicht drang kaum durch die hohen Bäume hindurch, und als sie seinen Blick erwiderte, lag sein Gesicht mit den ausgeprägten Wangenknochen in vollkommener Dunkelheit. Seine Augen waren halb geschlossen, und seine schwarzen, dichten Wimpern verbargen das Verlangen in seinem Blick. Sein festes Kinn betonte noch den arroganten Schwung seines Mundes, der leidenschaftlich zu fluchen und unglaublich zärtlich zu küssen verstand.

Er umfaßte sanft ihr Gesicht und neigte den Kopf. In dem Augenblick, in dem er sie kostete, veränderte sich sein Kuß, wurde sinnlich und heiß. Seine Hände glitten von ihrem Gesicht herab und zogen sie enger an seine Brust. Sie spürte etwas Marmorhartes an ihrem Bauch, und ihr wurde undeutlich bewußt, daß dies wohl der Beweis seiner Manneskraft war.

Er spürte, wie sie erschauerte, und seine starken, braunen Hände strichen sanft über ihre Brust. Ihr Zittern verstärkte sich, und sie konnte nicht länger leugnen, daß sie Ruark Helford höchst anziehend fand. Seine sinnliche Männlichkeit machte sie vor Verlangen schwach. Ihre Abwehrmechanismen zerfielen zu Staub, und ihr wurde bewußt, daß all ihre Pläne gefährdet waren durch ihre Gefühle für diesen Mann. Sie sehnte sich danach, ihm zu vertrauen, hoffte, er wäre immer liebevoll und großzügig zu ihr. Sie wünschte, er würde sich in sie verlieben und sie bitten, seine Frau zu werden, denn mit einem so starken Beschützer wäre sie für alle Zeiten in Sicherheit. Sie konnte nur hoffen, daß er tiefe Zuneigung zu ihr empfand, denn sie merkte, daß sie derartige Gefühle für ihn entwickelte. Doch zugleich wußte sie, daß sie sich ihm nicht hingeben durfte, ehe sein Heiratsantrag ausgesprochen war, denn sonst wüßte er sie nicht mehr zu würdigen.

Sie versuchte, seine Hand fortzuschieben, und schrie leise auf. »Ruark, bitte.«

Er hob kurz die Hand, fürchtete jedoch, daß es ihm nicht gelänge, sich höflich zurückzuziehen.

»Ich vertraue Ihnen, und ich verlasse mich darauf, daß Sie das tun, was das Richtige ist«, sagte sie leise, da sie wußte, daß er anders nicht zu bremsen war.

Er stöhnte. Er wußte, daß sie noch Jungfrau war, und das süße Vertrauen in ihrer Stimme war einfach zuviel für ihn. »Verdammt, Summer, Sie sollten mir nicht vertrauen. Sie dürfen mir nicht vertrauen! Ich will allein mit Ihnen sein ... ich will Sie lieben. Gehen Sie ... sofort! Laufen Sie weg, bevor ich mich vergesse und Ihnen die Jungfräulichkeit raube!«

Sie lachte schüchtern auf. »Ich werde nicht vor Ihnen davonlaufen, Ruark. Ich weiß, daß Sie mich mit Ihrem Leben schützen werden, falls es erforderlich ist.«

»Ich werde Sie verführen, Lady Summer«, warnte er sie.

»Das ist mir egal, Ruark. Wenn es das ist, was Sie wollen, dann tun Sie es.«

Er stöhnte abermals, doch dieses Mal unterdrückte er einen Fluch. Er zerrte sie zu einer Laube und zog sie neben sich auf die Bank.

»Verzeihen Sie mir mein ungehobeltes Benehmen, meine Liebe. Man sollte mich dafür erschießen.«

Er suchte fieberhaft nach einem unverfänglichen Thema, doch es fiel ihm nur seine Arbeit ein. »Es ist gut, daß ich hier so beschäftigt bin. Morgen muß ich die Ortskommandantur besuchen und dort das Aufruhrgesetz verlesen. Die Kerle waren bisher so träge, daß sie noch nicht einmal eingegriffen haben, wenn die Schmuggler und Strandräuber direkt vor ihren Augen ihr Unwesen getrieben haben. Ich habe die Absicht, ein Exempel zu statuieren, indem ich einen von ihnen dafür zur Verantwortung ziehe. Und dann lasse ich Verstärkung kommen aus der Garnison in Bristol. Anschließend werde ich die Marinepatrouille inspizieren, um eventuelle Mängel zu aufzudecken«, erklärte er und schloß mit einem trübsinnigen: »Ich werde mich bestimmt großer Beliebtheit erfreuen.«

»Werden Sie oft unterwegs sein?« fragte sie.

»Ja. Ich werde reihum in Falmouth, Penzance, Newquay, St. Austell, Bodmin, Saltash und Plymouth Gericht halten.«

»Aber Plymouth liegt doch in Devon«, warf sie ein.

»Ja, aber auch dort habe ich meine Befugnisse. Wissen Sie, andernfalls würden sich die Kriminellen aus Cornwall einfach nach Devon flüchten, und schon wären sie in Sicherheit.«

»Aber Sie müssen doch bestimmt niemanden zum Tode verurteilen, nicht wahr?« fragte sie schüchtern.

Er zögerte, doch dann beschloß er, die Wahrheit zu sagen. »Ich fürchte, doch, Lady Summer, aber ich werde immer fair und unvoreingenommen sein.«

»*Ich* vertraue Ihnen«, sagte sie sanft.
»Das sollten Sie lieber nicht tun«, warnte er.
»Ich unterwerfe mich Ihrer Gnade«, fuhr sie lachend fort.
»Ich gelte als gnadenlos.«
Ihr Herz hämmerte furchtsam in ihrer Brust, denn sie wußte, daß er die Wahrheit sagte. Spider war hoffentlich inzwischen fertig mit dem Verstauen des Schmuggelguts, deshalb erhob sie sich und ging langsam in Richtung des Herrenhauses. Er folgte ihr, seine gefährlichen Hände tief in die Hosentaschen vergraben, damit sie nicht plötzlich die zarte Primel erdrückten, die vor ihm aus der Dunkelheit erwuchs.
Als sie das Haus erreichten, kam Mr. Burke mit einer Laterne an die Tür.
»Danke, Mr. Burke. Ich bringe die Lady nach Hause.«
Panik schnürte ihr die Kehle zu, und sie keuchte: »Ich möchte keinen Skandal vor Ihren Bediensteten.«
»Mr. Burke würde derartiges Geschwätz bei den Bediensteten nicht tolerieren«, beruhigte Ruark sie.
»Dann ist Mr. Burke ein aufrichtiger Mann.« Sie lächelte den Iren an. »Würden Sie mir vielleicht die Ehre erweisen, Sir, und mich nach Hause begleiten?«
Der Verwalter verbeugte sich förmlich und sah dann Ruark an. »Die Lady weiß offenbar, was sich gehört, selbst wenn der Lord es nicht weiß«, war sein trockener Kommentar.

11

Als Summer aus ihrem Fenster sah und einen Reiter entdeckte, der zwei Pferde am Zügel führte, wußte sie, daß dies der Käufer von Ebony war. Sie sprach ein stummes Dankgebet, daß sie den Hengst zu Helford gebracht hatte, und rief in die Küche hinab, in der ihr Bruder gerade das Frühstück bereitete. »Spider, geh durch die Hintertür und hol dein Pony aus dem Stall. Und schaff auch die Pferdeäpfel fort ... verteil sie einfach im Garten.«

Sie schnappte sich ein altes Kleid, das bereits im Vorjahr in den Lumpensack gewandert war, und wuschelte mit beiden Händen in ihrem Haar herum. Automatisch schob sie ihr Messer in den Gürtel, rannte eilig in die Küche, hackte eine Frühlingszwiebel klein, hielt sie vor ihre Augen, bis sie tränten, und trat schließlich vor das Haus, wo der ungebetene Besucher stand.

Sie sah ihn aus rotgeränderten Augen an. »Haben Sie uns etwas zu essen mitgebracht, Sir?« fragte sie hoffnungsvoll.

»Nein«, antwortete er leicht ärgerlich. »Ich bin geschäftlich hier. Ist Lord St. Catherine da, Mädchen?«

Die Tränen strömten nur so über ihr Gesicht. »Mein Vater ist tot, Sir«, flüsterte sie.

Ihr Gegenüber runzelte die Stirn und musterte argwöhnisch ihr zerlumptes Kleid. »Ich habe eine Quittung über einen Berber, den ich vor einem Monat von St. Catherine gekauft habe. Ich bin gekommen, um ihn abzuholen.«

»Was ist ein Berber, Sir?«

»Ein Pferd, Mädchen, ein Pferd!«

»Es ist lange her, daß wir es uns leisten konnten, Pferde zu halten, Sir«, hauchte sie in eindeutig verlegenem Ton.

»Wer ist für das Gut hier verantwortlich? Zeig mir die Stallungen«, forderte er.

»Niemand hier ist verantwortlich«, sagte sie hilflos. Er stieg noch nicht einmal von seinem Pferd, so daß sie mit gesenktem Kopf neben dem Tier hertrottete. Vor dem Stall angekommen, band er die beiden Pferde, die er am Zügel geführt hatte, an einen Pfosten, stieg von seinem eigenen Tier und machte dessen Zügel ebenfalls fest. Er schlenderte in das Stallgebäude und sagte: »Wenn ihr keine Pferde habt, nehme ich eben die anderen Tiere mit.«

Plötzlich blieb er stehen wie vom Donner gerührt. Der Stall war vollkommen leer! Genau in diesem Augenblick begann Summers Magen zu knurren, und er starrte sie ungläubig an. Jetzt wußte er mit Sicherheit, was er bisher nur vermutet hatte, nämlich, daß er betrogen worden war. Und was ihn am meisten ärgerte, war die Tatsache, daß er vor Erhalt der Ware bezahlt hatte. Natürlich war seine Gier schuld daran. Der Preis für den Berber war nur ein Bruchteil dessen gewesen, was das Tier tatsächlich wert gewesen war.

»Keine Pferde, keine anderen Tiere ... dann will ich mein Geld zurück«, sagte er wütend, und seine Stimme hallte laut in dem leeren Stall.

»Geld?« fragte sie so leise, als hätte sie so etwas noch nie gesehen. »Sir, wir haben noch nicht einmal etwas zu essen.«

Mit zusammengekniffenen Augen blickte er abermals auf das zerlumpte Kleid. Sie mochte bettelarm sein, aber was für eine Bettlerin sie war! Seine Augen blitzten auf, als er beschloß, sich etwas anderes zu nehmen für sein Geld. Gab es einen besseren Ort als einen verlassenen Stall? Nie zuvor hatte er es mit einer derart jungen und derart schönen Frau gemacht. Plötzlich war er härter und geiler als seit Monaten. Wenn sein Glück anhielt, könnte er sie lange genug hier festhalten, um ihr zartes Fleisch zwei- oder dreimal zu kosten. Falls sie Widerstand leistete, hätte er Mittel, um sie zum Gehorsam zu zwingen. Widerspenstige Mädchen brauchten manchmal eine Kostprobe von Gewalt, ehe sie bereit waren, sich zu fügen. Und falls er ihr weh tat, dann hätte sie es verdient, weil sie ihn um das betrog, was sein rechtmäßiges Eigentum war. Seinen Augen verengten sich zu schmalen Schlitzen, und er setzte ein lüsternes Grinsen auf.

Ehe er allerdings auch nur einen Schritt in ihre Richtung machen konnte, hatte sie ein Messer in der Hand.

»Cat«, kam eine Stimme von der Stalltür her. Er fuhr herum und entdeckte eine männliche Ausgabe des Mädchens, ebenfalls mit einem blitzenden Messer bewehrt.

»Spider«, antwortete sie, und gemeinsam näherten sie sich dem Eindringling. Seine Nackenhaare sträubten sich, als ihm auffiel, daß die Spitznamen der beiden primitiv und unzivilisiert waren, ja geradezu wild. Er nahm die Beine in die Hände und rannte aus dem Stall. Mit einem obszönen Fluch schwang er sich auf sein Pferd. Als er die beiden anderen Tiere losmachen wollte, entdeckte er, daß jemand die Zügel durchgeschnitten hatte und einer der Gäule bereits verschwunden war. Allerdings erschien es ihm ratsam, der Sache nicht auf den Grund zu gehen.

Summer sah ihren Bruder bewundernd an. »Wo hast du dein Pony und das andere Pferd versteckt?«

Er zuckte zusammen. »Ich habe sie in die Küche gebracht.« Und schon stürzte er los, um zu sehen, welchen Schaden sie vielleicht angerichtet hatten.

»Spider! Bist du denn wahnsinnig? Als wäre die Küchentür nicht bereits ruiniert genug«, schrie sie und rannte ihm nach. Sie erreichten die Küchentür gleichzeitig und ließen sich lachend auf den Boden fallen, als sie sahen, daß der große braune Wallach und Spiders Pony alles Eßbare verschlungen hatten, das frisch gebackene Brot, einen Korb Äpfel, einen Sack Hafer für ihren Brei und auch die Sahne, die man darüber gab.

»Ich könnte rüberschleichen und ein paar Eier klauen«, schlug Spider vor.

»Wage es nicht«, schrie Summer alarmiert, doch dann entdeckte sie das boshafte Glitzern in seinen Augen.

»Wir haben noch einen Schinken in der Speisekammer. Laß uns schnell essen, ehe die Wagen kommen, um den Brandy abzuholen«, drängte er.

»Du meinst, sie kommen am hellichten Tag hierher?«

»Erzähl mir bloß nicht, daß du allmählich alt und schreckhaft wirst. ›Oh, Spider, wegen dir bekomme ich eines Tages noch einen Herzanfall‹«, piepste er.

Sie starrte ihn zornig an. »Ich bin nicht alt und schreckhaft. Ich bin es, die die Leute in Angst und Schrecken versetzt!«

Später am Tag, als sie ihr Geld zählten und es sicher in einer Dose verstauten, sagte sie voller Stolz: » Mit dem, was ich aus London mitgebracht habe, haben wir inzwischen fast dreitausend Pfund. Oh, Spider, ich weiß wirklich nicht, wie du das angestellt hast.«

Er grinste sie fröhlich an. »Jetzt fehlen uns nur noch siebzehntausend, also keine Angst.« Er fischte einen Sovereign aus der

Dose, ehe sie sie verschloß, und warf ihn in die Luft. »Warte nicht mit dem Essen auf mich, Cat«, sagte er und zwinkerte ihr zu.

Die Kerzen waren bereits längst erloschen, als Summer plötzlich hellwach wurde. Sie spürte, daß irgend etwas anders war als sonst, und zündete mit zitternden Händen eine frische Kerze an. Dann griff sie nach ihrem karminroten Samtmorgenmantel, nahm den Kerzenhalter und ging die Treppe hinunter. Spider lehnte mit wächsernem Gesicht an der Eingangstür.

»Was ist los?« Mit wild hämmerndem Herzen stürzte sie die letzten Stufen hinab.

»Miliz«, flüsterte er. »Sie haben auf mich geschossen.«

»Mein Gott, was hast du getan?« flüsterte sie, außer sich vor Zorn.

»Nicht ... nun, nicht viel ... Das Zeug ist immer noch in der Höhle. Sie hätten uns fast auf frischer Tat ertappt ... Ich mußte ganz schön rennen«, keuchte er.

Sie fuhren erschreckt zusammen, als plötzlich jemand gegen die Tür hämmerte. Summer wies mit dem Daumen in Richtung Treppe, und lautlos eilte er hinauf.

»Im Namen des Gesetzes, macht auf«, dröhnte eine Stimme, die ihr das Blut in den Adern gefrieren lies. Sie wartete still, bis es erneut klopfte, dann riß sie die Tür auf und hielt ihre Kerze hoch. Ein stämmiger junger Mann mit einem roten Gesicht und kleinen Schweinsäuglein trat auf sie zu. »Wer sind Sie?« fragte sie. »Was hat das zu bedeuten?«

»Ich bin Sergeant Oswald, Falmouth Miliz«, sagte er in autoritärem Ton.

»Und?«

»Ich habe Grund zu der Annahme, daß dieser Haushalt in Schmuggelgeschäfte verwickelt ist.« Er trat vor, bis einer seiner Stiefel auf der Schwelle stand. Summer wich nicht zurück, sondern hielt die Kerze dichter an sein Gesicht.

»Dieser Haushalt, wie Sie es nennen, besteht aus einer Lady. Wie können Sie es wagen, mich derart zu beschuldigen, Sergeant?« Sie spürte, daß ein oder zwei Männer in der Dunkelheit hinter ihm warteten, und wußte, daß ihre einzige Chance darin bestand, ihn zu erniedrigen.

»Wir sind dem Kerl bis hierher gefolgt. Zweifellos ist es einer Ihrer Diener oder Stallburschen. Treten Sie beiseite, damit wir das Haus durchsuchen können.«

»Was sind Sie für ein aufgeblasener Wichtigtuer!« tobte sie. »Sind Sie sich der Tatsache bewußt, daß im Augenblick tiefste Nacht ist, Sergeant? Sind Sie sich der Tatsache bewußt, daß ich ganz alleine bin und noch dazu recht spärlich bekleidet, Sergeant? Wissen Sie nicht, daß in diesem Haus Trauer herrscht, Sergeant?«

Er errötete derart, daß sich sein Hals nicht mehr vom Ansatz seiner leuchtenden Uniform unterscheiden ließ. »Wenn wir weder den Schuldigen noch das Schmuggelgut finden, werden wir sofort wieder gehen, M'lady.«

»Hier finden Sie rein gar nichts, Sergeant. Darauf gebe ich Ihnen mein Wort. Gute Nacht.«

Oswald dachte an die kalte Wut, die Verachtung und die verbalen Peitschenhiebe, mit denen Lord Helford ihn heute morgen bedacht hatte. »Der neue Richter hat angeordnet, daß wir jedes verdächtige Haus durchsuchen sollen.«

»Dann ist der neue Richter ein verdammter Narr«, stellte sie trocken fest.

»Vielleicht ist er ein Narr, aber zugleich ist er ein Choleriker und noch dazu so autoritär, daß ich es nicht wage, mich seinem Befehl zu widersetzen. Wir müssen Ihr Haus durchsuchen.«

»Sie dürfen mein Haus durchsuchen, Sergeant, sobald Sie mir den Durchsuchungsbefehl zeigen.«

»Ich habe noch keinen. Ich glaube nicht, daß einer erforderlich ist«, sagte er und bedachte sie mit einem finsteren Blick.

»Lassen Sie mich Ihnen versichern, daß er zwingend vorgeschrieben ist! Also schlage ich vor, daß Sie umkehren, einen Durchsuchungsbefehl holen und dann wiederkommen.«

»Es ist mitten in der Nacht«, tobte er.

»Da Sie mich aus dem Schlaf gerissen haben, halte ich es nur für fair, daß Sie auch den Richter aus dem Schlaf reißen. Sonst kommen Sie eben morgen früh wieder, Sergeant, zu einer zivilisierteren Tageszeit«, schlug sie mit zuckersüßer Stimme vor.

Er preßte zornig die Lippen aufeinander und machte auf dem Absatz kehrt.

Summer warf den Riegel vor und ging mit zitternden Beinen die Treppe hinauf.

Spider lag angezogen auf seinem Bett. »Die ganze Geschichte, bitte«, sagte sie zu ihm.

»Ich habe bestimmt kein Wrack geplündert«, beeilte er sich ihr zu versichern. »Das muß irgendwer anderes gewesen sein. Als wir das Schiff entdeckten, war es bereits an den Klippen zerschellt. Ein belgisches oder holländisches Schiff, also, was soll's?«

»Wir liegen noch nicht mit Holland im Krieg«, stellte sie fest.

»Tja, auf jeden Fall war es bereits geplündert, als wir dort ankamen. Abgesehen von den zerborstenen, waren sämtliche Kisten fort. Dem Geruch nach zu urteilen, muß es Gin gewesen sein.«

»Und was habt ihr in die Höhle geschafft?«

»Keine Ahnung. Nach allem, was ich weiß, könnte es lauter wertloser Plunder sein. Es ist in Öltuch eingewickelt.«

»Nun, was auch immer es ist, wir gehen besser jetzt gleich runter, ehe es wieder aus der Höhle herausgetrieben wird.«

»Vielleicht wäre das das Beste. Wenn sie morgen früh das Haus durchsuchen ...«

Sie stand in ihrem karminroten Morgenmantel wie eine heidnische Rachegöttin da. »Wir sind Teil des Meeres. Was es uns bringt, geben wir nicht wieder her.«

In der Höhle fanden sie sechs schwere, in Öltuch eingehüllte Bündel. Erst mußte jeder von ihnen dreimal gehen, um das Schmuggelgut in die Keller zu verfrachten, und dann noch dreimal, bis das Zeug die Treppe raufgehievt war. Summer kniete sich vor eines der Bündel und wickelte vorsichtig das Öltuch ab. Als das Kerzenlicht die Beute erhellte, hielt sie bewundernd den Atem an. »Das muß Brüsseler Spitze sein«, hauchte sie und strich ehrfürchtig über das feine, kostbare Material.

»Wem in aller Welt sollen wir das bloß verkaufen?« fragte Spider enttäuscht.

»Wir müssen irgendeinen Weg finden, um es zu Tante Lil zu schicken. Es ist fast soviel wert wie Gold. Natürlich müssen wir uns mit weniger zufriedengeben, aber ein paar tausend Pfund bringt es trotzdem ein.«

»Wo sollen wir es verstecken?«

»Am besten in meinem Bett. Ich bin zeimlich sicher, daß ich die einzige bin, die Zugang zu meiner eigenen Schlafstätte hat.«

Wie gewöhnlich stand sie bereits bei Anbruch der Dämmerung auf, wenn auch nicht wegen eines Spazierritts am Strand. Sie suchte das schönste Tageskleid aus, das sie besaß. Es war aus cremefarbenem Leinen mit blaßgrünen Schleifen. Nachdem sie ein paar cremefarbene Rosen in ihr Haar gesteckt hatte, weckte sie ihren Bruder auf.

Er blinzelte, als er sie sah, und fragte verblüfft: »Gehst du auf einen Ball?« Doch dann riet er ein zweites Mal. »Du heiratest!«

»Nein, du Dummkopf. Dies ist ein Tageskleid, und ein schlichtes noch dazu, das garantiere ich dir.«

»Nun denn, dann machst du dich eben extra für *ihn* so schön«, knurrte er.

»Nein, Spider, für dich. Ich muß zu Lord Helford, noch ehe Sergeant Oswald zu ihm geht. Ruark wird sich zwischen uns beiden entscheiden müssen.«

Spider grinste vergnügt. »Dann hat dieses Schwein Oswald wohl keine besonders große Chance, nicht wahr?«

»Nein, ich fürchte, nicht«, sagte sie wahrheitsgemäß. »Und jetzt komm und spann dein Pony vor den kleinen Wagen.«

»Du weißt doch selbst, wie das geht. Du hast es schließlich schon ein dutzendmal selbst getan«, gähnte er.

»Aber nicht in cremefarbenem Leinen, du fauler Hund.«

Als sie die lange Einfahrt zu Helford Hall hinauffuhr, sah sie, daß Ruark gerade im Aufbruch begriffen war. Einer der Stallburschen hielt sein gesatteltes Pferd, während Mr. Burke mit einem

Abschiedstrunk in der Hand wartete. Als Ruark sie erblickte, kam er zum Wagen, aber sie sprang mit raschelnden Unterröcken ab und rannte auf ihn zu. Er ergriff ihre Hände und fragte sich, wie sie es schaffte, um sechs Uhr morgens so verführerisch auszusehen.

Sie blickte ängstlich zu ihm auf.

»Sie zittern ja, meine Liebe, was ist los?«

Sie öffnete den Mund, doch dann klappte sie ihn wieder zu.

»Kommen Sie mit ins Haus und setzen Sie sich«, drängte er.

»Nun ... ich ...« Sie wirkte regelrecht atemlos. »Nun ... ja«, willigte sie schließlich ein.

Er legte ihr schützend die Hand auf den Rücken und führte sie durch die Eingangshalle in einen kleinen Salon mit bequemen Stühlen, in dessen Kamin ein gemütliches Feuer flackerte. »Kaffee, Mr. Burke.« Dann nahm er ihr gegenüber an einem mit Einlegearbeiten verzierten Tischchen Platz und fragte besorgt: »Was ist los? Irgend etwas ängstigt Sie.«

»Ein Mann«, sagte sie leise. »Er kam mitten in der Nacht und verlangte, eingelassen zu werden. Ich war mutterseelenallein ... unbekleidet ...«

Seine Augen blitzten vor Zorn, und an seiner Wange zuckte ein Muskel.

In diesem Augenblick drang Mr. Burkes Stimme aus der Eingangshalle, wo er die Haustür öffnete und Sergeant Oswald zu warten bat. Summer blickte durch die Tür des Salons.

»Oh, nein ...« schrie sie und griff sich entsetzt an den Hals.

»War das der Mann?«

Summer schloß die Augen und nickte.

Ruark ging in die Halle, wo Sergeant Oswald salutierte und sagte: »Tut mir leid, Sie zu stören, Lord Helford, aber ich brauche einen Durchsuchungsbefehl für das Haus Ihres Nachbarn.«

Helford machte einen drohenden Schritt in Richtung des Sergeanten, der ängstlich zusammenfuhr. »Erst gestern, Oswald, habe ich mich gefragt, ob Sie vielleicht ein hoffnungslos inkompetenter Bursche sind. Und bereits heute scheine ich die

Antwort auf die Frage bekommen zu haben. Trinken Sie, Sergeant?«

»Ja, Sir, nein, Sir, nicht im Dienst, Sir.«

Ruark war außer sich, weil dieser rotgesichtige Flegel Summer in ihrem Nachtgewand zu sehen bekommen hatte.

»Welche andere mögliche Erklärung gibt es dann dafür, daß Sie es wagen, Lady St. Catherine mitten in der Nacht zu belästigen?« donnerte er.

»Sir, wir habenen einen des Schmuggels verdächtigen Mann bis auf ihr Grundstück verfolgt. Sie hat sich geweigert, uns behilflich zu sein, indem sie uns nicht das Haus durchsuchen ließ.«

»Und wenn Sie ihn bis auf mein Grundstück verfolgt hätten, hätte das wohl bedeutet, daß ich in den Schmuggel verwickelt bin, oder was?« fragte er in gefährlich leisem Ton.

»Nein, Sir, gewiß nicht, Sir«, antwortete Oswald und richtete sich kerzengerade auf.

»Bei Gott, Oswald, ich sollte Sie wegen dieser Sache rauswerfen«, sagte Helford in kaum kontrollierter Wut. Seine Stimme wurde noch leiser, was kein gutes Zeichen war. »Wenn Sie oder Ihre Männer Lady St. Catherines Grundstück noch ein einziges Mal betreten, werde ich Disziplinarmaßnahmen gegen Sie einleiten. Habe ich mich deutlich ausgedrückt, Sergeant?«

»Ja, Sir.« Oswald nahm eine Bewegung am anderen Ende der Halle wahr. Summer stand in der Tür und lächelte ihn schadenfroh an, ehe sie kehrt machte und die Salontür hinter sich schloß. Eines Tages würde sie den Triumph bereuen, den sie heute so genoß. Das schwor er sich.

12

In den nächsten drei Tagen sah Summer Ruark kein einziges Mal. Er war dienstlich unterwegs, und sie ärgerte sich über die verlorenen Tage, an denen kein Fortschritt in ihren Plänen zu erreichen war. Sie hatte nur noch drei Wochen Zeit, bis die Bezahlung der Hypothek fällig war.

Bei Anbruch des vierten Tages holte sie Ebony aus den Helfordschen Stallungen und ritt den menschenleeren Strand entlang. Die Seeluft war frisch und kühl, und sie ritt eilig die gewohnte Fünf-Meilen-Strecke hinab, machte kehrt und ritt zurück.

Auf halbem Weg sah sie, daß Ruark ihr entgegengeritten kam. Einen Augenblick lang verspürte sie Panik, weil er sie in Hosen und Hemd und mit windzerzausten Haaren sah, aber da es sich nicht ändern ließ, winkte sie ihm fröhlich zu. Schließlich freute sie sich ehrlich, ihn wiederzusehen.

»In dem dünnen Hemd holen Sie sich noch den Tod. Lassen Sie uns zum Haus hinaufreiten. Ich möchte mit Ihnen sprechen.«

Sie schüttelte den Kopf, so daß die Brise ihr Haar in einer dunklen Wolke um ihr Gesicht wehen ließ. Auch er saß in Hemdsärmeln auf seinem Pferd.

»Dann lassen Sie mich aus Treibholz ein Feuer machen«, schlug er hoffnungsvoll vor.

Sie nickte erfreut und wies auf eine kleine Bucht, die zwischen den Felsen lag. Sie stiegen von ihren Pferden, sammelten Holz, und Ruark schichtete es auf und zündete es an. Summer wies auf einen großen Klumpen im Sand, der aussah wie Harz. »Dort drüben liegt ein Klumpen Ambra.«

»Ambra?« fragte er. »Mein Gott, das Zeug wäre in London ein Vermögen wert.«

»Himmel, warum?« lachte sie.

Ruark dachte, vielleicht verstünde sie ihn selbst dann nicht, wenn er ihr erklärte, daß es sich bei Ambra um ein seltenes Aphrodisiakum handelte. »Es ist eine Art Stimulanz«, sagte er, setzte sich mit dem Rücken zur Felsenklippe und bedeutete ihr, neben ihm Platz zu nehmen.

Sie zögerte.

»Sie sind böse auf mich, weil ich Sie gestört habe. Schließlich haben Sie mir deutlich genug zu verstehen gegeben, daß Sie Ihre Privatsphäre lieben.«

»Natürlich bin ich nicht böse auf Sie. Es mißfällt mir lediglich, daß Sie mich in Männerkleidern sehen.«

»Männerkleidern?« wiederholte er und dachte, daß sie äußerst weiblich wirkte in dem nassen, an ihren Brüsten klebenden Hemd.

»Ich habe Sie furchtbar vermißt.«

»Haben Sie das? Haben Sie wirklich, Lady Summer St. Catherine?« fragte er, während sein Blick sie geradezu zu verschlingen schien. »Warum setzen Sie sich dann nicht neben mich und geben mir Ihre Hand?«

Sie zögerte immer noch. »Ich gebe Ihnen sehr gern meine Hand«, gestand sie und fügte eilig hinzu: »Nur sollten Sie dann nichts tun, was mich erschreckt.«

Er sah sie fragend an. »Sie meinen, ich darf Sie nicht küssen?«

Sie schüttelte den Kopf. »Ich bin sogar schamlos genug, es zu mögen, wenn Sie mich küssen. Ich meine die anderen Dinge, die Sie tun.« Trotz der kühlen Brise wurde ihr plötzlich heiß.

»Meine Süße, ich weiß wirklich nicht, was Sie meinen. Was für Dinge tue ich denn, die Sie erschrecken?«

»Sie werden so ... unheimlich ... groß.«

»O Gott«, fluchte er, nahm vorsichtig ihre Hände und zog sie neben sich. Seine Stimme war leise und intim. »Das liegt nicht an mir, sondern an ... Ihnen.«

Sie blickte zu ihm auf und merkte, daß dieses einer der Momente war, in denen er ihr einen weiteren Teil des Rätsels erläuterte. Einen Teil der mysteriösen Geheimnisse zwischen Mann und Frau, die sie gleichzeitig faszinierten und ängstigten. Am liebsten hätte sie sich von ihm zurückgezogen, doch zugleich verspürte sie den geradezu übermächtigen Drang, eins mit ihm zu sein.

»Wenn Sie in meiner Nähe sind, habe ich keine Kontrolle mehr über mich.« Bereits während er sprach, wurde er hart und blickte begierig auf ihren Mund. Was ein Fehler war, denn sein Glied schwoll noch stärker an. »Ich sehe Sie oder höre Sie lachen oder rieche Ihr Parfüm, und schon bin ich erregt. Himmel, Sie brauchen noch nicht einmal in meiner Nähe zu sein, es reicht bereits aus, an Sie zu denken, daran zu denken, wie ich Sie berühre, und schon macht das verdammte Ding, was es will.«

Der Gedanke, daß er nur an sie denken mußte, um von ihr bezaubert zu sein, war ihr durchaus angenehm. Langsam machte ihre Furcht einer überwältigenden Neugier Platz. Sie strich sich mit der rosafarbenen Spitze ihrer Zunge über die Oberlippe, was eine unbewußte, doch zugleich äußerst verführerische Geste war.

Nun war es vollends um ihn geschehen. »Ich habe nach Ihnen gehungert«, stieß er heiser aus und beugte seinen Kopf zu einem fordernden Kuß.

Sie erschauderte. »Sie sind ganz naß«, sagte er besorgt, als seine braune Hand über das nasse Männerhemd strich. Sofort sprang er auf, lief den Strand hinab, sammelte einen Armvoll Treibholz und kam damit zu ihr zurückgerannt. Er verdoppelte die Hitze des Feuers, zog sein Hemd aus, das ebenfalls feucht geworden war, und setzte sich wieder neben sie.

Sie hob ihre langen Wimpern und musterte seine nackte Brust. »Ich weiß, es ist verrucht, Sie so unverblümt anzusehen, aber ich bin einfach neugierig.«

»Neugierig auf meinen Körper?« fragte er angespannt.

Sie nickte. »Ich kann nichts dagegen tun ... Ich fühle das brennende Verlangen, Sie anzusehen ... Sie zu berühren ... zu erfahren, wie es ist, wenn meine Hände und Finger Sie erforschen; falls das wirklich verrucht ist, ist es mir inzwischen egal.«

»Meine Süße, es ist alles andere als verrucht, es ist vollkommen natürlich und wunderbar. Wissen Sie denn nicht, daß ich genau dasselbe Bedürfnis habe? Ich muß Sie einfach berühren, wenn Sie mir so nahe sind. Seien Sie wagemutig, meine Liebe, und berühren Sie mich. Lassen Sie mich einen Blick auf die heidnische Göttin erhaschen, in die ich mich langsam verliebe, ob ich es will oder nicht.«

Sie kniete sich vor ihn und streckte ihre Finger nach dem pelzigen Haar und den schweren Muskeln aus. Er hielt den Atem an, übte eiserne Selbstbeherrschung. Er wollte sie keinesfalls verschrecken, wenn sie ihm so nahe war.

Ohne den Blick von ihm zu lösen, öffnete sie langsam die Knöpfe an ihrem nassen Hemd. Dann wanderten ihre Augen zu der Stelle zwischen seinen Beinen, die ihr bereits zuvor aufgefallen war. Erneut hielt er den Atem an, während sein Herz vor Verlangen zu rasen begann. Er konnte kaum glauben, was sie da tat. Seine Lenden wurden heiß, und er kniete sich ebenfalls hin, um ihr das Ausmaß der körperlichen Veränderung zu zeigen, für das sie verantwortlich war. Das Blut raste pochend durch sein Glied, ließ es anschwellen, füllte es an, verlängerte und verhärtete es, bis es aus der hautengen Hose zu brechen schien.

Sie riß die Augen auf, entzückt über die Macht, die sie auf ihn auszuüben schien. Mit langsamen Bewegungen zog sie ihr Hemd aus und hielt es über das Feuer. Sie war eine unwiderstehliche Mischung aus heidnischer Göttin und unschuldiger junger Frau.

Er konzentrierte sich ganz auf die Schönheit ihrer nackten Brust.

So etwas habe ich schon einmal gemacht, dachte sie, aber dieser Gedanke war absurd, denn natürlich war es für sie das erste Mal. Die Stille, die sich zwischen ihnen erstreckte, war wie ein wortloses Gespräch. Dann hob er ehrfürchtig die Hand, umfaßte einen der wunderbaren Äpfel, beugte sich herab und bedachte ihn mit einem sanften Kuß. »Es gibt noch andere Stimulanzien als Ambra«, murmelte er, und dann spürte sie die samtige Zartheit seiner Zunge, als er ihre Brustwarzen leckte, bis sie zu dunklen, rosafarbenen Pfeilen wurden.

Sie war ohne Scham, ohne Vorbehalt, und sie dachte voller Mitleid an all die Frauen, bei denen auch in der Liebe die Schüchternheit oder Zögerlichkeit die Oberhand behielt. Ruark war leidenschaftlich und zugleich sanft, und als sein Mund ihre Lippen versiegelte, wußte sie, daß das, was er mit ihr tat, daß die Gefühle, die er in ihr weckte, richtig waren. Und obgleich sie noch nicht bereit war, einem Mann zu vertrauen, wußte sie, daß sie ihn lieben könnte, falls er ihr aus ihren Schwierigkeiten half und falls das Schicksal gütig zu ihr war.

Unter seinem heißen Kuß wurde ihr schwindlig vor Leidenschaft. Die Lust war überall, in ihrem Kopf, ihrem Herzen, ihren nackten Brüsten, ihrem Bauch. Ihre Hände verlangten danach, ihn zu umfassen, zu liebkosen, ihn an sich zu ziehen, doch sie flatterten hilflos über den verbotenen männlichen Körperteil, während sie all ihren Mut zusammennahm, um tatsächlich zu ergreifen, was da vor ihr lag.

»Cat!« Der Ruf kam vom oberen Klippenrand.

Sie rang nach Luft und schnappte sich ihr Hemd. »Das ist mein Bruder. Ich muß gehen!«

Widerwillig brachte er ihr Pferd und half ihr aufzusteigen. Dann sah er in ihre Augen, die ihm wie die Fenster zum Paradies erschienen, denn ihr Leuchten drückte stumme Versprechungen aus. Sein Herz machte einen Satz. Sie fühlte dasselbe wie er, dieselbe Flamme der Leidenschaft, dieselbe Sehnsucht nach Vereinigung. Er hob den Ambraklumpen auf und reichte ihn ihr. »Heben Sie ihn auf. Seine magische Kraft scheint nicht ohne Wirkung auf uns zu sein.«

»Was in aller Welt hast du da unten gemacht?« fragte Spider und verzog das Gesicht.

»Ich habe mich um meine eigenen Angelegenheiten gekümmert, etwas, was du anscheinend nicht kannst«, sagte sie von oben herab.

»Du hast dich von ihm küssen lassen, auf den Mund«, hielt er ihr vor.

»Ja«, gab sie zu, insgeheim erleichtert, daß er nicht bemerkt zu haben schien, daß sie halb nackt gewesen war.

»Hast du rausgekriegt, was er in den letzten drei Tagen getrieben hat, oder wart ihr zu sehr mit anderen Dingen beschäftigt? Hat er dir erzählt, daß er das holländische Schiff, das wir geplündert haben, gefunden hat? Hat er dir erzählt, daß er ein französisches Schiff aufgebracht hat, das die Güter entlang der Küste bei Penryn geplündert hat? Sie kommen die ganze Zeit aus der Bretagne rüber, aber noch nie ist eins von ihnen erwischt worden. Anscheinend hat er auch Augen im Hinterkopf. Wir müssen vorsichtiger sein. Er hat offenbar allen Ernstes vor, hier gründlich aufzuräumen.«

Sie fröstelte, denn sie wußte, daß das Spiel mit dem Feuer gefährlich war. Ihr Blick fiel auf das Unkraut, das überall wucherte. »Tja, wenn wir dieses Jahr überhaupt irgend welches Gemüse haben wollen, muß ich mich wohl mal wieder um den Garten kümmern. Ist diese Beschäftigung deiner Meinung nach harmlos genug?«

Er grinste. Sein Zorn verrauchte ebenso schnell, wie er gekommen war. »Ich helfe dir«, bot er an.

Summer schämte sich entsetzlich, als sie aus dem Dreck, in dem sie kniete, aufsah und bemerkte, daß Mr. Burke sich ihr näherte. Sie sprang auf und wischte sich eilig den Schmutz von den Händen und dem verblichenen, tristen Kleid. Sie hatte sich einen alten Lumpen um den Kopf gebunden und tastete verlegen daran herum.

Dann blickte sie auf Spider, der in seinen normalen, zerlumpten Kleidern neben ihr kniete, und seufzte abgrundtief. Dies war das Ende! Wenn Mr. Burke seinem Herrn von dem unkrautüberwucherten Garten und dem halb verfallenen Herrenhaus auf Roseland berichtete, hätte Helford bestimmt kein Interesse mehr an ihr.

»Guten Tag, Mylady. Lord Helford bittet Sie, heute mit ihm zu Abend zu essen, Lady Summer. Die Einladung gilt selbstverständlich auch für Ihren Bruder, Lord Spencer.«

Sie errötete bis zu den Haarwurzeln und stammelte eine sinnlose Entschuldigung, doch Mr. Burke zeigte weder durch Blicke noch durch Worte, daß er irgend etwas eigenartig fand.

»Wir nehmen die Einladung an«, sagte Spider kühl.

Summer rang nach Luft.

»Sehr gut, Sir. Lord Helford erwartet Sie dann um sechs.« Mit einer höflichen Verbeugung zog sich Mr. Burke zurück.

»Bist du vollkommen übergeschnappt?« fauchte Summer, ehe sie zwischen den Kohlpflanzen auf den Boden sank und in Tränen ausbrach.

Später, als sie sich für das Abendessen auf Helford Hall zurechtmachte, überlegte sie, wie sie ihm gegenübertreten sollte. Sie hatte mit dem Gedanken gespielt, einfach nicht hinzugehen, aber wenn sie nicht ginge, käme er wahrscheinlich hierher, um sie abzuholen, und wenn er Roseland mit eigenen Augen sähe, wäre das schlimmer, als wenn er eine Beschreibung von Mr. Burke bekam.

»Cat, wo ist mein Anzug?« rief Spider aus dem Nebenraum.

»Was für ein Anzug?« fragte sie zerstreut.

»Das schwarze Samtding, das du aus London mitgebracht hast.«

Sie brachte den wunderbar geschnittenen Anzug und die weichen, schwarzen, schenkelhohen Stiefel in sein Zimmer und nahm ein weißes, nicht allzu verschlissenes Hemd aus dem Schrank. »Du mußt daran denken, mich heute abend Summer zu nennen statt Cat, und, was noch schlimmer ist, ich werde Spencer zu dir sagen«, warnte sie ihn.

Er bedachte sie mit einem finsteren Blick, während sie zusah, wie die Kleider den ungehobelten Bengel in einen modischen jungen Gentleman verwandelten. Er strahlte eine angeborene Arroganz aus, und plötzlich hatte sie Angst, er könnte fragen, welche Absichten Helford ihr gegenüber hatte. Sie seufzte. Eigentlich war es egal, daß Mr. Burke gesehen hatte, wie arm sie war.

Was für eine kleine Närrin sie doch heute morgen gewesen war, sich halb nackt in seine Arme zu schmiegen. Heute abend würde sie auf eine ganz andere Art entblößt werden.

Ein herrliches Kleid wäre wenigstens ein schwacher Trost. Sie würde das karminrote Samtkleid anziehen, dessen Rock wie eine umgekehrte Tulpe geformt war und dessen tief ausgeschnittenes Dekolleté in der Form zarter Blütenblätter ihre Brüste kaum verbarg.

Sie betrachtete sich in dem alten Spiegel, der dringend neu versilbert werden müßte, und sehnte sich nach einer Rubinkette für ihren Hals.

Kurze Zeit später schwang sich Spencer auf den großen braunen Wallach und zog seine Schwester vor sich auf das Pferd. In Helford Hall angekommen, atmete sie tief ein, straffte ihre Schultern und betrat mit dem Stolz einer Katze das Haus.

Als Mr. Burke ihren Umhang entgegennahm, zwinkerte er ihr fröhlich zu. Sie starrte ihn ungläubig an, doch zugleich schöpfte sie neuen Mut. Bei allen Heiligen, offenbar hatte er Ruark Helford ihr Geheimnis nicht enthüllt. Sie waren Verschwörer, und es war ein wunderbares Gefühl. Sie blickte sich zu ihrem Bruder um, und all ihr Mut verflog. Es war ihm deutlich anzusehen, daß er in kämpferischer Laune war. Als er Lord Helford mit zusammengekniffenen Augen und zusammengepreßten Lippen entgegentrat, sah er aus wie ein Jagdhund zu Beginn der Hatz.

Ruark trat auf sie zu, um sie zu begrüßen, und sie betete, daß er sie nicht küssen würde ... auf den Mund, wie es Spider so malerisch beschrieben hatte. Ruarks Blick wärmte sie und sagte ihr ohne Worte, wie bezaubernd sie war. Er nahm ihre Hand, drehte sie um und küßte sie sanft.

»Lord Ruark Helford, ich möchte Ihnen meinen Bruder vorstellen, Lord Spencer St. Catherine.« Die beiden Männer murmelten steife Begrüßungen und unterzogen einander einer argwöhnischen Musterung.

Der höflich angebotene Aperitif wurde ebenso höflich angenommen, und Summer hatte das Gefühl, sie würde schreien, wenn diese frostige Förmlichkeit noch länger dauerte.

Als sie endlich in den Speisesaal schritten, wärmte sich ihr Herz beim Anblick der prächtigen cremefarbenen Rosen, die Ruark neben ihren Teller gelegt hatte, und sie tauschten eilige, bedeutungsvolle Blicke aus. Er versuchte, sie nicht allzu unverblümt anzustarren, doch es fiel ihm schwer. Sie war so bezaubernd wie eine Kamee. Und sie strahlte eine schwer definierbare Unantastbarkeit aus. Was war es nur? Auf jeden Fall war es einer der Gründe, weshalb er sie so anziehend fand.

Die Luft im Speisezimmer war wegen der Spannungen zwischen den beiden Männern zum Schneiden dick. Welches Thema auch immer ihr Gastgeber zur Sprache brachte, es gelang Spencer, in jede Antwort einfließen zu lassen, daß seine Schwester, Lady Summer, bisher ein wohlbehütetes Leben geführt hatte und Männern und ihrer Verruchtheit niemals ausgesetzt gewesen war. Er zeigte sich beschützender als jeder Elternteil, und Summer schämte sich, weil er auf geradezu beleidigende Weise deutlich machte, daß ihre überreife Jungfräulichkeit das höchste Gut für ihn war.

Schließlich hielt sie es nicht länger aus und übernahm selbst das Gespräch. »Lord Helford, ist es wahr, daß Sie in dieser Woche zwei ausländische Schiffe aufgebracht haben?«

»Ah«, sagte er und musterte das Geschwisterpaar. »Wie ich sehe, ist meine Arbeit in dieser Gegend hinlänglich bekannt.«

Sie lächelte. »Die Erfolge des Hochkommissars Helford sind inzwischen in aller Munde. Was werden Sie mit den Schiffen machen?«

Er schien seine Worte sorgfältig abzuwägen, ehe er antwortete. »Das holländische Schiff war bereits geplündert, als ich es fand.« Er verzog das Gesicht. »Strandräuber. Es hatte nur wenige Mann Besatzung, aber ich denke, in nächster Zeite werden noch ein, zwei Leichen angeschwemmt. Ich schicke das Schiff nach Plymouth. Seine Majestät baut endlich die Marine aus.«

Sie wagte es nicht, Spider anzusehen, denn schließlich hatten sie Schmuggelware in ihrem Haus, die sie mit den brutalen Strandräubern verband. Eilig fragte sie: »Und das andere Schiff?«

»Wir haben die Plünderer auf frischer Tat ertappt, so daß die Fracht noch zu retten war. Ich schicke sie morgen nach London.«

»Ich nehme an, Sie schicken die Mannschaft ohne Schiff in die Bretagne zurück?« scherzte sie.

Sein Gesicht wurde hart. »Piraterie wird mit dem Tode bestraft.«

Das köstliche Pfefferminzlamm in ihrem Mund hatte plötzlich

einen faden Aschegeschmack. Doch sofort entdeckte ihr Bruder, daß ein Funke von Trotz ihr zu Hilfe kam. Sie verbarg die Furcht in ihren großen Katzenaugen, indem sie die Lider senkte, und dann öffnete sie die Augen wieder und sah ihren Gastgeber blitzend und mit vor Erregung bebenden Nasenflügeln an. »Lord Helford, ich frage mich, ob ich Sie vielleicht bitten dürfte, ein paar Kisten von mir mit diesem Schiff nach London zu transportieren?«

Spider verschluckte sich fast an seinem Wein.

»Es ist mir stets ein Vergnügen, Lady Summer, Ihnen zu Diensten zu sein«, sagte er förmlich, aber das Leuchten seiner Augen strafte die Förmlichkeit Lügen.

»Mein Vater hat seiner Schwester, Lady Richwood, ein paar wertvolle Gemälde hinterlassen. Wenn Spencer sie in Kisten verpackt und die Kisten morgen früh zum Schiff bringt, könnten Sie dann vielleicht einen Ihrer vertrauenswürdigen Männer beauftragen, sie in die Cockspur Street zu bringen?«

»Betrachten Sie den Auftrag als erledigt«, sagte er und lächelte.

Spider war bereits voll der Bewunderung für die Kaltblütigkeit seiner Schwester, aber ihr gerecktes Kinn verriet ihm, daß sie mit Helford noch nicht fertig war.

»Lord Helford, Sie waren selbst einmal Pirat, nicht wahr?«

Ihr Gastgeber kniff die Augen zusammen. »Ich habe dem König als Kapitän eines Kaperschiffes unter dem Kommando von Prinz Rupert gedient.«

Summer fiel vor Überraschung die Kinnlade herunter, und Spencer vergaß sämtliche Vorbehalte, als er mit jungenhafter Begeisterung fragte: »Sie haben unter Rupert gedient, Sir?«

Summer hätte ebensogut Luft sein können, nachdem sich die beiden Männer für das Thema erwärmten. Rupert, der Teufel, Rupert, das Militärgenie, Rupert, der Vetter des Königs, Rupert, der Soldat und Seemannsprinz, Rupert, der Universaladmiral, beherrschte von nun an das Gespräch.

Über eine Stunde später hörte Summer Ruark sagen: »Wenn er das nächste Mal nach Cornwall kommt, müssen Sie ihn unbedingt kennenlernen. Er liebt uns Männer aus Cornwall, sagt, wir riechen die verführerische Freiheit der See.«

Als ihr Bruder und Helford daraufhin ihre Gläser erhoben und ein altes Seemannslied anstimmten, wurde es ihr zuviel. »Spencer, es ist schon ziemlich spät.«

»Oh, ja?« fragte er überrascht, doch dann sah er Summers zusammengepreßte Lippen und Ruarks verstohlene Belustigung und sagte: »Also gut, ich hole das Pferd.«

In dem Augenblick, in dem er den Raum verließ, nahm Ruark Summer in die Arme und zog sie an seine Brust. Sie warf den Kopf zurück und begegnete seinem lachenden Blick. »Es war ein furchtbarer Abend für mich«, flüsterte sie. »Die Hälfte der Zeit habe ich befürchtet, daß er Sie fragen würde, ob Sie mir gegenüber ehrenwerte Absichten haben, und die andere Hälfte haben Sie dafür gesorgt, daß er Ihnen aus der Hand frißt. Sie sind wirklich ein Teufel.«

»Sie sind heute abend so schön, daß ich nicht weiß, wie es mir gelungen ist, mich die ganze Zeit über von Ihnen fernzuhalten.« Als er auf sie hinabsah, hatte er einen freien Blick auf ihren Hals, ihre Schultern und ihr Dekolleté. »Dieses Kleid schreit geradezu nach dem passenden Schmuck. Was würde Ihnen am besten gefallen?«

»Ich habe eine besondere Vorliebe für Rubine«, sagte sie in verführerisch gedehntem Ton.

Seine Lippen strichen sanft über ihren Mund. »Rubine wären perfekt. Gute Nacht, meine Liebe. Kommen Sie zu mir zurück.«

Um das Faß zum Überlaufen zu bringen, sagte Spider auf dem Nachhauseritt: »Cat, wenn du die Absicht hast, Lord Helford zu heiraten, denke ich, daß du dich bessern solltest.«

»Bevor oder nachdem die Brüsseler Spitze an Bord seines Schiffes ist?« fragte sie erbost.

13

Spider baute drei Holzkisten, die aussahen, als wären Gemälde darin verpackt, und sie verfaßte einen Brief für Tante Lil, in dem sie ihr von der Brüsseler Spitze schrieb. Sie packte die Spitze liebevoll ein, wobei sie das Öltuch verwendete, und Spider nagelte die Kisten zu.

Um acht war er auf dem Weg nach Falmouth, und Summer rechnete nach, wieviel Geld mit der Spitze wohl zu verdienen war. Sie holte Wasser vom Brunnen, erhitzte es, um Wäsche zu waschen, und schrubbte an dem Leinen herum, ohne auch nur einen Augenblick an etwas anderes zu denken als an den Mann, der für sie so wichtig war.

Ihre Zeit wurde knapp, und sie wußte, sie mußte bald Helfords Mätresse werden, wenn sie wollte, daß er ihre Schulden übernahm. Sobald sie miteinander intim geworden wären, würde er hoffentlich verliebt und großzügig genug sein, um ihr den Betrug zu verzeihen. Sie müßte sehr sorgfältig vorgehen und genau den richtigen Zeitpunkt wählen, um ihm alles zu gestehen.

Nächste Woche würde er wieder unterwegs sein, und nur der Himmel wußte, wann er zurückkäme, wenn er erst einmal wieder mit dem König und den Hofleuten zusammen war. Also mußte es vorher passieren. Morgen abend mußte er sie lieben!

Spider brachte ein paar Lebensmittel aus Falmouth mit. Er spannte das Pony aus und führte es auf den Rasen zu Ebony. Beim Essen erzählte er ihr, wie problemlos alles gelaufen war. Er hatte die Kisten selbst an Bord gebracht und im Frachtraum verstaut. Lord Helford hatte Mr. Cully angewiesen, sie Lady Richwood zu bringen, und dann war der Richter nach Plymouth geritten, zweifellos, um die armen Hunde aus der Bretagne zu verurteilen, die dort gefangensaßen und auf ihre Strafe warteten.

Später am Nachmittag sattelte Spider den Wallach. »Als ich heute morgen in den Hummerfallen nachgesehen habe, waren sie leer. Also sollte ich vielleicht den Helford River hinaufreiten und ein bißchen angeln.«

Sie seufzte erleichtert auf, denn ihr Bruder kam in ein Alter, in dem er sich von einer Frau, und sei es auch seine Schwester, nichts mehr sagen ließ. Als er jedoch bei Anbruch der Dämmerung immer noch nicht zurückgekommen war, verspürte sie eine gewisse Unruhe, und als schließlich tiefe Dunkelheit herrschte und sie immer noch allein zu Hause saß, war sie außer sich vor Angst.

Irgendwann klopfte es an der Eingangstür, und sie wurde starr vor Schreck. Ein ärmlich gekleideter Junge stand vor der Tür und reichte ihr ein Stück Papier. »Sie ham Spider geschnappt«, keuchte er.

»Verhaftet?« rief sie entsetzt.

Er nickte nur.

Sie erbleichte, schloß die Augen und klammerte sich am Türrahmen fest. »Wo haben sie ihn hingebracht?«

Als der Junge den Kopf schüttelte, sah sie auf das Papier, das sie in den Händen hielt. Das Gefängnis von Falmouth. »Bist du nicht der Penrose-Junge aus der Taverne in Helston?«

Er nickte. »Sie ham auch meinen Pa un' meinen Bruder erwischt«, keuchte er.

Sie dankte ihm und drückte ihm ein paar Münzen in die Hand. »Lauf nach Hause zu deiner Mutter. Sie braucht jetzt einen starken Jungen wie dich.«

Sie überlegte, ob es vielleicht möglich wäre, Spider durch Bestechung frei zu bekommen, und rannte die Treppe hinauf und holte Geld aus der Spardose. Sollte sie sich feinmachen, als Lady Summer St. Catherine auftreten und selbstbewußt seine Freilassung verlangen? Nein, so wie sie Spider kannte, hatten sie keine Ahnung, wer er war, so daß es besser wäre, beim ersten Mal in Lumpen aufzutauchen und zu hoffen, daß sie irgend etwas erfuhr.

Sie holte ihr Arbeitskleid heraus und hüllte sich in ein Tuch, ehe sie das Pony nahm und nach Falmouth ritt. Vor dem Gefängnis angekommen, zog sie sich das Tuch über den Kopf, und man ließ sie ohne große Fragen ein. Sie war nicht die einzige Frau, die in dieser Nacht dorthin geeilt war. Alle, die wegen illegaler Wareneinfuhr verhaftet worden waren, saßen gemeinsam in einer Zelle, und nicht wenige von ihnen standen an den Gittern und sprachen beruhigend auf ihre aufgeregten Frauen ein. Ihr Bruder winkte sie eilig zu sich heran. »Mach dir keine Sorgen um mich, Cat. Mir geht es gut. Der kleine, stämmige Kerl dort drüben ist Bulldog Brown ... und mich führen sie hier als Spider Brown. Wir kommen frühestens in drei Wochen vor den Richter, also versprich mir um Himmels willen, daß du dich durch meine Verhaftung nicht von deinem Vorhaben abbringen läßt. Wag es ja nicht, ihm zu erzählen, daß ich im Gefängnis bin. Dann heiratet er dich nie!«

»Aber du kannst doch unmöglich drei Wochen hier bleiben«, protestierte sie.

»Natürlich kann ich das. Wir werden einfach hier rumsitzen und uns zu Tode langweilen.«

Penrose grinste sie an. »Ich werde unseren Wärtern etwas Apfelwein aus der Taverne anbieten. Dann sind sie bestimmt nett zu uns.«

»Siehst du?« fragte Spider. »Und wir selber werden so viel Apfelwein in uns reinkippen, daß wir jeden Abend sturztrunken in der Ecke liegen, also hör auf, dir Sorgen zu machen, und kümmere dich um wichtigere Dinge.«

Sie nickte. Sie würde ihm nicht sagen, daß sie Geld mitgebracht hatte, um die Wärter zu bestechen, denn sie wollte keine falschen Hoffnungen in ihm wecken für den Fall, daß der Versuch mißlang. Sie machte kehrt, um einen der Milizionäre aufzusuchen, aber ehe sie gehen konnte, hielt Spider sie fest. »Versprich mir, daß du so tust, als ob alles in Ordnung wäre, wenn du ihn siehst.«

Sie biß sich auf die Lippe, doch dann sagte sie: »Ich verspreche es.«

»Braves Mädchen. Und jetzt habe ich eine wirklich unangenehme Aufgabe für dich, Cat, aber du mußt sie für mich erledigen.« Er sah sie ängstlich an. »Dieses Schwein Oswald, das uns erwischt hat, hat mir den Wallach unter dem Hintern weggeschossen. Ich glaube nicht, daß er ihn getötet hat – er hat ihn einfach am Strand zurückgelassen. Du mußt das Tier finden und seinem Leid ein Ende machen, Cat.«

Ihr Herz zog sich schmerzlich zusammen. Was für ein Bastard mußte man sein, um ein Pferd eines qualvollen Todes sterben zu lassen, indem man es langsam verbluten ließ? Sie tastete nach ihrem Geld und eilte in den Wachraum hinaus. Das Schicksal war heute nacht gegen sie. Sergeant Oswald sah sie an und schnaubte: »Aber hallo, wenn das nich' Helfords Hure is'. Dieses Mal is' es zwecklos zu leugnen. Na, mit welchem von den Kerlen haben Sie was zu tun?«

»Ich komme im Auftrag von Mrs. Penrose aus der Taverne. Sie haben sowohl ihren Mann als auch ihren Sohn in Ihrer Gewalt«, sagte sie ruhig.

Er starrte sie lüstern an und wischte sich den Schweiß von der leuchtenden Stirn. »Ich glaube, nich' mal wenn Sie die Beine breit machen würden, kämen die beiden frei.«

Eilig verließ sie den Raum. Sie schwang sich auf das Pony, trieb es zu einem schnellen Tempo an und wünschte, Spider hätte das kleine Tier genommen, das die Klippenpfade so gut kannte und das in der Dunkelheit kaum zu sehen war.

Zurück auf Roseland lud sie eine der Pistolen, gab etwas frisches Wasser in einen Eimer und kletterte die Klippe hinunter an den Strand. Auf halbem Weg entdeckte sie den Wallach, dessen verstümmelter Körper im Mondlicht wie eine groteske Erhebung aussah.

Sie betete, daß er tot war, aber ehe sie ihn auch nur erreicht hatte, drang bereits sein erbärmliches Schnauben zu ihr. Sie wußte, er könnte nicht fressen – deshalb hatte sie keinen Apfel oder Hafer mitgebracht. Mit jedem Tropfen Blut, der ihm entrann, bekäme er einen immer unerträglicheren Durst.

Sie vergrub den Wassereimer neben seinem Maul im Sand, und mit leisem, beruhigendem Gemurmel hob sie seinen Kopf. Er leerte den Eimer, wobei seine riesigen Flanken vor Anstrengung zitterten. »Guter Junge«, flüsterte sie, als sie die Pistole hinter sein Samtohr schob.

Hätte sie nicht bereits gekniet, wäre sie durch den Rückstoß des Schusses wahrscheinlich hintenübergekippt. Sie saß lange Zeit schweigend neben dem Tier, um sich zu vergewissern, daß es tatsächlich gestorben war, und dann, als die ewige Flut seine Hufe umspülte, stand sie auf und überließ ihn der See.

In dieser Nacht machte sie kein Auge zu. Vor Trauer und Angst hätte sie am liebsten geschrien. Sie hatte das Gefühl, wenn sie nur laut genug schreien könnte, würde sie vielleicht zumindest einen Teil ihrer Anspannung los. Der Gedanke an ihren Bruder schmerzte sie, aber zumindest wußte sie, daß das Gefängnis von Falmouth kein Höllenloch war wie das Gefängnis von Plymouth. Schließlich erkannte sie, daß Spider recht hatte. Am besten könnte sie ihm helfen, wenn sie ihre Pläne weiterverfolgte und ihre Position gegenüber Ruark Helford festigte, und zwar sofort.

Nun, da der Augenblick gekommen war, zögerte sie. Sie merkte, daß sie mit ihrem Gewissen rang. Bisher hatte sie noch nicht einmal gewußt, daß sie ein Gewissen besaß. Was für ein Mensch mußte man sein, um jemanden, den man liebte, bewußt zu täuschen, nur weil ein solches Verhalten finanziellen Gewinn versprach? Sie lag reglos auf ihrem Bett und wog die verschiedenen Möglichkeiten gegeneinander ab. Wenn es nur um sie ginge, gäbe sie ihre unehrenhaften Pläne auf. Wenn sie deshalb Roseland verlöre, dann sollte es wohl so sein. Aber nun war Spider in ernsten Schwierigkeiten, und sie wußte, daß sie ihm nur helfen konnte, wenn ihr das Täuschungsmanöver gelang. Sie müßte Ruark benutzen, um ihrem Bruder zu helfen, aber sie schwor sich, daß sie sich ihm erkenntlich zeigen würde. Sie würde ihm treu ergeben sein und alles wiedergutmachen, was er für sie tat.

Der warme Nebel war offenbar das Vorspiel gewesen für einen himmlischen Sommertag, denn am nächsten Morgen brachte der Golfstrom geradezu subtropisches Wetter herein. Am Nachmittag nahm Summer ein ausgedehntes Bad und wusch ihr Haar, das sie in der Sonne trocknen ließ, bis es eine dunkle Masse seidiger Locken war.

Sie hatte nur noch ein einziges Kleid, in dem sie Ruark noch nicht gegenübergetreten war, eine Kreation aus feinem, weißem Seidenbaumwollgemisch und Puffärmeln, einem tiefen, herzförmigen Ausschnitt und einem Rock, der sich von der schmalen Taille in duftiger Fülle um ihre langen Beine bauschte.

Sie zog spitzenbesetzte Strümpfe und ein zartes Unterhemd an, wobei sie errötete, denn sie wußte, noch ehe die Nacht vorüber war, hätten seine Augen alles unter ihrem Kleid Verborgene gesehen. Die Taille des Kleides war so eng, daß sie kaum atmen konnte, oder machte sie vielleicht der Gedanke an das, was vor ihr lag, atemlos?

Am frühen Abend hatte sich die Hitze des Tages noch nicht gelegt, so daß sie auf einen Umhang verzichtete. Sie schloß das Haus sorgsam ab, und da sie Ebony am Vortag nicht in die Helfordschen Stallungen zurückgebracht hatte, ritt sie nun auf ihm zurück, langsam und vorsichtig, um bei ihrer Ankunft nicht allzu zerzaust auszusehen.

Im Stall waren ein halbes Dutzend Stallburschen, die ihr beim Abstieg behilflich waren und sich dann um Ebony kümmerten. Sie lächelte zum Dank und ging gemessenen Schrittes zum Haus hinauf. Mr. Burke empfing sie an der Eingangstür und führte sie in den Südflügel, durch eine große Flügeltür hindurch auf eine Terrasse hinaus, die ein Meer von Bougainvillea und anderer tropischer Pflanzen in ein geschütztes Paradies verwandelte.

Ruark hatte am Rand eines Brunnens gesessen, doch als er sie erblickte, erhob er sich, um ihr entgegenzugehen. »Meine Süße, ich hatte schon Angst, daß Sie nicht kommen würden.«

»Ich glaube nicht, daß Sie je in Ihrem Leben so etwas wie Angst gefühlt haben«, sagte sie kokett und lachte ihm ins Gesicht.

Er ergriff ihre Hände, hielt sie auf Armeslänge von sich, um ihre Schönheit ganz in sich aufzunehmen, und dann zog er sie einen herrlichen Augenblick lang an seine Brust. Er hatte gewußt, daß sie Weiß tragen würde. Es war wie ein Symbol ihrer Jungfräulichkeit. Doch dann schob er diesen Gedanken beiseite, denn er hatte einen Entschluß gefaßt. Er hatte das Warten endgültig satt.

Er bückte sich, pflückte eine exotische, flammenfarbene Hibiskusblüte und überreichte sie ihr. Sie bedachte ihn mit einem unergründlichen Blick. Sie wußte, diese Nacht würde anders als alle bisherigen sein. Zuvor hatte er sie immer mit cremefarbenen Rosen bedacht. Sie nahm die flammende Blüte entgegen, und Ruark wußte, heute würde sie sich ihm hingeben.

Das Blut rann heiß und dick durch seine Adern, und in seinen Lenden verspürte er einen schweren, unerträglichen Schmerz. Ohne ihre Hände loszulassen, kehrte er an den Brunnen zurück. In der Mitte erhob sich ein kleiner, aus Jade gehauener Delphin, aus dessen Schnauze sich in hohem Bogen das Wasser ergoß, ehe es in einen dreiteiligen Wasserfall zerfiel. Das Becken war mit jadegrünen Kacheln gefliest, die einen überraschenden Kontrast bildeten zu den orangeschwarzen Karpfen, die ruhig ihre Runden drehten.

»Es ist wie im Paradies«, murmelte sie, während ihr Blick zwischen den blühenden Bäumen am Rand der Terrasse herumwanderte. Gelber Goldregen baumelte neben den rosa Blüten einer prächtigen Magnolie herab. Kleine weißrosa blühende Mandelbäumchen wurden von riesigen fuchsienfarbenen Rhododendren geschützt.

»Ich habe die Terrasse ähnlich wie den Garten eines ottomanischen Palasts in Algier gestalten lassen.«

Summer sah ihn mit großen Augen an. »Es gibt so vieles an Ihnen, von dem ich nichts weiß.«

»Mir ergeht es genauso, was Sie betrifft«, war seine heisere Erwiderung. »Aber das läßt sich sicher ändern.« Er hob ihre Hand an seine Lippen, küßte ihren Puls und lächelte, als er wild zu flattern begann. Ohne sie aus den Augen zu lassen, sagte er: »Manche Menschen lernen einander innerhalb weniger Stunden kennen, bei anderen dauert es ein Leben lang. Wie, meinen Sie, wird es bei uns beiden sein?«

Sie schüttelte den Kopf und sagte leise: »Ich hoffe, wir haben mehr als ein paar flüchtige Stunden füreinander Zeit ... Ich hoffe, es ergeht uns anders als diesen wunderbaren Blüten ... Sie werden alle in einer Woche verwelkt sein ... was mir wie große Verschwendung erscheint.«

»Die Schönheit auf ihrem Höhepunkt zu genießen, ist niemals Verschwendung«, stellte er fest. »Das ist auch der Grund, weshalb ich heute abend mit Ihnen hier draußen essen will.«

Ein Page deckte einen kleinen Tisch, der vor der großen Flügeltür stand, und Ruark führte sie an ihren Platz. Summer glaubte nicht, daß sie auch nur einen einzigen Bissen hinunterbekam. Eine Million Schmetterlinge flatterten in ihrem Magen herum, und der heiße Abend eignete sich auch nicht gerade für ein ausgedehntes Mahl.

Als Ruark ihren Stuhl nach hinten zog, nahm sie gehorsam Platz und breitete ihre Serviette aus. Er setzte sich ihr gegenüber, um sie bereits während des Essen mit den Augen lieben zu können, schenkte ihr einen Kelch hellen Chablis ein und berührte ihre Finger, als er ihn ihr gab.

Sie zog fragend die Brauen hoch, und es freute ihn, daß er sie auch ohne Worte verstand. Er schüttelte den Kopf und versicherte ihr so, daß das Getränk durchaus harmlos war. Sie nippte vorsichtig, und die kühle Flüssigkeit schien ihrer Zunge zu schmeicheln, denn sie schluckte sie erst nach geraumer Zeit.

Das Mahl war mit sicherer Hand ausgesucht worden und wurde sowohl den Ansprüchen des Auges als auch der Schwüle der Nacht gerecht. Als ersten Gang servierte der Page geräucherten Lachs und Gurkenaspik, und Summer seufzte, beglückt von dem Kontrast, den das Gericht zu der derben Hausmannskost bot, die sie normalerweise aß. Als nächstes wurden kalter Kapaun mit Kirschsauce und gekühlte Spargelspitzen gereicht.

Sie errötete, als sie den Kapaun kostete, und dachte unweigerlich daran, daß dies nicht das erste Mal war, daß sie eins seiner köstlichen Gerichte aß. Da er sie unablässig ansah, fiel ihm die Glut ihrer Wangen natürlich auf.

Er ergriff ihre Hand. »Verraten Sie mir den Grund für Ihre zarte Röte.«

Sie senkte die Wimpern. »Das ist ein Geheimnis, Lord Helford.«

»Ich bestehe darauf, daß Sie mich Ruark nennen. Sie sind doch sicher nicht zu schüchtern, um meinen Vornamen zu benutzen?«

Sie öffnete die Augen und setzte ein strahlendes Lächeln auf. »Ich bin nicht schüchtern, Ruark. Ich fürchte, alles, was ich sage und tue, verrät, wie unvorsichtig ich bin.« Die sexuelle Spannung zwischen ihnen steigerte sich ins Unerträgliche. Selbst die laue Luft hielt den Atem an.

Sein Penis reagierte sofort, er schwoll an, füllte sich, sehnte sich schmerzlich nach ihr. Ihr Blick fiel auf seinen Mund, und sie stellte sich vor, wie es war, wenn er sie küßte, ehe er tiefer glitt, um die harten kleinen Früchte ihrer Brustwarzen zu kosten wie am Vortag am Strand.

Ruarks Augen waren dunkel vor Leidenschaft. Immer, wenn er an sie dachte, sehnte er sich danach, in ihren warmen Schoß einzudringen. Seine Augen hingen an ihren Lippen, und er sehnte sich danach, daß sie sich zu einem lustvollen Schrei öffneten, wenn er sich in ihr vergrub.

Der Page näherte sich mit dem Dessert, aber sie bemerkten ihn nicht. Es war, als wären sie ganz allein auf der Welt. Ruark erhob sich, kam um den Tisch herum und zog sie an seine Brust. »Meine Liebe, Ihre Schönheit ist einfach unvergleichlich.« Er legte ihr einen Arm um die Taille, und sie spazierten durch den Garten in Richtung eines riesigen Schachspiels mit lebensgroßen Holzfiguren.

»Gab es so etwas auch in dem Palast in Algier?« fragte sie verwirrt.

»Dort haben wir mit richtigen Menschen gespielt, mit Sklaven, deren einzige Aufgabe es war, geduldig dort zu stehen, wo wir sie hingeschickt haben.«

»Wie dekadent.«

»Ja, alles in Algerien ist dekadent, aber in einigen Dingen sind sie dort wesentlich besser als wir.«

»Wie zum Beispiel?« fragte sie und reckte herausfordernd das Kinn. Der geschnitzte König saß auf einem Thron, und Ruark hob sie hoch und setzte sie auf seinen Schoß.

»Sie bringen ihren Frauen bei, den Männern zu Gefallen zu sein. Der Hauptdaseinszweck einer schönen Frau ist die Liebe, und sie wird in einem Harem eingesperrt, in dem kein Mann außer ihrem Herrn sie je zu Gesicht bekommt.« Seine Lippen strichen über ihren Mund.

»Aber das haben Sie mit mir ja wohl nicht vor?« hauchte sie.

»Wenn ich ehrlich bin, würde mir das sogar sehr gut gefallen.«

Sie spürte die Hitze seiner starken Hände an ihrer Taille. Seine Daumen strichen über das leichte Baumwollgewebe unterhalb ihrer Brust, und sie kicherte. »Ich ziehe die englischen Bräuche vor, wo ich sogar auf den Knien des Königs sitzen darf, wenn ich es will.«

»Sie sind ein kleines Teufelsweib. Wenn Charles Sie auch nur ein einziges Mal ansieht, werde ich ihn umbringen.« Er zog sie von ihrem hölzernen Sitz herab. Die abendlichen Schatten waren länger geworden, und er führte sie ins Labyrinth, wo man vollkommen ungestört war. »Ich werde Sie jetzt kosten«, sagte er atemlos und zog sie an sich, bis ihr Bauch gegen seine Hüfte drückte. Seine Nasenflügel bebten von ihrem Duft, und seine Hände glitten hinter ihren Kopf, damit er sich ihm nicht entziehen konnte.

»Öffne deine Lippen für mich, ich möchte wissen, wie es sich anfühlt, in dir zu sein.«

Sie spürte die Erregung des Kusses bis in ihre Zehenspitzen und klammerte sich an ihm fest, um alleine zu stehen. Seine Hände verbrannten sie regelrecht, und sein glutheißer Mund bedeckte ihre Lippen fordernd und gnadenlos. In ihrem Bauch formte sich ein Feuerball, und seine Flammen erstreckten sich bis zu ihren Brüsten und bis in ihren Unterleib. Als ihr Verlangen erwachte und wuchs, schrie sie leidenschaftlich auf. »Ruark, Ruark.«

»Ich kann dich heute nacht nicht gehen lassen«, verkündete er.

»Ich weiß«, sagte sie leise, während sich das Pochen und Pulsieren in seinem Glied auf ihren Bauch übertrug.

Er versuchte, sich zu beruhigen, um sie nicht brutal unter der Hecke zu nehmen, als wäre sie eine einfache Magd. Er wußte, dies war ihre erste intime Begegnung mit einem Mann, und wenn er nicht vorsichtig war, vollzöge er die Entjungferung mit alarmierender Schnelligkeit. Obgleich ihn die Lust fast überwältigte, gelang es ihm, sie nicht zu entkleiden, solange sie noch draußen im Garten waren.

Er legte einen seiner kraftvollen Arme um sie und führte sie zum Haus zurück. Als sie an dem Tisch vor der Flügeltür vorbeikamen, nahm sie die flammenfarbene Hibiskusblüte und schob sie in ihr Dekolleté. Er griff nach dem Weinkelch, und sie betraten den dämmrigen kleinen Salon, und er drückte sie in die Kissen einer bequemen kleinen Couch. Endlich war es soweit!

Da sie noch Jungfrau war, hatte sie sich bisher eine eigenartige Zurückhaltung auferlegt, doch nun wußte sie, daß der richtige Augenblick gekommen war. »Oh, Ruark, ich liebe dich so sehr«, hauchte sie.

Seine Hand hatte sich gerade unter ihr Kleid geschoben, doch ihre Worte ließen ihm bewußt werden, daß er beabsichtigt hatte, sie mit Lust zu nehmen, statt sie liebevoll einzuführen, wie sie es verdient hatte.

Summer wußte, es gab kein Zurück. Sie wollte dasselbe wie er. Was auch immer mit ihm geschah, geschähe auch mit ihr, jedes Gefühl, jede Bewegung wäre zwischen ihnen geteilt. Nur wenn es den Menschen gelang, sämtliche Schranken niederzureißen, konnte Liebe entstehen, es gab keinen Raum für Scham, Vorbehalte oder auch nur Stolz. Seine Hände glitten hinter ihren Rücken, um die winzigen Knöpfe ihres Kleides zu öffnen, aber sie war schneller als er, um ihm dabei zu helfen, ihren Körper in Besitz zu nehmen. Als er ihre Finger an den

Knöpfen spürte, meinte er jedoch, sie wehre sich gegen seinen Übergriff, und er setzte sich auf und zündete leise fluchend eine Kerze an.

Im Schein der Flamme musterte er ihr liebliches Gesicht. »Mylady Summer St. Catherine, wollen Sie mich heiraten?«

Ein Herzschlag verging.

»Mylord Ruark Helford, ich will.«

Er stöhnte und schlang seine Arme um sie. Sie hoffte, daß er sich auch noch am nächsten Morgen an den Antrag erinnerte, aber sie war viel zu verliebt in ihn, um sich jetzt noch vor ihm zurückzuziehen.

14

Ruark erhob sich von der Couch und strich seine Kleider glatt. Dann zündete er sämtliche Kerzen in dem kleinen Zimmer an. Während Summer ihr Kleid neu ordnete und ihre wilden Locken bändigte, ging er zur Tür und rief Mr. Burke. Summers Wangen röteten sich, und sie hielt den Atem an, als sie ihn sagen hörte: »Es tut mir leid, Ihnen jetzt noch Umstände zu machen, Mr. Burke, aber wären Sie vielleicht so gut, nach Helston zu gehen und den Pfarrer zu holen?« Als er sich zu ihr umdrehte, sah er ihre Augen wie Sterne schimmern und wußte, daß sie glücklich war. Er nahm die Hibiskusblüte aus ihrem Dekolleté und ging damit fort. »Warte, wo du bist, mein Liebling. Ich habe etwas, das viel besser zu deinem herrlichen Hochzeitskleid paßt.«

Sie saß wie verzaubert da und meinte, ihr Herz müsse zerbersten vor lauter Glückseligkeit. Lord Helford hatte sie tatsächlich gebeten, ihn zu heiraten. Sie träumte nicht. Er hatte soeben nach dem Pfarrer geschickt!

Zwei samtbezogene Schmuckkästen in der Hand, kam er zurück. Er streckte die Hand nach ihr aus und zog sie zu dem großen Spiegel, der über dem Kaminsims hing. Der große Schmuckkasten enthielt eine sechsreihige Rubinkette. Summer wagte nicht zu atmen, als er sie ihr umlegte und ihren nackten Hals zu küssen begann.

»Ist die für mich?« fragte sie ungläubig.

Er nahm passende Armreifen aus dem Kasten, die er ihr über die Handgelenke schob. »Mir ist das Gerücht zu Ohren gekommen, daß Lady Helford eine besondere Vorliebe für Rubine hat.« Den passenden Ring ließ er in seine Tasche gleiten.

»Lady Helford«, hauchte sie und befürchtete, sie würde tot umfallen, noch ehe der Pfarrer kam.

Ruark bat einen Bediensteten, zwei Kisten Wein aus dem Keller zu holen, und einen anderen, ein paar Fässer aus der Bierschenke zu besorgen, während Summer sich im Spiegel betrachtete und die Arme drehte, um die Rubine im Licht funkeln zu lassen.

Es dauerte eine halbe Stunde, bis Mr. Burke mit dem erbosten Pfarrer kam. Der Kleriker war ein großer Mann mit schütterem, grauem Haar und einem strengen Gesicht.

»Willkommen auf Helford Hall. Ich habe Sie hergebeten, um uns zu trauen, Mr. Rashleigh«, sagte Ruark und reichte ihm die Hand.

Der Kirchenmann ignorierte die Hand und sah den Hausherrn mit zusammengezogenen Brauen an. »Ich habe Ihrem Verwalter bereits erklärt, daß das unmöglich ist. Aber der Narr bestand darauf, daß ich es Ihnen selbst erkläre.«

Ruark zog ebenfalls leicht die Brauen hoch, während Summer ängstlich zwischen den beiden Männern hin und her blickte. Es war klar, daß sie beide Autoritätspersonen waren, so daß eine Auseinandersetzung geradezu unvermeidlich war.

»Damit eine Ehe geschlossen werden kann, bedarf es zunächst eines Aufgebots«, erklärte der Pfarrer mit kaum verhohlener Ungeduld. »Wenn das Aufgebot dreimal in meiner Kirche verlesen wurde, bin ich gerne bereit, die Hochzeitszeremonie durchzuführen, Lord Helford.«

Ruark lächelte kühl. »Ich bin der oberste Richter von Cornwall. Wenn ich es sage, ist ein Aufgebot nicht erforderlich, und ich sage, daß es nicht erforderlich ist, Mr. Rashleigh.«

Der Pfarrer öffnete den Mund, um etwas zu erwidern, doch dann besann er sich eines Besseren und klappte ihn wieder zu.

Summer und Mr. Burke tauschten bedeutungsvolle Blicke aus, die besagten, daß es nie auch nur den kleinsten Zweifel gegeben hatte, wer der Sieger in diesem Wettstreit sein würde.

Ruark befahl Mr. Burke, sämtliche Bediensteten im großen Saal zu versammeln. Er hielt dem Kirchenmann die Tür auf und sagte: »In fünfzehn Minuten sind wir soweit, Mr. Rashleigh.«

Als sie alleine waren, zog er Summer an seine Brust.

»Bekommen Sie immer, was Sie wollen, Mylord?«

»Immer«, sagte er und sah sie begehrlich an.

»Auch wenn es um Frauen geht?«

»Vor allem dann«, stichelte er.

»Vielleicht sollte ich Ihnen beweisen, daß ich die Ausnahme bin«, erwiderte sie und entzog sich ihm. Er sah sie fragend an, doch sie wandte sich dem Spiegel zu und zupfte ihre Locken zurecht. Sollte er ruhig ein wenig zappeln. Dieser wohlhabende, arrogante Adlige brauchte nicht zu denken, daß sie so leicht zu haben war. Sie hatte als erste von Liebe gesprochen, doch genau dieses leidenschaftliche Geständnis hatte ihn anscheinend dazu bewogen, um ihre Hand anzuhalten.

Sie beobachtete sein Bild im Spiegel und haßte all die Frauen, die er gehabt hatte. Der Gedanke, daß sein Mund andere Lippen als die ihren kostete, war ihr unerträglich. Er gehörte ihr, und sie wäre niemals bereit, ihn zu teilen. Der Gedanke an seine Küsse lenkte ihren Blick auf seinen Mund. Sie erschauerte.

Innerhalb einer Sekunde stand er neben ihr. »Was ist los, meine Liebe? Bist du dir vielleicht nicht sicher, daß du das Richtige tust?«

Sie wandte sich vom Spiegel ab und sah ihn an. »Ich will es von ganzem Herzen«, erklärte sie wahrheitsgemäß.

»Das ist gut, denn ich kann dich einfach nicht aufgeben. Ich will dich, und zwar noch heute nacht.« In seinen Augen loderten smaragdgrüne Feuer, als er ihre Hand nahm und sie in den Saal führte, der für die Zeremonie vorgesehen war.

Als Summer die zahlreichen dort versammelten Dienstboten sah, wurde sie von Panik ergriffen. Sie lebte eine Lüge, und bereits im nächsten Augenblick käme vielleicht die Wahrheit ans Licht. Sie hatte bisher verwahrlost gelebt, vollkommen wild, und hatte Lebensmittel gestohlen, wann immer sich die Gelegenheit dazu bot. Wie sollte sie plötzlich als große Dame leben und einen Haushalt mit fünfzig Bediensteten führen? Dann sah sie, daß Mr. Burke sie beifällig musterte, und plötzlich war alles gut. Irgendwie käme sie schon zurecht.

Sie stand im Mittelpunkt des allgemeinen Interesses, und es war, als hätte sie absichtlich für heute abend das weiße Kleid gewählt. Ruarks starken Arm im Rücken, stand sie stolz neben ihm, während die Dienstboten ihre Neugierde befriedigten.

Als er die Hand hob, erstarb selbst das leise Murmeln der Umstehenden. »Dies ist Lady Summer St. Catherine, die heute abend meine Frau werden wird. Sie ist die erste Braut, die nach Helford Hall kommt, seit meine Mutter vor über dreißig Jahren hierherkam.« Die Angestellten applaudierten. »Ich möchte, daß Sie alle an der Hochzeit teilnehmen. Ich möchte, daß Sie ihr Ihre Herzen öffnen und sie darin aufnehmen, wie ich es getan habe. Es ist ein kleines Wunder, daß ich sie erst jetzt gefunden habe, obwohl sie seit ihrer Geburt direkt nebenan gelebt hat. Doch der Gedanke, daß sie ihr Leben lang auf mich gewartet hat, wärmt mir das Herz.«

Das habe ich, dachte Summer. Es war wie eine Offenbarung. Was für seltsame Gedanken ihr durch den Kopf gingen, als sie einander vor Mr. Rashleigh mit dem zerfurchten Gesicht die Treue schworen! Als erstes bemerkte sie, daß der Pfarrer Tabakflecken auf den Fingern hatte, was ihr bewies, daß er bestimmt nicht gegen ein bißchen ehrlichen Schmuggel war. Dann bemerkte sie, daß die meisten Bediensteten fett waren, mit Ausnahme derer, die in den Stallungen arbeiteten. Sie hatten sich mit den Erträgen von Helford Hall vollgestopft, während sie und Spider fast verhungert wären. Dann hörte sie die Worte, die der Kirchenmann zu Ruark sprach: »Mann, liebt Eure Frau wie Euren eigenen Leib. Ein Mann soll sich mit seinem Weib vereinigen, bis sie eins sind. Dies ist das große Wunder der Liebe.«

Sehr bald würde Ruark seinen Leib mit dem ihren vereinigen, und sie bedachte ihn mit einem eiligen, ängstlichen Blick. Er war so ernst, so beherrscht. Sein dunkles Haar war streng nach hinten gebunden, und seine grüblerischen Gedanken waren hinter seiner Stirn versteckt. Plötzlich verspürte sie das Bedürfnis, ihn zerzaust und unbeherrscht zu sehen. Sie verspürte den Drang, seine Selbstbeherrschung in eine Million Stücke zerbersten zu sehen, und eine kleine, böse Stimme in ihrem Inneren fragte: »Willst und wirst du diejenige sein, der das gelingt?«

»Ja, ich will!« schwor sie, und die versammelten Dienstboten murmelten beifällig, da die Antwort ihrer neuen Herrin von ganzem Herzen kam. Nun wurde ihr der blutrote Rubinring auf den Finger geschoben, und Ruark beugte sich vor, um ihr den ersten Kuß als frisch gebackener Ehemann zu geben. Statt die Augen zu schließen, sah sie ihn geradewegs an und erkannte, daß sich seine Augen vor Verlangen verdunkelten. Seine Art, sie mit hungrigen Blicken zu verschlingen, verriet ihr das Ausmaß der Wirkung ihres lieblichen Äußeren auf ihn.

»Du siehst glücklich aus«, murmelte sie.

»Ich habe einen ganz einfachen Geschmack. Das Beste ist mir immer gut genug.« Er umarmte sie eilig, ehe er sie umdrehte, so daß sie dem Personal gegenüberstand. Mr. Burke trat vor und überreichte ihr einen großen Schlüsselbund, und eine nach der anderen traten die Küchenmädchen, die Köchinnen, die Zimmermädchen, die Hausmädchen und die Haushälterin vor und begrüßten ihre neue Herrin mit einem tiefen Knicks. Zum ersten Mal fiel Summer auf, daß es eine strenge Hackordnung gab.

Als nächstes kam das männliche Personal. Zuerst kamen die Stiefelputzer, gefolgt von den Stalljungen. Es folgten die Gärtner, die Pferdeburschen, die Pagen, der fette Wildhüter und schließlich Mr. Burke, der den Kreis schloß, indem er die ihr symbolisch überreichten Schlüssel wieder an sich nahm. Summer bedachte ihn mit einem dankbaren Lächeln, und er blinzelte ihr verstohlen zu.

Die Pagen reichten eifrig Getränke herum, so daß alle mit der neuen Braut und ihrem Bräutigam anstoßen konnten. Die Frauen wählten Wein, die Männer Bier.

Ruark nahm Summer ihr Glas aus der Hand und stellte es auf das Silbertablett zurück. »Du brauchst keinen Wein, um in Stimmung zu kommen, mein Liebling«, murmelte er. Er brannte darauf, seine Braut endlich für sich allein zu haben. Er hatte die Dienstboten nur eingeladen, damit alles seine Ordnung hatte. Sie war jetzt Lady Helford, und er wollte, daß sie sie liebten und respektierten, wollte, daß jeder von ihnen wußte, daß sie als Jungfrau in die Ehe gekommen war. Aber seine Frustration wuchs, während er darauf wartete, daß endlich auch der letzte ging. Nur mit eiserner Willenskraft gelang es ihm, nicht allzu offen zu zeigen, wie heiß er war.

Schließlich verließen die Bediensteten den Raum und kehrten aufgeregt in ihre Gemächer zurück. Als sie beide allein waren, spürte sie seine Nähe geradezu körperlich. Sie blickte auf seinen Mund, stellte sich ihn auf ihren Lippen vor und wurde schwach vor Verlangen und Lust. Er nahm ihre kleine Hand, doch statt sie wie erwartet nach oben zu führen, trat er mit ihr durch die Tür auf die Treppe hinaus.

Draußen angekommen, hob er sie hoch und trug sie über die Schwelle ins Haus zurück. Sie schlang die Arme um seinen Hals und flüsterte: »Trag mich ins Bett.«

Großer Gott, was war er doch für ein glücklicher Mann! Seine jungfräuliche Braut war spielerisch und verführerisch gestimmt. Die Arme unter ihren Knien, ging er die Treppe hinauf. »Du hast bisher noch nicht einmal das Haus gesehen, meine Liebe, aber ich hoffe, du erbittest die Führung nicht noch heute nacht.« Oben angekommen, wandte er sich in Richtung des Südflügels und betrat seine Suite.

»Es gibt noch etwas, was ich bisher noch nie gesehen habe und was noch viel wichtiger ist.«

Er stellte sie auf dem dichten Teppich ab. »Was, mein Liebling?«

»Ich habe noch nie einen nackten Mann gesehen ...« Sie löste das schwarze Band von seinem Zopf, fuhr mit den Fingern durch sein Haar und lockerte es, bis es lose um seine Schultern fiel. »Zieh du dich als erster aus«, schlug sie boshaft vor. Es gefiel ihr außerordentlich, daß er mehr als froh war zu tun, worum sie ihn bat.

»Erst eine halbe Stunde verheiratet und schon bist du grausam zu deinem armen Ehemann«, sagte er, während er sein Hemd auszog. »Weißt du, wie lange ich darauf gewartet habe, deine Beine zu sehen? Ich habe bisher nicht mehr als einen Blick auf deine Knöchel erhascht.«

Sie lachte und hob ihre Röcke hoch, so daß er ihre spitzenbesetzten Strümpfe sah. Ruarks Mund wurde trocken. Ihre Beine waren so lang und schlank, daß es kaum zu glauben war. Sie ließ die Röcke wieder fallen und beobachtete, wie er seinen Gürtel öffnete. Je mehr sie von seinem muskulösen Körper erblickte, um so erregter wurde sie. Sie wandte sich nicht ab, und sie errötete auch nicht, sondern sah sich ihn genau an, um auch das letzte Detail seines prächtigen Leibes zu sehen.

Er öffnete seine Hose und zog sie bis zu den Hüften herab, doch dann hielt er inne. Er hatte Angst, sie zu verschrecken und ihre spielerische Laune zu zerstören, so daß er sich zuerst einmal auf den Rand des Bettes setzte und seine Siefel auszog. Dann streckte er auffordernd die Hand nach ihr aus. »Komm näher, laß mich dich berühren«, flehte er.

Sie kam langsam näher, doch gleichzeitig schüttelte sie den Kopf. »Nein, zuerst will ich dich berühren.« Sie setzte sich neben ihn auf das Bett und strich mit einem Finger über sein kräftiges Kinn. Seine Schultern waren unglaublich breit und muskulös, und ihre Hand streichelte ihn und ergötzte sich an dem dichten, lockigen Haar, das in einer dunklen Linie seinen Bauch hinab verlief, bis es sich an der Stelle wieder ausbreitete, wo sein Unterleib noch immer von seiner Hose bedeckt war.

Sie streckte ihre Hand aus, um ihn zu berühren, doch dann zögerte sie, als wäre die Berührung zuviel für sie. Er griff sanft nach ihren Fingern und legte sie vorsichtig auf seine geschwollene Männlichkeit. In dem Augenblick, in dem sie sein Glied berührte, zuckte es erregt.

»Oh!« sagte sie überrascht und zog eilig ihre Hand zurück.

»Ah, meine Liebe, hör nicht auf«, bat er sie.

Sie berührte ihn erneut, doch dem unbekannten, geheimnisvollen männlichen Organ wich sie vorsichtig aus. »Ruark Helford, du bist verführerisch wie die Sünde«, hauchte sie, als ihre Handfläche über die Muskelstränge in seinem Oberkörper glitt.

Er zog sie an sich und preßte seine Lippen auf ihren Mund. »Du weißt noch gar nicht, was Sünde ist!«

»Ich bin noch nicht fertig mit gucken. Ich fange gerade erst an.«

Aus seiner Kehle drang glückliches Lachen. Er rollte sie unter sich und breitet seine Arme aus. Dann hing er über ihr und verliebte sich mit jedem Herzschlag mehr in sie. »Ist deine Neugier immer noch nicht befriedigt?« Er lachte abermals.

»Nein, und das wird sie wohl auch nie sein«, hauchte sie.

Er küßte ihre süßen Mundwinkel. »Bin ich bis jetzt so, wie du mich dir vorgestellt hast?«

»O nein. Du bist wesentlich aufregender, als ich es mir je hätte träumen lassen ... und du fühlst dich so groß an ... hier.« Ihre Finger lösten sich aus seiner Hand und glitten an die Stelle zwischen ihren Leibern, an denen seine Härte an ihrem Bauch zu spüren war. Ihre Hand fand die Öffnung in seiner Hose, und ihre Fingerspitzen berührten sanft die Spitze seines Gliedes. Sie fühlte sich heiß und feucht an. »Ich hätte nicht gedacht, daß du dort unten schwarze Haare hast, aber es gefällt mir sehr gut!«

»Hast du denn keine schwarzen Haare zwischen deinen hübschen Beinen?« stichelte er.

»Doch. Woher weißt du das?« fragte sie ehrlich überrascht, und er erinnerte sich voller Lust daran, wie unerfahren sie war.

Ruarks Hände glitten unter ihren Rücken und öffneten die winzigen Knöpfe an ihrem herrlichen weißen Kleid. Es erinnerte ihn an das weiße Nachthemd, das sie getragen hatte, als er sie zum ersten Mal sah, und erneut wallte übermächtiges Verlangen in ihm auf. Als sie spürte, daß er sie entkleidete, zog sie die Arme aus den Ärmeln und half ihm, das Kleid ganz auszuziehen.

Schließlich lag sie in ihrem Spitzenunterhemd und ihren Strümpfen unter ihm, und er verschlang sie mit Augen, deren Schwärze das Ausmaß seiner Leidenschaft verriet.

»Ich stehe jetzt auf und ziehe den Rest meiner Kleider aus«, warnte er sie sanft.

Sie setzte sich auf und sah ihn mit großen Augen an, als er seine Hose über die Hüfte zog. Zwischen dem drahtigen schwarzen Haar erhob sich stolz und prall sein Schaft.

»Ru!« schrie sie halb verängstigt und halb verwundert auf. Seine Beine wirkten wie Marmorsäulen, und unter der Haut seiner mächtigen Schenkel wölbte sich hartes Muskelfleisch. Er beugte sich zu ihr hinab, um sie in seine Arme zu ziehen, und stellte erleichtert fest, daß sie nur unmerklich zögerte. Sofort glitten seine Hände zu den Trägern ihres Hemdes, um auch die letzte Barriere niederzureißen, die noch zwischen ihren nackten Körpern lag. »Ich habe mich die ganze Zeit gefragt, wie sich meine Brüste wohl an deinem Pelz anfühlen würden.« Er stöhnte, als ihr Hemd auf ihre Hüften glitt und sie sich auf Zehenspitzen stellte, um ihm so nahe wie möglich zu sein.

»*Ich* habe jetzt genug gesehen«, sagte er und hielt sie auf Armeslänge von sich fern.

Ihre Haut schimmerte wie eine matte tropische Perle, als wäre sie mit durchscheinendem Puder bestäubt. Sie erregte ihn, bis er fast wahnsinnig war vor Lust. Obgleich sie noch nie bei einem Mann gelegen hatte, war sie vollkommen ungehemmt. Seine Hände streichelten die seidige Masse ihres Haars, dessen Feinheit und leuchtende Schwärze ihm wie ein Wunder erschien. Das Gefühl ihrer Lockenpracht zwischen seinen Fingern erregte ihn, und er griff nach einer dichten Strähne und kostete sie. Summer streckte die Hände nach seinen etwas drahtigeren Haaren aus, die sich über seinen Schultern ergossen, und genau wie er es gemacht hatte, kostete auch sie. Er erschauerte.

Ihre Augen waren schmal vor Lust und machten sie zur schönsten Frau der Welt. »Großer Gott, du bist so exotisch wie ein tropischer Sturm«, sagte er und vergrub seine Lippen an ihrem Hals.

Seine Hände zogen das spitzenbesetzte Unterhemd über ihre Beine, bis es raschelnd auf den Teppich fiel. Dann hob er sie hoch und setzte sie auf das Bett. Zum ersten Mal wurde sie sich ihrer Umgebung bewußt. Sie riß die Augen auf, als sie die Größe des massiven Bettes mit den matten, teeblattfarbenen Vorhängen sah. Auf einem der Kissen lag die flammenfarbene Hibiskusblüte als Symbol ihrer Entjungferung, und ihr wurde bewußt, daß genau wie sie auch Ruark im Grunde seines Herzens ein Heide war.

Als er sich vor sie kniete, um ihr die Strümpfe auszuziehen, beobachtete sie jede Regung in seinem Gesicht. Sie beobachtete, wie seine Lider schwer wurden in schwelender Lust, und dann wanderte ihr Blick zu seinem Mund, nach dessen Zärtlichkeit und Leidenschaft sie inzwischen geradezu süchtig war. Er spreizte ihre Beine, um ihren Schoß zu betrachten, und sie gab seine Frage zurück. »Und, bin ich so, wie du mich dir vorgestellt hast?«

»Und ob! Ich habe dich mir seit Wochen genau so vorgestellt.« Er hob ihren Fuß an seine Lippen und bedachte ihn mit einem Kuß. »Nein, das ist gelogen. Du bist noch tausendmal üppiger, als ich es mir zu erträumen gewagt hätte.» In der Hoffnung, ihr alles sagen zu können, ohne sie zu entsetzen, erklärte er: »Jedesmal, wenn ich dich mir vorgestellt habe, sah ich mich zwischen deinen Beinen liegen.«

Sie glitt vom Bett und kniete sich neben ihn. Sein Glied erhob sich zwischen ihren Leibern wie ein mit einer Samtspitze versehener stählerner Speer. »Führ mich in die Geheimnisse der Liebe ein«, bat sie, und er wußte, daß er diese Frau mehr liebte, als richtig und vernünftig war.

Er schob seine lange, harte Männlichkeit zwischen ihre Schenkel, und er warf den Kopf in den Nacken, als ein Stöhnen sinnlichen Vergnügens über seine Lippen drang. Er glitt über ihre Lippen, und sie keuchte in heißer Lust. Die langsame Streichelei weckte herrliche Gefühle in ihr, als schwölle sie ebenfalls an. Jede sanfte Berührung machte sie empfindlicher, bis sie das Bedürfnis hatte, vor Erregung zu schreien.

»Oh, Himmel, ich habe seit Wochen davon geträumt, tief in dir zu sein. Laß mich dich auf das Bett heben, ehe ich in dich hineingleite«, stöhnte er.

Sie lachte. »Das ist vollkommen unmöglich, Ru, nimm mich nicht auf den Arm.«

Plötzlich hatte er einen bösen Verdacht. Sie war so liebevoll und so vertrauensselig, weil sie dachte, er ginge nicht weiter mit ihr.

»Oh, es ist einfach wunderbar, Ru, mach es noch einmal«, bat sie ihn und reckte sich seiner Härte entgegen. Sie war so unglaublich eifrig, und so sollte sie für den Rest ihres Lebens sein. Bei diesem ersten Mal sollte ihr Vergnügen so groß sein, daß sie es niemals vergaß. Er durfte nichts tun, was ihr auch nur die geringsten Schmerzen bereitete. Es durfte keine Verbindung geben für sie zwischen diesem intimen Spiel und Schmerz oder auch nur Unbehagen. Er hatte sich ein fast unmöglich zu erreichendes Ziel gesteckt.

Er hob sie auf das Bett, spreizte ihre Beine und kniete sich zwischen sie. Seine Hände glitten unter ihre Schenkel, und er zog sie näher, bis ihr Hinterteil auf seinen Beinen ruhte. Dann strich er vorsichtig mit den Fingerspitzen über die weichen Falten, die sie ihm so vertrauensselig bot.

Ein Lustschrei drang über ihre Lippen, und sie spreizte ihre Beine weiter, damit er besser an ihre verborgenen Stellen kam. Er nahm sein Glied in die Hand, schob die Spitze an ihren Leib und fuhr in kreisenden Bewegungen um die winzige pinkfarbene Knospe ihrer Weiblichkeit. Sie stöhnte und wand sich hingebungsvoll.

»Großer Gott … beweg dich nicht«, befahl er ihr, und zwei Herzschläge lang rührte sie sich nicht. Dieser Zeitraum reichte ihm, um seine Beherrschung wiederzufinden, ehe er abermals mit den langsamen, herrlichen, kreisenden Bewegungen begann.

Er beobachtete ihr Gesicht, beobachtete ihre Lider, die schwer wurden angesichts der Enormität ihrer Lust, und ihr Kopf bewegte sich rastlos hin und her. »Ruark, bitte, bitte«, flehte sie. Sie wußte nicht, was sie erbat, doch glücklicherweise wußte er es. Wieder liebkoste er die Knospe ihrer Weiblichkeit mit seinem Glied. Sie erschauderte, als wäre zwischen ihren Beinen etwas explodiert, und die Muskeln ihrer Scheide zogen sich krampfartig um die Spitze seines Gliedes zusammen.

Sein Mund lag auf ihren Lippen, als sie seinen Namen schrie. »Hat es dir gefallen, meine Liebe?«

»Oh, Ru, und wie … und du bist wirklich in mich hineingeglitten«, stellte sie verwundert fest.

Er schluckte. »Beim nächsten Mal werde ich noch etwas tiefer gehen«, sagte er, um zu sehen, wie sie auf diese Vorstellung reagierte.

»Ich habe noch so viele Fragen«, sagte sie atemlos.

Er atmete abermals tief ein in dem Versuch, Herr zu werden über seine tosende Lust. »Du kannst mich alles fragen, meine Liebe.«

»Können … können wir es morgen bereits am Tag machen, oder müssen wir warten, bis es Zeit ist, ins Bett zu gehen?«

»Himmel, wir brauchen keine fünf Minuten zu warten.« Er küßte die weichen Innenseiten ihrer Knie, ehe er abermals ihre Beine öffnete und sich dazwischen schob. Dieses Mal preßte er mit seinen Daumen auf die Haut links und rechts der hübschen pinkfarbenen Knospe, bis sie sich ihm ein wenig öffnete. Er schob die glatte, marmorne Spitze seines langen Penis in die Öffnung, bis sie sich zu dehnen begann, und dann zog er sein Glied wieder heraus. Dies tat er wieder und wieder in einem langsamen Rhythmus, der dazu führte, daß ihr Blut vor Verlangen sang.

Ihre Scheide war wie Samt, und sie war so heiß, daß er sich verbrannte, sobald er sich in sie schob. Dennoch hörte er nicht auf, und jedesmal schoben seine Daumen die Öffnung ein wenig weiter auf, so daß er ein bißchen tiefer kam. Schließlich ertrug sie die Hälfte seines Gliedes ohne Schmerz, aber mehr als zehn Zentimeter hätten ihr Jugfernhäutchen zerrissen.

Sie wurde so erregt und rasend, daß er fast die Beherrschung verlor, aber er merkte, daß sein Herz und seine Seele sie ebenso liebten wie sein Leib, und er wußte, daß er einen Teil seines eigenen Vergnügens opfern mußte, wenn er wollte, daß sie uneingeschränkte Erfüllung fand. Sie war halb wahnsinnig vor Lust, schrie und biß ihm mit scharfen kleinen Zähnen in die Schultern, und dann spürte er, wie sich ihr gesamter Körper anspannte und sie sich ihm entgegenbäumte, aber sofort hatte er sein Glied in der Hand und zog sich aus ihr zurück.

Ein heftiger Schauer erschütterte seinen Körper. Sie blickte auf die Stelle, an der er in sie eingedrungen war, und zu ihrer Überraschung entdeckte sie dort Spuren seiner heißen, dicken Liebesmilch. Als er auf ihr zusammenbrach, begrüßte sie sein Gewicht, und als er sich neben sie schob, folgte sie ihm.

Die Spitzen ihrer Brüste brannten Löcher in seine Haut, und die Hitze zwischen ihren Beinen verbrannte sein Glied. Er flüsterte schwüle Liebesworte in ihr Ohr, die ihr jede deutliche, dekadente Einzelheit dessen offenbarten, was zwischen ihnen beiden geschehen würde, wenn es soweit war. Er erklärte ihr, was sie empfinden und wie sich sein Verlangen beständig steigern würde. Er erklärte ihr, wie lange er sie lieben würde, wie oft und auf welche Art. Seine Hände erforschten jede weiche Rundung ihres Leibes, bis sie stöhnte, zusammenzuckte, sich reckte und ihm schließlich ihr Verlangen entgegenschrie.

Ihr Schrei verriet ihm, daß ihr Mund seiner Aufmerksamkeit bedurfte, und er nahm ihn in einem fordernden Kuß, der ihre Lippen öffnete, bis sich seine Zunge in die köstliche Tiefe schob. Ihre Zunge kämpfte gegen den Eindringling an, bis er sich schließlich ein wenig zurückzog und ihr Einlaß gewährte in seinen Mund.

Eng miteinander verschlungen lagen sie schließlich atemlos auf dem Bett. »Mir kam gerade ein teuflischer Gedanke«, stellte Ruark boshaft fest. »Vielleicht sollte ich dich erst nach der Hochzeitsreise entjungfern. Auf diese Weise wärst du ständig erregt und würdest auf die kleinste Berührung reagieren. Die anderen Männer würden wahnsinnig, wenn sie sähen, wie du mich berührst, an mir hängst, nach mir gierst.«

Sie setzte sich auf und starrte ihn ungläubig an. »Ich bin immer noch eine Jungfrau?«

»Technisch gesehen, ja ... Dein Jungfernhäutchen ist noch intakt.«

»Und du willst es intakt lassen, indem du jede Nacht unserer Hochzeitsreise so etwas wie heute mit mir machst?«

»Nein, mein Liebling, es war nur ein Scherz.«

»Das ist mir egal, Ru Liebling, aber ich halte es für fair, wenn du dann ebenfalls ständig erregt bist«, stellte sie ebenso boshaft fest. Sie glitt seinen Leib hinab, bis ihr Gesicht auf seinem straffen Bauch zum Liegen kam, und schob ihre pinkfarbenen Zunge in seinen Nabel hinein, so daß er hoffnungslos verloren war.

»Wenn du die Wahrheit wissen willst, ich werde nie wieder eine derartige Selbstbeherrschung wie eben aufbringen, selbst wenn mein Leben davon abhängen würde. Ehrlich gesagt, halte ich es keine Sekunde mehr aus«, sagte er, hob sie auf die Kissen und thronte mit klopfendem Herzen und pulsierendem Schaft über ihr.

»Wird es weh tun?« fragte sie leise, doch ohne echte Angst.

»Ja, meine Liebe ... am Anfang, bis ich deine enge Scheide geweitet habe, um tief genug hineinzugelangen und das Jungfernhäutchen zu zerstören, aber wenn ich dich erst ein-, zweimal geliebt habe, wird es nur noch wunderbar sein.«

»Dann werde ich den Schmerz ignorieren und mich auf das Vergnügen konzentrieren«, flüsterte sie.

Er trennte die weichen Falten zwischen ihren Beinen, strich einen Augenblick mit einem Finger über ihr Fleisch, bis er die empfindliche kleine Knospe ihrer Weiblichkeit ertastete, und dann schob er den samtenen Kopf seines Gliedes langsam in sie hinein.

Summer war überrascht, daß sie am Anfang seines Eindringens keinerlei Schmerzen empfand. Sie entspannte sich, doch dann öffneten seine Finger sie weiter, und er schob seine ganze Männlichkeit mit einem heftigen Stoß in sie hinein.

Der Schmerz war unerträglich, als seine Waffe ihr Jungfernhäutchen durchbrach und sich tief in ihrem Inneren vergrub. Trotz ihrer Entschlossenheit, tapfer zu sein, schrie sie auf.

»Bleib ruhig, mein Liebling«, drängte er.

Sie atmete tief ein, und er verhielt sich vollkommen ruhig, bis sie die Pfählung ertrug. Das neue und seltsame Gefühl, von seiner langen, dicken Männlichkeit erfüllt zu sein, war nicht nur unangenehm. Das Gefühl, daß sein Glied zuviel, zu groß, zu schnell war, legte sich, und während sie den Atem anhielt, spürte sie, wie er pulsierte, brannte, sich ausdehnte, und verwirrt merkte sie, daß sein Herzschlag in ihrem Inneren zu spüren war.

Dann begann Ruark sie zu küssen und sich rhythmisch in ihr zu bewegen, und innerhalb weniger Augenblicke war sie eingehüllt in den Zauber der gemeinsamen Lust und folgte ihm an den Rand der Welt. Dort hingen sie einige Momente, bis der Absturz in die Ekstase der völligen Hemmungslosigkeit begann.

Er schrie auf, als er merkte, daß er kam, und sie stimmte in seinen Lustschrei ein, als sich sein Samen in ihren Schoß ergoß und sich ihre langen Beine bis in die Spitzen ihrer Zehen hinein zusammenzogen. Nie zuvor hatte sie etwas erlebt, das sich mit dieser Verschmelzung, dieser Vereinigung zweier Leiber vergleichen ließ.

Sie klammerten sich aneinander in dem warmen Nest inmitten des massiven Betts und genossen diese kostbaren Augenblicke höchster Verzückung. Sie beide wußten, daß es nie wieder so sein würde wie bei diesem ersten Mal. Summer seufzte, während sie die leidenschaftliche Umarmung ihres Ehemannes genoß. Von nun an wären all ihre Probleme gelöst. Nie in ihrem Leben hatte sie sich so sicher gefühlt.

Sie lächelte Ruark an, und plötzlich wußte sie, daß nicht alle Männer so schlecht waren, wie sie immer angenommen hatte. Und sie hatte Glück gehabt und einen dieser seltenen guten Männer erwischt.

»Liebst du mich noch?« flüsterte er.

Sie lächelte warm. »Mit meinem Herzen liebe ich dich und mit meinem Leib ehre ich dich.«

Er wußte, daß er etwas sehr Seltenes besaß. Eine Frau, die es wert war, daß man sie umsorgte und sich an ihr erfreute.

Schläfrig fragte sie: »Was hast du mit Hochzeitsreise gemeint?«

»Ich bin für die nächsten drei, vier Tage nach Stowe eingeladen, und ich sehe diese Reise als unsere Hochzeitsreise an«, murmelte er und zog ihren Kopf unter sein Kinn.

»Aber Stowe ist das Herrenhaus der wichtigsten Familie in ganz Cornwall. Die Grenviles leben dort«, protestierte sie.

»Mm, es ist riesengroß und sehr elegant. Sie haben zwei Pagen hinter jedem Stuhl im Speisesaal und ein Mädchen für jeden weiblichen Gast. Es ist das einzige Haus, in dem der König und sein Hofstaat standesgemäß untergebracht werden können, abgesehen von Plymouth Castle, was nicht viel mehr ist als ein gottverlassener Haufen Stein.« Er küßte sie auf die Schläfe. »Aber ich versichere dir, Jack und Bunny Grenvile sind die umgänglichsten, normalsten Menschen der Welt. Nicht im geringsten arrogant.«

»Dem Himmel sei Dank.« Sie seufzte vor Erleichterung, doch als Ruarks Worte ganz zu ihr durchdrangen, setzte sie sich kerzengerade auf. »Der König und sein Hofstaat?«

Auch er setzte sich auf und zog sie in seine starken Arme zurück. »Morgen früh kannst du dein Mädchen und deine Kleider holen. Wir fahren nicht allzu früh ab. Was auch immer du brauchst, kaufe ich in Plymouth.«

»Ich ... habe mein Mädchen rausgeworfen. Es paßte nicht ins Haus«, murmelte sie.

»Du hast nicht allzuviel für Dienstboten übrig, oder, Liebling?« fragte er amüsiert.

»Ich mag Mr. Burke«, gab sie zu.

»Und Mr. Burke mag dich, meine Liebe. In der Tat denke ich, daß du in seinem Herzen den Platz meiner Mutter eingenommen hast. Weißt du, sie kamen gemeinsam aus Irland hierher. Und er hat sich immer als ihren Beschützer gesehen.«

»Ru? Müssen wir unbedingt nach Stowe?« flüsterte sie.

»Der König hat mich hinbeordert, mein Liebling, und ich fahre bestimmt nicht ohne dich. Du bist Charles doch schon einmal begegnet, und er mag dich sehr, ich verstehe also nicht, warum du dich sträubst, ihn wiederzusehen.«

Genau das ist das Problem, dachte sie besorgt. *Du verstehst ja nicht*. Du weißt nicht, daß ich noch nie elegant gespeist oder getanzt habe. Ich habe mich noch nie in Gesellschaft von Lords und Ladies, von Grafen und Gräfinnen, Königen und Königinnen bewegt. Ich weiß nicht, welche Gabel man benutzt oder welches Kleid man trägt oder wie man einen Herzog anspricht. Und, o Gott, ich weiß nicht, wie ich einfach nach Stowe fahren soll, während Spider im Gefängnis sitzt.

Seine tiefe, kehlige Stimme brachte ihre Gedanken zurück zu ihm. »Meine Süße, laß mich dich noch einmal ansehen.« Er schob die Decke zurück, damit seine Augen die Stellen ihres Körpers ansehen konnten, nach denen seine Hände tasteten. Wie Rubine waren rote Blutstropfen auf dem Laken verteilt. Die Wirkung dieses Beweises ihrer Jungfräulichkeit auf ihn war nicht zu übersehen.

Sie beobachtete, wie er marmorhart wurde, und wußte, daß sie eine neue und erregende Macht hatte über diesen wunderbar mächtigen Mann. Seine Hände glitten streichelnd, liebkosend, forschend über sie, bis sie die Beine zu spreizen begann, und dann spielten sein Mund und seine Zunge mit ihr, bis sie sich in fiebrigem Verlangen wand.

Er spreizte ihre Schenkel noch weiter und schob sich tief in sie hinein. Sie reagierte sofort auf sein Drängen und schlang ihre Beine um seinen Leib. Sie erfüllte all seine erotischen Phantasien, aber niemals hätte er auch nur zu träumen gewagt, daß sie ihn einmal so eng oder heiß umfangen würde.

Sie erschöpften einander mit ihrer Leidenschaft, und dann schliefen sie eng aneinandergeschmiegt ein, für den Augenblick zufrieden und satt. Nur selten hatten zwei Menschen nach nur einer Nacht so gut zueinander gepaßt oder sich so innig geliebt.

15

Schließlich kehrte sie nach Roseland zurück, wobei Mr. Burkes Angebot, mitzukommen und ihr beim Packen behilflich zu sein, freundliche Ablehnung erfuhr. Zu Hause angekommen, kleidete sie sich in einen alten Rock und ein verblichenes Umhängetuch, sattelte das Pony und ritt nach Falmouth. Zu ihrer Erleichterung war Sergeant Oswald nirgends zu sehen, als sie so unauffällig wie möglich zu der Gemeinschaftszelle des Gefängnisses ging.

Spider wirkte ein wenig erschöpft, aber er war bestens gelaunt. »Cat, was in aller Welt machst denn du schon wieder hier? Ich habe dir doch verboten, dich hier noch einmal blicken zu lassen.«

»Ich mußte einfach mit eigenen Augen sehen, daß mit dir alles in Ordnung ist.«

Er blinzelte. »Ich bekomme hier mehr Mahlzeiten als jemals bei dir.«

»Spider, Lord Helford und ich haben gestern abend geheiratet«, flüsterte sie. »Ich habe ihm noch nichts von deiner Notlage oder von der verdammten Hypothek auf Roseland erzählt.«

Es schien Spider nicht im geringsten zu überraschen, daß ihr Plan, Lady Helford zu werden, geklappt hatte. »Um Gottes willen, Cat, erzähl ihm bloß noch nichts davon. Warte, bis er dir aus der Hand frißt, ehe du auch nur mit einem Ton deine Schwierigkeiten erwähnst.«

Sie nickte. »Er nimmt mich für ein paar Tage mit nach Stowe, aber ich werde ihm von deiner Sache erzählen, ehe du ihm vorgeführt wirst, das verspreche ich. Es wird alles gut, Spider. Er ist einfach wunderbar. Ich weiß, daß er mir jeden Wunsch erfüllen wird.«

Spider grinste. »Hör endlich auf, dir Sorgen zu machen. Fahr nur mit ihm nach Stowe und amüsier dich gut.«

Zwei Stunden später fuhr sie mit dem Ponywagen nach Helford Hall zurück. Sie hatte all ihre hübschen Kleider aus London sorgfältig in zwei kleine Truhen gepackt und einen Pagen angewiesen, sie gleich in der Reisekutsche zu verstauen, die in der Einfahrt stand und auf das Vierergespann wartete, das noch in einem der Ställe stand. Sie trug das primelgelbe Reitkleid, und als Ruark sie erblickte, musterte er sie stolz. »Du siehst einfach bezaubernd aus, meine Liebe. Wie in aller Welt ist es dir nur gelungen, all deine Besitztümer so schnell hierher zu transportieren?«

»Oh«, erwiderte sie. »Ich habe nur ein paar Sachen für die Reise nach Stowe mitgebracht. Ich habe nichts gefunden, was fein genug wäre, um es in Gesellschaft des Königs und seines Hofstaats anzuziehen. Ich fürchte, in meinen alten Lumpen werde ich dich hoffnungslos blamieren.«

Er bedachte sie mit einem amüsierten Blick. »Wenn dieses elegante, unpraktische, primelgelbe Ding ein Beispiel dessen ist, was du normalerweise trägst, werden die anderen Frauen neben dir wie Krähen aussehen. Aber wie auch immer, morgen werde ich mit dir nach Plymouth fahren, wo du ein paar Einkäufe erledigen kannst«, bot er nachsichtig an.

»Oh, danke, Liebling. Ich laufe nur schnell nach oben und hole meinen Schmuck.«

Als sie das Schlafzimmer betrat, traf sie dort auf ein halbes Dutzend Mädchen und die Haushälterin, die alle um das Bett versammelt waren. Als sie hereinkam, verstummten sie, und die beiden Jüngsten senkten errötend den Blick. Dann wurde ihr klar, daß sie zusammengekommen waren, um zu sehen, ob auf den Laken Blut zu finden war, denn schließlich hatte Ruark sie als jungfräuliche Braut eingeführt.

Plötzlich tauchte Mr. Burke mit einem Armvoll frischer Wäsche auf. Er wußte sofort, worum es den neugierigen Frauenzimmern ging. Mit kalter, strenger Stimme verkündete er: »Ich kümmere mich heute morgen um Lady Helfords Schlafzimmer. Und Sie, meine Damen, kehren umgehend an Ihre Arbeit zurück, wenn ich bitten darf.«

Peinlich berührt verließen sie den Raum. Summer griff nach den Schmuckkästen und sagte leise: »Danke, Mr. Burke. Ich hatte bisher noch nicht einmal genügend Zeit, um mir das Haus anzusehen.«

»Wenn Sie zurückkommen, mache ich eine ausgedehnte Führung mit Ihnen.«

»Es freut mich, daß Sie hier sein werden, wenn ich zurückkomme.« Sie betrachtete den Verwalter inzwischen als Vertrauten und Freund.

Die Straßen von Cornwall waren steil und zerfurcht. Außerdem waren sie eng, abschüssig und gefährlich, vor allem für eine Kutsche mit einem Vierergespann. Die Sicherheit einer Reise hing von der Kraft und Ausdauer der Pferde und vom Geschick und der Erfahrung des Kutschers ab.

Eine direkte Begegnung mit einer anderen Kutsche oder einem Lastkarren machte es erforderlich, daß das bergauf fahrende Gefährt rückwärts rollte, bis es an eine breitere Stelle kam. Manchmal folgte die Straße den windgepeitschten Rändern der endlosen Klippen, und manchmal wand sie sich leicht landeinwärts, zwischen dichten Hecken und einem Meer an Wildblumen hindurch.

Vom Hochland aus hatte man einen herrlichen Blick auf die Küste mit ihren kleinen Buchten, versteckten Höhlen und Spalten, und auch das wild tosende Meer erfüllte den Betrachter mit lebhafter Begeisterung. Gemeinsam genossen Summer und Ruark dieses Cornwall, das ihr Zuhause war.

»Die gesamte dreihundert Meilen lange Küste ist mit Buchten und Meeresarmen geradezu übersät.« Er schüttelte den Kopf. »Ein perfekter Platz für Schmuggler ... keine Macht der Welt kann derart entschlossene Männer aufhalten.«

Sie schauderte. »Laß uns nicht über solche Dinge sprechen. Die meisten Leute erzählen einem Geschichten von Schmugglern, die voller Abenteuer, Wagemut und Romantik sind, aber ich weiß, daß die Wirklichkeit aus Blut und Trübsinn und Schmerz besteht. Du beschäftigst doch keine Informanten, oder? Einige Menschen hier verdienen sich ihren Lebensunterhalt durch Betrug und Verrat.«

»Ich dachte, du wolltest nicht über solche Dinge sprechen?« wich er ihrer Frage aus.

Sie lächelte. »Ich schwöre, unser cornwallsches Blut macht uns anders als andere Menschen. Es gibt Zeiten, da lassen sich die Trübsal und die Düsterkeit einfach nicht vertreiben, und dann gibt es Zeiten, in denen rastlose Teufel in unserem Inneren nach außen drängen. Ich nehme an, mein größter Fehler ist, daß ich in allen Dingen viel zu leidenschaftlich bin.«

Sein Mund wirkte hart, fast grausam, als er erwiderte: »Ich dachte, ich allein verstände es, deine Leidenschaft zu entfachen.« Dann jedoch sah sie das spöttische Glitzern in seinen Augen und lachte fröhlich auf.

»Was ist dein größter Fehler, Ru?«

Das Glitzern in seinen Augen verblaßte, und er wurde ernst. »Ich bin ein äußerst jähzorniger Mensch, auch wenn ich stets versuche, mich zu beherrschen. Unglücklicherweise gelingt es mir nicht immer« – er blickte irgendwo in die Ferne, als erinnerte er sich an Dinge, die er zutiefst bedauerte, doch dann sah er Summer an und lächelte –, »und dann lasse ich meine Wut an allem und jedem aus.«

Sie überlegte, ob dies eine Warnung war. »Ruark, bist du auf Helford geboren?« fragte sie.

»Nein, ich bin an der Nordküste geboren, an einem Ort namens High Tor. Ein wilder, verlassener Ort, an dem der Wind niemals verstummt. Ein Ort, der zu öde und zu zerklüftet ist, als daß etwas anderes als verkrüppelte Bäume, kreischende Möwen und schäumende Gischt dort existieren kann.«

»Daher also kommt deine dunkle Seite, deine Finsterkeit«, sagte sie leichthin. »Ich hingegen habe im Haus meiner Mutter auf der Halbinsel Roseland das Licht der Welt erblickt. Einem Ort, an dem es überall grünt und blüht, weil er sich in einem geschützten Tal vom Meer herauf erstreckt.«

Er lächelte nachsichtig. »Darum heißt dein Haus Roseland, und darum hat man dich wohl Summer genannt.«

»Natürlich«, sagte sie in unbeschwertem Ton. Sie ertrug es

nicht, Ruark die Wahrheit über ihre unglückliche Geburt zu erzählen – am liebsten hätte sie ihre Lüge selbst geglaubt. Auch sie war an der düsteren Nordküste zur Welt gekommen, wohin ihre Mutter von ihrem brutalen Vater eine Zeitlang verbannt worden war. Den Gerüchten zufolge war es der längste Winter gewesen, an den sich ein Mensch erinnerte, und als ihr Kind schließlich geboren war, hatte sie es aus reinem Trotz Summer genannt.

»Nun, Lady Summer Helford, Sie sehen heute außergewöhnlich schön aus. Ich habe den Eindruck, daß Ihnen die Ehe gut bekommt.« Er begann, sie mit den Augen auszuziehen.

»Weißt du, Ruark, das hätte ich nie gedacht. Bis ich dir begegnet bin, habe ich alle Männer gehaßt.«

»Auch ich hatte Angst vor der Ehe, aber ehrlich gesagt wüßte ich im Augenblick keinen Ort auf der Welt, an dem ich lieber wäre als in dieser Kutsche mit dir auf meinem Schoß.« Er hob sie von dem gegenüberliegenden Sitz auf seine Knie. Er konnte einfach nicht die Hände von ihren schimmernden schwarzen Locken lassen, und als er eine seidige Locke von ihrer Schulter hob, wickelte er sie besitzergreifend um seine Hand.

Sie war ihm so nahe, daß er die zarten blauen Äderchen in ihren Augenlidern und die goldenen Spitzen ihrer fedrigen schwarzen Wimpern sah. Sie streckte einen Finger nach dem schwachen blauschwarzen Schatten aus, der selbst dann noch auf seinen Wangen lag, wenn er sich einer sorgfältigen Rasur unterzog, und als sie ihn berührte, fuhr er zusammen, als hätte er sich verbrannt.

Er küßte ihre Schläfen, ihre Lider und schließlich ihre Lippen, denn er sehnte sich nach dem Nektar ihres Mundes wie ein Verdurstender. Sie spürte seine beginnende Erektion an ihrem Po, und die Erinnerung an ihre erste gemeinsame Nacht überwältigte sie. Seine gierigen Finger öffnete die Knöpfe der Jacke ihres Reitkleides, und durch das dünne Material ihres Spitzenhemdchens tastete er nach einer weichen, runden Brust.

Ihre leisen Lustschreie bewiesen ihm, daß kein Mann je so mit ihr gespielt hatte. Sein Glied drängte in männlichem Hunger aus der Enge seiner Kleider heraus, und er schob sie ein wenig hin und her, bis sein geschwollenes Organ in der Spalte zwischen ihren Pobacken lag. Jedesmal, wenn sein Daumen über ihre Brustwarze strich, wand sie sich seufzend in seinem Griff. Und jedesmal, wenn sie sich wand, preßte sie die Spitze seines aufragenden Gliedes zusammen, bis er beinahe außer sich war.

Schließlich wußte er, daß er nicht mehr an sich halten könnte, wenn er und sie und sich selbst nicht vom heißen Mittelpunkt seiner Erregung ablenkte. Er drückte sie in die Sitzkissen und schob eine starke braune Hand unter ihren Rock. Er streichelte ihr Bein und schob seine Hand noch höher bis zu der herrlich nackten Stelle, die oberhalb ihrer Strümpfe lag. Ganz langsam löste er einen Strumpfhalter, schälte den Strumpf von ihrem Schenkel und zog ihn ihr aus. Dann setzte seine Hand verwegen zu ihrer Reise über das andere Bein an.

»Ruark«, protestierte sie. »Du kannst mich unmöglich hier ausziehen.«

»Kann ich das nicht, meine kleine Unschuld vom Land?« forderte er sie heraus.

Sie rang nach Luft, als er auch den zweiten Strumpfhalter löste, ihr den zweiten Strumpf auszog und damit triumphierend vor ihrer Nase herumwedelte. Abermals schob sich seine Hand unter ihren Rock, und ihr Herzschlag beschleunigte sich. Seine Finger wanderten die weiche Innenseite ihres Schenkels hinauf, dann wurden sie verwegener und drangen vor bis in den verborgenen Mittelpunkt ihrer Weiblichkeit. Er zog sie an sich und erstickte ihr leises Stöhnen in einem leidenschaftlichen Kuß. Das langsame, kräftige Streicheln seiner Finger ließ sie erschauern, und es wäre sinnlos gewesen, hätte sie versucht zu leugnen, daß sie seine Berührung wollte, daß sie sie liebte und genoß!

Plötzlich wallte Panik in ihr auf, als sie spürte, daß die Kutsche ihre Fahrt verlangsamte. Sie kämpfte gegen Ruarks drängenden Finger an, aber er ließ nicht von ihr ab. »Gleich sind wir da.« Seine Worte hatten doppelte Bedeutung, denn als die Kutsche stehenblieb, erzitterte sie und schmiegte sich wohlig in seine Hand.

Es war ein Glück, daß die platanenbestandene Einfahrt zum Herrenhaus so lang war, denn sie hatten bereits das Pförtnerhäuschen passiert, und sie hatte kaum noch Zeit, um ihr Oberteil zuzuknöpfen, ihren Rock glattzustreichen und ihre Schuhe anzuziehen. Sie war noch vollkommen atemlos, als die Kutsche vor einem hochherrschaftlichen Haus zum Stehen kam, und der Kutscher öffnete bereits die Tür, als Ruark ihre Strümpfe und ihren Strumpfhalter grinsend in die Tasche seiner Jacke schob.

16

Sir John Grenvile, seit neuestem Earl of Bath, trat aus der eisenbeschlagenen Tür, um seinen alten Freund gebührend in Empfang zu nehmen. Er riß erstaunt die Augen auf, als er die wunderbare Vision in Primelgelb erblickte und eine vertraute Stimme sagte: »Jack, ich habe beschlossen, deine Einladung anzunehmen. Stowe wird die perfekte Umgebung für unsere Hochzeitsreise sein.«

Summer keuchte fast, als wäre sie die ganze Einfahrt heraufgerannt, und Jack Grenvile ergriff ihre Hände und nahm sich die Freiheit heraus, sie mit einem Kuß auf die Wange zu begrüßen. Mein Gott, daß Helford geheiratet hatte, war mehr als ein milder Schock für ihn. Aber er brauchte nicht erst die schmale Taille der Lady zu begutachten, um zu sehen, daß es keine Muß-Ehe war, denn die verlegene Röte und die Atemlosigkeit der Schönheit verrieten ihm, daß die Liebe und die unersättliche Begierde ihres Gatten neu für sie waren.

Ruark blinzelte seinem Freund vertraulich zu. »Wir haben erst gestern abend geheiratet. Jack, dies ist meine Frau Summer.«

Sie versuchte, einen Knicks zu machen, denn schließlich war er ein Earl, aber um nichts in der Welt wäre ihr eingefallen, welches die korrekte Anrede für einen Mann mit seinem Titel war. Auf keinen Fall war es »Eure Earlschaft«. Jack hielt ihre Hände immer noch fest und gestattete nicht, daß sie vor ihm in die Knie ging.

»Du Hund, warte erst, bis Bunny sie sieht. Aber jetzt kommt rein, bis auf den König sind bereits fast alle da.«

Sie folgten ihrem Gastgeber in den großen Salon, und Summer kniff Ruark in den Arm und flüsterte: »Ist Bunny seine Frau?«

Ruarks Augen blitzten belustigt auf. »Nein, meine Liebe, Bunny ist sein Bruder, Bernard Grenvile.«

Beim Anblick der Versammlung von Kavalieren und modisch gekleideten Damen wäre Summer am liebsten vor Scham im Boden versunken. Als sie daran dachte, daß ihre Strümpfe und Strumpfhalter in Ruarks Tasche steckten, bedachte sie ihren Gatten mit einem wütenden Blick, woraufhin sich sein Grinsen noch verbreiterte.

Als verkündet wurde, sie sei Lord Helfords brandneue Braut, stand sie plötzlich im Mittelpunkt der allgemeinen Aufmerksamkeit. Die prächtig gekleideten Herren lüfteten ihre breitkrempigen Hüte und fegten mit den Federn den Boden, als wäre sie die Königin, murmelten höflich »Ihr ergebener Diener, Madame« oder »Stets zu Diensten, Madame« und maßen sie zugleich mit lüsternem Blick.

Die ehrenwerten Ehefrauen empfingen sie freundlich, da sie ebenfalls Ehefrau und nicht Mätresse war, und die elegant gekleideten Frauen, die mit fast sämtlichen Männern geschlafen hatten, die Charles ins Exil nach Frankreich begleitet hatten, sprachen mit ihr, weil sie schön und somit offensichtlich eine Konkurrentin war.

Es war ihr unmöglich, sich Namen oder Titel zu merken, also gab sie den Versuch gleich wieder auf. Einige Namen allerdings prägten sich ihr umgehend ein. Lord Buckhust war der jüngste anwesende Mann, die Grenvile-Brüder hatten kastanienbraunes Haar, und der gutaussehende Mann um die Fünfzig war George Digby, der Earl of Bristol. Sie wurde Sir Charles Berkeley, Harry Killigrew und Henry Jermyn vorgestellt, die sie nicht auseinanderhalten konnte. Der Umgang mit den Familien aus Cornwall hingegen fiel ihr leicht, wahrscheinlich wegen des Akzents, und weil ihre Kleider nicht so grell und leuchtend waren wie die der

Londoner. Sie traf die Arundells, die Besitzer der Burg von Pendennis, Richard und John Carew von Antony und Sir Richard Robarts, einen extrem wohlhabenden Kaufmann und Bankier, der sein Geld mit Zinnhandel verdiente. Dies waren die alten, vornehmen Familien von Cornwall, von denen sie nicht einmal im Traum angenommen hätte, daß sie ihnen eines Tages begegnete.

Auch Sir John St. Aubyn war anwesend, der Besitzer von St. Michael's Mount, einem Ort, der ihrer Vorstellung nach dem Olymp entsprach. Fasziniert lauschte sie seiner Beschreibung des seit fünfhundert Jahren bestehenden ehemaligen Klosters, das sich bei Flut in eine Insel verwandelte.

Sie traf Lady Anne Carnegie und Elizabeth Hamilton und erfuhr durch sie, daß Barbara Palmer, neuerdings Lady Castlemaine, mit großem Gefolge eingetroffen war, sich allerdings für den Nachmittag zurückgezogen hatte. Der König war mit dem Herzog von Buckingham und dem Schotten John Lauderdale in Plymouth und käme erst morgen an.

Die Männer drängten sich um Summer und boten ihr an, ihr den Teich, das mittelalterliche Taubenhaus und die großartige Galerie mit den herrlichen Stuckarbeiten zu zeigen, die Geschichten aus dem Alten Testament darstellten und derentwegen Stowe berühmt war.

Schließlich jedoch gaben Ruarks Stirnrunzeln und seine finsteren Blicke den Galanen zu verstehen, daß er seine Frau eskortieren würde, sollte es erforderlich sein, und daß der einzige Ort, an den er sie im Augenblick zu geleiten dachte, ihr gemeinsames Schlafzimmer war.

Der Raum im dritten Stock war elegant eingerichtet. Fenster und Bett waren mit goldenen Brokatvorhängen versehen, auf dem Boden lag ein blaugoldener Teppich, und die Möbel sahen aus, als wären sie sämtlich aus Frankreich importiert. »Oh, wie wunderbar«, rief Summer, als sie das Zimmer betrat. In einer Ecke hinter einem reich verzierten Paravent stand eine vergoldete Badewanne und direkt daneben ein verspiegelter Schrank.

»Wenn dies deinem Geschmack eher entspricht als unser

Schlafzimmer auf Helford, dann gestalte unsere Räumlichkeiten doch einfach um, mein Schatz. Ich nehme an, mein Zimmer verrät tatsächlich eher männlichen Geschmack als ausgeprägten Schönheitssinn.« Er las ihr jeden Wunsch von den Augen ab, und dafür liebte sie ihn.

»Ehrlich gesagt warst du das einzige, was ich letzte Nacht wahrgenommen habe, Ruark«, sagte sie und errötete. Sie waren noch nicht allein. Ihr Gastgeber hatte ihnen ein Zimmermädchen und einen Kammerdiener zur Verfügung gestellt, und die beiden packten gerade die Truhen aus und hängten die Garderobe ordentlich in den Kleiderschrank. Dienstboten wußten immer alles über die Gäste ihrer Herrschaften, denn in ihrer Position erfuhren sie die intimsten Geheimnisse der Menschen, und sie zögerten nur selten, ihre Kollegen mit dem neuesten Klatsch zu versorgen. Die beiden Angestellten wußten demnach bereits, daß dieses Paar auf Hochzeitsreise war, und arbeiteten schnell, um sich dann diskret zurückzuziehen. Der Kammerdiener brachte eine Karaffe mit Wein und Gläser, und das Mädchen zog die Vorhänge zu und schlug die Bettdecke auf, wobei sie etwas von einem Mittagsschläfchen murmelte, ehe sie eilig den Raum verließ.

Summer zog die Vorhänge wieder auf, um die Nachmittagssonne hereinzulassen, und sagte dann verächtlich: »Ein Mittagsschlaf ist ja wohl was für Babys und alte Leute.«

Ruark legte ihr von hinten die Arme um den Bauch. »Ich glaube, ›Mittagsschlaf‹ ist eine höfliche Umschreibung für andere Dinge, die man im Bett tun kann, mein Schatz.«

»Oh«, sagte sie und erkannte ihre Naivität. »Aber erwartet man uns denn nicht unten? Unsere Gastgeber haben bestimmt eine ganze Reihe von Amüsements geplant.«

»Es gibt nichts, was so amüsant wäre wie das, was ich mit dir vorhabe«, sagte er, pustete in ihren Nacken und biß ihr zärtlich ins Ohr.

»Aber Ru, wenn wir nicht wieder runtergehen, werden sich die Leute denken, was wir hier oben tun.«

»Genau! Und jeder einzelne von ihnen wird grün werden vor Neid.« Er umfaßte ihre Brüste und zog sie an seinen Körper, so daß sie spüren konnte, wie bereit er für die Liebe war. »Laß die Vorhänge auf. Dies wird das erste Mal sein, daß ich dich bei Tageslicht nehme, und ich will sehen, wie dein Leib vor Leidenschaft erglüht.« Er drehte sie zu sich um und preßte seine Lippen auf ihren Mund.

Die Intensität seines Kusses war der Beweis für sein Verlangen nach ihr. Sie half ihm eifrig, als er begann, sie auszuziehen, und dann legten sie gemeinsam seine Kleider ab. Jedesmal, wenn sie ihre nackten Leiber in dem großen Spiegel sah, steigerte sich ihre Erregung, bis der Hunger in ihren Lenden geradezu unerträglich war.

Mit einem leidenschaftlichen Stöhnen hob er sie hoch und ließ sie dann an sich hinabgleiten. Seine drahtigen Haare rieben sich erst an ihren Schenkeln, dann an ihrem Unterleib und ihrem Bauch, und schließlich an ihrer weichen Brust. Er setzte sie auf seinen gereckten Schaft, drang in sie ein, umfaßte ihre Pobacken und trug sie zum Spiegel, damit sie genau sah, was er tat. Er schob sich in sie hinein und zog sich langsam wieder heraus, da er wußte, daß dies für eine Frau einer der schönsten Teile des Liebesspiels war, ehe er sie zum Bett trug, damit sein eigener Körper die letzte Erfüllung fand.

Sein Mund war unendlich sanft, als er ihr Gesicht küßte, auf ihren Lidern verharrte, dann ihre hohen Wangenknochen hinabfederte, bis er schließlich ihre Lippen fand und sie weit weniger sanft umschloß. Er wurde fordernd, fast strafend in seiner drängenden Lust.

Summer wußte, daß er das Warten nicht länger ertrug, und streckte die Hand nach seiner Härte aus.

»Nicht!« befahl er scharf. »Sonst ergieße ich mich auf dir.«

Seine Worte erregten sie noch stärker, da sie ihm verrieten, daß ihre Hände ihn ebenso wild machen konnten wie seine Hände sie, bis er schließlich jede Beherrschung verlor. Doch dann verschwanden alle Gedanken aus ihrem Hirn, als er hart in ihren

Schoß stieß und sie die Kraft seiner Liebe entdeckte, wenn sie drängend, leidenschaftlich, fast verzweifelt war.

Als er mit ihr fertig war, war sie nur noch einen Herzschlag von der Bewußtlosigkeit entfernt, und noch in seinen Armen liegend, verfiel sie in einen tiefen Schlaf.

Als das Mädchen klopfte und das Schlafzimmer betrat, verkroch sich Summer hinter Ruark und spähte vorsichtig an seiner Schulter vorbei.

»Ich werde Ihnen ein Bad einlassen, Madame«, verkündete die Kleine in ihrem französischen Akzent. »Und wenn Sie mir sagen, welches Kleid Sie heute abend zu tragen gedenken, mache ich Ihnen das Haar passend zurecht.«

»Nein«, sagte Summer.

»Ja«, stellte Ruark fest.

Die Zofe legte die frischen Laken, die sie mitgebracht hatte, auf einen kleinen Tisch neben dem Bett, und Summer errötete heftig, als ihr klar wurde, daß sie offenbar gewußt hatte, daß nach dem Liebesspiel der Gäste frische Wäsche vonnöten war.

»Madame wird heute abend ihr weißes Kleid tragen, wie es sich für eine Braut gehört.«

»Oh, Ru, es ist so schlicht. Hast du nicht den herrlichen Brokat und die wunderbare Seide gesehen, in der die Damen unten herumstolzieren? Und das bereits am Nachmittag. Denk nur, was sie erst heute abend tragen werden!«

»Meine Liebe, wenn du heute abend das weiße Kleid für mich trägst, kaufe ich dir morgen ein Dutzend Kleider aus Seide und Brokat«, versprach er ihr.

Der Kammerdiener brachte ihnen ein Tablett mit einem leichten Mahl, da das offizielle Abendessen auf Stowe erst um acht Uhr stattfand. Das Mädchen holte ein Mieder hervor, das Summer unter dem lieblichen weißen Organdykleid tragen konnte, und schon war die Verwandlung perfekt. Das kurze, enge Korsett schob ihre Brüste hoch und machte ihre Taille noch schmaler, als sie bereits war. Dann bewies die Kleine ihr Friseurinnentalent. Sie drapierte kecke Löckchen um Summers Gesicht und formte den Rest der Haare im ›Herzensbrecherstil‹. Nachdem Summer ihr Kleid angezogen hatte, war noch mehr als die Hälfte ihrer wunderschönen Brüste zu sehen, und sie rief Ruark aus dem Nebenraum.

Er trug mitternachtsblaue Satinbreeches, und daß ihr Anblick ihn erregte, war nicht zu übersehen. »Ist es unbedingt erforderlich, deine Brüste derart zur Schau zu stellen?« fragte er und runzelte die Stirn.

»Mais oui«, versicherte ihm das Mädchen, »Auf diese Weise kommt niemand auf den Gedanken, sie wären vielleicht nicht echt.«

Ruark griff nach der Rubinkette und sah Summer lächelnd an. »Es wäre sinnlos, den Schmuck anzulegen ... niemand würde ihn sehen.«

»Oh, Liebling, ohne die Kette fühle ich mich vollkommen nackt.«

»Das bist du ja auch«, stichelte er.

Sie schob die Armreifen über ihre Handgelenke, hielt sie vor den Spiegel und bewunderte abermals ihren Glanz.

Seine Lippen strichen über ihr Ohr. »Ich muß dir unbedingt noch mehr Schmuck kaufen.«

»Nein, Ru, du warst bereits sehr großzügig zu mir«, protestierte sie.

»Ich bin sehr eitel, wenn es um meine Ehefrau geht. Es gefällt mir, dir Schmuck zu schenken und dich zu verwöhnen. Aber jetzt laß uns runtergehen, damit ich mit dir angeben kann.«

»Können wir uns nicht erst die Gärten ansehen?« bat sie und schob sich das Bändchen ihres Fächers über den Arm.

Er machte ein schlankes Schwert an seiner Hüfte fest. »Vielleicht brauche ich das Ding, um die Männer von dir abzuhalten. Es lauert dir bestimmt hinter jedem Busch einer auf.«

Das prächtige, efeuumrankte Heim der Grenviles stand in einem riesigen Park. Die Gärten erstreckten sich hinter dem Haus sanft abfallend bis in ein Tal hinab, und überall traf man auf Teiche, Bächlein, alte Eibenhecken, terrassenförmige Blumenbeete und Bäume, die reihum das ganze Jahr hindurch zu blühen schienen – von Kamelien, Azaleen und Magnolien bis hin zu den riesigen Rotbuchen, die die Wege säumten und angenehmen Schatten spendeten.

Sämtliche Damen hatten gleichzeitig beschlossen, die Gärten zu besichtigen, und hatten die Herren überredet, sie zu eskortieren, aber aus Angst, sie könnte ihre modischen Schuhe beschmutzen, wich keine von ihnen je von den Steinpfaden ab. Keine außer Summer, die die Hand ihres Mannes ergriff und ihn auf die üppiger bewachsenen und zugleich abgeschiedeneren Wege zog. Sie kamen an eine kleine, moosüberwachsene Quelle, die sich in einen wildblumengesäumten Bach ergoß. Summer war hingerissen. »Oh, Ruark, könnten wir vielleicht auch einen Wassergarten haben?«

Er zog sie an seine Brust. »Du kannst alles haben, was dein Herz begehrt.«

Sie seufzte glücklich auf und lehnte sich an ihn. Sie liebte ihn sehr und wußte, was für ein Glück sie gehabt hatte, einen so großzügigen und liebevollen Mann zu finden, der all ihre Probleme lösen würde, mit denen sie in ihren jungen Jahren bereits konfrontiert worden war. Sie hatte das Gefühl, als hätten sie die Götter geküßt!

Auf dem Rückweg machten sie Rast in einer Weinstube und teilten einen Liebestrunk. Er war so stark, daß sie so tat, als schwanke sie, doch als er sich erbot, sie nach Hause zu tragen, schüttelte sie lachend den Kopf. »Das würde einen Skandal heraufbeschwören. Frauen dürfen ihre Männer nicht lieben, das gilt als unmodern. Wir überlegen uns besser, welcher Dame du beim Essen deine Aufmerksamkeit widmen kannst. Wie wäre es mit der lieblichen Lady Castlemaine?«

»Sie ist keine Lady«, sagte er leise. »Für meinen Geschmack ist sie bereits viel zu verblüht, und außerdem ist sie viel zu fruchtbar. Charles braucht nur seine Hosen auf ihr Bett zu werfen, damit sie schwanger wird.«

Während er dies sagte, betraten sie erneut das Haus, und am

anderen Ende des Raums erblickte Summer den Gegenstand ihrer Frotzelei. Fast hätte sie laut gelacht. Er beugte seine Lippen an ihr Ohr. »Und dann ist sie ...«

Summer gab ihm einen Klaps mit ihrem Fächer und zischte: »Ruark, hör auf!«

In diesem Augenblick kam Barbara Castlemaine auch schon zu ihnen herübergeschwebt. Sie trug ein Kleid in demselben weinroten Ton wie ihr Haar. Das Kleid entsprach der neuesten Mode, mit Seitenschlitzen, durch die man ihren goldfarbenen Unterrock sah, und mit den Ärmeln, von denen meterlange Goldbänder baumelten. Dazu trug sie eine Kette und Ohrringe aus goldenem Topas.

»Helford«, sagte sie gedehnt. »Ich glaube, ich hatte noch nicht das Vergnügen, Sie hier zu begrüßen.« Dabei musterte sie Summer von oben bis unten und dachte, wie lächerlich das weiße Kleidchen dieser Person doch wirkte. Aber die Rubine bewiesen Geschmack.

Ruarks Benehmen war tadellos. Er verbeugte sich tief und sagte: »Mylady Castlemaine, darf ich Ihnen meine Frau vorstellen, Lady Summer St. Catherine Helford?«

Sie kniff die Augen zusammen. »Ruark Helford verheiratet? Seit wann?«

»Seit vierundzwanzig Stunden«, entgegnete er.

Summer errötete und wedelte verzweifelt mit ihrem Fächer herum.

Nettes kleines Täubchen hat er da, dachte Barbara und lächelte die Braut schelmisch an. »Ich glaube, wir haben bereits eine Gemeinsamkeit, abgesehen natürlich von unserem Geschmack, was Männer betrifft. Offensichtlich mögen wir beide Schmuck. Ich freue mich bereits darauf, nach dem Essen mit Ihnen am Spieltisch zu sitzen.« Dann näherte sich Henry Hermyn, nahm seinen Arm und schwebte mit ihm davon.

»Sie wollte, daß ich denke, du hättest mit ihr geschlafen«, stellte Summer zornig fest.

»Ja.«

»Ja?«

»Ja, sie wollte, daß du das denkst. Ich frage mich, ob der arme Hermyn jetzt wohl bis zu Charles' Ankunft ihr Bett wärmen muß.«

»Ru, hör auf!« Erneut gab sie ihm einen Klaps mit ihrem Fächer, aber ihre gute Laune war wiederhergestellt.

»Was möchtest du sehen? Im Salon gibt es eine langweilige Sammlung von Waffen und Rüstungen, und dann gibt es in der Galerie ein paar faszinierende Stuckarbeiten. In der Tat denke ich, daß wir selbst vielleicht sogar dort verewigt sind«, meinte er ernst.

»Das glaube ich nicht – zeig es mir.«

Sie spazierten gemeinsam durch die Galerie und betrachteten die dort abgebildeten Szenen aus dem Alten Testament. »Da bist du ja!« Sein Gesicht blieb vollkommen ernst, als er auf Eva im Garten Eden wies. »Genau wie du heute nachmittag ... nackt, mit einem runden Ding in deiner Hand.«

Sie rang nach Luft. »Das ist ein Apfel«, flüsterte sie und wirbelte eilig herum, um zu sehen, ob irgendwer die empörende Bemerkung vernommen hatte. Niemand war in Hörweite, so daß sie sich wieder dem Fresko zuwandte und auf den nackten Adam wies. »Und das bist du.«

»Nein. Das Feigenblatt wäre viel zu klein, um mein Glied zu verdecken.«

»Nachdem sich eine so schöne Frau bereit erklärt hat, dich zu ehelichen, ist dir vor lauter Stolz anscheinend nicht nur die Brust geschwollen!« Sie lachte ihm ins Gesicht, und sofort küßte er sie.

»Du darfst mich nicht an einem öffentlichen Ort küssen«, schalt sie ihn und errötete.

»Wenn du willst, daß ich dich an einer verborgeneren Stelle küsse, mußt du schon warten, bis wir im Bett sind«, stichelte er.

Sie wurde wieder ernst. »Zeigst du mir bitte die Privatkapelle?«

Die Kapelle war klein, aber wunderschön. Sie besaß sogar einen Schrein, der Sir John Grenvile gewidmet worden war, nachdem er mit Sir Frances Drake nach Ostindien gesegelt war. Ruark beobachtete, wie seine liebliche Frau niederkniete und zu beten begann. Plötzlich ließ sie die Schultern hängen, und er fragte sich, weshalb in aller Welt sie plötzlich so traurig war.

Summer betete voller Ernst: »O heiliger St. Jude, Apostel und Märtyrer, groß an Tugend und reich an Wundern, naher Verwandter von Jesus Christus, treuer Beistand aller, die deinen besonderen Beistand in Zeiten der Not erflehen, an dich wende ich mich aus der Tiefe meines Herzens und flehe dich in aller Bescheidenheit an, meinem Bruder Spencer zur Seite zu stehen. Bitte sorg dafür, daß Ruark mich genug liebt, um die auf Roseland lastende Hypothek zu begleichen und meinen Bruder aus dem Gefängnis freizulassen.«

»Liebling«, murmelte ihr Mann.

Summer öffnete die Augen, erhob sich und sah ihn fragend an.

»Laß uns unseren Treueschwur hier in aller Stille wiederholen.«

Sie riß die Augen auf. »Was für ein wunderbarer Gedanke. Du bist so romantisch.«

Sich an den Händen haltend, sahen sie einander an.

»Ich, Ruark, nehme dich, Summer, als meine angetraute Ehefrau, die ich von diesem Tage an gemäß Gottes Gebot lieben und ehren werde, in guten wie in schlechten Zeiten, in Reichtum und Armut, in Gesundheit und Krankheit, bis daß der Tod uns scheidet. Darauf gebe ich dir mein Wort.«

Seine Worte klangen so ehrlich, daß sie sich räuspern mußte, ehe sie den Schwur erwiderte, wobei sie natürlich hinzufügte: »Ich werde dich lieben und ehren und dir gehorchen in alle Ewigkeit.« Dann umfaßte Ruark den blutroten Rubin, den er ihr am Vorabend auf den Finger gesteckt hatte, und wiederholte: »Mit diesem Ring nehme ich dich zur Frau, mit meinem Leib ehre ich dich und mit all meinen weltlichen Gütern verwöhne ich dich.«

Summer schickte dem Heiligen Jude einen stummen Dank, denn es schien so, als hätte er ihr Gebet bereits erhört.

17

Ruark legte besitzergreifend den Arm um sie, und sie traten aus der Kapelle, um in den Speisesaal zu gehen. Der Raum erstrahlte in hellem Kerzenlicht, das sich in den Kristallkaraffen mit Wasser und Wein und in dem schweren Silberservice für hundert Personen spiegelte. An jedem Platz lagen zehn Messer, Gabeln und Löffel aus reich verziertem Sterlingsilber, in das ein verschnörkeltes *G* für Grenvile eingraviert war.

Summer wurde von Panik ergriffen, als sie die förmlich gedeckten Tische sah, denn sie überlegte fieberhaft, wie sie die Mahlzeit überstehen sollte, ohne daß jedem ihre Unwissenheit auffiel. Zu ihrem Entsetzen merkte sie, daß Ruark die Wahrheit gesagt hatte, als er ihr erklärte, daß hinter jedem Stuhl zwei Pagen standen, von denen jeder einzelne mehr über die Etikette beim Abendessen wußte als sie.

Ruark plazierte sie neben den Arundells von Pendennis Castle, und sie lauschte interessiert dem Gespräch. Was sie hörte, ließ sie ihre Sorge bezüglich des Bestecks vergessen, denn Ruark und John Arundell schmiedeten Pläne, wie der König am besten zu unterhalten sei.

»Ich weiß, daß Charles Pendennis Castle besuchen möchte, also schlage ich vor, daß sich der Hofstaat auf Helford Hall amüsiert. Es wäre ja nur für ein paar Tage, denn wenn nächste Woche Königin Henrietta Maria und Minette kommen, müssen sie alle in Portsmouth sein«, sagte Ruark zu John.

Arundells Frau sah Ruark mit einem dankbaren Lächeln an. »Wie großzügig von Ihnen, Helford. Ich muß zugeben, daß ich vollkommen verloren bin, wenn es um die Bewirtung und Unterhaltung der Leute aus London geht.« Sie beugte sich vertraulich zu Summer hinüber und flüsterte: »Ich wüßte noch nicht einmal, wie ich die Zimmer verteilen sollte. Den Gerüchten zufolge sollen die Mitglieder des königlichen Gefolges allnächtlich die Betten tauschen.«

Ruark sah das entgeisterte Gesicht seiner Frau und nahm verstohlen ihre Hand. »Keine Angst, meine Süße. Wir werden den Wein und die Kartentische zur Verfügung stellen, und der Rest kommt dann ganz von allein. Außerdem bezweifle ich, daß sie alle bei uns auftauchen werden.«

Irgendwie beruhigten seine Worte sie nicht sonderlich.

»Johns Vater«, fuhr Ruark fort, »hielt fünf Monate lang einer Belagerung durch die Parlamentarier stand. Am Ende wurde Pendennis durch den Hunger in die Knie gezwungen statt durch Gewalt, und die ausgemergelte Garnison ging ehrenvoll aus der Auseinandersetzung hervor.«

John Arundell setzte ein bescheidenes Lächeln auf. »Ich denke, jeder einzelne von uns hatte einen heroischen Vater ... schließlich waren sie alle tapfer und königstreu«, sagte er und schüttelte den Kopf.

Das Abendessen war geradezu verschwenderisch. Einige Gerichte waren Summer vollkommen fremd, und sie nahm nur winzige Bissen, für den Fall, daß sich etwas als ungenießbar erwies. Es gab allerdings so viele Gänge, daß sie bald nur noch mit dem Kopf schütteln konnte, wenn einer der Pagen ihr eine neue Platte hinhielt.

Musiker spazierten mit Violas und Lauten herum, wie es wohl auch im Mittelalter der Fall gewesen war, obgleich natürlich niemand mehr die Knochen den Hunden zum Fraß vorwarf. Die langnasigen Pagen sorgten dafür, daß alles tadellos in Ordnung war.

Der Essen dauerte zwei Stunden, so daß man erst nach zehn an die Spieltische wechselte, wo sich innerhalb kürzester Zeit die Goldmünzen stapelten.

Ruark gab seiner Frau einen kleinen Beutel mit Gold, drückte ihr die Hand und ermutigte sie, sich zu den Damen zu gesellen, während er mit Jack und Bunny Grenvile würfelte. Bald war der Raum von Gelächter, dem Geflüster der immer wieder neu gemischten Karten und dem Klicken der Würfel in den hölzernen Wurfkästen erfüllt. Die Spieler gingen von Tisch zu Tisch und versuchten sich in Bassette, Ombre, Trick Track oder Whist.

Wann immer Summer neben einem der Herren saß, bot er ihr an, sein Geld für sie zu setzen, und sie wunderte sich über die Leichtigkeit und Nachlässigkeit, mit der die Männer ihre Vermögen vergeudeten.

Schließlich saß sie mit Barbara Castlemaine, Anna Maria Gräfin von Shrewsbury und Lady Anne Carnegie, die aus der Nähe betrachtet lächerlich übertrieben angemalt war, an einem Tisch. Barbara stand in dem Ruf, stets mehr zu verlieren, als sie gewann. »Himmel, ich langweile mich noch einmal zu Tode in diesem gottverlassenen Eck. Ich werde froh sein, wenn ich endlich wieder in England bin, das sage ich Ihnen«, gähnte sie.

Summer war getroffen und reagierte heftig auf diese Boshaftigkeit. »Cornwall ist England, Lady Castlemaine. Es war der einzige Bezirk, der Seiner Majestät stets die Treue hielt.«

»Himmel, das ist doch alles schon eine Ewigkeit her, aber ich wette, daß man hier am Ende der Welt immer noch von nichts anderem spricht. Lady Anne, Sie tragen heute abend wirklich schöne Saphire. Warum spielen wir nicht um Juwelen statt um Geld, nur um das Spiel ein bißchen interessanter zu gestalten?«

Die Gräfin von Shrewsbury wußte, daß ihre Freundin Barbara kaum Gefallen an Saphiren fand. Nein, es ging ihr um die Rubine von Helfords Braut. Barbara hatte eine kleine Rubinsammlung, und es juckte ihr in den Fingern, sie auf diese Weise zu vervollkommnen.

Nach sehr kurzer Zeit gewann Barbara jedes Spiel. Da Summer die Helfordschen Rubine auf gar keinen Fall zu verlieren gedachte, und schon gar nicht an Lady Castlemaine, spielte sie unverfroren falsch. Barbara wagte es allerdings nicht, sie dessen zu bezichtigen, denn genau das hatte sie zuvor selbst getan, wenn auch auf eine wesentlich ungeschicktere Art.

Nach einer Stunde konzentrierten Spiels war Summer die neue Besitzerin von Barbaras Topaskette, Annes Saphiren und den Perlen, die Anna Maria trug. Nur Lady Anne wirkte deswegen besorgt. »Was in aller Welt soll ich Lord Carnegie bloß sagen, wenn er fragt, wo meine Juwelen sind?«

»Wissen Sie, ich mag Männer, aber Ehemänner sind etwas anderes«, sagte Barbara gedehnt. »Sagen Sie ihm doch einfach, was wir alle sagen, wenn unser Schmuck weniger wird ... daß er Ihnen von einem Wegelagerer geraubt wurde.«

»Das passiert oft genug, so daß er es vielleicht sogar glauben wird«, stimmte Anne Carnergie erleichtert zu.

»Haben Sie letzten Monat Gentleman Jackson, den berühmtberüchtigten Banditen, gesehen, wie er in Newgate Hof gehalten hat?« fragte Barbara. »Ich schwöre, er hatte ein größeres Publikum als Charles an jenem Tag. Himmel, es war das Interessanteste, was ich seit Jahren erlebt habe, und mehr als eine adlige Dame hat ihm unverblümt Avancen gemacht.« Anna Maria brach in heiseres Gelächter aus. »Vielleicht sollte ich ihn mal ausprobieren. Wir suchen doch alle nach dem Mann in einer Million, der einer Frau den dreifachen Orgasmus verschafft. Wie war denn der Schlangenmensch aus dem Zirkus, meine Liebe?« fragte sie Barbara und setzte ein boshaftes Lächeln auf.

»Ach, halt doch den Mund, Anna ... außerdem war er ein Trapezkünstler und kein Schlangenmensch.« Dann kehrte sie wieder zum Thema Wegelagerer zurück. »Habt ihr gehört, daß der Herzog und die Herzogin von Mazarin überfallen wurden und daß der verdammte Halunke die Herzogin in die Büsche gezerrt hat? Als er mit ihr fertig war, nahm er dem Herzog noch fünfzig Pfund dafür ab, daß er sich für ihn so abgerackert hat.«

Anna Maria lachte abermals auf und bat: »Hör auf, Barbara, bevor ich mir in die Hose mache.«

In diesem Augenblick näherten sich Ruark und Jack Grenvile dem Damentisch. »Du hast verdammtes Glück, Ruark«, sagte der Gastgeber. »Neben ihr sehen alle anderen Frauen völlig verlebt und abgenutzt aus.«

Ruark blieb hinter dem Stuhl seiner Frau stehen und legte ihr die Hand auf die Schultern. »Es ist bereits nach Mitternacht, meine Liebe.«

»Himmel, in London würden wir jetzt gerade erst wach. Wenn wir zum Spielen keine Lust mehr hätten, würden wir tanzen, bis die Dämmerung anbricht«, beschwerte sich Barbara.

»Sie vergessen, daß die beiden auf Hochzeitsreise sind, Lady Castlemaine«, lachte Jack. Obgleich er der Gastgeber war, freute es Barbara nicht besonders, daß er zum Earl of Bath geadelt worden war. »Wenn Lady Helford im Bett ebenso gut ist wie beim Kartenspiel, dann habt ihr beide teuflisches Glück miteinander gehabt«, fuhr Jack ungerührt fort.

Ruarks Benehmen war tadellos. Nicht um alles in der Welt hätte er böse auf diese Bemerkung seines Gastgebers und Freundes reagiert. Er zog Summer von ihrem Stuhl, verbeugte sich vor den Damen und wünschte seinem Freund eine gute Nacht.

Gerade als sie die Treppe erklimmen wollten, entdeckte Summer die jämmerlich dreinblickende Lady Anne Carnegie. Impulsiv nahm sie die Saphire aus ihrer Tasche und gab sie der übermäßig geschminkten jungen Frau zurück. »Ich möchte nicht, daß Sie Schwierigkeiten mit Ihrem Ehemann bekommen«, flüsterte sie.

Lady Anne sah sie sprachlos an, doch ihr Blick verriet ihre Dankbarkeit. Summer fühlte sich wesentlich wohler als zuvor. Ihre eigene Beziehung zu ihrem Ehemann war nahezu perfekt, und sie ertrug den Gedanken nicht, für böse Worte zwischen einem anderen Paar verantwortlich zu sein.

Das Zimmermädchen und der Kammerdiener erwarteten sie bereits. Summer hätte sie am liebsten sofort entlassen, doch Ruark gab dem Mann noch Anweisungen bezüglich der Garderobe für den nächsten Vormittag, so daß sie das gleiche tat und ihr Mädchen bat, das mit schwarzen Borten verzierte Spazierkleid aus cremefarbenem Samt, den dazu passenden Hut mit der wippenden Straußenfeder und den Pelzmuff zurechtzulegen. Eine Gesichtsmaske würde sie nicht tragen, das hielt sie für eine unsinnige Sitte der Londoner. Sie hörte, wie Ruark seinen Diener anwies, seine Richterperücke und seine Roben zu packen, dann schenkte er sich und seiner Frau ein Glas weißen Rheinwein

ein und wartete ungeduldig darauf, daß die Dienstboten fertig wurden. Als die Zofe anfing, die Nadeln aus Summers Haar zu ziehen, entließ er sie mit drei knappen Worten: »Das mache ich.« Der Kammerdiener stellte die Reisetruhe neben die Tür, und Ruark drückte ihm ein paar Goldmünzen in die Hand, ehe er sich lächelnd seiner Frau zuwandte.

Allmählich bekam Summer Gewissensbisse. »Ru, wir brauchen morgen nicht den ganzen Weg bis nach Plymouth zu fahren, wenn du lieber hier bei deinen Freunden bist. Ich habe plötzlich das Gefühl, daß ich durchaus ohne derartige Extravaganzen leben kann.«

»Man teilte mir mit, daß ich morgen zur Sitzung des Geschworenengerichts nach Launceston Castle muß. Das Stadtgefängnis liegt auf der Burg, und im Augenblick sitzen ein paar bedeutende Gefangene dort. Du kannst mir morgen bei der Verhandlung zusehen, wenn du willst. Und anschließend ist es von dort bis Plymouth nur eine kurze Fahrt den Tamar River hinab.« Er leerte sein Weinglas und trat auf sie zu. »Du bist so überirdisch schön.« Er neigte seinen Kopf, um sie zu küssen, und sie öffnete leicht den Mund. »Du bist großzügig genug, mir alles zu geben, was mein Herz begehrt«, fuhr er heiser fort und löste die Nadeln aus ihrem Haar, so daß es sich in einer seidigen Wolke über seine Hände ergoß. »Warum also sollte ich dir nicht alles geben, was du begehrst?«

Sie seufzte. »Ich glaube, daß du das bereits tust.« Ihr Kopf fiel einladend zurück. Nie zuvor hatte er ein derart heftiges Verlangen gespürt, wie es ihn jetzt überkam. Er verlor keine Zeit, als er seine Kleider ablegte, ihr das Kleid über den Kopf zog und das Gesicht an ihren übertrieben hochgeschobenen Brüsten vergrub, ehe er das winzige Bustier öffnete. Als er sie auf das Bett hob, trug sie nur noch die Rubine, ihre spitzenbesetzten Strümpfe und Strumpfhalter. »Du kannst die Strümpfe anbehalten zum Ausgleich dafür, daß ich sie dir heute morgen einfach geraubt habe.«

Er thronte über ihr und blickte auf das begehrenswerte Bild hinab, das sich ihm bot. »Du siehst dekadent aus wie eine göttliche Königin, wenn du nur mit Juwelen und Spitze bekleidet auf dem Laken liegst.« Seine Lippen reisten an all seine Lieblingsplätze, bis ihre Haut so empfindlich war, daß sie meinte, sein Mund verbrenne sie. Als sie erschauderte, hob er ihre Brüste an seinen Mund und strich mit der Zunge über ihre Brustwarzen, ehe er die seidige Haut unter jedem der herrlichen Äpfel zu lecken begann. Seine Lippen wanderten über ihren Brustkorb und ihren Bauch, bis er schließlich ihren Nabel fand. Dann küßte er ihre spitzenverhüllten Knie und glitt hinauf zu der nackten Haut, dort, wo die Strümpfe endeten. Schließlich regnete es Küsse auf ihre geschwollenen Schamlippen, und seine Lippen zupften sanft an den dunklen Locken zwischen ihren Schenkeln herum.

»Ru!« schrie sie protestierend auf. Er hob den Kopf und schob seine Lippen zurück auf ihren Mund, wo er seinen Namen kostete, der sehnsuchtsvoll aus ihrer Kehle drang.

Ihrer beider Verlangen wurde zu einer gierigen Suche nach mehr, und ihr Herz raste, als seine drängende Männlichkeit wie ein glühendes Schwert in sie stieß. Sie zog ihn dicht an sich, ihre Hände glitten über seine harten, zuckenden Pobacken, und ihr Mund suchte eine seiner kleinen, flachen Brustwarzen und saugte daran, bis sie hart war wie ein Diamant.

Er schob sich fordernd tiefer in ihr Inneres, und sein Blut sang in fiebriger Leidenschaft. Sie schrie auf, als sie kam, aber er ignorierte ihr Flehen aufzuhören. Er drang in sie ein und zog sich aus ihr heraus, bis sie meinte, es nicht länger zu ertragen, doch auf wundersame Weise spürte sie, wie ihre Erregung wieder wuchs. Ihr »Nein« verwandelte sich in »Bitte hör nicht auf«, und er murmelte heiße Liebesworte an ihrem Mund, so intim und eindeutig, daß sie errötete. Seine Hände umfaßten ihr Hinterteil und hoben sie seinen Stößen entgegen, bis sie in die samtige Dunkelheit schrie, als sie ein zweites Mal kam. Er lehrte sie Verwegenheit.

Er drängte gegen die pulsierende Knospe zwischen ihren Schamlippen, und sie begann, sich ihm entgegenzurecken, ehe sie versuchte, sich seinem fordernden Glied zu entziehen, doch dann erblühte tief in ihrem Inneren eine Blume, entfalteten sich zarte

Blütenblätter, ehe der verborgene Mittelpunkt zum Vorschein kam. Er zog sich ganz aus ihr heraus, hob sich hoch über sie, ehe er sich erneut tief in ihr vergrub und ihren Namen schrie, als sich sein brennender Samen in sie ergroß.

Derart eins mit ihm zu sein wäre das Höchste, was sie je wieder vom Himmel erbat. Ganz allmählich verebbte ihre Erregung, bis sie schließlich wieder in die Wirklichkeit zurückkehrte, und sie lächelte zufrieden, als ihr klar wurde, was Shrewsbury gemeint hatte, als sie vom dreifachen Orgasmus sprach.

Ruark half Summer aus der Kutsche, und sie betraten den quadratischen Hof der Burg von Launceston. Die Festung stammte aus dem zwölften Jahrhundert; königliche Truppen waren während dreier Bürgerkriege hier stationiert gewesen, und sie hatte nicht weniger als viermal einen anderen Herrn gehabt.

»Diese Burg wird die Schreckliche genannt, weil das sich hier befindliche Gefängnis ein Ort des Grauens ist.« Seine Miene war grimmig, denn die Burg weckte schlimme Erinnerungen in ihm, obgleich er höchstens fünfzehn gewesen sein konnte, als die königliche Familie von der Cromwellschen Armee aus Cornwall vertrieben worden war.

Sie sah, daß der Grundriß der Stadt Launceston die Form eines Kamels mit zwei Höckern aufwies. Die beiden Hügel hießen St. Thomas und St. Stephen, und jetzt verstand sie, warum die Stadt das Tor zum Rest von England hieß.

Sie blickte zur Burg hinauf, die mit ihren Schiefertürmen regelrecht bedrohlich war. Es überraschte sie, daß sich die Stadtbewohner im Innenhof versammelt hatten, doch dann wurde ihr klar, daß sie gekommen waren, um dem Gericht beizuwohnen, dessen Vorsitzender Lord Helford war. Ehe er sie in dem übervölkerten Saal zurückließ, legte er die Hand unter ihr Kinn und sah ihr ins Gesicht. »Diese kecke Straußenfeder ist so verdammt entzückend, daß ich dich am liebsten hier vor dem versammelten Gericht küssen würde.« Sie trat eilig zurück, da sie inzwischen wußte, daß er sich hin und wieder Freiheiten herausnahm, bei denen anderen Menschen vor Überraschung der Mund offenstehen blieb.

Als er kurze Zeit später in Perücke und Robe das Podium betrat, erkannte sie ihn kaum. Dann wurden die Gefangenen vorgeführt, fünfundzwanzig Männer, alle gleichermaßen gefesselt, doch einer fiel ihr besonders auf. Ein korpulenter Mann mit Hängebacken und einem puterroten Gesicht. Seine Kleider waren während der Gefangenschaft verdreckt, aber man erkannte den teuren Stoff und den modischen Schnitt. Zwischen den anderen zwei Dutzend Männern sah Summer keinen Unterschied. Sie waren klapperdürr und wirkten so verschlagen und bösartig, daß man ihnen wohl besser niemals den Rücken zuwandte. Sie erschauderte, so furchterregend wirkten sie, und als der Vertreter der Krone die Anklage verlas, verstand sie den Grund für ihre Abscheu. Sie hatte es mit Strandpiraten zu tun!

Der korpulente Mann war William Godolphin, der Besitzer der Zinnminen, die es in der Umgebung gab. Zahlreiche Zeugen sagten gegen die Strandräuber aus, die sich in den Minen verborgen gehalten hatten, bis ein von ihnen auf die Klippen gelockter Segler auf Grund gelaufen war, um anschließend zu morden und zu rauben, wen oder was auch immer von der unglückseligen Besatzung oder dem Schiff noch übrig war. Keiner der Zeugen war mutig genug, gegen William Godolphin auszusagen, aber die Fracht von den Wracks im Wert von über zehntausend Pfund, die man bei ihm gefunden hatte, war Beweis genug für seine Mittäterschaft.

Ruarks Gesicht glich einer harten, grimmigen Maske, als er die Worte der Zeugen vernahm. Dann nannte ein Augenzeuge grausige Einzelheiten eines Falls, in dem ein Schiff auf Grund gelaufen war und seine Passagiere versucht hatten, sich und ihre Kinder zu retten, indem sie an den Strand geschwommen waren. Die Strandräuber hatten ihre Opfer gesteinigt und selbst die Kinder nicht verschont, hatte ihnen die Arme und Beine mit harten, kantigen Felsen zertrümmert, damit sie in knietiefem Wasser ertranken und es keine Zeugen für ihre widerlichen Geschäfte gab.

Ruarks steinerne Mine verriet kaum unterdrückten Zorn. Er schwang seinen Hammer auf das Pult. »Gerichtsdiener, bringen Sie Frauen und Kinder hinaus, ehe wir die nächsten Zeugen hören.«

Summer zitterte. Die Zeugenaussage hatte ihr das Entsetzen, das sie am Lizart Point empfunden hatte, noch einmal deutlich vor Augen geführt. Sie empfand Mitleid mit ihrem Mann. Seine Ernennung zum Richter war keinesfalls angenehm. Sie verließ den Saal und ging auf die Galerie hinauf, von wo aus man kilometerlang das Ufer des Tamar überblickte, der als natürliche Grenze zwischen dem rauhen Dreieck Cornwall und dem Rest des Landes verlief. Sie sah die Felstürme von Dartmoor, die massiven Steinwächter, die dort standen, seit Gott sie vor Urzeiten erschaffen hatte. Sie hatten eigenartige Formen, diese langen Steine, die aufrecht standen, als stemmten sie sich gegen den Wind.

Die Heide war ungezähmt und gefährlich, Lebensraum nur für wilde Ponys und Schafe, Raben und Bussarde, und doch rührte die einsame Schönheit der Türme an Summers Herz. Sie schloß die Augen, ließ ihre Seele frei fliegen, und sofort verspürte sie einen gewissen Trost.

Bedrohliche Wolken ballten sich am Himmel, und die ersten scharfen Nadelstiche des Regens trafen auf ihre Haut. Sie rannte zur Kutsche hinunter, wo der Kutscher in seinen großen Umhang gehüllt auf sie wartete. »Gibt es nicht irgendwo ein Gasthaus, in dem wir es uns ein wenig gemütlich machen können, bis Lord Helford seine Arbeit beendet hat?«

Seine Miene hellte sich auf, doch dann wurde sie wieder trübsinnig, als er daran dachte, was Seine Lordschaft wohl sagte, wenn sich seine junge Braut in einem gewöhnlichen Gasthaus herumtrieb, aber Summer bestand darauf, daß er sie begleitete, und schließlich gehorchte er ihr. Sie gingen auf den Marktplatz, an dem eine Kutschenstation namens White Hart lag, die man durch einen prächtig geschwungenen normannischen Türbogen betrat. Summer bestellte Hausmannskost, da sie diese am liebsten aß. Der heiße, gewürzte Apfelwein und die Pasteten wurden bald an ihren Tisch gebracht, und während sich die beiden vor dem Torffeuer im Kamin aufwärmten, legte sich die Schüchternheit, mit der der Kutscher seiner Herrin bisher gegenübergetreten war.

Erst am Nachmittag war Ruarks Arbeit in Launceston getan. Seine Miene war finster und verschlossen, als er sich zu seiner Frau gesellte, und sie zog es vor, ihm keine Fragen zu stellen. Nach einem großen Krug Apfelwein allerdings setzte er ein verhaltenes Lächeln auf. »Es tut mir leid, daß aus dem versprochenen Tag in Plymouth nichts geworden ist, mein Liebling.«

»Das ist wirklich nicht schlimm, Ru«, versicherte sie ihm.

»O doch. Trink aus und hol deinen Muff – wir haben immer noch Zeit, um eine Barkasse den Tamar hinunter nach Plymouth zu nehmen. Wir können dort übernachten und kehren dann morgen nach Stowe zurück.« Er bat den Kutscher, die Pferde in einen Mietstall zu bringen und sich selbst im White Hart einzuquartieren.

»Aber ich habe gar nichts für eine Übernachtung mit, Ruark«, protestierte sie schwach.

Endlich legte sich die Finsterkeit in seinem Blick. »Hast du deine Spitzenstrümpfe? Deine Rubine? Das ist doch wohl alles, was du brauchst«, stichelte er.

Sie lachte mit ihm, froh, daß die Gedanken an sie stark genug waren, um ihn aus seiner Melancholie zu reißen.

18

Sie standen gemeinsam an der Reling der Barkasse, und er zog sie mit einem starken Arm an seinen warmen Leib. Sie nahm ihren hübschen, breitkrempigen Hut vom Kopf, ehe der Wind ihn ihr stahl, und ließ die kräftige Brise durch ihre schwarze Mähne wehen. Fast hätte sie die Hand ausgestreckt und das schwarze Band gelöst, mit dem Ruark seine Haare so streng nach hinten band, aber dann kam sie zu dem Schluß, daß ein wahrer Gentleman nicht auf die Etikette verzichten sollte, auch wenn es ihr noch so gut gefiel.

Als sie den großen Hafen von Plymouth sah, hielt sie vor Bewunderung den Atem an. Dort lagen mehr Schiffe als in den Londoner Docks. Ruark taxierte die Schiffe mit wissendem Blick. »Nanu, was ist denn das?« sagte er mehr zu sich selbst als zu seiner Frau.

Trotzdem fragte Summer: »Was?«

»Dort drüben ist eins von meinen Schiffen, die ich an die Ostindiengesellschaft verpachtet habe. Sieht aus, als wäre sie angeschlagen.« Er runzelte die Stirn, als er das vor Kanonen starrende, doppelmastige Frachtschiff musterte.

Die *Golden Goddess* lag zwischen zwei dem König gehörenden Schiffen, und Ruark wies den Barkassenführer an, neben sie zu ziehen. Dann legte er die Hände wie ein Sprachrohr an den Mund und rief: »He, ihr da!«

Als nächstes kletterte Summer eine Strickleiter hinauf und wurde von eifrigen Händen an Bord gehievt. Der Schiffsführer, Kapitän Hardcastle, hatte einen buschigen braunen Bart und gelbbraune Brauen über blaßblauen, munter blitzenden Augen. Er war ein Hüne, dessen Schultermuskeln an einen Ochsen erinnerten.

»Was ist passiert?« fragte Ruark besorgt.

»Das waren die verdammten Holländer, tut mir leid, Ma'am«, erwiderte Hardcastle. »Drei von uns haben aus Sicherheitsgründen einen Konvoi gebildet, und wir hätten es auch über den Kanal bis nach London geschafft, wenn nich' die verdammten Holländer dazwischengekommen wären, tut mir leid, Ma'am. Sie ham uns den ganzen Weg von Java verfolgt.«

Ruark grinste. »Aber sie haben Sie nicht erwischt!«

»Si sin' langsamer als Schnecken, tut mir leid, Ma'am, aber dann sin' die unverschämten Hunde hinter uns her direkt zwischen den Scilly-Inseln durchgesegelt ... stellen Sie sich das nur mal vor ... mitten in unsere eigenen Gewässer rein. Sie nennen sich inzwischen die ›Herren der Südsee‹.« Kapitän Hardcastle spie verächtlich aus.

»Nun, vielleicht haben sie ein Loch in die Schiffswand geblasen, aber die Fracht haben sie nicht gekriegt«, stellte Ruark fröhlich fest.

»Aber dafür haben die Bastarde einen der Ostindienfahrer versenkt. Wir haben einen Großteil der Mannschaft und zwei weitere Schiffe auf dem Weg nach London gerettet.«

»Diese verdammten Holländer!« stellte Ruark zornig fest. »Ich weiß nicht, warum wir ihnen nicht endlich den Krieg erklären ... irgendwann kommt es sowieso dazu.«

»Nun, Krieg oder nicht Krieg, der verdammte holländische Segler, der gierig genug war, uns bis hierher zu verfolgen, liegt inzwischen auf dem Meeresgrund.«

»Sie haben ihn versenkt?«

Der Kapitän nickte. »Mit Mann und Maus.«

»Gut gemacht. Der König ist im Augenblick hier in Plymouth. Ich werde ihm berichten, was Sie vollbracht haben. Aber jetzt lassen Sie uns sehen, was Sie mitgebracht haben«, sagte Ruark, nahm Summers Hand und führte sie unter Deck.

Die Luft war schwer vom betörenden Duft diverser Gewürze. »So etwas habe ich noch nie gerochen. Was ist das?« fragte sie neugierig.

Ruark schnüffelte. »Zimt und grüner Ingwer und Weihrauch und, wie nennt man das Medikament noch ... Kampfer, ja.«

„Wir haben alles an Bord. Pfeffer, Muskat, Aloe, Tee«, nickte der Kapitän.

»Oh, wie wunderbar. Darf ich etwas davon haben?« fragte Summer.

»Weisen Sie einen der Männer an, meiner Frau etwas von jedem Artikel einzupacken«, wies Ruark den Schiffsführer an.

»Oh, ich möchte nur Tee, nicht alles«, protestierte sie.

Ruark grinste, froh, daß er ihr derartige Reichtümer aus China und Indien zu geben in der Lage war. »Schon gut, Liebling. Warte nur, bis du die Ballen mit Seide und Damast siehst. Haben Sie irgend etwas mitgebracht, was die Damen in London gerade besonders mögen?« fragte er den Kapitän.

Kapitän Hardcastle zwinkerte vergnügt und führte sie in einen Lagerraum. Summer traute ihren Augen nicht. Es gab Kisten voll der schönsten Garderobe, Kleider, die vorne offen waren, damit man die eleganten Unterröcke darunter sah, indische, Saris genannte Kleider aus feinster, über und über mit Perlen und Kristallen bestickter Baumwolle. Ruark sagte ihr, sie solle wählen, und nach langem Überlegen entschied sie sich für ein türkisfarbenes Kleid und einen blaßgrünen, mit Silberfäden durchwirkten Unterrock.

Ruark griff nach einem zweiten Kleid, dessen Farbe er als Melone bezeichnete. Summer hatte noch nie eine Melone gesehen, aber die Farbe erinnerte sie an mittäglichen Sonnenschein. Anschließend legte er ihr noch einen Berg indischer Saris über die Arme, und dann gingen sie weiter in einen anderen Frachtraum, der Hunderte von Stoffballen enthielt. Sie stieß einen Seufzer der Bewunderung aus, als sie die exotischen Farben und Stoffe sah. Sie waren so fein, daß sie nicht wagte, sie auch nur zu berühren, bis Ruark einige der riesigen Ballen nahm und sie auf dem Boden auszurollen begann.

Sie wählte einen Ballen feinsten Seidendamasts in einem blassen Rosa, das an die zarte Dämmerung erinnerte, und einen Ballen steifen, raschelnden Tafts in der Farbe lodernder Flammen, der verführerisch knisterte.

»Und den hier noch«, sagte Ruark und wählte noch einen goldfarbenen Stoff.

Einige der Baumwoll- und Chintzstoffe wiesen phantastische Muster auf, sie waren über und über mit Blumen, Samenhülsen, Reben und wehenden Gräsern bestickt. Andere waren mit exotischen, auf Bambussprossen sitzenden Vögeln verziert, und Summer dachte, was für ein wunderbarer Vorhangstoff dies doch war. Sie stellte sich vor, wie prächtig sich mit solchen Schätzen Roseland ausstatten ließ, doch dann schob sie diesen Gedanken erst einmal fort.

»Ich habe auch noch Korbstühle und Lackschränkchen und andere Möbel mit«, sagte Kapitän Hardcastle, doch Ruark schüttelte den Kopf. »Der Dachboden von Helford Hall ist bereits vollgestopft mit diesem Zeug.«

»Oh, Ru, darf ich die Möbel mal sehen?«

»Es ist auch dein Dachboden, mein Schatz.«

Es dämmerte bereits, als man sie ans Ufer ruderte. Drei Matrosen schleppten die Schätze, die Summer in den Frachträumen der *Golden Goddess* ergattert hatte, bis zu dem Gasthaus, in dem Lord und Lady Helford nächtigen würden.

Sie hatten sich gerade ein herzhaftes Mahl auf ihre Suite bestellt, als eine Nachricht für Lord Helford kam. Er öffnete den Brief und las ihn eilig durch. »Er ist vom König. Er bittet mich zu sich.« Ruark biß sich auf die Lippen, da er keinerlei Bedürfnis verspürte, ohne Summer irgendwohin zu gehen.

»Wo ist er?« fragte Summer. Himmel, vielleicht war der König im Nebenraum und käme jeden Moment hereinspaziert.

»Er, Buckingham und Lauderdale sind an Bord der *Royal Oak*.« Ruark zögerte immer noch, aber Summer drängte ihn zu gehen. »Bitte halt mich nicht für eine so unselbständige, hilflose Kreatur, die man nicht alleine lassen kann.«

»Tut mir leid, mein Liebling. Ich fürchte, die Frau, die mit mir verheiratet ist, ist viel zu oft allein. Nun, ich bestelle dir wenigstens eine Gesellschafterin.« Er sah sie trübsinnig an. »Warte lieber nicht auf mich, mein Schatz.«

Als sie sich entkleidete, um ins Bett zu gehen, vermißte sie ihn trotz ihrer ermutigenden Worte schrecklich. Sie wollte, daß er sie auszog, wollte sehen, wie er ihren Körper musterte, wollte seinen heißen Mund auf ihrer Haut. Sie wußte, daß sie sich lächerlich benahm.

Als sie sich in dem mit seinen Liebesgeschenken vollgestopften Zimmer umsah, fühlte sie sich ein wenig getröstet, aber im Bett würde es kalt und einsam ohne ihn sein.

Die Aussicht darauf, den König und seine Höflinge empfangen und unterhalten zu müssen, war ihr alles andere als angenehm. Während sie wach in ihrem Bett lag, überschlugen sich ihre Gedanken, und ihr Unwillen verwandelte sich in regelrechte Angst. Wie sollte sie eine solche Tortur nur überstehen? Ruark empfand es als keine sonderlich schwierige Aufgabe, Gastgeber des Königs zu sein, aber für sie war es eine zusätzliche Belastung neben der entsetzlichen Sorge um ihren Bruder, der immer noch im Gefängnis saß. Sie ertrug es einfach nicht!

Sie wußte nicht, wann er zurückgekommen war, aber als sie wach wurde, lag sie in seinem Arm. Glückseligkeit erfüllte sie, als der neue Tag anbrach und sie sich genüßlich in dem warmen Federbett räkelte. Sie fühlte sich von Kopf bis Fuß einfach wunderbar und sah zu Ruark hinüber in der Hoffnung, ihn schlafend betrachten zu können, aber seine Augen liebten sie bereits. All ihre Ängste der vergangenen Nacht schmolzen dahin wie Schnee in der Sonne. Er drückte sie auf ihr Kissen und breitete ihre Haare wie einen Fächer auf dem Laken aus. Weich wie Distelwolle strichen seine Finger über ihre Wangen, ihren Hals und ihre Schultern hinab. Die Geste war so unendlich sanft, daß sie zu weinen begann.

Sein Mund berührte ihre Wimpern und nahm die Tränen fort, ehe er ihre Lippen mit dem zärtlichsten aller Küsse umfing. Sie seufzte und stöhnte hilflos auf. Jede Rundung ihres Körpers sehnte sich nach den Liebkosungen seiner Hände und seines Munds. Sie betrachtete aus schmalen Augen sein schönes, dunkles Gesicht, während sie die intime Dämmerung genoß, in der sie nackt neben ihrem Liebsten lag. Ihre Fingerspitzen glitten über seine Lippen, und er küßte sie. Sie hielt den Atem an und fragte sich, ob es möglich war, daß ein Mensch vor lauter Liebe starb.

Er umfaßte ihr Gesicht, als wäre es etwas Heiliges. Als seine Hände ihre Brüste streichelten, taten sie es so vorsichtig, als wären sie aus kostbarem Porzellan. »Ich liebe dich so sehr«, flüsterte er. »Meine süße, teure Liebste, gib dich mir hin.«

Wie sich die seidigen Blütenblätter einer zarten Blume dem Morgentau öffneten, so öffneten sich ihre weichen Schenkel seinem Glied. Er schob sich sanft und süß in sie hinein. Niemals hätte sie gedacht, daß Liebe so schmerzlich und zugleich so wunderbar war. Sein Mund ließ niemals von ihren Lippen ab. Sie verschmolzen miteinander, bis ihre Haut brannte von der Intensität der Vereinigung. Er nahm sie sanft und langsam, und mit geschlossenen Augen schwebte sie auf rosafarbenen Wolken davon. Sie lächelte verträumt, ganz von seiner Liebe angefüllt. Ihre Lust wurde so intensiv, daß sie fürchtete, ohnmächtig zu werden, und zugleich brachte ihm ihr leiser, leidenschaftlicher Schrei größeres Vergnügen, als ihm je zuvor zuteil geworden war. Er küßte ihre weichen Brüste, als sie in seinen Armen lag und ihn mit ihren Blicken anbetete. »Wie kann ich dem Schicksal nur je dafür danken, daß ich dich gefunden habe?« murmelte er.

Plötzlich brannte er darauf, ihr etwas zu kaufen, was ein Beweis für das Ausmaß seiner Liebe war. Während sie sich neue Kleider anfertigen ließe, würde er zu einem Schmuckhändler gehen. »Bring die Stoffballen zu einer Schneiderin und sag ihr, was sie daraus nähen soll. Wenn die Garderobe fertig ist, kann eins meiner Schiffe sie nach Helford bringen.«

»Ich denke, ich nehme auch die fertigen Kleider mit, die du mir gegeben hast, damit sie sie ändert, falls sie nicht richtig passen. Die Damen auf Stowe werden bestimmt grün vor Neid, wenn ich in meiner neuen Garderobe dort auftauche.« Er kletterte aus dem Bett, und als sie seinen muskulösen Leib betrachtete, wußte sie, daß sich der Neid der anderen gewiß nicht nur auf ihre Kleider bezog.

»Weißt du, es ist wirklich ein Witz, daß die indische Mode, die im Augenblick so beliebt ist, daher rührt, daß die kleine Catherine Charles geheiratet hat. England hat Bombay von den Portugiesen als Teil der Mitgift gekriegt.«

»Und wo ist da der Witz?« fragte Summer verwirrt.

»Oh, ich vergaß, daß du noch nicht am Hof gewesen bist, meine Liebe. Frauen können so grausam sein. Sie brachen alle in lautstarkes Gelächter aus, als Catherine in einem altmodischen Reifrock dort Einzug hielt«, erklärte er.

»Die verdammte Mode selbst ist grausam. Je seltener und teurer die Ware ist, um so moderner ist sie«, erwiderte sie.

Er bedachte sie mit einem amüsierten Blick, ehe er ins Nebenzimmer ging, um sich zu rasieren. »Das klingt hart und böse ... so gar nicht nach dir, mein Schatz.«

Sie biß sich auf die Lippe. Sie sollte daran denken, in seiner Gegenwart nicht zynisch und allzu weltklug zu sein. Schließlich dachte Lord Helford, er hätte eine wohlerzogene, behütet aufgewachsene junge Dame geehelicht. Er betete ihre Unschuld an, und wenn er wollte, daß sie verderbt war, dann mußte er sie korrumpieren!

Da das eleganteste Schneideratelier in Plymouth direkt am Marktplatz lag, hatte Summer es nicht weit. Lord Helford führte ein diskretes Gespräch mit der französischen Modistin, die nach England geflohen war, wo sie den unersättlichen Appetit der Engländerinnen auf alles Französische zu nutzen verstand. Er erklärte Madame Martine, daß er für jedes Kleid, das sie noch am selben Tag fertigstellte, den doppelten Preis bezahlen würde, so daß die Frau beschloß, innerhalb eines Tages soviel zu verdienen wie sonst in einem ganzen Monat.

Summers Einkäufe türmten sich bereits auf einem Tisch. Sie wählte Kleider aus, spitzenbesetzte Korsetts, Unterröcke, Krinolinen, ein Kleid mit einer eleganten Schleppe und natürlich jeweils die passenden Schuhe, Strümpfe, Unterwäsche, Hüte, Muffs, Fächer und Masken dazu.

Madame Martine bewirtete ihre Kundinnen auf Wunsch mit einem leichten Mittagessen, und Summer aß ihre Krabben-Gurken-Sandwiches in dem kleinen Ankleideraum, während Madames Näherinnen eifrig bei der Arbeit waren.

Nach dem Mittagessen betraten zwei Frauen den Salon, und Madame Martine entschuldigte sich bei Summer, um sich nach den Wünschen der neuen Kundinnen zu erkundigen. Summer lauschte ein bißchen und erfuhr, daß die Damen keine Geringeren waren als die Herzogin von Buckingham und die Gräfin von Lauderdale. Sehr deutlich hörte sie Madame Martine sagen: »Ah, die Damen, es tut mir sehr leid, aber der Goldstoff ist nicht verkäuflich, er ist Lady Helfords Eigentum.«

»Meine gute Frau, ich bin die Herzogin von Buckingham. Der Preis spielt keine Rolle. Lady Wer-auch-immer kann ja wohl warten, bis die nächste Lieferung kommt.«

Bess Maitland, die Gräfin von Lauderdale, mischte sich ein. »Och, das Mädchen braucht es doch gar nicht zu erfahren. Speisen Sie sie einfach mit irgendeiner Geschichte ab.«

Nur mit Unterwäsche und Bustier bekleidet, trat Summer aus dem Nebenraum. »So leicht läßt sich Lady Wer-auch-immer wohl kaum abspeisen«, fauchte sie.

Buckinghams Frau drückte den Goldstoff besitzergreifend an ihre Brust. Sie kniff die Augen zusammen, was sie noch häßlicher machte, als sie ohnehin schon war. »Was bilden Sie sich eigentlich ein, wer Sie sind?« schnauzte sie.

Summer trat einen Schritt auf sie zu. »Ich, Madame, bin die Besitzerin des Stoffs, den Sie so begierig an Ihren schlaffen Busen pressen.«

Bess Maitland, die einen sehr üppigen Busen hatte, wie viele der Höflinge des Königs durchaus bestätigen konnten, brach in heiseres Lachen aus, während die Herzogin von Buckingham lila wurde vor Zorn. »Ist Ihnen klar, wer ich bin?« keifte sie.

Summer hatte von ihrer Tante Lil sämtliche Gerüchte über Buckingham erzählt bekommen, wie zum Beispiel, daß er nur dadurch zu seinem riesigen Vermögen gekommen war, indem er die Tochter des die Buckinghamschen Ländereien besitzenden Parlamentariergenerals heiratete. Jetzt ging ihr Mundwerk mit ihr durch. »Sind Sie nicht die Alte, die direkt aus der Hölle gekommen ist, um mir das Leben zu versauern?«

Bess Maitland lachte erneut und schlug sich vergnügt auf die Schenkel. Lady Buckingham hob den Stoffballen, als wolle sie ihn als Waffe verwenden, doch Summer schnappte sich das andere Ende, und sie zerrten daran herum, als wären sie zwei um einen Knochen balgende Straßenköter.

Plötzlich öffnete sich die Ladentür, und vier elegant gekleidete Männer traten ein. »Euer Majestät!« keuchte Lady Buckingham und ließ den Stoffballen los, so daß Summer, die immer noch festhielt, auf ihr Hinterteil fiel.

Der König hatte nur Augen für Summer, die herrlich unbekleidet war. Er trat galant auf sie zu. »Meine liebe Lady Helford, erlauben Sie mir, Ihnen meine Hand zu geben, ebenso wie mein Herz, wenn Sie es wollen.«

»Danke, Sire«, flüsterte sie, denn ihr war bewußt, welche Ehre dieses Angebot war.

»Wie ich sehe, haben die Damen einander bereits kennengelernt«, sagte Buckingham gedehnt und verbarg seine Belustigung geschickt hinter einem reglosen Gesichtsausdruck.

Bess Maitland rollte verstohlen mit den Augen, ihr Mann wirkte, als bedauerte er zutiefst, erst jetzt gekommen zu sein, und Madame Martine sah aus, als sehne sie eine gnädige Ohnmacht herbei.

Den goldenen Stoff an ihren fast unbekleideten Körper gepreßt, flüchtete Summer in den Ankleideraum. Sie wagte es nicht, Ruark anzusehen, doch er rief ungerührt hinter ihr her: »Wir sind eingeladen, Seine Majestät nach Stowe zu begleiten, Mylady«, ehe er sich mit einer tadellosen Verbeugung den anderen beiden Damen zuwandte. »Mein Schiff ist gerade aus Indien zurück. Warum kommen Sie nicht einfach und suchen sich ein paar Stoffe aus, während wir warten, bis Lady Helford hier fertig ist?«

Der König setzte sich auf ein Sofa und winkte sie alle fort. »Ein ausgezeichneter Vorschlag, Helford. Ich ruhe mich solange hier aus und warte auf die Braut.«

Mit zitternden Händen half Madame Martine Summer in ihr schwarzcremefarbenes Kleid zurück. Schließlich zischelte sie: »Ist das wirklich Seine Majestät?«

Die Antwort kam aus dem Nebenraum. »Nein, nein, natürlich bin ich nicht der König. Diese blöden Kerle haben Sie nur auf den Arm genommen, Madame.«

Am liebsten hätte Summer laut gekichert, doch dann wurde sie wieder ernst. Es gab kein Entrinnen, König Charles erwartete sie. Also schnappte sie sich ihren Hut und ihren Muff, straffte die Schultern und ging zu ihm hinaus.

Er saß mit ausgestreckten Beinen da und sah sie lächelnd an. »Ich habe Sie noch nie angezogen gesehen«, stellte er unverschämt fest, und ihre Gedanken kehrten zu dem Tag zurück, an dem sie ihm nur mit einen Nachthemd bekleidet begegnet war.

Sie errötete. »Sire ... ich ... « Da sie nicht genau wußte, was sie zu diesem König sagen sollte, der sie so lüstern anstarrte wie jeder andere Mann, machte sie einfach einen tiefen Knicks.

»Sie müssen mir versprechen, mich Charles zu nennen, wenn wir alleine sind.« Dies war ein Befehl. »Sagen Sie mir die Wahrheit, Lady Summer. Waren Sie wirklich Helfords Nachbarin oder hat sich der Schurke diese Geschichte nur ausgedacht?«

»Ja, wir waren Nachbarn, aber wir haben uns erst in London kennengelernt.«

Seine warmen braunen Augen musterten sie, und offensichtlich gefiel ihm, was er sah. »Ich habe noch nie eine Frau namens Summer gekannt«, sagte er nachdenklich.

Sie legte den Kopf auf die Seite und erwiderte: »Und ich habe noch nie jemanden mit dem Namen Rex gekannt.«

»Ha! Die Frau hat auch noch Witz. Auch wenn ich Ihnen bisher noch nie am Hof begegnet bin, möchte ich, daß Sie wissen, daß Sie jederzeit auf St. James willkommen sind.« Er nahm ihre Hand, küßte sie und bat sie, neben ihm Platz zu nehmen. Atemlos setzte sie sich.

»Und haben Sie auf Stowe schon für Aufregung gesorgt? Ich wette, die Männer haben Schlange gestanden, um mit der neuen Braut tanzen zu dürfen.« Er flirtete mit ihr, und sie merkte, daß es ihr gefiel.

»Gestern abend wurde nicht getanzt, Sire. Die Maskenbälle und anderen Feste fangen nicht eher an, als bis Ihr dort erscheint.«

»Ich denke, ich sollte Sie vor meinen Höflingen warnen. Tanzen ist für sie nur ein Vorwand, eine schöne Frau in die Hände zu bekommen und vor den Augen ihres Gatten ein Rendezvous zu erbitten. Die meisten dieser Schurken haben schließlich lange Zeit an den anderen europäischen Höfen gelebt, wo das Leben recht zügellos ist.«

»Oh, Sire, ich glaube nicht, daß ich mir allzu große Sorgen machen muß. Sämtliche Gentlemen auf Stowe sind Freunde meines Mannes.«

Der König lachte. »Kleine, unschuldige Braut! Die Frauen der Freunde sind die ersten, mit denen man ins Bett geht. Das ist schließlich ungemein praktisch!«

Sie lachte ebenfalls. »Jetzt macht Ihr aber Spaß, Sire.«

»O nein, meine Liebe, Sie sind diejenige, die Spaß macht.« Er seufzte und tätschelte ihre Hand. »Aber Wir geben der Ehe ein paar Wochen, ehe Wir versuchen, Sie zu korrumpieren.« Sein Mund verzog sich zu einem Lächeln, und Summer merkte, daß er immer mehr Mann sein würde als Monarch.

19

Auf der Rückfahrt den Tamar hinauf steckten der König und Ruark die ganze Zeit die Köpfe zusammen. Bess und John Maitland, die Gräfin und der Graf von Lauderdale, paßten so gut zueinander, daß es beinahe komisch war. Sie waren beide rothaarig, derb bis ins Extrem, mit einem rüden Witz, den der König unterhaltsam fand, aber wenn sie zusammen waren, sprachen sie mit einem derart starken schottischen Akzent, daß niemand sie verstand. Buckinghams Frau Mary litt an Seekrankheit, weshalb er sich Summer anschloß. Sie fühlte sich sehr unwohl wegen der Vorkommnisse im Atelier der Schneiderin. »Ich fürchte, Ihre Frau ist nicht allzu angetan von mir.«

George Villier hatte göttliche goldene Locken, aber er hatte eine spitze Zunge, der niemand entkam, vor allem nicht seine langweilige Frau. »Nun, Sie können ja wohl kaum sagen, daß Sie allzu großen Wert auf ihre Gesellschaft legen. Ich tue es auf jeden Fall nicht. Wir führen eine relativ friedliche Koexistenz, aber man kann nicht gerade behaupten, daß wir eins sind, zusammengehören oder auch nur ein gemeinsames Leben führen.«

Summer seufzte erleichtert auf. Sie wußte, daß Buckingham ein gefährlicher Feind war, und es wäre sehr viel besser für sie, wenn er ihr wohlgesonnen wäre. Er musterte sie. »Sie haben ein ungewöhnliches Äußeres ... regelrecht exotisch. Ich sage Ihnen, Sie werden in Kürze im Mittelpunkt der allgemeinen Aufmerksamkeit stehen. Aber hüten Sie sich vor meiner Cousine Barbara. Sie wird Sie hassen.«

Summer lachte. »Der König hat mich bereits vor den Männern gewarnt, und nun warnen Sie mich vor den Frauen.«

Er zog eine Braue hoch. »Und ich nehme an, daß unser beider Warnungen vollkommen überflüssig sind, denn Sie nehmen es bestimmt mit jedem Gegner auf.«

»Was einen nicht umbringt, macht einen stark.«

»Genau. Aber es ist nicht Ihr Überlebenstalent, das mir an Ihnen gefällt. Sie sind irgendwie geheimnisvoll. Eine unbekannte Größe. Ich glaube, man sieht nur die Spitze des Eisbergs. Faszinierend!«

Ihr Herzschlag beschleunigte sich. Sie wollte nicht, daß dieser Mann sie allzu genau unter die Lupe nahm. Wenn er etwas Nachteiliges über sie in Erfahrung brachte, würde er sie aus reinem Vergnügen bloßstellen. Sollte sie sich dumm oder oberflächlich stellen, nur um ihn auf eine falsche Fährte zu locken? Nein, er war gerissen genug, um ein solches Spiel zu durchschauen. Sie konnte nur die Sprache auf ein anderes Thema lenken, das sein Interesse fand. »In der Tat« – sie machte eine dramatische Pause – »habe ich gehört, daß Sie und nicht Barbara die graue Eminenz hinter dem König sind.«

Als sie Launceston erreichten, stellte Summer erleichtert fest, daß ihr und Ruark die Ehre zuteil wurde, den König in ihrer Kutsche mit nach Stowe zu nehmen, während die Maitlands und die Villiers drei Kutschen mieten mußten, von denen allein zwei für die zahlreichen Gepäcktruhen waren. Charles' Gesellschaft war wesentlich angenehmer als Buckinghams.

Sie kamen erst nach Anbruch der Dunkelheit an, aber Lady Grenvile hatte das Abendessen hinausgezögert, bis der König kam, und es war beinahe elf, als das sechsgängige Mahl endlich vorüber war.

In der langen Galerie hatte man Kartentische aufgestellt, und bald spielten zwanzig Höflinge Bassette an einem großen Tisch mit einer Bank von über viertausend Pfund. Am Ende strich Jack Grenvile die Gewinne ein, und Lady Castlemaine stand auf und zerrte Buckingham dorthin, wo Summer mit Elizabeth Hamilton und Anne Carnegie einige Runden Trick Track genoß.

Barbara war gereizt. »Ich weiß nicht, warum Charles Grenvile ausgerechnet in dem Augenblick zum Earl of Bath adeln mußte, als ich meinen Titel bekam.«

»Dann laß mich dich aufklären, liebe Cousine«, entgegnete Buckingham. »Jacks Vater Bevil starb in Landsdowne, als er seine Männer in die Schlacht führte, und Jack, der damals erst fünfzehn Jahre alt war, stieg in den Sattel und ritt an seiner Stelle gegen den Feind. Charles vergißt nie diejenigen, die ihm treu zu Diensten sind.« Er verzog das Gesicht, als ihm ein eigenartiger Gedanke kam. »Da siehst du mal, daß der Monarch, wenn es um die Verleihung von Titeln geht, Kampfesmut ebenso wichtig findet wie sein Vergnügen im Bett.«

»George, ich habe den deutlichen Eindruck, daß du mal wieder an Syphilis leidest, sonst wärst du nicht in so übler Laune. Wenn wir wieder in London sind, mußt du unbedingt sofort zu Dr. Fraser, damit er dir ein paar Terpentinpillen gibt.«

Falls Barbara gehofft hatte, Buckingham vor den anderen Damen bloßzustellen, wurde sie bitter enttäuscht, denn er erwiderte ebenso nett: »Ich verstehe einfach nicht, wie du Dr. Fraser so warm empfehlen kannst, nachdem er bei deiner letzten Abtreibung einen solchen Pfusch betrieben hat.«

Zumindest war Barbara so anständig zu erröten. »Das war kein besonders gelungener Scherz, George. Bist du jetzt endlich bereit, Karten zu spielen? Wenn du willst, spiele ich sogar Bassette mit dir.«

»Meine Liebe, Sinn und Zweck dieses schwachsinnigen Spiels ist es, besser als die anderen zu raten, welche Karte als nächstes gezogen wird. Laß uns etwas spielen, was ein wenig mehr Verstand erfordert.«

»Also gut, spielen wir Ombre. Dafür brauchen wir allerdings eine dritte Person. Lady Helford, wären Sie vielleicht so nett?«

Buckingham nickte Summer unmerklich zu, und Barbara verlor so oft, bis sie schließlich all ihre Vorsicht vergaß. In dem verzweifelten Versuch, ihre Verluste wieder wettzumachen, setzte sie tausend Pfund. Summer wollte gerade sagen, daß ihr die Einsätze zu hoch wurden, doch dann gehorchte sie Buckinghams Signal und spielte weiter mit. Durch seine clevere Manipulation gewann sie, und Barbara schluckte den Köder und setzte abermals tausend Pfund. In der Folge gewannen immer Summer oder Buckingham. In weniger als einer halben Stunde verior Barbara zehntausend Pfund, von denen die glückliche Lady Helford dreitausend in den Händen hielt.

Als sich der König ihrem Tisch näherte, bedeutete dies ein jähes Ende für Barbaras verwegenes Spiel. »Ich denke, ich habe heute mal Mitleid mit allen Anwesenden und ziehe mich früh zurück«, sagte er, denn die Etikette verlangte, daß niemand vor dem König den Saal verließ. »Wie ich höre, findet morgen abend ein großer Maskenball statt. Da sollten die Damen lieber frühzeitig zu Bett gehen, denn ich schwöre, morgen wird getanzt, bis niemand mehr stehen kann.« Während er sprach, sah er Summer an, und Ruark, der gerade neben ihn trat, bemerkte den lüsternen Blick. »Helford wird Sie ja wohl kaum den ganzen Abend mit Beschlag belegen, oder?«

Summer lächelte innerlich. »Ich bin sicher, er wird nichts dagegen haben, daß auch anderen Männern meine Gunst zuteil wird, Sire.«

»Nur über meine Leiche«, sagte Ruark so laut, daß sämtliche Umstehenden hörten, wie besitzergreifend er sein konnte.

Als sie die Galerie endlich verließen, konnte Summer ein Gähnen nicht unterdrücken. Ruark sah sie an. »Du bist erschöpft.«

Sie nickte. »Wenn wir zu Hause wären, würde ich dich bitten, mich ins Bett zu tragen.«

Sofort zog er sie in seine Arme und trug sie die Treppe hinauf, wobei er die entrüsteten und belustigten Worte überhörte, mit denen die Untenstehenden dieses schockierende Benehmen kommentierten. »Wenn du mich schwerer findest als sonst, liegt das an all dem Gold, das ich gewonnen habe.«

Früh am nächsten Morgen erwachte Summer als erste, und da sie ihren Mann nicht stören wollte, schob sie sich vorsichtig aus dem Bett. Sie packte die zahlreichen Dinge, die er ihr auf der *Golden Goddess* geschenkt hatte, und die herrliche neue Garderobe aus Plymouth aus, trat vor den Spiegel und hielt jedes einzelne Kleid vor sich, um zu sehen, welches von ihnen am geeignetsten für den abendlichen Maskenball war.

Als ihr Blick auf die herrlichen Nachthemden fiel, seufzte sie glücklich auf und glitt in das schwarze Negligé, das vorne offen und unter ihren Brüsten durch Bänder zusammengehalten war. Sie hörte, wie hinter ihr die Seidenlaken raschelten, und dachte, Ruark wäre erwacht, aber als sie zum Bett zurückkehrte, sah sie, daß seine Augen noch geschlossen waren. Er hatte lediglich im Schlaf die Decke abgestreift.

Sie war sehr neugierig auf seinen Leib, also kniete sie sich lautlos neben ihn auf das Bett, um sich jede Einzelheit genau anzusehen. Er sah jünger aus, wenn er schlief, wahrscheinlich, weil der tagsüber harte, fast grausame Zug aus seinem Gesicht gewichen war. Sein Schultern waren fast so breit wie das Bett, und sein Hals wies lange, straffe Muskelstränge auf.

Ihre Fingerspitzen strichen federleicht über das dichte Haar auf seiner Brust, und sie erschauerte. Sie erinnerte sich an das drahtige, leicht kratzige Gefühl dieser Haare auf ihren Brüsten, und ihre Brustwarzen traten deutlich sichtbar unter der durchsichtigen schwarzen Seide hervor. Seine Beine waren so gerade und stark wie die Stämme junger Bäume, und zwischen seinen Schenkeln lag das größte aller Geheimnisse. Er war selbst im Schlaf halb erregt, und sie maß ihn mit ihren Augen. Sein Glied war mindestens zwanzig Zentimeter lang und so dick wie der Griff eines Schwerts ... in der Tat eine Waffe, die es nicht zu verachten galt. Sie lag auf seinem Schenkel, und Summer beugte sich hinab, um sie sich genauer anzusehen. Die Spitze war herzförmig, und unterhalb des Gliedes, dicht an seinem Leib, lagen zwei eiförmige Gebilde in einem schwarzen Lockennest. Plötzlich bewegte sich sein Penis und richtete sich auf, so daß er fast bis zu seinem Nabel ging. Ruarks Augen flogen auf, und Summer merkte, daß er schon seit einiger Zeit nicht mehr schlief.

»Verdammt«, fluchte er. »Ich wollte, daß du denkst, ich schlafe noch. Es hat mir gefallen, daß du mich betrachtet hast, aber du hast eine Wirkung auf mich, die sich einfach nicht kontrollieren läßt.« Sein Blick fiel auf ihren in schwarze Seide gehüllten Leib, und er murmelte: »Du bist schön wie die Sünde«, ehe er die Hand ausstreckte, die Bänder unter ihrem Busen löste und das Negligé öffnete. Dann zog er sie auf sich, und der zarte Stoff glitt über ihn und hüllte ihrer beider Nacktheit ein.

Er fühlte sich wie Marmor an, und sie rieb sich rittlings an seiner Männlichkeit. Sein Körper roch nach Leder und Meer und Sandelholz und etwas anderem, was sie nicht kannte, was aber definitiv männlich war. Während sie auf seinem Schenkel ritt, streckte sie vorsichtig eine Hand aus und strich über seine pulsierende Erektion. Ein Tropfen einer durchsichtigen Flüssigkeit fiel auf ihren Finger, sie hob ihn an ihren Mund und leckte daran. Ihre Augen schimmerten in smaragdgrüner Glut.

»Ich wollte wissen, wie du schmeckst«, flüsterte sie.

»Und wie schmecke ich?«

»Salzig«, sagte sie sanft.

Er zog ihr Gesicht zu sich herab, umfaßte fordernd ihren Mund und trieb sie mit seiner Zunge zu fiebriger Leidenschaft. Sie brauchte mehr als seinen Schenkel und schob sich an ihm hinauf, bis sein kräftiger Penis ihre weiche Weiblichkeit durchdrang und sinnliche Glut in ihrem Schoß erzeugte. Die Liebe war immer noch neu genug für sie, daß sie keuchte, als er in sie stieß. Sie hätte schwören können, daß er mit jedem Mal noch ein Stück wuchs. Als sich ihr Scheidenmuskel weitete, um ihn aufzunehmen, schlang Ruark seine Schenkel um sie und rollte mit ihr herum, so daß er auf ihr lag. In dieser beherrschenden Position nahm er sie, bis sie sich ihm jubelnd unterwarf.

Viel später räkelte sich Summer genüßlich und stieg aus dem Bett. »Zieh dich nicht an«, bat Ruark, »bleib in dem schwarzen Negligé. Es ist extra dazu gemacht, damit ein Mann daran Freude hat.«

Sie band die Bänder unter ihren Brüsten zusammen und bürstete ihr Haar. »Warum hat Charles die Königin nicht mitgebracht?«

Er stützte sich auf einen Ellbogen und beobachtete sie. »Sie bereitet den Besuch ihrer Schwiegermutter vor. Ich glaube, Ende nächster Woche trifft sie in Portsmouth ein. Freust du dich nicht, daß du keine Schwiegermutter hast? Ich für meinen Teil zumindest freue mich«, sagte er verrucht.

Sie ignorierte diese Albernheit. »Ruark, warum ist Charles Catherine nicht treu?«

Er seufzte. »Bis sie nach England kam, lebte Catherine sehr zurückgezogen im Königspalast in Lissabon. Sie hatte ihn wahrscheinlich in ihrem ganzen Leben höchstens fünf-, sechsmal verlassen. Vor ihrer Hochzeit hatte sie nie einen Mann zu Gesicht bekommen, der nicht verwandt mit ihr war. Sie war umgeben von strengen, allzu beschützenden Anstandsdamen und litt zweifelsohne an einem Übermaß an Religion. Sie hätte sich eher zur Nonne geeignet als zur Frau eines Lüstlings, wie es unser König ist.«

»Dann glaubst du also nicht, daß sie ihn liebt, wie ich dich liebe?« fragte sie.

»Kein Mann wurde je so geliebt wie ich von dir«, stichelte er. »Komm zurück ins Bett und zeig es mir noch einmal.«

»Ru, sei doch nur einmal ernst!«

»Ich denke, daß sie ihn sehr liebt, aber daß unsere Kulturen so unterschiedlich sind, daß sie Jahre brauchen wird, bis sie sich bei uns eingewöhnt hat. Sie trägt immer diese gräßlichen, starren Reifröcke und sieht es als Sünde an, ihre Füße zu zeigen, ganz zu schweigen von ihren Brüsten. Die Idee der Liebe gefällt ihr, aber der Liebesakt ist ihr ein Graus. Charles hingegen sehnt sich wie jeder normale Mann nach einer Frau, die er erregen kann und die ihn ihrerseits erregt.«

»Wie Barbara Castlemaine«, stellte Summer fest.

Er zuckte mit den Schultern, denn die Affären des Königs interessierten ihn nicht. »Wenn sie ihn glücklich macht, sollte man ihn nur wegen dieses kleinen außerehelichen Vergnügens nicht verurteilen.«

Summer legte den Kopf schräg. »Barbara macht ihn nicht glücklich. Sie bestraft ihn jeden Tag seines Lebens dafür, daß er sie nicht heiratet.«

»Du bist ein cleveres Persönchen.« Ruark sprang auf, packte sie und schleppte sie, obgleich sie zappelte und sich wand, zum Bett zurück. Dort flüsterte er: »Zur Hölle mit Charles und Barbara, ich will dich auf deinen hübschen Händen und Knien vor mir sehen.«

20

Um die Vorratskammer von Grenvile aufzufüllen, wurde für den Nachmittag eine Jagd organisiert, aber da Summer keinerlei Gefallen daran fand, begleitete Ruark den König und die meisten anderen Männer, die froh waren, endlich einmal hinauszukommen, allein.

Als das Mädchen kam, um Summers Haar für den Galaabend zu richten, beschloß sie, es à la négligence zu tragen, das hieß, lose um ihre Schultern gelockt. Sie entschied sich für das Kleid in leuchtendem Pfauenblau, das vorne geschlitzt war, so daß der blaßgrüne Unterrock mit der Silberstickerei deutlich zu sehen war. Außerdem wählte sie eine Augenmaske in der Form eines Schmetterlings, die aus jade- und türkisfarbenen Federn gefertigt war, und von ihrem Arm baumelte ein silberfarbener Spitzenfächer herab. Sie wußte, daß sie schöner als alle anderen Frauen war. Und sie wußte, daß ihr diese Tatsache sicher zahlreiche Feinde schuf, doch das war ihr vollkommen egal.

Das Wetter war Lady Grenviles Plänen für den Maskenball nicht wohlgesonnen, so daß die Feier nicht im Garten stattfand, sondern im Haus. Statt auf einer baumbestandenen Lichtung flanieren zu können, drängten sich die Menschen nun in der Galerie.

Die adligen Damen Cornwalls und ihre Töchter hatten ein kleines Stück einstudiert, traten als Schäferinnen, Milchmädchen oder Nymphen vor und sagten bildhafte Reime auf, deren Bedeutung bedauerlicherweise niemand außer ihnen selbst verstand.

Wie immer benahmen sich die Herren tadellos, indem sie applaudierten und lautstark verkündeten, etwas Reizenderes hätten sie noch selten erlebt. Die Londoner Damen waren weniger nett. Obgleich ihnen die rustikale Darbietung reichlich Unterhaltung bot, verbargen ihre Fächer doch nicht das Rollen ihrer Augen und die Kommentare, deren Boshaftigkeit kaum zu überbieten war.

»Himmel, da war es ja noch unterhaltsamer, als wir letzten Monat verkleidet in der Ram Alley in Whitefriars waren, um zwei nackten Weibern beim Ringen zuzusehen«, flüsterte Barbara Buckingham zu.

Lady Lauderdale beugte sich über ihren Mann und flüsterte heiser zurück: »Sie sollten auf dem Bartholomäusmarkt auftreten, da könnten die Leute sie wenigstens mit Kokosnüssen bewerfen.«

Nachdem die letzte Lady vorgetreten war, um dem König ihre Reverenz zu erweisen, murmelte er höchst galant: »Ich bin hingerissen.«

Barbara hielt sich erneut den Fächer vors Gesicht und murmelte, als hätte sie schlecht gehört: »Beschissen?«

Buckingham stieß ihr unsanft in die Seite und murmelte: »Nicht so laut.«

Neben dem allgemeinen Applaus rief ein besonders höflicher Zuschauer »Prächtige Frauen!«, und Barbara, die sich in der Rolle der arroganten Spötterin allzu gut gefiel, fragte: »Hat er gerade etwas von trächtigen Sauen gesagt?«

Summer drehte sich zu ihr um, blickte sie scharf an und sagte: »Fühlen Sie sich davon angesprochen?« Obgleich die Bemerkung durchaus witzig war, biß sich Ruark auf die Lippen, umfaßte Summers Hand und drückte sie hart. Sie rang nach Luft. Es gefiel ihr keineswegs, wenn er ihr auf diese Weise beizubringen versuchte, was Benehmen war. Sie wandte sich wütend von ihm ab, kniff die Augen hinter der Schmetterlingsmaske zusammen und beschloß, es ihm heimzuzahlen.

Im Speisesaal gab es statt des sonst üblichen sechsgängigen Menüs ein üppiges Buffet. Entlang der Wände waren kleine Tische aufgestellt, an denen die Gäste sitzen und plaudern konnten, ehe sie erneut ihre Teller auffüllten. In diesem ungezwungenen Rahmen konnten die Damen ihre Kleider und ihren Schmuck ungeniert zur Schau stellen und sich ihrer zweiten großen Leidenschaft widmen, dem Klatsch und Tratsch.

Ohne Tanz und Kartenspiel konnte der König mit seinen Beratern in Ruhe darüber sprechen, was hinsichtlich der Bedrohung durch die Holländer und gegen die zahlreichen Spione und Schmuggler in Cornwall zu unternehmen sei.

Für das Buffet hatte man die verschiedensten Gerichte zusammengestellt. Es gab geräucherte Austern, geräucherten Lachs und geräucherte Forelle. Berge von Aal in Gelee und Lampreten türmten sich neben dampfenden Schüsseln, aus denen einem der Duft von Krabben und Muscheln in die Nase stieg. In der Mitte des Tisches lange Keulen von Wildbret, Ziege und Lamm, umgeben von Platten voller Gemüse, das mit neuen und geradezu unerschwinglich teuren Gewürzen aus der Südsee zubereitet worden war, teils scharf mit Curry oder Cayennepfeffer, teils mild mit Nelke und Zimt. Wildpasteten, Kaninchenpasteten und riesige, in große Scheiben geschnittene Cornish Pasties wurden denen geboten, deren Geschmack eher herzhaft war, und für die Süßmäuler unter den Gästen gab es Desserts wie Eiercreme mit Muskat oder traditionellen englischen Trifle mit gelber, verdickter Sahne, die direkt aus Devon kam.

Da Königin Catherine aus Portugal stammte, hatte man den meist bei solchen Gelegenheiten gereichten roten Bordeaux durch Portwein ersetzt, und natürlich flossen literweise Bier und Apfelwein.

Der König verbrachte lange Zeit mit seiner Gastgeberin, der neuen Countess of Bath, und die Countess of Castlemaine kniff die Augen zusammen und verfolgte ihn mit eifersüchtigem Blick. Barbara trug königliches Purpurrot, ihr Dekolleté wurde durch eine prächtige Amethystkette verziert, und sie fand, daß Lady Grenvile in ihrem weißen Kleid und mit der schlichten Perlenkette einfach langweilig aussah. Doch zugleich wußte sie, daß der Schmuck, ein altes Erbstück, unbezahlbar war.

Später, als Barbara ihren Cousin Buckingham neben der Gastgeberin entdeckte, stieß sie ihn wie zufällig an, so daß er das Kleid der Countess of Bath mit Portwein überschüttete.

»O Himmel, George, es hieß immer, mit deinem Benehmen könntest du noch nicht einmal mit Schweinen essen, aber ich habe dich verteidigt. Ich habe gesagt, o doch, das könnte er durchaus!« Die Umstehenden kamen vorsichtig näher, denn es war immer ein außergewöhnliches Vergnügen, dabeizusein, wenn sich ein witziges Streitgespräch zwischen Villier und seiner Cousine entspann. Normalerweise gewann immer Buckingham, denn er schreckte vor keiner Gemeinheit zurück. Zunächst entschuldigte er sich bei Lady Grenvile für das Mißgeschick. »Verzeihen Sie mir meine Ungeschicklichkeit, Mylady, aber auf Ihrem herrlichen weißen Kleid sieht der Wein wie Ihr Wappen aus – ein scharlachrotes Banner mit drei goldenen Schwertern.« Er stellte nur zu gerne seine Kenntnisse von Englands Adel zur Schau. »Auf diese Weise verkörpern Sie hervorragend den edlen Wahlspruch Ihrer Familie.«

Dies war ein Seitenhieb gegen Barbara, die kein solches Motto besaß. Sie lächelte und sagte gedehnt: »Der König und ich sprachen erst kürzlich darüber, welches Wappen ich wählen soll. Mir gefiele ein Schwan mit einem goldenen Hufeisen.«

Buckingham enttäuschte die Zuhörer nicht, als er Barbara mit seinem grausamen Witz in ihre Schranken verwies: »Und ich hätte auch schon den passenden Wahlspruch für dich, Barbara. ›*Sobald er sich aufplustert, reite ihn.*‹«

Bess Maitland brach in heiseres Gelächter aus und schlug Barbara vergnügt auf den Rücken. »Na, was sagt man dazu, meine Liebe?« Der Hieb führte unglücklicherweise dazu, daß Barbara sich an einer Fischgräte verschluckte, so daß sie fünfzehn Minuten lang sprachlos war. Eine der seltenen Erholungspausen für ihre Freunde und Feinde, kommentierte später ein Gast.

Währenddessen versuchte der König, Lady Helfords Gesellschaft zu genießen, aber immer wieder wurde er von dem einen oder anderen Höfling aufgesucht, der einen Gefallen von ihm erbat. Als sie endlich allein waren, sah sie ihn an und sagte: »Jeder will etwas von Euch. Allmählich wird mir bewußt, daß ein König nicht immer zu beneiden ist.«

Er lächelte: »Das habe ich bereits von meinem Vater gelernt.«

Sie sah ihm in die Augen, die trotz seines Zynismus eigenartig sanft waren, und sagte leise: »Ihr habt ihnen allen bereits so viel geopfert, aber immer noch bitten sie Euch um mehr.«

»Sie irren sich, meine Liebe«, stellte er traurig fest. »Jeder der Männer in diesem Saal hat seinen Vater an die Sache der Stuarts verloren, und die meisten von ihnen haben obendrein noch ihre Ländereien und ihren Reichtum geopfert, um dem Feind zu trotzen. Und dann, als wir ihn nicht besiegen konnten, gingen viele von ihnen mit mir ins Exil.« Er schüttelte den Kopf. »Sie waren immer so hilfsbereit ... so loyal ... wie eigene Kinder ... so daß ich ihnen jetzt einfach keine Bitte abschlagen kann.«

Sie blickte hinüber zu der kräftigen Gestalt ihres Ehemanns. Er war einer der Männer, von denen der König sprach. Als sich ihre Blicke begegneten, wurde Summer klar, daß Ruark sie beobachtete. Plötzlich wollte sie ihm seinen Versuch, ihr Manieren beizubringen, nicht mehr heimzahlen, und vor allem wollte sie nicht, daß er eifersüchtig auf den König war. Als er sie sehnsüchtig ansah, legte sie die Fingerspitzen auf den Mund und schickte ihm einen Kuß.

Die Musikanten mit ihren Lauten, Zithern und Cembali spielten auf, und die Gäste gingen grüppchenweise in den Ballsaal, angezogen vom Zauber der Melodie.

Der König eröffnete den Tanz mit der Gastgeberin, der Countess of Bath, ihr Ehemann Jack schwenkte die Countess of Castlemaine, und die anderen Gäste suchten sich ebenfalls ihre Partner aus. Die Besucher aus Cornwall tanzten mit ihren Ehegatten, während die Londoner gerade um die ihnen Angetrauten weite Bogen schlugen.

Der Eröffnungstanz war ein Menuett, langsam und getragen, und am Ende jeder gestelzten Figur fand ein Partnerwechsel statt. Nur widerwillig überließ Ruark Summer dem König und wandte sich Jack Grenviles Gattin zu. Charles maß Summer mit beifälligem Blick. »Zählen Sie heute abend die Anträge, die Sie bekommen. Es interessiert mich zu erfahren, wie begehrt Sie bereits sind.« Als sie ob seines Spotts mahnend den Finger hob, lächelte er sie fröhlich an.

Nach dem Menuett kam eine langsame Pavane. Es war ein angenehmer Tanz, um ein Gespräch zu führen, anders als die Courante mit ihrem schnellen Tempo und dem gleitenden Schritt. Summer blickte zu ihrem neuen Partner, Bunny Grenvile, auf. »Haben eigentlich alle Grenviles dieses hübsche kastanienbraune Haar, Mylord?«

»Ja, meine Süße«, flüsterte er. »Auf den Köpfen und an anderen interessanten Stellen. Falls Sie Interesse an einem kleinen Spaziergang mit mir haben, zeige ich es Ihnen gern.«

Summer starrte ihn entgeistert an, und der König, der sie immer noch beobachtete, zog fragend die Brauen hoch. Als sie nickte, warf er den Kopf in den Nacken und brach in schallendes Gelächter aus.

Dann bat Lord Buckhurst sie um einen Tanz. Er stotterte fürchterlich, was seine Libido allerdings in keiner Weise zu beeinträchtigen schien. Bevor der Tanz endete, bemerkte er: »Ihr B-bräutigam ist w-wesentlich ä-älter als Sie, l-liebste L-lady H-helford. S-sollten Sie j-jemals ein w-wenig A-abwechslung m-mit einem M-mann g-gleichen Alters s-suchen, d-denken Sie b-bitte an m-mich.«

»Mein lieber Lord Buckhurst, meinen Sie vielleicht, daß es auch an seinem Alter liegt, daß er der jähzornigste Mann von ganz England ist?« fragte sie mit unschuldigem Augenaufschlag.

Der König bat um einen seiner Lieblingstänze, *Der schielende Hahnrei*, und Summer wurde von dem sehr lauten und sehr schottischen Earl of Lauderdale hoch in die Luft geschwungen. Sein Haar loderte wie eine Fackel, und Summer errötete, als sie sich vorstellte, wie er wohl ohne Kleider aussah. Als er sie ein zweites Mal hochhob, umfaßten seine Hände ihre Brüste, er bedachte sie mit einem eindeutig lüsternen Blick und sagte etwas, das sie nicht verstand. Sie wußte, daß er ihr einen Vorschlag unterbreitet hatte und daß dieser Vorschlag unanständig und lasterhaft war, aber sie hatte nicht die geringste Ahnung, was es war. Der König fing ihren Blick und zog abermals fragend die Brauen hoch. Als Antwort hielt sie drei Finger hoch, woraufhin Charles laut »Bravo!« rief.

Nach dem Ländler baten sämtliche Männer um einen Brawl, da ein inniger Kuß Teil dieses Tanzes war. Summer wurde in ein Paar starker Arme gezogen und wußte, daß Ruark gekommen war, um zu fordern, was er als sein Eigentum betrachtete. Als ihre Münder verschmolzen, hörte die Welt um sie herum auf zu existieren.

Als es dämmerte, schleppte der Page Lady Helfords Gepäck die Treppe hinunter, um es in der bereitstehenden Reisekutsche zu verstauen. Ohne jeden Zweifel hatte sie mehr Truhen als jeder andere Gast, und der Gepäckträger und das Dach des Gefährts reichten nicht für alles aus. Ein paar der Kästen müßten also ins

Innere des Wagens, so daß die Lady gezwungen wäre, sich einen Sitz mit Lord Helford zu teilen.

Summer hatte der Gastgeberin bereits am Vorabend gedankt, denn zu dieser frühen Stunde war Lady Grenvile niemals wach. Sie ging die Treppe hinunter, entdeckte Jack Grenvile in der Eingangshalle und rief einen fröhlichen Gruß. Als sie allerdings die unterste Stufe erreichte, erkannte sie, daß es sich nicht um Jack handelte, auch wenn offensichtlich war, daß der Mann ein Grenvile war. Er war ein wenig älter als Jack, hatte einen doppelt so arroganten Gesichtsausdruck, und Summer fragte sich, wer er wohl war. »Tut mir leid, Mylord, anscheinend habe ich einen Grenvile mit einem anderen verwechselt«, sagte sie.

Sie streckte die Hand aus, doch der Mann erwiderte kühl: »Sie irren sich, Madame« und ging grußlos an ihr vorbei.

»Was für ein ungehobelter Kerl«, murmelte sie, »und was für ein unschöner Tag für eine so lange Fahrt.«

Das Fest hatte bis vier Uhr in der Früh gedauert, und Ruarks private Unterhaltung hatte nochmals zwei Stunden beansprucht, so daß sie gar nicht erst eingeschlafen war. Als Ruark ihr in die Kutsche half, bemerkte er die dunklen Ringe unter ihren wunderschönen Augen und verspürte leichte Schuldgefühle, weil er so selbstsüchtig gewesen war. Er gab seinem Kutscher noch ein paar letzte Anweisungen und kletterte dann neben seine Frau. Sie unterdrückte nur mit Mühe ein Gähnen, und er sagte: »Liebling, ich habe dich erschöpft. Du mußt lernen, nein zu sagen, wenn ich zu anspruchsvoll bin. Komm, laß mich dich halten, während du zu schlafen versuchst.«

Sie sah ihn dankbar an, schmiegte sich an ihn, und nach fünf Minuten schlummerte sie bereits.

Als er auf sie hinabblickte, wurde er von Zärtlichkeit erfüllt. Er liebte sie so sehr, daß er wußte, er bekäme niemals genug von ihr. Sie war wie die andere Hälfte seines Ichs, die Hälfte, ohne die er nicht vollständig war. Noch vor einem Monat hätte er bei dem Gedanken an Liebe zynisch gelacht. Er hatte die Ehe als eine trübsinnige Pflicht betrachtet, die ein Mann übernahm, damit er einen Erben bekam. Doch inzwischen hatten sich all seine früheren Vorstellungen als falsch erwiesen.

Ihre dunklen Wimpern lagen wie Halbmonde auf ihren Wangen, und ihm war, als hätte er nie zuvor ein lieblicheres Gesicht gesehen. Er konnte nicht glauben, daß er erst seit fünf Tagen mit ihr verheiratet war, denn es schien ihm, als wären sie bereits seit Urzeiten ein Paar. Bei dem Gedanken an die Diamantkette, die er ihr gekauft hatte, lächelte er. Sie sah aus wie ein schimmernder Wasserfall, und er wollte sehen, wie ihre Augen funkelten, wenn er sie ihr schenkte. Sie bekäme es zum Jubiläum ihrer Eheschließung in zwei Tagen, wenn sie eine Woche mit ihm verheiratet war. Er war stolz auf sie und wollte, daß sie feinere Juwelen trug als jede andere Frau, feinere Juwelen selbst, als sie die Mätresse des Königs besaß. Sie war seine geliebte Frau, und sie hatte nur das Beste verdient. Er streckte seine Beine aus und schloß die Augen, um ebenfalls zu dösen, hochzufrieden, daß sie an seinem Herzen lag.

Sie kamen erst am Spätnachmittag zu Hause an, und Summer wußte, daß in der kommenden Woche der wichtigste Mensch für sie Mr. Burke, der treue Verwalter, war. Ohne seinen Rat und seine Führung wäre sie vollkommen hilflos, wenn der König und sein Gefolge eintrafen. Sie hatte keine Ahnung, welche Speisen und Getränke angemessen waren, welche Zerstreuungen sie organisieren müßte, und von der Hackordnung, die innerhalb des Hofstaats galt. Und um alles noch schlimmer zu machen, ertrug sie den Gedanken an Spider, der im Gefängnis saß, einfach nicht mehr.

Die Hypothek wäre ungefähr zu dem Zeitpunkt fällig, an dem ihre Gäste wieder abreisen würden, und sie wußte, sie hatte keine andere Wahl, als Ruark alles zu gestehen. Sie mußte sich der Auseinandersetzung stellen, und sie wußte, sie könnte erst wieder frei atmen, wenn sie ihr Gewissen erleichtert hatte.

Summer fand, daß Mr. Burke der beste Gesprächspartner war, den es gab. Er hatte bereits zwei Mädchen hinaufgeschickt, um all die schönen Dinge auszupacken, mit denen sie aus Plymouth zurückgekommen war, und sie erzählte ihm alles über die exotische Fracht, mit der die *Golden Goddess* aus Indien zurückgekommen war.

Er seinerseits erklärte ihr, daß sie die Menüs für den Besuch des Königs gemeinsam aussuchen und dann alles der Köchin überlassen würden, die Herrin über ein kleines Heer von willigen und talentierten Helferinnen war. Ruark würde den Wein aussuchen und die Rolle des aufmerksamen Gastgebers spielen, so daß es für die Hausherrin nichts zu tun gab, als schön zu sein.

»Mr. Burke, die Damen vom Hof haben über die Theateraufführung auf Stowe gelacht. Wir müssen uns etwas überlegen, von dem sie begeistert sind. Diese Weiber langweilen sich so schnell...«

»Bitte verzeihen Sie mir die Bemerkung, Mylady, aber das liegt daran, daß sie so oberflächlich, hedonistisch und unmoralisch sind. Aber jemand so Cleverem wie Ihnen wird es doch gewiß gelingen, irgendeine neue Frivolität aus dem Ärmel zu zaubern, mit der sich dieses Gesindel beeindrucken läßt. Da bin ich ganz sicher.«

21

Als Summer früh am nächsten Morgen erwachte, hüllten die Bettvorhänge sie immer noch in intime Dunkelheit ein. Sie setzte sich auf, schob sie zurück und ließ die Morgensonne herein. Ruark streckte die Hand aus, um sie in ihren warmen Kokon zurückzuziehen, und sie schmiegte sich in seinen Arm. Sie wußte, niemals würde er sie mehr lieben als in diesem Augenblick.

Die Diamantkette lag in einem Schränkchen neben dem Bett, und er fand, daß dies der geeignete Augenblick für ihre Überreichung war. Als er allerdings den Kopf neigte, um seiner Geliebten zuvor einen Kuß zu stehlen, schob diese ihn fort.

»Ich muß dir erst etwas sagen, Liebling.« Sie zögerte, und ihr

Herz raste, nun, da der Augenblick der Wahrheit gekommen war. »Ich habe ein paar Geheimnisse, die ich dir beichten muß«, flüsterte sie.

Sein Blick verriet geradezu überirdische Liebe und tolerante Belustigung.

Sie kniete sich vor ihn, neigte den Kopf und senkte den Blick. »Mein Bruder Spencer wurde gemeinsam mit ein paar anderen Männern aufgrund des Verdachts verhaftet, er hätte etwas mit Schmuggel zu tun.«

Seine Stimme traf sie wie ein Peitschenhieb. »Wann?«

»Er ... ich ... in der Nacht vor unserer Hochzeit«, antwortete sie wahrheitsgemäß. »Er sitzt im Gefängnis von Falmouth, und ich habe ihm gesagt ... ich hatte gehofft ... du wärst in der Lage, ihn freizulassen.« Ruark sprang aus dem Bett und streckte die Hand nach seiner Hose aus. Die Stille im Raum war grauenhaft. Niemand hätte das Ausmaß der Panik erraten, die in ihr aufwallte. Sie wollte reinen Tisch machen, um die gerechte Strafe für ihr falsches Spiel zu bekommen, damit sie endlich alles hinter sich hatte. »Ruark, wir mußten ein bißchen Schmuggel betreiben, sonst wären wir verhungert! Mein Vater hatte alles verspielt, was wir je besaßen. Er hat die Pferde verkauft, die Gemälde, die Möbel. Es gibt auf Roseland schon seit Jahren keine Dienstboten mehr. Die Ställe verfallen, das Land ist von Unkraut überwuchert, und das Haus ist vollkommen kaputt. Als ich dir in London begegnete, hatte ich gerade erfahren, daß das Haus mit einer Hypothek in Höhe von achtzehntausend Pfund belastet ist. Diese Schuld ist inzwischen auf zwanzigtausend Pfund angewachsen, und wenn ich sie nicht nächste Woche begleiche, wird der Londoner Geldverleiher Solomon Storm alles verkaufen.« Sie atmete zitternd ein.

»Du kleine Hure!« schnauzte er sie an. »Du käufliches kleines Biest. Du hast mich nur wegen meines Geldes geheiratet!«

Sie riß die Augen auf. »Nein ... Ru ...«

Sein Gesicht war puterrot vor Zorn, sein Mund war zu einer grimmigen, grausamen Linie zusammengepreßt, seine Augen blitzten kalt. »Nein, du hast mich nicht nur wegen meines Geldes geheiratet, sondern auch, weil ich der neue Oberrichter bin. Bei Gott, da hast du ja einen netten kleinen Plan geschmiedet. Aber laß mich dir sagen, daß du und dein verdammter kleiner Bruder wußtet, daß Schmuggel gefährlich ist. Du weißt, daß es unrecht ist, und du weißt, daß es strengstens verboten ist. Ich kann und will Ihren Bruder nicht aus dem Gefängnis entlassen, Madame. Meinetwegen soll er dort verrecken, es ist mir egal!«

Summer starrte ihn entgeistert an. Sie konnte einfach nicht glauben, was er da von sich gab.

»Frauen sind doch alle Huren ... jede einzelne von ihnen. Ich habe noch keine Frau gekannt, die mich nicht betrogen hätte! Ich dachte, du wärest anders. Hast du eine Vorstellung davon, wie sehr ich dich geliebt habe?« tobte er.

Sie versuchte, ihre Angst zu verbergen, aber vielleicht erwartete er geradezu, daß sie sich vor ihm fürchtete. Sie war vollkommen erstarrt. Sie fühlte sich gefangen ... kniete nackt auf dem Bett, in dem er sie erst letzte Nacht angebetet zu haben schien.

»Aber Liebe hatte mit unserer Beziehung offenbar niemals etwas zu tun«, fuhr er gnadenlos fort.

Tränen rannen ihr über das Gesicht. Sie liebte ihn von ganzem Herzen, aber zugleich wußte sie, daß sie ihm gegenüber des Betruges schuldig war. Verzweifelt weinte sie: »Ruark, wie kannst du mich beschuldigen, dich nicht zu lieben ... du mußt doch wissen, daß ich dich mehr liebe als mein Leben.« Sie ertrug seine Vorwürfe nicht, auch wenn sie schuldig war.

»Du bist genauso eine Lügnerin wie jede andere Frau. Du bist keinen Deut besser! Himmel!« Sein Schrei erinnerte an das Geheul eines verwundeten Wolfs. Dann fiel ihm die Diamantkette ein, die er für sie gekauft hatte, und er warf den Kopf zurück und brach in wildes Gelächter aus, das allerdings alles andere als belustigt klang. »Was für einen verdammten Narren hast du doch aus mir gemacht. Du bist nichts als eine kleine Hure, die Geld und besondere Privilegien verlangt für die sexuellen Dienste, die sie einem erweist!«

»Nein, Ruark … bitte laß mich erklären. Wir waren verzweifelt … wir hatten kein Geld, nichts zu essen … und dann wollte man uns auch noch das Dach über dem Kopf nehmen.«

Sein Schmerz über ihren Betrug machte ihn taub für ihr Flehen. Nie wieder würde er ihr nur ein einziges Wort glauben. Und niemals würde er ihr verzeihen … nie, niemals.

Sie erinnerte sich daran, wie sie ihn verführt hatte in der Hoffnung, daß er sie heiraten würde, doch durchaus bereit, auch mit der Rolle seiner Mätresse zufrieden zu sein. Aber, verdammt, das hatte nichts damit zu tun, daß sie ihn liebte, seit sie seine Frau geworden war. Wenn sie ehrlich war, hatte sie ihn bereits geliebt, seit sie ihm zum ersten Mal begegnet war. Plötzlich machte es sie wütend, daß er sie beschuldigte, nur mit ihm zu schlafen, damit sie Geld von ihm erhielt. Sie reckte das Kinn und sah ihn mit blitzenden Augen an. »Wie kannst du es wagen, so mit mir zu sprechen, du arrogantes Schwein!«

»Lady Summer St. Catherine«, spottete er, »meine reine, kleine Jungfrau.«

Sie war sprachlos vor Zorn, denn niemand wußte besser als er, daß sie tatsächlich noch Jungfrau gewesen war.

»So teuflisch clever. Aber du unterschätzt dich. Du brauchst mich nicht – du brauchst niemanden!« donnerte er und setzte sein Wolfslächeln auf. »Da du ja so verdammt clever bist, kriegst du bestimmt das Geld für die Hypothek irgendwo anders her. Und das mußt du auch, denn von dem Helfordschen Vermögen wirst du keinen einzigen Penny sehen.«

»Verschwinde!« kreischte sie.

»Nein, Madame, Sie sind diejenige, die verschwinden wird. Denn ich werde dafür sorgen, daß man unsere Eheschließung annulliert!«

Sie war verblüfft. »Das kannst du nicht tun … die Ehe wurde schließlich vollzogen.«

Er sah sie kühl an. »Du vergißt, daß ich der oberste Richter bin – ich vertrete das Gesetz. Die Annullierung unserer Ehe ist für mich die einfachste Sache der Welt.«

Sie griff nach ihren Kleidern und sagte in eisigem Ton: »Also gut, ich gehe, Lord Helford. Ich kehre auf der Stelle nach Hause nach Roseland zurück.«

Er trat ans Bett und schlug ihr mitten ins Gesicht. »Madame, Sie werden das tun, was man Ihnen sagt. Und solange Sie meine Frau sind, wohnen Sie unter diesem Dach. Sie vergessen, daß in ein paar Tagen unsere Gäste kommen.«

Sie sackte in sich zusammen. Es stimmte. Sie hatte es vergessen. Aber wie sollte sie unter diesen Umständen den König und seinen Hofstaat empfangen? Körperlich war er stärker als sie, also benutzte sie die einzige Waffe, die ihr zur Verfügung stand. »Ich werde dich mit dem erstbesten Höfling, der mich darum bittet, betrügen!«

Er kniff die Augen zusammen. »Wenn du mir untreu bist, solange wir noch verheiratet sind, bringe ich dich um. Sobald die Ehe annulliert ist, kannst du tun, was du willst.« Er machte auf dem Absatz kehrt. »Du kannst zunächst einmal diese Räume behalten. Ich werde in den Nordflügel ziehen.«

Die Tür fiel krachend hinter ihm ins Schloß, und Summer blieb verwirrt und ungläubig zurück. Der wunderbare Traum durfte unmöglich ein solches Ende nehmen. Sie war vollkommen am Boden zerstört. Sie legte sich aufs Bett, rollte sich zusammen und horchte auf ihr gebrochenes Herz.

Nach ungefähr einer Stunde klopfte es leise an ihrer Zimmertür, und Mr. Burke trat mit ihrem Frühstück ein. Sie schüttelte den Kopf.

»Sie müssen etwas essen, Mylady.«

»Ich kann nicht, Mr. Burke, also bitte drängen Sie mich nicht«, flüsterte sie, starrte blind aus dem großen Fenster auf den Brunnen hinaus und preßte die Hand an ihre Brust. »Mein Herz tut mir so weh.«

»Lady Summer, er ist furchtbar jähzornig und übermäßig stolz. Das war schon immer so. Im nachhinein bedauert er die Dinge, die er gesagt hat, aber sein verdammter Stolz hält ihn davon ab, sich zu entschuldigen.«

»Ist so etwas schon mal passiert?« fragte sie teilnahmslos.

Mr. Burke nickte. »Sein Vater litt unter demselben Temperament. Die beiden stritten ganz fürchterlich, und der alte Lord Helford starb, ohne daß es zu einer Versöhnung kam. Ihr Gatte hat es nie zugegeben, aber ich weiß, daß er seine Rolle in dem Streit zutiefst bedauert, genau wie es auch jetzt der Fall sein wird.«

»Ich muß hier raus. Falls er fragt, Mr. Burke, dann sagen Sie ihm, ich wäre ausgeritten!«

»Er wird nicht fragen, Mylady, aber wenn Sie nicht zurückkommen, wird er Sie zurückholen, und wenn er Sie an den Haaren hinter sich herzerren muß.«

»Ich werde zurückkommen, Mr. Burke, aber nicht so schnell.«

Summer ritt nach Roseland zurück. Sie setzte sich mutlos in die menschenleere Küche und überlegte, was in aller Welt sie tun sollte. Es entsprach nicht ihrem Wesen, Trübsal zu blasen, schon immer hatte sie lieber irgend etwas gegen ihr Unglück getan. Bald wallte Ärger in ihr auf. »Fahr zur Hölle, Ruark Helford!« brüllte sie. »Du glaubst, ich brauche dich? Du hattest recht, ich brauche niemanden! Ich werde das Geld für die Hypothek bekommen, und wenn es das letzte ist, was ich tue«, schwor sie und krachte mit der Faust auf den Tisch. Aber zuerst galt es, Spider aus dem Gefängnis zu befreien. Sie ging im Geiste die verschiedenen Möglichkeiten durch. Sie hatte eine Pistole. Sie hatte Schmuck … vielleicht konnte sie jemanden bestechen.

Als sich die Küchentür langsam öffnete, fuhr sie erschrocken hoch. Doch dann nahm sie all ihren Mut zusammen und fragte: »Wer ist da? Sprich oder ich blase dir das Hirn aus dem Schädel!«

»Ich bin's, Cat, schieß nicht!« rief ihr Bruder alarmiert.

»Spider! Oh, dem Heiligen Jude sei Dank. Hat Ruark dich also doch aus dem Gefängnis geholt?« Ein winziger Hoffnungsfunke flackerte in ihrem Herzen auf.

»Ruark«, schnaubte er verächtlich, ehe er die Tür schloß und an den Küchentisch trat. »Sie haben mich in ein Vernehmungszimmer geführt, und das verdammte Fenster stand sperrangelweit auf. Es ist kaum zu glauben, wie blöd diese Kerle sind.«

»Du bist geflohen? O Gott, dann sind sie bestimmt hinter dir her!«

»Du vergißt, daß sie nicht wissen, wer ich bin, Cat.« Er grinste, doch ihr sank das Herz in die Knie.

»Ich habe es Lord Helford heute morgen gesagt.«

»Aber deswegen brauche ich mir doch sicher keine Sorgen zu machen. Du sagtest doch, du wärst inzwischen mit ihm verheiratet. Hast du mich etwa angelogen, Cat?«

»Nein«, erwiderte sie erbost, »aber er hat gedroht, die Ehe annullieren zu lassen, als ich ihm die Sache mit dir und der Hypothek gestand.«

»So einfach ist das nicht mit der Annullierung. Es sei denn, irgend etwas stimmt mit ihm nicht und er kriegt im Bett keinen hoch«, stellte Spider fest.

»Er ist das Gesetz, also kann er, verdammt noch mal, machen, was er will.«

»Hat er dich gevögelt oder nicht?« fragte Spider unverblümt.

Summer schloß die Augen, preßte die Lippen zusammen und nickte mit dem Kopf.

»Dieses widerliche Schwein!« fluchte ihr Bruder. »Nun, da gab es sicher ein böses Erwachen für dich.«

»Allerdings.« Sie lachte kurz auf. »Und zwar aus süßem Schlaf mit verführerischen Träumen, aber jetzt bin ich Gott sei Dank wieder hellwach, und außerdem habe ich die wichtigste Lektion meines Lebens gelernt. In dieser Welt kann ich mich auf niemanden verlassen außer auf mich selbst.« Fieberhaft dachte sie über die verschiedenen Möglichkeiten nach, ehe sie sie hastig wieder verwarf. »Als erstes müssen wir dich nach Helford Hall schmuggeln. Dort suchen sie ganz bestimmt nicht nach dir. Du kannst auf dem Dachboden bleiben, bis wir wissen, wie es weitergehen soll. Ich reite jetzt zurück und warte an der Tür zum Südflügel auf dich. Laß dich bloß von niemandem erwischen, vor allem von keinem Bediensteten.«

Wie immer ging Spider dem Helfordschen Wildhüter geschickt aus dem Weg, aber in der Nähe des Brunnens zupften die Gärtner gerade Unkraut, und es sah aus, als blieben sie bis zum Sonnenuntergang. Also stahl er sich von Baum zu Baum, wobei er sorgsam darauf achtete, daß er niemals zu sehen war.

Summer stand an der Flügeltür, als er zum Fenster glitt. Sie legte gerade die Hand auf den Türgriff, als sie hinter sich Schritte vernahm und schuldbewußt herumwirbelte.

»Oh, Daisy, stellen Sie die Blumen bitte einfach auf den Tisch. Würden Sie bitte Mr. Burke suchen und ihm sagen, daß ich wieder da bin?« Mit einem Knicks verließ das Mädchen den Raum. Summer öffnete eilig die Tür, damit Spider hereingleiten konnte, doch dann hörten sie Stimmen vor der Zimmertür, und sie schob ihn hinter die schweren Vorhänge. »Oh, Mr. Burke, ich habe Daisy nicht gebeten, Sie zu holen, ich dachte nur, Sie sollten wissen, daß ich zurückgekommen bin«, sagte sie lahm.

»Während Ihres Ausritts habe ich Lord Helfords Sachen aus Ihrem Zimmer geräumt, Mylady.«

»Oh«, sagte sie. Es war klar, daß der Verwalter nur tat, worum Ruark ihn bat. Aber jetzt mußte sie ihn schleunigst loswerden. »Mr. Burke, ich denke, Sie hatten recht. Vielleicht sollte ich tatsächlich versuchen, etwas zu essen.«

Er lächelte sanft. »Ich werde der Köchin sagen, daß sie etwas zubereiten soll.«

Als der Flur endlich menschenleer war, schlichen Bruder und Schwester heimlich die Treppe zu ihrem Zimmer hinauf. Spider pfiff leise durch die Zähne, als er die luxuriöse Umgebung sah, aber Summer sah in jedem Gegenstand nur den Geist ihres Ehemanns.

Sie hob den Deckel einer mit wunderbaren Schnitzarbeiten verzierten Sandelholzkiste und zeigte Spider das darin versteckte Gold. »Ich habe inzwischen fast sechstausend Pfund. Ich dachte, vielleicht wäre es gut, wenn du eine Zeitlang verschwindest. Nimm das Geld mit nach London zu Tante Li. Dann kann sie es Solomon Storm bringen und ihm erklären, daß er den Rest in Kürze ebenfalls bekommt. Inzwischen hat sie bestimmt auch die

Brüsseler Spitze verkauft. Außerdem besitze ich noch ein paar teure Juwelen, die ich beim Kartenspiel gewonnen habe, und ich hoffe, daß ich noch mehr gewinnen werde, aber ich muß erst jemanden finden, der sie mir abkaufen will.«

Es klopfte leise an der Tür, und Spider glitt auf den Boden und schob sich lautlos unter das Bett. Mr. Burke trat ein und stellte ein Tablett mit Essen auf den Tisch neben dem Bett. »Ich habe auch etwas Wein mitgebracht, Mylady.«

»Sie sind immer so aufmerksam, Mr. Burke. Könnten Sie vielleicht dafür sorgen, daß man mir in ungefähr einer halben Stunde Wasser für mein Bad heraufbringt? Bis dahin wäre ich Ihnen sehr verbunden, wenn Sie dafür sorgen würden, daß niemand in den Südflügel kommt und mich stört. Ich möchte alleine sein. Ich bin es nicht gewohnt, jedesmal, wenn ich mich nur umdrehe, einem Bediensteten gegenüberzustehen.«

»Ich werde dafür sorgen, daß Sie auf keine Weise gestört werden, Mylady«, sagte er und runzelte besorgt die Stirn.

Sobald er auf den Flur hinausgetreten war und die Tür hinter sich geschlossen hatte, kam Spider unter dem Bett hervor. »Ich nehme an, das verdammte Bad hast du für mich bestellt?« beschwerte er sich.

»Vielleicht hat er dich nicht gesehen, aber es ist geradezu ein Wunder, daß er dich nicht zumindest gerochen hat. Du stinkst nach Gefängnis«, sagte sie mit gerümpfter Nase. »Wenn du fertig bist mit Baden, werden wir deine Kleider waschen. Bis sie trocken sind, gebe ich dir ein Hemd und eine deiner Hosen zurück.«

»Du bist also immer noch nicht zu fein, um in Hosen herumzulaufen, ha?«

Sie seufzte. »Ich werde nie eine feine Dame sein, aber wenn ich darüber nachdenke, gibt es wohl auch nicht allzu viele, die den Anforderungen gerecht werden, die man im allgemeinen an echte Ladies stellt. Zumindest die Weiber an Charles' Hof sind alles andere als fein und damenhaft!«

»Das Essen riecht wunderbar, laß uns also erst mal mampfen, ehe das blöde Badewasser raufgebracht wird.«

Sie hob die Deckel von den Schüsseln und drückte ihn auf einen bequemen Stuhl. »Du kannst alles haben, mein Lieber. Ich habe keinen Hunger.«

Er bedachte sie mit einem forschenden Blick. »Du bist doch nicht etwa zu unglücklich zum Essen, oder?«

»Mach dir keine Sorgen um mich«, beruhigte sie ihn. »Ich trinke ein Glas Wein.« Sie nippte nachdenklich an dem köstlichen Getränk, während Spider das Essen verschlang. Er hat in seinem Leben so viele Mahlzeiten verpaßt, dachte sie, und ihre Entschlossenheit, sich das Geld zu beschaffen, wuchs. Wenn das keine Ironie des Schicksals ist, überlegte sie, daß ich Ruark nichts gegeben habe, bis er alles wollte ... und dann habe ich mich in ihn verliebt und ihm alles gegeben, bis er überhaupt nichts mehr wollte von mir.

Nachdem Spider auch den letzten Krumen vom Teller gewischt hatte, schob er sich wieder unter das Bett und wartete eine Ewigkeit auf die Vorbereitung des Bads. Zunächst kam ein Mädchen mit einem Stapel Handtücher, zog die Wanne aus der Ecke und verbarg sie hinter einem Paravent, und dann kamen ein halbes Dutzend Pagen und schleppten riesige Krüge mit heißem Wasser herbei. »Sind Sie sicher, daß ich Ihnen bei Ihrem Bad nicht behilflich sein kann, Lady Helford?« fragte das Mädchen.

»Ganz sicher, danke. Gute Nacht«, erwiderte Summer bestimmt.

Spider setzte ein lüsternes Grinsen auf. »Ich habe nichts dagegen, wenn sie mir hilft.«

Summer stemmte die Hände in die Hüften. »Warum sind Männer bloß immer so ... männlich?«

»Keine Ahnung, was meinst du?« fragte er verschmitzt.

Sie stand da und starrte blind in die Dunkelheit hinaus, damit ihr Bruder so ungestört wie möglich war. Vor ihrem geistigen Auge jedoch sah sie einen anderen Mann. Sie spürte noch die Härte seines Mundes auf ihren Lippen von ihrem morgendlichen Liebesspiel. Sie schloß die Augen und zwang sich, etwas anderes als Ruark vor sich zu sehen.

Nach dem Bad gingen sie, mit zwei Kerzen bewaffnet, auf den Dachboden hinauf. Die dort gelagerten Möbel waren atemberaubend schön. Es gab seidige Perserteppiche, leuchtende Kissen und Ottomanen, Lackschränkchen, Korbstühle und Bettsofas. Die kleinen Fenster gingen auf das Dach und die hohen Helfordschen Schornsteine hinaus. Spider war sehr zufrieden mit seinem Quartier. Er warf einen Haufen schimmernder Kissen auf den Boden, um sich ein weiches Bett zu bereiten, und obgleich er es seiner Schwester gegenüber nicht erwähnte, erkannte er sofort, daß er durch die Fenster problemlos aus- und wieder einsteigen konnte, ohne daß ihn jemand sah.

Zurück in ihrem Zimmer verspürte Summer Erleichterung, daß zumindest ihr Bruder heute nacht warm und sicher war. Sie hätte dem jungen Teufel die Ohren langgezogen, hätte sie gewußt, daß er bereits fünf Minuten, nachdem sie gegangen war, die dicken Weinreben herunterkletterte, von denen das Gemäuer von Helford Hall überwuchert war.

Summer kam die Nacht endlos vor. Die Dinge, die Ruark ihr an den Kopf geworfen hatte, kehrten in jeder schmerzlichen Einzelheit zurück. Sobald sie die Augen schloß, sah sie seinen Blick und seinen grimmig zusammengepreßten Mund, aber das Schlimmste war, allein in dem riesigen Bett zu liegen, in dem in so wenigen Nächten so viel Intimes geschehen war.

Sein Duft haftete an den Laken, und ihre Haut spürte immer noch die sanfte Berührung seiner Hand. Sie hatte das Gefühl zu verhungern, da die Sicherheit seiner starken Arme für sie von nun an für immer verloren schien. Aber am meisten vermißte sie es, von ihm ausgefüllt zu sein. Der Gedanke ließ sie vor Scham erröten, aber sie sehnte sich verzweifelt nach seinem Schaft. Sie stöhnte leise, als sie daran dachte, wie es sich anfühlte, wenn sein Glied ganz tief in ihrem Inneren war. Sie war wie von Sinnen vor Schmerz.

Sie vergrub ihren Kopf im Kissen und benetzte es mit ihrem heißen Tränenstrom.

22

Als sie Mr. Burke am nächsten Morgen fragte, wo ihr Ehemann sei, erklärte er ihr, Lord Helford wäre abgereist und käme erst Ende der Woche zum Empfang ihres königlichen Gastes zurück.

Am Nachmittag erschien Lady Arundell auf Helford Hall. Sie wollte mit Summer über die zu arrangierenden Festlichkeiten sprechen und hatte zu diesem Zweck extra eine Liste der zu erwartenden Besucher erstellt. Es kamen mehr Gäste, als Lady Arundell ursprünglich erwartet hatte, und sie war vollkommen aufgelöst. »Nun, wenigstens haben wir kein Platzproblem. Pendennis Castle hat Räume genug, und Seine Majestät will bestimmt wieder das Königszimmer, in dem er vor über zwölf Jahren genächtigt hat, ehe er mit seinem Hofstaat auf die Scilly-Inseln floh.«

»Das ist gut, denn wir haben hier auf Helford Hall nur wenige Gästezimmer. Wenn Sie wollen, frage ich Mr. Burke nach der genauen Zahl.«

»Oh, meine Liebe, ich bringe sie gerne alle bei uns unter, wenn Sie mir dafür die Unterhaltung der Gäste während des Tages und der langen Abendstunden abnehmen. Sie wissen doch, daß ich nur sehr ungern unschöne Dinge über andere Menschen sage, aber die Leute aus London sind einfach anders als wir. Ich fürchte, ihr Appetit auf immer neue Sensationen und Vergnügungen hat sie für die einfachen, natürlichen Belustigungen des Landlebens stumpf gemacht.«

»Lord Helford freut sich bereits darauf, die Gäste zu unterhalten, und außerdem werden sie ja, glaube ich, nur drei Tage hier sein. Aber trotzdem werde auch ich ganz nervös, wenn ich nur daran denke – ich habe bisher ein so ruhiges Leben geführt«, pflichtete Summer ihr freundlich bei.

Statt einen Pagen mit dem Servieren des Nachmittagstees zu beauftragen, kümmerte sich Mr. Burke, der Retter, persönlich um Lady Helford und ihre Besucherin. Nachdem Lady Arundell wieder gegangen war, sagte Summer zu ihm: »Ich weiß gar nicht, was ich ohne Sie machen würde.«

Er blickte auf das Teetablett, das sich immer noch unter den Köstlichkeiten bog. »Ich glaube nicht, daß Sie auch nur einen Bissen gegessen haben. Ich lasse das Tablett besser hier. Vielleicht möchten Sie ja später etwas.«

»Mr. Burke, haben Sie eine Ahnung in welcher Form Ruark, ich meine, Lord Helford, seine Gäste zu unterhalten gedenkt? Ich habe das Gefühl, daß ich zu keinem klaren Gedanken mehr fähig bin.«

»Über die Herren brauchen Sie sich keine Gedanken zu machen. Er wird eine Jagd organisieren, und vielleicht unternimmt er mit ihnen eine Angelpartie am Helford River. Ich habe gehört, daß der König eine besondere Vorliebe für das Fischen hat, aber nur sehr selten dazu kommt. Ich erinnere mich daran, als Ruark noch jünger war, organisierte der alte Lord Helford immer Pferderennen. In unseren Ställen stehen die besten Pferde von ganz Cornwall. Die erste Lady Helford hatte nämlich ihre Pferde aus Irland mitgebracht. Wie mir zu Ohren kam, sind die Londoner ganz versessen auf alles, was ihnen einen Vorwand für große Wetten liefert. Sie brauchen also lediglich die Damen ein paar Nachmittage lang zu beschäftigen, denn an den Abenden wird gespielt. Ganz England ist anscheinend inzwischen süchtig danach.«

»Ich verstehe«, sagte sie ohne allzu große Begeisterung. »Es wird sehr schwer für mich werden, das alles zu überstehen, nun, da Lord Helford und ich noch nicht einmal miteinander reden.«

»Lord Helfords Benehmen ist tadellos, Madame. Er wird weder durch Worte noch durch Blicke oder Gesten verraten, daß irgend etwas zwischen Ihnen beiden nicht in Ordnung ist. Sie können sich darauf verlassen, Mylady, daß er in solchen Dingen sehr feinfühlig ist.«

Unglücklich dachte sie an das, was Buckingham über seine eigene Ehe gesagt hatte. *Wir führen eine relativ friedliche Koexistenz, aber man kann nicht gerade behaupten, daß wir eins sind, zusammengehören oder auch nur ein gemeinsames Leben führen.* Doch dann setzte sie ein zittriges Lächeln auf. »Nun, offenbar entsprechen wir ganz der heutigen Zeit ... zumindest wird das, was wir haben, wohl eine moderne Ehe genannt.« Dann dachte sie an Ruarks Drohung, die Ehe annullieren zu lassen, und ballte die Fäuste in ohnmächtigem Zorn. Zur Hölle mit ihm. Ich werde es ihm zeigen! Ich werde seine feinen Londoner Freunde auf eine so einzigartige Art unterhalten, daß noch die ganze restliche Saison davon gesprochen werden wird. Ich werde dafür sorgen, daß er bedauert, mich abgeschoben zu haben, und wenn es das letzte ist, was ich in meinem Leben tue!

Sobald Mr. Burke verschwunden war, hob sie das schwere Essenstablett vom Tisch und trug es die Treppe hinauf. Nachdem Spider auch den letzten Krümel verschlungen hatte, fuhr er sich mit dem Handrücken über den Mund und sah seine Schwester an. »Ich habe Neuigkeiten für dich.«

Summer sah ihn verwirrt an.

»Der ehrenwerte Magistrat und Richter ist zu dem Schluß gekommen, daß es keine Beweise dafür gibt, daß wir widerrechtlich ausländische Waren eingeführt haben. Also hat er den Fall abgeschmettert und die ganze verdammte Bande auf freien Fuß gesetzt!«

»Woher weißt du das? Hast du dich schon wieder aus dem Haus geschlichen?« Summer starrte ihren Bruder ungläubig an.

»Ich bin direkt ins Gerichtsgebäude marschiert und habe mir die ganze Verhandlung angesehen«, erklärte er vergnügt.

»Verdammt, Spider, ich habe mir ein Bein ausgerissen, nur um dich vom Strick zu schneiden. Der Hauptgrund, weshalb ich Helford geheiratet habe, war, deine Freilassung zu erreichen. Ich habe dich unter meinem Bett versteckt, dir mein ganzes Essen gegeben ... und sobald ich dir den Rücken zudrehe, bist du schon wieder unterwegs, um neuen Unsinn zu verzapfen!«

Er sah sie empört an. »Ich wäre ja wohl kein richtiger Mann, wenn ich nicht auf Abenteuer aus wäre, oder? Außerdem, wenn es anders herum wäre und ich dich auf dem Dachboden einsperren würde, würdest du ebenfalls die Weinreben runterklettern, sobald der Mond aufgeht. Gib nicht mir die Schuld daran, daß du Helford geheiratet hast. Du bist ein eigenwilliges Frauenzimmer und hast schon immer gemacht, was du wolltest. Daran wird sich auch in Zukunft nichts ändern, und bestimmt nicht durch eine Eheschließung. Nein, weder durch eine Heirat mit Helford noch durch eine Heirat mit irgendeinem anderen Mann. Weißt du was? Der arme Hund tut mir leid. Er hat keine Chance gegen dich, Cat!«

»Geh nach Hause, Spider«, zischte sie. »Da du ja jetzt nicht mehr gesucht wirst, kannst du dich von nun an alleine durchschlagen, genau wie ich es tun muß.«

Nachdem er grinsend durch das Fenster verschwunden war, sank Summer auf die leuchtenden Kissen. Warum hatte Ruark die Anklage gegen die Schmuggler fallengelassen? Hatte er es getan, damit ihr Bruder seine Freiheit zurückbekam? Falls ja, dann gewiß nur, damit der feine Name Helford sauber blieb. Plötzlich verspürte sie das übermächtige Bedürfnis, ihn und seinen Namen in den Dreck zu ziehen. Verdammt, wenn sie mit ihm fertig wäre, würde sie ... Sie unterbrach den Gedanken, da sie wußte, daß ihr Schmerz nicht eher nachließe, als bis er selber Schmerzen litt. Er hatte ihr Feuer kennengelernt, und jetzt würde er ihr Eis zu spüren bekommen. Sie würde ihm mit so eisiger Höflichkeit begegnen, daß er darin erfror. Sein tadelloses Benehmen, das die bessere Gesellschaft derart in den Himmel hob, war nichts weiter als eine dünne Kruste, hinter der sich ein unzivilisierter, brutaler Mann verbarg. Und sie würde diese Hülle in tausend Scherben zerspringen lassen, noch ehe sie mit ihm fertig war!

Helford blieb bis zur letzten Minute fort, aber Summer beschäftigte sich mit den Plänen für die Mahlzeiten und die Unterhaltung des königlichen Besuchs. Als sie von seiner Rückkehr erfuhr, bat sie Mr. Burke, ihm auszurichten, sie erwarte ihn im Besuchersalon.

Innerlich auf das unvermeidliche Geständnis und Tränen gefaßt, ging Ruark entschlossenen Schrittes die Eingangshalle hinab.

Sie sah, daß er braungebrannt war, was auf einen Aufenthalt auf dem Meer schließen ließ. Ob seiner Nähe hämmerte ihr Herz, aber sie ignorierte es, raschelte mit der Namensliste, die sie in den Händen hielt, und sprach im Ton eines Generals, der einen Schlachtplan erläuterte. »Lord Helford, hier ist eine Liste der Gäste, die morgen zu erwarten sind. Die Arundells werden ihnen Räumlichkeiten auf Pendennis Castle zur Verfügung stellen, so daß hier nur die Mietkutschen und die Pferde unterzubringen sind.« Ohne ihn anzusehen oder auch nur Luft zu holen, fuhr sie fort. »Mr. Burke hat mir versichert, daß Sie die Herren zur Jagd und zum Angeln führen werden, und ich wüßte es zu schätzen, wenn ich eine Abschrift Ihres Plans erhielte, damit ich ihn mit meinen Plänen in Einklang bringen kann.«

»Mit deinen Plänen?« fragte er, gleichzeitig enttäuscht und verärgert über den kühlen, geschäftsmäßigen Ton, in dem sie mit ihm sprach.

»Natürlich.« Sie bedachte ihn mit einem kühlen Blick, als tadele sie ihn für seine Desorganisation. »Ich habe beschlossen, morgen eine Schatzsuche durchzuführen. Die Gäste werden nicht alle gleichzeitig hier ankommen, aber sie können jederzeit in das Spiel einsteigen. Die abgeschiedenen Eibenhaine von Helford Hall werden sicher sowohl die Herren als auch die Damen animieren, sich an dem Spiel zu beteiligen.«

Er runzelte die Stirn. »Das klingt gewagt, nein, in der Tat klingt es sogar obszön. Du ermunterst sie offen zu allen möglichen Spielen, indem du sie quasi in die Büsche lockst, und du weißt verdammt gut, welche Art von Schätzen sie dort suchen werden«, hielt er ihr vor.

»Natürlich«, entgegnete sie in sachlichem Ton. »Aber ich glaube, sie sind alle erwachsen, und du hast ja keine Ahnung, wie gelangweilt sie waren, als die Countess of Bath ihr gräßliches Schäferinnenstück aufführen ließ.«

Er zog die Brauen hoch. »Und welchen Preis hast du dir für den Gewinner ausgedacht? Was besitzt du schon an Wertvollem?«

»Den Ambraklumpen«, sagte sie in einem Ton, der besagte, daß er ein Trottel war, wenn er nicht von selbst darauf kam. Sein Stirnrunzeln vertiefte sich, aber ehe er Einspruch erheben konnte, fuhr sie eilig fort. »Am folgenden Nachmittag werde ich die tropische Terrasse und den Garten, während Sie die Herren beschäftigen, in eine Kopie des ottomanischen Palasts in Algier verwandeln, von dem Sie mir berichtet haben. All die seidigen Perserteppiche und die leuchtenden Kissen und Diwane werden vom Dachboden geholt. Die Damen können Schleier tragen, und Mr. Burke hat mir versprochen, dafür zu sorgen, daß die Köche exotische und reich gewürzte fernöstliche Gerichte zubereiten.«

»Und wie in aller Welt soll ich die Herren für das Lachsfischen interessieren, wenn sie inmitten der blühenden Mandelbäume verschleierte Damen lustwandeln sehen?«

»Also bitte, Lord Helford. Benutzen Sie Ihren Verstand, falls Sie so etwas besitzen. Schaffen Sie die Herren einfach aus dem Weg, ehe wir den Garten verwandeln. Wenn sie dann zurückkommen, naß und müde von der ländlichen Expedition den Fluß hinauf, werden sie sich nicht länger über die Strapazen beschweren, sondern sich freuen, hergekommen zu sein.«

Verärgert stellte er fest, daß sie ein cremefarbenes Kleid und cremefarbene Rosen im Haar trug. Sie hatte sie absichtlich gewählt, um intime Erinnerungen in ihm zu wecken. Nun, das taten sie. Und dabei hat mir dieses gewiefte Weibsbild noch nicht einmal dafür gedankt, daß ich ihren Bruder hatte laufenlassen, dachte er erbost. »Haben Sie sonst noch irgendwelche Pläne, Madame?« fragte er in sarkastischem Ton.

»Natürlich habe ich die, aber im Augenblick warte ich darauf, daß Sie mir von Ihren Plänen erzählen. Die Leute sind ganz versessen auf alles Einzigartige. Ich dachte, falls Sie ein Pferderennen planen, wäre es eine aufregende Abwechslung, im Anschluß daran unten am Strand ein Diner mit Meeresfrüchten zu servieren.«

»Am Strand?« Er starrte sie ungläubig an.

»Wie viele unserer Gäste haben wohl jemals ein Strandfeuer entfacht und Muscheln, Hummer und Krabben darin gebacken?« fragte sie.

Obgleich seine Miene immer noch unergründlich war, gefiel ihm diese Idee. »Wahrscheinlich keiner von ihnen außer dem König. Er und ich haben schon einmal zusammen am Strand gespeist.«

»Gut, dann wird er die Erinnerungen lieben, die ein solches Diner in ihm weckt, vertrauen Sie mir.«

»Dir vertrauen?« tobte er. »Das habe ich auch schon einmal getan. Ich hätte mir denken sollen, daß eine clevere, Komplotte schmiedende Person wie du irgend welche aufregenden, unkonventionellen Pläne für die Unterhaltung königlicher Gäste hat. Wie gewöhnlich hast du alles bis ins letzte Detail geplant. Zu schade, daß ich von deinem Talent keine Ahnung hatte, als ich dich heiratete.«

»Mir bricht gleich das Herz«, sagte sie zuckersüß. »Das gefügige kleine Mädchen vom Land erweist sich als zu willensstark für Sie.«

»Himmel, ich werde dich zähmen, ehe ich mit dir fertig bin ... das verspreche ich dir.« Er verbeugte sich und ließ sie mit der Gästeliste stehen.

Summer war zufrieden mit sich. Sie hatte ihn so herablassend behandelt, daß er außer sich war vor Zorn. Den restlichen Tag war sie so beschäftigt, daß sie kaum einen Gedanken an ihn verschwendete, aber als es Zeit wurde, ins Bett zu gehen, erstreckte sich die leere, endlose Nacht vor ihr. Sie bestellte ein Bad, das ihr die Zeit vertreiben und sie entspannen sollte, damit sie schneller schlief, aber das verführerische Wasser weckte derart intime Erinnerungen in ihr, daß sie bald wieder aus der Wanne stieg und sich in ein Handtuch wickelte. Sie trat vor den Spiegel, um ihr Haar zu bürsten, aber in den Tiefen des Glases lauerte sein Bild. Sie sah ihn hinter sich stehen und ihre Brüste umfassen, sie sah, wie er sie auf seinen Schaft gleiten ließ und sich dann langsam in ihren Schoß schob, sie sah, wie seine pulsierende Erektion über ihren Rücken strich, ehe er sie herumdrehte, damit auch ihre Brust ihn zu spüren bekam. Sie schloß die Augen und schlug mit der Faust gegen ihr hohnlächelndes Spiegelbild.

Anschließend schickte sie nach einer Flasche Wein und leerte Glas um Glas. Eine Zeile aus einem Stück von Shakespeare kam ihr in den Sinn: »Gebt mir einen Kelch mit Wein, darin ich alle Unfreundlichkeit ertränken kann.«

Aber als die Flasche halb leer war, wünschte sie sich verzweifelt, sie hätte den Alkohol verschmäht, denn ihr wurde warm und schwindelig. Am frühen Morgen schlief sie endlich ein, doch in ihrem Traum näherte sich ihr ein großer, dunkler Mann. Er war einfach unwiderstehlich, und er brauchte nur mit dem Finger zu schnippen, damit sie ihm nacheilte. Er hielt einen Sack Gold in der Hand und nahm eine Münze heraus. Dann sagte er: »Du hast doch eine Vorliebe für Gold, nicht wahr, meine Kleine?«

»Ja, Ruark«, antwortete sie

»Verkaufst du mir ein Stück von deinem Fleisch dafür?«

»Ja, Ruark«, stimmte sie eilig zu.

»Ich habe hundert Münzen. Läßt du dich dafür hundertmal vögeln von mir?«

»Ja, bitte, Ruark«, flehte sie.

Als sie erwachte, empfand sie nichts als Scham. Das einzige, was sie vor der vollkommenen Selbstverachtung rettete, war der Gedanke, daß dies der Tag war, an dem der König mit seinem Gefolge kam.

Den ganzen Vormittag über bis in den frühen Nachmittag rollten die Kutschen die lange Einfahrt des Anwesens herauf. Mit Hilfe der Pferdeburschen und Stalljungen von Helford Hall nahmen die Kutscher den Pferden das Zaumzeug ab und führten sie in die dunklen, kühlen Ställe, wo es reichlich Futter und Wasser gab. Obgleich die Besucher nicht bei ihnen nächtigen würden, hatte Summer die Gästezimmer für die Damen herrichten lassen, damit sie baden, sich umziehen oder ungestört ruhen konnten.

Sämtlichen weiblichen Bediensteten, nicht nur den Zimmermädchen, waren besondere Aufgaben zugeteilt worden, obgleich einige der hochrangigen Damen wie die Gräfin von Castlemaine ihre eigenen Zofen mitgebracht hatten.

Schließlich kam der König in Gesellschaft Buckinghams, und Lord und Lady Helford eilten aus verschiedenen Richtungen zu ihrem Ehrengast. Summer trug ein Kleid nach der neuesten französischen Mode. Das Oberteil war tief ausgeschnitten und wurde durch dünne Spitzenbänder zusammengehalten, durch die ihre Brust deutlich zu erahnen war. Der Rock wies blaßgrüne und jadefarbene Streifen auf, was ihre Augen wie Smaragde schimmern ließ. Sie machte einen tiefen Knicks, und Charles nutzte die Gelegenheit und spähte in den Ausschnitt ihres Kleids. Als sie seinem Blick begegnete, murmelte er: »Meine kleine Schönheit«, ehe er lauter sagte: »Himmel, manche Männer haben bei der Wahl ihrer Frauen einfach Glück.«

»Willkommen Sire, anscheinend haben wir tatsächlich Glück, denn das Wetter ist dem Besuch entsprechend einfach königlich«, entgegnete Ruark unter Mißachtung des Kompliments.

Obgleich die Schatzsuche bereits erklärt worden war und alle Gäste darauf brannten, die Hinweise aufzustöbern, mit deren Hilfe man schließlich den Schlüssel zum Gewinn des Preises fand, waren doch die wenigsten von ihnen aufgebrochen, ehe der König kam. Nun jedoch suchten Männer und Frauen Partner, mit denen es das Spiel zu gewinnen galt.

Eine große Menschentraube hatte sich um den Tisch in der Eingangshalle versammelt, auf dem der große Ambraklumpen in einem vergoldeten Kästchen lag. Der Preis sorgte für eine Reihe anzüglicher Kommentare und führte dazu, daß das Nachmittagsprogramm bereits in vergnügter, wollüstiger Stimmung begann.

Der König kostete den Apfelwein, der laut Ruark seit fünf Jahren in Apfelholzfässern lagerte, und grinste seinen Gastgeber an. »Himmel, das ist das erste Mal seit einem Jahr, daß ich sehe, daß Buckingham an etwas anderem als dem Schnitt seines Umhangs Interesse hat.«

Die Männer schlossen Wetten über den Sieger der Schatzsuche ab, und Summer hörte entgeistert, um welche Summen es dabei ging.

»Ich hätte nichts gegen einen Klumpen von dem Zeug in meinem Labor, natürlich für rein wissenschaftliche Untersuchungen«, sagte Charles und zwinkerte Ruark zu. »Lady Helford«, er winkte sie zu sich heran, »ich werde nur dann an der Schatzsuche teilnehmen, wenn Sie sich bereit erklären, meine Partnerin zu sein.« Er drehte sich zu Ruark um, der stirnrunzelnd hinter ihm stand. »Mein Wahnsinn hat Methode. Die Lady, die die gereimten Hinweise verfaßt hat, muß schließlich wissen, wo der letzte, entscheidende Zettel zu finden ist.«

»Ah, aber Sire, ich könnte Euch auf eine falsche Fährte führen, ohne daß Ihr mir je auf die Schliche kämt«, warnte sie.

»Für mich ist das Spiel bereits gewonnen, wenn ich eine Stunde mit Ihnen auf einem schattigen Weg verbringen darf, meine Schöne«, entgegnete er charmant.

Sie bedachte ihren Ehemann mit einem kühlen Blick. »Ich möchte nicht der Grund für Eifersucht sein, Eure Majestät.«

»Oh, Ruark weiß, daß es meine Pflicht ist, etwas Zeit mit der Gastgeberin zu verbringen, und Barbara kann mit ihrem Vetter Buckingham gehen, wenn sie an dem Spiel teilnehmen will.«

Summer schob ihren Arm durch den Arm des Königs, griff in die Glasschüssel und zog den ersten Hinweis heraus.

»Sucht zunächst den lausch'gen Ort,
An dem man schnell die Zeit vergißt,
auch wenn man dort die Stunden mißt.«

Summer reichte Charles das Blatt. »Der erste Hinweis ist ganz einfach, aber es wird von Mal zu Mal schwieriger.«

»Härter und härter«, flüsterte er verrucht und spazierte mit ihr in Richtung der Sonnenuhr davon. Dort angekommen, versuchte er ihr einen Kuß zu entlocken, aber egal, wie sehr er drängte, seine Begleiterin gab nicht nach. Als sie meinte, sie müßten sich beeilen, wenn er alle Hinweise auf den Schatz finden wollte, legte er den Arm um sie und flüsterte: »Ich brauche kein Aphrodisiakum, meine Liebe. Es heißt, ich bin auch so brünftig wie ein kapitaler Hirsch.«

»Was zu stimmen scheint, Sire«, entgegnete Summer, während sie sich aus seiner Umarmung löste und in den nächsten Weg einbog, der sich leider ebenfalls als menschenleer erwies. Charles holte sie rasch ein, und schließlich raubte er ihr doch einen Kuß. »Meine Süße, eine Gastgeberin sollte alles in ihrer Macht Stehende tun, damit es ihrem Gast bei ihr gefällt.«

»Gefällt es Euch nicht bei mir, Euer Majestät?« fragte sie. Sie verspürte nichts als schmerzliche Sehnsucht nach ihrem Ehemann.

»Doch, das tut es, aber könnten wir uns nicht ein wenig ins kühle Gras setzen und den angenehmen Schatten dieses abgeschiedenen Eibenhains genießen?«

»Er wird nicht lange abgeschieden sein, Sire. Und was würde aus meinem Ruf, fände man uns hier nebeneinander im Gras?«

»Kleine Unschuld ... keiner meiner Höflinge würde es wagen, den Weg einzuschlagen, den ich mit einer Dame genommen habe. Sie würden alles dransetzen, uns aus dem Weg zu gehen.«

»Ich verstehe«, sagte sie leise. »Aber ob ich zufrieden bin, ist Euch offenbar egal.«

»Meine Süße, um nichts auf der Welt möchte ich Sie unzufrieden sehen. Wenn Sie nicht willens sind, mit mir zusammenzusein, dann sprechen wir nicht mehr davon.«

Nachdem der König mit Summer Helford davongegangen war, machte Barbara gute Miene zum bösen Spiel und beschloß, Buckingham als Begleiter zu wählen. »Verdammt, Barbara, wie schaffst du es nur, die beiden potentesten Männer am ganzen Hof zu kriegen?« fragte ihre Freundin, die Gräfin von Shrewsbury.

»George ist mein Vetter, das weißt du doch«, protestierte Barbara.

»Na und? Das hat bisher noch niemanden abgeschreckt. Sag mir die Wahrheit, hast du etwa noch nie mit ihm das Bett geteilt?«

»George hat ganz besondere Vorlieben«, flüsterte Barbara. »Er geht häufig in ein Bordell am Haymarket, wo sie den Perversen zu Gefallen sind.«

»Wirklich?« fragte Anna Maria gedehnt, leckte sich die Lippen und ließ Barbara stehen. Bei Buckingham angekommen, hauchte sie: »Ich bezweifle, daß Ambra so gut wie gewisse andere Dinge wirkt.«

Buckinghams Blick fiel auf ihren Mund, als sie sich erneut mit der Zunge über die Lippen fuhr.

»Wenn die Sinne ein wenig ermattet sind, braucht ein Mann üppigere Reize als irgendein stimulierendes Getränk. Sagen Sie mir, Mylord, haben Sie je von den Orientalischen Ringen gehört?«

»Ich habe von ihnen gehört, Anna Maria, und ich habe auch einer Demonstration ihrer Wirksamkeit beigewohnt, aber leider habe ich noch nie irgendwo welche zum Kauf gesehen.«

Sie lächelte. »Ich habe zufällig eine Sammlung chinesischer Kuriositäten, die Shrewsbury aus dem Osten mit nach Hause gebracht hat. Er hat keine Ahnung davon, daß es sexuelle Spielereien sind.«

Als sie ihm vertraulich mit ihrem Fächer auf den Arm klopfte, umfaßte Buckingham ihren Ellbogen. »Ich denke, wir wären ein hervorragendes Paar.«

23

Am Ende wurde Dick Talbot, ein gutaussehender, hünenhafter Freund des Königs, der gerade seinen dreiunddreißigsten Geburtstag feierte, zum Sieger der Schatzsuche erklärt. Obgleich er bisher dem Joch der Ehe entkommen war, gingen Gerüchte um, daß es überall in England uneheliche Nachkommen von ihm gab. Der Preis wurde ihm unter einem wahren Hagel lüsterner, rüder und teilweise grausamer Kommentare feierlich überreicht.

Summer stellte sich auf Zehenspitzen und küßte ihn auf die

Wange, so daß er, als er das Körbchen von ihr entgegennahm, verkündete: »Wie ich sehe, funktioniert es bereits.«

Das Abendessen wurde im Speisesaal von Helford Hall serviert. Ein riesiger, ovaler Tisch bot den beinahe hundert Gästen Platz. Summer saß als Gastgeberin zwischen dem König und ihrem Mann. Angesichts Ruarks Aufmerksamkeit wurde sie beinahe wieder schwach. Wie konnte er nur die Rolle des ergebenen Gatten spielen, während er sie derart verachtete?

Der Löwenanteil ihrer eigenen Aufmerksamkeit galt Charles, aber es war ihr unmöglich, ihren Ehemann vollkommen zu ignorieren, da er und Charles sich ungeniert über ihren Kopf hinweg unterhielten, als wäre sie gar nicht da.

Charles sagte: »Ich finde, Harry Hilligrew hätte einen Preis dafür verdient, daß er sich zwei Stunden länger als alle anderen in den Gärten herumgetrieben hat.«

Ruark lachte. »Wie ich hörte, hat der wilde Harry heute nachmittag höchstens zwei Gräfinnen mit seiner Männlichkeit beglückt.«

Summer blieb der Mund offen stehen. »Wie können Sie darüber lachen? Ich erinnere mich deutlich daran, daß Sie sagten, jeder, der mit der Frau eines anderen erwischt wird, sollte erschossen werden.«

Er blinzelte Charles vergnügt zu. »Das Schlüsselwort, meine kleine Unschuld, war ›erwischt‹«, erklärte er und setzte sein Wolfsgrinsen auf.

»Oh!« sagte sie und drehte ihm den Rücken zu, auch wenn sie weiterhin sein Bild vor ihrem geistigen Auge sah. Sie kochte, als sein unerträgliches Lachen durch den Speisesaal schallte.

Der König musterte sie beifällig und sagte: »Wie ich sehe, haben Sie sich umgezogen, Madame. Anscheinen besitzen Sie mehr Kleider als Lady Castlemaine.« Er verzog das Gesicht. »Ich nehme an, dieser Besuch kommt mich noch teuer zu stehen.«

Sie bedachte Ruark mit einem verstohlenen Blick, ehe sie erwiderte: »Ich mußte mich umziehen, Sire, denn das Kleid, das ich im Garten trug, war über und über mit Grasflecken bedeckt.«

Was eine unverfrorene Lüge war, denn ihr Kleid hatte ohnehin die Farbe von Gras gehabt, aber der Satz verfehlte seine Wirkung auf Ruark nicht. Er kniff gefährlich die Augen zusammen, und sie senkte eilig den Blick. Ihre Augen fielen auf seine starken Hände, und als sie sah, wie er sie zornig ballte, schauderte sie.

Der König hingegen beschloß, weiter Salz in die Wunde zu reiben, wie es von einem guten Freund zu erwarten war. »Meine Liebe, ich habe Ihnen ja gleich gesagt, Sie sollten meinen Umhang nehmen.«

In diesem Augenblick hatte Barbara genug davon, daß Summer Helford im Mittelpunkt des allgemeinen Interesses stand, so daß sie verstohlen ihre Hand auf den Schenkel des Königs schob.

Während der König derart abgelenkt war, griff Ruark nach Summers Hand und drückte sie schmerzhaft zusammen. »Du bist die schlimmste Frau, mit der ein Mann gestraft werden kann«, knurrte er.

»Oh, nein«, erwiderte sie, »das wäre doch ein zu großer Zufall. Schließlich sind Sie bereits das Schlimmste, was einer Frau widerfahren kann.«

Das Küchenpersonal von Helford Hall hatte sich selbst übertroffen, und die Krönung des luxuriösen Mahls waren die Petits Fours, auf denen in Zuckerguß der Name jedes einzelnen Gastes stand. Jedem Besucher war ein halbes Dutzend dieser Köstlichkeiten zugedacht, so daß es insgesamt über fünfhundert Törtchen gab. Anscheinend wollte jeder der anwesenden Herren unbedingt ein Petit Four mit dem Namen Barbara, Summer oder Bess probieren, während die Damen ganz versessen waren auf Charles oder Ruark, so daß es für die Verliererinnen einen George oder einen Bunny gab. Einige der Männer, die sich für besonders witzig hielten, boten den Damen einen Dick oder einen Roger an, unfeine Bezeichnungen für das männliche Genital, und das Mahl endete unter allgemeinem Gelächter, so daß man schließlich gut gelaunt zu den Spieltischen ging.

Ruark wandte sich an Mr. Burke, um ihn zu dem erfolgreichen Mahl zu beglückwünschen, doch er verzog schmerzlich das Gesicht, als dieser erwiderte: »Die Ehre gebührt allein Ihrer Gattin, Sir.« Wenn er ehrlich war, mußte er sich eingestehen, daß ihn diese Antwort verärgerte, weil er sich fragte, wie es möglich war, daß sie plötzlich eine so perfekte Gastgeberin war. Bis zu ihrer schicksalhaften Reise nach London hatte sie noch nicht einmal gewußt, welche Gabel man für welche Speise nahm und welches die korrekte Anrede für Adlige war. Sie war in Lumpen herumgelaufen, doch hier stand sie, mit einem besseren Gespür für Mode als jede andere Frau. Gerade faltete sie ihren Fächer zusammen und wehrte ein Kompliment des König mit dem Feingefühl einer erfahrenen Kurtisane ab. Sie hatte einen Charme, dem einfach jeder Mann erlag.

Sie strahlte etwas Erregendes, Geheimnisvolles aus, was sich nicht allein durch ihren Betrug erklären ließ, denn obgleich er inzwischen die häßliche Wahrheit über sie kannte, zog ihn ihre kaum verhohlene heidnische Wildheit an wie ein Magnet. Vielleicht empfand er keine Liebe mehr für sie, aber immer noch verspürte er ein nahezu überwältigendes Verlangen nach ihr.

Summer trug ein elfenfarbenes Spitzenkleid, und ihre dunklen, seidigen Locken hatte sie hochgesteckt, um ihre Rubine besser zur Geltung zu bringen. Während sie von Tisch zu Tisch ging, um zu sehen, ob die Gläser ihrer Gäste gefüllt waren, fielen ihr die Unsummen auf, die die Leute so lässig verwetteten. Sie war vollkommen außer sich. Sicher wurde allein an diesem Abend genug Geld verloren und gewonnen, um die furchtbare Hypothek zu bezahlen, die wie ein Damoklesschwert über ihr hing. Eilig dachte sie darüber nach, wie sie es anstellen sollte, um an einen Teil des Goldes zu kommen, das geradezu unbeachtet auf den Tischen lag. Verdammt, ich hätte den blöden Ambraklumpen an den Meistbietenden versteigern und das Geld behalten sollen, schalt sie sich. Keiner der Pläne, die ihr in den Sinn kamen, war praktisch durchführbar, und mit einem leisen Seufzer nahm sie Platz, um zu versuchen, wenigstens einen kleinen Betrag zu gewinnen, aber sie konnte sich nicht auf die Karten konzentrieren, so daß sie mehr verlor als gewann. Mir bleibt nur noch die Möglichkeit des Falschspiels, dachte sie, aber am Ende des Abends hatte sie trotz ihrer Täuschungsmanöver gerade mal hundert Pfund verdient. Wenn sie in diesem Tempo weitermachte, wäre sie eine alte Frau, ehe sie die Tausende von Pfund beisammen hätte, die sie benötigte.

Da die Gäste noch ungefähr vier Meilen bis Pendennis Castle zu fahren hatten, endete das Fest bereits um elf. Summer begleitete den König und Buckingham zur königlichen Kutsche, während sich Ruark um die Damen kümmerte. Charles sagte: »Ich freue mich schon darauf, Pendennis wiederzusehen. Himmel, ich erinnere mich doch daran, daß ich vor fünfzehn Jahren um keinen Preis gehen wollte. Ich wollte unbedingt standhaft bleiben, obwohl General Fairfax die Burg belagerte. Ich fürchte, ich hatte mehr Mut als Verstand, so daß ich meine Flucht viel zu lange hinauszögerte. Einzig Ihrem Gatten ist es zu verdanken, daß ich heute hier stehe. Da wir gleich groß sind und die gleiche Haarfarbe haben, zog er meine Kleider an und stellte sich drei Tage lang als lebende Zielscheibe auf die Brustwehr, während ich mit dem Schiff zu den Scillys floh. Anschließend sollte auch er geholt werden, aber das Schiff kam nur bis auf drei, vier Meilen ans Ufer heran. Eine Nachricht wurde zur Burg geschickt, daß ich in Sicherheit sei, aber daß man leider nicht näher an die Festung herankomme, und wissen Sie, was dieser Teufelskerl tat? Richtig! Er schwamm einfach zum Schiff hinüber.« Charles schüttelte den Kopf ob eines so selbstlosen Akts, aber Summer wußte, daß nicht Selbstlosigkeit, sondern Verwegenheit der Grund für Ruarks Tun gewesen war. Sie kannte die Dämonen in seinem Inneren, die nach Abenteuern schrien, denn sie war ebenfalls mit ihnen gestraft.

»Aber verraten Sie ihm nicht, daß ich Ihnen die Geschichte erzählt habe, meine Süße«, warnte Charles. »Er wäre bestimmt nicht begeistert, wenn er erführe, daß ich versuche, ihn zum Helden zu machen.«

»Ich wette, sie hat bereits festgestellt, daß er ein Mann aus Fleisch und Blut ist wie jeder andere«, sagte Buckingham gedehnt.

In diesem Augenblick kamen Ruark und Barbara Castlemaine.

Summer bedachte ihren Gatten mit einem geringschätzigen Blick und sagte achselzuckend: »Er ist ein Mann ... nicht mehr und nicht weniger.«

Als die Kutschen eine nach der anderen in die warme Nacht hinausratterten, winkte sie fröhlich hinterher, raffte ihre Röcke und drehte sich um, um zum Haus zurückzugehen. Als Ruark ebenfalls dort eintraf, sah er, daß sie die fast sechzig Bediensteten versammelt hatte, um sich bei ihnen für die wunderbare Arbeit zu bedanken und sie zu bitten, am nächsten Tag ebenso eifrig zu sein. Sie wünschte ihnen eine gute Nacht, während ein stolzer Mr. Burke lächelnd neben ihr stand. »Ach, und übrigens, Lord Helford bat mich, Ihnen zu sagen, daß er sämtliche Löhne erhöht.« Sie maß ihren Mann mit einem kühlen Blick und sagte zuckersüß: »Dann gute Nacht allerseits.«

Am liebsten hätte Ruark sie gepackt, übers Knie gelegt und ihr kräftig den Hintern versohlt. Er beobachtete ihren hübschen Po, der sich hin und her bewegte, als sie die Treppe erklomm, und wußte, daß eine Tracht Prügel nicht das einzige war, nach dem ihn gelüstete. Anschließend würde er sie gerne ausgedehnt vögeln. Sie würde sich wie eine Wilde gegen ihn wehren, das wußte er, aber er sehnte sich geradezu danach, ihr zu zeigen, wer der Herr im Haus war. Er machte einen Schritt hinter ihr her, doch dann blieb er stehen. Wenn er sich ihr aufzwänge, würde er ihr dadurch geradewegs in die Hände spielen. Er würde ihr ohne jeden Zweifel beweisen, wie sehr er sie begehrte, wie unmöglich ihm ein Leben ohne sie erschien. Nein, sie sollte zu ihm kommen, am besten auf den Knien!

In ihrem Zimmer angekommen, verriegelte Summer die Tür. Nie, nie wieder ließe sie ihn in ihr Bett. Das schwor sie sich. Sie öffnete die Tür, die auf den kleinen Balkon führte, von dem aus man den tropischen Garten und die Terrasse sah, trat hinaus und blickte zu den Sternen hinauf.

Sie hörte ein Rascheln und blickte alarmiert hinauf, doch dann seufzte sie erleichtert auf. Aus dem Garten unter ihrem Balkon blickte Spiders vertrautes Gesicht herauf.

»Ich nehme an, der Empfang war ein rauschender Erfolg? Ich habe am Ende der Einfahrt auf einem Baum gehockt und in die Kutschen gespäht. Ich habe sogar den König gesehen. Himmel, die Kutscher waren so betrunken, daß es ein Wunder war, daß sie nicht von den Böcken gefallen sind. Was in aller Welt habt ihr ihnen eingeflößt?«

»Ich nehme an, Apfelwein. Oh, Spider, du glaubst ja gar nicht, wieviel Gold heute abend auf den Spieltischen herumgelegen hat.«

»Vielleicht sollte ich morgen abend mitspielen. Gemeinsam könnten wir sie bestimmt um einiges erleichtern.«

»Nein, Ruark kennt dich. Und er ist ein furchtbar jähzorniger Mensch, also versuch bitte keine Tricks«, warnte sie ihn.

Er zuckte mit den Schultern. »Ich habe sowieso andere Dinge zu tun, Cat. Es geht das Gerücht um, daß Black Jack Flash, der Pirat, letzte Woche hier gewesen sein soll. Das ist mal jemand, mit dem ich gerne Geschäfte machen würde. Er ist einfach der Beste in seinem Metier. Er ist aalglatt, schnell und hat, wie ich gehört habe, einfach einzigartige Waren an Bord.« Er musterte die Rubine am Hals seiner Schwester. »Warum gibst du mir nicht deinen Schmuck ... vielleicht könnte ich ihn ihm verkaufen.«

Summer war empört. Die Kette war das einzig Wertvolle, was sie je besessen hatte, und sie hing an ihr. Es überraschte sie, daß Lord Helford sie nicht zurückgefordert hatte. Aber vielleicht tut er das ja noch, dachte sie erbost. Wenn die Ehe erst einmal annulliert wäre, hätte er jedes Recht dazu. Doch natürlich gäbe sie sie nicht so einfach her. Sie würde sie aufheben für Zeiten der Not. Falls jemals wieder der Tag käme, an dem sie hungerte, wäre dies der richtige Augenblick für den Verkauf des Schmucks. Er war wertvoller für sie als Blut. »Ich habe Saphire und eine Topaskette, aber heute gebe ich sie dir nicht. Wenn du diesen Black Jack Flash erst einmal getroffen hast, übernehme ich selbst die Verhandlungen. Nachdem ich gesehen habe, wie die Kurtisanen die Männer manipulieren und wie Barbara Charles erpreßt, werde ich mit Black Jack Flash wohl selbst dann noch fertig, wenn mir die

Hände hinter dem Rücken gefesselt sind. Ich bin todmüde, Spider, gibt es sonst noch was?«

Er grinste. »Eine halbe Krone wäre nett ... eine ganze Krone natürlich noch besser.«

Sie nahm eine Münze und reichte sie ihm. »Sei vorsichtig.«

Er verzog angewidert das Gesicht. »Hör auf rumzujammern wie eine alte Frau.« Dann winkte er ihr zum Dank und verschwand in der Dunkelheit.

Heute nacht würde sie nicht an Ruark denken. Sie hatte viele Dinge im Kopf und keinen Platz für ihn. Als sie jedoch in dem einsamen Bett lag und langsam eindöste, verschwammen ihre Gedanken. Die Erinnerung an den vergangenen Tag vermischte sich mit den Überlegungen bezüglich des kommenden Tags. Schwarze Piraten stahlen säckeweise Gold, und sie stand vollkommen nackt im Raum, nur die blutroten Rubine am Hals. Schließlich schlief sie ein, doch sofort hatte sie einen lebendigen Traum.

Sie saß, ganz in Schwarz gekleidet, auf Ebony. Die Nacht war ebenfalls pechschwarz, und sie wartete, ohne zu wissen, worauf. Sie wartete eine Ewigkeit. Dann hörte sie plötzlich leises Grollen. Sobald sie es hörte, wußte sie, was es war und was sie tun würde. Es war eine Kutsche, deren Fahrer sturzbetrunken war. Sie hob ihre Pistole und rief: »Bleibt stehen und gebt alles heraus, was ihr habt!«

Die jämmerliche Stimme einer Frau drang aus dem Fahrgastraum. »Wer sind Sie?«

Summer ignorierte die Frage der Frau, öffnete die Kutschentür, und sofort strömte ein wahrer Wasserfall an Münzen heraus. Als die Kutsche davonratterte, rief sie hinterher: »Sagt ihnen, daß euch die Schwarze Katze überfallen hat!«

Als sie mit der Morgendämmerung erwachte, erinnerte sie sich in allen Einzelheiten an ihren Traum und fühlte sich, als hätte sie die ganze Nacht kein Auge zugemacht. Sie warf die Decke zurück und schob ihre langen, schlanken Beine auf den Teppich, da sie wußte, daß keine Zeit zu verlieren war. Sie hatte Mr. Burke gebeten, sämtliche männlichen Bediensteten, die unter fünfzig waren, zusammenzurufen. Zu ihnen gehörten die Pagen, die Kutscher, die Pferdeburschen, die Gärtner und selbst die kleinen Stall- und Küchenjungen.

Sie zog ein schlichtes Vormittagskleid an, bürstete ihr Haar und verzichtete aufs Frühstück. Als sie unten ankam, standen sämtliche Männer bereits da und sahen sie abwartend an. Einen kurzen Augenblick wagte sie kaum, ihnen zu erklären, was das Ziel dieser Zusammenkunft war, doch dann nahm sie all ihren Mut zusammen und bat sie, ihr behilflich zu sein. »Ehe ich weiterspreche, möchte ich Ihnen sagen, daß Ihre Hilfe absolut freiwillig erfolgt. Ich möchte nicht, daß Sie sich gezwungen fühlen. Falls einer von Ihnen nicht mitmachen möchte, braucht er es nur zu sagen, und dann verliere ich kein Wort mehr über die Angelegenheit.« Sie sah die Männer ängstlich an, doch das einzige, was ihre Mienen verrieten, war Neugier zu erfahren, worum es überhaupt ging. »Lord Helford wird heute mit den Herren einen Jagd- oder Angelausflug unternehmen, und ich habe die Aufgabe, die Damen zu beschäftigen. Die Köche werden reich gewürzte, exotische Speisen aus dem Fernen Osten und der Südsee zubereiten, und ich habe die Absicht, den tropischen Garten und die Terrasse mit dem Jadebrunnen in den Harem eines Sultans zu verwandeln. Auf dem Dachboden liegen zahllose Seidenteppiche, Kissen, Paravents und alle möglichen orientalischen und indischen Möbelstücke herum, die auf die Terrasse geschleppt werden müssen, ehe die Damen hier eintreffen. Dies ist ein Teil der Arbeit, um die ich Sie bitten möchte.«

Sie atmete tief ein, bevor sie weitersprach. »Ich möchte, daß Sie die Damen unterhalten. Sie brauchen nichts zu tun, außer bereitzustehen und die Haremswächter zu spielen. Falls eine Dame um ein Getränk oder etwas zu essen bittet, verbeugen Sie sich tief vor ihr. Ich möchte nicht, daß Sie mit den Damen sprechen. Das ist Teil des Spiels. Die Pagen werden nur tun, was ohnehin zu ihren täglichen Aufgaben gehört, für die Kutscher, Stallburschen und Gärtner allerdings wird es eine vollkommen neue Erfahrung sein.«

Sie bedachte die Männer mit einem nervösen Lächeln. »Außerdem ist es erforderlich, daß Sie sich verkleiden.« Sie hatte einen großen Ballen Goldstoff genommen und ihn in schalgroße Streifen zerteilt. Jetzt hielt sie zwei dieser Streifen hoch und sagte: »Sie werden jeder zwei davon brauchen. Einen als Turban ... und den anderen als Lendenschurz. Mr. Burke wird Ihnen zeigen, wie sie zusammenzubinden sind. Diejenigen, die nicht mitmachen wollen, kehren bitte an ihre Arbeit zurück.« Sie erwartete, daß mindestens ein halbes Dutzend ging, statt dessen erhob sich lebhaftes Gemurmel unter den Bediensteten, und nur einer machte kehrt, ein Gärtner, der seit einem tragischen Unfall in der Kindheit nur noch einen Arm besaß. Die anderen Männer traten verlegen lächelnd vor und holten ihre Stoffstreifen ab. Die Jungen kicherten und zogen bereits ihre Kleider aus, noch ehe Summer Gelegenheit hatte zu gehen. Die Verwandlung war einfach verblüffend. Sie hatte gewußt, daß die Pagen einen guten Eindruck machen würden, denn man hatte sie alle vor allem wegen ihres guten Aussehens eingestellt, und natürlich war jeder von ihnen mindestens einen Meter achtzig groß. Aber auch die Kutscher, Stallburschen und Gärtner waren überraschend nett anzusehen, denn sie machten ihre fehlende Größe durch sehnige Körper und straffe Muskeln wett. Kein Wunder, daß sie die Gelegenheit nutzten, ihre Leiber so ungeniert zur Schau zu stellen.

Als die Gäste eintrafen, erklärte Summer den Damen das Thema des Nachmittags und bat sie, Kostüme zu improvisieren und ihre Gesichter hinter Schleiern zu verbergen. Das Ganze gestaltete sich als regelrechter Wettbewerb, wobei jede der Frauen versuchte, die anderen zu übertreffen, wie es bei einer Ansammlung mehrerer Frauen üblich war. Sie alle waren verblüffend einfallsreich. Einige von ihnen trugen dünne Unterröcke, einige winzige Bustiers, und andere kamen sogar in hauchdünnen Nachthemden die Treppe herab. Jede einzelne war mit einem Übermaß an Armreifen, Perlen, baumelnden Ohrringen und Beinkettchen behängt.

Als sie auf die verwandelte Terrasse traten, konnten die wenigsten der Versuchung widerstehen, exotische Blüten zu pflücken, um ihr Haar oder ihre Handgelenke damit zu dekorieren. Der absolute Höhepunkt des Nachmittags allerdings waren die männlichen Bediensteten mit den goldenen Turbanen. Sie standen reglos da, hatten die Arme vor der nackten Brust gekreuzt, und Summer erklärte den Damen mit blitzenden Augen, daß sie nicht sprechen konnten, da man ihnen die Zungen herausgeschnitten hätte, was jedoch ihre Fähigkeit, den ihnen zugedachten Aufgaben gerecht zu werden, nicht beeinträchtige.

Die Luft war erfüllt vom Duft zahlloser Blüten und betörender Schwaden des Weihrauchs, den Summer auf der Terrasse verbrennen ließ. Rattansofas standen auf seidigen Perserteppichen und Teppichen aus Indien, und überall zwischen der Flügeltür und dem Jadebrunnen waren vielfarbige Kissen verstreut. Lackschränkchen in einem einzigartigen Zinnoberrot trugen Tabletts voller Obst und Näschereien. Die Handelsschiffe hatten diverse fremdländische Köstlichkeiten in Falmouth angelandet. Es gab Orangen aus Portugal, Trauben aus Frankreich, Oliven aus Spanien, Datteln und Feigen aus Marokko.

Die Damen aus Cornwall und die Londonerinnen schienen gleichermaßen begeistert zu sein. Sie wandelten den ganzen Nachmittag zwischen dem warmen Sonnenschein und dem kühlen Schatten der blühenden Bäume hin und her, ließen sich auf den Sofas nieder, knabberten Süßigkeiten und frönten Klatsch und Tratsch. Ein paar der energischeren Damen spielten Schach mit den lebensgroßen Holzfiguren, während andere mit nackten Füßen im Jadebrunnen baumelten und die Muskeln der Helfordschen Palastwachen betätschelten.

Summer freute sich über die Diskretion und gleichzeitige Erhabenheit der Dienstboten, doch zugleich wußte sie, daß ein oder zwei der raffinierteren Damen vom Hof pikante Verabredungen für abendliche Vergnügungen flüsterten. Sie lächelte verstohlen, als sie sah, wie Bess Maitlands Finger am Lendenschurz eines der Männer herumtasteten, und überlegte, was die Gräfin wohl täte, wenn sie wüßte, daß der muskulöse Kerl, auf den sie es abgesehen hatte, der Helfordsche Schweinehirte war.

24

Am Spätnachmittag drängte Summer die Damen, die Terrasse zu verlassen und sich zum Abendessen umzuziehen, ehe die Herren zurückkämen, doch mit einem heimlichen Lächeln beobachtete sie, daß ihre Gäste absichtlich trödelten. Jede der Frauen war geradezu versessen darauf, sich ihrem Angebeteten in einer derart verführerischen Umgebung zu präsentieren.

Als die Männer kamen, waren sie von dem Anblick fasziniert und erfreut, und bestanden darauf, sich zu den Damen zu gesellen. Die Dekoration des Gartens war verführerisch, die Kostüme brachten ihr Blut in Wallung, und sofort setzten sie zu einem improvisierten Pfänderspiel an. Die Damen hatten außer ihrem Schmuck und ihren Fächern nichts zu bieten, so daß sie schon bald die Schleier ablegten, und kurz darauf wurden die Strafen in Form von Küssen und anderen Freizügigkeiten bezahlt.

Die Gäste verspürten nicht das geringste Bedürfnis, dieses Vergnügen aufzugeben, und Charles trat an Ruark heran und fragte, ob sie nicht im Sultansgarten speisen könnten statt im offiziellen Speisesaal. Helford war also gezwungen, Summer zu fragen, ob sich ein solch spontaner Einfall verwirklichen ließ. Eins war sicher, er zeigte weder Dank noch Bewunderung für die wunderbare Art, in der sie seine Gäste unterhielt. Zur Hölle mit ihm, dachte sie zornig, als sie Mr. Burke bat, auf der Terrasse ein kaltes Buffet zu servieren.

Sie beschloß, daß es an der Zeit war, Helford sein herablassendes Lächeln zu nehmen. Sie hob die Hände und bat um Ruhe für eine Ankündigung. »Ich bitte um ein wenig Geduld, denn die Bediensteten werden hier draußen ein Buffet arrangieren. Bis dahin biete ich den wagemutigeren Gentlemen, deren Körper hübsch anzusehen sind, phantastische goldene Turbane und Lendenschurze an. Wer weiß, vielleicht können wir später, wenn wir uns ein wenig Mut angetrunken haben, ja sogar eine Sklavenauktion abhalten!«

Als sie achtlos an Ruark vorbeifegen wollte, packte er ihr Handgelenk. »Verdammt, was hast du vor? Willst du Helford Hall in ein Bordell verwandeln oder was?«

»Der Hof von St. James ist bereits das reinste Bordell, ohne daß ich auch nur das geringste dazu beigetragen hätte, Lord Helford.«

»In diesem Fall, Madame, biete ich Ihnen hundert Pfund, damit Sie heute nacht mit mir schlafen.«

Summer lachte verbittert auf. »Sie träumen wohl, Helford! In ganz Cornwall gibt es nicht genug Geld, um mich dazu zu bringen, heute oder irgendwann anders mit Ihnen das Bett zu teilen. Bitte wenden Sie sich doch an eine andere Frau, die weniger anspruchsvoll ist als ich.«

Er ließ ihr Handgelenk los und umfaßte ihre Schultern. Dabei drückte er so fest zu, bis er wußte, daß sie Schmerzen empfand. »Willst du mich etwa dazu bringen, dich gewaltsam zu nehmen?« fragte er und blitzte sie zornig an. »Bei Gott, ich rate dir, darüber nachzudenken, welche Konsequenzen es hat, wenn man mit dem Feuer spielt!« Er drückte abermals zu, ehe er von ihr abließ, doch sie überwand ihre Furcht und lachte ihm mitten ins Gesicht. Sie wußte, daß er getroffen war.

Nach dieser unerquicklichen Auseinandersetzung wandte sie sich dem König zu, der sie umarmte und sich gutmütig einen Turban um den Schädel schlang. »Ich habe nichts dagegen, auch den Lendenschurz anzulegen, wenn Sie sich zu einer kleinen Privatvorführung bereit erklären.«

»Für solch verruchte Worte lasse ich Euch am besten die Zunge herausschneiden, Sire«, scherzte sie.

Alle Anwesenden ließen die Hüllen fallen, und zahlreiche Gäste verkündeten, nie zuvor hätten sie sich derart amüsiert. Unglücklicherweise war ihr Gastgeber alles andere als amüsiert, auch wenn er es sich weder durch Worte noch durch Taten anmerken ließ.

Als sich die Damen schließlich in die Gästezimmer zurückzogen, um sich wieder umzuziehen, waren die meisten von ihnen leicht beschwipst. Darüber war Summer mehr als froh, denn da die Einnahmen des vergangenen Abends so gering gewesen waren, würde sie heute abend versuchen, um Schmuck zu spielen.

Barbara Castlemaine trug ein herrliches schwarzes Seidengewand mit Diamantstickerei. Dazu hatte sie eine Diamantkette angelegt, die direkt auf ihre prächtigen Brüste fiel und die Blicke aller Anwesenden auf sie zog. Summer trug das tulpenförmige blutrote Satinkleid und die Rubine, während Anna Maria, Countess of Shrewsbury, sie alle übertraf. Um Buckingham auf sich aufmerksam zu machen, hatte sie ein blaßgrünes Kleid mit Silberfäden gewählt, und dazu ein eng am Hals anliegendes Collier aus Jade und Smaragd.

Die meisten Männer lungerten auf den Kissen herum, die von der Terrasse hereingebracht worden waren, und würfelten. Summer ging höflich zwischen ihren Gästen herum, aber ihr Blick wanderte immer wieder zu Castlemaines Diamantkette, und ihr wurde klar, daß sie erst dann Ruhe fand, wenn sie die neue Eigentümerin war. Sie bedachte den Earl of Shrewsbury mit einem freundlichen Gruß, den er säuerlich erwiderte. Sie fand, daß er ein bißchen grün aussah, und kam zu dem Schluß, daß es wohl an zu reichlichem Alkoholgenuß lag.

Barbara winkte sie zu einer Runde Pontoon heran. Ziel des Spiels war es, einundzwanzig zu erreichen oder so nah wie möglich an die Zahl heranzukommen. Wenn man allerdings darüber hinaus kam, schied man aus. Bisher ging es nur um ein paar Kronen, so daß Summer achtlos spielte und ein paarmal gähnte, um zu zeigen, wie gelangweilt sie war.

»Halte ich Sie etwa davon ab, ins Bett zu gehen, Lady Helford?« fragte Barbara mit ihrer schwülen Stimme. »Vielleicht sollten wir den Abend ein wenig interessanter gestalten, indem wir die Wetteinsätze erhöhen?«

Summer fingerte an ihrer Rubinkette herum. »Sie haben es immer noch auf meinen Schmuck abgesehen, nicht wahr, Lady Castlemaine?«

»Nun, was meinen Sie?« drängte Barbara.

»Oh, das kann ich unmöglich tun«, protestierte sie.

»Ach, kommt schon. Anna Maria, was ist mir dir?«

»Dies ist mein Glückstag, wie soll ich da verlieren?« war Anna Marias rätselhafte Erwiderung.

»Nach allem, was du mir erzählt hast, war das doch schon gestern so«, parierte Barbara mit lüsternem Grinsen, so daß Summer wußte, die beiden sprachen von irgendeiner Liaison.

Schließlich ließ sie sich überreden, aber statt der Kette legte sie nur die Armreifen auf den Tisch. Sie wußte, anders bekäme sie Barbaras Diamanten nie. Die beiden Könige in ihrer Hand gaben ihr großes Selbstvertrauen, und sie beobachtete vergnügt, wie Anna Maria eine weitere Karte zog und mit zweiundzwanzig verlor. Nun war die Reihe an Lady Castlemaine, die sich ernsthafte Sorgen zu machen schien. Barbaras Gesicht verfinsterte sich kurz, doch dann hellte es sich wieder auf. Grinsend warf sie ein As und eine Königin auf den Tisch und rief: »Pontoon!« Summer erstarrte. Sie glaubte einfach nicht, was da geschah. Das war unmöglich! Es war vollkommen unvorstellbar, daß die widerliche Castlemaine die neue Besitzerin *ihrer* Rubinarmreifen war. Mit steifen Fingern schob sie sie über den Tisch, das Blut trommelte ihr in den Ohren, und sie fühlte sich einer Ohnmacht nah.

Anna Maria reichte ihre Smaragde an die Siegerin und zog ihre Ohrringe ab, ohne daß ihr der Verlust derart wertvollen Geschmeides auch nur das geringste auszumachen schien. »Noch ehe der Abend vorüber ist, stehe ich bestimmt splitternackt da«, sagte sie zu Barbara.

»Ich versuche lediglich, meinem geliebten Vetter behilflich zu sein«, stellte Barbara boshaft fest.

In dem verzweifelten Versuch, die Armreifen zurückzugewinnen, legte Summer die Rubinkette auf den Tisch.

Sie biß sich auf die Lippen, als sie ein As und eine Neun erhielt. Wieder hatte sie zwanzig Punkte auf der Hand, was nur schwer zu übertreffen war, vor allem, da sie eins der Asse besaß. Barbara Castlemaines Miene war ebenso finster wie beim letzten Spiel, und Summer rutschte das Herz in die Knie. Dieses Mal jedoch hellte sich Barbaras Miene nicht auf, und Summer streckte die Hand triumphierend nach den Armreifen aus.

»Einen Augenblick, meine Liebe«, warf Anna Maria ein. »Ich habe doch gesagt, daß heute mein Glückstag ist ... Pontoon!« Sie nahm die Armreifen, doch sie waren zu schmal für ihre fetten Arme, so daß sie nach der Kette griff.

Summer war am Boden zerstört. Angesichts dieser unerwarteten Wendung der Ereignisse wich ihr das Blut aus dem Gesicht. Sie hatte das Gefühl des Irrealen und fühlte sich vollkommen orientierungslos. Dies muß ein Traum sein, sagte sie sich, aber langsam dämmerte ihr, daß dieser Alptraum Wirklichkeit war. Mit einem gekünstelten Lächeln entschuldigte sie sich und verließ den Tisch. Ihr war hundeelend zumute, und sie glitt in die Eingangshalle und aus der Tür. Ihr Magen zog sich schmerzlich zusammen, aber sie übergab sich nicht, da sie wegen der gräßlichen Auseinandersetzung mit Ruark kaum etwas gegessen hatte. Seit diesem Streit hatte einfach nichts mehr geklappt. Sie kniete sich ins Gras und würgte, und ihr ging auf, wie tief sie gesunken war.

Ihr wurde eiskalt, als verwandle sich ihr Herz in Stein. Sie ballte die Fäuste und stand eilig auf. Nie wieder würde sie in die Knie gehen ... nie wieder! Eilig ging sie in Richtung der Stallungen. Die meisten Kutscher und Stallburschen waren am Essen, denn für sie würde es heute wieder spät. Sie müßten mitten in der Nacht Dutzende von Pferden vor die Kutschen spannen und ihre Herrschaften nach Pendennis Castle fahren.

Sie legte Ebony einen Sattel auf und führte ihn aus dem Stall. Einer der Stalljungen sah sie fragend an, und sie erklärte: »Ich hatte den ganzen Tag keine Zeit für das arme Tier, und ich bin sicher, all die fremden Pferde stören ihn.« Der Junge zuckte mit den Schultern, denn die eigentümlichen Anwandlungen der feineren Leute waren ihm nicht neu. Sie führte den schwarzen Hengst durch den Garten in den dunklen, menschenleeren Eibenhain, wo sie ihn an einem dicken Ast festband.

Wieder im Haus, wies sie einen der Dienstboten an, den Kutschern draußen ein paar Fässer Bier zu bringen, ehe sie sich wieder den Gästen zuwandte, die noch betrunkener waren als zuvor und die immer noch um hohe Einsätze würfelten.

Sie ging zum König, machte einen Knicks und murmelte: »Euer Majestät, ich fürchte, ich muß Euch bitten, mich zu entschuldigen. Ich fühle mich nicht wohl. Offenbar habe ich zu viele der scharf gewürzten Speisen genossen, die es heute nachmittag gab.«

»Ich hole Helford«, bot er besorgt an.

»Ah, bitte, Sire, der Gastgeber kann sich unmöglich ebenfalls zurückziehen. Ich bitte um Nachsicht, Sire. Ich verspreche, es geht mir bald wieder besser, wenn ich mich nur ein wenig ausruhen kann.«

Er küßte ihre Hand, und als sie sich zurückzog, gingen sofort die Gerüchte über eine mögliche Schwangerschaft Lady Helfords los. Auf hölzernen Beinen erklomm sie die Treppe zu ihrem Zimmer, und dort angekommen, schob sie den Riegel vor. Irgend etwas an den Ereignissen des Abends schien ihr vom Schicksal geradezu vorherbestimmt.

Sie wusch sich das Gesicht und versuchte, die Gedanken an den Traum der vergangenen Nacht zu verdrängen. Dann ging sie hinüber zum Schrank und öffnete die Truhe mit den Kleidern aus London. Eines nach dem anderen nahm sie die für Spencer bestimmten Kleidungsstücke heraus. Ihre Finger strichen über die Feder an dem breitkrempigen, schwarzen Hut und über den schwarzen Samt der Weste und der Reithose. Schließlich griff sie auch noch nach den hohen, schwarzen Kalbslederstiefeln, ehe sie die Truhe wieder schloß.

Sie zog sich langsam aus und legte mit bemerkenswert ruhigen Händen die schwarze Garderobe an. Sie mußte es tun. Sie spielte nicht nur Verkleiden, um zu sehen, ob ihr Spiders Kleidung stand. Sie hatte einfach keine andere Wahl, wollte sie das Geld für die Hypothek und ihren Rubinschmuck zurück. Sie hatte alle Möglichkeiten genau durchdacht, bis nur dieses eine Vorhaben als realisierbar übriggeblieben war. Den Gerüchten zufolge gab es Straßenräuber wie Sand am Meer, und die Adligen brüsteten sich sogar mit den Überfällen, die auf sie verübt wurden.

Sie setzte den Hut auf und sah sich im Spiegel an. Ihr schwarzes Haar fiel über ihre Schultern wie das eines jungen Kavaliers. Sie war groß und schlank. In der Dunkelheit hielte man sie bestimmt für einen jungen Mann, doch sie brauchte noch etwas, das den Leuten, die sie überfallen würde, geradezu bewies, was für ein Kerl sie war. Sie setzte sich an ihren Ankleidetisch, griff zur Schere und schnitt eine Strähne ihrer Haare ab. Mit ruhigen Fingern formte sie einen schwarzen Schnurrbart, den sie mit Klebstoff befestigte. Sie griff nach einer Augenmaske aus schwarzem Samt, band sie fest und schob ihre Pistole in den Hosenbund. Dann legte sie sich noch einmal die Einzelheiten ihres Plans zurecht, denn der kleinste Fehler würde tödlich sein. Nun, da sie bereit war, zögerte sie. Ihr Mund wurde trocken, und ihre Knie zitterten. Wenn sie nicht sofort ging, wäre sie nicht mehr in derLage dazu. Sie sah ein letztes Mal in den Spiegel und sagte sich: »Nur Mut!«

Ihre schwarzen Reithandschuhe schützten ihre Hände, als sie an den Weinreben von ihrem Balkon im Südflügel hinabkletterte. Sie ließ sich auf den Boden fallen, lauschte angestrengt, und dann, als nichts zu hören war, verschmolz sie mit der Dunkelheit. Ebony erkannte sie und wieherte sanft. Sie strich über seine samtigen Nüstern und murmelte: »Trag mich sicher, mein Liebling ... Ich brauche deine Kraft.« Sie stieg auf und führte ihn langsam ans Ende des verlassenen Eibenhains, wo die lange Wacht begann.

Es würde schwer werden, die Kutsche von Shrewsbury aus der Ferne zu erkennen, aber wenn sie erst einmal nahe genug war, sähe sie sicher das Wappen auf der Tür.

In der Stille hörte sie das Rascheln der kleinen Nachttiere, die sich ihr Futter suchten. Einige von ihnen waren die Jäger, andere die Gejagten, und sie wußte genau, welcher Seite sie den Vorzug gab. Sie versuchte, ruhig zu bleiben, da sich jede Nervosität sofort auf ihr Pferd übertrug. Zwei Fledermäuse flatterten geradewegs auf sie zu, und erst in letzter Minute bogen sie ab. Ihr Mund war trocken und ihre Hände in den Handschuhen feucht.

Sie verharrte vollkommen reglos auf dem Pferderücken, doch ihr Herzschlag donnerte in ihren Ohren, und sie meinte, sogar ihr Zähneklappern zu hören.

Sie biß die Zähne so fest zusammen, daß ihr Kiefer zu schmerzen begann, während jede einzelne Minute vorbeizuschleichen schien. Doch sie mußte geduldig sein, denn wahrscheinlich würde es noch Stunden dauern, bis die Kutsche kam. Nun, zumindest liefe sie sicher nicht Gefahr einzuschlafen, denn ihr Blut toste in ihren Adern, und am liebsten hätte sie geschrien vor lauter Bewegungsdrang.

Plötzlich war aus der Ferne leises Rattern zu hören. Es war eine Kutsche, die langsam näher kam. Panik schnürte ihr die Kehle zu. Sie erwartete niemanden um diese Zeit. Nun, sie brauchte nur in der Dunkelheit abzuwarten, bis das Gefährt vorbeigerollt war, zum Haus zurückzureiten und ins Bett zu gehen. Doch dann hörte sie, wie sie selbst flüsterte: »Das Glück ist mit den Mutigen.«

Sie spähte in die Finsternis hinaus und erkannte, daß es genau die Kutsche war, die sie erwartete. Denk nicht drüber nach, sagte sie sich, sondern nutze die Gelegenheit!

Sie ritt in die Mitte der Straße, richtete die Waffe auf den betrunkenen Kutscher und brüllte: »Halt!«

Der überraschte Mann sah niemanden, doch er brachte die Kutsche zum Stehen.

»Dies ist ein Überfall!« bellte sie.

»Was in aller Welt ist hier los?« schrie der Kutscher und zerrte an den Zügeln der Pferde.

Sie stieß Ebony ihre Fersen in die Flanken, und er machte drei Schritte vor. Sie schwenkte die Pistole in Richtung des verwirrten Kutschers und befahl: »Sagt ihnen, sie sollen aussteigen und mir alles geben, was sie haben.« Der Mann starrte sie wortlos an, doch gleichzeitig öffnete sich die Kutschentür, und ein rotgesichtiger Mann trat zornbebend auf den Weg. Den Straßenräuber nahm er gar nicht wahr. »Ich bin froh, daß Sie angehalten haben«, brüllte er. »Ich fahre heute nacht nämlich bestimmt nicht wieder auf dieses verdammte Pendennis Castle zurück, damit Sie mir abermals Hörner aufsetzen, Madame. Vielen Dank! Kutscher, bringen Sie mich nach London zurück!«

Der Kutscher, der nicht wußte, wie ihm geschah, rührte sich nicht.

Die Frau in der Kutsche sagte: »Wir können heute nacht nicht mehr nach London zurück, und außerdem werden wir zum Empfang der Königinmutter in Portsmouth erwartet.«

»Dieser Empfang ist mir egal, denn der Hof, Madame, ist nichts als eine stinkende Jauchegrube. Wir kehren noch heute nacht nach London zurück! Und wenn der Herzog von Buckingham sich noch ein einziges Mal in Ihre Nähe wagt, fordere ich ihn zum Duell und erschieße ihn! Etwas anderes hat dieser hinterhältige Feigling nämlich nicht verdient.«

Wieder sprach die Frau, dieses Mal allerdings so leise, daß Summer kein Wort verstand.

»*Ich* verursache einen Skandal?« schrie der Mann. »Das haben Sie bereits getan, wenn man den Gerüchten Glauben schenken darf. Aber ich werde es nicht zulassen, daß mein Name von Ihnen in den Schmutz gezogen wird. Der Name Shrewsbury stand immer für Anstand und Noblesse!«

Summer richtete ihre Pistole in die Luft und drückte ab. Der Rückstoß warf sie fast vom Pferd, aber zumindest war Shrewsburys Aufmerksamkeit geweckt.

»Wer zum Teufel sind Sie?« fragte er.

Summer zog verächtlich die Brauen hoch. »Der Schwarze Kater, zu Ihren Diensten, Sir.«

»Was zum Teufel wollen Sie?« schnauzte Shrewsbury erbost.

»Geben Sie mir den Schmuckkasten Ihrer Frau, und ich mache mich sofort wieder auf den Weg ... das verspreche ich, Sir!«

Shrewsbury drehte sich zur Kutsche um, sah den Schmuckkasten neben Anna Maria auf dem Sitz und öffnete ihn. Er fand eine Diamantkette, eine Rubinkette und Armreifen, die er ihr nicht geschenkt hatte.

»Was ist das?« brüllte er. »Geschenke von Buckingham?«

»Den Schmuckkasten«, sagte Summer mit tödlich leiser Stimme, »oder ich nehme auch noch das, was Sie in den Taschen haben.« Shrewsbury nahm den Kasten vom Sitz.

»Laßt ihn auf der Straße stehen und fahrt weiter«, befahl Summer.

Shrewsbury platzte fast vor Wut, die er an seiner Frau ausließ: »Das ist alles deine Schuld!«

»Mylord Shrewsbury, ich werde niemandem von der Indiskretion Ihrer Frau berichten, aber wenn ich an Ihrer Stelle wäre, würde ich ihr einmal ordentlich den Hintern versohlen!« war Summers Kommentar.

Shrewsbury wandte sich an seinen Kutscher. »Sie ... fahren nach Norden!« Mit diesen Worten bestieg er die Kutsche, warf die Tür hinter sich zu, und das Gefährt rumpelte davon. Summer blieb zurück und hätte sich vor Lachen am liebsten die Schenkel geklopft.

Als die Kutsche außer Sichtweite war, hob sie den Schmuckkasten auf und schob ihn in die Satteltasche. Sie hatte es geschafft! Sie war unbesiegbar. Ihr Blut toste von den Nachwirkungen der Gefahr. Verdammt, es war so einfach ... als nähme man einem Baby den Lutscher weg. Sie war wie berauscht ... schwindlig ... beschwingt ... und froh.

Sie brachte Ebony auf Roseland in den Stall und ging mit dem Schmuckkasten in ihr Schlafzimmer hinauf. Dort schob sie die Rubine in ihre Westentasche und legte die Juwelen, die sie auf Stowe gewonnen hatte, zusammen mit der Diamantkette und dem Schmuck, der aussah wie Saphire, in den Schmuckkasten zurück. Das Smaragd- und Jadecollier hatte Anna Maria unglücklicherweise noch getragen, aber Summer war mehr als zufrieden mit dem Vermögen, das ihr heute nacht sozusagen in den Schoß gefallen war. Natürlich bekäme sie nie den vollen Preis für das Zeug, aber auf jeden Fall ließ sich mit dem Gewinn ein Großteil der Hypothek abbezahlen. Sie runzelte die Stirn ... die Zeit wurde verdammt knapp. Morgen war bereits der Tag, an dem die

Schuld fällig war. Spider mußte das Geld, das sie gespart hatten, unbedingt nach London bringen. Er konnte nach Plymouth reiten und dort an Bord eines Schiffes gehen, das nach Portsmouth oder gar nach London fuhr, von denen es sicher genügend gab, denn schließlich begaben sich der König und sein Hofstaat übermorgen dorthin.

Sie kehrte zu Fuß nach Helford Hall zurück, wo sie unentdeckt die Weinreben zu ihrem Balkon erklomm, denn die Gäste verabschiedeten sich gerade auf der anderen Seite des Hauses von ihrem Gastgeber. Sie schloß die kostbaren Rubine ein, zog die schwarzen Kleider aus und legte sie in die Truhe zurück. Im Augenblick nahm sie ernsthaft an, ihre Karriere als Straßenräuberin sei vorbei.

Plötzlich hörte sie, wie jemand an der Tür ihres Schlafzimmers rüttelte, und hielt furchtsam den Atem an. Gott sei Dank hatte sie die Geistesgegenwart besessen, den Riegel vorzulegen, ehe sie davongeschlichen war. Sie stand splitternackt da, hin und her gerissen zwischen dem Wunsch, sich ein Nachthemd zu holen, und der Neugier zu sehen, wer der nächtliche Besucher war. Um sich zu vergewissern, daß die Tür tatsächlich verschlossen war, schlich sie über den Teppich und legte ihr Ohr gegen das Holz.

»Summer« – Ruarks Stimme war herrisch wie eh und je – »laß mich rein.«

Sie hatte das Gefühl, als hätte sie diese Szene schon einmal erlebt, damals an Bord seines Schiffes, nachdem der Sturm abgeklungen war. Sie ballte die Fäuste. In jener Nacht hatte sie ihm den Zugang zu ihrem Zimmer verwehrt, und das wäre auch heute der Fall. Sie blieb stumm und wünschte, er ginge davon, doch dann sah sie zu ihrem Entsetzen, wie ein Stück Metall durch den Spalt geschoben wurde, wodurch sich der Riegel auch von außen öffnen ließ. Zur Hölle mit dem Kerl! Sie hätte wissen müssen, daß es mehr als eines Schlosses bedurfte, um vor Helford in Sicherheit zu sein.

Sie rannte zu ihrem Schrank und zog eilig einen samtenen Morgenmantel hervor, mit dem sie ihre Nacktheit verhüllte, ehe sie in die Mitte des Zimmers trat, und, die Hände in die Hüften gestemmt, beobachtete, wie er die Tür öffnete und den Raum betrat. Er trug ebenfalls nur einen Morgenmantel, und sie wußte, sie mußte ihn sich vom Leib halten, egal, um welchen Preis. »Was willst du?« fragte sie.

Er musterte sie. Obgleich sie im Augenblick Feinde waren, mußte er zugeben, daß sie sehr verführerisch war. Er konnte sie nicht lieben, aber auf jeden Fall begehrte er sie ... wollte sie beherrschen, sich unterwerfen, sie verführen bis zu dem Punkt, an dem sie ihn anflehen würde, daß er sie nahm. Seine dunkle Stimme ließ sie erschaudern, denn er klang ernsthaft besorgt. »Ich hörte, du fühlst dich nicht wohl.«

»Ich habe mich noch nie wohler gefühlt.« Sie reckte das Kinn. »Es macht den Leuten einfach Spaß, irgendwelche Gerüchte zu verbreiten.«

»Ja«, sagte er, während er sich ihr langsam näherte. »Und die meisten Gerüchte betreffen dich.«

»Ach ja?« fragte sie gedehnt. »Und was, bitte, besagen sie?«

»Ein Gerücht besagt, du hättest deine Rubine verspielt«, sagte er in ruhigem Ton, während er sie beobachtete, um ihre Reaktion auf diese Worte zu sehen.

Sie errötete, und ihr Herz hämmerte in ihrer Brust, als ihr klar wurde, wie knapp sie eben der Katastrophe entronnen war. Sie öffnete ihren Schmuckkasten und setzte ein triumphierendes Lächeln auf. Wie ein Zauberer das Kaninchen aus seinem Zylinder holt, zog sie die Kette hervor. Ihr trotzig zusammengekniffener Mund und ihre blitzenden Augen forderten ihn geradezu heraus, sie ihr abzunehmen, doch heute nacht hatte Helford es auf ein anderes Juwel abgesehen.

»Ein anderes Gerücht besagt, daß du, da du dich so früh zurückgezogen hast, bestimmt schwanger bist.« Mit den geschmeidigen, schnellen Bewegungen eines Panthers teilte er ihren Morgenmantel, um sich ihren herrlich festen Bauch anzusehen.

»Hören Sie auf, Mylord. Sie können mir wohl kaum erklären, unsere Ehe sei beendet, und gleichzeitig erwarten, daß Sie immer noch die Rechte eines Ehemanns wahrnehmen dürfen«, sagte sie verächtlich und schloß ihren Morgenmantel wieder über ihrem nackten Leib.

»Ach nein?« fragte er, während sein Daumen den Knoten seines Gürtels öffnete. »Ich kann tun und lassen, was ich will, Schließlich bin ich hier immer noch der Herr im Haus.«

Sie wußte genau, wie unwiderstehlich er war. Um ihrer selbst willen durfte sie nicht zulassen, daß er ihren Widerstand brach. Wenn er sie nahm und wieder verließ, würde sie noch wochenlang vor Verlangen nach ihm vergehen. »Ich werde mich zu wehren wissen«, warnte sie, doch darüber lachte er nur. Eine solche Warnung weckte nur den Wunsch in ihm, sie zu völliger Unterwerfung zu zwingen. Er streckte seine starken Hände nach ihren Schultern aus, aber sie warf einfach ihren Morgenmantel ab und rannte nackt zur anderen Seite des Bettes.

Er warf den Morgenmantel zu Boden, zog seinen eigenen Mantel ebenfalls aus und setzte ihr nach. Sie wußte, daß er gefährlich war, aber Gefahr erregte sie, und sie wußte, daß es besser war, wenn sie nicht in Richtung seines prächtigen, muskulösen Körpers sah. Sie fuhr herum, um zu fliehen, aber er packte ihren Knöchel, und als sie auf den Teppich fiel, warf er sich blitzschnell über sie.

Sie zerkratzte ihm mit ihren Nägeln das Gesicht und die Brust.

»Hör auf, Summer.« Er drückte ihre Handgelenke auf den Boden und hing über ihr, bis sie außer seinen breiten Schultern nichts mehr sah. Als er seinen Kopf neigte, um sie zu küssen, gelang es ihr, ihm eine Hand zu entziehen, und sie vergrub erneut die Nägel in seinem Fleisch. »Verdammt, du kleine Wildkatze, muß ich dir vielleicht erst die Hände fesseln?«

»Laß mich los ... zur Hölle mit dir«, zischte sie, während sie an seinen schwarzen Haaren riß.

»Jetzt reicht's!« explodierte er. »Und sag nicht, ich hätte dich nicht gewarnt.«

Obgleich sie sich verzweifelt zur Wehr setzte, zerrte er sie zum Bett und riß eine der Kordeln von dem Bettvorhang. Er fesselte ihre Handgelenke über ihrem Kopf und band sie an einem der Bettpfosten fest, ohne auf ihre Beleidigungen zu reagieren. Als sie keine Luft mehr hatte, um ihm noch irgendwelche Flüche entgegenzuschreien, beugte er sich über sie und verbrannte sie beinahe mit der grünen Flamme der Lust, die in seinen Augen loderte.

All ihre Gegenwehr hatte nichts genützt. Sie lag zwischen seinen kräftigen Schenkeln, und seine Hände streichelten ihren Leib an allen Stellen, von denen er wußte, daß sie dort für seine Zärtlichkeit mehr als empfänglich war. Ihre Brüste hatten sich so schmerzlich nach seiner Liebe gesehnt, daß sie stöhnte, als er sie anhob, damit sich eine ihrer Brustwarzen an seiner drahtigen Behaarung rieb. Sie betete, daß er sie nicht küssen würde, aber gleichzeitig weiteten sich ihre Pupillen vor Leidenschaft, als er sie zuerst mit den Lippen und dann mit der Zunge nahm, ehe er an ihr saugte, bis sie hart war wie ein Diamant.

Seine Schenkel preßten ihre Beine zusammen, so daß der Samtkopf seines marmorharten Gliedes oberhalb ihrer empfindlichen Schamlippen über sie strich. Nachdem er sie halb wahnsinnig gemacht hatte vor Lust, begann er sie zu streicheln und zu liebkosen wie ein wildes Tier, bis all ihr Widerstand dahingeschmolzen war. Sein erster Kuß war von unglaublicher Sanftheit, der zweite von überwältigender Sinnlichkeit. Seine Lippen glitten in vertrauten Mustern über ihren Hals, und am liebsten hätte sie vor Verlangen geschrien. Dann fuhr er hinauf zu ihrem Ohr und flüsterte: »Ergib dich mir, unterwirf dich meiner Gewalt!«

Sein Duft füllte ihre Nasenflügel, als er ihre Fesseln öffnete. Sie hatte immer gedacht, sie ergäbe sich ihm nie, eher stürbe sie … und zugleich wußte sie, daß sie eine gewisse Macht über ihn besaß. Ihre Hände suchten seinen harten Leib. Wenn sie ihn verführte, ertrüge er vielleicht ihre Trennung nicht mehr. Plötzlich war sie vollkommen entflammt und zeigte ihm ohne jede Scham, wonach es sie gelüstete. Sie erwiderte seinen Kuß und ließ ihn wissen, daß seine Verführung sie schwach werden ließ. Dann öffnete sie sich der Flamme, die Ruark Helford war.

Plötzlich löste er seinen Mund von ihr und setzte sich auf. »Ich mußte wissen, daß du mich immer noch begehrst... daß ich deine Wildheit immer noch zähmen kann ... daß du dich mir ergibst, wann und wo auch immer ich dich will, meine kleine heidnische Braut.«

Sie keuchte vor Verlangen und Schmerz, als er seinen Morgenmantel nahm und ging. »Du Schwein! Ich hasse dich!« schrie sie, und es war ihr egal, ob einer der Bediensteten oder Mr. Burke oder die ganze Welt ihre Worte vernahm.

25

Das königliche Wetter hielt an, und der folgende Tag war einfach wunderbar. Ruark hatte mit seinen zehn schnellsten Pferden Rennen organisiert. Die Männer zogen Lose, um zu sehen, wer die glücklichen Reiter sein würden, und dann begann das ernste Wettgeschäft. Ruark hatte beschlossen, Summers Vorschlag gemäß das Rennen mit einem Hummergrillen am Strand zu verbinden, so daß sich die Gesellschaft bereits am Morgen zum Meer hinunterbegab.

Man hatte ein großes Zelt aufgebaut, und die Hausdiener verbrachten zwei Studen damit, Tische und Stühle hinunterzuschleppen sowie Kissen und Decken, damit es den Gästen nicht an Bequemlichkeit mangelte.

Viele der Damen trugen breitkrempige Hüte als Sonnenschutz, aber Summer und ein paar andere wagemutige Frauen trugen keine Kopfbedeckung und ließen ihre Haare lose in der Brise wehen.

Da der König beim Pferderennen aufgrund seiner Größe und seines Gewichts benachteiligt gewesen wäre, begnügte er sich mit der Rolle des Zuschauers. Buckingham kümmerte sich um die Wetten und bewahrte sämtliche Einsätze auf. Als Jockeys traten Jack und Bunny Grenvile sowie Lord Buckhurst, Sir Charles Berkeley, Henry Jermyn und der wilde Harry Killigrew an. Auch drei Männer aus Cornwall waren dabei: John Arundell, Richard

Carew und Sir John St. Aubyn. Der zehnte Reiter war George Digby, Earl of Bristol. Ruark Helford zog es vor, nicht zu reiten, da er sich problemlos das schnellste Pferd hätte aussuchen können, was ihm einen unfairen Vorteil gegenüber den anderen verschafft hätte.

Es würden immer nur zwei Pferde gegeneinander laufen, da der Strand nicht breit genug war, um mehrere Tiere gleichzeitig laufen zu lassen, so daß insgesamt neun Rennen stattfinden würden, bis es endlich einen Sieger gab.

Vor dem Abschluß der Wetten sahen sich die Männer die Pferde genauestens an, wogegen die Frauen einzig die Reiter beurteilten. Bei jedem Rennen wählten sie entweder den hübscheren der beiden Jockeys oder aber ihren persönlichen Favoriten aus. Als der Earl of Bristol an den Start ging, entschieden sich sämtliche Frauen für ihn. Auch Summer setzte eine beachtliche Summe auf seinen Sieg, allerdings nicht, weil er der bestaussehende Höfling war, sondern weil er auf Ruarks geliebtem Titan saß, und weil sie wußte, was für ein prächtiges Tier er war.

Das Wagnis, tausend Pfund zu setzen, hatte sich für Summer gelohnt, denn natürlich hatte Titan gesiegt, so daß sie nun zweitausend Pfund besaß. Nur noch zwei Pferde mußten an den Start. Auf einem der beiden saß der wilde Harry Killigrew, der dafür bekannt war, daß er wie der Teufel ritt. Er war eindeutig der Favorit, aber Summer setzte ihr gesamtes Geld auf Jack Grenvile. Sie wußte, daß er bei der Kavallerie gewesen war, und kannte die Geschichte, derzufolge er nach dem Tod seines Vaters durch Feindeshand dessen Pferd bestiegen hatte und in den Sieg geritten war, so daß sie dem Rennen zuversichtlich entgegensah. Die Menge jubelte dem wilden Harry lautstark zu, aber Jack Grenvile war ihm bereits nach zwei Minuten um Längen voraus. Er bewies ein derartiges Reittalent, daß die Zuschauer schließlich auf seine Seite schwenkten und ihm am Ende tosenden Beifall spendeten, auch wenn er anfangs ein Außenseiter gewesen war.

Als das letzte Rennen starten sollte, wußte Summer ohne jeden

Zweifel, wer gewinnen würde. Jack Grenvile träte gegen George Digby an, der Earl of Bath gegen den Earl of Bristol, aber da letzterer auf Titan saß, würde das Rennen zwischen den Pferden entschieden und nicht zwischen den Gentlemen.

Buckingham wurde von allen Seiten mit Wetteinsätzen überhäuft. Als sie schließlich an der Reihe war und ihre gesamten viertausend Pfund auf den Earl of Bristol setzte, sagte er: »Der Vergleich schmeichelte Ihnen sicherlich nicht, aber Sie scheinen ein ebenso hemmungsloser Mensch wie Barbara zu sein.«

»Alles oder nichts«, erwiderte an ihrer Stelle ihr Ehemann.

»Und was von beidem ich erreiche, ist mir vollkommen egal!« fügte Cat vehement hinzu. Ihr Blut war in Wallung, und sie war verwegen gestimmt. Sie brauchte das Rennen nicht zu sehen, denn das Ergebnis war von vornherein klar. Sie würde ihnen zeigen, was Hemmungslosigkeit war ... Sie würde ihnen etwas geben, worüber sie sich die Mäuler zerreißen konnten!

Sie erklomm den Klippenpfad nach Roseland hinauf, zog ein Paar alte Hosen und Stiefel an und ritt auf Ebony zum Strand hinab. Als sie dort ankam, war das Rennen offenbar vorbei, und diejenigen, die auf den Earl of Bristol gesetzt hatten, zählten freudig ihr Geld.

Ruark kam zu ihr herüber und griff nach dem Zügel. Er wußte, sie hatte wieder einmal irgendeinen Streich im Sinn.

»Lord Helford, ich fordere Sie zu einem Rennen heraus.« Ihre Stimme war laut und klar, und die Gäste drehten sich interessiert zu ihr um. Diejenigen, die von einer möglichen Schwangerschaft gesprochen hatten, schienen sich ihrer Sache plötzlich nicht mehr so sicher zu sein, ebensowenig wie diejenigen, denen zufolge das Fundament ihrer Ehe mit Helford die große Liebe war.

»Meinen Sie, daß Ihr Klappergestell es schafft, Ebony zu schlagen?« forderte sie ihn heraus.

Die meisten der Anwesenden waren der Ansicht, daß Lord Helford seine junge Frau bestimmt nicht ernst nehmen würde, aber der König murmelte Barbara zu: »So leicht gibt Helford nicht klein bei, ich denke, er nimmt sie tatsächlich beim Wort.«

»Wieviel habe ich gewonnen, Mylord Buckingham?« fragte Summer den Wettmeister.

»Achttausend«, sagte dieser und grinste vergnügt. Einer der beiden würde gleich eine Niederlage erleben, und es war ihm egal, ob Lord oder Lady Helford das Opfer dieser Familienfehde war.

Helford sagte: »Sie sind im Vorteil, Madame, denn schließlich hat Titan bereits drei Rennen hinter sich.«

Sie lächelte. »Ich weiß.«

Er verbeugte sich und nahm dem Earl of Bristol Titans Zügel ab.

»Wir sollten die Strecke verdoppeln ... hin und zurück«, schlug Summer vor.

Wieder nickte er, aber seine zusammengekniffenen Augen verrieten, wie erbost er war. Ihr war klar, daß ihm ihr Betragen nicht gefiel, aber auf die warnenden Vorzeichen in seiner Miene achtete sie nicht. Sie stellten sich nebeneinander an den Start, und als die Flagge nach unten schwang, schoß Summer noch vor Ruark los. Sie hatte ihr Herz daran gehängt, sechzehntausend Pfund zu gewinnen, denn dann wäre sie all ihre finanziellen Sorgen los. Sie war voller Zuversicht, daß sie gewinnen konnte, wenn sie es nur intensiv genug wollte, da sie auf Ebony ihr Leben lang fast jeden Tag hier entlanggeritten war. Der Hengst war frisch, und er trug nur die Hälfte des Gewichts, das Titan zu tragen hatte.

Sie wußte, daß sie die Kehrtwendung vor ihm schaffen würde. Beschwingt drehte sie sich um, und ihr Blick fiel auf seine Hände. Er zog die Zügel an und hielt Titan allen Ernstes zurück! Ihr Blut setzte zu einem Jubelgesang an ... Er würde absichtlich verlieren! In diesem Augenblick wurde ihr klar, welche Liebe sie immer noch für ihn empfand.

Doch dann holte er neben ihr auf und rief: »Der Verlierer kommt heute nacht zum Gewinner ins Bett.«

Sie starrte ihn ungläubig an, und mit einem »Fahr zur Hölle!« trieb sie Ebony zu einem noch schnelleren Tempo an.

Es war ganz einfach. Er ließ Titan freien Lauf, und der kraftvolle irische Vollblüter tat den Rest. Er donnerte an ihr vorbei, noch ehe sie über die Ziellinie war. Vor Enttäuschung hätte sie am liebsten geweint. Nicht nur, daß ihr der Gewinn in Höhe von sechzehntausend Pfund entgangen war, sie hatte auch die achttausend Pfund verloren, die sie sich im Laufe des Tages so mühelos hatte aneignen können. Ruarks Worte hallten in ihrem Kopf: »Alles oder nichts.«

Jack Grenvile half ihr galant aus dem Sattel, und ein paar der Männer, die auf sie gesetzt hatten, versammelten sich schützend um sie. Sie setzte ein fröhliches Lächeln auf. »Am Ende konnte ich meinen Ehemann einfach nicht vor so vielen Zuschauern blamieren.«

Sie wußten, daß ihr Pferd mühelos geschlagen worden war, aber es gab keinen Mann, der nicht gern gegen sie verloren hätte in der Hoffnung, im Tausch gewönne er ihre Gunst. Sie zuckte mit den Schultern und drehte sich zu Buckingham um. »Wer den Schaden hat, braucht für den Spott nicht zu sorgen. Sorgen Sie dafür, daß Lord Helford bekommt, was ich ihm schuidig bin.«

Als sie davonging, sah Buckingham ihr nach und dachte, daß sie Helford bestimmt noch wesentlich mehr geben würde, als sie ihm schuldete, ehe sie mit ihm fertig war.

Barbara Castlemaine lungerte mit Bess Maitland im Zelt herum, nippte Champagner und stopfte sich mit Austern voll. Als Summer hereinkam, um etwas zu trinken, rief sie: »Es überrascht mich, daß ein Mädchen vom Land, wie Sie es sind, auf einer so alten Mähre dahergeritten kommt. Vielleicht haben Sie sich doch etwas zuviel vorgenommen, indem Sie Helford zum Ehemann genommen haben.« Sie flüsterte ihrer Nachbarin irgendeine Gehässigkeit zu, und die beiden Weiber brachen in heiseres Gelächter aus.

»Im Gegensatz zu Ihren Männern ist mein Mann ein wenig altmodisch. Sollte ich ihm jemals Hörner aufsetzen, brächte er mich um. Wie ich höre, wurde Ihre Freundin Anna Maria gestern fast an den Haaren nach Hause gezerrt. Offenbar ist auch ihr Gatte ein Kavalier der altmodischen Art.«

Barbara kniff die Augen zusammen, doch Bess Maitland war

begeistert, neuen Klatsch über die Countess of Shrewsbury zu hören.

Der König war ein leidenschaftlicher Schwimmer. Wenn er in London war, mußte er sich mit gelegentlichen Bädern in der Themse begnügen, doch hier nutzte er die Gelegenheit und stürzte sich begeistert in den ruhigen Ozean, der ihn wegen der Sonne und des Golfstroms angenehm warm umfing. Neben ihm schwammen Ruark und ein halbes Dutzend anderer Freunde eine weite Strecke hinaus, während einige der wagemutigeren Damen ihre Schuhe und Strümpfe ablegten und am Ufer entlangwateten.

Meeresvögel gesellten sich zu ihnen in der Hoffnung auf etwas Freßbares, und verwegene Seehunde und Otter schwammen aus lauter Neugier heran. Summers Herz war schwer. Am liebsten wäre sie weit hinausgeschwommen und niemals zurückgekehrt. Sie war eine gute Schwimmerin, aber sie hatte für einen Nachmittag genug Skandale verursacht, um sich nun auch noch auszuziehen und baden zu gehen.

Der König stieg aus dem Wasser und rieb sich mit einem Handtuch ab. Alle Männer außer Ruark kamen ihm hinterher, und sie schirmte die Augen gegen die Sonne ab und beobachtete, wie der Kopf ihres Mannes zwischen den Wellen auf und nieder ging. Als Charles ihren nachdenklichen Blick bemerkte, trat er neben sie. »Wissen Sie, er ist Ihnen sehr ähnlich. Aber allzu große Verwegenheit ist nicht immer gut.« Sie lächelte, obgleich es ein sehr trauriges Lächeln war. »Ich kann mich nicht daran erinnern, wann ich mich zum letzten Mal derart amüsiert habe. Falls es irgend etwas gibt, was ich für Sie tun kann, Summer, so wenden Sie sich bitte vertrauensvoll an mich. Oh, ich weiß, daß Sie mich nicht brauchen, solange Sie Helford haben. Er wird Sie mit seinem Leben schützen, und es wird Ihnen niemals an etwas mangeln, das ist klar. Aber manchmal gibt es im Leben unerwartete Wendungen. Einige der Aufgaben, mit denen ich ihn betraue, sind nicht ohne Gefahr...« Die Stimme des Königs verhallte, als hätte er zuviel gesagt. Sie sah in sein dunkles Gesicht mit den schwarzen Augen und dem schmalen Bart. Sein Charme wärmte ihr das Herz. Erinnerte er sie nur daran, daß der Umgang mit Schmugglern für einen Richter mit Risiken verbunden war, oder versuchte er sie davor zu warnen, daß Helford in noch gefährlichere Geschäfte wie beispielsweise Spionage verwickelt war? Wo hatte er die letzte Woche verbracht? Wo würde er in der nächsten Woche sein? Bereits vor ihrem Streit hatte er gesagt, sie würde häufig alleine sein. Er hatte sich ihr nicht anvertraut, noch nicht einmal, als ihre Beziehung noch von Nähe und liebevoller Vertrautheit geprägt gewesen war. Aber warum sollte es sie interessieren, was er tat? Sie hatte weiß Gott genug eigene Probleme dank seiner Hochnäsigkeit. Was sie betraf, so sollte er ruhig zur Hölle fahren!

Die Stallburschen hatten inzwischen die Pferde gefüttert und brachten sie nun in den Stall von Helford Hall zurück. Sie nahm einem von ihnen Ebony ab und führte ihn erneut in den einsamen Eibenhain. Ihr Gewissen sagte ihr, daß es besser wäre, heute nacht nicht schon wieder die Rolle des schwarzen Katers zu spielen, aber Helford hatte dafür gesorgt, daß dies ihr einziger Ausweg war. Nicht einen Penny seines Geldes bekäme sie, hatte er gesagt, und heute nachmittag hatte er bewiesen, wie ernst es ihm mit dieser Drohung war. Sollte er doch elendiglich verrecken, der Widerling!

Das Strandpicknick war ein Riesenerfolg. Sie speisten in zerlassene Butter getauchten Hummer, gebackene Muscheln und den Lachs, den die Herren am Vortag gefangen hatten, und der nun, mit Kräutern bestäubt und in Blätter gehüllt, auf großen Steinen briet. Für diejenigen, denen Meeresfrüchte nicht zusagten, wurden Ferkel in Sandgruben gegart.

Als sich die Dunkelheit über den Strand senkte, versammelten sie sich um diverse Feuer, sangen Seemannslieder, obszöne Trinklieder und die neusten Lieder, die es in den Londoner Theatern zu hören gab.

Nur die Hälfte der Gäste verspürte an diesem Abend Lust zum Spiel, doch natürlich wurden für sie Kartentische aufgestellt.

Die anderen blieben lange am Strand, da ihnen die Idylle und Zwanglosigkeit des Picknicks und des gemeinsamen Gesanges gefielen.

Summer war vollkommen ruhelos. Nun, da sie beschlossen hatte, abermals die Rolle des Straßenräubers zu spielen, wünschte sie, die Gäste würden sich endlich verabschieden. Da das nicht der Fall war, nutzte sie die Zeit, indem sie einen Pagen bat, die wartenden Kutscher mit Bier zu versorgen, und indem sie sich umsah, um zu überlegen, welches Opfer sie heute wählen sollte.

Sie würde höchstens zwei Kutschen anhalten, da alles andere zu gefährlich war. Lauderdale und Buckingham waren Begleiter des Königs, und natürlich kam es nicht in Frage, daß sie seine Kutsche überfiel. Auch wollte sie kein Gefährt, in dem es zu viele Passagiere gab; sie alle auf einmal zu beobachten, wäre ein Ding der Unmöglichkeit. Jack und Bunny Grenvile und ihre Gattinnen reisten gemeinsam, und die Damen hatten auch noch ihre Zofen mitgebracht, so daß ihre Kutsche nicht in Frage kam. Was sie brauchte, war eine alleinreisende Frau, am liebsten Barbara Castlemaine.

Sie trat in den Salon, um den Spielern zuzusehen, und ihr Blick fiel auf die Herzogin von Buckingham. Was für eine verdammte Heuchlerin dieses Weib doch ist, dachte Summer. Sie war bestimmt zu einer frommen Parlamentarierin erzogen worden, wenn ihr Vater einer von Cromwells Generälen gewesen war, und doch saß sie hier, spielsüchtig und verheiratet mit einem der lasterhaftesten Männer am ganzen Hof. Summer beobachtete, wie sie gierig fünfhundert Kronen einstrich, und notierte sie im Geist als geeignetes Opfer für ein Rendezvous mit dem schwarzen Kater. Da Buckingham und Lauderdale den König eskortierten, hätten Gräfin und Herzogin eine Kutsche für sich.

»Kommen Sie her, meine Liebe, und bringen Sie mir Glück«, winkte Harry Killigrew Summer zu sich heran.

Sie spazierte an seinen Tisch und setzte ihr hübschestes

Lächeln auf. Himmel, wie konnte er nur so beständig gewinnen, wenn er so sturzbetrunken war? Kein Wunder, daß er der wilde Harry hieß! Sie nahm eine Portweinkaraffe vom Weintisch und füllte erneut sein Glas. Plötzlich spürte sie, wie eine Hand über ihr Hinterteil strich. Einen Augenblick lang glaubte sie es kaum. Während Harry ihren Po tätschelte, legte er mit der anderen Hand seine Karten auf den Tisch und gewann erneut.

Summer sah einen seiner Freunde an, Henry Jermyn, der auch mit der königlichen Familie befreundet war und von dem es hieß, daß er ein Heiratskandidat für die Schwester des Königs, Mary, war. »Ist alles in Ordnung mit ihm?« murmelte sie.

»Und ob, Lady Helford. Er säuft jeden Abend so viel. Sein Mann ist es gewohnt, ihn ins Bett zu hieven. Er kann nur Karten spielen, wenn er sturzbetrunken ist.«

»Sein Mann?« fragte Summer.

»Sein Verwalter, Kammerdiener, Kutscher ... Er bemuttert ihn regelrecht.«

»Ich glaube, statt einer Mutter braucht er endlich eine Frau.« Summer lachte, denn gerade hatte sie ihr zweites Opfer ausgemacht.

Plötzlich ertönte eine autoritäre Stimme hinter ihr. »Ich glaube, Sie haben zuviel getrunken, Madame. Vielleicht sollten Sie auf Ihr Zimmer gehen, Lady Helford.« Eine heftige Erwiderung auf den Lippen, drehte sie sich zu Ruark um, der in Charles' Begleitung hereingekommen war. Ihr wurde bewußt, wie es wirken mußte, daß sie lachend bei den Männern stand, eine Weinkaraffe in der Hand und Harrys Hand auf ihrem Hinterteil. Auf ihr Zimmer geschickt zu werden, kam ihr im Augenblick tatsächlich so gelegen, daß sie statt einer bösen Antwort die Hand an die Stirn hob und verkündete, sie fühle sich in der Tat nicht sonderlich wohl. Mit einer übertrieben würdevollen Verbeugung vor dem König sagte sie: »Mit Eurer Erlaubnis ziehe ich mich also zurück, Sire.«

Er lächelte, dankte ihr für ihre Gastfreundschaft und verabschiedete sie.

26

In ihrem Zimmer angekommen, verschloß sie sorgfältig die Tür, streifte ihre Kleider ab und ersetzte sie durch die männliche Garderobe vom Vorabend. Sie überprüfte, ob ihre Pistole geladen war, ob sie zusätzliche Kugeln und Pulver hatte, und drehte sich zum Spiegel um. Gütiger Himmel, sie trug immer noch ihr Make-up! Sorgfältig wusch sie ihr Gesicht, klebte den schwarzen Schnurrbart an, trug die Satteltaschen auf den Balkon hinaus und warf sie in den Garten. Dann kehrte sie in ihr Zimmer zurück, zog die Handschuhe an, setzte den breitkrempigen Männerhut auf, blies die Kerzen aus und machte sich auf den Weg die Weinreben hinab.

Mitten in den Ranken erstarrte sie, als sie Gelächter und die Stimme eines Mannes vernahm. Doch als ihr klar wurde, daß ein paar der Herren lediglich in den Garten gekommen waren, um sich zu erleichtern, seufzte sie. Eine gewisse Ungehobeltheit war bei Männern eine geradezu natürliche Eigenschaft, sie pißten einfach überall!

In dem abgeschiedenen Eibenhain angekommen, band sie Ebony los, sprach beruhigend auf ihn ein und legte ihm die Satteltaschen auf. Jeder Schritt war ihr bereits vertraut, und sie merkte, daß sie weder schwitzte noch zitterte. Ihr Herzschlag allerdings beschleunigte sich, und sie hörte, wie ihr Puls trommelte. Sie beschloß, den Weg ein paar Meilen in Richtung Falmouth hinabzureiten. Falls sie auf dem Helfordschen Grundstück bliebe, kämen die Kutschen vielleicht zu dicht hintereinander an ihr vorbei.

Sie ritt langsam und lautlos, und allmählich gewöhnten sich ihre Augen an die Dunkelheit. Im Eibenhain hatte abgrundtiefe Finsternis geherrscht, aber jetzt überraschte es sie, wieviel sie sah. Sie hörte, daß eine Kutsche näher kam, und führte Ebony zu einer Baumgruppe. Wie bereits vermutet, war es das Gefährt, in dem der König mit seiner Eskorte saß. Außer dem Kutscher klammerten sich außen noch vier Bedienstete an der Kutsche fest, und ihr lautes Gelächter verriet ihren beachtlichen Trunkenheitsgrad. Jetzt kämen bestimmt bald die Herzogin von Buckingham und die Gräfin von Lauderdale.

Und richtig, nach ungefähr zehn Minuten rumpelte wieder etwas heran. Summer ritt auf den Weg hinaus, doch dann stellte sie zu ihrem Entsetzen fest, daß es die Castlemainesche Kutsche war. Eilig flüchtete sie unter die Bäume zurück, nicht jedoch, ohne den Kutscher zu erschrecken, der so heftig an den Zügeln der Pferde zerrte, daß das ganze Gefährt ins Wanken geriet. Aus dem Fahrgastraum drang lautes Gekeife heraus. »Sie dämliche Filzlaus, Sie hätten uns fast umgekippt! Was in aller Welt ist los mit Ihnen, Mann?«

»Verzeihen Sie, Mylady, aber die Pferde wurden durch eine Erscheinung erschreckt, die aussah wie ein Reiter ohne Kopf. Ich schwöre, es war ein Geisterreiter, Mylady.«

»Was für ein Schwachsinn«, brüllte Barbara. »Wenn Sie im Dienst nicht nüchtern bleiben können, stelle ich bald einen anderen Kutscher ein. Haben Sie Ihre Pistole neben sich, für den Fall, daß sich unser Geist als Straßenräuber erweist?«

»Ja, Ma'am«, sagte der Kutscher und nahm die Waffe in die Hand.

»Dann fahren Sie jetzt weiter und schonen Sie die Pferde nicht. Ich wußte, es wäre besser gewesen, zusammen mit dem König zu fahren.«

Ebony stand reglos im Schatten der Bäume, während Summer ihn streichelte und ihm beruhigende Worte zuflüsterte. Es wäre ein taktischer Fehler gewesen, Barbara zu überfallen, denn wie Summer war auch sie ein verwegener Mensch, und es wäre ihr durchaus zuzutrauen, daß sie sich nicht einfach widerstandslos ausrauben ließ. Entweder würde sie Zeter und Mordio schreien oder mit verführerischer Stimme ein zweideutiges Angebot aussprechen, und was täte sie, Summer, dann? Außerdem war Barbara so clever, daß Summer es nicht wagte, ihr vorzugaukeln, sie wäre ein Mann. Als sich die Kutsche wieder in Bewegung setzte, war Summer froh, Barbara Castlemaine endlich von hinten zu sehen.

Nach nur fünf Minuten ratterte bereits das nächste Gefährt herbei. Die gelben Lampen waren nicht zu übersehen, und Summer wußte, daß sie dieses Mal richtig lag. Ohne zu zögern ritt sie auf den Weg hinaus, streckte ihre Pistole vor und befahl: »Stehenbleiben. Dies ist ein Überfall!«

Dem Kutscher fielen die Zügel aus den Händen, doch die Pferde blieben freiwillig stehen.

»Mit dem Gesicht nach unten auf den Boden!« wies sie den unglücklichen Fahrer an, und ohne ein Wort des Protestes gehorchte er dem Befehl der drohenden schwarzen Gestalt.

Bess Maitland streckte den Kopf aus dem Fenster und rief: »Was ist los, Mann?« Dann sah sie den Wegelagerer und zog ihren leuchtend roten Schopf eilig wieder zurück.

»Rauskommen!« rief Summer. »Ihre Zofe auch!« Langsam machte ihr die Sache richtig Spaß.

»Zofe?« kreischte die Herzogin, die hinter Bess Maitland aus der Kutsche geklettert kam. »Sir, ich bin die Herzogin von Buckingham. Ich verlange, daß Sie uns verschonen! Dieser Überfall wird Sie den Kopf kosten, das verspreche ich, Sir!«

»Glauben Sie allen Ernstes, ich würde Ihnen abkaufen, daß der gutaussehende Herzog ein Weib mit einem solchen Schweinsgesicht geheiratet hätte?« fragte Summer mit tiefer Stimme. »Sie da!« Damit war Bess Maitland gemeint. »Ist dieses schweinsgesichtige Weib tatsächlich die Herzogin von Buckingham?«

»Ja, das ist sie«, nickte Bess, so daß die Herzogin lila anlief vor Zorn.

»Nun, Madame, ich bin der schwarze Kater, und ich bin bekannt für meinen galanten Umgang mit Frauen, so daß ich mich in aller Form bei Ihnen entschuldige.« Summer verbeugte sich, und Bess Maitland brach in wieherndes Gelächter aus.

»Meine Damen, Sie können sofort weiterfahren. Ich möchte nur Ihr Gold.«

Bess Maitland gab ohne zu zögern ihr Geld heraus, aber als sie versuchte, Lady Buckingham von ihrer schweren Börse zu trennen, kreischte die: »Eher sehe ich Sie hängen!«

Summer richtete die Pistole auf ihren Kopf. »Madame, Geld oder Leben!«

Lady Buckingham war einer Ohnmacht nahe. Bess Maitland nahm ihren schweren Geldbeutel, warf ihn auf die Straße und schob die Herzogin in die Kutsche zurück, als wäre sie ein lebloser Kartoffelsack. »Himmel, wieviel wiegen Sie bloß?« stöhnte sie, als sie hinter ihrer unglückseligen Begleiterin die Stufen erklomm.

Die Motten umflatterten die gelben Kutschenlampen, als Summer den immer noch am Boden liegenden Kutscher drängte, sich zu erheben und zu verschwinden, ehe sie von Ebony sprang, um die schweren Geldbeutel aufzuheben und in den Satteltaschen zu verstauen.

Sie beschloß, die Abkürzung über die Felder zu nehmen. Für den Fall, daß die Frauen den Überfall in Falmouth meldeten und das verdammte Schwein Oswald auf sie hetzten, wollte sie lieber in der Nähe von Roseland oder Helford Hall sein. Sie hielt Ausschau nach Harry Killigrews Kutsche, aber obgleich inzwischen zwei Stunden vergangen und sämtliche Gäste aufgebrochen waren, war sie nirgends zu sehen. Sie überlegte, ob es besser sei, auszuharren oder einfach nach Hause zu gehen. Sie war nicht müde, denn das gewagte Spiel erregte und beflügelte sie, und außerdem war sie immer noch von ihrem Erfolg als Gastgeberin beschwingt. Sie wußte, sie hatte phantastische Arbeit geleistet, und in London würde bestimmt noch wochenlang die Rede vom Besuch auf Helfords Gut in Cornwall sein.

Der König selbst war so begeistert von ihr, daß er sie bestimmt zur Mätresse nähme, zeigte sie sich ihm zugeneigt. Insgesamt hatte sie die furchtbarsten und zugleich wunderbarsten Tage ihres Lebens erlebt. Sie seufzte abgrundtief und wollte gerade heimreiten, als sie das Geräusch von Kutschenrädern vernahm.

Sie wendete Ebony abermals, galoppierte den Weg ein paar

hundert Meter zurück, ritt direkt vor die Kutsche und rief: »Halt! Dies ist ein Überfall!«

Die Kutsche blieb schwerfällig stehen, und Lord Killigrew, der betrunken eingenickt war, warf die Tür auf und stürzte prompt kopfüber auf den Weg. Währenddessen zog sein schmächtiger Kutscher eine Pistole hervor, entsicherte sie und zielte direkt auf Summers Kopf. Zu ihrem Glück machte Harry einen Satz nach vorn und schrie: »Himmel, M-mann, sch-schießen S-sie nicht! S-sehen Sie denn n-nicht, daß das mein F-freund B-berkeley is'?«

»Berkeley hat sandfarbenes Haar, Sir. Das hier ist ein Überfall!« schrie der arme Mann zurück.

»N-nein, -nein, d-das is' n-nur ein W-witz. S-sehen S-sie denn n-nich', d-daß er eine P-perücke auf hat?« Killigrew winkte Summer zu. »G-gib auf, Ch-charlie, i-ich erkenne d-dich ü-überall.«

Summer schrie: »Du bist einfach zu gut für mich, Harry! Das Problem ist, daß ich mich zum Gespött der Leute mache, wenn ich ohne deine Geldkassette zurückkomme, alter Knabe.«

»K-kein Problem, Charlie, n-nimm sie r-ruhig mit.«

Als sein Kutscher vehement protestierte, erklärte Harry geduldig: »Es is' n-nur ein Sch-scherz, Sam! Himmel, S-sie können doch nich' einfach m-meine F-freunde abknall'n. So v-viele hab ich sch-schließlich nich'.«

Harry suchte im Inneren der Kutsche nach der Kassette, und währenddessen hielt Summer den Kutscher in Schach.

»Leg sie einfach auf die Straße«, sagte sie.

Der wilde Harry blinzelte, tippte sich an den Hut und kletterte wieder auf seinen Sitz. Dem zornigen Kutscher blieb nichts anderes übrig, als ebenfalls wieder auf den Kutschbock zu klettern und weiterzufahren.

Summers Knie waren butterweich, und ihre Hände zitterten, als sie die Pistole wieder in ihre Weste schob. Als sie den Schuß gehört hatte und die Kugel direkt an ihrem Ohr vorbeigepfiffen war, wäre sie fast von Ebony gestürzt. Wie es ihr gelungen war, sich im Sattel zu halten und weiterzumachen, wußte sie nicht. Passierte anderen Straßenräubern auch bei jedem Überfall irgendein Mißgeschick oder nur ihr? Sie stieg aus dem Sattel und merkte, daß die Kassette zu schwer für sie war. Da sie obendrein noch fest verschlossen war, bliebe wohl nur ein gezielter Schuß auf das Schloß. Wegen der Nähe zum Haus versuchte sie es statt dessen zunächst mit einem Stein. Sie klopfte auf der Kassette herum, und langsam gab zwar nicht das Schloß, aber wenigstens das Scharnier auf der Rückseite des Deckels nach. Außer Geld enthielt die Kassette auch noch einen Schmuckkasten. Sie stopfte alles in die Satteltaschen und hob die leere und somit leichtere Kassette hoch.

Dann stieg sie wieder in den Sattel und ritt landeinwärts zum Fluß. Dort schleuderte sie die Kassette ins Wasser und ritt langsam nach Helford Hall zurück. Sie versteckte Ebony wieder im Eibenhain, da dieser nicht allzu weit vom Südflügel des Hauses entfernt war und die Satteltaschen zu schwer waren für einen langen Transport. Müde blickte sie zu ihrem Balkon hinauf und dachte, wenn sie erst einmal die Weinreben erklommen hätte, wäre alles vorbei und sie wäre in Sicherheit.

Doch plötzlich sagte ihr ihr sechster Sinn, daß nichts vorbei und sie auch nicht in Sicherheit war. Sie wußte nicht, ob sie zuerst den schwachen Tabaksduft oder den schwachen Schimmer hinter ihrem Schlafzimmerfenster sah, aber sie wußte, daß Ruark sie erwartete. Sie schob ihre Pistole in die Satteltaschen und versteckte diese im Gebüsch. Dann wartete sie ein paar Minuten, doch eins war klar. Die Auseinandersetzung mit ihm bliebe ihr nicht erspart. Wie sie jetzt noch ihr Zimmer erreichte, war egal, so daß sie sich an den dicken Ästen des Weins hinaufzog und ihre Beine entschlossen über die Balkonbrüstung schwang. Sie nahm ihren breitkrempigen Hut vom Kopf und schleuderte ihn vor sich her auf ihr Bett als trotziges Zeichen, daß sie wieder zu Hause war.

Seine dunkle Gestalt war auf dem Bett ausgestreckt, und die Glut seines Stumpens wirkte wie ein Warnsignal. »Guten Abend.« Seine Stimme war so drohend, daß sie sich erschrocken mit der Zunge über die plötzlich ausgedörrten Lippen fuhr. Mein

Gott, sie hatte immer noch den Schnurrbart im Gesicht! Eilig zog sie ihn ab und sorgte dafür, daß er in ihrer Tasche verschwand. »Bis jetzt schon«, erwiderte sie kalt, ohne ihm zu zeigen, wie überrascht sie von seiner Anwesenheit in ihrem Zimmer war.

»Wo zur Hölle bist du gewesen?« fragte er.

»Das geht ja wohl nur mich etwas an«, erwiderte sie unverschämt.

Er sprang vom Bett, packte ihre Schultern und hielt sie in schmerzhaftem Griff. »Sprechen Sie nie wieder in diesem Ton mit mir, Madame.« Seine Stimme traf sie wie ein Peitschenhieb, und sie verspürte einen Anflug von Furcht.

Sie streckte die Hände aus, um ihn fortzuschieben, und traf auf seine harte, nackte Brust. Als hätte sie sich verbrannt, sog sie scharf den Atem ein. Er ließ von ihr ab und zündete die Kerzen auf dem Nachttisch an. Dann musterte er sie von Kopf bis Fuß. »Wo bist du in dieser Verkleidung gewesen?« fragte er und beantwortete sich die Frage gleich selbst. »Dein Aufzug deutet auf ein Rendezvous mit dem König hin.«

Seine Augen brannten wie grüne Flammen, und sein Blick verriet eine Mischung aus Haß, Zorn und Eifersucht. O Gott, und Lust. Noch ehe sie wußte, wie ihr geschah, riß er ihr die schwarze Weste von der Brust. Sie floh ans andere Ende des Raums, mit nichts als ihrem engen, kleinen Mieder, der schmalen, schwarzen Hose und den Stiefeln am Leib. Ein Blick auf die Schlafzimmertür verriet ihr, daß der Schlüssel herausgezogen worden war. Sein bösartiges Grinsen zeigte, daß sie hier mit ihm gefangen war. Fast gemächlich zündete er noch ein Dutzend Kerzen an, um sie besser zu sehen.

»Ruark, ich war weder beim König noch bei irgendeinem anderen Mann. Ich bin ausgeritten. Ich war zu Hause auf Roseland ... ich dachte, es wäre besser, mich wie ein Mann anzuziehen«, erklärte sie lahm.

»Wie eigenartig, daß es dir plötzlich wichtig ist, meinen guten Namen zu schützen, nachdem du dich in den vergangenen zwei Tagen so schamlos benommen hast.«

»Ich habe nichts getan, was dir Grund zur Eifersucht gibt«, schwor sie und betete stumm, daß er sie nicht wieder so schändlich behandeln würde wie in der vergangenen Nacht. »Warum bist du hier?« Vielleicht konnte sie Zeit gewinnen, wenn sie ihn in ein Gespräch verwickelte.

»Ich hatte einfach Lust zu vögeln«, war seine grausame Erwiderung. »Und da du mich jetzt über zwei Stunden hast warten lassen, hoffe ich nur, das Warten hat sich für mich gelohnt. Ich hoffe es für dich.« Sein Blick haftete auf ihren Brüsten unter dem engen, schwarzen Mieder.

»Nein«, sagte sie bestimmt, um ihm deutlich zu machen, daß ihr sein Benehmen nicht gefiel.

»Ich verlange lediglich, daß du mir meinen Wettgewinn ausbezahlst.« Sein Mund war heute nacht zu einer besonders grausamen Linie zusammengepreßt.

»Du Schwein. Wie konntest du es auch nur wagen anzudeuten, daß ich vielleicht meinen Körper verwetten würde!« kreischte sie.

»Ah, ich hatte vergessen, wie wichtig Geld für dich ist. Nun, vielleicht verwettest du deinen Körper nicht, aber verkaufen tust du ihn doch bestimmt.« Mit diesen Worten fischte er in seiner Hosentasche herum, bis er eine Krone fand.

Auf diese Beleidigung reagierte sie mit instinktivem Zorn. Sie hob die Hand und schlug ihm mit aller Kraft ins Gesicht, doch sofort packte er sie, warf sie auf das Bett und zog ihr Stiefel und Hose aus. Dann legte er sie übers Knie und versohlte ihr mit aller Macht das Hinterteil.

Als der erste Hieb traf, schrie sie vor Schmerz auf. Doch sofort wurde ihr klar, daß er taub gegen ihre Schreie sein würde und daß irgendeine andere Form der Gegenwehr vonnöten war. Sie biß ihm in den Schenkel, und dann versuchte sie ihr Gesicht zwischen seine Beine zu schieben. »Bei Gott, du bist imstande und beißt mir tatsächlich in den Schwanz!« Er schob sie fort, doch in der Sekunde, als er von ihr abließ, rollte sie auf die andere Seite des Betts. Plötzlich starrte er sie an wie betäubt. Er sah ihren fast nackten Leib und war wie benommen vor Lust. Mein Gott, sie war sinnlicher als jeder Traum. Ihre Brüste hoben und senkten sich, und er meinte, vor Verlangen nach ihr zu vergehen.

Langsam zog er den Rest seiner Kleider aus, bis er splitternackt vor ihr stand. Dann streckte er einfach die Hand aus und packte ihr Handgelenk. Sie kämpfte wie ein wildes Tier gegen ihn, mit Fäusten und Zähnen, indem sie an seinen Haaren riß und ihr Knie zwischen seine Beine stieß. Er schlug nicht ein einziges Mal zurück, sondern schützte sich lediglich, bis sie mit ihrer Kraft und Energie am Ende war. Schließlich keuchte sie vor Erschöpfung, und ihr wurde klar, daß sie als einzige verbleibende Waffe nur noch ihre scharfe Zunge besaß.

»Deine Lust ist einfach widerlich«, schrie sie ihn an.

»*Meine* Lust? Und was ist mit deiner?« fragte er, ehe er ihr mit einem Kuß die Möglichkeit zu einer bösartigen Erwiderung nahm. »Ich kenne nur einen Weg, um dir das Verlangen nach dem König auszutreiben«, knurrte er, und plötzlich wußte sie, daß er sein Eigentum zurückerobern wollte, indem er sie brandmarkte als seine Frau. Er thronte über ihr, bereit, sich ihr mit einem brutalen Stoß aufzuzwingen.

»Ruark, tu mir keine Gewalt an«, flehte sie.

Er verharrte vollkommen reglos über ihr. »Ich dich vergewaltigen? Mein Gott, du bist diejenige, die Gewalt anwendet. Es ist noch keine Minute her, daß du mich brutal gebissen hast«, stöhnte er. »Gib es zu, wir haben beide Bedürfnisse, die nur der andere erfüllen kann.«

Sie wußte, daß er die Wahrheit sprach, aber sie war außer sich, daß er meinte, es wäre in Ordnung, einander zu benutzen, ohne daß zuvor der Streit ein Ende fand und man sich seine Liebe gestand. Vielleicht sind Männer und Frauen allem äußeren Schein zum Trotz ja doch Todfeinde, dachte sie erschöpft. Sie schloß die Augen und biß sich auf die Lippe, um nicht zu schreien, als sich die Waffe ihres geliebten Feindes so tief in ihr Inneres bohrte, daß daran ihr Herz zerbrach.

Ruark hatte zu sehr unter seiner Eifersucht gelitten, um jetzt glücklich zu sein. Großer Gott, warum hatten sie einander nicht weiter lieben können? Warum hatte sie ihn arglistig getäuscht? Er hatte sie gerade ohne jede Liebe genommen und wußte, daß es das erste und letzte Mal sein würde. Elendiglich erkannte er, daß es wirklich aus und vorbei war zwischen ihnen.

Sie fühlte sich erniedrigt ... ausgehöhlt und leer. Dies war das letzte Mal, daß er sie berührt hatte. Das schwor sie sich, während sie beobachtete, wie er wortlos aus ihrem Zimmer verschwand.

27

Als sie am nächsten Morgen erwachte, fröstelte sie und verspürte ein heftiges Kratzen im Hals, und obgleich sie sich auf dem Höhepunkt ihres Zorns geschworen hatte, noch vor Anbruch der Dämmerung für immer zu gehen, wälzte sie sich jetzt lediglich stöhnend in dem großen, leeren Bett.

Eins der Mädchen brachte ihr das Frühstück, doch sie schickte es wieder fort, und als sie um zehn Uhr immer noch nicht unten erschienen war, kam Mr. Burke persönlich herauf, um nach ihr zu sehen. Er bemerkte das kaputte Türschloß, den Tabaksgeruch in der Luft und Ruarks Hose, die achtlos auf dem Boden lag. Nachdem er sie unauffällig beiseite geräumt hatte, sah er sich Summer genauer an, und da sie sich nicht wohl zu fühlen schien, riet er ihr, nicht aufzustehen. »Sie sind völlig erschöpft, und nun sind Sie krank. Und das alles nur wegen dieser Londoner. Mit Ausnahme Seiner Majestät ist keiner von ihnen auch nur einen Haufen Fledermausscheiße wert, wenn ich mir die Bemerkung erlauben darf, Mylady.«

»Oh, Mr. Burke, Sie bringen mich zum Lachen, obwohl mir hundeelend zumute ist. Eigentlich wollte ich Helford Hall heute morgen für immer den Rücken zukehren.«

Mr. Burke preßte die Lippen zusammen, als befürchte er, ansonsten rutsche ihm eine Indiskretion heraus. Statt dessen sagte er: »Dies ist Ihr Zuhause, Lady Helford. Und Seine Lordschaft werden Sie erst mal eine Weile nicht sehen. Er ist fort. Gott weiß, wohin.«

Plötzlich erinnerte sie sich an ihre Satteltaschen und überlegte, ob sie es wagen sollte, Mr. Burke zu bitten, sie zu holen. »Meine Satteltaschen sind unten im Garten hinter dem blühenden Rhododendronbusch. Würden Sie sich vielleicht die Mühe machen, sie mir heraufzubringen, Mr. Burke?«

»Kein Problem, Mylady.« Er verließ umgehend den Raum.

»Kein Problem«, wiederholte sie seine Worte. »Ich brauche mich nur umzudrehen, und schon stoße ich auf ein neues Problem.«

Sobald ihre Satteltaschen sicher in ihrem Zimmer waren, nahm sie dankbar eine Tasse Kamillentee an, der gut gegen ihr Fieber und außerdem von beruhigender Wirkung war. Trotzdem dauerte es drei Tage, bis sie sich wohl genug fühlte, um wieder aufzustehen.

Spider war ein paarmal heimlich durchs Fenster gekommen, aber da er gesehen hatte, wie schlecht es ihr ging, hatte er sie nicht gedrängt, ihm endlich das Geld zu geben, damit er nach London fahren konnte. Nach der dreitägigen Bettruhe fühlte sie sich allerdings erstaunlich erholt, und nachdem sie gebadet und sich angekleidet hatte, nahm sie all ihren Mut zusammen und öffnete die Satteltaschen, um zu sehen, wie groß ihre Beute gewesen war.

Sie nahm die Geldbeutel der Herzogin von Buckingham und der Gräfin von Lauderdale heraus und stellte zu ihrer Enttäuschung fest, daß der Gesamtbetrag kaum tausend Pfund betrug. Die Kassette des wilden Harry enthielt dreitausend Pfund, was nicht schlecht, aber bei weiten nicht genug war, verglichen mit den sechzehntausend Pfund, die sie gewonnen hätte, hätte der Bastard Helford ihr nicht im letzten Augenblick den Sieg beim Pferderennen streitig gemacht. Sie zählte ihre Beute zu dem Geld hinzu, das bereits in ihrem Schmuckkasten in ihrem Zimmer auf Roseland lag, und kam auf insgesamt zehntausend Pfund. Das war die Hälfte der Hypothek. Sie mußte Spider ohne Verzögerung nach London schicken, denn mit ein wenig Glück hatte Solomon Storm Roseland noch nicht verkauft.

Im Gegensatz zu den Geldbörsen der beiden Frauen hielt Killigrews Schmuckschatulle eine freudige Überraschung für Summer parat. Sie enthielt Manschettenknöpfe aus Saphir und rubinbesetzte Kragenknöpfe, einen diamantenen Herrenring sowie jeweils einen Ring mit Smaragden, Opalen und Onyx. Außerdem fand sie ein Paar mit Diamantsplittern besetzter Schuhschnallen und ein weiteres, mit Türkisen und Perlen besetztes Paar. Die Krönung des Ganzen allerdings stellte ein schweres Silbermesser dar, dessen Griff mit Amethysten besetzt war, und das sie zu behalten beschloß. Immer wenn sie in der Dämmerung den Strand hinabritt, trug sie ein Messer im Gürtel, und dieses Prachtexemplar war deutlich besser als das schlichte kleine Messer, mit dem sie normalerweise Fische ausnahm. Auch die rubinbesetzten Kragenknöpfe behielt sie. Castlemaine wäre nicht mehr die einzige, die Rubine sammelte. Schließlich trug sie gelegentlich feingewobene Männerhemden, und die Rubine würden ihr einen Hauch trotziger Eleganz verleihen.

Sie war inzwischen stolze Besitzerin einer wunderbaren Juwelensammlung, obgleich sie nicht die geringste Vorstellung davon hatte, welchen Wert auch nur eins der Schmuckstücke besaß. Mit ein wenig Glück fände sie vielleicht einen Käufer, der ihr soviel bezahlte, daß die fehlende Hälfte der Hypothek zu begleichen war.

Die nächsten paar Tage brachte sie mit ihrem Bruder auf Roseland zu. Sie fabrizierten einen Geldgürtel für ihn, den er unter seinen Kleidern tragen würde, und in die kleine Truhe, die er mitnehmen wollte, baute er einen falschen Boden ein. Summer gab ihm die Adresse ihrer Tante in der Cockspur Street und schrieb Lil Richwood einen Brief, in dem sie sie bat, das Geld zu Solomon Storm zu bringen und ihm zu erklären, der Rest wäre unterwegs.

Dann predigte sie Spider, ja vorsichtig zu sein, denn London war ein verruchter, gefährlicher, höllenähnlicher Ort und die Schläue und Verschlagenheit seiner Bewohner geradezu legendär.

»Oh, da fällt mir etwas ein«, sagte er. »Black Jack Flash ist mal wieder da. Sein Schiff, die *Phantom*, wurde auf dem Helford River gesehen. Falls du das Schiff siehst, hau um Himmels willen ab, denn er hält sich versteckt und schneidet dir ohne zu zögern die Kehle durch, wenn er meint, daß du ihn vielleicht verrätst.«

Sie dachte an das verunstaltete Gesicht von Bulldog Brown und erschauderte.

»Cat, wenn ich aus London zurück bin, werde ich versuchen, ein Treffen mit ihm zu arrangieren, um herauszufinden, ob wir vielleicht miteinander ins Geschäft kommen können. Versuch es nicht ohne mich, denn wenn du ohne einen Bürgen vor ihn trittst, nimmt er dich garantiert gefangen, um dich als Köder zu benutzen«, warnte er.

»Spider, mach dir keine Sorgen um mich. Paß einfach auf das Geld auf, mehr verlange ich nicht von dir. Hier sind hundert Pfund für deine Ausgaben, auch wenn du bestimmt nicht so viel brauchen wirst.«

»Notfalls schütze ich das Geld mit meinem Leben, das weißt du, Cat.«

Sie lächelte und umarmte ihn. In den letzten paar Wochen war er so gewachsen, daß er nun größer war als sie. »Sobald die Dämmerung anbricht, reiten wir nach Falmouth. Du kannst auf Ebony reiten. Ich schwinge mich auf das Pony, und anschließend nehme ich beide Tiere wieder mit zurück«, bot sie großzügig an. Plötzlich war ihr klargeworden, daß er mit seinen fünfzehn Jahren kein kleiner Junge mehr war. Und es war nur passend, daß er als heranwachsender junger Mann den Berber ritt.

Summer genoß die Freiheit ihrer Tage, obgleich sie sich schamvoll eingestehen mußte, daß sie in den Nächten eine geradezu unerträgliche Einsamkeit empfand. Sie stand jeden Morgen noch vor Anbruch der Dämmerung auf und ritt zum Strand hinab.

Die Abreise ihres Mannes war zwei Wochen her, und sie dachte niemals an ihn. Niemals, bis sie abends in ihr Bett kletterte, denn von dem Moment an beherrschte er die langen, dunklen Stunden der Nacht. Wo war er? Was machte er? Dachte er ebenso oft an sie wie sie an ihn? Schrie sein Körper nach ihr? Was für eine lächerliche Vorstellung. Sobald er körperliche Bedürfnisse fühlte, würde er sie mit einer anderen befriedigen. In dieser Beziehung gab sie sich keinerlei Illusionen hin. Er würde noch nicht einmal so tun, als wäre er ihr treu.

Sie überlegte, wie weit er wohl mit der Annullierung ihrer Ehe war. Hoffentlich hätte er sie bald durchgesetzt, denn sie sehnte sich verzweifelt danach, von ihm frei zu sein – redete sie sich ein.

Über den Verkauf des Schmucks hatte sie sich noch keine weiteren Gedanken gemacht, denn sie wußte, daß es in der kleinen Hafenstadt Falmouth keinen Juwelierladen gab. Wahrscheinlich bestand keine besondere Nachfrage nach solchen Dingen in den schauderhaften Seemannstavernen und Bordellen, die es dort wie in jedem Hafen gab. Sie wußte, daß die Juwelen, die sie besaß, von feinster Qualität waren, und wollte einen dementsprechenden Preis.

Der Gedanke an Black Jack Flash war so verführerisch, daß sie jeden Nachmittag zum Helford River ritt, aber das Gerede vom Auftauchen des Piraten war wohl tatsächlich nicht mehr als ein Gerücht, denn nicht ein einziges Mal entdeckte sie das Schiff.

Nach zwei Wochen der Untätigkeit begann sie, sich zu langweilen, und sie vertrieb sich die langen Stunden des Tages, indem sie sich die Haare wusch, eins von Ruarks feinen, spitzenbesetzten Hemden anzog und die rubinbesetzten Kragenknöpfe durch die Löcher schob. Sie lachte, als sie sich im Spiegel in der engen, schwarzen Reithose musterte, denn sie sah aus wie ein weiblicher Pirat. Anschließend ging sie auf das Dach des Hauses, um sich die Haare zu trocknen. Sie blickte nach Osten über das blitzende Meer, schirmte ihre Augen gegen die Sonne ab und beobachtete ein paar vorüberziehende Wale, ehe sie auf die andere Seite des Dachs spazierte und nach Westen sah, wo der Helford River floß. Lag es am Licht oder täuschten ihre Augen sie?

Nein, dort hinten in einer Bucht unter den Bäumen lag eindeutig etwas versteckt. Ihr Herzschlag beschleunigte sich. War es vielleicht ein Schiff? Sie würde sofort nachsehen gehen. Sie schob sich das herrliche Silbermesser in den Gürtel und rannte hinunter zu Ebony. Während sie zum Fluß hinüberritt, überlegte sie, ob das Schiff vielleicht schon die ganze Zeit über dort verborgen gewesen und einfach einzig vom Dach des Herrenhauses aus zu sehen war.

In einiger Entfernung von der Bucht stieg sie ab und band das Pferd zwischen ein paar Bäumen an, wo man es nicht so schnell entdecken würde, ehe sie sich an die Stelle schlich, an der sie das Schiff, falls es eines war, vermutete. Es war tatsächlich ein Schiff! Sie legte sich flach ins Gras und sah es sich genau an. Es war kleiner und lag wesentlich tiefer im Wasser als ein gewöhnliches Segelschiff. Sämtliche Segel waren zusammengerollt, und es war in einem Grauton gestrichen, der es mit dem Meer und dem Himmel verschmelzen ließ, so daß es geradezu unsichtbar war. Es hatte keine Flagge gehißt, keinen Namen und keine Galionsfigur, doch sie wußte, es war die *Phantom*.

Sie war so nahe, daß sie Stimmen und Gelächter vernahm. Sie verstand allerdings nicht, was die Männer sagten, denn die Sprache, in der sie sich unterhielten, war ihr fremd. Auf Händen und Knien kroch sie näher heran und entdeckte zwei Männer, die Taue zusammenzusplissen schienen. Sie waren sehr dunkel und sahen sehr fremdländisch aus. Sie trugen keine Hemden, nur weite Baumwollhosen und auf den Köpfen Tücher aus leuchtendrotem Stoff. Sie zögerte. Sie brannte auf die Bekanntschaft mit Black Jack Flash, doch zugleich läutete eine Alarmglocke in ihrem Kopf. Was, wenn er kein Englisch sprach? Was, wenn sie ihr die Kehle durchschnitten, sobald sie sich ihnen näherte?

Plötzlich wurde ihr die Entscheidung abgenommen, denn irgend jemand warf ihr einen groben Sack über den Kopf und zerrte sie unbarmherzig aus ihrem Versteck. Sie fluchte und schrie und trat, doch es nützte nichts. Wer auch immer sie über seine Schulter geworfen hatte, war groß und stark und ignorierte ihre verzweifelte Gegenwehr, als wäre sie nichts weiter als das Gestrampel eines kleines Kindes. Obwohl sie nichts sah, wußte sie, daß der Kerl mit ihr an Bord des Schiffes kletterte. Sie hörte, daß die Männer lachten und etwas Unverständliches riefen, dann spürte sie, daß es eine Treppe hinunterging.

»Du widerliches Schwein! Hurensohn! Laß mich los!« tobte sie.

Sie wurde einfach auf den Kabinenboden geworfen, wo sie hilflos in dem stinkenden Sack herumzappelte, in dem sie gefangen war.

»Gut, daß Pedro kein Englisch spricht, sonst würde er bei solch unflätigen Ausdrücken bestimmt rot«, stellte eine amüsierte Stimme fest.

»Ich weiß, daß dieses Schiff dem Bastard Black Jack Flash gehört. Ich verlange, daß ihr mich zu ihm führt«, sagte sie, und endlich gelang es ihr, sich den Sack vom Kopf zu ziehen. Ihre Worte erstarben, als sie das dunkle, gebräunte Gesicht ihres Gegenübers sah. Er hatte wild gelocktes schwarzes Haar, das an einer Schläfe eine weiße Strähne in der Zickzackform eines Flashs, eines Blitzes, aufwies. Er war unrasiert, und eins seiner Augen war von einer schwarzen Klappe verdeckt. Das andere war leuchtend grün.

»Großer Gott, Sie sind ein Helford«, warf sie ihm vor.

Die Ähnlichkeit mit Ruark war verblüffend, auch wenn dieser Mann vollkommen anders war. Sein offenbar ständig amüsierter Blick verlieh ihm den Anschein eines Menschen, der das Leben einfach nicht ernst zu nehmen schien. Im Gegensatz zu Ruark, der jähzornig, ernst und oft grüblerisch war, erschien dieser junge Mann wie eine spöttische, lachende, empörend unkonventionelle Person.

Sie stand auf, stemmte die Hände in die Hüften und sah ihn zornig an. »Machen Sie sich gar nicht erst die Mühe, es zu leugnen. Ich weiß, daß Sie Ruark Helfords Bruder sind, denn ich bin mit ihm verheiratet.«

Als er lachte, hoben sich seine Zähne leuchtend weiß von seinem sonnengebräunten Antlitz ab. »Wollen Sie sich damit groß-tun, oder soll das eine Beschwerde sein?«

»Eine Beschwerde. Ich hoffe, den Kerl trifft eines Tages der Blitz!«

Seine Belustigung steigerte sich noch, während er sie unverhohlen musterte. »Da Sie meine Identität sowieso schon erraten haben, kann ich ebenso gut zugeben, daß ich Rory bin, das schwarze Schaf des Helfordclans.«

»O nein, das schwarze Schaf bin ich. Mein Name ist Cat«, sagte sie in herausforderndem Ton.

Er lachte erneut. »Cat, die Helfordsche Höllenkatze ... das paßt zu Ihnen.«

Er sagte etwas zu Pedro, der nickte und das Gesicht zu einem Grinsen verzog. Sie sah in Richtung der Kabinentür und entdeckte zwei dunkle, drahtige Männer mit roten Tüchern auf den Köpfen und goldenen Ohrringen. Einer der beiden aß eine Orange und spuckte die Kerne auf den Boden, während der andere eine Mundharmonika an die Lippen hob, so daß eine flotte Melodie erklang. Sie verglich diese wie Affen aussehenden Fremden mit den Männern auf Lord Helfords Schiff. Gott im Himmel, Ruark hätte sie auspeitschen lassen wegen mangelnden Respekts. »Raus!« befahl sie Pedro und winkte mit der Hand in Richtung des Korridors. Grinsend verließ der Hüne die Kabine, und nachdem ihm die beiden anderen Kerle gefolgt waren, warf sie die Tür ins Schloß.

Dann wandte sie sich wieder Rory Helford zu und sagte mit Bewunderung in der Stimme: »Sie sind wirklich ein Pirat!«

Er sah, wie sie die weiße Strähne an seiner Schläfe musterte, und fuhr sich grinsend mit den Fingern durchs Haar. »Haben Sie jemals einen Raben mit einer weißen Feder im Flügel gesehen?«

»Ja, schon oft.«

»Sie entsteht durch eine Verletzung. Bei mir ist es genauso. Es ist eine alte Narbe, über der das Haar weiß nachgewachsen ist.«

»Haben Sie dabei auch Ihr Auge verloren?« fragte sie neugierig, doch ohne jede Spur von Mitgefühl.

Er lachte abermals. »Ich habe noch beide Augen. Diese Klappe trage ich nur zeitweilig. Ich hatte gestern abend eine kleine Schießerei, und dabei habe ich ein bißchen Pulver ins Auge gekriegt.«

»Haben Sie keine Angst, daß man Sie eines Tages hängen wird?«

Er sah sie grinsend an. »Das ist nach einer halben Stunde vorbei.«

»Sie haben also keine Angst vor dem Tod?«

»Ich werde nicht sterben. Im Himmel will man mich nicht, und in der Hölle haben sie Angst, daß ich dort sofort das Kommando übernehme!«

»Müssen Sie eigentlich immer alles ins Lächerliche ziehen?« fragte sie erbost.

»Fast alles ... vor allem Frauen mit wunderbaren Brüsten, die in Männerhosen herumlaufen«, stichelte er.

»Oh!« sagte sie und tat empört, doch dann merkte sie, daß sein Lachen ansteckend war. »Sie sind eindeutig ein selbstsüchtiges, verlogenes, ungehobeltes Schwein, das immer nur macht, was ihm gefällt, und trotzdem mag ich Sie. Woran liegt das, Rory Helford?«

»Das liegt daran, daß wir ehrlich zueinander sind. Sie können Sie selbst sein, fluchen, daß sich die Balken biegen, und in Männerkleidern herumstolzieren, und trotzdem weise ich Sie nicht zurück. Ich nehme an, wir könnten viel Spaß miteinander haben. Wie zum Teufel kommt es, daß Sie meinen Bruder geheiratet haben? Bitte erwarten Sie nicht, daß ich glaube, Sie hätten sich in ihn verliebt.«

»In ihn verliebt? Ich hasse ihn, zur Hölle mit dem Mann. Ich bin die Besitzerin von Roseland, dem Nachbargut von Helford Hall. Das heißt, ich war die Besitzerin, bis mein widerlicher alter Herr noch die letzte Spinnwebe beliehen hat. Als Ihr liebreizender Bruder dahinterkam, daß ich nicht die reiche Erbin bin, für die er mich hielt, wurde er von seinem berühmten Jähzorn übermannt. Er schwor, ich würde niemals auch nur einen Penny von seinem Vermögen sehen und sollte zusehen, wie ich an das Geld komme, das mir zur Ablösung der Hypothek noch fehlt.«

Vor Lachen fiel Rory fast von seinem Stuhl. »Das ist nicht lustig«, fauchte sie ihn an. »Ich werde mir das Geld beschaffen, das garantiere ich Ihnen.«

»Ich lache nicht über Sie, sondern darüber, daß eine Hypothek der Anlaß für diesen Streit war. Ich denke, daß Ruark deshalb so wütend geworden ist, weil es vier lange Jahre gedauert hat, bis die Hypothek auf Helford Hall abbezahlt war. Wissen Sie, das gesamte Anwesen war für die Sache der Stuarts beliehen. Das nenne ich Ironie des Schicksals ... Ich wünschte, ich hätte sein Gesicht gesehen. Da hat er gerade die eine Hypothek abbezahlt, und schon kriegt er die nächste auf dem Silbertablett serviert!«

»Er schwimmt im Geld ... das Schwein hat vor kaum zwei Wochen achttausend Pfund von mir gewonnen.«

Er zog amüsiert die Brauen hoch. »Sie brauchen Geld und waren dumm genug, achttausend Pfund an ihn zu verlieren? Sie sind keine besonders gute Geschäftsfrau, wenn ich mal so sagen darf.«

»Verdammt, und ob ich das bin! Deshalb bin ich hier. Ich will Ihnen ein Geschäft vorschlagen.«

»Warum in drei Teufels Namen sollte ich wohl mit einer Frau Geschäfte machen?« lachte er.

»Wegen des Profits, warum sonst? Ich bin eine ebenso gute Geschäftspartnerin wie jeder Mann.«

Er versuchte, seine Belustigung zu verbergen, aber die Kühnheit dieser Behauptung riß ihn zu einer weiteren Lachsalve hin. »Ich mache keine Geschäfte, wenn sie für mich nicht von Vorteil sind«, sagte er. Sein Blick wanderte ihren Körper hinab und wieder hinauf, als wolle er schätzen, welchen Wert er für ihn besaß. Er stellte sich vor, wie nett es wäre, diese keck aufragenden Brüste von dem Hemd zu befreien und mit ihren Nippeln zu spielen, bis sie hervorstachen wie die rubinbesetzten Kragenknöpfe, die sie trug. Er würde sie gern auf den Boden legen und ihr zeigen, wie ein Mann zu küssen verstand, egal, wie stark sie sich zur Wehr setzte.

»Ich kann Ihnen Lagerräume für jede Fracht anbieten, die Sie anlanden«, bot sie verwegen an.

»Oben auf Helford Hall?« Wieder grinste er.

»Nein, auf Roseland. Ich habe eine Höhle, die direkt in meinen Keller führt«, brüstete sie sich.

»So, meine kleine Höllenkatze, da stecken Sie also bis zu Ihrem hübschen Hals in Schmuggelgeschäften drin ... Sagen Sie mir, wie in aller Welt ist es Ihnen gelungen, zu verhindern, daß der Richter davon erfuhr?«

»Verdammt und zugenäht, ich hätte es tatsächlich vor ihm geheimhalten sollen, aber ich war dumm genug, ihm meine Sünden zu gestehen.« Sie setzte ein treuherziges Grinsen auf.

»Und er hat Ihnen die Absolution erteilt?« Er grinste ebenfalls.

»Ich habe Schmuck, den ich Ihnen verkaufen will«, erwiderte sie ausweichend.

»Rubine?« fragte er.

»Nein! Ich habe eine besondere Vorliebe für Rubine. Die behalte ich. Aber ich habe Diamanten, Perlen, Saphire und vieles mehr. Werden Sie sie mir abkaufen?«

Bei der Aufzählung solch edler Juwelen zog er die Brauen hoch, doch gleichzeitig schüttelte er den Kopf. »Ich habe Ihnen bereits erklärt, daß ich mit Frauen nicht gerne Geschäfte mache. Sie sind bei Gefahr einfach nicht mutig genug.«

»Stellen Sie mich doch auf die Probe«, forderte sie ihn heraus.

Zum ersten Mal, seit sie in die Kabine geschleppt worden war, stand er auf, und sie bemerkte, daß er sich mit der eleganten Geschmeidigkeit und Schnelligkeit eines wilden Tieres bewegte, auch wenn er offenbar nicht die geringste Eile zu haben schien.

»Jake«, rief er an der Kabinentür. Ein blonder Junge im gleichen Alter wie sie selbst erschien und blinzelte ihr unverfroren zu. »Bring mir zwei Flaschen Champagner und ein Faß Austern«, wies Rory ihn an. Dann kam er in die Kabine zurück und umkreiste das, was er für sein Opfer hielt. »Haben Sie schon einmal Champagner getrunken?« fragte er.

Sie warf ihre langen schwarzen Haare zurück und setzte ein verächtliches Grinsen auf. »Natürlich. Vor zwei Monaten hatte ich eine ganze Schiffslandung von dem Zeug in meinem Keller liegen«, brüstete sie sich.

Lächelnd zog er zwei bequeme Stühle an einen niedrigen Tisch, setzte sich und legte die Füße darauf. »Machen Sie es sich doch bequem«, forderte er sie auf und nahm zwei Gläser aus venezianischem Kristall aus einem Schränkchen, das direkt neben seinem Ellbogen stand.

Jake kehrte mit dem Champagner und den Austern zurück. Natürlich hatte sie schon Austern gegessen, aber immer in anständig gebratener oder gebackener Form. Rohe Austern waren nichts weiter als schlüpfriger grauer Schleim, und allein bei dem Gedanken, sie herunterzuschlucken, wurde ihr schlecht.

Rory Helford füllte die Gläser mit Champagner, hob den Deckel vom Austerfaß und sagte: »Greifen Sie nur zu.« Er zog ein Messer aus seinem Gürtel und brach eins der unansehnlichen Schalentiere auf. Er stellte sie auf die Probe! Der Hurensohn lachte sie tatsächlich aus!

Mit der größten Selbstverständlichkeit nahm sie ihr eigenes Messer, schob die Spitze in die Schale eines dieser Muscheltiere, und öffnete sie. Sie maß das Innere mit einem angewiderten Blick, und dann hob sie die Auster mit dem Mut der Verzweiflung an ihre Lippen und schluckte sie. Während eines gräßlichen Augenblicks schloß sich ihr Hals und weigerte sich, den widerlichen Schleim aufzunehmen, doch dann glitt er mit einem leisen Plopp hindurch, und sie spülte eilig mit Champagner nach. Bei Gott, sie hatte es geschafft! Aber nun mußte sie die widerliche Prozedur natürlich wiederholen und so tun, als wäre es ein Hochgenuß für sie. Sie würgte ebenso viele Austern wie er hinunter und spülte mit ebenso vielen Gläsern Champagner nach. Während er genüßlich speiste und trank, maß er sie mit bewunderndem Blick. Sie war eine selten schöne Frau, welcher Mann könnte da widerstehen? Rory Helford auf jeden Fall nicht. Wieder und wieder füllte er ihr Glas, denn der

Champagner glitt offenbar leichter durch ihre Kehle als das glitschige Getier.

Sie lachten über eine winzige Krabbe, die aus einer der Schalen sprang und über den Tisch krabbelte, als Summer plötzlich entsetzt das Gesicht verzog und den Austern das weitere Gastrecht in ihrem Magen verweigerte. Sie stöhnte entsetzlich, während sie zu würgen begann und die in Champagner schwimmenden Austern durch die Gegend spie.

Sofort sprang Rory auf, faßte sie sanft am Arm und führte sie durch die Verbindungstür in die Kabine, in der seine Schlafkoje stand. »Cat, verzeihen Sie mir, ich habe Sie krank gemacht.« Er legte sie auf die Koje, verließ sie für einen Augenblick und kehrte mit frischen Handtüchern und Wasser zurück. Dann zog er ihr das verschmutzte Hemd aus und wusch ihr mit sanften Händen Gesicht, Hals und Brüste ab.

Sie fühlte sich so elend, daß sie meinte, sterben zu müssen. Er zog sein eigenes schwarzes Hemd aus, legte es über sie und strich ihr zärtlich das Haar aus der Stirn. »Ich lasse Sie besser ein bißchen ruhen«, murmelte er. »Schließen Sie ein wenig die Augen, und in einer halben Stunde komme ich zurück, um nach Ihnen zu sehen.«

Sie vergrub ihr Gesicht in dem kühlen Seidenlaken und wünschte, sie wäre tot, doch wie durch ein Wunder ebbte die Übelkeit langsam ab. Nach einer halben Stunde war sie soweit erholt, daß sie anfing, sich umzusehen. Sie lag auf einem scharlachroten Seidenlaken, und über ihr hing ein flammenfarbener Seidenbaldachin, aufgebläht von der leichten Brise, die durch die geöffnete Luke in die Kabine drang.

Der rote Seidenvorhang war im Augenblick aufgezogen, aber wenn er heruntergelassen würde, wären die Benutzer des Bettes in eine flammendrote Welt eingehüllt, deren Exotik noch dadurch gesteigert wurde, daß die Seide durchscheinend war und somit keineswegs verbarg, was hinter dem Vorhang geschah. Rot lackierte chinesische Schränkchen standen an den Wänden, deren helle Holzverkleidung einen zarten Duft verströmte, wahrscheinlich Sandelholz. Der Teppich war aus dickem, schwarzem, plüschigem Samt. Großer Gott, dachte sie, was für ein Glück, daß mir nicht hier schlecht geworden ist. Doch wahrscheinlich hätte sich dann zumindest endlich einmal sein blödes Grinsen gelegt.

Sie stöhnte. Verdammt und zugenäht, wie sollte sie ihm nur je wieder unter die Augen treten, nachdem ihre Mutprobe derart in die Hose gegangen war? Noch während sie darüber nachdachte, trat er mit einer dampfenden Schüssel ein, aber allein der Gedanke an Essen verursachte ihr erneute Übelkeit. »Sie erwarten doch wohl nicht, daß ich je wieder einen Bissen zu mir nehme?« murmelte sie und verzog angewidert das Gesicht.

Er lachte. »Klare Suppe. Ich habe sie selbst gemacht. Hier, ich füttere Sie sogar«, bot er an und hielt ihr den Löffel vor den Mund. Sie errötete, doch dann schluckte sie gehorsam die Flüssigkeit, und nach drei, vier Löffeln verspürte sie tatsächlich eine leichte Besserung.

»Tut mir leid, so etwas ist mir noch nie in Gegenwart eines Mannes passiert«, flüsterte sie.

»Schon gut. Dafür hatte ich noch nie eine Frau in meinem Bett, die nicht zuvor mit mir geschlafen hat.«

Sie errötete noch heftiger.

»Aber ich warne Sie, meine kleine Höllenkatze, Sie entkommen mir nicht.«

Eilig schwang sie die Beine aus dem Bett.

»Nicht jetzt«, lachte er. »Im Augenblick verströmen Sie etwas kräftigen Duft.«

»Oh, Sie widerlicher Schuft«, keuchte sie.

Sein Lachen verstärkte sich. »Ich dachte, wir hätten abgemacht, immer ehrlich zueinander zu sein. Weshalb sollte ich Ihnen sonst schon jetzt sagen, daß ich Sie eines Tages nehmen werde?«

»Das wäre Ehebruch«, sagte sie gepreßt.

»Ein Hobby, dem ich hin und wieder fröne«, gab er ungerührt zu.

»Aber ich nicht«, schwor sie nachdrücklich.

»Ach nein?« forderte er sie in leichtem Ton heraus.

»Was ist mit dem Schmuck?« lenkte sie wie bereits zuvor vom Thema ab.

Er drehte ihre Handfläche nach oben und legte die rubinbesetzten Kragenknöpfe hinein.

»Nicht damit. Mit dem Schmuck, den ich verkaufen will.«

Er sah sie mit hochgezogenen Brauen an. »Ich muß ihn ja wohl erst mal sehen, oder nicht?«

»Werden Sie morgen noch hier sein?«

»Wo ich sein werde, geht Sie nichts an. Aber vielleicht komme ich zu Ihnen. Wir könnten einander über Mr. Burke kontaktieren.«

»Mr. Burke?« fragte sie überrascht.

»Er hat eine Schwäche für mich, seit ich ein kleiner Junge war. Überrascht Sie das?«

»Eigentlich nicht«, gab sie zu. »Er ist auch mir ein guter Freund.« Sie lächelte. »Offenbar ist ihm ein schwarzes Schaf in seiner Herde nicht genug.«

Er ging zu einem der Schränkchen und nahm einen exotisch wirkenden Flakon heraus. »Ich möchte Ihnen ein Geschenk machen.« Er grinste sie boshaft an. »Damit Sie noch besser riechen.«

Sie zog den Stöpsel heraus und schnupperte.

»Frangipani, aus den Blüten des Jasmins«, sagte er, und sie nahm das Geschenk lächelnd an.

28

In jener Nacht hatte sie einen unglaublichen Traum, den sie auf das Essen schob, denn sie konnte noch nicht einmal sich selbst eingestehen, daß sie Rory Helford anziehend fand. Sie träumte, daß er sie verspottete, stichelte, auslachte, berührte, küßte, streichelte, aber als sich ihre Körper schließlich vereinigten, war Ruark derjenige, der bei ihr lag.

Erst am frühen Morgen versank sie in einen tiefen, friedlichen Schlaf, so daß sie nicht vor zehn Uhr die Augen aufschlug. Noch ehe sie sich ankleidete, stieg sie aufs Dach, um zu sehen, ob die *Phantom* immer noch in ihrem Versteck vor Anker lag. Als sie entdeckte, daß das Schiff verschwunden war, wallte Enttäuschung in ihr auf. Sie sagte sich, daß die Enttäuschung daher rührte, daß sie ihren Schmuck nicht würde verkaufen können, und versuchte, an andere Dinge, andere Menschen zu denken als an den anziehenden Piraten, dem sie am Vortag begegnet war. Aber als sie in ihr Zimmer zurückkehrte, fiel ihr Blick auf sein Hemd, in dem sie nach Hause zurückgekehrt war, und errötend hob sie es an ihr Gesicht und atmete den Duft von Sandelholz und seiner Männlichkeit ein. Tod und Verdammnis, was hatten die Helfordschen Männer nur an sich, daß sie schon bei ihrem Anblick schwach wurde?

Ehe sie Ruark begegnet war, hatte sie keine Ahnung von männlicher Anziehungskraft gehabt, und er hatte sie auf eine solch vergnügliche Art in die Freuden der Sinnlichkeit eingeführt, daß sie nun in manchen Nächten vor Verlangen loderte. Doch bis jetzt hatte kein Mann außer Ruark dieselben romantischen Gefühle in ihr geweckt ... bis jetzt ...

Sie wusch und bügelte das schwarze Hemd, betastete das in den Kragen eingestickte *R* und fragte sich eifersüchtig, wer wohl die eifrige Stickerin gewesen war. Dann stopfte sie das Kleidungsstück in eine Schublade und verbrachte den Rest des Tages mit Überlegungen, ob sie den gesamten Schmuck verkaufen sollte, und wenn nicht, welcher Teil der Juwelen wohl am wertvollsten war.

Am Abend zog sie die Vorhänge zu, zündete mehrere Kerzen an, nahm die einzelnen Stücke heraus und legte sie auf ihr Bett. Welcher Preis wohl angemessen war? Sie wußte, er würde weniger bieten, als sie verlangte, also brauchte sie einen unveränderlichen Mindestpreis. Die Diamantkette war wahrscheinlich das wertvollste Beutestück, und für weniger als fünfhundert Pfund trennte sie sich bestimmt nicht von ihr. Insgesamt hoffte sie, mindestens dreitausend Pfund für den Schmuck zu bekommen, aber wenn er sich weigerte, ihr diesen Betrag zu bezahlen, wäre sie notfalls bereit, auf zweitausend Pfund runterzugehen.

Am nächsten Morgen war immer noch nichts von der *Phantom* zu sehen, und wieder wallte Enttäuschung in ihr auf.

Nachmittags kam Mr. Burke herauf und hielt ihr ein Silbertablett hin, auf dem eine Karte lag. Sie nahm sie achtlos entgegen und überlegte, von welcher der Nachbarinnen sie wohl kam. Doch dann riß sie überrascht die Augen auf. Es war eine Einladung zu einem Abendessen an Bord der *Phantom*. Sie beschloß, Mr. Burke nicht zu fragen, wie er an diese Karte gekommen war, denn schließlich spionierte er ihr auch nicht nach.

Das Gefühl der Freude, das angesichts der Einladung in ihr aufkam, war stärker als alle Vernunft. Da die Einladung einen förmlichen Charakter aufwies, würde sie auch förmliche Kleider anziehen. Sie verspürte das Bedürfnis, schön auszusehen, und wußte auch den Grund dafür. Er war ein Mann, der ihr deutlich zu verstehen gegeben hatte, wie anziehend er sie fand, und es wäre sinnlos zu leugnen, daß er ihr ebenfalls gefiel. Rory Helfords Lebensaufgabe schien darin zu bestehen, sich zu amüsieren, also warum tat sie es ihm nicht einfach gleich?

Sie badete, verteilte zwischen ihren Brüsten ein paar Tropfen des Frangipaniparfüms, und da er schwarz gekleidet gewesen war, wählte sie ein schwarzes, spitzenbesetztes Kleid, dessen Rock vorn geschlitzt war, damit man den dazugehörigen reich bestickten Unterrock sah. Diesen ließ sie allerdings fort, denn schließlich brauchte sie Beinfreiheit zum Reiten, und außerdem war der Gedanke, ihren Gastgeber zu schockieren, herrlich verführerisch. Da Rory Helford sie drängte, sie selbst zu sein, konnte sie ihm ebensogut von Anfang an zeigen, daß sie ein geradezu heidnisch ungezwungenes Wesen war.

Sie trug schwarze Seidenstrümpfe, und zur Vervollständigung ihrer Garderobe wählte sie die Diamantkette, die einst Eigentum der Mätresse des Königs gewesen war. Ihre hoch aufgetürmten Locken machte sie mit den diamantbesetzten Schuhschnallen fest, und sie klebte sich sogar einen winzigen Schönheitsfleck ins Gesicht. Falls er eine Höllenkatze in Männerhosen erwartete, machte er sich besser auf eine Überraschung gefaßt.

Sie band Ebony im abendlichen Schatten der Bäume fest, ging vorsichtig an den Fluß hinunter und dann die lange Gangway hinauf. Die rauhen Gesellen, die seine Mannschaft bildeten, starrten die feine Dame, die da an Bord ihres Schiffes kam, mit offenen Mündern an. Sie trug keine Maske und hatte auch keinen Fächer in der Hand, denn sie hatte einfach nicht die Geduld für derartigen Firlefanz. Das einzige, was sie in den Händen hielt, war der Schmuckkasten. Sie ging direkt zu seiner Kabine, klopfte höflich an und trat ein. Die Tür zu seinem Schlafzimmer stand halb offen, und sie spähte vorsichtig hinein. Als er schließlich vor sie trat, war sie nicht weniger überrascht als er. Statt in schwarzem Hemd und Hose lief er barfuß in einer losen weißen Djellaba herum. Seine Haut hob sich so dunkel von dem weißen Kleidungsstück ab, daß er fast aussah, als wäre er kein weißer Mann. Er hatte sich rasiert, aber der verbleibende Schnurrbart stand ihm ausnehmend gut. Die schwarze Augenklappe hatte er abgelegt, und die zickzackförmige weiße Strähne an seiner Schläfe bildete einen überraschenden Kontrast zu seiner Dunkelheit.

Er lachte nicht, aber seine Augen blitzten in spöttischer Belustigung, als er sie eingehend musterte, ehe sein Blick auf ihrer Brust zum Ruhen kam. Natürlich sah er nicht ihre Brüste an, sagte sie sich, sondern ihren Schmuck.

Unter seinem Blick wurde ihr heiß, und sie kam nicht umhin, ihn sich vorzustellen, wie er sich in seiner weißen Djellaba auf dem flammenfarbenen Bett räkelte. Er wies auf ein Schränkchen, das eine ganze Batterie an Flaschen enthielt. »Heute abend werde ich Sie nicht nötigen, Champagner zu trinken. Wählen Sie Ihr Gift lieber selber aus.«

»Ich nehme an, es ist nicht besonders elegant, aber ich liebe süßen roten Wein«, forderte sie ihn heraus.

Er lächelte. »Dann wird Madeira das richtige sein.« Und dann fügte er hinzu: »Ich hoffe doch, daß Sie die französische Küche mögen?«

Sie zögerte, doch dann nickte sie.

»Schnecken?« fragte er.

Als sie ihn entgeistert anstarrte, brach er in schallendes Gelächter aus. »Ich habe nur Spaß gemacht, Cat.« Er reichte ihr einen Kelch und stieß mit ihr an. »Lassen Sie uns auf eine für beide Seiten vergnügliche Beziehung anstoßen.« Sie senkte den Blick, doch gehorsam führte sie ihr Glas an den Mund.

Er lächelte, als sie den mit einer Damastdecke und schwerem Silber elegant gedeckten Tisch musterte. »Sie dürfen wählen. Wollen wir erst das Geschäft hinter uns bringen oder erst speisen?«

»Ich könnte ja einfach den Schmuckkasten öffnen, und dann könnten Sie sich während des Essens den Inhalt ansehen«, schlug sie vor.

Er bedachte die Juwelen mit einem flüchtigen Blick, doch dann wandte er sich wieder seiner Besucherin zu, die er während des gesamten Mahls kein einziges Mal mehr aus den Augen ließ. »Sind das Geschenke von Bewunderern?« fragte er bezüglich des Schmucks.

Mit einem boshaften Lächeln griff sie sich an den Hals. »Diese Diamanten waren ein Geschenk des Königs!«

Zum ersten Mal, seit sie ihn kannte, runzelte er die Stirn, so daß sie in lautes Lachen ausbrach. »Jetzt habe ich Spaß gemacht. Sie waren ein Geschenk für Barbara Castlemaine. Ich habe sie ehrlich beim Kartenspiel gewonnen. Nun, vielleicht nicht ganz ehrlich.«

Er fand es amüsant, daß sie eine Falschspielerin war, und sie dachte, mein Gott, warum nur ist Ruark nicht wie er?

Sein Blick wanderte nicht ein einziges Mal zu dem Schmuckkasten, und langsam wurde sie nervös. Er heuchelt Desinteresse, um den Preis zu drücken, dachte sie entsetzt, aber sie irrte sich. Er war einfach ein durch und durch potenter Mann, und der Anblick, den sie bot, weckte das Verlangen in ihm, herauszufinden, wie zart der

Geschmack ihrer rosenfarbenen Lippen war. Die in schwarze Seidenstrümpfe gehüllten Beine weckten das Bedürfnis in ihm, ihren Rock zu öffnen, über ihre Schenkel zu fahren, bis seine Hand schließlich auf ihrem verführerischen Hintern lag. Aber vor allem sehnte er sich danach, ihr das Kleid über die Schultern zu streifen, um die prächtigen Brüste zu enthüllen, die er bereits bei ihrer ersten Begegnung bewundert hatte, und da dieser Wunsch der größte war, beschloß er, ihn als ersten zu realisieren.

»Mögen Sie Pfirsiche?« fragte er.

»Ich weiß nicht«, antwortete sie.

Er nahm ein silbernes Obstmesser, zerteilte einen saftigen Pfirsich und kam um den Tisch herum. Dann kniete er sich vor sie und hielt ihr ein Viertel der Frucht an den Mund. Sie biß hinein, zunächst vorsichtig, da sie nicht wußte, ob ihr der Geschmack zusagte, doch dann kraftvoller, als sie merkte, wie köstlich er war. Der Saft des Pfirsichs war noch nicht von ihren Lippen geperlt, als sich Rory bereits vorbeugte und ihren Mund mit seinen eigenen Lippen umfing.

Sie erstarrte, doch als er seinen sanften Druck erhöhte, wurde ihr Mund weich und ergab sich dem warmen, erregenden Gefühl. Er löste sich gerade weit genug von ihr, um zu murmeln: »Ich wollte, daß Sie das Jasminparfüm für mich tragen.«

Atemlos erwiderte sie: »Ich trage es.«

»Ich wollte, daß Sie *nur* das Parfüm tragen.« Seine Hände glitten von ihren Schultern über ihre Arme und nahmen ihr schwarzes Kleid gleich mit. Als ihre Brüste aus dem engen Dekolleté hervorsprangen, blickte er zur Decke, als danke er dem Himmel für den herrlichen Anblick, der sich ihm bot. »Höllenkatze Helford, Sie haben die unverschämtesten Brüste der Welt. Sie schreien geradezu danach, daß man sie küßt.« Immer noch vor ihr kniend, schob er seine Hände unter ihre Armbeugen und zog sie zu sich herab. Dann legte er sie auf den Teppich und küßte jede Stelle ihres wunderbaren Leibes von den Schläfen bis zu ihrem Nabel hinab.

»Bitte ... nein ... Rory ... « keuchte sie, doch sie fand einfach nicht die Kraft, sich gegen ihn zur Wehr zu setzen, als sie in seinen Armen lag.

»Du brauchst es, daß man dich liebt.« Mit dieser simplen Feststellung öffnete er die Kette an ihrem Hals.

»Meine Diamanten«, hauchte sie.

Sein Mund bedeckte ihren Hals dort, wo zuvor der Schmuck gewesen war. »Sie sind deiner nicht wert.«

Mein Gott, was hatte dieser Mann nur an sich, das ihr das Gefühl gab, die begehrenswerteste, schönste Frau der Welt zu sein? »Rory, ich kann nicht«, protestierte sie.

»Ich will dich ja nur ansehen«, beruhigte er sie, während seine Finger ihr Kleid öffneten und es langsam herabzogen, so daß sich seinem lachenden Blick Zentimeter für Zentimeter weiches, cremefarbenes Fleisch enthüllte. Fast glaubte sie, er könne sie tatsächlich nur ansehen, ohne weiterzugehen.

Als er ihr die schwarzen Seidenstrümpfe auszog, sagte er ihr, daß sie nackt noch unendlich schöner war als in Seide und teuren Schmuck gehüllt. In der Tat gestattete er ihr nichts weiter als den Frangipaniduft, denn er löste sogar den winzigen Schönheitsfleck von ihrer samtigen Haut.

Er sah sie nur an. Seine Augen streichelten und liebkosten jede Pore ihres Körpers, und sie fand, daß dies die intimste Art der Berührung war, die es gab. Offenbar hatte sie, was Sinnlichkeit betraf, lange noch nicht ausgelernt. Er setzte sich auf seine Fersen und sah sie abermals an, ehe er sich erhob, und sie von oben betrachtete, als wolle er sich für immer einprägen, welch wunderbarer Anblick sich ihm da bot. Dann streckte er die Hände aus und zog sie ebenfalls hoch. Er öffnete seine Djellaba und zog sie unter den Stoff.

»Rory!« keuchte sie, als hätte sein Fleisch sie verbrannt. Ihre Haut war im Augenblick so empfindlich, daß sie am liebsten geschrien hätte bei der Berührung seines Leibs. »Bitte ziehen Sie sich wieder an«, bat sie ihn. »Ich kann Ihnen einfach nicht widerstehen, und ich hasse mich dafür!«

Lachend band er seine Djellaba wieder zu. »Hassen Sie sich

nicht dafür, meine süße Cat. Vergnügen Sie sich einfach, sobald Sie die Gelegenheit dazu haben – ein Mann täte das sofort.«

»Oh, ich weiß, Rory«, sagte sie atemlos. »Aber ich bin einfach noch nicht bereit, meinem Mann untreu zu sein.«

Er lachte leise und trug sie in sein Schlafzimmer. Dort legte er sie sanft in den flammenfarbenen Kokon, breitete ihr Haar auf den Kissen aus und blickte auf sie hinab. Als er die Hand nach ihr ausstreckte, reckte sie sich ihm unwillkürlich entgegen, und er wußte, daß sie nahezu wahnsinnig war vor Verlangen nach ihm. Seine Hände begannen, ihren Körper intim zu erforschen, und er murmelte: »Du zitterst ja vor Verlangen, mein Schatz.« Sie warf den Kopf hin und her und stöhnte, während Rory sie mit vor Leidenschaft schwarzen Augen ansah. Da sie sich nicht mit dem ganzen Körper von ihm lieben ließ, würde er sie eben mit dem Mund nehmen. Ihr Verlangen entflammte ihn bis zu einem Punkt, an dem er das Gefühl hatte, Sklave seiner Lust zu sein. Sie war wie eine Droge, und er war süchtig danach, zu erforschen, wie auch der verborgenste Winkel ihres schlanken Körpers aussah. Er wußte, daß ihre Brüste seine Berührung ersehnten, und als seine Lippen und seine Zunge die beiden Rosenknospen kosteten, stöhnte sie leidenschaftlich auf. Sein Mund wanderte zwischen ihren Brüsten hin und her, ehe er langsam über ihren hübschen Bauch glitt und sich schließlich in den schwarzen Seidenlocken zwischen ihren Schenkeln vergrub. »Wunderbar, wunderbar«, murmelte er.

Seine Worte wirkten wie ein Liebestrank auf sie, und sie erschauerte, als er sie herrlich quälend zu lecken begann. Als er seine brennende Zunge in sie schob, schluchzte sie auf und brach in lustvolles Zittern aus. Sie wußte nicht mehr, ob sie wollte, daß er ihr viel mehr oder viel weniger gab.

Doch Rory ließ ihr keine Wahl. Seine Zunge erforschte sämtliche herrlichen Geheimnisse ihrer Weiblichkeit. Seine starken Hände glitten unter ihr Hinterteil und hoben sie näher an seinen Mund, wodurch er noch tiefer in ihre verborgene Weichheit drang. Jeder Nerv ihres Leibes schien an der Stelle zu enden, an der sein Mund ihr sinnliches Vergnügen gab. Sie keuchte und zappelte, als unglaubliche Lust Woge um Woge über ihr zusammenschlug, bis sie schrie. Ihr Inneres zuckte zusammen, explodierte, schmolz, bis sie schließlich noch nicht einmal mehr die Lider heben konnte, um ihn anzusehen.

Sein Körper schrie nach Befriedigung, aber seine eiserne Selbstbeherrschung verhinderte, daß er sie einfach vergewaltigte. Bald genug gäbe sie sich ihm auch freiwillig hin. Und sie war es wert, daß man auf sie wartete. Sie entschwebte an einen warmen, magischen Ort, eingehüllt und geschützt von flammenfarbenem, wirbelndem Rauch. Sie wußte nicht, ob sie im Paradies, im Himmel oder in der Hölle war, doch es war ihr egal.

Als sie erwachte, merkte sie, daß sie in seine weiße Djellaba eingehüllt war. Ihr schwarzes Kleid und die Strümpfe lagen ordentlich zusammengelegt neben ihr, und auf der Garderobe lag ein Zettel, auf dem stand: »Ich bringe dir zehntausend Pfund. R.H.«

Wahrscheinlich werde ich von jetzt an bis an mein Lebensende mit vor Scham hochrotem Kopf herumlaufen, dachte sie, als ihr einfiel, was zwischen ihnen beiden vorgefallen war. Zugegeben, sie hatte nicht direkt Ehebruch begangen, aber was er mit ihr gemacht hatte, erschien ihr zehnmal intimer als jeder gemeinsame Höhepunkt.

Sie zog sich eilig an, dankbar, wenigstens nicht dem Blick aus seinen lachenden Augen ausgeliefert zu sein. Auf dem Schiff war es dunkel und still, und sie schlich sich von Bord und eilte zu Ebony, der in der Dunkelheit zwischen den Bäumen stand und wartete.

Zu Hause angekommen, verfiel sie in einen unruhigen Schlaf, und als sie früh am nächsten Morgen erwachte, war sie wütender auf sich als je zuvor. Sie war ohne Schmuck und ohne Geld, dafür aber mit einem schlechten Gewissen von dem Piratenschiff nach Helford Hall zurückgekehrt, und sie fühlte ohnmächtigen Zorn darüber, vom Bruder ihres Mannes so schamlos ausgenutzt worden zu sein. Sie zog ihre Pistole aus der Schublade und wog sie in ihrer Hand. Sie würde sofort zu ihm gehen und verlangen, daß er ihr die Juwelen aushändigte. Täte er es nicht, wäre er ein toter Mann!

Sie rannte aufs Dach und blickte suchend auf den Fluß, doch die *Phantom* war längst fort. Ihr Körper verlangte, daß sie etwas tat. Sie holte Ebony und ritt in wildem Galopp nach Roseland, wo sie im Gemüsegarten auf die Knie ging und Unkraut auszuzupfen begann. Am Ende war ihr heiß, und sie starrte vor Schmutz, aber sie war weder müde, noch hatte sich ihr Zorn auf sich selbst gelegt.

Allmählich fing sie an, sich um ihren Bruder zu ängstigen, obgleich sie sich wiederholte Male sagte, daß die Reise nach London und von dort zurück unmöglich in weniger als zehn Tagen zu schaffen war. Als sie daraufhin an ihren Mann und seine Sicherheit dachte, wurde sie noch wütender als zuvor. Es war absolut nicht ihre Sache, wenn er sich auf Geheiß des Königs in Gefahr begab. Weshalb zum Teufel dachte sie überhaupt an ihn? Da er ihre Ehe annullieren lassen würde, waren ihre Tage als Lady Helford ohnehin gezählt. Aber falls er sie vorher zur Witwe machte, würde sie auf ewig Lady Helford sein. Eine vereinzelte Träne rann über ihre Wange, als sie daran dachte, daß ihm vielleicht etwas geschah, doch sie wischte sie zornig fort. Da ihre Finger schmutzig waren, wurde ihr Gesicht dabei völlig verschmiert, so daß sie verdreckt und erbärmlich aussah.

Sie kletterte an den Strand hinab, zog sich aus und schwamm ungefähr dreihundert Meter hinaus. Wie schön wäre es, sich einfach zu entspannen und treiben zu lassen. All ihre Probleme wären mit einem Schlag gelöst. Doch plötzlich klatschte ihr eine kleine Welle ins Gesicht, so daß sie Wasser schluckte, keuchte und ein paar verzweifelte Minuten lang hustete. Um gegen den aufkommenden Wind an den Strand zurückzukehren, brauchte sie all ihre Kraft, doch während sie schwamm, wuchs ihre Entschlossenheit. Sie würde nicht nur diesen Schwimmausflug überleben, sondern auch ihre Geldprobleme und die Schwierigkeiten mit ihrem Ehemann. Das Los der Frauen war von Natur aus schwerer als das der Männer auf dieser Welt. Doch mit ihren eigenen Waffen müßten die Kerle zu schlagen sein.

Die Helfords hatten sich von ihr geholt, was sie wollten, also würde sie ohne Gewissensbisse dasselbe tun, und falls das, was sie von ihnen bekäme, nicht ausreichend war, gäbe es immer noch den König, der dem Charme eines hübschen Lächelns und eines Paars schöner Beine bisher noch immer erlegen war.

29

Abends vor dem Schlafengehen kniete sich Summer vor ihr Bett und betete zum Heiligen Jude, der für hoffnungslose Fälle zuständig war. Sie war es nicht gewohnt, sich mit ihren alltäglichen Problemen an Gott und seine Apostel zu wenden, aber nie zuvor hatte sie sich derart verzweifelt gefühlt. Sie fürchtete, daß Black Jack Flash für immer mit ihren Juwelen verschwunden war, und sah geradezu bildhaft vor sich, wie er sich vor Lachen den Bauch hielt ob ihrer Einfältigkeit.

Mit einem Seufzer kletterte sie in ihr einsames Bett. Hoffentlich war sie nicht gezwungen, noch einmal in Räuberverkleidung auf die Straße zu gehen.

Sobald sie eingeschlafen war, wurde sie im Traum von Ruark heimgesucht. Er kam als Bittsteller zu ihr und flehte sie um Vergebung an. Er sagte, welchen Stolz er verspürte, weil sie dem König und seinem Gefolge eine so gute Gastgeberin gewesen war, gestand ihr, was er wirklich für sie empfand, wie sehr er sich nach ihr gesehnt hatte und wie leer sein Leben ohne sie sei. Er sagte, wie sehr er sie liebte und daß er nur weiterleben könne, wenn sie bei ihm war.

Ihr Herz zog sich schmerzlich zusammen, und sie hatte Schuldgefühle, weil sie bei seinem Bruder Rory gewesen war. Sie sehnte sich danach, ihrem Ehemann Ruark alles zu gestehen, damit er ihr vergab, aber sie wußte genau, was passieren würde, würde sie sich ihm tatsächlich anvertrauen. Sein Temperament ginge mit ihm durch. Er würde die entsetzlichsten Dinge sagen und tun und schlüge sie wahrscheinlich windelweich. Sie wußte, daß sie Ruark liebte und ihn mehr begehrte als alles andere auf der Welt, so daß sie beschloß, ihm ihr Geheimnis nicht anzuvertrauen. Plötzlich spürte sie, wie er neben sie glitt und sie in die Arme nahm. Sie wußte, sie war erwacht, denn das Gefühl war schöner als in jedem Traum. Seine Lippen lagen an ihrem Ohr und flüsterten: »Hast du mich vermißt?«

»O ja, ich hatte schon Angst, dir wäre vielleicht etwas Schreckliches passiert.« Sie schlang die Arme um seinen Hals und bot ihm ihre Lippen zu einem Kuß. Sie klammerte sich an ihn und spürte die Pracht seiner Schultermuskulatur. »Ich habe von dir geträumt. Ich habe geträumt, du kämst zu mir zurück, und wie durch ein Wunder bist du jetzt wirklich da.«

Seine Hände legten sich auf ihre Brüste und glitten dann an ihrem Leib hinab, kannten all die geheimen Stellen, die geradezu süchtig waren nach ihm, und sie wußte, daß kein Gefühl der Erde wie seine Berührung war. Er war so groß, daß sie ihn nicht küssen konnte, solange sie seinen Penis zwischen ihren Beinen gefangen hielt, also schob sie sich an ihm hinab, bis ihre Wange auf seiner dunklen Brustbehaarung lag, und kostete eine harte Brustwarze, die darin verborgen lag. Sie reckte sich ihm entgegen, und sofort spreizte er ihre Schenkel und schob sich in sie hinein, bis sie ganz erfüllt war von seiner heißen, harten Männlichkeit.

Ihre Hände streichelten seinen breiten Rücken und glitten dann zu seinem Hintern hinab. Er rollte mit ihr herum, bis er auf ihr lag und sie spürte, wie sich seine Muskeln entspannten, als er sich in ihr zu bewegen begann. »Ruark, ich liebe dich so sehr«, stöhnte sie an seiner Brust.

»Cat, mein Schatz, ich bin es, Rory«, kam die erschütternde Erwiderung.

Ihr Körper zog sich bei diesen Worten so heftig zusammen, daß er vor Erregung schrie, und ohne jede Kontrolle über ihren eigenen Körper explodierte sie, als sie spürte, wie sich sein heißer

Samen in sie ergoß. Mit zitternden Fingern strich sie über sein Gesicht. Sie versuchte herauszufinden, wer er war, indem sie nach der Narbe tastete. Die fein gezackte Linie war kaum spürbar, da sie unter seinem Haar verborgen lag, aber trotzdem war sie eine Bestätigung der grausamen Realität. »Rory, mein Gott, was hast du getan?« weinte sie.

»Ich habe mich verliebt«, murmelte er heiser und legte besitzergreifend den Arm um sie. Sie schlug nach ihm und zündete mit zitternden Händen eine Kerze an.

Er saß splitternackt auf ihrem Bett, und sie starrte ihn ungläubig an. »Ich dachte, ich würde dich nie wiedersehen.«

Seine lachenden Augen liebkosten ihr Gesicht. »Du wußtest doch, daß ich mit dir noch nicht fertig war. Und ich glaube, mit dir werde ich niemals fertig sein.« Sein Blick fiel auf ihre Brüste, und er rollte die Augen himmelwärts, als danke er den Göttern für diese Perfektion. Er war der größte Schurke der Welt, doch am liebsten hätte sie lauthals gelacht. Zu ihrer Verwunderung erkannte sie, daß es ihr unmöglich war, diesen Mann zu hassen. Er war ein skrupelloser Draufgänger, aber jede Frau sollte mindestens einmal in ihrem Leben von einem Draufgänger geliebt worden sein. Ihr Ärger galt einzig Ruark, ihrem Ehemann. Warum hatte er sie nicht heimlich besucht? Warum war er nicht zu ihr ins Bett gekrochen? Warum hatte er sie nicht so leidenschaftlich geliebt? Sie zog ihren Morgenmantel an und hielt Rory seine Hose hin. »Du hast mich soeben verführt, und es scheint dir noch nicht einmal leid zu tun!«

»Warum sollte es mir leid tun, daß ich dich zum Schnurren gebracht habe, daß ich dafür gesorgt habe, daß dein Blut in Wallung gerät? Ich dachte, wir hätten abgemacht, ehrlich miteinander zu sein ... Also los, sag mir, daß es dir leid tut, wenn du es kannst.«

»Es tut mir leid, daß ich dir jemals begegnet bin ... Es tut mir leid, daß ich überhaupt jemals einem Mann mit Namen Helford begegnet bin!«

Lächelnd zog er seine Hose an. »Ach ja? Soll ich dann vielleicht die zehntausend Pfund behalten, die ich mitgebracht habe?«

»Aber soviel ist der Schmuck doch sicher nicht wert?«

»Meine Süße, darum geht es nicht. Du brauchst zehntausend Pfund. Wenn du mich um fünfzehntausend gebeten hättest, hättest du auch die von mir gekriegt«, erklärte er schlicht.

»O Rory.« Sie biß sich auf die Lippe, um nicht in Tränen auszubrechen. »Dafür überlasse ich dir den Keller von Roseland, sooft du willst«, bot sie an.

»Das ist sehr großzügig von dir, Cat.« Er setzte sich auf einen bequemen Stuhl am offenen Fenster und streckte seine langen Beine aus. »Wußtest du, daß der holländische Hafen von Stasia jedes Jahr eine Million Pfund Miete für Lagerraum kassiert? Man kann sich gar nicht vorstellen, was dort alles umgeschlagen wird.«

»Du fährst holländische Häfen an?« fragte sie und sah ihn skeptisch an.

Er grinste. »Ich habe schließlich nicht den Union Jack gehißt, mein Schatz. Meine Mannschaft besteht ausschließlich aus Ausländern. Sie kommen aus allen Teilen der Welt. Die *Phantom* schippert überall herum, wo sich Profit machen läßt.«

»Und was transportiert ihr auf dem Schiff?« fragte sie. Ihre Neugier war geweckt.

Er lachte. »Nicht immer das, was du vielleicht denkst. Manchmal haben wir auch menschliche Fracht.«

Einen Augenblick verwirrte diese Erklärung sie, doch dann wurde ihr klar, daß er Spione schmuggelte. Die Frage war nur, schmuggelte er Menschen nach Holland und aus Holland heraus oder nach England und aus England heraus? Ihm diese Frage laut zu stellen, wagte sie allerdings nicht.

Plötzlich stand er auf und nahm sie an der Hand. »Komm mit mir, Cat. Segel mit mir zum Kontinent. Ich werde dir exotische Orte zeigen, von denen du bisher noch nicht einmal geträumt hast … Warenhäuser, in denen sich Schätze aus Indien stapeln … sonnengetränkte Küsten, an denen sich weißer, zuckriger Sand über Meilen erstreckt und an denen man nackt baden kann.«

Einen atemberaubenden Augenblick lang war sie ernsthaft versucht. »Es geht nicht, Rory.« Sie zögerte einen Moment. »Es gibt da etwas, was ich dir noch nicht erzählt habe ... Ruark sagte, daß er unsere Ehe annullieren lassen will.«

Er warf den Kopf in den Nacken und brach in schallendes Gelächter aus. Seine Halsmuskulatur spannte sich verführerisch an, und seine weißen Zähne blitzten auf. »Wenn er verrückt genug ist, dich tatsächlich gehen zu lassen, bist du mein.« Und wie zur Bestätigung dieser Behauptung neigte er den Kopf und gab ihr einen fordernden, sinnlichen Kuß, der ihr genau zeigte, wie anfällig sie für seine Reize war. Seine Lippen brannten sich einen glühenden Weg bis an ihr Ohr. »Du wirst mit mir kommen. Das ist vollkommen unabänderlich. Und du wirst mich lieben. In der Tat denke ich, daß du das bereits tust.«

»Von nun an werden meine Fenster und Türen immer verschlossen sein«, warnte sie ihn.

»Es wäre besser, wenn du dein Herz verschließt.« Mit einem letzten Blinzeln schwang er sich über die Brüstung des Balkons.

Was in Gottes Namen war nur los mir ihr? Sie hatte gerade eine der schlimmsten Sünden begangen, zu der eine Frau in der Lage war. Ihre Schuldgefühle waren geradezu überwältigend. Das Problem bestand darin, daß sie in Rorys Nähe vollkommen verzaubert zu sein schien und daß sie erst dann Vernunft annahm und das Ausmaß der sündigen Intimität zwischen ihnen beiden begriff, wenn sie alleine war. Sie betete um Vergebung und schwor, nie wieder mit ihm derart intim zu sein. Falls ihr Ehemann die Ehe annullieren ließ, wäre es etwas anderes, und vielleicht würde sie eines Tages in Erwägung ziehen, Rorys Liebe zu akzeptieren, aber im Augenblick mußte sie ihm verständlich machen, daß sie die Frau eines anderen war. Die Geschehnisse der Vergangenheit waren unabänderlich, aber die Zukunft lag allein in ihrer Hand.

Bei Anbruch der Dämmerung ritt sie auf Ebony zum Helford River hinauf, aber nirgends war auch nur die Spur eines Schiffes zu sehen.

Sie verbrachte täglich lange Stunden am Strand, und dort hörte sie, wie Spider von den Roselandschen Klippen aus nach ihr rief. Nie zuvor war sie so froh gewesen, einen Menschen zu sehen. Ihre

Freude war allerdings von kurzer Dauer, denn die Neuigkeiten, die er aus London mitbrachte, waren alles andere als gut. »Tut mir leid, Cat, ich kam zu spät. Als ich mit Tante Lil zu Solomon Storm ging, erklärte er, er hätte Roseland bereits verkauft. Natürlich hat er das Geld nicht genommen. Er meinte, es wäre Sache des neuen Eigentümers, ob er das Gut für zwanzigtausend Pfund an uns zurückverkauft oder nicht. Allerdings meinte er, der Mann wäre ein Narr, wenn er die Ländereien nicht behalten würde. Er hat mir einen versiegelten Brief für dich mitgegeben. Ich habe ihn nicht aufgemacht, obwohl es mir schwergefallen ist, es nicht zu tun.«

Fluchend nahm sie ihm den Brief aus der Hand. »Verdammt und zugenäht, zur Hölle mit sämtlichen Kerlen dieser Welt!«

»Cat, es nützt nichts, wenn du an mir deine Wut ausläßt. Wir waren einfach zu spät. Solomon Storm hat mir die Papiere, die Vater unterzeichnet hat, ebenso wie den von dir unterschriebenen Schuldschein gezeigt. Er hatte das Recht, das Gut zu verkaufen, und ich bin sicher, daß sich nichts dagegen machen läßt.«

»Verdammt, verdammt, verdammt«, brüllte sie. »Ich hatte so darauf gehofft, daß wir Roseland zurückbekommen, um Seiner Hochnäsigkeit Helford endlich erklären zu können, daß er sich sein verfluchtes Helford Hall in den Hintern schieben soll. Oh, Spider, ich habe dir soviel zu erzählen. Ich habe Black Jack Flash kennengelernt ... Du wirst es nicht glauben, aber er ist Ruarks jüngerer Bruder.«

»Der Bruder des obersten Richters ist ein Pirat?« Er starrte sie ungläubig an.

»Ja, es stimmt, so wahr mir Gott helfe. Er ist ganz anders als Ruark. Er hat eine solche Leichtlebigkeit, ich schwöre, er lacht den ganzen Tag. Er lebt genau, wie er es will, und was die anderen von ihm halten, ist ihm vollkommen egal. Du wirst ihn lieben.«

Spider musterte sie interessiert. »Nun, zumindest klingt es ganz so, als ob du ihn bereits liebst.«

Summer errötete. »Warte nur, bis du ihn gesehen hast. Sein

Haar weist an der Schläfe eine zickzackförmige Strähne auf. Daher hat er auch den Namen Black Jack Flash. Er ist riesengroß, trägt nur schwarze oder weiße Kleider, und sein Bett ist hinter roten Seidenvorhängen versteckt…« Sie hielt inne, als Spider die Brauen hochzog.

»Du hast schon mit ihm das Bett geteilt, nicht wahr, Cat?«

Sie ignorierte die Frage und ging ins Haus. Der Duft der Kletterpflanzen über dem Eingang und der Anblick der perlgrauen Tauben auf dem Dach schnürten ihr die Kehle zu. Sie nahm auf einem verblichenen Sofa Platz und brach das Siegel des Briefes auf.

An Lady Summer St. Catherine.

Am 7. Juli, als die Hypothek auf Roseland fällig wurde, habe ich das Gut an Lord Ruark Helford aus Cornwall verkauft. Anbei finden Sie ein Schreiben des ehrenwerten Herrn mit einigen Anweisungen bezüglich der weiteren Vorgehensweise.

Als sie den Namen Helford las, wich ihr alle Farbe aus dem Gesicht. Sie riß den Brief ihres Ehemannes auf.

Ich habe Roseland für zwanzigtausend Pfund gekauft, und ich habe die Absicht, das Anwesen unverzüglich instand zu setzen. Bis die Annullierung unserer Ehe rechtsgültig ist, gestatte ich dir, auf Helford Hall zu bleiben. Anschließend erlaube ich dir, mit deinem Bruder auf Roseland zu leben, auch wenn der Besitz rechtmäßig mir gehört.

»Dieses Schwein!«

»Wer, Storm?«

»Nein, der verdammte Lord Helford. Er hat Roseland gekauft. Mein Gott, er konnte nicht schnell genug nach London kommen … Er ist am sechsten Juli hier abgereist und hat bereits am siebten die Hypothek bezahlt.« Vor Wut wäre sie fast erstickt. »Lies nur! Er *gestattet* mir, bis zur Annullierung unserer Ehe auf Helford Hall zu bleiben. Er *gestattet* es mir! Und dann *erlaubt* uns dieser Hurensohn, auf Roseland zu leben. Nur über meine Leiche *erlaubt* er mir, irgend etwas zu tun. Ich werde Rory bitten, uns behilflich zu sein.«

In diesem Augenblick klopfte es so laut an der Eingangstür, daß sie erschrocken zusammenfuhr. Sie stapfte zornig los, öffnete und starrte dem Widerling Sergeant Oswald ins Gesicht. Ein Milizionär stand respektvoll hinter ihm.

»Was wollen Sie?«

»Ich bin hier, um Spencer St. Catherine im Zusammenhang mit einem Raubüberfall zu vernehmen. Als er das letzte Mal verhaftet wurde, gab er den Namen Spencer Brown an, aber ich habe herausgefunden, daß der junge Taugenichts Ihr Bruder ist.«

»Im Zusammenhang mit einem Raubüberfall? Das ist einfach unerhört. Mein Bruder kommt gerade erst aus London zurück. Was soll also diese erneute Belästigung, Sergeant?« fragte sie in möglichst herablassendem Ton.

»In der Nacht des sechsten Juli haben zwei ehrwürdige Damen, nämlich die Herzogin von Buckingham und die Gräfin von Lauderdale, Anzeige erstattet. Sie wurden in der Nähe von einem Straßenräuber überfallen, der sich der schwarze Kater nannte. Ich bin sicher, daß dieser schwarze Kater und der junge St. Catherine identisch sind«, stellte Oswald mit einem zufriedenen Grinsen fest.

»Sergeant Oswald, Sie sind wirklich ein anstrengender Mensch. Ich glaube, mein Gatte, Lord Helford, hat Sie bereits davor gewarnt, mich weiter zu belästigen.«

»Ich weiß, daß Sie Helfords Hure sind, aber ich bezweifle, daß er Ihr Gatte ist«, schnaubte er. »Ihr Bruder ist heute morgen mit dem Schiff in Falmouth angekommen und hat sich direkt auf den Weg hierher gemacht. Ich habe die Absicht, nachzusehen, ob vielleicht irgendwo hier im Haus das gestohlene Geld zu finden ist.«

»Ich möchte Sie nur darüber aufklären, Oswald, daß ich zufällig sowohl Helfords Hure als auch seine Ehefrau bin, und wenn er erfährt, in welchem Ton Sie mit mir sprechen, wird er Sie nicht nur vors Kriegsgericht stellen, sondern wahrscheinlich auch noch auspeitschen lassen. Wie ich schon einmal sagte, Sergeant, bevor

Sie auch nur einen Fuß über die Schwelle meines Hauses setzen, besorgen Sie sich besser erst einmal einen Durchsuchungsbefehl.«

Oswald lächelte. »In der Tat habe ich den Durchsuchungsbefehl in der Tasche, und er wurde von niemand anderem unterzeichnet als von Lord Helford, dem obersten Richter von Cornwall. Er ermächtigt mich, jede Person oder deren Eigentum zu durchsuchen, die eines Überfalls oder des Schmuggels verdächtig ist.«

Summer riß ihm den Zettel aus der Hand und starrte ungläubig auf die Unterschrift von Lord Ruark Helford, oberstem Richter und Magistrat.

Mit unverhohlener Zufriedenheit betrat Oswald das Haus und wies seinen Gefolgsmann an, den jungen St. Catherine zu durchsuchen. Summer stand hilflos und gedemütigt daneben, als man ihren jüngeren Bruder entkleidete, und natürlich blieb der Geldgürtel mit den zehntausend Pfund nicht unentdeckt.

»Das ist *mein* Geld, Sergeant Oswald. Mein Bruder, *Lord Spencer*, ist damit nach London gefahren, um die Hypothek auf unser Grundstück zu begleichen«, erklärte sie.

»Und warum hat er es nicht gemacht? Ihre Erklärung ist nichts anderes als hanebüchener Unsinn, *Lady St. Catherine.*«

»Ich bin Lady Helford!« tobte sie.

»Und ich bin der Herzog von Buckingham«, lachte der widerliche Kerl und sagte, an Spider gewandt: »Los, du kleines Schwein, du kommst erst mal mit zum Verhör.«

»Sie können ihn nicht verhaften. Er hat nichts getan!« sagte Summer und versperrte dem Sergeanten zornig den Weg.

Oswald setzte ein widerliches Grinsen auf. »Ich verhafte ihn nicht. Ich nehme ihn nur mit zu einem Verhör. Wenn er nichts getan hat, ist er ja bald wieder auf freiem Fuß, nicht wahr?« Er griff nach dem Gürtel mit dem Geld.

»Sie können nicht einfach mein Geld mitnehmen!« kam Summers verzweifelter Protest.

»Ach nein? Wer will mich denn davon abhalten?«

»Sergeant Oswald, zumindest brauche ich eine Quittung über die zehntausend Pfund. Sie sind ein Mann des Gesetzes, und als solcher sind Sie mindestens ebenso an die Vorschriften gebunden wie wir, Sir.« Sie bedachte ihn mit einem haßerfüllten Blick. »Wenn Sie mir nicht sofort eine Quittung geben, erzähle ich Lord Helford, Sie hätten versucht, mich zu vergewaltigen.«

»Du vergißt, daß ich einen Zeugen habe, du kleines Biest.«

»Und wem wird Lord Helford Ihrer Meinung nach mehr Glauben schenken, Sergeant? Mir oder Ihnen und dem Burschen da? Sie haben ja nicht die leiseste Ahnung, was für ein Biest ich sein kann, wenn man mich dazu zwingt.«

Widerwillig stellte er ihr eine Quittung aus, und als er sich zum Gehen wandte, machte sich Summer ebenfalls auf den Weg. Sie wollte ihren Bruder nach Falmouth begleiten, doch Spider sah sie eindringlich an. »Schon gut, Cat, sollen sie mich ruhig mitnehmen. Wenn ich bis morgen nicht zurück bin, kannst du kommen und das verdammte Gefängnis Stein für Stein auseinandernehmen.«

Schließlich gab sie nach. Sie würde sofort nach Helford Hall reiten und sehen, ob Mr. Burke wußte, wo Lord Helford zu finden war. Falls das nicht klappte, würde sie ihn bitten, Rory zu kontaktieren.

30

Mr. Burke konnte die Tatsache nicht verbergen, daß er schockiert war von der Art, in der Sergeant Oswald seinen Schützling behandelte. »Ruark müßte morgen wieder zu Hause sein, Mylady, aber ob er noch vor dem Abend kommen wird, weiß ich nicht. Falls er nicht rechtzeitig erscheint, betrachte ich es als meine Pflicht, mit Ihnen nach Falmouth zu fahren, um mich dafür zu verbürgen, daß Sie tatsächlich Lady Helford sind, und dafür zu sorgen, daß Ihr Bruder freigelassen wird«, sagte er. »Der junge Lord St. Catherine muß eines Verbrechens angeklagt und dem

Richter vorgeführt werden, ehe er für längere Zeit gefangengehalten werden kann. Sobald Ruark zurück ist, wird er sich darum kümmern, daß alles in Ordnung kommt. Vielleicht ist er jähzornig, aber er ist absolut fair und unvoreingekommen, wenn es um die Wahrung des Rechts in England geht.«

Er sah sie genauer an und entdeckte die purpurnen Schatten unter ihren Augen. »Haben Sie heute überhaupt schon etwas gegessen? Ich schlage vor, daß Sie sich ein wenig an den Brunnen setzen und den Sonnenuntergang beobachten. Wasser soll etwas sehr Beruhigendes sein. Ich bringe Ihnen etwas zu essen und einen Krug guten, starken Apfelwein hinaus.«

Summer lächelte. Mr. Burke war ein wahrer Schatz. Er war wie der Vater, der ihr immer versagt geblieben war. Kein Wunder, daß er einen besonderen Platz in den Herzen von Ruark und Rory besaß. Nachdem sie gegessen hatte, zog sie das Schreiben ihres Mannes hervor und las es noch einmal durch. Nie zuvor hatte irgendeine Lektüre sie derart erbost. Es war, als hätte es ihm besonderes Vergnügen bereitet, Sätze zu formulieren, die sie beleidigten. Eins war sicher, sie brauchte unbedingt die zehntausend Pfund von Oswald zurück, die sie Ruark nach seiner Rückkehr zusammen mit den zehntausend Pfund von Rory anbieten würde, damit er ihr dafür Roseland wiedergab. Sie mußte ihm begreiflich machen, daß sie ihre vollkommene Unabhängigkeit brauchte, wenn sie erst einmal nicht mehr Lady Helford war. Das würde ein so freiheitsliebender Mensch wie Lord Helford sicher verstehen. Plötzlich kam ihr ein altes chinesisches Sprichwort in den Sinn: »Unter dem Dach eines anderen geziemt es sich, daß man gesenkten Hauptes geht.« Doch dieser Gedanke war einfach unerträglich für sie.

Sie kehrte erst lange nach Anbruch der Dunkelheit in ihr Zimmer zurück, und selbst dann zog sie sich nicht aus, um ins Bett zu gehen. Statt dessen nahm sie hinter dem offenen Balkonfenster Platz, als erwarte sie, daß jeden Augenblick Spiders keckes Gesicht über der Brüstung erschien. Als sie schließlich hochschreckte, wurde ihr klar, daß sie die ganze Nacht nicht ins Bett gegangen war. Sie holte Ebony aus dem Stall und ritt nach Roseland in der Hoffnung, ihr Bruder wäre bereits dorthin zurückgekehrt, aber im Grunde wußte sie, daß er noch immer im Gefängnis saß. Mit schwerem Herzen ritt sie nach Helford Hall zurück.

»Ich werde die Kutsche bestellen, und der Kutscher wird uns nach Falmouth bringen«, sagte Mr. Burke. »Wir werden zwei livrierte Pagen mitnehmen, und Sie brauchen eins der Mädchen als Zofe. Ich denke, Sie sollten Ihr teuerstes Kleid anziehen, damit auch dem letzten Trottel klar wird, daß Lady Helford vor ihm steht.«

»Natürlich haben Sie recht, Mr. Burke. Sagen Sie Daisy, ich brauche heißes Wasser für ein Bad.« Da es ein kühler Morgen war, beschloß sie, das cremefarbene Samtkleid mit den geflochtenen schwarzen Verschnürungen anzuziehen. Dann zog sie vorsichtig den hohen Hut mit der kecken schwarzen Straußenfeder, lange schwarze Glacéhandschuhe, eine Maske und einen emaillierten Fächer hervor. Als Krönung des Ganzen streifte sie ihre Rubinarmreifen über die Handschuhe, wunderbar! Wenn sie jetzt noch einen Hauch Lippenrot auftrug, ließe sich sicher sogar der Papst von ihr herumkommandieren, ganz zu schweigen von einem rotgesichtigen Sergeanten, dessen erbsgroßes Hirn auf nichts als Rache sann.

Als sie aus dem Haus trat, warteten Mr. Burke und die Bediensteten bereits auf sie. Einen Augenblick lang empfand der Verwalter fast so etwas wie Mitleid mit dem unglücklichen Oswald, denn er hatte eine leichte Brise gesät, und nun erntete er einen wahren Orkan.

Die große schwarze Kutsche fuhr direkt vor dem Gefängnis von Falmouth vor, und die livrierten Pagen sprangen auf den Weg und rissen die Tür des Fahrgastraumes auf. Die Nachricht von Summers Ankunft erreichte Sergeant Oswald lange, bevor sie, ihre Dienerschaft im Schlepptau, den Wachraum betrat. Sie bewegte sich mit der Selbstsicherheit einer Siamkatze, und der Sergeant sah sie unbehaglich an.

Sie erhob die Stimme, als sie ihn sah, und winkte ihn herbei, als wäre er der geringste Lakai. Mit einer Stimme, die an Fülle der ihrer Tante in nichts nachstand, sagte sie: »Sergeant, ich glaube, Sie halten Lord St. Catherine inzwischen ein wenig zu lange fest. Ich bin hier, um dafür zu sorgen, daß mögliche Anklagepunkte gegen ihn fallengelassen werden und daß er sofort mit mir nach Hause zurückkehren kann. Oh, und, Sergeant Oswald, Sie beeilen sich ein bißchen, ja?«

Oswalds sonst so hochrotes Gesicht wurde tatsächlich bleich. Diese Frau würde wohl kaum hier hereinspaziert kommen und behaupten, sie sei Lord Helfords Frau, wenn dieser selbst anwesend war. Als er zögerte, da er nicht wußte, was er tun sollte, wiederholte Summer ihren Befehl: »Sergeant Oswald, ich sagte, lassen Sie meinen Bruder frei.«

»Das kann ich nicht«, erwiderte er lahm. »Er ist nicht mehr hier.«

»Sie meinen, er ist bereits wieder auf freiem Fuß?« fragte sie.

»Nein. Er wurde noch gestern abend in ein sicheres Gefängnis überstellt, da er schließlich beim letzten Mal geflohen war ... Ich dachte ... das ist, es wurde beschlossen, ihn zu verlegen.«

Sie kniff die Augen zu gefährlichen Schlitzen zusammen, und ihre Stimme wurde tödlich ruhig. »Wohin?«

»Newgate«, murmelte er.

Einen Augenblick verstand Summer nicht ganz. »Newgate? Sie meinen doch nicht Newgate in London, oder etwa doch?«

Als Oswald stumm nickte, fing sie an zu schreien. Ein roter Nebel verschleierte ihr den Blick, und sie verlor vollkommen die Beherrschung über sich. Mr. Burke versuchte, sie zu beruhigen, aber da er wußte, was für eine Hölle Newgate war, bezweifelte er, daß sie seine tröstenden Worte überhaupt mitbekam.

Plötzlich fragte eine strenge Stimme: »Was in aller Welt ist hier los?«, und Ruark Helford kam die Treppe aus dem oberen Stockwerk herab.

Summer starrte ihn ungläubig an. Sein Gesicht war sonnengebräunt, wahrscheinlich von irgendeiner Fahrt auf dem Meer, aber die marineblaue Uniform und das streng zurückgebundene dunkle Haar betonten seine eiserne Autorität.

»Du Schwein! Wenn das dein Werk ist, du Bastard, dann schwöre ich dir, daß ich dich dafür erschieße!«

»Muß ich dich erst daran erinnern, daß du die Rolle einer Dame spielst, Summer?« fragte er in einem Ton, der kälter war als Stahl.

»Nein, Sergeant Oswald hat mir schließlich bereits gestern abend erklärt, wer ich bin ... Ich glaube, wörtlich hat er mich deine Hure genannt. Würde es dir etwas ausmachen, ihm ein für allemal klarzumachen, daß ich darüber hinaus auch deine Ehefrau bin?«

»Sie ist tatsächlich meine Frau, Sergeant, obgleich nicht ganz sicher ist, wie lange noch«, knurrte er. »Würde mir jetzt vielleicht jemand erklären, was in aller Welt hier vor sich geht?«

Summer atmete zitternd ein. »Erlaube mir, dich aufzuklären. Dieses Schwein hat meinen Bruder verhaftet und mir zehntausend Pfund gestohlen.«

»Dein Bruder ist schon wieder verhaftet worden? Gott der Allmächtige, was habt ihr beiden denn jetzt schon wieder angestellt?«

Mit schmalen Augen erklärte sie in gefährlich leisem Ton: »Mein Bruder ist mit dem Geld nach London gefahren, um die Hypothek auf Roseland abzubezahlen, aber dort mußte er feststellen, daß irgendein hinterhältiger Bastard das Gut bereits hinter unserem Rücken gekauft hatte. Und dieser Bastard hat mir großmütig *gestattet*, bis zur Annullierung meiner Ehe auf Helford Hall zu leben, und anschließend *erlaubt* er mir, nach Roseland zu ziehen. Und um das Faß zum Überlaufen zu bringen, hat der Lakai dieses Bastards meinen kleinen Bruder jetzt noch nach Newgate verschleppt.«

Mr. Burke, der nicht von Summers Seite wich, maß Oswald und auch Ruark mit einem verächtlichen Blick.

»Nach Newgate?« fragte Ruark ehrlich erstaunt. »Da muß ihm ein Fehler unterlaufen sein. Ich habe zwar keine richterlichen Befugnisse in London, aber ich werde dafür sorgen, daß dein Bruder sofort hierher zurückverlegt wird.«

»Sie, Sir, haben bereits mehr als genug getan. Ich will Ihre Hilfe nicht, und ich brauche sie auch nicht! Charles ist ein persönlicher Freund von mir. Wofür in aller Welt brauche ich einen Lord, wenn mir ein König zu Gefallen ist?«

Die Blicke, mit denen sie einander maßen, waren haßerfüllt. Sie wußte, ihre letzten Worte hatten ihre Wirkung auf ihn nicht verfehlt. Er verspürte den heftigen Drang, sie erst zu verprügeln und dann zu nehmen, und wären sie jetzt auf Helford Hall, hätte er beides getan.

Sie hob ihre Maske vors Gesicht und sagte, an Oswald gewandt: »Meine zehntausend Pfund, Sergeant ... Bitte erwarten Sie nicht, daß ich glaube, die hätten Sie ebenfalls nach Newgate geschickt.«

Ruark starrte den Sergeanten so zornig an, daß dieser unwillkürlich zusammenfuhr. Er schloß eine Schublade auf und holte den Geldgürtel heraus. Mr. Burke nahm ihn ihm ab, und Summer machte auf dem Absatz kehrt und rauschte hinaus. Als sie ging, hörte sie noch, wie ihr Mann mit tödlich ruhiger Stimme befahl: »Sergeant Oswald, Sie kommen auf der Stelle in mein Büro!«

Zurück aus Falmouth machte sie sich daran, alles zu packen, was auf Helford Hall und Roseland ihr und ihres Bruders Eigentum war. Sie brauchte Rory Helfords Hilfe und fragte Mr. Burke, ob er wüßte, wo Black Jack Flash zu finden war. Als alles erledigt war, und nicht eine Sekunde eher, warf sie sich auf ihr Bett und schluchzte sich die Seele aus dem Leib. Ihre Nerven spielten einfach nicht mehr mit. Sie war in Todesangst um Spider, der in der Hölle von Newgate saß, deren Entsetzlichkeit ihre Vorstellungskraft noch überstieg.

Sie weinte heiße Tränen um ihre Liebe, die nun für alle Zeiten verloren war. Sie hatte Ruark Helford so sehr geliebt, daß er ihre ganze Welt, ihr Daseinszweck geworden war. Doch diese Liebe war in so viele Scherben zerbrochen, daß sie sich nicht mehr kitten ließ. Und jede Begegnung mit ihm vergrößerte noch ihren gegenseitigen Haß. Sie schwor sich, ihn nie wiederzusehen. Und aus diesem Grund war sie gezwungen, sich von ihrem geliebten und vertrauten Roseland zu verabschieden. Selbst Cornwall mußte sie hinter sich lassen in der Hoffnung, daß ihr in London der Anfang eines gänzlich neuen Lebens gelang.

Sie war nicht naiv genug zu glauben, daß ein Pirat sie nach London brächte, ohne daß es sie etwas kostete, aber vielleicht sollte sie es von der positiven Seite sehen. Rory war ein wunderbarer Liebhaber, und er behandelte sie zärtlich und teilnahmsvoll. Sie war bereit, den Preis zu bezahlen, sollte er darauf bestehen. Ob sie allerdings auch bereit wäre, Charles derart entgegenzukommen, bezweifelte sie. Sie hoffte, ihm etwas anderes Wertvolles bieten zu können für Spiders Freilassung, aber am Ende, wenn es keine andere Möglichkeit mehr gab, ihren geliebten Bruder zu retten, wäre sie zu allem bereit.

Nach einer Weile hatte sie genug von ihrem Selbstmitleid. Was war nur mit ihr los, daß sie Tränen wegen eines Mannes vergoß, der ein Schurke war? Sie hatte zwanzigtausend Pfund, mit denen sie tun und lassen konnte, was ihr gefiel, und bald wäre sie wieder in Gesellschaft ihrer unterhaltsamen Tante Lil. Gab es etwas Besseres? Sie wußte, wenn sie überleben wollte, mußte die Vergangenheit vergessen sein. Sie mußte sie ablegen wie ein altes Kleidungsstück, sie fallenlassen, ohne sich noch ein einziges Mal danach umzudrehen.

Sie kletterte stündlich aufs Dach des Hauses, um zu sehen, ob die *Phantom* irgendwo auf dem Fluß vor Anker gegangen war, aber jedesmal kehrte sie enttäuscht in ihr Zimmer zurück. Vielleicht hatte er ja gar kein Interesse mehr an ihr? Vielleicht hatte er, wie sein Bruder, seinen Spaß mit ihr gehabt und nun genug von ihr?

Gegen Mitternacht kam sie zum letzten Mal vom Dach zurück. Sie hatte nicht erwartet, das Schiff in der Dunkelheit zu erkennen, aber das kleinste Licht in der Takelage wäre bestimmt meilenweit zu sehen. Sie schloß die Flügeltür zu dem kleinen Balkon, und begann, sich schweren Herzens auszuziehen, als sie plötzlich aus Richtung des Fensters ein leises Klopfen vernahm. Sie hüllte sich eilig in ihr rotes Samtnachthemd und betete, daß es Spider irgendwie ein zweites Mal gelungen war zu fliehen.

Statt ihres Bruders trat jedoch eine große, in dunkle Kleider gehüllte Gestalt in den Raum, die aufgrund der weißen Haarsträhne sofort als Rory Helford zu erkennen war.

»O Rory, ich habe den ganzen Tag nach dir Ausschau gehalten. Ich hatte schon die Hoffnung aufgegeben, dich jemals wiederzusehen.«

Er sah sie grinsend an. »Am besten arbeite ich immer im Schutz der Nacht.«

»Rory, ich habe niemanden sonst, an den ich mich wenden kann. Ist es möglich, daß du mich nach London bringst?«

Er lachte fröhlich, nahm sie in die Arme und wirbelte sie übermütig herum. »Bei unserer letzten Begegnung habe ich dir gesagt, daß du eines Tages mit mir segeln wirst.« Er nagte zärtlich an ihrem Ohr und flüsterte: »Kann ich dich nicht vielleicht überreden, mit mir auf der Ostsee oder dem sonnigen Mittelmeer zu kreuzen?«

Als sie um sich trat, öffnete sich ihr Nachthemd so weit, daß eins ihrer herrlich schlanken Beine zu sehen war. »Laß mich sofort runter, Rory. Ich muß nach London, weil mein Bruder im Gefängnis von Newgate sitzt.«

Plötzlich fiel ihm auf, daß all ihr Gepäck abreisefertig hinter ihr stand.

»Oh, es ist alles so furchtbar«, jammerte sie. »Ich habe Spencer nach London geschickt, damit er die Hypothek zurückbezahlt, aber anscheinend war dein Bruder einen Schritt schneller als wir. Er hat das Grundstück und alles, was darauf steht, für sich selbst gekauft. Als mein Bruder per Schiff nach Falmouth zurückkam, ist ihm die Miliz bis nach Roseland gefolgt. Ruark befehligt so ein widerliches Schwein, Oswald, das es auf uns abgesehen hat. Als er meinen Bruder durchsucht hat, hat er natürlich das Geld gefunden. Er sagte, er würde ihn nur zu einem Verhör mitnehmen, und als Spider heute nicht nach Hause kam, bin ich nach Falmouth gefahren, wo man mir sagte, sie hätten Spider nach Newgate verlegt. Ruark war auch in Falmouth. Wie konnte er nur zulassen, daß so etwas passiert? Es gab einmal eine Zeit, da hätte ich ihm mein Leben anvertraut. Wie habe ich mich nur so täuschen können?«

Widerwillig ließ Rory von ihr ab. »Nun, was meine Wenigkeit betrifft, so hast du dich offenbar nicht getäuscht.«

»Was meinst du damit?«

»Wenn ich dein Gepäck so sehe, scheinst du dir ja sehr sicher gewesen zu sein, daß ich kommen würde, um dich abzuholen, mein Schatz.«

»Nein, ehrlich gesagt, dachte ich, nachdem du mich einmal geliebt hast, wäre ich dir nun egal.«

»Cat, mein Liebling, wenn du unsere kurze Begegnung schon Liebe nennst, hast du noch furchtbar viel zu lernen.«

Seine empörenden Worte hatten eine verheerende Wirkung auf sie. Sie weckten in ihr die Erinnerung an die wilden, verbotenen Gefühle, die sein Mund in ihr zu wecken imstande war. »Rory, ich schwöre, ich werde nicht noch einmal mit dir sündigen.«

»Ich fürchte, daß das ein unhaltbares Versprechen ist.« Er sah sie mit einem begehrlichen, sinnlichen Lächeln an. »Denn schließlich mußt du dich bereits im Schutz der Dunkelheit an Bord schleichen, obwohl wir erst morgen früh Segel setzen ...« Er brach ab, doch auch so war klar, welcher Zeitvertreib ihm bis zur Abfahrt des Schiffes vorzuschweben schien.

»Du hast die Absicht, mich zu nehmen wie ein Beutestück, nicht wahr?« fragte sie.

Er war so groß, daß sie den Kopf in den Nacken legen mußte, um ihm ins Gesicht zu sehen. In diesem Augenblick war er der verruchteste und zugleich begehrenswerteste Mann, dem sie je in ihrem Leben begegnet war. Er streckte seine starken Hände nach ihren Schultern aus, hielt sie jedoch auf Armeslänge von sich entfernt. »Cat, sei keine Heuchlerin«, sagte er und sah sie an. »Wann auch immer wir uns sehen, schreien unsere Körper vor Leidenschaft. Du weißt, daß du mich nur leicht zu berühren brauchst, damit ich hart wie Marmor bin ... und ich weiß, sobald ich dich berühre, bist du naß und heiß. Wir passen so hervorragend zusammen wie die Scheide und das dazugehörige Schwert.«

Als er sie küßte, war es ein Akt der Beherrschung und Unterwerfung, bei dem jeder die ihm zugedachte Rolle in vollen Zügen genoß. »Laß uns immer ehrlich zueinander sein«, murmelte er.

»Ich bin fertig mit Ruark«, gab sie zu, und er schwor: »Ich liebe dich, Cat.«

31

»Ich werde alles raustragen und zwei meiner Männer schicken, die deine Truhen holen. Bist du bereit?«

Summer nickte, warf ihren schwarzen Umhang über den roten Morgenmantel und griff nach dem Schmuckkasten, der ihre Rubine enthielt.

»Die meisten Frauen würden nicht so leicht auf Helford Hall und einen Titel verzichten. Aber bei dir habe ich das Gefühl, daß du bereit bist zu gehen, ohne dich nur auch noch ein einziges Mal umzudrehen.«

»Dinge sind nicht wichtig für mich, Rory. Es sind die Menschen, die von Bedeutung sind. Naja, ich werde Ebony vermissen, aber er und das Pony sind bestimmt gut aufgehoben hier.«

Zu ihrer Überraschung kam plötzlich Mr. Burke herauf und half Rory, ihre Truhen in den Garten zu tragen. Sie schüttelte ihm die Hand, bedankte sich herzlich bei ihm für alles, was er für sie getan hatte, und sagte ihm Lebewohl.

»Es ist kein Lebewohl, sondern auf Wiedersehen. Ich werde dafür beten, daß Ihr Weg immer eben ist, daß der Wind immer in Ihrem Rücken steht und daß der Herr seine Hand über Sie hält.«

Die *Phantom* war nicht oben im Helford River festgemacht, sondern sie schaukelte ruhig unten am Strand. Als sie sicher an Bord waren, sah er sie an. »Du weißt ja bereits, wie du in meine Kabine kommst.«

Dies war sein Schiff, und er war der Kapitän. Wenn sie jetzt mit ihm in seine Kabine ging, gab sie ihre Zustimmung zu allem, was in dieser Nacht noch zwischen ihnen beiden geschah. Sie atmete tief ein und ging entschlossen durch den Korridor, bis sie vor der Tür von Black Jack Flashs Privatgemach stand. Da sie im Augenblick den Anblick des scharlachroten, seidigen Bettes allerdings noch nicht ertrug, blieb sie im Vorraum stehen.

Rory Helford war so viel entspannter und weniger förmlich als sein Bruder Ruark. Ein paar von seinen Sachen hatte er achtlos liegen gelassen, und diese Nachlässigkeit war regelrecht wohltuend für sie. Lord Helford war in allen Dingen so verdammt genau, kein Wunder, daß er nicht zulassen konnte, daß sie die Regeln ein wenig verbog. Sie hob eine schwarze Lederweste auf und trug sie zum Kleiderschrank. Als sie die Tür öffnete, sah sie, daß tatsächlich seine gesamte Garderobe in Schwarz und Weiß gehalten war. Das war natürlich bewußt so gewählt, wegen des dramatischen Effekts. Die Strähne weißen Haares, die sich leuchtend von seinen schulterlangen schwarzen Locken abhob, hatte bereits eine beunruhigende Wirkung auf sie, und die Kleider betonten noch den Kontrast.

Als sie schließlich seine leichten Schritte vernahm, wallte Panik in ihr auf. Er öffnete die Tür, und seine hünenhafte Gestalt verdunkelte den Korridor. Mit zärtlichem Blick streckte er eine seiner starken Hände nach ihr aus, und langsam und vertrauensvoll legte sie ihre Hand hinein. Zu ihrer Überraschung führte er sie allerdings nicht zum Bett, sondern zog sie an sich und ging mit ihr hinauf an Deck.

Sie traten an die Reling und blieben schweigend stehen. Die Sterne hoben sich wie funkelnde Diamanten vom schwarzen Samt des Nachthimmels ab. Die Brise fuhr durch ihre Haare und ließ das Schiff sanft ächzen, und das Wasser plätscherte leise gegen den Bug. Es war eine so wunderbare Nacht, daß ihr beinahe nach Weinen zumute war. Sie drehte sich zu Rory um und flüsterte: »Wenn ich an Spider denke, habe ich furchtbare Angst.«

»Ich weiß«, erwiderte er sanft, zog sie in seine Arme, und sie vergrub ihr Gesicht an seiner breiten Brust. »Ich will dich nicht belügen, meine Liebe, in Newgate geht es nicht unbedingt wie in der Sonntagsschule zu. Aber natürlich sind einige Bereiche des Gefängnisses besser als andere, so daß es darauf ankommt, wo er untergebracht ist. Aber eins ist gut. Du wirst ihn besuchen und ihm etwas Geld zustecken können. Glaube mir, das Gefängnis wird nicht vom Wohltätigkeitsverein geführt, und ohne Bestechung bekommt man dort nichts. Ich wünschte nur, ich könnte mich um alles kümmern, aber ich fürchte, daß ich nicht in London bleiben kann, sondern sofort wieder nach Holland fahren muß.«

»Ich werde zum König gehen«, schwor sie sich.

»Ich bin sicher, daß Charles dir helfen wird, meine Süße, denn schließlich hat er eine Schwäche für schöne Frauen, aber vergiß nicht, daß er Helford viel verdankt. Gib ihm also nie mehr, als du ihm geben willst, was auch immer das ist«, riet er ihr.

»Danke für den Tip«, murmelte sie matt.

»Cat, vor London brauche ich dich nicht extra zu warnen, oder? Du warst doch sicher schon einmal dort. Ich weiß, daß du mutiger als ein Kampfstier bist, aber die Stadt und ihre Bewohner sind schmutzig und verdorben, und nicht nur die Huren haben alle möglichen Krankheiten. Die Hälfte der Höflinge ist innerlich bereits halb verfault.«

»Du brauchst mich nicht erst vor der Verruchtheit der Leute in St. James zu warnen. Ich kenne sie«, versicherte sie ihm.

Er grinste. »Sie sind nicht verrucht. Du und ich sind verrucht. Sie sind schlecht. Das ist ein Unterschied.«

»Ich werde vorsichtig sein«, versprach sie ihm.

»Ich komme zu Lil Richwood, sobald ich aus Holland zurück bin.« Er nahm ihre Hand. »Komm, laß uns ins Bett gehen, meine Liebe. Wir können uns dort weiter unterhalten.«

Zynisch dachte sie, daß dies ein typischer Satz war, mit dem ein Mann eine Frau auf die Laken lockte. »Wann segeln wir los?«

»Wir laufen mit der Flut aus. Bis dahin sind noch drei Stunden Zeit.«

Sie ließ sich von ihm in seine Kabine zurückführen. Mein Gott, so wie Rory Helford zu lieben verstand, fühlten sich drei Stunden wie drei Tage ... und drei Nächte an!

Das Schlafzimmer war ebenso dramatisch wie Black Jack Flash selbst. Ihre Füße versanken geradezu in dem dicken schwarzen Teppich, dessen Wolle sich weich zwischen ihre Zehen schob. In ihrem roten Nachthemd sah sie aus, als gehöre sie in diesen exotischen Raum. Sie beobachtete, wie Rory sich lässig entkleidete und wie er die roten Seidenkissen aufrichtete, weil es sich dann bequemer auf dem Bett herumlungern ließ. Sein Leib war eine einzige Pracht, seine Brust und seine Schultern wunderbar breit. Sein gesamter Oberkörper war sonnengebräunt, und sein Fleisch war glatt und hart. Er klopfte auf den Platz neben sich, und errötend öffnete sie die Knöpfe an ihrem Dekolleté.

In dem Augenblick, in dem sie es hinabgleiten ließ und ihr herrlicher Busen zum Vorschein kam, rollte er die Augen himmelwärts, als hätte er bereits den Zustand vollkommener Glückseligkeit erreicht. Sie kicherte. »Rory, das tust du nur, damit ich lachen muß.«

»Und soweit ich sehe, habe ich damit Erfolg.« Er lächelte.

Schüchtern glitt sie neben ihn, aber er zog sie hoch, bis sie zwischen seinen gespreizten Beinen saß. Er strich ihr über das Haar, und seine wunderbare Stimme flüsterte in ihr Ohr. Sie konnte es nicht glauben, er unterhielt sich tatsächlich mit ihr!

»Cat, mein Schatz, das Herz jeder dauerhaften Beziehung zwischen einem Mann und einer Frau ist sexueller Natur, aber ich möchte, daß wir mehr haben als das. Ich werde dir all die Liebe und all das Lachen geben, das du brauchst, aber es gibt noch andere Dinge, die ich dir geben kann. Du brauchst mein Verständnis und meine Freundschaft, du brauchst mein Geld und meine Kraft, aber vor allem brauchst du im Augenblick meinen Schutz. Heute nacht brauchst du mehr als alles andere auf der Welt, daß man dich hält.«

Sie schloß die Augen und lehnte sich an seinen starken Leib. O Gott, Rory Helford, dachte sie, dich zu lieben wäre so leicht.

»Ich werde nicht immer für dich dasein können, obgleich ich es mir wünschen würde, aber heute nacht *bin* ich für dich da. Ich werde dir zuhören, wenn du reden willst, ich werde dich in meinen Armen wiegen, wenn du dich anlehnen willst ... und wenn du einfach alles vergessen willst, werde ich dich lieben, bis du nicht mehr denken kannst.«

Im Verlauf der nächsten drei Stunden tat er alle drei Dinge, und schließlich schlummerte sie in seinen starken Armen ein. Sie schlief so traumlos und fest, daß sie noch nicht einmal merkte, wie er sie verließ, um an Deck zu gehen.

Als sie allerdings mit Anbruch der Dämmerung die Augen aufschlug und versuchte aufzustehen, fiel sie ächzend in die Kissen zurück. Ganz plötzlich war entsetzliche Übelkeit in ihr aufgewallt. Sie betete nur, daß die Seekrankheit bald vorüber war, denn sie würde die Peinlichkeit nicht überleben, abermals in seiner Kabine zu speien. Als Rory mit dem Frühstück kam, stöhnte sie leise auf. »O Himmel, bring bloß das Essen raus, wenn du nicht willst, daß mir übel wird.«

Er stellte das Tablett draußen ab und kam zu ihrem Bett zurück. Dann schob er ihr sanft die wirren Locken aus der Stirn und grinste sie an. »Die Frau eines Piraten kann doch nicht seekrank werden. Das paßt einfach nicht.«

»Normalerweise bin ich eine sehr gute Seefahrerin«, sagte sie schwach.

Er hob ihre Füße zurück ins Bett und deckte sie zärtlich zu. »Leg dich hin, bis es vorüber ist. Wir haben es nicht eilig. Ich kann sowieso erst mitten in der Nacht in London einlaufen, und dann muß ich sofort wieder aufbrechen. Ich bin noch nie dorthin gefahren – im Notfall kommt man nicht schnell genug wieder weg. Aber jetzt hole ich dir erst mal Zwieback und trockenen Rotwein.«

Völlig zusammenhanglos sagte sie: »Deine Augen sind so grün wie Smaragde.« Doch er schüttelte den Kopf. »Eigentlich sind sie haselnußbraun, nur auf dem Meer wirken sie grün. An Land sind sie braun und ziemlich unscheinbar.«

»Rory Helford, an dir ist einfach nichts unscheinbar. Du fällst auf wie ein Pfau.« Wieder wurde sie von Übelkeit übermannt, so daß sie elend in die Kissen sank. Als er die Kabinentür hinter sich schloß, kam ihr ein flüchtiger Gedanke, den sie allerdings sofort wieder verdrängte. Eins war sicher, *sie erwartete bestimmt kein Kind!*

Später am Nachmittag, als es ihr ein wenig besser ging, kletterte sie an Deck hinauf und ließ sich die frische, belebende Brise um die Nase wehen. Aus dem Augenwinkel heraus beobachtete sie, was Rory tat. Er war ein verdammt gut aussehender Kerl. Er lachte mit seinen Männern, tauschte fröhliche Scherze mit ihnen aus, doch sie wußte, in einem Kampf wäre er ein gefährlicher, wenn nicht gar tödlicher Gegner. Unter der lässigen Oberfläche verbarg sich die Stärke gewickelten Stahls, und sie würde ihre letzte Krone wetten, daß er einen flinken, kühlen, hellwachen Verstand besaß. Einen Verstand, mit dem sich eine Intrige spinnen, eine Falle stellen und der Untergang eines Feindes planen ließ. Spionage wäre für Rory Helford sicher das reinste Kinderspiel.

Sie erinnerte sich an den Hinweis des Königs, daß ihr Ehemann ebenfalls im Bereich der Spionage tätig war. War es möglich, daß die beiden Brüder für gegnerische Seiten arbeiteten? Sie erschauderte. Allein der Gedanke an Gefahr erregte sie.

Rory erblickte sie und winkte sie lächelnd zu sich heran. Unweigerlich fuhr sie mit ihrem Vergleich der beiden Brüder fort. Ruark hätte ihr befohlen, unverzüglich wieder in die Kabine zu gehen, hätte sie auch nur einen Fuß an Deck gesetzt. Rory hingegen war es vollkommen egal, wenn seine Männer geiferten. Langsam ging sie zum Steuerrad, wo er stand. Er war bis zur Hüfte nackt und genoß offenbar das Gefühl der Wonne und der Gischt auf seiner gebräunten Haut. »Und, geht es dir besser, mein Schatz? Komm, übernimm ruhig das Ruder, wenn du willst.«

Sie wußte nie genau, wann Rory scherzte und wann nicht, aber er trat zurück, so daß das Ruder wie wild zu kreisen begann. Als sie einen Satz machte und es packte, ehe das Schiff kenterte, lachte er fröhlich auf und trat dicht hinter sie. Er legte seine starken braunen Hände über die ihren und flüsterte: »Hier, meine Süße, ich zeige dir, wie es geht. Ein Schiff auf geradem Kurs zu halten, ist nicht schwer. Man muß nur wissen, wie es geht. Du mußt den Wind am Hinterkopf spüren. Laß ihn nie von links oder rechts gegen deine Wange wehen.«

Summer drehte das Steuerrad, bis sie fühlte, daß der Wind genau ihren Hinterkopf traf, und dann blickte sie ihn ungläubig über ihre Schulter an. »Ist das alles?«

»So leicht wie die Liebe«, flüsterte er grinsend. »Man braucht nur jemanden, der einem die Geheimnisse erklärt.«

Ihr Blut toste vor Verlangen nach ihm, und sie wußte, es gelänge ihr niemals, sich der Anziehungskraft seiner Nacktheit zu entziehen. Die dunklen Haare auf seiner Brust zogen ihre Augen magnetisch an, und am liebsten hätte sie das Ruder losgelassen und ihre Hände auf die dicken Muskelstränge seines perfekten Leibes gelegt.

»Pedro, Amigo, übernimm das Ruder für mich«, rief Rory zum Vorderdeck. Der grinsende Hüne mit dem goldenen Ohrring nahm ihr das Ruder aus der Hand, und als Rory sie unter Deck führte, machte ihr das Grölen der Mannschaft klar, daß sie wußten, weshalb ihr Kapitän dieses wunderschöne Mädchen mit in seine Kabine nahm.

Sie errötete und protestierte, als er sie ungeduldig in die Arme nahm, weil es ihm nicht schnell genug ging. Unten angekommen, hatte er innerhalb weniger Sekunden seine Kleider abgelegt, aber das Vergnügen, sie auszuziehen, zögerte er so lange wie möglich hinaus. Er entkleidete sie wie in Zeitlupe, wobei er jede ihrer wunderbaren Rundungen küßte und kostete, und sie verspürte den übermächtigen Drang, das Salz abzulecken, unter dem seine nackte Haut verborgen war.

»Ich werde dich mit Champagner einreiben. Ich verspreche dir, ein solches Gefühl hast du nie zuvor verspürt. Deine Nervenenden werden prickeln, bis du vor Empfindsamkeit schreist. Und dann lecke ich den Champagner von deinem wunderbaren Körper ab«, versprach er ihr.

Die scharlachroten Seidenvorhänge wehten um das Bett, ohne den sinnlichen Akt der Liebenden zu verhüllen. Rorys Hände erregten sie auf eine nie gekannte Art, und dann brachten sein Mund und seine Zunge sie bald um den Verstand. Er liebte sie mit einer solchen Intensität, daß sie alles von wilder, fleischlicher Lust bis hin zu süßer, atemberaubender Sinnlichkeit empfand. Am Ende allerdings sorgte er abermals dafür, daß sie in schallendes Gelächter ausbrach. Er trank Champagner aus ihrem Nabel, erlaubte ihr, die Flasche zu schütteln, bis sich der Inhalt sprudelnd über sie ergoß, und dann rollten sie spielerisch wie die Kinder auf dem seidigen Laken herum.

Er fiel auf den Boden, und sie sprang ihm nach wie eine Löwin, bereit zum tödlichen Biß. Der Anblick ihres cremefarbenen Fleisches vor dem dicken schwarzen Teppich jedoch erstickte sein Lachen, und er maß sie mit hungrigem Blick. Seine Augen waren beinahe schwarz vor Verlangen, als er sich über sie schob, sie bestieg und auf ihr ritt, bis sie meinte, er führe sie geradewegs ins Paradies.

Ehe sie sich trennten, zog er sie an sein Herz. »Schwör mir, daß du jedes Mal mit mir fahren wirst, wenn ich dich holen komme.«

»Ich schwöre es, Rory.«

»Wenn ich es nicht mehr ertrage, von dir getrennt zu sein, komme ich. Schwör mir, daß du dann alles stehen und liegen lassen und mir folgen wirst.«

»Ja, ja, ja, ich schwöre es.«

32

Um vier Uhr morgens glitten sie lautlos die Themse hinauf. London war eine Stadt, die niemals schlief, aber um diese Zeit dämmerte sie ein wenig, ehe sie sich um fünf bereits wieder zu räkeln begann zum Beginn eines neuen Tages im Zentrum der Welt.

Rory mietete ihr eine Kutsche, lud all ihr Gepäck ein und gab ihr einen langen Abschiedskuß. Um fünf Uhr kam Summer gemeinsam mit dem Milchmädchen vor der Haustür ihrer Tante an. Lady Richwood lag noch im Bett, so daß Summer dem Hausmädchen sagte, sie wolle in den nächsten fünf Stunden nicht gestört werden, und die Treppe zu ihrem alten Zimmer erklomm.

Um Punkt zehn Uhr kam Lil Richwood wie ein Wirbelwind in ihr Zimmer gefegt.

»Liebling, ich habe dich so vermißt. Wach auf und erzähl mir, was sich alles in Cornwall ereignet hat!«

Summer öffnete die Augen und versuchte, sich aufzusetzen, aber wie am Vortag wallte unerträgliche Übelkeit in ihr auf. Sie stöhnte und rührte sich nicht.

»Liebling, was bist du doch für ein cleveres Mädchen, daß du bereits den nächsten Lord Helford in dir trägst«, rief ihre Tante begeistert aus.

»Nein, Lil, ich fürchte, ich erwarte kein Kind«, krächzte Summer elendiglich.

»Wann hast du zum letzten Mal deine Periode gehabt?«

»Ich ... ich weiß nicht mehr ... irgendwann vor meiner Hochzeit, aber –«

»Vor deiner Hochzeit! Ich war ehrlich überrascht, als ich erfuhr, daß es dir tatsächlich gelungen ist, ihn zur Hochzeit zu bewegen. Lord Ruark Helford unter dem Joch der Ehe. In ganz London war von nichts anderem mehr die Rede, als daß er mit dir in Stowe auf Hochzeitsreise war. Also brauchtest du doch nicht die Mätresse irgendeines Kerls zu werden.«

»Mätresse?« wiederholte Summer und errötete.

»Wie erfrischend, eine Lady zu sehen, die noch erröten kann. Das ist in London eine Seltenheit.« Lil machte eine Sprechpause, um Luft zu holen, und dabei fiel ihr Blick auf den Gepäckberg, der in einer Ecke des Zimmers stand. Sofort zog sie fragend die Brauen hoch.

»Ich habe ihn verlassen«, erklärte Summer jämmerlich.

»Du mußt wahnsinnig sein«, schloß Lil. »Aber weißt du, Frauen tun oft komische Dinge, wenn sie schwanger sind. Sag mir, was das ganze Theater soll, und dann sehen wir, was sich machen läßt.«

Summer seufzte abgrundtief. »Am besten fange ich ganz von vorne an. Ich hatte keine Schwierigkeiten, ihn glauben zu machen, daß ich eine wohlbehütete, wohlhabende, wohlerzogene junge Dame bin. Er machte kein Geheimnis aus seinen Gefühlen für mich, und ich dachte, er wollte mich zu seiner Geliebten machen, aber dann überraschte er mich, indem er mich bat, ihn zu heiraten. Mein Bruder war gerade als Schmuggler verhaftet worden, und ich hatte solche Angst um ihn – der Heiratsantrag erschien mir wie die Antwort auf meine Gebete. Durch eine Ehe mit Lord Helford könnte ich meinen Bruder aus dem Gefängnis befreien und bekäme bestimmt auch noch die zwanzigtausend Pfund für die Hypothek. Das Problem bestand darin, daß ich mich ehrlich in ihn verliebte. Bereits vor unserer Heirat wußte ich, daß es so war, aber danach hatte ich keine Chance mehr. Er hatte mich in der Hand. Ich war hoffnungslos verloren ... völlig hin und weg ... Ich hielt nichts zurück, gab mich ihm mit Herz und Seele hin. Und ihm schien es mit mir genauso zu gehen. Zur Hölle mit den Kerlen, ich hätte wissen müssen, daß es nicht so war. Nun, ich wartete bis nach der Hochzeitsreise, ehe ich ihm Spencers Schwierigkeiten und die Sache mit der Hypothek gestand. Er war vollkommen außer sich. Beschimpfte mich. Sagte, ich hätte es so clever angestellt, um an sein Geld zu kommen, daß ich bestimmt auch einen anderen Weg fände, um meine Schulden zu bezahlen, denn von seinem Vermögen würde ich keinen Penny sehen.«

Summer zögerte kurz, doch dann zuckte sie mit den Schultern und fuhr fort. »Er sagte, er wolle die Ehe annullieren lassen.«

»Oh, Liebling, Ruark ist einfach ein temperamentvoller Mann. Wenn er die Sache mit dem Baby erfährt, wird er natürlich diese dumme Annullierung vergessen.«

»Lil, nein! Du darfst ihm nichts davon erzählen«, rief Summer entsetzt. »Ich bin nicht schwanger.«

»Nein, nein, Liebling, das Vergnügen, ihm diese Neuigkeit zu berichten, überlasse ich natürlich dir«, sagte Lil in besänftigendem Ton.

»Lord Helford war derjenige, der Solomon Storm Roseland abgekauft hat«, stellte Summer erbittert fest.

»Wahrscheinlich war das als Überraschung für dich gemeint«, sagte Lil. »Ich weiß, er muß überglücklich gewesen sein, weil du dem König und seinem Hofstaat eine so gute Gastgeberin warst. Summer, Liebling, in den letzten Wochen war in ganz London von nichts anderem die Rede als von dem einzigartigen Unterhaltungsprogramm, das Lady Helford ihren Gästen geboten hat. Alle Welt versucht, es dir gleichzutun. Lady Castlemaine ist gerade dabei, ein Zimmer ihres Hauses im persischen Stil einzurichten. Meine Süße, wenn sie hören, daß du in London bist, wirst du dich vor lauter Einladungen nicht mehr retten können, und hier liegst du im Bett, als trügst du auf deinen zarten Schultern die Last der ganzen Welt.« Lil Richwood verstand nicht, weshalb ihre Nichte bei diesen Worten in Tränen ausbrach. »Oh, du darfst nicht weinen. Dann schwillt dein Gesicht, mein Schatz. Schließlich hast du inzwischen Zutritt am Hof, und ich platze bald vor Neugier, endlich diese Frances Steward zu sehen, die die Schwester des Königs aus Frankreich mitgebracht hat.«

»Lil, mein Bruder sitzt schon wieder im Gefängnis. Und dieses Mal haben sie ihn nach Newgate geschickt.«

»Aber warum denn das? Er war doch erst noch vor ein paar Tagen hier bei mir? Was hat der Schlingel denn ausgefressen? Ich wußte, daß ein junger Mann mit seinem Aussehen sich nicht lange aus Schwierigkeiten heraushalten kann.«

»Er hat überhaupt nichts gemacht. Einer von Lord Helfords Sergeanten hat es auf meinen Bruder und mich abgesehen. Er hat ihn durchsucht, meine zehntausend Pfund gefunden und ihn wegen dringenden Tatverdachts festgenommen. Es ist alles furchtbar kompliziert. Ich muß den König um Hilfe bitten. Wie stelle ich es am besten an, daß er mir eine private Audienz gewährt?«

»Nun, Edward Progers hat regelmäßig Kontakt mit ihm. Ich könnte ihn bitten, das für dich zu arrangieren.«

»Edward Progers?«

»Der Privatsekretär Seiner Majestät. Er kümmert sich um private Geldtransfers, heimliche Korrespondenz und so.« Sie winkte ab, ohne die Tatsache zu erwähnen, daß er außer dem Privatsekretär auch noch der Informant und Vermittler des Königs war, wenn es um schöne Frauen ging.

»Ich muß mich anziehen. Ich will nach Newgate, um meinen Bruder zu sehen. Ich muß versuchen, ihm heimlich ein bißchen Geld zuzustecken, damit er über die Runden kommt, bis ich erreicht habe, daß er freigelassen wird.«

»Da wir gerade von Geld sprechen, Liebling. Ich schulde dir noch etwas. Für die Brüsseler Spitze habe ich ein Vermögen gekriegt. Du weißt nicht zufällig, wo du noch mehr von dem Zeug bekommen kannst?«

»Das Leben ist einfach ungerecht, Lil. Als ich letztes Mal hier war, hat mir der Geldmangel das Leben zur Hölle gemacht. Und jetzt habe ich so viel Geld, daß ich es verbrennen kann, und es löst nicht ein einziges Problem.«

»Das stimmt nicht ganz, meine Süße. Auf jeden Fall wird es deinem Bruder das Leben leichter machen. Aber wir müssen uns gut überlegen, was wir anziehen, ehe wir nach Newgate fahren. Schließlich wimmelt es dort nur so von Dieben und armen Schluckern, die wegen ihrer Schulden dort einsitzen.«

»Du meinst, du willst mich begleiten?« fragte Summer überrascht.

»Aber natürlich, Liebling. Es ist sogar chic, nach Newgate zu fahren. Das Gefängnis ist nicht umsonst Lord Shaftsburys ganzer Stolz. Es gibt dort alles, vom Luxusquartier bis hin zur stinkenden Jauchegrube. Wenn ein Adliger wegen irgendeines Vergehens dort eingebuchtet wird, lebt er wie ein König dort, indem er dafür bezahlt, daß man ihm alles, vom Essen bis hin zu seinen Mätressen, bringt. Straßenräuber wie Gentleman Jackson, die das Pech haben, geschnappt worden zu sein, halten in ihren Zellen regelrecht Hof, das heißt, die Leute bezahlen noch Geld dafür, sie zu sehen. Es ging sogar das Gerücht um, eine gewisse Mätresse des König hätte dafür bezahlt, mit ihm schlafen zu dürfen, einfach, weil sie es aufregend fand. Als sie die dreizehn Kerle, die den Vater des Königs zum Tode verurteilt hatten, köpften, stank es allerdings überall ganz fürchterlich. Die Köpfe wurden auf Stöcke aufgespießt und auf der London Bridge zur Schau gestellt, aber erst wurden sie nach Newgate geschickt, wo man sie zur Konservierung eingelegt hat. Die Körper hat man einfach draußen in eine Grube geworfen – oh, tut mir leid, Liebling, ich habe vergessen, daß dir übel ist.« Lil atmete tief ein und fuhr fort. »Es liegt direkt hinter St. Paul's, also können wir die Kutsche nehmen und sie in der Paternoster Row stehen lassen. Am besten verzichtest du auf jeglichen Schmuck, aber unsere Kleider müssen zeigen, daß wir wohlhabend sind. Hoffentlich sitzt er nicht in der Abteilung für normale Sterbliche, denn dort würde sich noch nicht mal ein Pavian wohl fühlen. Sie sind an Händen und Füßen gefesselt und schlurfen in Ketten herum. Aber zumindest hat er es dann noch besser als jede Frau. Weißt du, mit den armen Frauen springen sie dort geradezu barbarisch um. Die Mädchen, die das Pech haben, schwanger zu werden, ohne verheiratet zu sein, werden hinter einen Karren gespannt und mit Peitschenhieben durch die Straßen getrieben. Von der Hüfte an aufwärts haben sie noch nicht einmal Kleider am Leib. Die Damen und Herren vom Hof gehen manchmal zusammen los und sehen sich diese gräßlichen Prozessionen zum Vergnügen an. Oh, Liebling, jetzt bin ich schon wieder so taktlos und schneide dieses Thema an, während du selbst schwanger bist.«

Summer seufzte. Es war sinnlos, weiter zu leugnen, daß sie schwanger war, denn Lil glaubte nur, was sie glauben wollte.

»Tja, laß mich überlegen. Auf jeden Fall brauchen wir Masken, damit uns niemand erkennt. Und dann brauchen wir dichte Netze für die Haare, damit wir keine Läuse kriegen, und Parfümkugeln gegen den Gestank und, o ja, Stelzschuhe. Sie sind ganz groß in Mode, kleine hölzerne Plattformen, die man unter die Schuhe bindet, damit die Röcke nicht im Kot schleifen.

Außerdem geben sie dir das Gefühl, noch größer zu sein, als wenn du hochhackige Schuhe trägst.«

Die Kutsche hielt direkt vor der Gefängnistreppe, so daß nicht mehr weit zu gehen war, aber die kurze Strecke reichte aus, daß Summer die sumpfigen Abwassergräben entdeckte, die aus dem Gebäude herausführten, und über denen sich Millionen von Fliegen tummelten. Sie klopften an die Tür, wurden von einem Schließer eingelassen und in den Gemeinschaftsraum geführt. Dies war ein sehr großer, offener, hofähnlicher Ort, an dem die Gefangenen zusammenkommen konnten, die man nicht für gefährlich hielt. Rundherum führte ein hoher Laufsteg, auf dem Wachmänner herumlungerten und das Treiben unter sich beobachteten. In der Hoffnung, irgendwo ihren Bruder zu entdecken, sah sich Summer in der Menge um. Große Hoffnung hatte sie allerdings nicht.

»He da – du da unten!« Summer blickte zu einem gut gekleideten Mann auf dem Laufsteg hinauf, der neben einem der Wachmänner stand. Offenbar versuchte er bereits seit ein paar Minuten, ihre Aufmerksamkeit zu erregen. Er winkte mit einer Zwanzigpfundnote und zog fragend die Brauen hoch. Schockiert wandte sie sich an Lil, die ihr allerdings nur bestätigte, daß sie mit ihrer Vermutung richtig lag. »Wie können Sie es wagen, Sir, verschwinden Sie!« rief sie hinauf.

Der Mann hielt noch zwei Zehnpfundnoten hoch, und die Wache neben ihm rief: »Das is' Lord Peregrine Howard.«

»Sagen Sie ihm, daß er verschwinden soll!« kreischte Summer erbost.

Lil sah sie an. »Die Prostituierten machen hier immer ein gutes Geschäft.«

»Er sagt, du brauchst noch nich' mal die Kleider auszuziehen«, schrie der Wachmann hinab.

»Nein!«

»Er ist schon zufrieden, wenn ihr es französisch macht«, brüllte der Kerl.

Summer stemmte zornig die Hände in die Hüften und starrte finster zu Lord Howard hinauf. »Sie scheinen der englischen Sprache nicht besonders mächtig zu sein. Also drücke ich mich wohl besser verständlicher aus – verpiß dich!«

Lord Howard winkte ab und gab ihr durch ein Schulterzucken zu verstehen, wie enttäuscht er war.

»Was in aller Welt tut man, wenn man es französisch macht?« flüsterte Summer ihrer Tante zu.

Lil tat so, als lecke sie an einem Eis, und Summer schauderte. Doch dann wandte sie ihre Gedanken wieder der Suche nach ihrem Bruder zu. Sie ging zu einer der Wachen und fragte, wo Lord Spencer St. Catherine zu finden sei. Es dauerte eine Ewigkeit, bis der Kerl sämtliche Listen durchgesehen hatte und ihr erklärte, daß ihr Bruder im alten Teil des Gefängnisses untergebracht war. Wenn sie tatsächlich dort hinwollte, fuhr der Wachmann fort, müßte sie zunächst einen seiner Kollegen dafür bezahlen, daß er sie begleite, denn dort drüben sprang man im allgemeinen nicht allzu sanft miteinander um. Und tatsächlich wuchs sich der Besuch schnell zu einem regelrechten Alptraum aus. Sie wurden durch einen finsteren Steintunnel geführt, von dem sie annahm, daß er direkt in die Hölle ging. Als sie allerdings die Unterkunft ihres Bruders sah, erschreckten sie weniger der Gestank nach Urin und Exkrementen als die Insassen selbst. Noch während sie sich in der durch ein Eisengitter von der Frauenseite getrennten Hälfte für Männer umsah, kam ihr Bruder auf sie zu. Sein Gesicht war über und über verschrammt, er hatte ein blaues Auge und einen verquollenen, blutenden Mund, doch statt zu jammern, blitzte er sie zornig an. »Cat, was in aller Welt hast du hier zu suchen? Ich verbiete dir, je wieder hierherzukommen. Lil, um Himmels willen, wenn sie nicht genug Verstand hat, um zu begreifen, daß dies kein Ort für sie ist, hast du ihn ja wohl. Warum habt ihr nicht einfach einen Boten geschickt?«

»Haben dich die Wachen so zugerichtet, Spider?«

»Nein. Ich mußte ein paar Gefangenen beibringen, was Manieren sind.«

Summer sah sich um und entdeckte überall verquollene und blutende Männer. Einige von ihnen lagen vollkommen nackt auf dem stinkenden Stroh.

»Warum? Dachten sie, du hättest Geld dabei?« fragte sie naiv.

Nicht um alles in der Welt würde er ihr erzählen, daß es in der Zelle sowohl tagsüber als auch nachts stündlich zu Vergewaltigungen kam. »Ich nehme es an, Cat. Hast du vielleicht welches mitgebracht?« fragte er hoffnungsvoll.

Sie nickte, und sofort fing er an, mit dem Schließer darüber zu verhandeln, daß er auf die bessere Seite des Gefängnisses kam.

Summers Blick wanderte immer wieder zu der Frauenzelle ab. Sie alle wirkten freudlos und hoffnungslos verdreckt. Die Schwangeren mit ihren aufgedunsenen Bäuchen sahen am erbarmungswürdigsten aus. Einige von ihnen waren in Lumpen gehüllt, andere, weniger Glückliche, lagen nackt, von Schmutz und eitrigen Wunden übersät, herum. Ihre Mienen waren hoffnungslos, die Augen leer.

Die Zellentür wurde aufgeschlossen, und Spencer durfte mit ihnen gehen. Auf halbem Weg den Tunnel hinauf wurde Summer abermals schlecht, und sie spie sich die Seele aus dem Leib. Spider stützte sie, bis es ihr ein wenig besser ging. »Himmel, du mußt mir versprechen, nicht noch einmal hierherzukommen, meine Liebe. Hast du Ruark erzählt, was Oswald getan hat?«

»Sprich in meiner Gegenwart nie wieder über diesen Mann. Er hat nichts dagegen unternommen, daß Oswald dich hierherverfrachtet hat.«

»Schließlich wußte er auch nichts davon. Oswald wußte, daß Ruark auf dem Weg nach Falmouth war, und wollte mich loswerden, ehe er kam. Cat, so etwas Widerliches würde er niemals tun. Um Gottes willen, er ist dein Mann.«

»Hoffentlich nicht mehr lange. Ich werde zum König gehen. Ich hole dich hier heraus, so schnell ich kann. Das verspreche ich dir!«

»Kommt mit, Missus. Ich werde ausrechnen, was Ihr mir schuldig seid«, sagte der Schließer an Summer gewandt. Widerwillig ließ sie ihren Bruder in der Gemeinschaftszelle zurück, die vom Laufsteg aus zu überblicken war. Als sie gegen die lächerlich hohe Summe protestierte, die sie dafür bezahlen sollte, daß Spider eine Woche lang gezwungen gewesen war, in einem solchen Höllenloch vor sich hin zu vegetieren, knurrte der Kerl: »Wißt Ihr, das hier is' schließlich kein Wohltätigkeitsverein.« Sie mußte sogar dafür bezahlen, daß er zweimal täglich den Pinkelstein benutzt hatte, und zusätzlich knöpfte man ihr noch zehn Schilling für ihr ›Herumgekotze‹ ab.

Sie bezahlte zwanzig Pfund, damit er eine private Zelle mit Bade- und Rasierwasser und regelmäßige Mahlzeiten bekam, und abschließend sagte sie, falls er in einer Woche immer noch nicht freigelassen worden wäre, käme sie zurück.

Zurück in dem eleganten Haus in der Cockspur Street, bestellte sich Summer als allererstes ein Bad. Sie bat das Mädchen, all ihre Kleider gründlich zu reinigen und dann ihren Körper und ihre Haare ordentlich zu schrubben, damit der Gestank des Gefängnisses vollends verschwand.

Später kam eine Nachricht von Edward Progers, die besagte, falls Lady Helford am nächsten Tag zwischen elf Uhr abends und Mitternacht in den Garten von Whitehall käme, hätte sie dort die Möglichkeit, Seine Majestät zu sehen.

Summer rief sich ein Bild von Whitehall in Erinnerung. Es war ein erhabenes rotes Backsteingebäude im alten Tudorstil. Die Flure und Apartments gingen ineinander über wie in einer großen Bienenwabe. Sie wußte, wo die Küche lag, denn bei Hochwasser war sie manchmal überflutet, und außerdem war sie vom Fluß aus zu sehen. Ah ja, jetzt erinnerte sie sich. Um in den Garten zu gelangen, mußte man durch ein Tor in die Steingalerie gehen. Sie wünschte, er hätte sich bereit erklärt, sie noch am selben Abend zu sehen, aber sie nahm an, daß sie ohnehin Glück hatte, weil er sie überhaupt empfing.

In der Tat hatte Charles am selben Abend bereits eine andere Verabredung, und zwar mit Summers Ehemann. Ehe sie zum privaten Teil des Treffens übergingen, sprachen sie über das Geschäft. »Die Holländer haben zwei Kriegsflotten ausgerüstet«, erklärte Helford. »Sie haben die Absicht, unseren Schiffen in Amerika vor der Küste von New Amsterdam den Krieg zu erklären und außerdem unsere Schiffe von der Ostindiengesellschaft von der Küste von Guinea in Afrika zu attackieren. Michael de Ruyter ist der Oberbefehlshaber der Flotte, die vor Guinea liegt. Er ist ein seefahrerisches Genie, Sire, also gebt Euch besser keinen Illusionen hin.«

»Nun, wer gewarnt ist, ist gewappnet gegen den Feind. Wir liegen miteinander im Krieg, auch wenn er bisher an fernen Schauplätzen ausgetragen wird. Ich werde mein möglichstes tun, um den Schiffbau zu beschleunigen, denn bis wir die ersten Verluste erleiden, ist es wohl nur noch eine Frage der Zeit.« Charles schätzte die Situation durchaus realistisch ein. »Leider kontrolliert das verdammte Parlament das Budget. Himmel, Ruark, es ist der reinste Drahtseilakt, wenn man mit diesen Geizhälsen in Verhandlung tritt. Bei einer offenen Konfrontation gewinnen sie jedes Mal, also muß man sie überlisten oder hintergehen. Tja, aber das ist nicht Ihr Problem.« Charles setzte seine Perücke ab und kratzte sich am Kopf. Dabei fiel sein Blick auf Ruarks streng zurückgebundenes Haar. »Tragen Sie eigentlich auch ab und zu diese Dinger?« fragte er.

Ruark schüttelte lachend den Kopf. »Ich hasse die Teile. Ich trage nur mein eigenes Haar, Sire.«

»Meine Schwester sagt, am französischen Hof sind sie der letzte Schrei, und mein Haar wird allmählich so grau wie der Arsch von einem Dachs, aber es ist einfach ein herrliches Gefühl, das verdammte Ding abzusetzen und mich am Schädel zu kratzen.«

»Sire, durch eine Reihe von Fehlern in meinem Büro in Falmouth wurde der jüngere Bruder meiner Frau, Lord St. Catherine, verhaftet und nach Newgate geschickt. Ich möchte Euch um Erlaubnis bitten, dafür sorgen zu dürfen, daß er umgehend freigelassen wird.«

»Was hat er denn ausgefressen, der Gute? Hat er etwa was mit den Schmugglern zu tun?« lachte Charles. »Er arbeitet bestimmt für Ihren Bruder, den Taugenichts. Sprechen Sie mit Shaftsbury, er wird Ihnen einen Entlassungsschein für den kleinen Teufel ausstellen.«

»Danke, Sire, Lady Helford wird außerordentlich erleichtert ein.«

»Sie haben wirklich Glück, Helford. Meine Frau denkt, ein Schlafzimmer sei dafür da, daß man dort fromme Heiligenbilder aufhängt und in der Bibel liest. Am Kopf des Bettes hat sie sogar einen Flakon mit heiligem Wasser aufgestellt.«

Ruark grinste. »Auf daß Ihr dankbar seid für das, was der Herr Euch zuteil werden läßt. Amen!«

»Genau!« sagte Charles, der eine Vorliebe für schwarzen Humor hatte. Bleiben Sie heute abend hier in Whitehall?«

Ruark nickte. Dann fiel ihm ein, daß es noch eine Neuigkeit gab, von der Charles gegenüber sonst bestimmt niemand sprach. »Ich fürchte, in London ist die Pest ausgebrochen, und sie breitet sich in Windeseile aus. Es gibt zahlreiche Berichte von Krankheitsfällen unter den Schiffsmannschaften.«

»Verdammt! Ich habe derartige Gerüchte gehört, aber bisher hatte ich noch keine offizielle Bestätigung. Hoffentlich bleibt die Krankheit auf die Hafengegend beschränkt. Ich werde mit Sandwich sprechen. Der Marineoffizier sollte jedes Schiff unter Quarantäne stellen, auf dem es Pestfälle gibt.«

Als Ruark sich mit einer Verbeugung verabschiedete, sagte Charles: »Warten Sie. Ich begleite Sie. Ihr Zimmer liegt doch unten neben der Bowlingbahn, nicht wahr?«

Ruark nickte. Er wußte, daß Charles noch zu Barbara ging, obgleich es bereits nach Mitternacht war.

Als Summer bei Tagesanbruch erwachte, verspürte sie erneut die inzwischen bekannte Übelkeit. Schließlich sah sie der Tatsache ins Auge, daß sie wohl doch schwanger war. Sie hatte mit Ruark geschlafen und mit seinem Bruder, und sie hatte keine Ahnung, wer von den beiden der Vater war. Diese Wahrheit war so schockierend, daß sie einfach bisher nicht in der Lage gewesen war, sie zu akzeptieren. Und nun, da sie darüber nachdachte, verspürte sie nichts als Scham. Es käme noch nicht einmal in Frage, Tante Lil in dieses Geheimnis einzuweihen. Sie würde sie, ebenso wie alle anderen Menschen, in dem Glauben lassen, daß Lord Helford der Vater war. Was sie allerdings Ruark oder Rory sagen sollte, wußte sie nicht. Im Augenblick am besten erst einmal nichts.

Wenn sie Mutter würde, wäre es an der Zeit, Schritte zu unternehmen, um ihre Zukunft und die des Kindes zu sichern. Als erstes galt es, ihr Geld dorthin zu bringen, wo es sicher war und Zinsen trug. Solomon Storm war der einzige Mensch, der dafür in Frage kam. Sie zog ihr elegantes Kleid, einen passenden Hut und passende Handschuhe an und fragte, ob sie die Kutsche benutzen dürfte.

Da sie ein Vermögen in Höhe von zwanzigtausend Pfund bei sich trug, nahm sie zwei von Lil Richwoods hünenhaften Dienern mit. Solomon Storm empfing sie mit einer gewissen Ehrerbietung und servierte ihr eine Erfrischung, ehe er aufs Geschäft zu sprechen kam. Er nannte sie so oft Lady Helford, daß ihr zu dämmern begann, wie beeindruckend dieser Name für die Londoner war.

»Lord Helford wollte Sie überraschen, indem er die Hypothek auf Roseland beglich«, sagte er und rieb sich die Hände, zufrieden, daß er an diesem Coup beteiligt gewesen war.

»Oh, die Überraschung ist ihm gelungen«, erwiderte Summer und fragte sich, weshalb alle Welt annahm, Ruark hätte die Ablösung der Hypothek als Geschenk gedacht. Aber wenn sie ehrlich war, mußte sie zugeben, daß sie ihn wahrscheinlich noch mehr überrascht hatte mit ihrem Geständnis, daß Roseland bis unter das Dach verschuldet war.

Als sie den Geldverleiher verließ, hatte sie ihr Vermögen zu einem Zinssatz von sechs Prozent bei ihm hinterlegt. Er hatte zunächst fünf geboten, aber sie war nicht mehr ganz der Grünschnabel, der sie bei ihrem ersten Londonbesuch gewesen war.

33

Lord Helford fuhr mit sehr gemischten Gefühlen zum Haus in der Cockspur Street. Er hoffte, seine Frau schlüge ihm nicht die Tür vor der Nase zu, doch zugleich wußte er, daß er mehr riskieren würde als eine verbale Auseinandersetzung, um sie davon abzuhalten, auf die Avancen des Königs einzugehen.

»Oh, Mylord, Sie haben sie um ein Haar verpaßt«, sagte Lil Richwood, die ihm am liebsten ein Dutzend Fragen auf einmal gestellt hätte. »Aber kommen Sie doch herein und trinken Sie einen Schluck, mein Lieber. Auf diese Weise kann ich endlich meine unersättliche Neugier befriedigen.«

»Was hat sie Ihnen erzählt?« fragte er unverblümt.

»Ah, ich fange lieber gar nicht erst an, all Ihre Fehler aufzuzählen, Ruark, aber ich habe Anwältin des Teufels gespielt. Ich habe ihr erklärt, daß alles ein dummes Mißverständnis war ... daß Sie sie niemals ohne Geld auf die Straße setzen würden ... vor allem nicht in ihrem Zustand –« Sie hielt inne, als hätte sie bereits zuviel gesagt.

»Zustand?« fragte er. »Ist sie ...?«

Lil hob abwehrend die Hände hoch. »Sie behauptet, nein.«

»Wo ist sie?«

»Sie hat die Kutsche genommen und ist in die Stadt gefahren. Ich glaube kaum, daß sie so schnell zurückkommt, Mylord.«

»Ich lasse ihr eine Nachricht da«, sagte er in bestimmtem Ton. »Vielleicht ist es besser, wenn wir uns heute nicht sehen. Wir haben das unglückselige Talent, einander furchtbar auf die Nerven zu gehen, sobald wir in einem Zimmer sind.« Er leerte sein Glas und lehnte ab, als sie ihm nachschenken wollte. »Ich habe mit dem König und mit Shaftsbury über Spencer gesprochen. Ich habe dafür gesorgt, daß er freigelassen wird, also braucht sie Seine Majestät in der Angelegenheit nicht mehr zu sehen.«

Lil brachte ihm eine Feder und ein Blatt Papier, und er schrieb, daß es vollkommen überflüssig wäre, wenn sie zum König ginge, um einen Gefallen von ihm zu erbitten. »Wenn sie erfährt, was Sie für ihren Bruder getan haben, ist sie sicher bereit, Ihnen zu verzeihen, mein Lieber«, versicherte ihm Lil.

»Erst muß ich mich bei ihr für ein paar Dinge entschuldigen, die mir im Eifer des Gefechts herausgerutscht sind«, erklärte er. »Doch dann haben wir vielleicht eine Chance zu einem Neuanfang.« Er reichte Lady Richwood das Schreiben, und nachdem er gegangen war, ging sie in Summers Zimmer hinauf und legte es dort auf den Tisch.

Nachdem Summer bei Solomon Storm gewesen war, machte sie noch einen Einkaufsbummel am Exchange. Für sich selbst kaufte sie nur ein bißchen Haarschmuck und ein Paar hübscher, baumelnder Ohrringe, das ihr besonders gefiel, aber für Spider erwarb sie Seife, Handtücher, ein Rasiermesser, Unterwäsche, Hemden, Hosen, Westen, Jacken und Gilets, den letzten Schrei aus Paris. Sie wußte, die Stunden bis zu ihrem Treffen mit dem König würden sich unendlich in die Länge ziehen, also verweilte sie noch unter den Arkaden und genoß den Anblick der Waren aus aller Welt.

Es gab Perückengeschäfte, Tabakläden, aus denen ein Gemisch seltsamer männlicher Düfte drang, französische Handschuhmacher, Spitzenverkäufer, Goldschmiede, Schaufenster, hinter denen venezianisches Glas in allen Regenbogenfarben und marokkanisches Leder zu sehen waren. Als sie in die Cockspur Street zurückkehrte, war Lil bereits mit einem Galan zu Lady Somersets Ball unterwegs.

Summer nahm ein Bad und dachte darüber nach, welches die passende Kleidung für ihre Audienz beim König war. Rot kam nicht in Frage, da es zu provokant und verwegen war. Schwarz war sehr elegant, aber es hob sich kaum von ihren dunklen Haaren ab. In Weiß oder Pastell sähe sie wie ein wunder Daumen aus, und wenn man eine geheime, mitternächtliche Verabredung hatte, zu der man über die Hintertreppe schlich, wäre es besser, man fiele nicht allzu sehr auf. Schließlich entschied sie sich für apricotfarbene Seide und einen Umhang aus ambrafarbenem Taft.

Sie nahm ein leichtes Abendessen aus kaltem Fleisch und Obst zu sich und verzichtete auf den Wein. Bei ihrem nächtlichen Treffen mußte sie hellwach und nüchtern sein. Um zehn Uhr schließlich bat sie einen der Pagen, ihr einen Jungen zu rufen, der ihr mit einer Laterne den Weg nach Whitehall wies. Es lag auf der anderen Seite der Pall Mall und dann weiter durch das Holbein-Tor. Den Brief von ihrem Ehemann, der auf ihrem Schreibtisch lag, hatte sie noch nicht einmal bemerkt.

Um dieselbe Zeit nahm Lord Helford eine Abkürzung durch den St. James Park in Richtung des Palastes, wo er geschäftlich mit Kanzler Hyde verabredet war. Er traute seinen Augen kaum, als er beobachtete, wie Edward Progers mit einer elegant gekleideten jungen Dame sprach, die seiner Frau verdächtig ähnlich sah. Er war außer sich. Offenbar hatte sie sein Schreiben, in dem er sie gebeten hatte, den König nicht zu sehen, einfach ignoriert, aber am schlimmsten war, daß die Verabredung auf diesem Weg zustande gekommen war.

Charles' Kuppler, Progers, hatte dieses Rendezvous arrangiert! Als Helford den Garten erreichte, hatte Summer bereits das Tor passiert. Er eilte den ganzen Weg bis zu den Gemächern des Königs hinauf, ohne jemand anderen als die rotbefrackten Wachmänner Seiner Majestät zu sehen. Aber er würde auf sie warten, zur Not die ganze Nacht!

Er glitt in einen schattigen Alkoven in der Nähe der Räume des Königs und lehnte sich an die Wand.

Progers führte Summer durch nicht weniger als drei Salons, ehe er diskret an eine Tür klopfte, sich verbeugte und sie ihrem Schicksal überließ. Fast sofort bat Charles, der leger in Hemdsärmeln und Brokatweste gekleidet war, sie herein. Sein Blick wurde warm, als er ihr einen geradezu atemberaubend sinnlichen Handkuß gab. Er war zweifellos der größte Charmeur in ganz England.

Als er ihr die Hände auf die Schultern legte, um ihren Umhang zu nehmen, bemerkte sie, wie außergewöhnlich lang seine beringten Finger waren. Seine Hände waren sehr groß und stark, fast wie die eines Bauern, und sie sahen aus, als wären sie für schwere körperliche Arbeit gemacht. Sein Benehmen allerdings war das eines Edelmanns. Er berührte sie nicht eine Sekunde zu lange. Er verließ sich ganz auf seinen Charme, wenn es um die Eroberung einer Dame ging.

Summer machte einen tiefen Knicks, doch er zog sie sofort wieder hoch.

»Meine Liebe, das ist nicht nötig, wenn wir alleine sind.«

»Euer Majestät, ich möchte Euch danken, daß Ihr Euch bereit erklärt habt, mich so schnell so sehen«, hauchte sie.

»Lady Helford ... Summer, es ist mir ein Vergnügen. Bitte fühlen Sie sich am Hof wie zu Hause, nun, da Sie in London sind.«

»Danke, Sire«, murmelte sie und fragte sich, wie schnell sie wohl ihre Bitte vortragen konnte, ohne unhöflich zu sein.

»Erlauben Sie mir, zur Abwechslung einmal der Gastgeber zu sein. Würden Sie mir vielleicht bei einem Glas Portwein Gesellschaft leisten?« Er führte sie zu einem Stuhl und lehnte sich an den Kaminsims, von wo aus sich ihre Schönheit wunderbar betrachten ließ. Summer war dankbar, daß er sie nicht in seinem Schlafzimmer empfangen hatte, sondern in diesem mit kostbaren Möbeln, Gemälden und anderen Kunstgegenständen üppig ausgestatteten Raum.

Ihr Blick wanderte über die Meisterwerke an den Wänden, als sie überlegte, was sie sagen sollte, doch plötzlich entdeckte sie ein herrliches Portrait und platzte heraus: »Oh, ist das etwa ein Raphael?«

»Ja. Mein Vater hatte die größte Kunstsammlung von ganz England, aber dieser verdammte Usurpator hat die unbezahlbaren Werke verschleudert, als wären sie Kokosnüsse. Ich versuche mein möglichstes, um seine Sammlung von Gemälden von Raphael, Tizian, Guido und anderen wieder zu vervollständigen.«

»Wir hatten auf Roseland auch einen Raphael, aber mein Vater hat ihn wie alles andere verspielt«, sagte sie mit verblüffender Offenheit.

»Tja, ich selbst war schon Prinz und Bettelmann, so daß ich weiß, wie es ist, wenn man Erbstücke aus praktischen Erwägungen heraus verkaufen muß, aber sie dem Spiel zu opfern, ist geradezu obszön.«

Sie räusperte sich. »Sire, ich bin gekommen, um Euch um eine Gefälligkeit zu bitten, aber das kann ich unmöglich tun, ohne Euch etwas als Gegenleistung zu bieten. Das läßt mein Stolz nicht zu.«

Er lächelte. »Stolz ist ein Luxus, den wir uns manchmal nicht leisten können. Summer, Sie schmeicheln mir nicht, und Sie flirten auch nicht mit mir, wie es sonst alle Frauen tun, also nehme ich an, daß Sie mir nicht die übliche Gegenleistung bieten wollen.«

Sie errötete, doch dann fuhr sie fort. »Mein Mann arbeitet als Spion für Euch. Das könnte ich ebenfalls tun. Denkt nur, wieviel eine Frau erfahren und weitergeben kann, was dem Wohl ihres Landes zuträglich ist. Ich weiß, daß irgend jemand Informationen an die Holländer weitergibt, und vielleicht wäre es mir möglich herauszufinden, wer dieser Jemand ist. Baron Arlington, Euer Staatssekretär, zum Beispiel, ist mit einer Holländerin verheiratet.«

Charles lachte. »Himmel, Arlington hat es auf Hydes Posten abgesehen, da sollte er zusehen, daß er nicht mit einer Verräterin verheiratet ist.«

»Ich wollte damit nicht sagen, daß die Baronin die Verräterin ist, Sire. Sie hat mir lediglich als Beispiel gedient.«

»Ja, ja, ich verstehe, und was Sie vorschlagen, ist gar nicht mal dumm. Ich brauche unbedingt jemanden hier am Hof, der Informationen für mich sammelt, und es wäre besser, wenn dieser Spitzel nur mit mir befreundet wäre, statt mit mir verbandelt zu sein.«

Abermals errötete sie.

»Summer, Sie sind wirklich ein Phänomen. Eine Frau, die tatsächlich ihren Ehemann liebt.«

Die Röte in ihren Wangen vertiefte sich. Wenn er die Wahrheit über sie erführe, wäre er sicherlich schockiert.

»Ich habe das Gefühl, daß ich Ihnen gegenüber ganz offen sein kann, ohne daß Sie mein Vertrauen mißbrauchen,« sagte er.

»Ja.«

»Es gibt da eine junge Dame, die meine Schwester aus Frankreich mitgebracht hat. Ihr Name ist Frances Stewart. Ich habe ein besonderes Interesse an ihr, aber sie weist jeden meiner Annäherungsversuche zurück. Sie gibt vor, eine unschuldige junge Frau, ja, eine Jungfrau zu sein, und ich möchte wissen, ob das stimmt, oder ob sie einfach Interesse an einem anderen hat.«

Summer war enttäuscht. »Oh, Sire, diese Art von Spionage habe ich nicht gemeint!«

»Nun, meine liebe Summer, während Sie mir diese Information verschaffen, erfahren Sie ja vielleicht ganz nebenbei noch andere Dinge, die von größerer Bedeutung für die Sicherheit unseres Reiches sind.«

»Ich habe den Eindruck, daß Ihr Euch über mich lustig macht.«

»Meine Süße, ich würde gern ganz andere Dinge mit Ihnen tun, aber Sie halten mich ja ebenso auf Armeslänge von sich fern, wie es die schöne Stewart tut.« Er grinste vergnügt. »Aber jetzt erzählen Sie mir zunächst, was ich für Sie tun kann.«

»Mein Bruder wurde fälschlicherweise in Falmouth verhaftet und von dort aus nach Newgate geschickt. Ich war gestern dort, Sire, und es hat mir das Herz gebrochen zu sehen, unter welchen Bedingungen die Menschen dort vor sich hin vegetieren.«

»Meine Liebe, in dieser Angelegenheit war bereits Ruark bei mir. Ich habe ihm schon die Erlaubnis gegeben, zu veranlassen, daß Ihr Bruder freigelassen wird.«

Sie war so überrascht, daß ihr die Kinnlade herunterfiel.

»Haben Sie denn noch nicht mit Ihrem Mann gesprochen?«

»N-nein, Sire, ich dachte, er wäre in Falmouth.«

»Nun, dann hat er Sie zweifellos überraschen wollen.«

»V-vielleicht«, flüsterte sie.

»Ich glaube, daß er heute abend hier in Whitehall ist.«

Plötzlich hatte Summer Angst, daß Lord Helford sie vielleicht mit Progers gesehen hatte. »Danke, daß Ihr Euch meinem Bruder gegenüber so großmütig zeigt, Euer Majestät, das werde ich Euch niemals vergessen. Gute Nacht, Sire.«

Er legte ihr ihren Umhang um die Schultern und gab ihr einen züchtigen Kuß auf die Stirn. »Auf Wiedersehen, Summer.«

Sie fand den Weg durch die drei Salons zurück, aber Edward Progers war nirgends zu sehen. Anscheinend hatte der Widerling gedacht, sie bliebe über Nacht. Sie trat in den dämmrigen Korridor hinaus, und plötzlich blockierte ihr eine dunkle Gestalt den Weg. Der kalte Angstschweiß brach ihr aus. »Es ist nicht so, wie Sie denken, Mylord«, protestierte sie.

Ruarks Gesicht war dunkel und kalt. Er sah sie einen Augenblick schweigend an, doch schließlich hatte er seine Beherrschung zurückerlangt und sagte: »Ich glaube dir. Wenn ich mit dir geschlafen hätte, hätte mir eine Stunde nicht genügt ... und bei Charles wäre es wohl nicht anders.«

Sie unterdrückte eine heftige Erwiderung. »Danke, daß Sie mit dem König über Spencer gesprochen haben. Ich war außer mir vor Sorge um ihn.«

»Hast du denn meinen Brief nicht gelesen?« fragte er.

»Was für einen Brief?«

»Ich war heute in der Cockspur Street, um dich zu sehen. Da du nicht da warst, habe ich bei Lady Richwood eine Nachricht für dich hinterlegt.«

»Sie war bereits fort, als ich nach Hause kam.«

»Hier können wir nicht miteinander reden, Summer. Ich habe ein paar Räume hier im Palast. Kommst du mit? Dann könnten wir dort unsere Unterhaltung weiterführen.«

Sie war erstaunt, daß er weder schrie noch Beschimpfungen auf sie herabregnen ließ. Offenbar war er recht friedlich gestimmt. Vielleicht wußte er etwas über die Verhaftung und Freilassung ihres Bruders, das ihr noch unbekannt war. »Also gut, ich komme für eine halbe Stunde mit, Mylord, aber es ist schon spät, und um diese Zeit ist es nicht mehr sicher, als Frau allein unterwegs zu sein.«

»Ich werde dich sicher nach Hause bringen, Summer«, versprach er ihr.

Er führte sie durch das Whitehallsche Labyrinth, dann hinaus und über die Bowlingbahn. Auf der anderen Seite des Grundstücks betraten sie sein Appartement, aber sie wußte, daß die beiden kleinen Räume Teil des Palastes waren, so daß es bestimmt irgendwo eine Tür zum Korridor gab.

Als Ruark die Kerzen anzündete, lächelte sie. Seine Unterkunft zeigte genau seinen Geschmack. Sie war so warm und anheimelnd, daß sie das eigenartige Gefühl hatte, zu Hause zu sein. Er nahm ihr ihren Umhang ab und rückte ihr einen bequemen Stuhl zurecht. Dann schenkte er ihnen beiden ein Glas Südwein ein und nahm ihr gegenüber Platz.

»Ich war heute in der Cockspur Street, um dir zu sagen, daß der König mir die Erlaubnis gegeben hat, Spencers Freilassung aus dem Gefängnis zu beantragen. Das letzte, was ich wollte, war, daß du Charles um einen Gefallen bitten mußt.«

»Warum kannst du ihn um einen Gefallen bitten und ich nicht?« fragte sie.

»Weil du eine sehr schöne Frau bist, und weil ich aus erster Hand weiß, daß er von dir hingerissen ist. Ich will ehrlich sein, Summer ... ich wollte nicht, daß du aus Dankbarkeit mit ihm schläfst.« Er sah sie fragend an.

»Warum sollte ich das nicht tun? Unsere Beziehung ist schließlich beendet. Das hast du selbst gesagt.«

»Sie ist nicht beendet, Summer ... noch nicht ... vielleicht nie. Ich weiß, daß ich furchtbar jähzornig bin, aber ich würde alles dafür geben, daß es zwischen uns wieder so wird, wie es einmal war.« Die Offenheit und Reue in seiner Stimme schnürte ihr die Kehle zu.

»Was wir hatten, war so wundervoll ... so besonders ... so rar. Ich möchte, daß wir noch einmal von vorn anfangen, falls du mir noch eine Chance gibst, mein Liebling.«

Sie blickte in ihr Weinglas und sah, wie sich das Licht der Kerzen im Bernstein der Flüssigkeit spiegelte. Ihr Herzschlag beschleunigte sich.

»Weißt du, ich stehe mir oft selbst im Weg. Ich habe einen Tobsuchtsanfall gekriegt, als du mir die Inhaftierung deines Bruders und die Hypothek auf Roseland gebeichtet hast, aber ich habe meinen Zorn fast sofort wieder bereut; und noch am selben Nachmittag habe ich dafür gesorgt, daß Spencer – Spider, wie du ihn so liebevoll nennst – durch das offene Zimmer des Vernehmungszimmers fliehen konnte. Dann bin ich nach London gefahren und habe Roseland für dich zurückgekauft.«

Summer spürte, wie eine Träne über ihre Wange rann. Sie hatten einander so sehr geliebt, sie waren vollkommen ineinander versunken gewesen, wie hatte er da all diese Dinge für sie tun können, ohne daß es ihr bewußt geworden war?

Er ergriff ihre Hand und sah sie an, als wäre sie aus kostbarem Porzellan. »Als der König mit seinem Gefolge nach Helford Hall kam, war ich so stolz auf dich. Ich erkannte sofort, daß deine mangelhafte Erziehung vollkommen unwichtig ist ... Du tust alles mit einer so natürlichen, angeborenen Eleganz, daß man dich einfach lieben muß, wenn man dich kennt. Und außerdem wurde mir klar, daß du mir zuliebe die perfekte Gastgeberin warst. Ich wäre fast wahnsinnig geworden vor Verlangen, dich zu kosten, dich zu spüren. In jener letzten Nacht, als ich mich dir so unbeholfen genähert habe, hatten wir schon wieder Streit. Ich war ein Schwein, dich zu vergewaltigen. Im Grunde wollte ich dir nur sagen, nur zeigen, wie sehr ich dich liebe.«

»Oh, Ru«, weinte sie.

»Pst, Liebling. Man sollte mich auspeitschen dafür, daß ich dich zum Weinen bringe.« Er stand auf, trat hinter ihren Stuhl und griff sanft nach einer Strähne ihres seidigen Haars. »Ich möchte mich bei dir entschuldigen für die Dinge, die ich gesagt und dir angetan habe. Bitte verzeih mir.«

Sie stand ebenfalls auf und drehte sich zu ihm um. »Es war nicht allein deine Schuld. Ich habe dich angelogen und dich unter

Vorspiegelung falscher Tatsachen in die Ehe gelockt, aber Ru, ich schwöre dir, ich habe dich stets geliebt.«

Plötzlich schwankte sie leicht, doch seine starken Hände fingen sie auf und zogen sie an seine Brust. Ihr Kopf fiel zurück, und sie öffnete unwillkürlich den Mund für seinen Kuß. Die Leidenschaft loderte wie ein Feuer zwischen ihnen auf. »Oh, mein Liebling, bleib heute nacht bei mir«, bat er sie. »Laß uns nie wieder Geheimnisse voreinander haben ... versprich es mir.«

Mit einem Schlag kehrte sie in die Realität zurück, und sie erinnerte sich an das, was zwischen ihr und Rory vorgefallen war. Mehr als alles in der Welt wünschte sie sich die Liebe ihres Ehemannes, und sie wußte, wie er reagieren würde, wenn sie ein umfassendes Geständnis ablegte. Sie hatte ihre Lektion gelernt. Nie wieder würde sie ihm irgend etwas gestehen. »Ich sollte jetzt besser gehen, Ruark. Tante Lil ist bestimmt schon außer sich vor Sorge um mich.«

Statt einer Antwort bedeckte er ihre Lippen mit seinem harten Mund. Sie gebärdeten sich wie zwei Verhungernde. Er zog ihr das Kleid über den Kopf, nahm sie in die Arme, preßte sie an sein Herz und trug sie zu seinem Bett. Es verblüffte sie, wie sehnlich sie seine Berührung erwartete.

Sobald er auf ihrem nackten Körper lag, wurde sein Mund unerbittlich in seinem Liebesdrang. Atemlos flehte sie: »Ru, bitte zieh dich aus. Du hast ja keine Ahnung, welches Vergnügen es mir bereitet, wenn ich dich streicheln kann.« Er knöpfte sein Hemd auf, und schon glitt ihre Hand über die harten Muskeln auf seiner Brust. Dann öffnete er seine Hose, und sofort fuhr ihr gieriger Mund küssend über seinen flachen Bauch. Er stöhnte, und sein Glied richtete sich auf, bis es gegen ihre Wange stieß. Sie ließ sich vollkommen gehen und lebte hemmungslos all ihre aufgestauten Gelüste aus, bis der sinnliche Exzeß sie beide an den Rand des Wahnsinns trieb.

All ihre Küsse waren nur für den marmorharten Phallus mit dem samtigen Kopf reserviert, der bei ihrer letzten Begegnung für ihr Elend verantwortlich gewesen war. Dann öffnete sie den

Mund und schob ihre Lippen über seine pochende Männlichkeit. Ihre Zungenspitze umkreiste den Rand, ehe sie die winzige Öffnung an der Spitze fand.

Auch wenn sie in ihrer Erregung wahrscheinlich alles genießen würde, wollte Ruark sich nicht in ihren Mund ergießen, so daß er sie eilig vor sich auf die Füße schob. Und dann empfing sein eigener Mund das süßeste Vergnügen, als sie die Arme um ihn schlang und seinen Kopf an sich zog, damit er genoß, wonach es ihn gelüstete.

Schließlich hielten sie es nicht länger ohne die Verschmelzung ihrer Leiber aus. Ihre Hände lagen auf ihren seidigen Schenkeln und spreizten sie weit, damit er sich kraftvoll in sie schob. Sie schrie vor Lust, ganz von ihm angefüllt zu sein, doch sie beide zögerten die liebevolle, endlose Steigerung ihrer Leidenschaft so lange hinaus, bis es keiner von ihnen auch nur eine Sekunde länger ertrug. Sie wand sich unter ihm und bat: »Ru, jetzt! Jetzt! Jetzt!«

Wie immer erlebten sie den Höhepunkt zur gleichen Zeit, aber er weigerte sich, sich aus ihr zurückzuziehen, und sie dankte Gott dafür. Das Verblüffende an ihrer und Ruarks Liebe war, daß sie mit jedem Mal noch intensiver zu werden schien. Jede Paarung führte zu einem höheren Maß an Leidenschaft mit einem explosiveren und längeren Höhepunkt.

Während der nächsten paar Stunden flüsterte Ruark ihr derart zärtliche Worte der Liebe ins Ohr, daß sie das Gefühl hatte, vor Glück zu vergehen. Die gesamte Welt bestand nur noch aus ihrem gemeinsamen Bett. Alles andere wich in den Hintergrund zurück, und nichts war von Bedeutung außer ihrer wiedergefundenen Intimität. Ruarks Mund wurde unerträglich sanft, als er ihre Wangenknochen küßte, ihre Lider, ihren Hals und ihren Mund. Er wurde so sanft, daß sie in Tränen ausbrach. Im Verlauf der Nacht erfuhr Summer, wie tief seine Liebe zu ihr war, und eng aneinander geschmiegt schliefen sie mit verschlungenen Gliedern ein.

Als sie erwachten, lag Ruarks heiße Wange an ihrer Brust. Sie räkelte sich genüßlich, und sofort wurde ihr übel. Sie stöhnte, und als er sich aufsetzte und sie besorgt ansah, sagte sie: »Ich fürchte, der Fisch, den ich gestern gegessen habe, war nicht ganz frisch.«

Er runzelte die Stirn. »Warum belügst du mich?«

»Was meinst du, ich belüge dich?« fragte sie, während sie verzweifelt versuchte, nicht allzu offen zu zeigen, wie elend ihr zumute war.

»Du trägst mein Kind in dir.«

»Wie kommst du denn auf die Idee?« fragte sie leichthin.

»Ich habe dich nach unserer Hochzeit zwei Wochen lang Tag und Nacht geliebt.« Er sah sie aus gefährlich zusammengekniffenen Augen an. »Oder gibt es da irgend etwas, was ich bisher nicht weiß?«

»Ich habe dir nichts zu sagen«, schnaubte sie, und in diesem Moment gewann ihre Übelkeit die Oberhand. Sie griff eilig unter das Bett, zog den Nachttopf hervor und fing zu würgen an.

»Lil hat es mir erzählt«, sagte er ruhig, während er ein Handtuch holen ging.

»Ist das der Grund für deinen Versöhnungsversuch?« fragte sie erbost. »Ziehst du dafür, daß ich dir vielleicht einen Sohn schenke, freundlicherweise in Erwägung, von der Annullierung unserer Ehe abzusehen?« tobte sie.

Er packte ihre Schultern und schüttelte sie. »Du bist nach London gekommen, obwohl du wußtest, daß du schwanger bist. Ich sollte dir mit meinem Gürtel den Hintern versohlen. Ich schicke dich noch heute nach Helford Hall zurück. In London ist die Pest ausgebrochen, deshalb ist es hier nicht sicher für das Kind.«

Sie schüttelte ihn ab und baute sich trotzig vor ihm auf. »Du *schickst* mich heute nach Hause zurück? Du *schickst* mich? Ich glaube, ich habe nicht richtig gehört, Lord Helford!« Angesichts ihres Zorns legte sich sogar ihre Übelkeit. »Nun, laß mich eins klarstellen: Du schickst mich nirgendwohin. Du kannst dir Helford Hall und deine kostbare Ehe in den Hintern schieben. Dieses Kind gehört mir ... mein Leben gehört mir ... Also werde ich entscheiden, wo wir leben werden und wo nicht. Und da du darauf bestanden hast, daß es keine Geheimnisse mehr zwischen uns geben darf, laß mich dir ein Geständnis machen. Als du schworst, mir kein Geld zu geben und meintest, ich solle zusehen, woher ich das Geld bekomme, um die Hypothek abzubezahlen, habe ich genau das getan. Ich bin als Straßenräuber verkleidet auf die Straße gegangen. Ich habe deine ehrenwerten Gäste ausgeraubt, bis ich genug zusammen hatte, um Roseland zurückzubekommen.«

»Oh mein Gott«, stöhnte er.

»Ich bin der schwarze Kater. Dein verdammter Sergeant Oswald hat den falschen St. Catherine geschnappt.«

Ruarks Gesicht war zornrot. »Dafür werde ich dir das Kind abnehmen«, drohte er.

Sie fletschte die Zähne wie eine Wölfin, die sich schützend vor ihr Junges stellt. »Dann werde ich wohl beweisen müssen, daß es nicht dein Kind ist!«

Er gab ihr eine schallende Ohrfeige, doch sie spie erbost: »Hurensohn, das verzeihe ich dir nie.«

In mörderischer Wut zog sie sich an und verließ den Palast.

34

Summer sah sich im Zimmer um, bis sie genau die richtigen Gegenstände fand. Sie packte sie zornig und warf sie an die Wand. Als die beiden unbezahlbaren Figuren aus Ming-Porzellan in tausend Scherben zersplitterten, fühlte sie sich allerdings noch elender. Sie übergab sich zum zweiten Mal an diesem Vormittag, und dann warf sie sich auf ihr Bett und schluchzte sich die Seele aus dem Leib. Verdammt, verdammt, verdammt – gestern abend hatten sie ihre Beziehung so herrlich gekittet, warum also platzten die Nähte beim trüben Tageslicht alle wieder auf?

In der Abgeschiedenheit der Nacht hatte er gesagt, wie sehr er sie liebe, wie sehr er sie vermisse, und dann, bei Anbruch der

Dämmerung, hatte ihn erneut sein Jähzorn gepackt, und er hatte es allen Ernstes gewagt, ihr ins Gesicht zu schlagen. Nun, jetzt war sie wirklich fertig mit ihm. Nun war sie diejenige, die auf der Annullierung ihrer Ehe bestehen würde.

Als sie in die Cockspur Street zurückkehrte, war Spider bereits dort gewesen. Sie war ihm allerdings nicht um den Hals gefallen und auch nicht in erleichtertes Schluchzen ausgebrochen, sondern hatte mit trotzig gerecktem Kinn gesagt: »Wie ich sehe, hast du die neuen Kleider, die ich für dich gekauft habe, schon an. Ich hoffe nur, sie haben dich entlaust, ehe du sie angezogen hast.«

Er hatte unbekümmert gegrinst. »Gib mir ein paar Pfund als Wetteinsatz, ich bin nämlich dabei, mir eine neue Karriere aufzubauen. Wie ich hörte, gibt es im Bell Yard einen eleganten Spielsalon.«

Sie hatte ihm das Geld gegeben, doch zugleich gewarnt: »Wenn du schon die Absicht hast, in Vaters Fußstapfen zu treten, dann sei wenigstens nicht so dumm, dich dabei erwischen zu lassen. Ich will nicht, daß du das Etablissement mit einer Kugel im Leib verläßt.«

»Wie elegant du dich auszudrücken verstehst, Cat ...«

»Wenn dir an Eleganz gelegen ist, bist du bei mir an der falschen Adresse. Aber versuch wenigstens, dich anständig zu benehmen, solange du hier bei Tante Lil bist. Vielleicht sollte ich sehen, ob ich ein eigenes Haus für uns mieten kann.«

»Und dort kann ich dann so unanständig sein, wie ich will?«

»Da du ein Mann bist, habe ich keinen Zweifel, daß du dich so aufführen wirst.«

»Ah, offenbar hast du kürzlich Lord Helford gesehen. Nur er schafft es, deine Laune derart auf den Nullpunkt zu bringen«, hatte er ungerührt festgestellt.

»Tut mir leid, Spider, natürlich hast du recht. Oh, Gott, ich war wirklich außer mir vor Sorge, als das Schwein Oswald dich nach Newgate geschickt hat. Rory hat mich an Bord der *Phantom* mitten in der Nacht nach London gebracht. Ich war beim König, um deine Freilassung zu erbitten, und er sagte mir, Ruark hätte bereits alles arrangiert. Ich war ihm so dankbar, daß wir beinahe so weit gekommen wären, wieder wie zivilisierte Menschen miteinander umzugehen. Bis er hinter die Sache mit dem Baby kam. Und dann endete mal wieder alles mit einem Riesenstreit und sinnlosen Drohungen.«

»Du erwartest ein Baby?« hatte Spencer besorgt gefragt.

»Ich wünschte, es wäre nicht so.«

Er hatte sie entsetzt angesehen. »Du willst dein Baby nicht, Cat?«

»Oh, Spider, natürlich will ich mein Baby, es ist nur so – nun, ich weiß nicht genau … welcher Helford der Vater ist.«

Sie hatte ihn verstohlen angesehen und bemerkt, daß er mehr als schockiert war von diesem Eingeständnis ihrer Promiskuität.

»Ach, was weiß schon ein Fünfzehnjähriger von solchen Dingen?« hatte sie geknurrt.

Er hatte sich zu seiner ganzen Größe aufgerichtet und sie beleidigt angeblickt. »Ich weiß, was richtig ist und was falsch. Was in aller Welt willst du tun, wenn es Black Jacks Kind ist?«

»Wenn Rory der Vater ist, ist alles in Ordnung.« Sie hatte ihren Bruder trotzig angestarrt.

»Ach, tatsächlich? Er muß im Schutz der Dunkelheit nach London kommen, weil es bei Tageslicht für ihn zu gefährlich ist. Was meinst du überhaupt, wann du ihn wiedersehen wirst?«

Sie hatte ihm seinen Hut gereicht. »Wir sind wohl beide erwachsen genug, um uns nicht in das Leben des anderen zu mischen, meinst du nicht?«

Lil wollte nichts davon hören, daß Summer ein Haus für sich und ihren Bruder mietete. »Liebling, was könnte praktischer sein, als hier bei mir zu wohnen? Dieses Haus liegt im elegantesten Stadtteil von London, und bis Whitehall ist es nur ein Katzensprung. Wann immer du lange am Hof verweilst, kannst du einfach dort in Helfords Räumen nächtigen.«

»Aber Lil, bist du sicher, daß es dir nichts ausmacht, wenn Spencer auch noch hier lebt? Er ist es gewohnt, zu kommen und zu gehen, wie es ihm paßt, und höchstwahrscheinlich werden seine Freunde nicht gerade die allerfeinsten Gentlemen sein.«

»Liebling, ich habe eine besondere Vorliebe für attraktive Männer, vor allem, wenn sie noch jung und knackig sind.«

»Und was ist, wenn das Baby kommt?« fragte Summer geradeheraus.

Lil klatschte in die Hände. »Das ist doch schon mal ein Fortschritt. Wenigstens gibst du inzwischen zu, daß du ein Baby bekommst. Wir werden dir eine gute Hebamme aussuchen, bei der du es anfangs lassen kannst, bis es alt genug ist und hier bei uns leben kann. Wir werden eine richtige Familie sein, mit einem Kindermädchen und allem, was dazu gehört.«

Summer umarmte sie. Sie war die großzügigste Frau, die ihr je begegnet war. Dankbar nahm sie das Angebot an, weiter in der Cockspur Street zu leben, aber zugleich schwor sie sich, nichts unversucht zu lassen, bis Roseland eines Tages wieder ihr Eigentum war. Sie war sich noch nicht ganz sicher, wie sie es anstellen sollte, aber sie würde es schaffen, egal, ob auf ehrliche oder unehrliche Art. Schließlich war das Gut Spencers Erbe, und auch wenn es noch Jahre dauern könnte, bis er heiraten würde, sollte Roseland einmal Lord St. Catherine und seinen Erben gehören.

Da Lil ihr gegenüber so freundlich war und da Summer wußte, daß sie darauf brannte, endlich einen Empfang am Hof zu besuchen, lud sie ihre Tante ein, am Abend mit ihr dorthin zu gehen. Solange Charles' Mutter und Schwester in England waren, gab es allabendlich einen Empfang und einen Ball.

Was die passende Garderobe für einen Empfang beim König betraf, so beriet sich Lil mit Summer und Dora, der Herrin über die riesige Kleiderkammer, und schließlich entschied sie sich für königsblauen Taft, der allerdings unter den meterlangen Silberbändern kaum noch zu sehen war. »Eine Frau Ende Vierzig sollte eigentlich keine Bänder mehr tragen, aber das ist mir egal«, verkündete sie. »Du meinst doch nicht, daß ich aussehe wie ein als Lamm verkleidetes Mutterschaf, oder, Liebling?«

Auf dem Ball machte Charles Summer mit seiner kleinen Königin Catherine bekannt. Sie empfand sofort Zuneigung zu der bläßlichen jungen Frau, die ihren Fächer so geschickt faltete, daß er, wenn sie lächelte, ihre vorstehenden Zähnchen verbarg.

»Wir haben etwas gemeinsam, Summer«, stellte Catherine fest. »Ihr Ehemann fühlt sich genau wie der meine allzu hingezogen zu anderen Damen, nicht wahr? Ist Ihr Gatte Ihnen treu?«

Diese unverblümte Frage der Königin verblüffte Summer, aber offenbar kreisten ihre Gedanken fast immer und ausschließlich um dieses Thema, so daß sie beständig unglücklich zu sein schien. Also wählte sie ihre Worte sorgsam aus. »Ja, Lord Helford ist ein großer, dunkelhaariger Gentleman wie Seine Majestät, aber ich habe mich bisher noch nie gefragt, ob er mich vielleicht betrügt. Wahrscheinlich tut er es, aber ich bin weise genug, um zu wissen, daß kurze Techtelmechtel oder gar längere Affären keine Bedrohung für eine Ehe sind, solange die Frau von ihrem Mann gut behandelt wird.«

Die Königin legte den Kopf schräg und sagte: »Es gibt da jemanden, den ich Ihnen sehr gerne vorstellen würde. Eine junge Frau namens Frances Stewart. Mein Mann bildet sich ein, er sei in sie verliebt. Wenn Sie sie kennengelernt haben, möchte ich, daß Sie mir offen und ehrlich sagen, ob Sie glauben, daß sie seine neueste Mätresse ist.«

Summer war verblüfft, als ihr klar wurde, wie jung diese Frances Stewart war. Sie war ein großes, gertenschlankes Mädchen mit platinblond gefärbtem Haar. Catherine lud sie und Summer ein, am nächsten Tag mit ihr ins Theater zu gehen, und ließ die beiden jungen Frauen dann allein. Summer wurde aus Frances nicht klug. Rein äußerlich hatte sie nichts Besonderes zu bieten, und für einen Menschen, der Jahre seines Lebens das zügellose Leben am französischen Hof miterlebt hatte, wirkte sie erstaunlich naiv.

»Sie haben Glück, daß Sie verheiratet sind«, sagte Frances. »Das ist mein größter Traum.«

In diesem Augenblick bemerkte Summer, daß Barbara Castlemaine mit drei Herren im Schlepptau den Kartensaal betrat. Sie blieb kurz stehen, um Summer zu begrüßen, unterzog Frances einer unverhohlenen Musterung und sagte: »Kommen Sie und würfeln Sie ein bißchen mit uns, Lady Helford. Wissen Sie, ich bin fest entschlossen, Ihnen Ihren Rubinschmuck abzunehmen.«

»O Gott, ich wünschte, sie wäre nicht stehengeblieben, um sich mit uns zu unterhalten«, flüsterte Frances hinter ihrem Fächer. »Jetzt ist mein Ruf für immer dahin.«

»Lady Castlemaine ist die Mätresse des Königs, was hier nichts Ehrenrühriges ist«, erklärte Summer ihr.

»Lady Helford, ich bin noch Jungfrau. Wenn mein Name nicht vollkommen rein bleibt, macht mir sicher niemals ein Gentleman einen Heiratsantrag.«

»Ich verstehe«, sagte Summer, die sich nur mit Mühe das Lachen verkniff. »Und wer ist der glückliche Gentleman, auf dessen Antrag Sie hoffen?«

»Nun, eigentlich wäre mir jeder Höfling recht, der einen Titel hat und noch unverheiratet ist«, vertraute Frances ihr an.

Später sagte Summer zur Königin: »Euer Hoheit, ich kann Euch versichern, daß Frances Stewart niemals die Mätresse irgendeines Mannes werden wird. Sie ist geradezu besessen von der Vorstellung, daß sie einen tadellosen Ruf haben muß, wenn sie jemals einen ehrenwerten Heiratsantrag bekommen will.«

»Wie clever Sie sind«, sagte die Königin. »Ich werde Sie zu meiner Spionin ernennen.«

Summer stöhnte innerlich. Sie sehnte sich nach den Abenteuern, den Intrigen und der herrlichen Gefahr, die ihrer Meinung nach mit Spionage verbunden waren, aber die einzige Spitzeltätigkeit, um die man sie bat, war, herauszufinden, wer mit wem schlief. Aus persönlicher Erfahrung heraus war Summer der Ansicht, daß derart intime Informationen niemanden etwas angingen außer die Liebenden selbst!

So begann das gesellschaftliche Leben für Summer, und von nun an ritt sie jeden Morgen im Park spazieren, sah jeden Nachmittag ein anderes Theaterstück und verbrachte die Abende am Hof, wo sie sich gemeinsam mit der Königin und ihren Hofdamen unsinnigen Vergnügungen widmete. Als den Gipfel der Ausgelassenheit betrachteten sie es, als Orangenmädchen verkleidet herumzulaufen und so zu tun, als böten sie den kecken Londonern ihre Waren feil. Eines Tages begaben sie sich wie alle Londoner in den Hafen, um sich einen aus Guinea eingeführten Gorilla anzusehen, von dem angenommen wurde, er wäre so klug, daß er eines Tages vielleicht sogar Englisch sprach.

Allmählich wurde Summer diesen sinnlosen Hokuspokus leid. Auf der einen Seite war da Frances Stewart in der Rolle der professionellen Jungfrau, der der König zu Füßen lag, und auf der anderen Seite stand Barbara Castlemaine, die im Augenblick die Beine für ihn breitmachte und gleichzeitig gierig die Hand aufhielt, damit er ihre Spielschulden in Höhe von dreißig- bis vierzigtausend Pfund beglich, während in den ärmeren Bezirken der Stadt, die Brutstätten waren für Ratten und anderes Getier, die Pest wütete und Kinder für drei Pence das Bündel Lumpen sammelten.

Inzwischen sprach man ganz offen über den Krieg. Schiffe wurden so schnell gebaut und mit Waffen versorgt, wie das erforderliche Geld aufzutreiben war. Rupert rüstete sich mit einem Schiff aus, das den Namen der Mutter des Königs, *Henrietta*, trug, und Lord Sandwich eskortierte sie und Charles' Schwester zurück nach Frankreich, solange die Überquerung des Kanals noch sicher war.

Seine Majestät empfing den holländischen Botschafter, um ihn davon in Kenntnis zu setzen, daß man ihn zu weit getrieben habe und er nun zurückzuschlagen beabsichtige. Berichte kamen herein, die Engländer hätten die Holländer vor der Küste Guineas und vor New Netherlands in Amerika geschlagen und der holländischen Flotte weltweit großen Schaden zugefügt.

Überall waren Uniformen zu sehen. Ganze Kompanien von Soldaten in weißen Westen streiften durch die Londoner Straßen, an allen Ecken war Marinekleidung zu sehen, und eine Kompanie der Miliz kleidete sich gar wie ein Türkenbataillon. Natürlich wurde auch die Mode der Zivilisten von all den Kriegsmeldungen beeinflußt, und bei den geselligen Veranstaltungen am Hof waren überall Marineblau, Messingknöpfe und leuchtendrote Jacken zu sehen. Die schlanken Damen wirkten in den Männerkleidern provokant, aber die Mehrheit der Frauen, die eher rundlich war, wirkte darin einfach lächerlich.

Es galt als chic, über Krieg zu reden, aber Gespräche über die Pest galten als verpönt, so daß man sich darüber nur hinter vorgehaltener Hand unterhielt. Allerdings war die gräßliche Plage inzwischen in einige der eleganteren Bezirke vorgedrungen, und es schien, als läuteten die Kirchenglocken, die die Toten zählten, Tag und Nacht. Wenn die Höflinge ins Theater in der Drury Lane fuhren, konnten sie nicht länger die Augen vor den roten Kreuzen an den Türen verschließen, und mit angehaltenem Atem lasen sie die jämmerlichen Zeichen an den Häuserwänden, mit denen die Bewohner flehten: Herr, erbarme dich.

Mit der Zeit wurde das Flüstern zu laut geäußerter Besorgnis, und dann verstärkte diese sich zu entsetztem Geschrei. Pest! Pest! Pest! Mit einem Mal zeigte sich, daß der Tod niemanden verschonte. London konnte den Sensenmann nicht aufhalten, der grinsend an die Türen klopfte und dafür sorgte, daß den Totengräbern keine Zeit zum Atemholen blieb.

Ein Theater nach dem anderen machte die Pforten dicht. Die Schiffsmannschaften wurden unter Quarantäne gestellt, und Tavernenbesuche wurden ihnen untersagt. Der König beschloß, den Hof von Whitehall nach Hampton Court zu verlegen, das ein Stück die Themse hinauf noch hinter Richmond lag.

Fanatiker predigten, die Pest wäre die göttliche Rache für das zügellose Treiben am Hof, das sich langsam auf die bürgerliche Gesellschaft übertrug. Andere beschuldigten die gesamte Stadtbevölkerung lockerer Moral. Es hieß, alle Londoner hätten die Mordgier in sich, betrögen selbst Blinde und würden sogar noch die Kupfermünzen stehlen, mit denen man die Augen der Toten verschloß. Natürlich war etwas Wahres an diesen Behauptungen, aber nicht ein einziger Londoner, ob Prinz oder Bettelmann, änderte sich deshalb. Vielmehr befiel sie alle eine geradezu krankhafte Vergnügungssucht.

Summer hatte die langweilige Gesellschaft Königin Catherines und Frances Stewarts gegen die der unternehmungslustigeren Barbara Castlemaine und Anne Carnegies eingetauscht. In Begleitung Buckinghams und Henry Jermyns nahmen sie eines Abends ein Boot nach Southwark, wo ein höchst aufregendes Schauspiel geboten wurde. Eine Messerstecherei, die wesentlich blutrünstiger als jeder Hahnen- oder Bärenkampf zu werden versprach. Als Vorkämpfe wurden Schwertkämpfe geboten, bei denen derjenige gewann, der den anderen als erster traf, aber der Hauptkampf, so raunten sich die Zuschauer zu, ginge um Leben und Tod!

Mit einem Dutzend großtuerischer und allzu laut lachender Galane im Gefolge kamen sie an. Laternenjungen führten sie vom Boot an den geheimen Schauplatz des Gefechts. Summer trug einen Hut mit einer wippenden Feder, die ihre linke Wange verbarg, und wie zur Erinnerung an Black Jack Flash hatte sie ein Kleid in dramatischem Schwarzweiß gewählt. Die Luft war spannungsgeladen, und Summer spürte, wie ihr Puls zu rasen begann. Dieser Abend bot eine willkommene Abwechslung vom farblosen Einerlei am Hof. Die langweiligen Moralpredigten ihrer bisherigen Gesellschafterinnen ertrug sie einfach nicht mehr.

Gerade hatte ihr einer ihrer Bewunderer einen silbernen Flakon gereicht, und sie wollte sich den feurigen Inhalt durch die Kehle rinnen lassen, als jemand kraftvoll ihr Handgelenk umschloß. »Verdammt und zugenäht«, fluchte sie. »Lassen Sie mich los, oder ich sorge dafür, daß man Sie zusammenschlägt.«

»Ach ja?« fragte Lord Helford in so drohendem Ton, daß ihr ein Schauder über den Rücken rann. »Ich glaube nicht, daß dies der richtige Ort für die Mutter meines Kindes ist ... Oder bist du es inzwischen schon wieder los?« Er musterte sie von Kopf bis Fuß.

Seine Worte schnitten ihr mitten ins Herz. »Warum sind Sie

nur ein so grausamer Bastard?« fragte sie mit tränenerstickter Stimme.

Verlangen wallte in ihm auf. Sie war schöner und verführerischer als je zuvor. Sie war immer noch sehr schlank, aber ihre Brüste hatten durchaus die Bezeichnung ›üppig‹ verdient. Er stellte sie sich nackt vor und sehnte sich schmerzlich danach, ihre neue Reife zu spüren. Doch zugleich glitzerten seine grünen Augen vor kaum verhohlenem Zorn. »Deine Eskapaden in Gesellschaft der Königin waren mir egal, sie ist immer gut bewacht, selbst wenn sie es nicht bemerkt, aber die Gesellschaft, in der du dich heute abend bewegst, kann ich nicht akzeptieren. Wenn ich dir erlaube, dich mit solchen Kreaturen abzugeben, bist du innerhalb kürzester Zeit ebenso berüchtigt wie die Huren, neben denen du hier stehst. Ich nehme dich mit nach Hause.«

»Ich wünsche Ihnen die Pest an den Hals, Helford!« Dies war die obszönste Beleidigung, die es in einer solchen Schreckenszeit gab.

»Vielleicht kriegen Sie sie ja, Madame. Wie ich hörte, sind schwangere Frauen besonders anfällig dafür.«

Sie schnappte entsetzt nach Luft, denn sie hatte bereits seit einiger Zeit ehrliche Angst, sich anzustecken.

Als er ihren Ellbogen nahm, befahl sie jedoch: »Nehmen Sie Ihre Pfoten weg, Sir!«

»Wenn du nicht freiwillig mitkommst, trage ich dich eben. Du hast die Wahl«, sagte er in einem Ton, der keine Widerrede duldete. Sie blickte sich um, um zu sehen, wer ihre Auseinandersetzung mit ihrem Ehemann beobachtete, und kam zu dem Schluß, daß es klüger wäre, nachgiebig zu sein. Helford war zu allem fähig, das wußte sie.

Er half ihr in seine bereitstehende Kutsche, und sie sank matt auf den Sitz. Ihm so nahe zu sein, war unerträglich für sie, denn sofort war die Luft von sexueller Spannung erfüllt, bis sie es nicht länger aushielt und schrie: »Ich hasse dich!«

Seine tiefe Stimme drang direkt in ihr Herz. »Das Gegenteil

von Liebe ist nicht Haß, Summer, sondern Gleichgültigkeit, und gleichgültig sind wir einander wohl nie.«

»Wie konntest du behaupten, ich hätte das Kind vielleicht nicht mehr?« fragte sie schmerzerfüllt.

»Ich wollte dir weh tun. Aber ich glaube nicht eine Sekunde lang, daß du zu so etwas fähig bist«, gab er zu, doch dann wurde seine Stimme wieder hart. »Du hast meinen Befehl, London zu verlassen, nicht befolgt.«

»Wenn Roseland noch mir gehören würde, würde ich vielleicht dorthin fahren, um der schrecklichen Pest zu entgehen ...« Als er sich in der dunklen Kutsche zu ihr umdrehte, strichen seine Hände über ihre Brust, und sie schrie auf, als hätte er ihr einen Schlag versetzt. Plötzlich hielt er sie im Arm, preßte sie eng an sein Herz und drückte seine Lippen wie ein Verhungernder auf ihren Mund. »Ru«, schrie sie atemlos, unsicher, ob Lust oder Liebe sein Antrieb war.

»Mein Liebling, mein süßer Schatz«, murmelte er. »Warum quälen wir einander so? Wenn ich dich in Gesellschaft anderer Männer sehe, wenn ich sehe, wie du sie anlachst, würde ich diese Kerle am liebsten erwürgen – und dich auch.«

Ihre Schuldgefühle wegen ihrer Affäre mit Rory überwältigten sie. »Ich wäre viel lieber zu Hause in Cornwall, wo es weniger gefährlich ist.«

Sein Griff wurde fester. »Weniger gefährlich? Wo immer du auch bist, ist Gefahr. Wenn ich dich nach Hause schicken würde, würdest du dich doch, sobald du dich langweilen würdest, als Schwarzer Kater verkleiden und den nächsten Überfall begehen«, hielt er ihr vor.

»Es wird nicht mehr lange dauern, dann ist mein Bauch zu dick, um noch die Rolle des Wegelagerers zu spielen.«

»Das hoffe ich«, sagte er und strich besitzergreifend über den Bauch.

»Ehrlich gesagt, Spencer wäre zu Hause ebenfalls besser aufgehoben. London hat keinen guten Einfluß auf ihn.«

»Was hat der junge Teufel denn nun schon wieder im Sinn?«

»Oh, nichts«, erwiderte sie schwach.

»Huren, Spielen, Saufen. Darauf wette ich. Und dich in Angst und Sorge versetzen.«

»Nein, wirklich, seine Freunde sind diejenigen, die die wahren Draufgänger sind«, protestierte sie.

»So wie deine Freunde?« fragte er spitz.

»Zur Hölle mit dir, Ruark, ich glaube, du bist der einzige Mann auf der Welt, der arrogant genug ist, um mich zu beleidigen, während er versucht, mich zu verführen!«

Ihre Worte steigerten noch sein Verlangen nach ihr. »Bleib heute nacht bei mir in Whitehall«, bat er sie.

Sie heuchelte Gleichgültigkeit. »Warum sollte ich das tun?«

»Weil wir hoffnungslos verrückt nacheinander sind«, sagte er und strich mit dem Daumen über eine ihrer Brustwarzen.

»Vielleicht du nach mir«, erwiderte sie leichthin.

»Weil wir ein unstillbares Verlangen nacheinander haben.«

»Du vielleicht«, sagte sie, aber er hatte eine Macht über sie, die sie erschauern ließ.

»Wir waren immer mehr Geliebter und Geliebte als Ehemann und Ehefrau«, murmelte er an ihrem Hals. Es verlangte ihn schmerzlich, tief in ihr zu sein, und er schwor sich, heute nacht wäre es soweit. Er gäbe viel dafür, daß sie sich ihm unterwarf. »Ich bitte dich nur um eine einzige Nacht.«

Sie löste sich aus seiner Umarmung, denn dieser letzte Satz war tatsächlich eine Beleidigung. »Wie kannst du es wagen, mich wie eine Hure zu behandeln?«

»Himmel, Summer, was willst du eigentlich? Du weigerst dich, dich wie eine anständige Ehefrau zu benehmen und nach Hause zurückzukehren, wo du hingehörst, also bleibt mir wohl kaum etwas anderes, als dich um eine einzige Nacht zu bitten. Du verführst mich und dann weist du mich ab, was meine Männlichkeit auf eine harte Probe stellt. Ich weiß nicht, ob ich dich erwürgen oder vergewaltigen oder vielleicht beides gleichzeitig tun soll.« Er hob ihr Gesicht und küßte sie sanft. »Komm mit mir nach Whitehall … zu deinen Bedingungen.«

»Auf gar keinen Fall. Entweder bringst du mich in die Cockspur Street, oder du setzt mich an der nächsten Ecke ab.«

»Verdammt, Summer, warum bist du nur so schrecklich starrsinnig?«

»Wäre ich eine passive, fügsame Frau, hättest du mich längst erdrückt.«

»Die Gefahr besteht wohl kaum. Mit deinem Dickschädel kommst du wahrscheinlich problemlos gegen zehn Männer an.«

Vor dem Palast in Whitehall wurde die Kutsche langsamer, aber Ruark wies den Kutscher an, in die Cockspur Street weiterzufahren. Er half Summer auf die Straße, stieg ebenfalls aus und befahl dem Kutscher umzukehren.

»Ich habe dich nicht eingeladen«, stellte sie fest.

»Ich brauche keine Einladung, denn schließlich bin ich dein Ehemann.«

»Ich wollte dich bitten, die Annullierung unserer Ehe zu beschleunigen«, sagte sie gepreßt.

Er umklammerte ihren Arm und zerrte sie halb die Stufen zum Haus hinauf. »Du bist die größte Strafe, die ein Mann erleiden kann«, fluchte er.

»Warum gibst du dich dann noch mit mir ab? Ich dachte, zwischen uns wäre sowieso alles vorbei.«

Am Fuß der Treppe im Flur blieben sie stehen. »Zwischen uns ist niemals alles vorbei.« Er vergrub seine Finger in ihrem Haar. »Du bist immer noch die schönste Frau, die mir je begegnet ist. Ich habe dir eine Diamantkette für das einwöchige Jubiläum unserer Hochzeit gekauft, aber wir haben es noch nicht mal geschafft, die Hochzeitsreise hinter uns zu bringen, ohne einander an die Kehle zu gehen«, sagte er in traurigem Ton. »Wenn du mich heute nacht bei dir bleiben läßt, gehört die Kette dir.«

»So leicht bin ich nicht zu erpressen. Falls du allerdings in Erwägung ziehen solltest, mir Roseland anzubieten, überlege ich es mir vielleicht.«

Er zog sie in die Arme und trug sie die Treppe hinauf. All ihre Proteste nützten ihr nichts, denn er hatte genug von dem Hin und

Her. Er war ein Mann, und sie war seine Frau. Er hatte beschlossen, von seinen Rechten Gebrauch zu machen.

In ihrem Schlafzimmer angekommen, stellte er sie auf die Füße und begann, sich auszuziehen. »Nein, Ruark! Niemals! Ich werde mich wehren.«

»Das bleibt ganz dir überlassen. Ich habe die Absicht, dich zu nehmen, ob du es willst oder nicht«, sagte er ruhig.

Sie flüchtete sich ans andere Ende des Raums und sah zu, wie er sich lässig entkleidete. Sei keine Närrin, schalt sie sich. Sie könnte ihn dazu bringen, ihr Roseland zurückzugeben, wenn sie nur ihre Karten richtig ausspielte. Als er nackt war, näherte er sich ihr wie die Raubkatze dem Beutetier. Summer wußte, daß er gefährlich war, aber Gefahr erregte sie. Sie rannte vor ihm davon, blickte aber fast auffordernd über die Schulter zurück. Als sich seine Arme um ihren Leib schlossen und er versuchte, ihr das Kleid auszuziehen, setzte sie sich so heftig dagegen zur Wehr, daß sie auf dem Teppich landeten und wild herumrollten. In weniger als einer Minute hatte er sie allerdings festgenagelt und begann, sie ebenso lässig zu entkleiden wie zuvor sich selbst.

Ihre Brüste waren voll und empfindsam, und sie stöhnte hilflos, als seine Zunge über die rosafarbenen Knospen fuhr. Wieder kämpfte sie gegen ihn, und es gelang ihr aufzustehen, aber er faltete seine Hände hinter ihren Schenkeln und zwang sie nach vorn, bis sein Mund an ihrer verborgenen Stelle lag. Sie reckte sich ihm entgegen, damit er sie kostete, und schrie leidenschaftlich auf. Und dann war es um sie beide geschehen, und sie entdeckten von neuem all die verschiedenen, köstlichen Möglichkeiten, wie sie einander Lust schenken konnten.

Plötzlich hörte man ein Krachen, gefolgt von einem Kichern. Sie setzten sich auf, und Summer tastete verzweifelt in der Dunkelheit nach ihrem Morgenmantel. Dann starrten sie ungläubig auf die Tür, die sich öffnete, so daß man drei schwankende Gestalten sah. »Ich s-sage euch dd-och, s-sie is' nich' h-hier, s-sondern am H-hof.« Der Kerl lallte derart, daß man ihn kaum verstand.

Ruark zündete die Lampe auf dem Nachttisch an und erkannte Summers Bruder, der wie ein junger Stutzer gekleidet war und in jedem Arm eine Straßennutte hielt. »Was hat dieses peinliche Schauspiel zu bedeuten, Spencer?« fragte er. »Wie kannst du es wagen, deine Schwester derart in Angst und Schrecken zu versetzen? Ich glaube es einfach nicht, daß du diese Weiber anschleppst, damit sie das Bett deiner Schwester besudeln.«

»A-aber h-hallo«, lallte Spider, der sich nur noch mit Mühe auf den Beinen hielt. »W-wenn das n-nich' die H-hure von H-helfords B-bruder is' ...« Er verbeugte sich spöttisch, und dann zwinkerte er Summer auch noch zu!

Mit einem einzigen Fausthieb hatte Ruark ihn niedergestreckt, und die beiden Frauen rannten angesichts von Lord Helfords Zorn panisch davon.

»Ruark, nein! Mein Gott, du hast ihn umgebracht, du brutaler Kerl«, schrie Summer, kniete sich neben ihren ohnmächtigen Bruder und zog seinen blutenden Kopf in ihren Schoß.

»Steh auf, verdammt, er hat eine anständige Tracht Prügel verdient. Es ist offensichtlich, daß du mit ihm nicht fertig wirst. Er ist ja wohl vollkommen übergeschnappt, daß er überall in London Bastarde sät und dir dann auch noch die Pest in die Bude schleppt.«

»Du bist derjenige, der vollkommen übergeschnappt ist. Er ist noch ein Kind. Mußtest du so brutal zu ihm sein?« weinte sie.

Sein Zorn verstärkte sich noch, als er ihr Mitleid für den jungen Flegel sah. »Er braucht eine strenge Hand. Bei Gott, ich lasse ihn von der Marine zwangsrekrutieren. Wenn er erst mal auf einem meiner Schiffe dient, werde ich ihm schon Vernunft einprügeln.«

»Raus! Verschwinde! Ich hasse dich.«

Er sah sie wütend an. »Und du fängst besser schon mal mit Packen an. Du fährst auf der Stelle heim! Ich gebe dir genau vierundzwanzig Stunden Zeit.«

35

Später, als sie Spiders blaues Auge kühlte und versuchte, ihn mit irgendeinem übelriechenden Gebräu ihrer Tante auszunüchtern, wünschte sie, sie hätte mit ihrer Pistole auf Ruark Helford gezielt. Er hatte ihr ein Ultimatum gestellt, aber auf keinen Fall ließe sie sich einfach nach Hause schicken, wo auch immer dieses Zuhause war!

Spider schmollte. Sie tauschten einige böse Worte aus, bis er schließlich erklärte, er nähme sich eine Wohnung in der Stadt. Dann wäre er endlich die verdammten Weiber los, die ständig sein Kommen und Gehen überwachten und ihm das Gefühl gäben, nicht besser als ein Sträfling auf Bewährung dran zu sein. Sie stritt mit ihm, drohte ihm, doch zugleich wußte sie, daß er tun würde, was er wollte, egal wie sie sich ihm gegenüber gab. »Spider, ich werde nicht versuchen, dich aufzuhalten, wenn du mir versprichst, mir deine neue Adresse zu geben, sobald du irgendwo eingezogen bist«, bat sie verzweifelt, doch ohne ein weiteres Wort verließ er den Raum. »Typisch Mann«, tobte sie, als sie alleine war. »Und Ruark Helford ist an all meinen Problemen schuld. Ich hoffe, daß er dafür eines Tages in der Hölle schmort!«

In diesem Augenblick kam Lil Richwood, wie immer piekfein gekleidet, hereingeschwebt. »Verzeih mir, Liebling, ich wollte dein köstliches Rendezvous mit deinem Ehemann gestern abend nicht stören, denn ich war der Ansicht, diese Versöhnung sei ein wahres Gottesgeschenk. Woher sollte ich wissen, daß es noch vor Tagesanbruch erneut zu einer Auseinandersetzung zwischen euch kommen würde?«

Summer seufzte, denn ihr war klar, daß die ganze Szene gewirkt haben mußte, als hätte sie sie absichtlich inszeniert. »Tut mir leid, Tante Lil. Spencer zieht in die Stadt, so daß es jetzt vielleicht ein bißchen friedlicher bei uns wird.«

Lil winkte ab. »Ich werde nach Southampton fahren, und ich möchte, daß du mit mir kommst. Ich habe einen Brief von meiner sehr guten Freundin Lady Worthing erhalten, die darauf besteht, daß ich sie besuche, bis diese furchtbare Pestepidemie abgeklungen ist.«

»Oh, Lil, ich kann mich unmöglich einfach bei deiner Freundin einquartieren«, protestierte Summer.

»Unsinn, Liebling, sie ist reich wie Krösus und sitzt ganz allein in einem Landhaus mit fünfzig Schlafzimmern herum. Ich bin diejenige, die sie mit Lord Worthing bekannt gemacht hat, und sie sind mir deshalb beide sehr wohlgesonnen. Pamela ist sein ein und alles, und Lord Worthing wirkt trotz seines Alters so potent wie ein Hengst. Man hat den Eindruck, die Ehe wäre direkt im Himmel geschlossen worden«, sagte Lil.

»Genau wie meine«, stellte Summer in ätzendem Tonfall fest.

»Nun, wohl nicht ganz. Ich habe eher das Gefühl, daß deine Ehe eine Mischung aus Liebe, Haß und explosiver Leidenschaft ist ... eine entsetzliche Kombination!«

»Danke für die Einladung, Lil, aber ich glaube, ich bleibe in London, oder vielleicht ziehe ich auch an den Hof.«

»Man sagte mir, der Hof würde nach Salisbury verlegt, solange die Pest andauert. Wenn ja, gebe ich dir den Rat, dich ihnen anzuschließen, Liebling. Salisbury und Southampton sind nur einen Katzensprung voneinander entfernt.«

»Ich bin sicher, sobald es kälter wird, ist es mit dieser gräßlichen Seuche vorbei«, sagte Summer, wobei sie nur das wiederholte, was in jüngster Zeit jeder aussprach.

Lady Richwood nahm alle ihre Biediensteten mit, und natürlich brauchte sie auch ihre Kutsche, so daß Summer eine Sänfte mieten müßte, wollte sie irgendwo hin. Das Haus wirkte trostlos und verlassen, und sie fühlte sich bereits hoffnungslos verloren, obgleich ihre Tante erst vor einer Stunde abgefahren war. Doch nach kurzer Zeit gewann ihr praktisches Wesen die Oberhand, so daß sie für den Fall eines Regengusses ihre Stelzschuhe anzog und in Richtung Piccadilly ging, wo es Geschäfte gab, in denen sie alles fand, was sie benötigte. Sie betrat einen Laden, in dem es fertig zubereitete Mahlzeiten gab.

In dem Geschäft war alles in hellster Aufregung, und schon bald merkte Summer, daß Angst die Ursache war. Der Mann und die Frau hinter dem Verkaufstresen sprachen mit schrillen Stimmen auf ihre Kundinnen ein.

»Letzter Tag, die Damen ... Wir schließen, sobald die letzten Kutteln und Schweinefüße verkauft worden sin'. Die Leute hier fallen inzwischen wie die Fliegen um. Haben Sie letzte Nacht den Kometen am Himmel gesehn? Ein böseres Omen gibt es nich'.«

Als der Mann endlich verstummte, fing seine Frau zu jammern an. »Der Schlachter hat gestern dicht gemacht ... Un' heute is' er tot! Sie ham neun Kinder ... Sie ham alle über dem Laden gewohnt ... Es hat sie einfach umgehaun wie die Kegel auf der Kegelbahn.« Ein paar der Kundinnen machten auf dem Absatz kehrt und verließen fluchtartig das Geschäft. Als Summer an die Reihe kam, gab es nur noch Fleischpasteten und eingelegte Gurken. Die Frau hinter dem Tresen wischte sich mit ihrer Schürze den Schweiß von der Stirn und nahm Summers Geld. Als sie aus dem Fenster sah, zeichnete sich in ihrer Miene blankes Entsetzen ab, und sie bekreuzigte sich. »Gott der Allmächtige, sehn Sie sich das an ... jetzt kommt der Totenkarren schon am hellichten Tag!«

Summer wünschte, sie wäre niemals hierhergekommen. In der Tat wünschte sie, sie hätte wie Tante Lil und die Bediensteten London den Rücken zugekehrt. Als der Karren vor der Tür des Schlachters hielt, schwenkte der Kutscher eine große Glocke und rief: »Bringt eure Toten raus, bringt eure Toten raus.«

Die Inhaber des Geschäfts und die letzten paar Kundinnen drängten sich am Fenster und starrten mit entsetzter Faszination auf die kleinen Körper, die man auf den Wagen warf. Summer wußte, daß sie in Ohnmacht fallen würde, käme sie nicht sofort an die frische Luft. Sie schob sich durch die kleine Menschenmenge, stürzte zur Tür und atmete tief ein. Allerdings war die Londoner Luft an diesem Tag alles andere als frisch, sondern erfüllt von dem Rauch, der aus den Schornsteinen und von den Feuern aufstieg, die entfacht worden waren, um die pestverseuchten Möbel zu verbrennen. Sie versuchte, sich zu beeilen, aber die Stelzschuhe behinderten sie. Sie blieb stehen, lehnte sich an eine Wand, zog die Holzplateaus aus und rannte los, und sie hielt nicht eher inne, als bis sie in der Cockspur Street angekommen war.

Es war wie ein Alptraum. Warum war sie nicht mit Lil gefahren? Ihre Kehle war trocken und wund, und die aufkommende Angst brachte sie fast um den Verstand. Das war alles Ruark Helfords Schuld. Er hätte ihr sagen sollen, daß er sie liebte, und hätte sie nach Cornwall bringen sollen, nachdem er letzte Nacht bei ihr gewesen war. Statt dessen hatte er den armen Spider mit einem Fausthieb niedergestreckt und ihr ein weiteres Ultimatum gestellt. Jetzt würde sie der Pest zum Opfer fallen und die kostbare Last, die sie in sich trug, stürbe ebenfalls.

Sie schüttelte den Kopf, um die furchtbaren Gedanken zu vertreiben, und setzte sich mit ihrem Essen an den Küchentisch. Doch dann starrte sie angewidert auf die Pasteten und hatte das Gefühl, daß sie wahrscheinlich niemals wieder etwas hinunterbekam. Als sie die Treppe zu ihrem Zimmer erklomm, zitterten ihre Beine so sehr, daß sie wußte, sie würde umfallen, wenn sie es nicht bis zu ihrem Bett schaffte. Nun, das würde dem verdammten Lord Helford recht geschehen. Wenn er morgen käme, wäre sie bereits tot!

Sie hatte bestimmt die Pest. Schwankend erhob sie sich von ihrem Bett, um in den Spiegel zu sehen. Ihr Gesicht war puterrot, als hätte man es gekocht, und sie hatte das Gefühl zu glühen. Schachmatt fiel sie auf ihr Bett zurück, und ihre Finger tasteten verzweifelt an ihren Lenden herum auf der Suche nach den Beulen der Schwarzen Pest, die anschwollen wie Ballons, ehe sie schließlich zerplatzten. Sie fiel in Ohnmacht.

Nach geraumer Zeit tauchte sie aus der Finsternis auf. Sie spürte, wie jemand sie hochhob, doch sie fühlte sich zu elend für jede Form des Protests. Sie konnte noch nicht einmal die Augen öffnen, und mit entsetzlicher Gewißheit wurde ihr klar, daß sie bereits gestorben war. Sie trugen sie auf einen Totenkarren, und sie konnte nichts dagegen tun. Ihr Geist schrie vor Entsetzen auf. Hört auf, bitte, ich flehe euch an, schrie ihr Hirn, aber über ihre Lippen drang kein einziger Laut. Kinderleichen wurden auf sie geworfen, und plötzlich fand sie angesichts der Entsetzlichkeit der Geschehnisse ihre Stimme wieder und schrie: »Hört auf, bitte! Ich flehe euch an!«

»Cat, meine Süße, wach auf«, drängte eine besorgte Stimme sie.

Sie riß die Augen auf und starrte in Black Jack Flashs Gesicht. Verzweifelt klammerte sie sich an ihm fest. »Rory ... oh, mein Gott ... Rory.«

Er zog sie eng an sich und strich ihr über das wirre Haar, doch immer noch zitterte sie wie Espenlaub. »Cat, mein Schatz, du hast nur einen Alptraum gehabt.«

Tränen rannen ihr über das Gesicht. »Ich ... habe also nicht die Pest?«

»Natürlich nicht, denn schließlich kümmert sich der Teufel höchstpersönlich um Sünder wie dich und mich«, sagte er und lachte sie an.

Dankbar schlang sie die Arme um seinen Hals. Er hatte sie gerettet. Langsam wich ihre Anspannung, und sie lehnte sich an seine breite Brust und murmelte: »Danke, Rory. Ich bin so froh, daß du gekommen bist.«

»Was ist nur mit meiner tapferen kleinen Höllenkatze passiert? Woher kommen all diese ängstlichen, bizarren Gedanken?« schalt er sanft.

Sie seufzte. Wie sanft er manchmal war, wie verständnisvoll. In diesem Augenblick fühlte sie sich so sicher und geborgen, daß sie das Gefühl hatte, sie könne ihm alles erzählen. Mit leiser, furchtsamer Stimme sagte sie: »Ich erwarte ein Baby, Rory.«

»Wunderbar«, sagte er, zog sie noch enger an sich und gab ihr einen zärtlichen Kuß auf die Stirn.

»Vielleicht denkst du das nicht mehr, wenn ich dir gestehe, daß ich nicht weiß, wer der Vater ist. Ruark oder du«, flüsterte sie.

Einen langen Moment sagte er nichts, so daß sie sich von ihm löste und ihn ängstlich musterte. Doch er lächelte. »Das ist mir egal, mein Schatz, und ich bin verdammt sicher, daß es dir früher oder später auch egal sein wird.«

»Oh, Rory, das kann doch nicht dein Ernst sein. Sicher wirst du jedesmal, wenn du das Kind ansiehst, Zweifel haben.«

Er legte seine Finger unter ihr Kinn und sah sie an. »Hältst du mich für unfähig, das Kind meines Bruders zu lieben?« fragte er ernst.

In diesem Augenblick wußte sie, daß er etwas ganz Besonderes war. Sie bot ihm ihren Mund zu einem Kuß und spürte verblüfft, wie zärtlich er war.

»Komm mit mir auf mein Schiff«, lockte er. »London ist im Augenblick ein zu schrecklicher Ort. Ich nehme dich nach Frankreich und Holland mit.«

Sie riß die Augen auf. »Ich dachte, wir liegen mit Holland im Krieg.«

Er lachte. »Das tun wir auch, aber wie du vielleicht noch weißt, hisse ich jede Flagge, die mir gefällt.«

Was ein einziger Tag doch alles verändern konnte! Hätte er ihr gestern ein derart empörendes Angebot gemacht, hätte sie abgelehnt, denn schließlich hatte sie geschworen, ihre Affäre mit ihm wäre aus und vorbei. Aber inzwischen war sie geradezu versessen darauf, London zu entfliehen und mit einem Mann zusammenzusein, der sie mit all ihren Fehlern akzeptierte. Inzwischen verlangte es sie nach einem prächtigen Mann, wie Rory Helford es war.

Sie blickte aus dem Fenster, und als sie sah, daß es draußen dunkel war, wußte sie, er mußte noch vor Tagesanbruch wieder fort. »Habe ich noch Zeit, um ein paar Sachen einzupacken und mich umzuziehen?« fragte sie.

»Laß mich dich ausziehen, Liebling, wir haben alle Zeit der Welt.« Er strich mit dem Daumen über die Sorgenfalten auf ihrer Stirn. »Du mußt spielen, meine Liebe, du brauchst ein bißchen Spaß.« Er zog ihr das Kleid über die Schultern und küßte ehrfürchtig ihre nackte Haut. Aus der Nähe betrachtet, wirkten seine Augen grün, und es war zu erkennen, wie straff die sonnengebräunte Haut über seinen Wangenknochen lag. Mit angehaltenem Atem wartete sie auf seine Reaktion, wenn er ihre Brust sähe, denn sie wußte, daß sie in der letzten Woche größer und voller geworden war. Und tatsächlich verzog er den Mund zu einem breiten Lächeln, rollte die Augen himmelwärts und stöhnte selig auf.

Black Jack Flash stand am Ruder der *Phantom*, als sie leise mit der Flut auf die Themse hinausglitt. Offenbar fand er sich problemlos in der Dunkelheit zurecht, und er gab das Ruder erst aus der Hand, als das lange, tiefliegende Schiff an Margate vorbei auf das offene Meer hinaussegelte.

Summer wunderte sich jedesmal von neuem über den Kontrast zwischen Rorys beiden Kabinen. Der vordere Raum entsprach ganz den Vorstellungen von einer Kapitänskajüte. Er war mit komfortablen Lederstühlen, Kartentischen und einem Schreibtisch voller Papiere bestückt. Der hinteren Kabine hingegen hatte er seinen persönlichen Stempel aufgedrückt. Der schwarze, seidige Teppich war so dick, daß man regelrecht darin versank, die schwarzrot lackierten Schränkchen schienen unbezahlbar zu sein, und wenn die schwere Spiegeltür des Kleiderschranks offenstand, entdeckte man die Garderobe eines eitlen Mannes, sorgsam ausgewählt, um sein schwarzes Haar mit der überraschenden weißen Strähne hervorzuheben.

Einige der Kleidungsstücke schienen aus fremden Ländern zu kommen, denn ihr Schnitt wirkte eigenartig, wenn nicht gar sonderbar. Andere Stücke waren mit herrlichen Onyxstücken, Perlen, Diamanten und Kristallen bestickt. Selbst die schlichten Hemden und Hosen waren aus dem feinsten, teuersten Material.

Summer hängte ihre Kleider ebenfalls in den Schrank. Sie war froh, daß sie nicht viel mitgebracht hatte, denn der Platz war sehr begrenzt. Schließlich drehte sie sich zu dem Bett um, das den Raum regelrecht zu beherrschen schien. Die roten Seidenvorhänge wehten wie Rauchfahnen über den Laken, und eifersüchtig überlegte sie, wie viele Frauen wohl schon in dem seidigen Kokon gelegen hatten. O Gott, wenn sie derartige Gefühle hegte, hatte sie sich offensichtlich verliebt.

Plötzlich hörte sie, wie er aus der vorderen Kabine kam, und sie fühlte sich schüchtern wie eine junge Braut, doch als seine große Gestalt in den Türrahmen trat und sie einander ansahen, war alles gut. Er hatte ein großes Tablett voll köstlich duftendem Essen mitgebracht, und sie lächelte, als sie sich daran erinnerte, daß sie bisher immer von ihm gefüttert worden war. Er stellte das Tablett auf das Bett und trat neben sie. »Du hast den ganzen Tag noch nichts gegessen, stimmt's?« Als er sie in die Arme zog, spürte er, daß sie zitterte. »Du frierst ja, mein Schatz«, sagte er, zog ihr den Umhang von den Schultern und warf ihn achtlos durch den Raum. »Komm ins Bett.«

Er ging zum Schrank, zog eine riesige weiße Djellaba mit einer Kapuze heraus und hüllte Summer darin ein, ehe er den roten Seidenvorhang öffnete, damit sie ins Bett kletterte. Er zog sich eilig aus, glitt neben sie und zog die Vorhänge wieder zu, wodurch er sie vom Rest der Welt abzutrennen schien.

Dann setzte er ein verruchtes Grinsen auf. »Das ganze Liebesspiel in der Kutsche hat offenbar nichts genützt, weil du immer noch frierst. Also muß ich wohl noch mal von vorne anfangen.« Seine Hand griff nach dem Tablett und zog es zwischen sie. Sie saßen mit gekreuzten Beinen da und teilten das Essen und den Wein. Summer verschlang ein halbes Hühnchen und leckte seufzend ihre Finger ab. Sie wußte aus Erfahrung, daß Rory ein Genießer war. Er nähme sich sicher reichlich Zeit, um all ihren Hunger zu stillen. Und schon begann er, sie mit verschiedenen Köstlichkeiten zu füttern, und lachte sie fröhlich und wissend an.

Schließlich glitt seine Hand unter die weiße Djellaba und tastete prüfend über ihre Brüste, ihren Bauch und ihre Schenkel, um zu sehen, ob das wärmende Kleidungsstück noch erforderlich war. Ihre Haut war rosig und warm, und er zog ihre Kapuze nach hinten und strich ihr sanft über das seidige schwarze Haar, ehe er die Djellaba über ihre Brüste und Schultern gleiten ließ und sie auf den Boden neben den Umhang warf. Anschließend schenkte er ihnen einen Kelch heißen, mit Zimt, Nelke und Myrrhe gewürzten Apfelweins ein und stellte das leere Tablett neben das Bett. Er legte einen starken Arm um sie, zog sie neben sich und reichte ihr das Glas. Sie nippte gehorsam, ehe er ebenfalls trank, wobei er sorgsam darauf achtete, daß seine Lippen an derselben Stelle des Kelchs lagen wie zuvor ihr süßer Mund.

Als sie sich an ihn schmiegte, spürte sie seine drahtigen Haare an ihrer Brust und seine Schulter an ihrem Gesicht. Er umfaßte ihre andere Brust, und seine starken Finger spielten verführerisch an ihrer rosafarbenen Brustwarze herum. Seine andere Hand hielt ihr abermals das Weinglas an den Mund.

Summer hatte sich schon lange nicht mehr so sicher und geborgen und geliebt gefühlt. Sie schloß die Augen, als Rory sie küßte, und überlegte flüchtig, ob sie ihn vielleicht als Ersatz für ihren Mann betrachtete. Schließlich war Ruark ihre erste Liebe gewesen, und sie hatte ihn von ganzem Herzen geliebt. Sie wollte diesen Mann nicht betrügen, doch der Gedanke schmolz dahin, als seine Zunge mit ihrem erregenden Spiel begann. Er weckte ihre Leidenschaft und ihre Sinne so schnell, daß sie ohne Zweifel wußte, daß sie nicht nur Ruark liebte, sondern auch ihn.

36

Ihre gemeinsamen Tage waren glücklich, die Nächte das Paradies. Rory wußte, daß sie zusammengehörten. Diese Frau gab sich ganz ihrer Leidenschaft hin, und ihre Hingabe überwältigte ihn geradezu. Außerdem war sie ehrlich, und es gab kein Thema, über das sie nicht mit ihm sprach.

Summer verbrachte viel Zeit oben mit ihm an Deck. Sie wich nicht von seiner Seite, und die Männer grinsten vielsagend und nahmen ihrem Kapitän soviel Arbeit wie möglich ab. Er hatte ihr eine weiße Baumwollhose von einem Kabinensteward gegeben, und sie hatte die Ärmel von einem seiner Hemden abgeschnitten und verknotete die Zipfel unter ihrer Brust. Sie lehnte sich weit über die Reling hinaus, um ein paar spielenden Delphinen zuzusehen, als sie spürte, wie er den Arm um sie schlang. Sie erschien ihm schlanker als je zuvor, und er flüsterte: »Bist du dir sicher, daß du ein Baby bekommst?« Sie sah ihn eilig an, um zu erforschen, ob er ihre bevorstehende Mutterschaft bedauerte, aber seine Miene verriet einzig Freude sowie eine gewisse Sorge um sie.

»Ich bin sicher. Aber Gott sei Dank ist es mit der allmorgendlichen Übelkeit vorbei, sonst wäre diese Reise nicht der Himmel, sondern die Hölle für mich.«

Er legte seinen Arm fester um sie. »Ich liebe dich, Cat.«

»Das glaube ich dir«, sagte sie und strich ihm sanft die weiße Strähne aus der Stirn. »Rory, dein Bruder Ruark weiß, daß wir uns begegnet sind. Ich war bei einem Messerkampf auf der anderen Seite des Flusses in Southwark. Mein Mann war außer sich vor Wut, als er mich dort fand, und bestand darauf, mich nach Hause zu bringen. Als wir schließlich in der Cockspur Street waren, kam plötzlich mein jüngerer Bruder betrunken hereinspaziert und fing an, mich zu beleidigen. Er nannte mich ... er nannte mich die Hure der Helford Brüder. Ru hat mich nicht nach dir gefragt, aber er war so erbost, daß er Spider niedergeschlagen hat. Und dann taten wir, was wir immer miteinander tun, wir hatten einen furchtbaren Streit. Ich sagte ihm, daß ich ihn hasse.«

Er sah sie belustigt an. »Und, haßt du ihn?«

»Rory, du hast es verdient, daß ich dir die Wahrheit sage, und zwar die ganze Wahrheit, nicht nur einen Teil. Ich habe Ruark von ganzem Herzen geliebt. Ich habe ihn so sehr geliebt, daß ich das Gefühl hatte, ständig durch einen Garten zu spazieren, in dem er die Sonne, der Mond und die Sterne war. Als er mich zur Frau nahm, dachte ich, er würde mich ebenfalls lieben. Und nachdem er mich in die Geheimnisse der Liebe eingeführt hatte, hielt ich ihn für einen Gott! Aber die Wahrheit ist, nun, da ich dir begegnet bin, ist meine Liebe für ihn erloschen, als wäre ich ganz plötzlich aus einem Traum erwacht. Ich sehe all seine Fehler deutlich vor mir, und in der Tat gibt es Augenblicke, da hasse ich ihn regelrecht. Ich weiß, daß ihr Brüder seid und daß ihr Ähnlichkeit miteinander habt, aber es ist erstaunlich, welche Unterschiede es trotz allem zwischen euch gibt. Er ist arrogant, fordernd, und er hat einen grausamen Zug, der mich in Angst und Schrecken versetzt.«

Rory blickte auf sie herab, und sie entdeckte, daß er nicht mehr belustigt war. »Ich kann ebenfalls arrogant und grausam sein, Cat. Bitte täusch dich da nicht, mein Schatz.«

»Aber er ist oft so grüblerisch, wie du es wohl niemals bist. Deine Augen blitzen ständig, und du lachst die ganze Zeit. Das ist wahrscheinlich der Grund, weshalb ich dich liebe, Rory.«

In seine grünen Augen kehrte das vertraute Lächeln zurück. »Ru weiß alles über uns. Ich möchte nicht, daß du dir deswegen irgendwelche Sorgen machst ... Das ist eine Angelegenheit zwischen Ru und mir, und wir werden sie ein für allemal regeln, aber ich möchte nicht, daß ich dich um den Preis bekomme, daß du dich in ihm täuschst. Er muß dich von ganzem Herzen geliebt haben, sonst hätte er dich niemals zur Lady Helford gemacht.«

»Aber als ich ihm gestand, daß ich keine wohlhabende, wohlbehütete junge Dame bin, war er außer sich vor Zorn. Er hat mir einfach unglaubliche Dinge an den Kopf geworfen. Seine Beleidigungen haben meine Liebe zu ihm für immer zerstört.«

»Ru hat einige schlechte Erfahrungen mit Frauen gemacht, die versuchten, ihn auszunehmen wie eine Weihnachtsgans. Aus diesem Grund ist er, was Frauen angeht, inzwischen ein Zyniker.«

Summer sah Rory böse an. »Warum verteidigst du ihn eigentlich noch? Willst du mich etwa dazu bewegen, zu ihm zurückzukehren?«

Er lachte, küßte sie und sagte: »Ich will nur, daß du ihn verstehst, aber wenn du dich weigerst, ihn zu verstehen, dann kann das nur zu meinem Vorteil sein, und ich bin Schwein genug, um diese Chance zu nutzen.«

»Er war derjenige, der von der Annullierung unserer Ehe gesprochen hat, aber jetzt bin ich es, die die Annullierung mehr als alles andere will.« Und dann fügte sie eilig hinzu: »Allerdings will ich dich dadurch nicht zwingen, mich zu heiraten.«

»Willst du mich etwa nicht als Ehemann?« fragte er ernst. »Du kannst unmöglich ein Kind bekommen, ohne verheiratet zu sein. Das lasse ich nicht zu.«

»Natürlich will ich dich als Ehemann.«

»Cat, Liebling, ich möchte, daß du dir das Ganze gut überlegst. Eine Annullierung deiner Ehe würde bedeuten, daß du deinen Titel, Helford Hall, Ruarks Reichtum und seine Position am Hof aufgibst.«

»Verdammt, warum glaubt ihr Helfords eigentlich immer, daß mir Geld und Titel so wichtig sind? Ich wollte nur Geld, um Roseland zu retten, und auch noch nicht einmal für mich, sondern für meinen Bruder, der Lord St. Catherine ist und der es verdient, daß er sein rechtmäßiges Erbe bekommt.«

»Ich glaube dir, mein Schatz. Warum solltest du dich sonst mit einem Piraten einlassen, der sich seinen Lebensunterhalt durch Diebstahl und Schmuggel verdient?«

»Außerdem habe ich eigene Freunde am Hof, und ich bin eine von Charles' Favoritinnen. Ihm ist es vollkommen egal, ob ich Lady Helford oder Cat St. Catherine bin!«

Bei der Erwähnung des Königs wurden Rorys Augen schmal, und sein Mund wies plötzlich eine Härte auf, die Summer bisher unbekannt gewesen war. Sie zuckte zusammen und kam zu dem Schluß, daß seine Unbekümmertheit manchmal nur vorgetäuscht war. Anscheinend kannte er ebenfalls das Gefühl der Eifersucht. Nur weil er auf seinen Bruder nicht eifersüchtig war, hatte sie angenommen, er wäre von Natur aus tolerant. Doch da hatte sie sich geirrt.

Einer der Seeleute in der Takelage hatte ein Segel in der Ferne entdeckt, und aller Augen richteten sich in Erwartung seiner Reaktion und etwaiger Befehle auf Black Jack Flash. Rory blickte durch sein Fernglas und rief: »Ein holländisches Schiff«, was die Vermutung seiner Männer nur bestätigte. Summer wurde von heftiger Erregung gepackt. »Laß mich auch mal sehen«, bat sie, und er reichte ihr das Fernglas und zeigte auf das kleine Segel am Horizont, ehe er seinen Männern in einer unverständlichen Sprache einen Befehl zurief.

»Oooh.« Summer atmete hörbar aus. »Willst du es etwa kapern?«

Rory schüttelte den Kopf und lachte über ihr enttäuschtes Gesicht.

»Warum nicht?« fragte sie. »Schließlich liegen wir mit den Schweinen im Krieg.«

»England liegt mit Holland im Krieg, aber ich bin nicht England. Soll ich das Schiff etwa kapern und hinter mir herschleppen, wenn ich morgen in Den Haag einlaufe?«

Sie war immer noch enttäuscht, mußte jedoch zugeben, daß sein Argument vernünftig war. Sie wußte, daß er sie lächelnd musterte, um zu sehen, ob sie verstand, als sie entdeckte, daß die *Phantom* plötzlich unter holländischer Flagge fuhr.

Im Hafen angekommen, beauftragte Rory einen seiner Männer namens Hans, die Formalitäten beim Zoll zu erledigen, und ging mit Summer in seine Kabine hinab, wo er ihr einen Kuß auf die Nase gab. »Zieh dich um, dann nehme ich dich zu den Lagerhäusern mit. Wenn du all die wunderbaren Dinge dort siehst, machst du mich bestimmt im Handumdrehen zu einem armen Mann.«

»Und ob«, versprach sie ihm.

Die Lagerhäuser waren tatsächlich mit den verschiedensten und exotischsten Waren aus aller Welt gefüllt. Die diversen Gerüche berauschten die Sinne und weckten Träume von fremden Ländern und Sitten in Cat. In einem der Lager gab es nichts als Wein, und der Boden wies zahlreiche purpurne Flecken auf. Hier stapelten sich alle möglichen Flaschen und Kisten mit dem besten Rebensaft, den es in Frankreich, Spanien und Portugal gab. Rory erklärte, daß in Holland selbst Gin hergestellt wurde als Tauschmittel für den Wein oder aber direkt für den Export. Die Luft war so erfüllt vom Duft des Weins, daß Summer das Gefühl hatte, allein vom Einatmen beschwipst zu sein.

Auch im zweiten Lagerhaus, das sie besichtigten, ließ sich die dort gelagerte Ware anhand ihres Aromas identifizieren. Riesige, eisenbeschlagene Holzkisten voller Tee aus Indien, Ceylon und sogar China waren ordentlich nebeneinander aufgereiht, und im hinteren Teil des Raums verströmten große Jutesäcke einen köstlichen Schokoladenduft. Rory zeigte einfach auf die Dinge, die er haben wollte, und zwei Verkäufer folgten ihm, um seine Wünsche zu notieren. Die Preisverhandlungen kämen später, wenn es an das Bezahlen der ausgewählten Waren ging.

Die Gerüche im nächsten Lagerhaus waren fremd und so stechend, daß Summers Nasenflügel zitterten. »Was du da riechst, sind Heilmittel«, erklärte Rory ihr. »Benzoe, Weihrauch, Galgant, Mirabolans, Aloe, Kampfer. Andere Drogen sind illegal, wie zum Beispiel Haschisch, Opium und noch schlimmere Dinge, für die Männer ein Vermögen bezahlen, nur weil sie das Hirn ausschalten.« An die Verkäufer gewandt, zählte er seine Wünsche auf, und sie nickten eilig, denn sie schienen sofort zu verstehen. Summer überlegte, was er wohl gekauft haben mochte, aber dann dachte sie, daß es vielleicht besser wäre, sich nicht weiter danach zu erkundigen.

Das Gewürzlager war der reinste Traum. Neben Bergen von Pfefferkorn, Muskatnuß und Nelken türmten sich riesige Haufen von Süßholzwurzeln, grünem Ingwer und Zimtstangen auf.

Einer der größten Lagerräume war bis unter die Decke mit Waffen und Munition angefüllt. Messer, Dolche, Schwerter und Rapiere wurden neben Krummsäbeln, normalen Säbeln und seltsamen orientalischen Waffen und Folterinstrumenten zur Schau gestellt. Gegenüber von den Messern waren Pistolen, Gewehre, ja selbst Kanonen jeder Form und Größe mit den dazugehörigen Kanonenkugeln zu sehen.

Rory erklärte ihr, daß er noch ein paar langweilige Bestellungen aufzugeben hätte, so daß sie beschloß, sich selbst noch ein wenig umzusehen. Er rief eine kleine Chinesin in schwarzen Hosen herbei und wies sie an, Summer sämtliche Wünsche zu erfüllen. Eine solche Vielfalt an Farben und Stoffen, wie sie hier geboten wurde, hatte Summer noch nie in ihrem Leben gesehen. Seide, Damast, Taft, Goldstoff und feinster Batist lag neben Bändern, Federn und Schmuckwerk für Hut und Schuh. Chintz und Kattun wetteiferten mit ägyptischer Baumwolle, die so dünn wie Spinnweben war. Mit seidigen Silber- und Goldfäden bestickte Tuch hing neben perlenbesticktem, mit Blumen, Schmetterlingen und Vögeln bedrucktem Stoff. Plötzlich fühlte sich Summer an Bord der *Golden Goddess* zurückversetzt, in die glücklichen Tage ihrer Hochzeitsreise, während der ihr Mann ihr die ganze Welt zu Füßen gelegt hätte, hätte sie danach gefragt. Beim Gedanken an Ruark zog sich ihr Herz schmerzlich zusammen, doch ehe ihr die Tränen die Sicht verschleierten, wandte sie sich anderen Dingen zu. Schließlich entdeckte sie etwas, das ihre Phantasie bezüglich eines Kleids beflügelte. Atemlos trat sie an die mit Straußenfedern in allen Schattierungen des Regenbogens gefüllten Vasen heran. Mit Bändern verzierte Kleider waren inzwischen so populär, daß es nichts Besonderes mehr war. Also wollte Summer ein Kleid mit blaß türkisfarbenen Straußenfedern an Dekolleté und Saum. Als sie ihre Bestellung aufgab, brachte die Chinesin noch einen Fächer in der Farbe der Federn, und sie nickte begeistert mit dem Kopf.

Dann trat sie durch eine Tür in einen Raum voller Kuriositätenschränkchen aus Indien und dem Orient. Sie erinnerte sich daran, daß Königin Catherine solche Schränkchen in Hampton Court besaß. Die Mitte des Raums war mit den seltsamen Dingen angefüllt, die schließlich in den Schränkchen landeten. Es gab Achate, Onyxsteine, Intaglios, einen Ambraklumpen, in dem eine Kröte eingeschlossen war, Muscheln, seltene Vogeleier und Porzellanminiaturen im Übermaß.

Schließlich landete sie in einem höhlenartigen Raum, in dem sie ein finster dreinblickender, bewaffneter Wachmann empfing. Überall standen Tabletts mit Diamanten, Smaragden, Rubinen, Perlen, Türkisen, Saphiren, Onyxen und Opalen herum, und die zahllosen exotischen Edelsteine, die auf Hunderten anderer Tabletts lagen, hatte sie noch nie in ihrem Leben gesehen. Hier fand Rory sie und bat sie, sich ein paar Juwelen auszusuchen, die sich zur Umarbeitung als Ohrringe eigneten. Ohne lange zu überlegen, wählte sie ein Paar tropfenförmiger Rubine in der Größe von Taubeneiern aus. »Es gibt viel wertvollere Edelsteine als Rubine, mein Schatz, bist du sicher, daß du nichts anderes willst?«

Sie nickte: »Ich habe eine besondere Vorliebe für Rubine.«

Er rechnete seine Einkäufe zusammen und grinste, als er die zahlreichen Straußenfedern sah. Sie hatte keine Ahnung, wie teuer sie waren, sonst hätte sie niemals fünf Dutzend bestellt, aber er verriet ihr bestimmt nichts von dem horrenden Preis. »Die Ohrringe werden in einer halben Stunde fertig sein. Warum wartest du nicht in der Kutsche, während ich über den Preis der Waren verhandele?«

Einer der Verkäufer geleitete Summer zu der wartenden Kutsche hinaus, und dort stieß sie mit einem Mann zusammen, dem sie bereits auf Stowe begegnet war und der ein Grenvile zu sein schien. »Oh, hallo«, sagte sie. »Wir kennen uns doch bereits von Stowe.«

Wie bei ihrer ersten Begegnung knurrte er jedoch lediglich: »Sie irren sich, Madame« und wandte sich ab.

Sie sah ihm verwundert hinterher. Jedesmal, wenn sie diesem Kerl begegnete, schien er darüber verärgert zu sein. Warum wollte er nur nicht, daß man ihn hier oder in Cornwall als einen Grenvile erkannte, der er doch offensichtlich war? Die Grenviles genossen hohes Ansehen, und der König hatte Jack erst kürzlich zum Earl of Bath ernannt. Und was machte ein Grenvile in Den Haag, während England und Holland einander befehdeten?

Als Rory mit ihren Ohrringen kam, verlor die Begegnung jedoch vorläufig an Bedeutung für sie. »Oh, Rory, noch nie in meinem Leben habe ich etwas so Schönes gehabt.«

»Hier, laß mich sie dir anlegen«, bot er an und schob ihr Haar zurück.

»Ich fürchte, sie passen nicht besonders gut zu meinem pfirsichfarbenen Kleid.«

»Da läßt sich leicht Abhilfe schaffen«, entgegnete er und öffnete im Handumdrehen die Bänder ihres Oberteils.

»Rory, hör auf«, keuchte sie und zog die Ärmel des Kleides wieder herauf.

»Das kann ich nicht«, sagte er heiser und zog sie auf seinen Schoß. Seine Verwegenheit, sie hier in einer Kutsche auszuziehen, erregte sie. Als sie seinen Händen schließlich gestattete, sie unter dem Kleid zu berühren, schienen ihn ihre körperliche Nähe und ein paar Küsse bereits zufriedenzustellen. Seufzend klammerte sie sich an ihn und stellte dankbar fest, daß sein Verlangen nach ihr jeden Tag stärker zu werden schien.

37

»Rory«, sagte sie am nächsten Morgen, als er vom Vordeck in die Kabine kam. »Gestern habe ich einen Mann gesehen, der ganz offensichtlich ein Grenvile ist.« Mehr sagte sie nicht, denn sie wollte Rorys Reaktion auf diese Feststellung sehen.

Er runzelte die Stirn. »Vor den Lagerhäusern? Aber du glaubst nicht, daß er mich gesehen hat, oder?«

»Ich glaube nicht ... ich weiß nicht. Wer ist dieser Mann?«

»Das muß Richard gewesen sein ... Sir Richard Grenvile. Er war General in der Armee des verstorbenen Königs, aber er und Kanzler Hyde hassen einander bis aufs Blut. Als er Charles seine Dienste anbot, nahm dieser sie aus Rücksicht auf die Gefühle seines obersten Ministers nicht an. Diese Abfuhr verbitterte Richard derart, daß er beschloß, ins Exil zu gehen und nie wieder nach England zurückzukehren.«

»Das ist seltsam, ich habe ihn nämlich vor ein paar Wochen auf Stowe gesehen.« Plötzlich wußte sie es. Grenvile war ein Spion. Dies war eine wichtige Erkenntnis, die sie dem König weitergeben könnte, doch da sie nicht genau wußte, auf welcher Seite Rory stand, hatte sie ein äußerst ungutes Gefühl. Auf jeden Fall kannte er sich in Holland verdächtig gut aus.

Obgleich sie sich manchmal nach Abenteuern sehnte und normalerweise bereit war, jedes noch so gewagte Risiko einzugehen, verspürte sie eine treue Ergebenheit gegenüber ihrem König und ihrem Land. Eins der Dinge, die sie an ihrem Mann so bewunderte, war sein außerordentliches Pflichtgefühl. Also tastete sie sich jetzt vorsichtig an das Thema heran. »Rory, wem gilt eigentlich deine Loyalität? Dem König?«

Er grinste sie an. »Mir selbst, mein Schatz.« Und sofort sprach er von etwas anderem. »Für heute habe ich einen Einkaufsbummel für dich geplant. Ich selbst kann leider nicht mitkommen, da ich auf die Waren warten muß, die ich gestern bestellt habe, aber ich habe Hans gebeten, dich zu begleiten und den Dolmetscher zu spielen. Ich nehme an, daß du begeistert sein wirst von all den eleganten Läden in der Stadt. Ich habe ihm genug Gulden mitgegeben, damit er alles bezahlen kann, was du haben willst.«

»Man kann nicht gerade behaupten, daß du geizig bist. Verdienst du dein Geld denn so leicht?«

Sein Blick verriet, wie belustigt er war. »Manchmal ja, manchmal nein, aber ich hoffe doch, daß ich Manns genug bin, um mir die Dinge leisten zu können, die meine Frau begehrt.« Er sah ihr in die Augen. »Du bist doch meine Frau, Cat, oder nicht?«

Sie senkte den Blick. »Du weißt, daß ich das bin, Rory.«

»Am besten ziehst du dich jetzt schleunigst an, ehe ich auf die Idee komme, daß du es mir beweisen mußt.« Er zwinkerte ihr zu, ging hinüber in die Kabine, die er als Büro benutzte, und schloß die Tür hinter sich. Sie überlegte, ob Hans überhaupt Englisch sprach, und rannte ihm nach, um zu fragen, aber er war schon nicht mehr da. Plötzlich hörte sie seine tiefe Stimme im Korridor. »Halte sie bis drei Uhr von hier fern. Ich will nicht, daß sie hier ist, wenn de Ruyter kommt.«

Summer war verblüfft. Ganz England wußte, daß der berüchtigte de Ruyter das Hirn der holländischen Flotte und Englands ärgster Gegner war. Sie konnte einfach nicht glauben, daß Rory mit dem Kapitän in Verbindung stand – kein Wunder, daß er nicht wollte, daß sie etwas davon erfuhr! Ihr erster Gedanke war, den

König zu informieren. Sie schauderte ... Sie wußte, es würde ihr niemals gelingen, Rory derart zu hintergehen. Bereits bei ihrer ersten Begegnung hatte er sie davor gewarnt, daß er ein Halunke war und seit jeher das schwarze Schaf der Familie, und zum ersten Mal glaubte sie es.

Sie ging mit Hans, einem blonden Hünen, an Land, der Anweisung erhalten hatte, sie mit seinem Leben zu schützen, sollte es erforderlich sein. Er wirkte eigenartig deplaziert in den eleganten Läden, aber ohne seine Kenntnis des Holländischen und Französischen kam sie nicht zurecht. Wie Rory vorausgesagt hatte, verblüffte es sie, wie viele elegante, von französischen Schneiderinnen geführte Etablissements es gab.

Sie kaufte ein flammenfarbenes, vorn geschlitztes Kleid, unter dem ein Unterrock aus goldenem Spitzenstoff zu sehen war. Es war ein spektakuläres Gewand, das sich nur mit dem Selbstbewußtsein einer Königin tragen ließ, aber daran mangelte es Summer nicht. In einem anderen Geschäft wählte sie ein perlenbesticktes Kleid aus einem geschmeidigen Stoff, dessen Farbe sich mit dem Licht verändert. In einem Augenblick war es hellgrün, im nächsten bereits schimmerte es in einem silbrigen Ton. Auch einer Fuchspelzstola konnte sie nicht widerstehen, die passend zu dem Kleid eine hellgrüne Färbung aufwies. Sie wußte, niemand in ganz London besaß einen pastellfarbenen Pelz, und kam zu dem Schluß, daß jemand wie Barbara wahrscheinlich einen Mord begehen würde für ein solches Kleidungsstück.

Es fing an zu regnen, und der Regen in Holland war etwas anderes als das seichte englische Nieseln. Der schwere, zinnfarbene Himmel drückte Summer aufs Gemüt, und egal, wie sehr sie versuchte, die beunruhigenden Gedanken an Rory beiseitezuschieben, sie malte sich immer wieder die furchtbarsten Szenen aus. Fast hätte sie darauf bestanden, zum Schiff zurückzukehren, um Rory mit de Ruyter zu überraschen, aber dann überlegte sie es sich anders und ließ sich von dem blonden Hünen in ein feines Restaurant führen, in der Hoffnung, daß ein gutes, heißes Mahl die Kälte und Nässe vertreiben würde.

Sie brauchte etwas, das sie von ihren düsteren Gedanken ablenkte, und als ihr ein leichter, goldener Wein angeboten wurde, schüttelte sie energisch den Kopf und bestellte statt dessen Gin. Hans wirkte ernsthaft besorgt. Wenn er es gewagt hätte, ihrer Bitte zu widersprechen, hätte er es getan, denn er war sich der überwältigenden Wirkung des klaren, starken Gebräus allzu bewußt. Als er sie schließlich zur *Phantom* zurückbegleitete, war Summer in einem Zustand der Trunkenheit, der selbst ängstlichen Menschen ihre Schüchternheit nahm. Da Summer von Natur aus bereits alles andere als zaghaft war, wurde sie jetzt regelrecht aggressiv. Sie stürmte an Bord des Schiffes und beobachtete mit wissenden Augen, wie der treue Hans das Vordeck betrat, um Black Jack Flash zu berichten, daß sie mehr Gin in sich hineingekippt hatte, als sie vertrug.

Sie ging in die Kabine hinunter, zog das Kleid und die hochhackigen Schuhe aus, stieg in die weiße Baumwollhose und knotete das weiße Hemd in der Taille zusammen. Dann band sie ein rotes Tuch um ihren Kopf und kehrte an Deck und somit in die Höhle des Löwen zurück.

Rory beobachtete amüsiert, wie sie vorsichtig einen Fuß vor den anderen setzte, um auf dem schwankenden Schiff nicht die Balance zu verlieren. Heute ärgerte sie sich über seine Belustigung. Sie würde ihm sein verfluchtes Grinsen aus dem Gesicht wischen, und wenn es das letzte war, was sie tat.

Sie stapfte auf ihn zu, stemmte die Fäuste in die Hüften und sagte: »Ich bin zu dem Schluß gekommen, daß ich dieses stinkende Land nicht mag. Wann fahren wir?«

Rory zog unmerklich die Brauen hoch. »Wenn ich den Befehl dazu gebe.«

Als sie fluchte, maß er sie mit einem herablassenden Blick. »Ich sollte dir beibringen, in einer anderen Sprache zu fluchen. Auf englisch klingt es allzu derb.« Er war arrogant, elegant und stolz. Er konnte grob sein oder charmant, aber sie wußte, er würde nie die ihm eigene Selbstsicherheit verlieren, die ihr heute auf die Nerven ging.

»Englisch ist gut genug für mich«, stellte sie mit schmalen Augen fest. »*Ich hasse* es, mich mit meinen Feinden zu verbrüdern, auch wenn du offensichtlich nichts dagegen hast!«

»Ich glaube, du hast etwas zuviel getrunken, Cat. Am besten kehrst du in die Kabine zurück«, sagte er ruhig.

»Sie haben ein solches Talent dafür, Befehle zu erteilen, Sir, daß ich mal sehen möchte, ob Sie auch ebenso gut welche entgegennehmen können. Ich befehle, daß wir auf der Stelle ablegen«, brüllte sie.

»Cat, ich warne dich. Ich lasse nicht zu, daß du dich vor meinen Männern derart unverschämt benimmst. Geh nach unten.«

Angriffslustig trat sie noch einen Schritt auf ihn zu. »Und wenn ich es nicht tue?«

Mit zwei Schritten stand er vor ihr und packte sie am Arm. Ihr Mund verzog sich zu einem Lächeln der Zufriedenheit. Jetzt würde er sie nach unten tragen und versuchen, sie zu lieben, aber sie würde ihn rauswerfen! Er trug sie zur Reling, hob sie hoch und warf sie ohne großes Aufhebens über Bord.

Hustend und keuchend nach Luft schnappend, tauchte sie wieder auf. Sie glaubte es einfach nicht. Zur Hölle mit sämtlichen Helfords dieser Welt! Das unfreiwillige Bad hatte sie überraschend schnell ernüchtert, aber auf keinen Fall würde sie sich ans Ufer retten und auf die *Phantom* zurückkehren, solange sie wie eine halbertrunkene Ratte aussah.

Er blickte noch nicht einmal über die Reling, um zu sehen, ob alles in Ordnung war. Sie paddelte ungefähr zehn Minuten im Wasser herum, dann füllte sie ihre Lunge mit Luft, drückte sich von der Bordwand ab und trieb wie eine Tote am Schiff entlang. Mit den gespreizten Armen, dem fächerförmig ausgebreiteten Haar und dem Gesicht im Wasser wirkte sie, als wäre es für jeden Rettungsversuch zu spät. Innerhalb von Sekunden erhob sich an Bord der *Phantom* lautes Geschrei. »Käpt'n! Käpt'n!« Doch sie zwang sich, reglos zu verharren, auch wenn sie das Gefühl hatte, daß ihre Lunge bald zerbarst. Sie hörte Rorys verzweifeltes »Gott der Allmächtige«, ehe sie hörte, wie er neben ihr ins Wasser sprang. Sie spürte, wie er seine starken Hände unter sie schob und sie mit dem Gesicht nach oben drehte. »Sprich mit mir, mein Schatz«, wies er sie an, doch sie lag mit geschlossenen Augen wie ohnmächtig da. »Mein Gott, es tut mir leid, ich wollte dir nicht weh tun«, keuchte er. Sie hob flatternd die Lider, flüsterte jämmerlich seinen Namen und schloß die Augen, ehe sie die letzte Luft aus ihren Lungen stieß und dann gar nicht mehr atmete. Er sah sie verzweifelt an, zog sie an die Kaimauer hinüber und ließ sie von einem halben Dutzend seiner Männer aus dem Wasser ziehen, wobei er sie fluchend anwies, aufzupassen, daß ihre zarte Haut nicht gegen die überall herumliegenden scharfen Steine und Schalentiere stieß.

In aller Eile trug er sie in seine Kabine hinab, zog die roten Seidenvorhänge zurück und legte sie sanft aufs Bett. Er kniete sich neben sie, hielt ihr die Nase zu und öffnete vorsichtig ihren Mund. Dann versuchte er, sie wiederzubeleben. »Bitte, bitte«, murmelte er zwischen zwei Atemstößen, und ihre Brust hob und senkte sich im Takt seines Beatmungsversuchs. Fast hätte Summer laut losgelacht, und als er ihre Lippen das nächste Mal mit seinem Mund bedeckte, schlang sie die Arme um seinen Hals und küßte ihn.

»Du kleine Höllenkatze, ich sollte dir den Hintern versohlen dafür, daß du mir einen solchen Schreck einjagst.«

Sie zog die Knie an und rollte lachend auf dem Bett herum. Schließlich legte sich Rorys Zorn, und er brach ebenfalls in Gelächter aus. »Du kleines Teufelsweib, du haßt es, wenn man dir Befehle erteilt, nicht wahr?«

»Bisher ist mir noch kein Mann begegnet, dem es gelungen wäre, mich zu dominieren.«

Mit einer eiligen Bewegung legte er sie über sein Knie und zog ihr die klatschnasse Hose bis zu den Knöcheln herab. Dann versetzte er ihr einen nicht zu verachtenden Hieb auf das blanke Hinterteil.

»Rory, sei vorsichtig, schließlich erwarte ich ein Kind.«

Eilig drehte er sie um und küßte sie auf den Bauch. »Dein

kleiner Bauch ist inzwischen so rund, daß ich das wohl kaum vergessen kann«, stichelte er.

»Du Schuft, wie konntest du mir das antun?« protestierte sie, doch er grinste sie fröhlich an.

»Geschieht dir recht. Das Bett ist klitschnaß, wir werden heute nacht auf dem Boden schlafen müssen.«

»Mmm ... wunderbar.«

Nachts war Rory allerdings nirgends zu sehen. Summer schlief, während sie auf ihn wartete, auf einem Stuhl am Fenster ein und wachte erst am frühen Morgen wieder auf. Als sie ihn schließlich hörte, waren seine Bewegungen so verstohlen und leise, daß es geradezu verdächtig war. Sie tat, als schliefe sie, bis er sich einen Morgenmantel angezogen hatte und lang ausgestreckt auf dem Boden eingeschlafen war.

Nach weniger als einer Stunde brach die Dämmerung herein, und sie stand eilig auf. Es schnürte ihr die Kehle zu, als sie sein blutbeflecktes Messer sah, das neben seinen schwarzen Kleidern lag. Sie glitt durch die Tür und ging lautlos an Deck. Als sie sich an die Heckreling lehnte, um frische Luft zu schnappen, sah sie irgend etwas im Wasser treiben. Anfangs war es zu dunkel, um etwas Genaues zu erkennen, aber schließlich begriff sie, worum es sich handelte. Das wie Seegras auf der Wasseroberfläche treibende Haar verriet ihr, daß es eine Leiche war. Und der Farbton des Haares war das intensive Kastanienbraun, das sie sofort an die Grenviles denken ließ.

Innerhalb einer Stunde hatte die *Phantom* abgelegt, und bald näherten sie sich der sonnenüberfluteten Küste Frankreichs. Summer war außer sich. Der Verdacht, der ihr gekommen war, als sie das holländische Handelsschiff gesehen und nicht angegriffen hatten, verhärtete sich. Rorys Erklärung, daß es zu gefährlich gewesen wäre, mit einem holländischen Schiff im Schlepptau weiterzufahren, genügte ihr nicht mehr.

Als er um Mitternacht die Wache übernahm, beschloß sie, sich genauer in seiner Kabine umzusehen. Sie war überzeugt, daß er illegale Geschäfte mit den Holländern trieb, und hoffte inständig, daß er nicht Englands Geheimnisse für Geld verhökerte.

Was sie schließlich in seiner Schreibtischschublade fand, war ein diplomatisches Schreiben von König Charles von England an König Ludwig von Frankreich. Sie wagte nicht, das Siegel aufzubrechen, obgleich deutlich war, daß es sich sowieso nicht mehr um das Originalsiegel handelte. Es war wirklich eigenartig. Hatte Rory Helford den Auftrag, dem Franzosen eine Nachricht zu überbringen, oder hatte er die Dokumente durch Piraterie in die Hände bekommen? Wenn die Dokumente echt waren, hatte er dann in Holland haltgemacht, um de Ruyter über ihren Inhalt zu informieren? Oder waren es gefälschte Dokumente, nicht wirklich von Charles?

Wenn sie sich das nächste Mal liebten, würde sie ihn auf subtile Weise befragen, um zu sehen, ob er sich vielleicht verriet.

Die *Phantom* lag in einer versteckten Bucht, und die Mannschaft hatte in Langbooten an Land übergesetzt. Sie kannten zahlreiche Weingüter in der Umgebung, auf denen sie schon in der Vergangenheit des öfteren ihren Durst gelöscht hatten, und die Weinberge erstreckten sich kilometerweit ins Landesinnere.

Sobald sie allein gewesen waren, hatten Summer und Rory sich nackt in die warme, azurblaue Flut gestürzt, und jetzt sonnten sie sich an Deck des Schiffes und dösten in der Hitze des Tages vor sich hin. Summer hatte sich züchtig in ein Handtuch gehüllt, aber Rory hatte sich keine solche Mühe gemacht. Sie lehnte an weichen, roten Kissen, die er aus der Kabine geholt hatte, und Rory lag lang ausgestreckt, den Kopf in ihren Schoß gelegt. Die Holzplanken des Decks waren angenehm warm, und die Sonne küßte ihr Gesicht, bis ihre Haut einen samtigen, goldenen Schimmer aufwies.

Er rieb seine Wange an ihrem Schenkel, und sie sah ihn unter halb geschlossenen Lidern an. Er hatte einen so prächtigen Körper, daß es ihr das größte Vergnügen bereitete, das Spiel seiner bronzefarbenen Muskeln zu beobachten, wenn er atmete. Dann merkte sie, daß er sie ebenfalls beobachtete, denn seine Männlichkeit regte sich, wurde dick und lang. Die Hitze ihres Leibes verbrannte ihm fast das Gesicht, und langsam streckte er die Hand aus und löste das Handtuch, das zwischen ihren nackten Körpern lag. Dann vergrub er sein Gesicht an ihrem Bauch und drückte einen Kuß auf die Stelle, an der das lockige Dreieck begann. »Du bist so wunderbar», stellte er heiser fest, während seine Zungenspitze über ihre verborgene Weiblichkeit wanderte. »Deine Haut schmeckt salzig vom Meer.« Plötzlich verspürte sie heftiges Verlangen nach ihm. Sein Leib war so prachtvoll, daß er geradezu anbetungswürdig war.

»Rory, ich will dich kosten«, murmelte sie. Ihre Blicke begegneten sich, und in diesem Augenblick versank die Welt um sie herum, bis es nur noch sie beide und ihre Lust gab. Sie wußte, sämtliche Barrieren zwischen ihnen müßten fallen, ehe er ihr die Wahrheit gestand. Sie wußte, sie müßten miteinander verschmelzen in der vollkommenen Vereinigung. Er stand auf, trat vor sie und zog sie eng an seine Brust. Wenn sie auf Zehenspitzen stand, reichte ihr Gesicht bis an seinen Hals, und sie küßte seinen Puls, ehe ihre Zunge seine gebräunte Haut zu lecken begann. Er verharrte vollkommen reglos, während ihre Lippen über seinen Brustmuskel, seinen flachen Nippel und seine Rippen glitten, ehe sie sich tiefer schob und seinen Nabel erkundete.

Langsam fuhr sie an seinem Körper hinab, bis sie vor ihm in die Knie ging. Sein Geschlecht ragte stolz über ihr auf, und sie sah auf und bemerkte, daß seine Blicke sie anbeteten. Etwas Intimeres hatte sie nie für einen Mann getan, und es würde auch die letzte Schranke zwischen ihnen niederreißen. Mit sanften Fingern zog sie sein Glied an ihre Lippen und küßte den samtigen Kopf. Er stöhnte, und sie nahm die Krone seiner Männlichkeit in den Mund und glitt mit der Zungenspitze darüber hinweg. Als sie ihre Zunge auf die herzförmige Spitze preßte, spürte sie seinen wilden Herzschlag in seinem Glied pulsieren.

Er warf den Kopf in den Nacken, und seine kräftigen Halsmuskeln spannten sich an, während er um Beherrschung rang. Sie leckte und saugte an ihm, ehe ihre Zunge die Länge seines Schaftes maß und er schrie: »Nein!«

Sie hatte einen Vorgeschmack wilder Sinnlichkeit gekostet, und jetzt drängte alles in ihr danach, ihn in sich zu fühlen. Ein letztes Mal glitt sie mit der Zunge über die geschwollene Kuppe seiner Männlichkeit. Als sie ihre Lippen von ihm löste, sah sie, wie unglaublich groß er geworden war. Vor Verlangen zitternd gestand sie sich ein, daß sie sterben würde, wenn er sie nicht auf der Stelle nahm.

Er zog sie neben sich, ehe es zu spät war, hob ihr Hinterteil auf seinen marmorharten Dolch und schob sich bis zum Schaft in sie hinein. Wäre sie nicht so vollständig erregt gewesen, hätte sie sein riesiges Glied niemals in sich aufnehmen können. Miteinander verschlungen stürzten sie auf das heiße Deck, und sie schlang die Beine um seinen Rücken, während er so hart und tief in sie stieß, bis sie es kaum noch ertrug. Es war Folter, aber eine herrliche Folter, unter der sie erschauerte, sich in ungeahnte Sphären erhob und ungekannte Lust empfand, als er wieder und wieder brutal in sie stieß.

Auf dem Höhepunkt ihrer Erregung schluchzte sie auf, und gleichzeitig hörte sie sein »Jetzt!«. Er marterte ihren Mund mit einem harten Kuß, der sich bis in ihre Zehenspitzen fortsetzte, und gleichzeitig explodierte er in ihr. Sie spürte, wie er sich in ihr ergoß, von einem Gefühl überwältigt, als hätte er ihr das Paradies eröffnet.

Sie klammerten sich aneinander und fürchteten die unvermeidliche Trennung, die kommen mußte, wenn die Vereinigung endete. Er wurde kleiner und weicher, aber immer noch war er groß genug, um sie fast ganz auszufüllen. Er rollte von ihrem Bauch, doch er ließ sie nicht los und zog sich auch nicht aus ihr zurück. Mit gespreizten Beinen lag sie auf ihm, die Wange an die herrlichen, drahtigen Haare auf seiner Brust geschmiegt. Die Sonne brannte auf ihr blankes Hinterteil, und seine geliebten Hände setzten zu einer sanften Massage an. Während sie so auf ihm lag, eine Gefangene ihrer Leidenschaft, kamen Schuldgefühle in ihr auf. Was, wenn dieser Mann ein Verräter war? Er hatte einen anderen Menschen umgebracht. Was, wenn er Ruark in Gefahr brachte? Sie wußte, daß Ruark ein Spion des Königs war. Wenn Rory für die andere Seite tätig war, wäre er dann skrupellos genug, um seinen Bruder zu benutzen, um Englands Staatsgeheimnisse zu erfahren? Sie sah ihm ins Gesicht, und zum ersten Mal erschien es ihr gefährlich, hart, brutal.

Als sie wieder sprechen konnte, sagte sie leise: »Rory, ich habe die versiegelten Dokumente in deiner Schreibtischschublade gesehen.«

»Schweig!« Seine Stimme traf sie wie ein Peitschenhieb. Wie konnte er Geheimnisse vor ihr haben, solange er noch körperlich mit ihr vereinigt war?

»Hast du Richard Grenvile umgebracht?« Sie fühlte sich schuldig am Tod des Mannes, denn schließlich hatte sie Rory von ihm erzählt. »Sag es mir!«

Seine Hände legten sich fester um ihr Hinterteil, und er rollte sie auf seinem härter werdenden Penis herum. Sie rang keuchend nach Luft. Er versuchte sie abzulenken, und sein Glied war nur Mittel zum Zweck. Sie hatte sich geirrt, als sie gedacht hatte, sämtliche Barrieren zwischen ihnen wären zerstört. Er hatte ihr seinen Körper und einen Teil seiner Seele geschenkt, aber sein Geist war und blieb ihr verschlossen.

Sie schob ihre Hand zwischen ihre Leiber, spürte die drahtigen Haare an seinen Lenden und zog ihn aus ihrer Scheide heraus. Der plötzliche Verlust ließ sie aufschreien, und als sie ihn ansah, bemerkte sie den kalten Zorn in seinem Blick.

»Du hast den schönsten Sex kaputtgemacht, den wir jemals erlebt haben«, knurrte er.

In der Tat war dies beinahe das wundervollste Liebesspiel gewesen, das sie je erlebt hatte, und dennoch sträubte sie sich dagegen, es zuzugeben. Ruarks Liebe war das Schönste, was es für sie gab, und sie wollte, daß es so blieb. Einen Augenblick lang war sie geradezu überwältigt von ihrer Untreue gegenüber ihrem Ehemann. Als hätte sie es absichtlich getan, um ihm weh zu tun.

Mein Gott, selbst eine Affäre mit dem König wäre weniger schlimm gewesen als das Verhältnis, das sie nun mit seinem Bruder verband! Sie griff nach dem Handtuch, wickelte sich darin ein und rannte unter Deck, wobei sie spürte, wie sich sein zorniger Blick in ihren Rücken brannte, als sie vor ihm floh. Unten angekommen, warf sie sich auf das Bett. Ihre Gedanken und Gefühle waren ein einziges Chaos, und sie schluchzte lautlos auf. Im Augenblick mochte sie sich selbst nicht besonders, und sie wußte, es war dringend nötig, mit sich selbst ins Gericht zu gehen.

Warum hatte sie sich so schnell einem anderen Mann hingegeben? Als Ruark sie abgewiesen hatte, war das Verlustgefühl so überwältigend gewesen, daß sie ihn sofort durch sein Spiegelbild ersetzt hatte. Sie schämte sich ihres verzweifelten Bedürfnisses nach einem Mann. Verdammt und zugenäht, ehe sie Lord Ruark Helford begegnet war, hatte sie nie einen anderen Menschen gebraucht. Zugegeben, sie hatte betrogen, gestohlen und gelogen, aber in einer Männerwelt mußte man solche Dinge tun, damit man wenigstens ein wenig Gerechtigkeit erfuhr. Sie hatte den Mut gehabt, zu schmuggeln und Kutschen zu überfallen, also müßte sie doch auch in der Lage sein, ohne einen Mann an ihrer Seite zu leben. Sie brauchte keinen Kerl. Zur Hölle mit sämtlichen Vertretern dieses Geschlechts!

38

In jener Nacht legte die *Phantom* in Le Havre an, und Summer sah, daß Rory das Schiff in einen schwarzen Umhang und eine Maske gehüllt verließ. Sie hatte keine Ahnung, wann er zurückkam, wußte nur, daß sie allein in dem exotischen Bett mit den Seidenvorhängen liegen würde. Als sie am nächsten Morgen an Deck trat, stand er, von Kopf bis Fuß in Weiß gekleidet, am Ruder, und oben am Mast flatterte der Union Jack.

Der gestrige Tag erschien ihr mit einem Mal wie ein böser Traum. Heute hatte weder das Schiff noch sein Kapitän etwas

Unheimliches oder Finsteres an sich. Rory sah jungenhaft und unbekümmert aus. Er winkte ihr und rief: »Komm her zu mir und übernimm das Ruder.« Sie wollte gerade den Kopf schütteln, als plötzlich aus dem Nichts ein ohrenbetäubender Knall ertönte, gefolgt von einem lauten Platsch. Irgend jemand schrie, die gesamte Besatzung stürmte an Deck, und zwei der Matrosen kletterten mit einer Affengeschwindigkeit in die Wanten hinauf.

Summers Ohren dröhnten, und sie verspürte einen Stich von Furcht, aber sofort darauf verwandelte sich ihre Angst in Erregung ob der unbekannten Gefahr. Sie sah, wie Rory ihr bedeutete, unter Deck zu gehen, aber sie ignorierte den Befehl und rannte zum Achterdeck. Allerdings suchte sie nicht seinen Schutz, sondern einen besseren Aussichtspunkt. Rory blickte durch sein Fernrohr, und seine Stimme dröhnte quer über das ganze Schiff: »Es ist ein Holländer.«

Einen Moment lang glaubte sie, sein Ton und die Gesichter der Männer verrieten Erleichterung, doch dann rief er: »Wir werden kämpfen!«, und die Mannschaft brach in ohrenbetäubenden Jubel aus. »Geh nach unten«, sagte er an Summer gewandt.

»Nein!« trotzte sie ihm.

»Dieses Deck schwimmt bald in Blut«, erklärte er anschaulich.

Sie sah ihn mit schmalen Augen an. Er war so verwegen, so tapfer, daß sie mitbekommen wollte, wie er das feindliche Schiff kaperte. »Ich will sehen, wie du kämpfst!«

»Vielleicht wirst du auch sehen, wie ich sterbe«, erwiderte er.

»Der Himmel will dich nicht, und der Teufel hat Angst davor, daß du die Hölle übernimmst«, gab sie seine eigenen Worte zurück.

Es sah sie grinsend an. Sie war ebenso couragiert wie er, und dafür bewunderte und liebte er sie. Dann hatte er keine Zeit mehr für sie, doch er wußte, daß sie verstand. Er brüllte Befehle übers Deck, und die Männer gehorchten ihm. Geschickt manövrierte er das Schiff, bis eine der Kanonen direkt auf die Breitseite des entgegenkommenden Seglers zielte, und Summer schmeckte regelrecht das Pech, mit dem das Pulver angesteckt worden war. Ein

Siegesschrei ging über die *Phantom*, als die Kugel ihr Ziel im Bauch des feindlichen Schiffes traf. Ein solch kleines Loch führte keineswegs zum Untergang, aber nun wäre ein Teil der holländischen Mannschaft damit beschäftigt, das Seewasser aus dem Frachtraum zu pumpen.

Summer griff sich an die Hüfte und tastete nach ihrem Messer. Rorys Mannschaft bestand aus Männern der verschiedensten Hautfarben, aber bewaffnet waren alle gleich. Jeder von ihnen hielt ein Entermesser in der einen und eine Pistole in der anderen Hand, und in seinem Gürtel war neben dem Messer ein Knüppel oder Schlagstock festgemacht.

Wie Artisten kletterten sie in den Wanten herum, wobei einige von ihnen ihre Waffe zwischen die Zähne steckten, um die Hände frei zu haben für das nächste Tau. Summer warf den Kopf in den Nacken, schirmte ihre Augen mit der Hand gegen die Sonne ab und beobachtete sie. Sie nahm an, daß sie die Masten erklommen, um sich auf das holländische Schiff zu schwingen, wenn es sich längsseits drehte, aber als das riesige Handelsschiff neben ihnen aufragte, wurde ihr mit augenblicklicher Panik bewußt, daß die *Phantom* viel kleiner war, daß die Holländer *ihr* Schiff entern und daß die Schlacht auf ihrem Deck stattfinden würde.

Rory und seine Männer hatten dies offenbar die ganze Zeit gewußt und hingen hoch oben in den Wanten, um sich auf die gegnerischen Seeleute zu stürzen, wären sie erst einmal an Bord. Dröhnend und schwankend legten die beiden Schiffe nebeneinander an, und Summer merkte, daß sie sich ganz allein auf dem Achterdeck der *Phantom* befand. Sollte sie kämpfen oder fliehen? Sie stand wie angewurzelt da, als sich ihr zwei der Holländer näherten. Aus dem Nichts kam plötzlich ein Tau vorbeigesegelt, und der Matrose, der an seinem Ende hing, trat einem der Feinde kraftvoll gegen den Hals, während er dem anderen seine Machete in den Unterleib stieß. Die Gedärme des Getroffenen platzten heraus und spritzten auf Summers weiße Hose, während sie in hilflosem Entsetzen den Mund aufriß.

Außer anfeuernden Rufen tönten gotteslästerliche Flüche, erbärmliche Schmerzensschreie und wildes Gelächter über das Deck. Schüsse pfiffen durch die Luft, und Stahl traf auf Stahl und menschliches Fleisch. Überall trugen Männer verzweifelte Gefechte aus, aber sie wußte nicht mehr, wer Freund war und wer Feind. Ein Seemann näherte sich ihr mit glitzerndem Schwert, aber ihre Füße glitten über das blutgetränkte Deck und sie duckte sich unter seinem Arm hindurch. Ihr eigenes Messer in der Hand, wirbelte sie herum und schlitzte dem Kerl den Arm vom Handgelenk bis zum Ellenbogen auf.

Dies war kein aufregendes Abenteuer mehr, sondern ein Alptraum, der Wirklichkeit geworden war. Überall spritzten Blut und Gedärme. Überall waren Tod, Verstümmelung und klaffende Wunden zu sehen. Überall hörte man Schreie, Stöhnen und Schluchzen. Um so etwas zu ertragen, mußte man wahnsinnig sein!

Drei Männer hatten sie fast erreicht, als Rory sich aus der Takelage schwang und sie auf den Boden warf. Atemlos stürzte sie auf das vom Blut glitschige Deck. Rory stand über ihr und wehrte die Angreifer ab. Der erste bekam eine Kugel in den Kopf, und der zweite verlor einen Arm, als Rory mit aller Kraft seine Machete niedersausen ließ. Den dritten Kerl entwaffnete er, ehe er ihn mit gezücktem Schwert über das Achterdeck trieb, um ihn mit einem Tau an einen der Masten zu fesseln. Innerhalb kürzester Zeit war er zurück, musterte sie besorgt und schob sie hinter sich, während er gleichzeitig einen weiteren Gegner dem Höllenfeuer überantwortete.

Nachdem ihr Kapitän gefangengenommen und die Hälfte der Mannschaft abgeschlachtet worden war, ergaben sich die Holländer. Die Männer von der *Phantom* warfen sie über Bord, und ein großmütiger Black Jack Flash durchtrennte die Haltetaue eines der Beiboote, das klatschend zwischen ihnen im Wasser landete. Zwei von Rorys Männern waren tot. Acht waren verwundet, und zwölf weitere hatten geringe Verletzungen, die sie allerdings, tapfer wie sie waren, nicht weiter beachteten.

Summer zitterte wie Espenlaub, während sie beim Verbinden der Verwundeten behilflich war. Rorys weiße Kleider waren von Kopf bis Fuß rot gefärbt. »Du warst sehr tapfer«, sagte er ernst.

»Ich wußte nicht ... ich hatte keine Ahnung, wie es sein würde«, erwiderte sie.

»Ich weiß, meine Liebe ... du wolltest ja nicht hören ... also mußtest du es auf die grausame Weise lernen.«

»Rory ... verzeih mir ... ich dachte, du stündest auf der Seite der Holländer.«

Er schüttelte den Kopf. »Du verstehst immer noch nichts. Ich habe das Schiff nicht gekapert, weil es ein Holländer war, sondern weil es mich angegriffen hat. Wäre es ein englisches Schiff gewesen, hätte ich dasselbe getan. Ich bin ein Pirat.«

Sie blickte zu dem immer noch an den Mast gefesselten Kapitän. »Was hast du mit ihm vor?«

»Wahrscheinlich werde ich ihn zusammen mit dem Schiff an Ruark ausliefern.« Er grinste sie fröhlich an. »Aber nicht, bevor nicht die gesamte Beute gesichert ist.«

Sie schwankte leicht, und er sagte: »Geh unter Deck, nimm ein Bad und ruh dich ein wenig aus, wenn du kannst. Wir haben hier oben noch zu tun.«

Sie sah an sich herunter. »Geht der Blutgeruch je wieder weg?«

»Nein«, sagte er und schüttelte traurig den Kopf.

In jener Nacht liebten sie sich nicht, aber er klammerte sich wie ein Ertrinkender an ihr fest. Ihre Nähe half ihm, nicht völlig den Verstand zu verlieren inmitten einer wahnsinnigen, unzivilisierten Welt. Es dauerte Stunden, ehe sich sein hämmerndes Herz beruhigte und er schlafen konnte, doch bei Anbruch der Dämmerung hatte er seine Stärke zurückgewonnen.

»Ich glaube, du bist froh, wenn du endlich wieder an Land bist, nicht wahr?« fragte er.

Sie zögerte, denn es lag ihr fern, ihm weh zu tun. »Ich liebe das Meer ... aber vielleicht sind wir hier einfach noch nicht weit genug von Holland entfernt.«

»Ich habe daran gedacht, nach Neuguinea zu fahren. Dort gibt es Gold im Überfluß. Würdest du mitkommen, Cat?«

Sie dachte an ihr Baby und fragte sich, wie er es wagen konnte, eine solche Forderung zu stellen. »Ich weiß nicht«, antwortete sie wahrheitsgemäß. »Darüber müßte ich erst nachdenken.«

Er streckte sich lachend aus und küßte sie, ehe er wieder an Deck ging und das Ruder der *Phantom* übernahm. Am späten Nachmittag kam England in Sicht, und Summer gesellte sich zu ihm an die frische Luft. Erleichtert stellte sie fest, daß auf den blitzblank geschrubbten Holzplanken nichts mehr von dem Gemetzel zu sehen war. Die Möwen und Seeschwalben umkreisten kreischend das Schiff, als sie neben Rory trat. Eine steife Brise ließ sein schwarzweißes Haar über seine Schultern wehen, und er schien tief in Gedanken versunken zu sein.

»Wo sind wir?« fragte sie, und ihre Worte brachten ihn in die Gegenwart zurück.

»Das da drüben ist die Isle of Wight.«

»Wann werden wir in London sein?«

Er sah sie an. »Ich bringe dich nicht nach London zurück. Wenn es dunkel wir, segeln wir nach Southampton. Von dort aus sind es nur zwanzig Meilen bis Salisbury, wo im Augenblick der gesamte Hofstaat ist.«

»Zur Hölle mit dem Hofstaat, ich will nach London«, widersprach sie ihm.

»In London wütet noch immer die Pest. Glaube mir, sobald die Plage vorüber ist, fährt Charles mit seinen Höflingen in die Stadt zurück.«

»Aber ich muß sehen, ob mit meinem Bruder alles in Ordnung ist. Ich war schon viel zu lange fort.«

»Cat, du bist für dich und für meinen Sohn verantwortlich, den du unter deinem Herzen trägst. Ich habe in Southampton zu tun und du in Salisbury, und es ist wirklich besser, wenn du mir nur ein einziges Mal gehorchst.« Seine Miene war drohend, und sie kannte ihn zu gut, um den Streit fortzuführen. Außerdem war ihr klar, daß sein Selbstbewußtsein so groß war, daß er nicht glauben konnte, daß sie das Kind eines anderen erwartete.

Es dauerte fast die ganze Nacht, bis sie in den Hafen von Southampton gelangten, denn natürlich galt es zunächst, das holländische Handelsschiff an einem sicheren Ort festzumachen, um die Gewürze, das Elfenbein und das Gold abzuladen, mit dem es von der Küste Guineas zurückgekommen war.

Summer ging unter Deck, um einen Brief zu schreiben. Sie brachte es einfach nicht über sich, ihm gegenüberzutreten und ihm zu sagen, zu welchem Schluß sie gekommen war. Ganz langsam hatte sie Ordnung in ihre Gedanken gebracht und schließlich eine Entscheidung gefällt. Es gab mehr schreckliche als schöne Tage auf dem Meer, und obgleich ihre Affäre wunderbar gewesen war, war sie nun vorbei.

Black Jack Flash war ein wunderbarer Abenteurer und Liebhaber, aber er war nicht zum Ehemann oder Vater gemacht. Summer und ihr Baby wären ihm nur ein Klotz am Bein, und eines Tages würde er sie aus diesem Grund hassen und vernichten. Sie wollte Lord Ruark Helford als Ehemann, und falls er sie nicht mehr wollte, käme sie notfalls auch allein zurecht.

In ihrem Brief verabschiedete sie sich von Rory und erklärte ihm, daß sie ihn zu sehr liebte, um ihn auf Dauer an sich zu fesseln. Sie bat ihn, die Sieben Meere zu befahren, und drängte ihn, nach Guinea zu segeln und dort das Gold zu holen, das ihm so wichtig war. Dann versteckte sie den Brief an einem Ort, wo er ihn erst fände, nachdem sie von Bord gegangen war.

Bei Anbruch der Dämmerung setzte er sie in die Kutsche nach Salisbury und sagte ihr, er würde in einer Woche Verbindung mit ihr aufnehmen. Er gab ihr einen innigen Kuß, grinste und legte ihr einen Beutel mit Gold in den Schoß. »Das wirst du brauchen«, flüsterte er, »denn Karten- und Würfelspiele werden deine einzige Abwechslung in Salisbury sein.«

Sie winkte, bis er nicht mehr zu sehen war. Dann seufzte sie abgrundtief, öffnete die schwere Kutschentür und stieg entschlossen wieder aus.

»He, Missus, steigen Sie sofort wieder ein. Wir fahren jeden Augenblick ab!« wies der Kutscher sie an.

Sie bedachte ihn mit einem kühlen Blick. »Sprechen Sie mit mir oder mit einem Backstein? Statt mich herumzukommandieren, sollten Sie lieber mein Gepäck abladen und zur Kutsche bringen, die nach London fährt.«

In London angekommen, stieg Summer in einer menschenleeren Straße aus der Kutsche aus. Die Menschen hatten sich vor dem gräßlichen Tod verbarrikadiert, so daß man das Gefühl hatte, in einer Geisterstadt zu sein. Überall hing ein widerlicher Leichengeruch. Nirgendwo waren irgendwelche Straßenverkäufer zu sehen. Nirgendwo drängten sich Pferdewagen und Handkarren an Menschenmengen vorbei, die in dem Versuch, ihren Reichtum zu vermehren, die Wege bevölkerten. Die meisten Läden hatten geschlossen, denn wer kaufte schon eine Perücke, deren Haar höchstwahrscheinlich von einer Leiche stammte? Wer wollte schon Kleider und Schmuck, mit dem zuvor ein Pestopfer behangen gewesen war? Wer wollte Möbel aus einem verseuchten Haus? Summer konnte noch nicht einmal eine Sänfte in die Cockspur Street nehmen, da nirgendwo auch nur ein einziger Sänftenträger zu sehen war, also bot sie einem alten Mann mit seinem Handkarren ein Goldstück, damit er ihre Truhen durch die leeren Straßen schob.

»Zwischen den Pflastersteinen von Whitehall wächst inzwischen schon Gras«, sagte er.

»Sind denn gar keine Geschäfte mehr offen?« fragte sie besorgt, denn wo käme dann ihre Nahrung her?

»So is' nun mal der Lauf der Dinge«, erklärte er mit philosophischer Gelassenheit. »Den Londonern ging es lange Zeit so gut, daß sie auf den Rest der Welt herabgeblickt haben, als wäre er nichts wert, aber jetzt isses damit vorbei, un' sie sin' vollkommen außer sich. Als der König und die Königin die Stadt verlassen ham, sin' gleich alle anderen hinterher. Wenn der Hof flieht, dann flieht auch jeder andere, der das Geld dazu hat. Die

Theater sin' zu, und die arbeitslosen Schauspielerinnen sin' gezwungen, als Huren zu arbeiten, aber noch nich' mal das Geschäft blüht mehr, denn wer will sich schon mit einem Körper paaren, der vielleicht schon die Krankheit in sich trägt? Nur die Totengräber machen ein Vermögen, und die Diebe machen mit der Plünderung verlassener Häuser ein Riesengeschäft. Jeder, der bereit ist, sich um die Kranken zu kümmern, verdient sich dumm und dämlich dran, und die Garküchen nehmen zehnmal mehr als früher fürs Essen, und die Leute schlagen sich noch drum, wer diese Unsummen bezahlen darf. Sogar arme alte Kerle wie ich werden inzwischen mit Goldstücken bedacht.« Er zwinkerte ihr zu, doch währenddessen waren sie in der Cockspur Street angelangt.

»Ich nehme an, es gibt viele Menschen wie mich«, sagte sie geistesabwesend, denn sie hörte ihm kaum zu.

»Nee, Mädchen, das Gold verdiene ich, indem ich jeden Abend die Leichen fortschaffe.«

»Oh, mein Gott.« Sie fuhr entsetzt zurück, als ihr klar wurde, daß ihre Truhen auf einem Leichenwagen standen. Dann gab sie ihm eilig sein Geld, und froh, ihn los zu sein, schloß sie die Haustür auf und zerrte die Truhen selbst in die elegante Eingangshalle hinein. Das Haus kam ihr vor wie das Paradies, und sie lehnte sich mit dem Rücken gegen dieTür, dankbar, daß sie sich sicher hierher zurückziehen konnte und daß die ganze pestgeplagte Stadt draußen blieb.

Irgend jemand hatte eine Nachricht durch den Briefkasten geschoben, und sie bückte sich und hob das Schreiben auf. Als sie Spiders Handschrift erkannte, machte ihr Herz einen Satz. Sie nahm den Brief mit in den kleinen Salon und zog die Vorhänge zurück, damit die Sonne hereinkam. Dann zog sie ihre Schuhe von den schmerzenden Füßen, ehe sie ängstlich die Zeilen ihres Bruders überflog. Während sie las, formte sich ein Kloß im Hals.

Liebe Cat,

es tut mir leid, daß ich letzte Woche so überstürzt ausgezogen bin, also komme ich vorbei, um Dir mitzuteilen, daß Edwin Bruckner und ich gemeinsam ein paar Zimmer in der Stadt gemietet haben. (Er ist der jüngere Bruder von Lord Bruckner, den Du vom Hof her kennst.) Da das Haus verschlossen ist, nehme ich an, daß Du mit dem Hof nach Salisbury umgezogen bist. Wenn Du zurückkommst, findest Du mich in der Warwick Lane 13, in der Nähe von St. Paul's. Wir wollten eigentlich für zwei Wochen nach Bruckner Hall in Oxford, bis die Pest vorüber ist, aber Edwin litt heute morgen unter Wetterfühligkeit, so daß wir erst morgen abreisen. Bitte sei mir nicht böse.

Spider

Sein Freund litt unter Wetterfühligkeit ... Was, wenn nicht das Wetter, sondern die Pest schuld an seiner Krankheit war? Ihre Angst um Spider war so groß, daß sie wußte, sie mußte sofort zu ihm gehen. In einem der Schränke fand sie ein paar Zwiebäcke, und während sie sie herunterwürgte, überlegte sie, woher sie den Mut nehmen sollte, erneut in die Straßen von London hinauszugehen und dem Sensenmann tapfer ins Gesicht zu sehen.

39

Lord Helford kam zu früh zu seiner Verabredung mit Charles, aber der König, der ein Frühaufsteher war, lief bereits seit Anbruch der Dämmerung in seinen Gemächern herum. In der Tat begann Salisbury, ihm auf die Nerven zu gehen. Die Stadt hatte ihn und den Hof freundlich aufgenommen, aber er fühlte sich eingeengt, und die Sauberkeit der Stadt weckte ein schmerzliches Verlangen nach dem tosenden, stinkenden London in ihm.

Der Bruder des Königs, der Herzog von York, betrat mit seinem Schwiegervater, Kanzler Hyde, den Raum, und Charles bedachte Ruark mit einem warnenden Blick. »Ich nehme an, Sie haben Kontakt mit Ihrem Bruder Rory?« fragte er ohne Umschweife.

»Ja, Sire. Die *Phantom* ist gestern nacht heimlich in Southampton eingelaufen. Er hat in Den Haag die geheime Botschaft mit dem Friedensangebot übergeben, aber ich bedaure, Euch mitteilen zu müssen, daß der Vorschlag auf Ablehnung stieß.«

Charles wurde rot vor Zorn ob dieses Affronts. »Wir hätten uns niemals dazu herablassen dürfen, ihnen überhaupt ein solches Angebot zu unterbreiten!«

Kanzler Hyde hob beruhigend die Hand. »Es ist keine Schande, wenn man versucht, zu einem ehrenvollen Frieden zu gelangen.«

»Zur Hölle mit dem Parlament, daß sie mir derart die Hände binden. Am liebsten würde ich die Holländer aus dem Wasser sprengen, und das würde ich auch tun, wenn nicht noch der letzte Penny in den Händen dieser Feiglinge läge.« Wie zur Betonung des Gesagten krachte seine riesige Faust auf den Tisch.

Hyde tat sein Möglichstes, um ihn zu besänftigen. »Ich werde noch einmal zum Parlament gehen und Geld für diesen Krieg verlangen. Wenn sie merken, wie entschlossen ich bin, zeigen sie sich bestimmt ein wenig freigiebiger.«

Ruark Helford wählte seine Worte mit Bedacht. »Mein Bruder hat ein geheimes Treffen mit de Ruyter persönlich arrangiert.« Augenblicklich wandten sich ihm die drei anderen Männer zu. »De Ruyter kommt genau wie mein Bruder und ich zu dem Schluß, daß unsere Seestreitkräfte zu ausgewogen sind, als daß es in diesem Krieg einen klaren und eindeutigen Sieger geben könnte.«

Charles lachte trocken auf. »Nun, Helford, wenigstens Sie sagen mir die ungeschminkte Wahrheit und nicht nur, was ich hören will. Tja, Kanzler, es freut Sie sicher zu hören, daß Sie recht hatten und nicht die Hitzköpfe wie Buckingham, Lauderdale und meine Wenigkeit.«

Abermals hob der alte Mann die Hand. »Nein, nein, wenn die Holländer noch nicht bereit sind, Friedensverhandlungen zu führen, muß ich dafür sorgen, daß das Parlament die erforderlichen Gelder bewilligt, damit wir ihnen die Hölle heiß machen können, bis sie dankbar sein werden für jedes Verhandlungsangebot.«

Charles bedeutete seinem Bruder, zu gehen und seinen Schwiegervater mitzunehmen. Als er endlich mit seinem Freund Helford alleine war, fragte er: »Und die andere delikate Aufgabe, mit der ich diesen verdammten Piraten betraut habe?«

Ruark setzte ein Grinsen auf, fuhr mit der Hand in eine Ledertasche und zog ein versiegeltes Dokument des Königs von Frankreich heraus. »Er ist ganz begeistert davon, daß er endlich eine Chance bekommt, Dünkirchen zurückzukaufen.«

Charles öffnete den Brief. »Er bietet doppelt soviel, wie ich verlangt habe ... zweihunderttausend Pfund!« stellte er freudig, wenn auch ungläubig, fest.

»Eh ... das war Rorys Idee. Ich fürchte, er ist ein äußerst gerissener Kerl. Er hat ihm erklärt, Sie hätten zweihunderttausend verlangt.«

Charles war begeistert. »Ich bin froh, daß Sie so vernünftig waren, nicht in Gegenwart der anderen davon zu sprechen. Schließlich gehört das verdammte Dünkirchen sowieso zu Frankreich ... Nur weil Cromwells Armee es besetzt hat, ist es noch lange kein Teil von England. Sie haben ja keine Ahnung, wie satt ich es habe, vollkommen mittellos zu sein und wie ein elender Bettler vor dem Parlament zu stehen. Ich bin so arm, daß ich noch nicht mal einen Nachttopf besitze oder auch nur ein Fenster, um ihn rauszuwerfen. Wann, meinen Sie, kommt das Geld?«

Wieder setzte Helford ein Grinsen auf. »Das Gold wurde letzte Nacht von der *Phantom* auf die *Golden Goddess* transferiert.«

»Himmel, es ist wirklich gut, wenn man die Helford-Brüder kennt«, stellte Charles zwinkernd fest.

»Wenn Ihr mich nun entschuldigen wollt, werde ich Lady Helford aufsuchen und sie an ihre Pflichten als Ehefrau erinnern.«

»Summer ist nicht hier in Salisbury«, sagte Charles.

»Ihr müßt Euch irren, Sire. Allerdings weilt sie nicht lange hier. Dieses sture Weib mußte man geradezu gewaltsam aus London entfernen, aber mein Bruder hat mir versichert, daß er sie sicher hierhergebracht hat.«

Charles schüttelte den Kopf und zwinkerte ein zweites Mal. »Ich weiß, daß Summer nicht hier ist. Andernfalls wäre es nicht halb so langweilig hier.«

»Dann muß sie wohl noch bei Lady Richwood sein«, sagte Helford, und es gelang ihm nicht, seine Verärgerung zu kaschieren.

Jetzt grinste Charles. »Schwängern Sie sie doch einfach. Dann sind ihr endlich die Flügel gestutzt.«

»Das habe ich bereits getan, aber es hält sie keineswegs davon ab, sich von einem Abenteuer ins nächste zu stürzen.«

Ehe Summer die Sicherheit des Hauses in der Cockspur Street verließ, wollte sie sichergehen, daß sie alles hatte, was sie gegebenenfalls brauchen würde. Am wichtigsten war natürlich wie immer Geld. Und wenn sie mit einer beachtlichen Summe in der Tasche durch die halbleeren Straßen wanderte, wäre auch ihre Pistole nicht schlecht. Sie fand eine Reisetasche und schob ein Paket Zwieback und eine Flasche vollmundigen Portwein hinein. Außerdem steckte sie frische Wäsche und ein paar weiche Pantoffeln sowie ihre Toilettenartikel ein. Da sie die zwei bis drei Meilen ins Stadtzentrum wahrscheinlich zu Fuß laufen müßte, wäre das alles, denn mehr tragen konnte sie nicht.

Sie marschierte die Northumberland Road bis zur Themse hinab. Vielleicht hätte sie ja Glück und fände ein Boot bis zur Werft von St. Paul's. In der Mitte des Gewässers war hin und wieder eine Jolle zu sehen, aber egal wie laut sie rief, sie wurde einfach ignoriert. Schließlich gab sie auf und machte sich erneut zu Fuß auf den Weg. Als sie das Embankment hinabeilte, fiel ihr auf, daß dort alle möglichen Arten von Abfall gesammelt worden waren und daß an den Stellen, wo das Zeug ins Wasser gefallen war, eine stinkende Brühe ans Ufer schwappte. Ausgemergelte Hunde durchstöberten die mannshohen Haufen verrottenden Mülls, und Summer wandte sich angewidert ab. Möwen und sogar

Krähen pickten an aufgeblähten Körpern herum, die weiter unten auf der Themse trieben, und Summers ausgeprägte Vorstellungskraft führte dazu, daß sich ihr Magen zusammenzog.

Zwischen White Friars Stairs und Black Friars drehte ein Patrouillenboot nahe genug bei, daß sie verstand, was einer der Männer rief: »Wenn Sie in die Stadt gehen, dürfen Sie sie nicht mehr verlassen. Der ganze Bezirk ist unter Quarantäne gestellt.«

»Ich muß meinen Bruder finden«, rief sie zurück.

»Allein letzte Woche gab es über siebentausend Tote. Überall in den Straßen sind Wachen postiert, die dafür sorgen, daß die Leute ihre Häuser nicht mehr verlassen.« Ihre Antwort wartete der Mann gar nicht mehr ab. Er hatte sie gewarnt, und wenn sie dumm genug war, nicht auf ihn zu hören, dann war sie selber schuld, falls sie ebenfalls an der Pest krepierte.

Am Gefängnis von Bridewell wandte sie sich nach Norden, doch sofort wünschte sie, sie hätte es nicht getan. Sämtliche Möbelstücke und Matratzen hatte man auf die Straße geschleppt, zu großen Scheiterhaufen aufgeschichtet, und die Wachmänner schleppten die Leichen der Frauen heraus, die wie die Fliegen starben. Sie alle hatten nackte Beine und Füße, und der Rest ihrer aufgedunsenen Leiber war in zerfetzte Lumpen gehüllt. Der Gestank war unerträglich, und die Körper waren mit dem Kot und Schmutz von Jahren verschmiert.

Summer begann, unkontrolliert zu zittern, und machte kehrt, um an Baynard's Castle vorbeizugehen. Auch diese Route erwies sich als falsch. Überall lagen Seeleute auf den Straßen. Zuerst dachte sie, auch sie wären Opfer der Pest, aber ehe sie ihnen ausweichen konnte, krochen sie auf sie zu, klammerten sich an ihren Rock und flehten sie um etwas zu essen an. Ein paar von ihnen waren betrunken, aber die meisten näherten sich schlicht dem Hungertod, denn wenn sie aus der Stadt kamen, nahm kein Schiff die Männer mehr mit. So hatten zahllose Seeleute keinen Ort mehr, an den sie gehen konnten, kein Geld und auch keine Nahrung mehr. Ihre Augen verrieten Teilnahmslosigkeit, Elend und zugleich Bösartigkeit.

Summer gab ihnen all ihre Zwiebäcke und riß sich los. Sie rannte den ganzen Weg vom Fluß nach St. Paul's hinauf, ehe sie in die Warwick Lane einbog und nach der Nummer 13 Ausschau hielt. Es gab einen Hof mit einer Wasserpumpe, aber nirgends war ein Mensch zu sehen. Sämtliche ebenerdigen Wohnungen mit den geraden Nummern waren leer. Also hob sie den Blick zu den ungeraden, etwas erhöht liegenden Nummern, bis sie die unheilverkündende Nummer 13 sah. Mit wild pochendem Herzen klopfte sie an die Tür, doch erleichtert stellte sie fest, daß niemand öffnete. Also mußte er in Oxford und somit in Sicherheit sein. Sie setzte sich auf das Treppengeländer, um sich ein wenig auszuruhen. Nun, da sie im fünften Monat schwanger war, war sie nicht mehr so schnell und beweglich wie zuvor, und jede übermäßige Anstrengung machte sie atemlos.

Während sie auf dem Geländer hockte, hörte sie plötzlich leises Weinen aus dem Haus. Sie hob argwöhnisch den Kopf, wie ein Tier, das spürt, wenn irgendwo eine Gefahr lauert. Plötzlich wußte sie, daß es sich um ihren Bruder handelte, obwohl sie ihn nicht mehr hatte weinen hören, seit er drei Jahre alt gewesen war. Sie blickte durch das einen Spalt breit geöffnete Fenster und entdeckte ihn. Er saß auf einem Stuhl, hatte den Kopf auf die Hände gestützt und wiegte sich schluchzend hin und her.

»Spider, ich bin es, Cat«, rief sie ihm zu. Als er sie nicht zu hören schien, drehte sie am Knauf der Eingangstür und stellte fest, daß diese nicht verschlossen war. Der Gestank, der ihr aus dem Haus entgegenschlug, war ekelerregend. Trotzdem ging sie entschlossen weiter, kniete sich vor ihren Bruder und nahm seine Hand. »Spider, ich bin es, Cat ... Was ist los?« Er hob langsam den Kopf und sah sie mit glasigen Augen an. Dann erst schien er zu erkennen, daß er nicht mehr alleine war. »Ist dein Freund krank?« fragte sie.

Er nickte. »Edwin ... er hat die Pest.« Seine Stimme war vor Entsetzen vollkommen erstickt.

»Wo ist er? Dort drüben?« Sie stand auf und ging zu einer Verbindungstür.

»Nein, Cat, um Gottes willen, geh nicht dort hinein. Er ist endlich eingeschlafen.«

»Der Gestank hier ist nicht auszuhalten. Komm, du mußt mir helfen, Ordnung zu schaffen«, sagte sie, während sie angewidert auf einen Haufen schmutziger Handtücher und Laken sah. »Am besten verbrennen wir das Zeug. Hast du noch mehr Wäsche hier?« Er schüttelte müde den Kopf. »Tja, dann werfe ich sie eben einfach in den Hof, und nachher wasche ich sie. Zuerst hole ich mal Wasser von der Pumpe. Wir müssen alles schrubben, wenn wir wollen, daß sich der Gestank wenigstens teilweise legt.« Sie mußte sich beschäftigen, sonst würde sie wahnsinnig. Wenn Spider Edwin gepflegt hatte, war er sicher ebenfalls infiziert. Den schweren Eimer in der Hand, kämpfte sie sich die Treppe hinauf und rief:

»Verdammt, Spider, krieg endlich den Hintern hoch und hilf mir.« Erst da merkte sie, daß er nicht nur teilnahmslos, sondern unnatürlich rot im Gesicht war.

Die Stille in dem eleganten Junggesellenappartement war ihr unheimlich. Impulsiv öffnete sie die Tür zum Korridor und betrat das erste Schlafzimmer. Offenbar lag hier die Ursache für den Gestank. Der Boden war glitschig von Exkrementen und Erbrochenem. In entsetzter Faszination trat sie näher an das Bett. Das Gesicht des jungen Mannes war aufgedunsen und verfärbte sich langsam schwarz. Sie hatte keine Ahnung, wann er gestorben war.

Sie rannte in den Salon zurück. »Spider, Edwin ist tot!«

»Nein … nein … er schläft nur«, murmelte Spider.

»Komm«, sagte sie entschlossen. »Wir verschwinden von hier.« Als Spencer aufstand, gaben seine Knie nach, und er übergab sich, bis nichts mehr kam.

Oh, großer Gott, nein, bitte nicht! flehte Summer stumm. Er schwankte den Korridor hinab und betrat ein zweites Schlafzimmer mit einem glücklicherweise sauberen Bett. Er fiel auf das Laken, und Summer zog ihm eilig das Hemd über die Schultern und stellte einen Nachttopf für den Anfall von Übelkeit bereit.

Sie erinnerte sich an den Wein, den sie mitgebracht hatte, füllte ein kleines Glas und flößte ihm die Flüssigkeit ein. Sie schien seinem Magen gutzutun, aber er war immer noch puterrot, und seine Lider waren schwer. Sie hatte keine Ahnung, wie lange er um Edwins Leben gerungen hatte, aber ihr war klar, wie erschöpft er war. Von der Straße drang ein Schrei herauf, und ihr dämmerte, daß das der Ruf des Leichenabholers war. Sie rannte auf den Balkon und rief: »Hier oben, bitte, ich brauche Hilfe.«

»Wir sammeln die Leichen nur von der Straße auf«, brüllte der Kerl zurück. »Wir sin' nich' verpflichtet, in Ihr verdammtes Haus zu kommen, Missus.«

»Warten Sie ... rühren Sie sich nicht von der Stelle«, befahl sie in ihrem autoritärsten Ton. Mit angehaltenem Atem stürzte sie in das erste Schlafzimmer und zwang sich, an andere Dinge zu denken, während sie den aufgeblähten, schwarzen Leichnam, der einmal Edwin Bruckner gewesen war, vom Bett auf den Boden zog. Dann zerrte sie an der Decke, die unter ihm heruntergefallen war. Mit übermenschlicher Kraftanstrengung schleifte sie ihn auf die Treppe hinaus. »Sie müssen raufkommen und ihn holen«, keuchte sie und hielt sich wegen plötzlicher Seitenstiche den Bauch.

»Meinen Sie etwa, Sie wär'n die verdammte Königin, un' ich wär' Ihr verdammter Lakai?« fragte der Leichenabholer erbost. »Ich mach' nich' mehr, als ich muß ... ich lese die Leichen von der Straße auf.«

Summer war so wütend, daß sie am liebsten ihre Pistole geholt und den Bastard erschossen hätte, aber dann hätte sie plötzlich statt einer Leiche einen ganzen Karren voll gehabt. Mit letzter Kraft zerrte sie Edwin an den Rand der Treppe und trat ihm mit aller Macht in den Rücken, so daß er die Stufen hinabpolterte und mit einem widerlichen Platsch auf das Kopfsteinpflaster traf.

»Himmel, Sie sind wirklich eine blöde Kuh. Jetz' muß ich auch noch 'ne Schaufel nehmen.«

Sie schloß die Augen zu einem stummen Gebet. Es war für Edwin Bruckner, den Bruder eines bedeutenden Adligen, der auf eine derart unwürdige Art seine letzte Ruhe fand, für ihren eigenen geliebten Bruder, der in einem Haus mit der Unglückszahl 13 mit einer schrecklichen Krankheit darniederlag, und für sie selbst und ihr kostbares, ungeborenes Kind.

Sie mußte achtmal zur Pumpe gehen, bis sie genug Wasser hatte, um sämtliche Räume zu reinigen. Zwischen den einzelnen Gängen sah sie regelmäßig nach Spider, aber er schlief tief und fest, und sie versuchte, nicht daran zu denken, daß er vielleicht bewußtlos war. Sie hatte sich hoffnungslos überanstrengt und wußte, sie bräuchte unbedingt etwas zu essen, aber sie wagte nicht, sich auszuruhen, ehe nicht das Feuer angezündet und der Wasserkessel darübergehängt war. Sie würde sich einen Tee kochen und sich zwingen, vor dem Feuer zu sitzen, während sie ihn trank.

Geistesabwesend verrückte sie eine Figur auf dem Schachbrett, das vor dem Feuer stand. Eine Träne rann ihr über das Gesicht. Die Jungen hatten offensichtlich ein unschuldiges Spiel gespielt, ehe der Engel des Todes zu ihnen gekommen war.

Als es plötzlich an der Tür klopfte, fuhr sie erschreckt auf. Sie griff nach der Pistole, weil sie nicht wußte, was sie erwarten sollte, und trat vorsichtig in den Korridor. Langsam wurde es dunkel, und da der Bürgermeister von London eine Ausgangssperre verhängt hatte, wußte sie, daß das Klopfen nichts Gutes verhieß, wer auch immer da draußen stand.

Langsam öffnete sie die Tür. Auf der Schwelle stand Ruark Helford. Ganz in Schwarz gekleidet, mit einer taubenblauen Straußenfeder an seinem breitkrempigen Hut, sah er wie bei ihrer allerersten Begegnung aus. Ihr Herz zog sich schmerzlich zusammen, als sie ihn sah. Seine Augen blitzten vor Wut, als er die Tür ganz aufschob und fragte: »Was in aller Welt hast du an einem Ort wie diesem verloren?« Er packte sie unsanft am Arm. »Ich nehme dich auf der Stelle mit.«

»Nein, Ruark, ich kann nicht gehen«, erwiderte sie matt.

Seine Stimme nahm an Gefährlichkeit zu. »Ich bin fast wahnsinnig geworden, als ich überall nach dir gesucht habe. Schließlich bin ich in der Cockspur Street eingebrochen, wo ich auf einem Zettel diese Adresse hier fand. Wenn dir schon egal ist, was aus dir selbst wird, denk wenigstens an mein Kind! Jetzt in London zu sein, kommt einem Todesurteil gleich.«

Sie sehnte sich danach, daß er sie in die Arme nahm, denn sie konnte kaum noch einen klaren Gedanken fassen vor Angst, aber ihr Mund sagte etwas ganz anderes. »Es geht dir also nur um das Kind. Was aus mir wird, scheint dir vollkommen gleichgültig zu sein!«

»Ich bin wie ein Narr in Salisbury herumgerannt und habe nach dir gesucht, und danach habe ich ganz London nach dir abgesucht.«

»Warum hast du denn nach mir gesucht? Wolltest du mir mitteilen, daß die Annullierung unserer Ehe rechtsgültig ist?« fragte sie erbost.

Er war so wütend, daß er log. »Ja, in der Tat war das der Grund.«

»Oh«, flüsterte sie.

Als er sie ansah, bemerkte er, daß ihr Gesicht graue Flecken aufwies. Ihr wunderbares Haar war zerzaust, und sie wirkte unendlich erschöpft. »Kommst du, oder muß ich dich tragen?« Seine Stimme duldete keinen Widerspruch.

Sie legte die Pistole an und knurrte: »Verschwinde von hier, Helford, sonst blase ich dir den Schädel vom Hals!«

Sein Gesicht glich einer Maske des Zorns. Er holte aus und schlug ihr mitten ins Gesicht. Sie stürzte und gleichzeitig drückte sie ab. Als der ätzende Geruch des Schießpulvers in ihre Nase drang, dachte sie verzweifelt, ich habe ihn umgebracht ... und dabei liebe ich ihn! Die Kugel hatte jedoch nur seinen Stolz verletzt. Er riß ihr die Pistole aus der Hand. »Dafür schlage ich dich windelweich«, schwor er ihr und vergrub seine Finger schmerzhaft in ihrem Haar.

Da sie seinen Jähzorn zur Genüge kannte, weinte sie: »Ru, bitte hilf mir ... mein Bruder stirbt an der Pest.« Sie vergrub ihr

Gesicht zwischen den Händen und brach in jämmerliches Schluchzen aus.

»Mein Gott.« Er trat über die Schwelle, zog sie hoch, trug sie zum Feuer und setzte sie sanft auf einen Suhl. Seine Nase hatte ihm bereits verraten, womit sie den ganzen Tag über beschäftigt gewesen war.

»Als ich kam, war Edwin bereits tot«, sagte sie matt.

»Der junge Edwin Bruckner?« fragte Ruark und starrte sie ungläubig an.

»Ich mußte die Leiche loswerden ... der Leichenkarren kam ... ich mußte es tun, Ruark.« Sie umklammerte seine Hand

»Natürlich mußtest du das. Die Pest respektiert weder Titel noch Geld, deshalb mußt du sofort weg von hier. Unten wartet meine Kutsche auf uns.« Er strich ihr das Haar aus der Stirn und streichelte die Wange, auf der immer noch der Abdruck seiner Hand zu sehen war. »Liebling, hör mir zu. Ich werde Spencer eine Pflegerin schicken. Ich würde dich noch nicht einmal hier bei ihm lassen, wenn du nicht in anderen Umständen wärst.«

Sie schüttelte den Kopf. »Ich lasse ihn nicht allein zurück.«

»Du wirst *sterben*, wenn du bleibst.«

»Dann sterbe ich eben«, erwiderte sie tonlos, und er wußte, es war ihr Ernst. Sein Instinkt riet ihm, sie einfach in die Arme zu nehmen und sie gewaltsam aus diesem Pestloch fortzuschaffen, doch zugleich wußte er, daß sie ihn für alle Zeit hassen würde für diese Tat. Also legte er seinen Umhang ab und rollte die Hemdsärmel auf. »Wenn du bleibst, bleibe ich auch. Wo ist er?«

»Nein«, schrie sie. »Du stirbst, wenn du bleibst.«

»Dann sterbe ich eben«, kam die tonlose Erwiderung.

Sie lachte unter Tränen. »Komm, er schläft schon seit Stunden.«

Ruark trat neben das Bett und war entsetzt, als er das gerötete Gesicht des Jungen sah. »Er schläft nicht, Summer ... ich glaube, er ist ohnmächtig. Viel länger wird er nicht durchhalten. Du hast die Wahl. Lassen wir zu, daß er friedlich einschläft, oder versuchen wir, ihn wiederzubeleben und kämpfen bis zum Ende gegen den Sensenmann? Ein Kampf, den wir, wenn ich mir die Bemerkung erlauben darf, höchstwahrscheinlich verlieren werden.«

»Kämpfen und überleben oder kämpfen und sterben ... auf jeden Fall werden wir kämpfen, etwas anderes gibt es nicht.«

»Braves Mädchen«, ermutigte er sie. »Was hast du zu trinken da?«

»Wasser ... Tee ... Portwein ...«

»Wir werden ihm alle drei Dinge einflößen. Am besten fangen wir mit dem Wasser an.«

Summer rannte los, um das Wasser zu holen, und Ruark riß die Fenster auf und schlug die Bettdecke zurück. Spencer schien regelrecht zu glühen, und als Ruark ihn aufrichtete und ihm Kissen in den Rücken schob, begann er, unverständliche Dinge zu murmeln und zu phantasieren. Ruark nahm Summer das Wasser ab und hielt es an Spencers Mund. In seinem Fieberwahn hätte Spider ihm das Glas fast aus der Hand gestoßen, aber Ruark ließ sich nicht entmutigen und hielt es weiter an seine Lippen gepreßt. Sobald Spencer etwas von dem kühlen Naß gekostet hatte, leerte er das Glas in einem gierigen Zug, ehe er abermals wild um sich zu schlagen begann.

»Mehr«, befahl Ruark, und Summer rannte erneut hinaus. Mit unendlicher Geduld flößte er dem Jungen das Wasser ein und bat Summer um Tee. Nachdem er etwas von dem heißen Gebräu getrunken hatte, fing Spencer heftig zu schwitzen an, und nach kurzer Zeit war das Laken, auf dem er lag, vollkommen durchnäßt.

»Wir werden ihn baden.«

Summer schnappte sich den leeren Eimer und wandte sich zum Gehen.

»Was in aller Welt hast du vor?«

»Wir brauchen Wasser. Die Pumpe ist unten im Hof.«

Ruark stand auf. »Laß mich nie wieder sehen, daß du schwere Wassereimer schleppst.« Seine Stimme traf sie wie ein Peitschenhieb, doch sie ließ fast freudig den Eimer los. Nachdem Ruark die Wanne gefüllt hatte, badeten sie Spencer, gaben ihm mehr Tee und badeten ihn erneut. Sie hatten keine sauberen Laken mehr, so daß sie ihn auf die blanke Matratze betteten.

Ruark betastete die geschwollenen Lymphdrüsen an Spiders Hals und suchte seine Lenden nach den verräterischen Pestbeulen ab. Der Unterleib des Jungen war nur leicht geschwollen, was Ruark als schlechtes Zeichen wertete. Jeder, der die Pest überlebt hatte, hatte dies nur deshalb getan, weil der Karbunkel schnell dicker geworden und geplatzt war, wodurch das Gift rechtzeitig aus dem Körper lief. Zu Summer sagte er allerdings nur: »Am besten versuchen wir es jetzt mal mit Wasser und Wein.«

Er hielt den Jungen in seinem starken Arm und flößte ihm mit der anderen Hand den verdünnten Portwein ein. Nach drei Gläsern schlug Spencer nicht mehr um sich, und sein Keuchen ließ nach.

»Jetzt wird er erst einmal eine Weile schlafen. Ich muß los und irgend etwas zu essen auftreiben, Summer. Ich weiß genau, daß du heute noch nichts in den Magen bekommen hast.«

»Ich habe keinen Hunger, Ruark. Ich bin viel zu müde und zu besorgt um Spider, um jetzt zu essen.«

»Darum geht es nicht. Ich werde etwas zu essen finden, und du wirst es essen«, sagte er, als spräche er mit einem fünfjährigen Kind.

Sie nickte. Seine Stärke und Entschlossenheit waren zuviel für sie. »Es herrscht Ausgangssperre. Die Wachen werden dich aufhalten.«

»Du meinst, sie werden es versuchen«, verbesserte er.

Sie hatte das Gefühl, gerade erst eingenickt zu sein, als Ruark bereits wieder vor ihr stand. Er hatte einen gerösteten Kapaun und eine Flasche Apfelwein mitgebracht, und die Erinnerung an Cornwall überwältigte sie. Traurig lächelnd knabberte sie an der krossen braunen Haut des Vogels herum. »Einmal, als mein Bruder und ich kurz vor dem Verhungern standen, haben wir nur überlebt, indem wir einen deiner Hähne stahlen.«

»Endlich bist du wieder die alte. Ich mag dich am liebsten, wenn du mir gegenüber du selbst und ehrlich bist, Summer.«

Sie wußte, daß dem nicht so war. Sie wußte, daß Ehrlichkeit und Offenheit zu den Dingen gehörten, die Männer im Grunde ihres Herzens verabscheuten. Sie wußte, wenn er herausfände, wie intim ihre Beziehung zu seinem Bruder gewesen war, brächte er sie womöglich beide um.

Als wüßte er, daß sie an Rory dachte, sagte er: »Ich habe Rory gebeten, dich nach Salisbury zu schicken. Warum hast du ihm nicht gehorcht?«

Sie überlegte, ob er wohl auch wußte, daß Rory sie nach Holland und Frankreich gelockt hatte, ehe er mit ihr nach Southampton gefahren war, doch sie bezweifelte es. Sie zuckte mit den Schultern. »Er läßt sich eben leichter täuschen als du.«

»Ich hätte dich selbst dorthin bringen sollen, aber ich wußte, daß du meinen Ratschlag hören und dann aus Prinzip das Gegenteil tun würdest. Wenn wir in letzter Zeit aufeinandergetroffen sind, war es immer, als hielte jemand ein Streichholz an ein Pulverfaß.«

»Eine gefährliche Sache«, murmelte sie.

»Du kommst so gut mit Rory aus, wie eine alte Freundin, daß ich dachte, seine Vorschläge fänden vielleicht eher Gehör bei dir.«

Ihr Herz schrie, er ist nicht mein Freund, sondern mein Liebhaber! Bist du blind? Am liebsten hätte sie ihm gesagt, daß er Rory nicht trauen durfte, da es ihm immer nur um seinen eigenen Vorteil ging. Er kannte keine Loyalität gegenüber seinem Bruder, seinem König oder seinem Heimatland.

»Woher hat er die Verwundung, die unter seiner weißen Strähne liegt?« fragte sie.

Er schwieg einen Augenblick, doch dann setzte er zögernd zu einem Bericht von Ereignissen der Verangenheit an. »Mein Vater und ich hatten wie üblich Streit. Er war ein solch leidenschaftlicher Anhänger des Königs, daß er mit Charles I. sogar gemeinsam das Schafott erklommen hätte … nur daß er sich, als dann tatsächlich der Königsmord geschah, der guten Sache bereits geopfert hatte.« Er schwieg eine Minute, doch sie wußte, daß er mit seiner Geschichte noch nicht am Ende war.

»Wir waren übereingekommen, unsere gesamten Besitzungen in Cornwall zu beleihen, um Geld für die Sache der Stuarts aufzutreiben. Ich erdreistete mich, ihm zu erklären, damit wäre es dann genug, er wäre zu alt zum Kämpfen und sollte lieber uns Jüngere ins Gefecht ziehen lassen. Wir hatten einen furchtbaren Streit, und er hat mir niemals verziehen.« Er stand auf und schob mit seinem eleganten Stiefel ein brennendes Holzscheit in die Feuerstelle zurück. »Schließlich fiel Cromwells Armee auch in Cornwall ein. Sie setzten die Stadt Helston in Brand und schwärmten auf unseren Ländereien aus. Sie trieben meinen Vater und ein paar andere Verteidiger in die tosenden Gewässer des Helford River hinein. Unsere Männer kämpften tapfer, aber natürlich hatten sie keine Chance gegen die Übermacht. Rory ritt in den wilden Fluß hinein, um Vater zu helfen, doch sofort traf ihn ein Schwerthieb am Kopf, der seinen Schädel nahezu spaltete. Sie dachten, er wäre tot, aber er wurde aufs Meer hinausgespült und trieb bewußtlos an den Strand unter dem Haus.«

»An unseren Strand«, flüsterte sie.

»Ja, an unseren Strand«, sagte er und bedachte sie mit einem sehnsüchtigen Blick.

Summer sah in Gedanken Rorys amüsierten Blick vor sich und wußte, daß sie ihn niemals an den König verraten würde, aber bei ihrem Ehemann Ruark war es etwas anderes. Sie verspürte das übermächtige Bedürfnis, ihn zu warnen, ihm zu sagen, er müsse dem schwarzen Schaf seiner Familie gegenüber vorsichtig sein. »Ru, ich glaube, Rory benutzt die Keller auf Roseland, um Menschen ins Land und wieder hinaus zu schmuggeln.«

Er zog die Brauen hoch, und seine Miene versteinerte sich.

»Ich ... ich glaube, er verkauft unsere Geheimnisse an die Holländer ... an die Franzosen ... an jedermann.«

Er wirkte erzürnt. »Ich dachte, du wärst seine Freundin! Und jetzt verrätst du ihn«, beschuldigte er sie.

»Nicht an den König ... das würde ich niemals tun ... das könnte ich gar nicht tun ... nur an dich, damit du dich schützen kannst.«

»Du hast also zwischen uns gewählt, und ich bin der glückliche Gewinner, der deine Gunst erhält?« spottete er.

»Nein, verdammt. Ich habe keinen von euch gewählt. Meinetwegen könnt ihr beide zur Hölle fahren, es ist mir egal!«

Sie leerte ihr Glas und warf es in seine Richtung, doch er zog sie gelassen auf seinen Schoß. Seine Lippen brannten sich einen Weg über ihren Hals, und er flüsterte: »Was sollen wir tun, um uns die langen Nachtstunden zu vertreiben?« Sein Geschlecht preßte sich marmorhart gegen ihren Po, und sein Körper strahlte eine überwältigende Hitze aus, der sie beinahe erlag. »Wir könnten spielen«, sagte sie und spürte, wie sich sein Glied aufrichtete. »Schach.«

»Und der Gewinner hat die Wahl des nächsten Spiels«, entgegnete er.

Sie war zu müde, um noch weiter mit ihm zu streiten. Das Feuer und der Apfelwein machten sie schläfrig, und als sie sich an seine Schulter lehnte, ersehnte sie sich nichts mehr als seine Liebe und seinen Schutz. Sie wollte, daß er die Welt sicher machte für ihren Bruder, für sie und für das ungeborene Kind, das sie unter dem Herzen trug. Ihre Züge waren unbeholfen und unüberlegt, und innerhalb kürzester Zeit war sie schachmatt. Nach ihrem letzten Zug legte sie die Hand auf seinen Schenkel, und er hatte kein Interesse mehr an einer Fortsetzung des Spiels. Er führte ihre Hand langsam seinen Schenkel hinauf, bis sie auf seinem harten Schaft zu ruhen kam. Daß sie sich ihm nicht entzog, wertete er als Ermutigung. Er küßte sie sanft auf die Stirn. »Deine Berührung ist die reinste Magie«, murmelte er. »Himmel, sobald ich dich spüre, erschauere ich.« Seine andere Hand stahl sich unter den Saum ihres Kleides und glitt langsam ihr Bein hinauf. Als sie sie nicht fortschob, verspürte er ein Gefühl des Triumphs, das jedoch nur von kurzer Dauer war, denn als er auf sie hinabblickte, sah er, daß sie an seiner Schulter schlief. Er holte tief Luft und schwor sich, den aufregenden Abschluß des Schachspiels zu einem geeigneteren Zeitpunkt nachzuholen.

40

Er hielt sie, bis die ersten grauen Strahlen der Dämmerung durchs Fenster fielen, und dann stand er vorsichtig auf, um nach Spencer zu sehen, der die Nacht überlebt zu haben schien, denn sein Husten war bis in den Korridor zu hören. Als er das Schlafzimmer betrat, riß er erstaunt die Augen auf. Spencer war wach, seine Augen waren glasig, und er war über und über mit roten Pusteln bedeckt.

»Summer, mein Schatz, komm schnell!« rief er.

Sie schreckte hoch, sah sich verwirrt um, und ihr Herz sank ihr in die Knie, als sie sich an die Krankheit ihres Bruders erinnerte. »Was ist los?« rief sie ängstlich.

»Komm und sieh selbst.«

Schleppend ging sie zur Schlafzimmertür.

»Er hat überhaupt nicht die Pest«, erklärte Ruark ihr.

Sie blinzelte. »Was sagst du da?«

»Er hat die Masern«, rief Ruark, unfähig, seine Erleichterung noch länger zu unterdrücken. Er hob sie hoch, wirbelte sie herum und drückte ihr einen herzhaften Kuß auf den Mund. Plötzlich blieb er stehen, wandte sich mit drohend erhobenem Zeigefinger an Spencer und sagte: »Wenn du dich erholt hast, versohle ich dir dafür den Hintern, daß du drei Tage nicht mehr sitzen kannst.« Dann wirbelte er sie abermals durch die Luft. »Ich bringe euch auf der Stelle beide hier raus.«

Trotz der Wachen beschlossen sie, das Wagnis einzugehen. Er hüllte Spencer in eine Decke ein und reichte Summer einen kleinen Beutel mit Gold. Sie waren auf halbem Wege die Treppe hinab, als zwei mit Musketen bewaffnete Wachmänner vom Hof hereinkamen. »Halt!« riefen sie, kamen zum Fuß der Treppe gerannt und versperrten ihnen den Weg.

Ruark richtete Summers nicht geladene Pistole auf die beiden und sagte mit tödlicher Gelassenheit. »Gentlemen, die Dame hat das Bestechungsgeld und ich das Schießpulver. Die Wahl bleibt ganz Ihnen überlassen.« Die beiden Männer verstanden sofort. Sie sahen zu Ruarks Kutscher hinüber, der eine Eisenstange in den Händen hielt, und umgehend kapitulierten sie.

Summer gab ihnen das Gold und kletterte in die Kutsche. »Schrecklich, ich spüre bereits Frost in der Luft«, sagte sie besorgt.

»Das ist wunderbar. Eisige Kälte ist das einzige, was dieser schrecklichen Plage ein Ende machen kann.« Er schob Spencer auf einen Sitz, setzte sich selbst neben sie und nahm sie in den Arm. »Sieh dich doch nur einmal an, du bist vollkommen erschöpft.«

Am liebsten hätte sie sich eng an ihn geschmiegt, aber sie wußte um ihre gegenseitige körperliche Anziehungskraft. Es war bereits ein sinnliches Erlebnis, mit ihm in einer Kutsche eingeschlossen zu sein. Sie saß stocksteif neben ihm und wagte nicht, in sein schönes, dunkles Gesicht zu sehen. »Danke, daß du bei mir geblieben bist, Ruark. Jetzt ist alles wieder gut.«

»Ich werde eine Frau besorgen, die Spencer noch ein paar Tage pflegt und die auch dafür sorgt, daß du Ruhe bekommst. In deinem Zustand wirst du nicht mehr lange in der Lage sein, alles selbst zu tun.«

»Krankenschwestern verlangen ein Vermögen für ihre Dienste, und sie sind bekannt dafür, daß sie wie die Elstern stehlen, sobald man ihnen den Rücken zudreht. Den Londonern ist nicht zu trauen, vor allem in einer Zeit wie dieser.«

»Ich kenne eine geeignete Frau. Sie lebt auf dem Land, sie war meine Haushälterin, ehe ich zurück nach Cornwall ging. Sie ist eine praktisch veranlagte, bodenständige Person, die ein Auge auf dich haben wird. Bei Gott, irgend jemand muß ja schließlich dafür sorgen, daß du keinen Unsinn mehr machst. Keine Angst, ihren Lohn werde ich bezahlen, ich weiß schließlich, daß du ein kleiner Geizhals bist.«

Das saß. »Dann betrachte ihre Bezahlung am besten als Ausgleich dafür, daß ich der Annullierung unserer Ehe zustimme.«

Warum nur trafen ihn ihre Worte jedesmal bis ins Mark? Am

liebsten hätte er sie geschüttelt, aber er wußte, wenn er sie anfaßte, erläge er sofort wieder seiner Leidenschaft für sie. In der Cockspur Street angekommen, trug er Spencer in eins der eleganten Schlafzimmer hinauf, zog ihn aus und deckte ihn mit einer kühlen, frischen Decke zu. Dann schickte er seinen Kutscher los, um Lebensmittel und einige medizinische Kräuter zu holen. Das alles bekäme er in dem Lagerhaus, das auch sein Schiff belieferte.

Im Haus war es kalt und feucht, so daß Ruark in sämtlichen Räumen Feuer anzündete. »Summer, es ginge mir wesentlich besser, wenn du mir versprechen würdest, daß du dich auf Armeslänge von deinem Bruder fernhältst. Ich weiß, Masern sind nicht halb so furchtbar wie die Pest, aber woher sollen wir wissen, welche Auswirkung eine solche Krankheit auf unser Kind hat? Wenn du krank wirst oder dich überanstrengst, hast du vielleicht eine Fehlgeburt. Ich möchte, daß du ein Bad nimmst und dich ausruhst, während ich losgehe und Mrs. Bishop hole.«

Sie sah ihn trotzig an, doch zum ersten Mal beherrschte er sich und versuchte es mit zärtlicher Überredung statt mit Gewalt. »Summer, mein Liebling, ich weiß, daß du nicht allzuviel für Befehle übrig hast, und darum bitte ich dich, dich zu schonen, denn schließlich erwartest du ein Kind.«

Sie stemmte die Hände in die Hüften und sagte erbost: »Dieses Baby bedeutet mir wahrscheinlich mehr als euch anderen zusammengenommen. Was mich betrifft, so kann meinetwegen außer diesem Kind die ganze Welt zum Teufel gehen!«

»Da kommt der Kutscher mit den Vorräten. Sag ihm, wo er alles hin tun soll. Ich sehe noch einmal nach Spencer, und dann mache ich mich auf den Weg. Ich verspreche dir, heute nachmittag bin ich zurück.«

Als sie sich im Spiegel sah, war sie entsetzt. Nun hatte Ruark sie von ihrer schlimmsten Seite gesehen. Liebe und Dankbarkeit wallten in ihr auf. Was hätte sie nur getan, wäre Ru nicht plötzlich aufgetaucht? Sie wollte die Annullierung ihrer Ehe nicht. Sie wollte seine kostbare Geliebte sein, genau wie zu Anfang ihrer

Hochzeitsreise auf Stowe, ehe sie ihr ganzes Leben ruiniert hatte, indem sie ihm die Wahrheit gestand. Sie lehnte den Kopf an den Türrahmen. Vielleicht könnte sie ihn überreden, heute nacht bei ihr zu bleiben? Wenn sie ein Bad nahm, ein verführerisches Kleid anzog und sich süß und weiblich gab, träte er vielleicht von der Annullierung zurück. Sie hatte ihn schließlich dazu gebracht, sie zu heiraten, warum sollte es ihr also jetzt nicht gelingen, ihn dazu zu bewegen, ihren Herzenswunsch zu erfüllen? Der Trick bestand darin, ihn glauben zu machen, daß sie nichts mehr wollte als ein Ende ihrer Ehe mit ihm.

Um drei Uhr nachmittags kehrte Lord Helford mit Mrs. Bishop zurück. Summer mochte sie sofort. Sie war eine rundliche Frau mit einem üppigen Busen, die sofort das Kommando übernahm. Summer sah, daß sie freundlich und großherzig war, aber durchaus in der Lage wäre, tyrannisch zu werden, um sich durchzusetzen. Mrs. Bishop musterte Summers füllige Taille und sagte bestimmt: »Und für Sie, meine junge Dame, ist es fürs erste mit dem Treppensteigen vorbei.«

Ruark lachte. »Bish wird dich schon dazu kriegen, ihr zu gehorchen, auch wenn mir das offenbar nie gelingt.«

»Aber ich muß Ihnen Ihr Schlafzimmer zeigen, Mrs. Bishop.«

Bish wies auf ihre Truhe und bedachte Ruark mit einem vielsagenden Blick. »Er hat zwei starke Beine, also kann er mir problemlos mein Zimmer und den Patienten zeigen. Und dann gehe ich in die Küche und koche uns allen ein anständiges Mahl.«

Summer lächelte. »Lord Helford wird Ihnen helfen. Er hat ein besonderes Talent dafür, Holz für das Feuer zu hacken.«

»Ich kann mein Holz selber hacken. Lord Helford kümmert sich besser um seine Frau. Eine Frau braucht es, daß man sie ein bißchen verwöhnt, wenn sie ihr erstes Kind bekommt.«

Ruark trug Mrs. Bishops Truhe nach oben und kam umgehend zurück. Summer fühlte sich mit einem Mal so schüchtern, daß sie tatsächlich errötete. Offenbar hatte er unterwegs irgendwo haltgemacht, um sich zu rasieren und umzuziehen, denn wie immer war sein Äußeres makellos. Sie hatte vor dem Feuer ein Schachbrett aufgestellt, und der elegant eingerichtete Salon wirkte intim und einladend. Sie hatte ihr Haar gebürstet, bis die seidige schwarze Masse wie eine duftende Wolke um ihre Schultern lag, und sie hatte ein himbeerrotes Seidenkleid gewählt, das ihre Brüste angenehm betonte und das in sanften Falten um ihre Beine fiel.

Ruarks Blick wurde weich, als er ihre üppigen Brüste sah. Dann blickte er auf das Schachbrett, und sie sagte atemlos: »Wir haben die Partie gestern nicht zu Ende gespielt.« Sie sah, daß er bei ihren Worten hart wurde, und wandte den Blick in geradezu jungfräulicher Verlegenheit von ihm ab. Dann setzte sie sich vor das Feuer, griff hinter ein Kissen und zog das ledergebundene Buch von ihrem Vater hervor. »Ruark, du weißt, daß ich die Annullierung unserer Ehe ebenso will wie du, aber ich sehe keinen Grund, weshalb wir keine Freunde bleiben sollten.« Ihre Stimme war ein verführerisches Flüstern, das Ruark erschauern ließ. »Als Abschiedsgeschenk ... als Freundschaftsgeschenk ... gebe ich dir dieses Tagebuch. Es wird deine Arbeit in Cornwall wahrscheinlich erheblich einfacher und vielleicht auch etwas ungefährlicher machen.«

Er setzte sich neben sie, öffnete neugierig das Buch und fragte: »Was ist denn das?«, als er die Daten und Orte und Namen sah.

»Es sind die Aufzeichnungen diverser Schandtaten ... Schmuggel ... Strandpiraterie ... Informationsverkauf an den Meistbietenden. In dem Buch gibt es alles, vom Mord bis hin zum Verrat, und ich schäme mich, sagen zu müssen, daß so ziemlich jede angesehene Cornwallsche Familie mindestens ein Mitglied hat, das in diese finsteren Machenschaften verwickelt war. Als mein Vater starb, hinterließ er mir dieses Buch, damit ich diese reichen Familien weiter erpressen könnte.«

»Summer, hast du mir denn bei unserer Hochzeit noch nicht genug vertraut, um mir bereits damals das Buch auszuhändigen?«

»Ruark, als du mich geheiratet hast, bildete ich mir ein, dich so zu lieben, daß ich dir bis ans Ende der Welt gefolgt wäre, hättest du es verlangt. Ich wollte dir das Buch schon anläßlich unserer

Hochzeit geben, aber ich habe mich einfach zu sehr dafür geschämt, daß mein Vater mit derart bösen Dingen zu tun hatte.«

Er legte einen Finger unter ihr Kinn und hob ihr Gesicht, um ihr in die Augen zu sehen. »Ich kenne dich gut genug, um zu wissen, daß es dir bestimmt nicht an Mut fehlt, wenn es um die Erpressung anderer Menschen geht.«

»Verdammt, Erpressung ist nun wirklich nicht mein Stil«, knurrte sie und vergaß ihren Entschluß, in seiner Gegenwart die Dame zu spielen. »Meinst du nicht, es wäre leichter für mich gewesen, aus diesem Buch Kapital zu schlagen, als Kutschen zu überfallen?« fragte sie. »Und das alles nur, weil du mich ohne einen Penny sitzengelassen hast«, fügte sie ehrlich empört hinzu.

»Hast du eine Vorstellung davon, wie wunderhübsch du aussiehst, wenn du wütend bist? Manchmal errege ich absichtlich deinen Zorn, nur um dich dann zu beobachten.« Er nahm ihre Hand und hob sie an seinen Mund. »Danke, daß du mir das Buch anvertraut hast. Ich habe natürlich bereits einige der Schandtaten aufgedeckt, aber wahrscheinlich hätte es mich Jahre gekostet, um sämtliche Schweine zu erwischen, die damit zu tun hatten.« Sein Arm glitt hinter sie, und er zupfte spielerisch an ihrem Haar.

»Ruark, ich glaube, Richard Grenvile ist tot. Ich habe dir doch gesagt, daß ich dachte, ich hätte ihn während unserer Hochzeitsreise auf Stowe gesehen. Erinnerst du dich noch?«

Er legte den Arm um sie und zog sie an seine Brust. »Erinnerst du dich noch an unsere Hochzeitsreise?« fragte er heiser, und tausend erotische Bilder tauchten vor seinem geistigen Auge auf.

»Ich glaube jetzt, daß Grenvile ein Verräter war. Ich glaube, Rory hat ihn umgebracht. Ich glaube, du solltest in seiner Nähe sehr vorsichtig sein.«

»Liebling, ich habe nicht die Absicht, diesen wunderbaren Abend mit Gesprächen über diesen jungen Teufel zu verderben, aber vielleicht beruhigt es dich, wenn ich dir sage, daß Charles und ich ihm hundertprozentig vertrauen. Steck also lieber nicht dein hübsches Näschen in Angelegenheiten, die dich nichts angehen. Das bringt nur alles durcheinander«, warnte er sie.

Sie legte ihre Hände auf seine Brust und spürte die drahtigen Haare durch das schneeweiße Leinenhemd hindurch. Sie hatte ihn gewarnt, und nun wäre es an ihm, sich zu wappnen. Sie hatte keine Angst um ihn, denn aus einem Kampf Mann gegen Mann ginge er immer als Sieger hervor, egal ob sein Gegner der eigene Bruder oder der König war. Seine Nähe hatte eine unglaubliche Wirkung auf sie. Ihr Sinne waren wie betäubt von seiner Wärme und seinem Duft. »Nun, da die Gefahr für Spencer vorüber ist, nehme ich an, daß du wieder gehst ...« sagte sie betrübt.

»Ich bleibe.«

»Zum Essen?« Sie bedachte ihn mit einem unschuldigen Augenaufschlag.

»Länger.«

Summer sah ihn reglos an, aber sie hätte gewettet, daß auch ›er‹ inzwischen länger war, und wenn sie noch ein bißchen weiterginge, bekäme sie seine ganze Länge deutlich zu spüren. »Oh, natürlich, ich hatte ganz unser Spiel vergessen«, sagte sie und stand auf.

Auch er erhob sich, um seinen Umhang abzulegen und sich einen Chablis zu genehmigen. »Wie gesagt, der Gewinner hat die Wahl des nächsten Spiels«, erinnerte er sie.

Sie nahm das gebotene Glas entgegen, wobei sie wie zufällig mit den Fingerspitzen über seinen Handrücken strich. »Laß mich überlegen, was hätte ich denn gerne, falls ich gewinne?«

Ihre Zungenspitze glitt über den Glasrand, und er sagte mit tiefer, leiser Stimme: »Was *ich* will, weißt du ja.«

Sie bedachte ihn mit einem schwülen, verführerischen Blick und sagte atemlos: »Ich glaube, du weißt auch, was ich will, Ru!«

Er leerte sein Glas, schlang seine Arme um ihren Rücken und preßte sie an sich, bis sich ihre empfindlichen Schamlippen an seinem geschwollenen Glied rieben. »Was willst du, mein Schatz? Sag es mir.«

Sie hob den Kopf und flüsterte: »Die Annullierung unserer Ehe, was sonst?«

»Verdammt«, fluchte er. »Du spielst dieses Spiel wirklich gut.«

»Ich hatte ja auch einen guten Lehrer«, erwiderte sie und strich ihm mit der Zunge über die Oberlippe. Er zog sie in die Arme und schob eine seiner Hände zwischen ihren Schenkeln hinauf.

In diesem Augenblick trat Mrs. Bishop durch die Tür, ein riesiges Tablett in der Hand. »So ist's richtig. Tragen Sie sie zum Feuer, und ich stelle das Tablett direkt neben sie.« Doch gleichzeitig bedachte sie Ruark mit einem warnenden Blick. »Essen Sie ihr nicht allzu viel weg. Denken Sie dran, schließlich ißt sie für zwei.«

Ruark runzelte die Stirn und bedeutete ihr, sich zurückzuziehen.

»Sie brauchen mich gar nicht so böse anzusehen, Lord Helford. Ich bin schließlich nicht so begriffsstutzig, daß ich nicht merke, wenn zwei Liebende ungestört sein wollen. Ich ziehe mich auf mein Zimmer zurück.«

Mit einem vergnügten Zwinkern ließ sie die beiden allein.

»Verdammtes Weib, warum in aller Welt habe ich sie nur ins Haus geholt?« murmelte er, und Summer vergrub eilig ihren Kopf an seinem Hals, damit er ihr Lachen nicht sah. Er setzte sich und fütterte sie. Heute abend war selbst das Essen eine sinnliche Erfahrung für sie. Jedesmal, wenn er ihr etwas in den Mund schob, leckte sie seine Finger ab, biß hinein oder saugte daran. Nach jedem Schluck Wein, den er ihr einflößte, küßte er sie. Gemeinsam genossen sie es, wie sich ihre Erregung steigerte.

Als sie mit dem Essen fertig waren, wandten sie sich dem Schachspiel zu. Sie beide wußten, daß sie zwei Spiele gleichzeitig spielten, und das Spiel der Verführung war noch unendlich interessanter als das Verschieben der Figuren auf dem Brett. Als er einen Bauern nahm, nahm sie sich die Freiheit heraus, einen Strumpf auszuziehen, und als sie einen Turm eroberte, raubte sie ihm gleichzeitig das Hemd.

Er zog ein paar Kissen auf den Boden, und sie erklärte sich bereit, sich neben ihn zu setzen, aber nur, solange das Brett zwischen ihnen stand. Er lenkte sie ab, indem er mit ihren nackten Zehen spielte und dann mit der Fingerspitze über ihre Fußsohle strich. »Kitzeln gilt nicht«, schnurrte sie.

»Ich halte mich nie an irgendwelche Spielregeln«, warnte er, während seine kräftige Hand ihren Knöchel umkreiste und sich ihr Bein hinaufzustehlen begann. Der Wein und das Feuer und das Kitzeln erhöhten noch die sinnliche Spannung zwischen ihnen, und eine nach der anderen stürzten die Barrieren zwischen ihnen ein. Sie rückten unmerklich näher aneinander heran, und schließlich fuhren seine Finger den Ausschnitt ihres Kleides nach und tauchten in die tiefe Spalte zwischen ihren Brüsten ein.

Ihre eigenen Hände strichen über seine harte Schulter- und Rückenmuskulatur, ehe sie zu seinem Hosenbund glitten und die Spalte zwischen seinen harten Pobacken nachzeichneten. Sie meinte, ihn so weit abgelenkt zu haben, daß er seinen König in eine gefährliche Position verrückte, und eilig verschob sie ihre Königin. »Schach«, sagte er und »matt«, während er sie auf die Kissen drückte und ihr Kleid öffnete. Ihre reifen Brüste reckten sich seinen Händen entgegen, er hob sie an und bedachte sie jeweils mit einem ehrerbietigen Kuß. Das Spiel, das jetzt begann, kannte keinen Verlierer. Als sie so tat, als klammere sie sich verzweifelt an ihrer Unterwäsche fest, lockte er sie in die vollkommene Unterwerfung, indem er flüsterte: »Wir haben nur bis zum Anbruch der Dämmerung Zeit!« Fasziniert betrachtete er den flackernden Feuerschein, der auf ihrer samtigen Haut züngelte, ihre wogenden Brüste und ihren Bauch mit Gold überhauchte und das Tal zwischen den beiden Hügeln sowie das wesentlich intimere Tal zwischen ihren Schenkeln zinnoberrot schimmern ließ. Seine Finger fuhren jede Rundung nach, und seine Augen verschlangen sie, während sie sich verführerisch räkelte und die Beine spreizte und schloß wie eine heidnische Göttin, die ihn an die Grenzen seiner Manneskraft trieb.

Ruark wußte, daß das Vorspiel für eine Frau ebenso vergnüglich war wie der tatsächliche Akt. Als sich sein Glied wegen der Enge seiner Hose nicht weiter ausdehnen konnte, zog er sie aus. Endlich hatte seine Männlichkeit die Freiheit, zu ihrer ganzen Größe anzuschwellen, und er schloß die Augen vor Lust. Er rollte sie sanft auf den Bauch, setzte sich rittlings auf ihren

Rücken und beugte sich vor, bis sein Gesicht in der seidigen, duftigen Wolke ihrer Haare vergraben war. Sein Glied pulsierte auf ihrer Haut, während er seine Hände unter sie schob, ihre empfindlichen Brüste umfaßte und mit den Daumen über ihre straffen Nippel strich.

Summer war fest entschlossen, nicht zu zeigen, wie sehr sie sich danach sehnte, von ihm ausgefüllt zu sein. Aber als Ruark flüsterte: »Sag mir, wie es sich anfühlt, wenn ich in dir bin«, drang ein leises Stöhnen aus ihrer Kehle, und er setzte ein triumphierendes Lächeln auf. Er kletterte von ihr herunter und zog sie in seinen Schoß, um ihren Mund zu genießen. Seine Lippen legten sich zögernd, beinahe bittend auf die ihren, doch dann wurden seine Küsse so hart und fordernd, wie es ihr gefiel. Je aggressiver er wurde, um so unterwürfiger wurde sie – ganz weich und weiblich – bereit, die Wünsche und Sehnsüchte seines Körpers zu erfüllen.

Er betrachtete sie unter halb gesenkten Lidern hervor und wußte, sie war die wunderbarste Frau, die es für ihn gab. Sie zog ihn an wie ein Magnet, und er war sich bewußt, wie erregt sie war. Zusammen waren sie einfach perfekt. Ihre Paarung war wie ein erotisches Ballett, ein Liebestanz, der sich über Stunden erstrecken konnte, bis er schließlich in der vollkommenen Erfüllung endete. Wie konnte sie ihn an die Annullierung ihrer Ehe erinnern, während er nach einem Mittel suchte, das sie für alle Zeiten an ihn band?

Er hob ihren Po an, bis sich seine Erektion in die Spalte zwischen ihren Beinen schob. Sie bewegte sich auf und ab, lockend und verführerisch bis zu dem Punkt, an dem er lustvoll zu stöhnen begann. »Summer«, flüsterte er. »Ich kann ohne dich nicht leben. Wenn es offiziell ist, daß wir nicht mehr verheiratet sind, wirst du dann meine Mätresse?«

Sie hörte auf, sich zu bewegen, hielt den Atem an und starrte ihn reglos an. Sie hätte schwören können, daß auch ihr Herz nicht mehr schlug. Mit dem Stolz einer Siamkatze entwand sie sich ihm, stand auf und drehte sich zu ihm um. Dies war nicht das erste

Mal, daß er so etwas tat, es war wie ein erneuter Schlag ins Gesicht. »Ich bin nicht gut genug, um noch länger Lady Helford zu sein, aber du willst mich nicht verlieren, weil ich eine verdammt gute Hure bin!«

»Du bist diejenige, die die Annullierung will«, fuhr er sie an.

»Da hast du recht«, zischte sie. »Und jetzt verschwinde, und wage es ja nicht, noch einmal zurückzukommen!«

»Ich werde gehen, wenn ich das habe, weshalb ich gekommen bin«, knurrte er.

»Falls du dir einbildest, ich würde mich jetzt von dir lieben lassen, bist du wahnsinnig«, tobte sie.

»Ja, wahnsinnig ... und zwar wahnsinniger, als ich es je gewesen bin. Du bist doch nichts weiter als ein billiges kleines Flittchen, das mich erst scharf macht, um mir dann eine Abfuhr zu erteilen. Wofür hältst du mich eigentlich, für eine leblose Maschine? Ich bin aus Fleisch und Blut, Summer. Ich bin ein Mann.« Langsam und entschlossen begann er, sie durch den Raum in die Enge zu treiben. Er war ein Tier, das siegesgewiß seine Beute umrundete. Ruark bewegte sich langsam , schnitt ihr den Fluchtweg ab, und plötzlich wußte sie ohne jeden Zweifel, daß er sie wie zuvor bei dem Brettspiel schachmatt setzen würde. Sie stolperten auf den Teppich, aber er achtete darauf, daß er sie mit seinem Körper fing. Dann trug er sie auf die Kissen zurück und thronte drohend über ihr. Seine Stimme war rauh vor Lust. »Liebling, ich werde dich nicht zwingen, aber ich werde dich lieben, das ist gewiß.« Er ging vor ihr auf die Knie, und sie stürzte sich auf ihn, biß, kratzte, vergrub ihre Nägel in seinem Fleisch, zerrte an seinen Haaren und trommelte mit geballten Fäusten gegen seine Brust. Er wartete geduldig, bis sie erschöpft in sich zusammensank, und dann spreizte er ihre Schenkel und strich sanft über die Falten ihrer Schamlippen hinweg. »Du bist schon ganz naß«, sagte er leise, ehe er seinen Finger ableckte und ihn in sie schob.

Sie war vollkommen atemlos von dem Kampf und hoffte nur, daß er sich nicht einbildete, er hätte irgendeine Wirkung auf sie. Ihre üppigen Brüste hoben und senkten sich mit jedem Atemzug und sie verabscheute das Vergnügen, das er allein beim Anblick ihrer Nacktheit empfand. Sein starker Daumen fand die kleine Knospe ihrer Weiblichkeit und streichelte sie. Sie würde ihm nicht das Vergnügen bereiten, eine Reaktion zu zeigen, obgleich seine Berührung sie erschauern ließ. Sie lag schlaff und vollkommen tatenlos da, um ihm zu zeigen, daß er tun konnte, was er wollte, ohne daß sie dabei auch nur die geringste Lust empfand.

Mit großer Zärtlichkeit legte er ihre Beine über seine Schultern, neigte den Kopf und erforschte ihre geheimsten Stellen mit seinem Mund. Er begann, sanft zu saugen, und obgleich sie es nicht wollte, erlebte sie die stärkste Erregung seit ihrer Hochzeitsreise. Eilig löste er seinen unersättlichen Mund von ihr und drang mit seiner marmorharten Waffe in sie ein. Er küßte sie nicht, sondern hielt seine Lippen Millimeter von ihrem Mund entfernt, um jeden Seufzer und jeden Atemzug zu hören, während er ihr liebevoll in die Augen sah.

Sie war fest entschlossen, sich nicht anmerken zu lassen, daß sie sich dem Höhepunkt näherte, und Ruark schob sich wieder und wieder in sie hinein und zog sich wieder und wieder aus ihr zurück, ebenso entschlossen, sich zurückzuhalten, bis sie Erfüllung fand. Und dann spürte er es. Ihre Scheide begann zu zucken, begann sich um seinen Schaft zusammenzuziehen, wieder und wieder, bis es um ihn geschehen war. Weder durch Worte noch durch Keuchen, Stöhnen oder Gesten zeigte sie ihm, daß sie gekommen war. Mit einem triumphierenden Lächeln behauptete sie: »Ich habe nicht das geringste gespürt.«

Diese kleine Selbsttäuschung gestattete er ihr. »Tut mir leid, meine Süße, wenn ich dich nicht zufriedenstellen konnte.«

»Ich bin nicht deine Süße! Ich will dich nie wiedersehen!«

»Wie du willst … Aber du wirst immer meine Süße sein.« Seine Lippen berührten ihren Mund zu einem herzerweichend zärtlichen Kuß. Dann erhob er sich und zog sich schweigend an.

41

Nach einer Woche frostiger Vormittage fiel die Zahl der Pestopfer dramatisch auf unter fünfhundert ab. Spencer erholte sich schnell. Er wußte, daß er umgehend nach Bruckner Hall in Oxford fahren mußte, um dort die grauenhafte Nachricht von Edwins Tod zu überbringen.

Mrs. Bishop widmete nun all ihre mütterliche Fürsorge Summer und mästete sie wie eine Weihnachtsgans. Dann kehrte eines Morgens Lil Richwood aus Southampton zurück, und sämtliche Bediensteten stürzten sich in hektische Aktivität. In der Küche gab es Probleme mit der Hackordnung, weil Mrs. Bishop der Ansicht war, sie allein sei verantwortlich für das Wohl und Wehe der werdenden Mutter, und es niemandem gestattete, Summer auch nur einen Tee zu bereiten. Um Summers Ruhe war es geschehen, und sie fragte sich, weshalb Tante Lil ein Dutzend Leute für die Führung ihres Haushalts benötigte, während sie mit Mrs. Bishop voll und ganz zufrieden gewesen war.

Allerdings genoß sie Lils Gesellschaft und lauschte begierig all den empörenden Klatschgeschichten, die es zu erzählen gab. Offenbar hatte der Ehemann ihrer lieben Freundin, Lord Worthing, ihr unentwegt den Hof gemacht, bis sie sich endlich bereit erklärt hatte, seinem Drängen nachzugeben. Mit blitzenden Augen sagte sie: »Ich glaube, es dauert nicht lange, und er erfindet irgendwelche Geschäfte in London und taucht plötzlich hier bei uns auf. Merk dir meine Worte«, prophezeite sie. »Uns steht die aufregendste Saison bevor, die es seit Charles' erneuter Thronbesteigung je gegeben hat. Der Hof hat sich in Salisbury fast zu Tode gelangweilt, und jetzt gebärden sich alle wie die wilden Tiere, die man aus dem Käfig gelassen hat.« Innerhalb eines Monats hatten sämtliche Theater wieder aufgemacht, und die Geschäftsleute, die während der Pestwochen reich geworden waren, waren auf ausgedehnten Einkaufstouren unterwegs. Neue Läden schossen wie Pilze aus dem Boden, und Geldverleiher, Spielhöllen und

Bordelle wetteiferten, wer die besten leerstehenden Gebäude bekam.

Das kleine Haus in der Cockspur Street platzte aus allen Nähten, und Summer kam zu dem Schluß, daß es an der Zeit war, sich irgendwo anders nach einer Unterkunft umzusehen. Die Mieten stiegen immer weiter an, und sie würde zunächst Solomon Storm aufsuchen, um zu sehen, ob ihre Finanzen den Erwerb eines eigenen kleinen Häuschens gestatteten.

Die zahlreichen Einladungen zu Festen, Maskenbällen und anderen Feierlichkeiten hatte sie ignoriert, da sie es als ziemlich empfand, bis zur Geburt des Kindes zu Hause zu sein. Sie fand, daß sie unvorteilhaft aussah, und obgleich Lady Richwood schwor, daß sie bezaubernd war wie eh und je, fühlte sie sich nun, während der letzten Schwangerschaftsmonate, unbeholfen und fett.

Solomon Storm brachte ihr sofort einen bequemen Stuhl und bestand darauf, daß sie einen Fußschemel nahm, als er ihren Zustand sah. Sie erklärte ihm, weshalb sie gekommen war, doch er spitzte bedenklich die Lippen und meinte, daß mit normalen finanziellen Mitteln kein Haus in einem der eleganten Wohnbezirke mehr zu bezahlen war. »Für Häuser in Westminster, St. James und Mayfair werden inzwischen astronomische Summen verlangt. Ich fürchte, Sie müssen Ihren Gatten bitten, Ihnen abermals ein Haus zu schenken.«

»Mr. Storm ... Solomon ... Lord Helford hat mir Roseland nicht geschenkt. In der Tat ist er noch nicht einmal mehr mein Ehemann. Ich habe meinen eigenen Namen wieder angenommen, denn unsere Ehe wurde annulliert.«

Solomon Storm wirkte ehrlich besorgt. »Wie kann er die Ehe annullieren lassen, wenn Sie doch offensichtlich in anderen Umständen sind, Mylady? Bitte verzeihen Sie mir diese Indiskretion.«

»Die Annullierung erfolgte in beidseitigem Einverständnis«, erklärte sie. »Es war meine eigene Entscheidung.«

»Dann lassen Sie mich Ihnen sagen, daß diese Entscheidung

ein Fehler war. Da mein Sohn Anwalt ist, kenne ich mich mit den Gesetzen aus. Ich weiß nicht, was in Ihrer Ehe schiefgelaufen ist, Mylady, und ich habe auch nicht den Wunsch, es zu erfahren, aber Sie sollten die Ehe zumindest nicht vor der Geburt des Kindes annullieren. Wenn es noch vor der Annullierung der Ehe das Licht der Welt erblickt, gilt Lord Helford als rechtmäßiger Vater, so daß es sein rechtmäßiger Erbe wird. Falls es ein Junge werden sollte, hätte er somit Anspruch auf den Titel und auch auf den Besitz Ihres Ehemanns.«

»Oh, etwas so Gewinnsüchtiges kann ich unmöglich tun. Er denkt sowieso schon, ich hätte ihn wegen seines Geldes geheiratet. Ich bin sicher, daß Ruark Helford seinem Sohn oder seiner Tochter auch ohne eine derartige Erpressung meinerseits Gerechtigkeit widerfahren läßt.«

»Ich bitte Sie klarzusehen, Mylady. Ich habe die Erfahrung gemacht, daß Gentlemen nur selten aus reiner Herzensgüte das Richtige tun. Meistens tun sie es nur dann, wenn man sie dazu zwingt.«

»Vielleicht könnte ich mir ja wenigstens ein Häuschen in einer nicht ganz so eleganten Gegend Londons leisten?« fragte sie.

»Das bezweifle ich nicht, Mylady, und ich werde mich auf der Stelle nach geeigneten Objekten umsehen, aber mir wäre wesentlich wohler in meiner Haut, wenn Sie mir erlauben würden, zuvor Lord Helford zu kontaktieren. Sie sollten als Teil der Abfindung ein Haus bekommen. Es ist ein Skandal, daß das nicht schon längst geschehen ist.«

»Nun, ich werde darüber nachdenken, aber ich glaube wirklich nicht, daß ich irgendeinem Mann verpflichtet sein möchte, Mr. Storm.«

Noch in derselben Woche zeigte Mr. Storm ihr ein paar geeignete Häuser, und sie entschied sich für ein Gebäude, das in der Friday Street neben der St. Matthew Kirche gegenüber der alten Börse lag. Es war ein hohes, schmales Haus ähnlich dem ihrer Tante, wunderbar in Pfirchsichfarben und hellem Grün dekoriert, und sämtliche Kamine wiesen einen frischen cremefarbenen Anstrich auf. Küche, Vorratskammer und Waschraum befanden sich im Keller, im Erdgeschoß lagen Empfangsraum, Eßzimmer und ein gemütlicher Salon, und im Obergeschoß fanden sich zwei große Schlafzimmer und das Bad. Der Dachboden wies nette Gaubenfenster auf, und sie dachte, vielleicht fände ja Spencer Gefallen daran. Mrs. Bishop würde im Kinderzimmer schlafen und sprach von nichts anderem mehr als von der bevorstehenden Geburt.

Summer erzählte Lil von dem neuen Haus und bat sie, ihr beim Aussuchen der Möbel und bei der Umwandlung eines der Schlafzimmer in ein Kinderzimmer behilflich zu sein. Sie konnte es kaum erwarten, daß Spencer nach Hause kam, um ihm von dem Haus in der Friday Street zu berichten, aber als sie ihm die Neuigkeit erzählte, sah er sie verlegen an, und sie wußte, daß er andere Pläne hatte, als bei ihr einzuziehen. Sie sah ihm an, daß er ihr etwas verschwieg, also nahm sie Platz, legte ihre Füße auf einen Schemel und sagte: »Spider, du weißt, daß du mir alles erzählen kannst ... Also, mein Lieber, was ist los?«

Er atmete tief ein, doch dann platzte es aus ihm heraus. »Ruark hat mir Arbeit auf einem seiner Schiffe angeboten.«

Sie sprang auf. »Dieses Schwein! Natürlich lehnst du ab!«

»Tja, nun, ich habe schon zugesagt, Cat.«

»Du hast ja keine Ahnung, was für ein autoritärer Kerl er ist. Ich habe gesehen, wie er einen seiner Matrosen ausgepeitscht hat, nur weil dieser ein wenig angetrunken war. Und vielleicht erinnerst du dich noch daran, daß er dich wegen einer frechen Bemerkung mit gegenüber niedergeschlagen hat?« Sie war außer sich.

»Nun, die Abreibung hatte ich ja wohl verdient«, wandte er ein.

»Spencer, wir liegen mit Holland im Krieg. Zur Hölle mit dem Kerl. Jetzt hat er also seine Drohung wahr gemacht und dich auf eins seiner Schiffe gelockt. Das ist also seine Art, sich an mir zu rächen!«

»Wofür, um Himmels willen?« fragte er.

»Dafür, daß er mich nicht hat flachlegen dürfen!«

Spencers Reaktion schockierte sie. Er brach in wieherndes Gelächter aus und keuchte: »Er braucht dich doch nur anzusehen, und schon machst du die Beine breit.«

Sie holte aus und schlug ihm mitten ins Gesicht. Dies war das erste Mal, daß sie gegen ihn die Hand erhob.

»Du trägst schließlich die Früchte seiner Arbeit im Bauch«, sagte er. »Also hör doch auf, die unschuldige junge Frau zu mimen.«

»Das Kind ist nicht von ihm«, erwiderte sie erbost.

»Das läßt du ihn besser niemals wissen. Zumindest nicht, wenn du an deinem Leben hängst.«

»Wir sprechen gerade über dein Leben, nicht meins. Ich weigere mich, dich auf eins seiner Schiffe zu lassen, wo du billiges Kanonenfutter bist, wenn dieser Krieg eskaliert«, schrie sie und brach in Tränen aus.

Er wußte, daß jegliche Aufregung in ihrem Zustand Gift für sie war. »Cat, ich gehe auf sein Handelsschiff, das für die Ostindiengesellschaft fährt.«

»Was? Dann segelst du ja um die halbe Welt! Dafür bringe ich ihn um!«

»Cat, bitte reg dich nicht so auf.«

Sie spürte einen schmerzhaften Stich in der Seite und preßte ihre Hand auf den Bauch, bis es vorüber war. »Wo ist er?«

»Das sage ich dir nicht. Denk einfach nicht mehr darüber nach«, sagte er.

»Er ist hier im Hafen und macht sein Schiff abfahrtsbereit, nicht wahr?« riet sie.

»Mrs. Bishop«, rief Spider und ging in die Küche hinüber. »Meine Schwester will in den Hafen fahren. Halten Sie sie bloß davon ab.«

»Das werde ich, Euer Lordschaft. Und jetzt verschwinde, du kleiner Schurke, du hast bereits genug Schaden angerichtet mit deinem Besuch.«

Summer lieferte sich ein erbittertes Gefecht mit der Haushälterin, aber sie verlor und endete frühzeitig im Bett. Selbst Lil war auf Mrs. Bishops Seite und weigerte sich, bei der Verwirklichung irgendeines Plans mitzuwirken, der es ihrer Nichte ermöglicht hätte, noch aus dem Haus zu gehen. Oben in ihrem Zimmer kniete sich Summer vor ihre alte Truhe und zog die schwarzen Kleider heraus, in denen sie als Straßenräuber aufgetreten war. Sie war fest entschlossen, aus dem Fenster zu klettern, zum Hafen zu fahren und Ruark Helford zu verbieten, ihren Bruder aufs Meer hinauszulocken. Als sie sah, wie eng die schwarze Hose war, verzog sie allerdings enttäuscht das Gesicht. Sie gab sich geschlagen und gestand sich ein, daß sie unmöglich aus dem Fenster und über das Dach klettern konnte, um sich heimlich davonzustehlen, aber komme, was da wolle, gleich morgen früh würde sie losfahren und Ruark die Hölle heiß machen!

Der nächste Vormittag war windig und kalt, so daß sie ihren grauen Umhang mit dem weichen Fuchspelzbesatz nahm, die Kapuze aufsetzte und einen passenden Muff über ihre Hände schob. Sie schminkte sich sorgfältig und legte die Rubinohrringe an, und im letzten Augenblick zog sie noch die rubinroten Schuhe und Strümpfe an, die die Blicke auf sich zogen, so daß bestimmt niemand mehr auf ihren inzwischen mehr als rundlichen Bauch achtete. Lil bestellte die Kutsche und bot sich als Begleiterin an, aber Summer erklärte ihr, Mrs. Bishop sei als Anstandsdame schon lästig genug. Als sie den Kutscher anwies, zum Hafen zu fahren, öffnete die Haushälterin den Mund, um zu protestieren, aber sie sagte: »Kein Wort, oder ich schicke Sie umgehend zu Lord Helford zurück.«

Also kniff Mrs. Bishop beleidigt die Lippen zusammen, doch durch regelmäßiges Schnauben tat sie kund, wie unpassend das Fahrtziel ihrer Meinung nach war. Bis The Strand hielt Summer es aus, doch dann knurrte sie: »Hören Sie auf! Sie können mich morgen den ganzen Tag herumkommandieren, wenn Ihnen danach zumute ist, aber heute mache ich, was ich will!« Mrs. Bishop gab sich geschlagen. Schließlich bräuchte Summer all ihre Energie für die Auseinandersetzung mit Ruark, der nach Wissen der

Haushälterin noch aus jedem Gefecht als Sieger hervorgegangen war.

In Mrs. Bishops Augen waren alle Schiffe gleich, aber Summer erblickte die *Pagan Goddess* sofort und klopfte laut gegen das Dach der Kutsche, damit der Fahrer hielt. Er sprang vom Kutschbock, half ihr aus der Kutsche und lächelte verstohlen, als sie sich an die Haushälterin wandte und sagte: »Bleiben Sie, wo Sie sind. Selbst wenn ich eine Stunde fortbleiben sollte, brauche ich Ihre Hilfe nicht.« Als sie die Gangway hinaufging, als wäre sie die Besitzerin des Schiffes, sagte der Kutscher: »Sie ist eine wunderschöne, dickköpfige Frau. Der arme Hund tut mir richtig leid.«

Die arme Mrs. Bishop war hin und her gerissen. Sie empfand so etwas wie großmütterlichen Stolz auf Summers ungeborenes Baby und fühlte sich für Mutter und Kind verantwortlich, doch zugleich war sie Lord Helford treu ergeben und betrachtete ihn nach wie vor als ihren Herrn.

Ruark war unter Deck, aber als er das unverkennbare Klappern hoher Absätze auf den blankpolierten Holzplanken vernahm, hob er argwöhnisch den Kopf. Den Fluch, der auf seinen Lippen lag, unterdrückte er allerdings, als er seine liebliche Summer sah. Sie hatte ihre Röcke so gerafft, daß man unweigerlich die verführerischen roten Strümpfe und Schuhe sah, doch ihr Blick war eisig, und plötzlich wußte er, weshalb sie gekommen war.

»Ich wollte dir nur sagen, daß Spencer seine Meinung geändert hat, was die Anstellung auf deinem Schiff betrifft.«

»Summer, sei doch vernünftig. Eine solche Arbeit macht endlich einen richtigen Mann aus ihm.«

»Ich habe ihn nicht vor der Pest bewahrt, nur damit du ihn um die halbe Welt schickst, wo er dann vielleicht in der Fremde stirbt«, sagte sie und blitzte ihn zornig an.

»Er hatte die Masern und nicht die Pest.«

»Das ist vollkommen unerheblich, du Monster. Dich auf diese Art an mir zu rächen ist unmenschlich. Er ist ein wehrloser Junge, der an Bord eines deiner Schiffe nichts als Elend erleben wird.«

»Komm doch herein und setz dich, meine Liebe.«

»Ich bleibe lieber stehen«, sagte sie und richtete sich zu ihrer vollen Größe auf. »Mein Gott, irgendwer muß dir anscheinend mal zeigen, wo deine Grenzen sind.«

Als sie den weichen Pelzmuff an ihren Busen drückte, fand er, daß sie noch niemals schöner gewesen war. Er verspürte einen ungeahnten Beschützerinstinkt und hätte sie am liebsten geherzt. Doch er unterdrückte die sanften Gefühle und sagte: »Wenn er weiterhin seine Nächte hier in London mit Herumhuren und Glücksspiel verbringt, wird er enden wie sein Vater. Er braucht Disziplin, Verantwortung, eine Aufgabe.«

»Wir sind auch zurechtgekommen, ehe du in unser Leben getreten bist«, zischte sie.

»Ach ja?« fragte er. »Er hat noch vor seinem fünfzehnten Geburtstag zweimal ein Gefängnis von innen gesehen. Das einzige, was er in London zustande bringen wird, ist, eine Reihe unehelicher Kinder zu zeugen und sich den Tripper zu holen.«

»Es besteht keine Notwendigkeit, ordinär zu werden, Sir«, stellte sie züchtig fest. Anscheinend vergaß sie, daß sie selbst den Sprachschatz eines Matrosen besaß. »Auf jeden Fall wirst du ihm sagen, daß er nicht bei dir anheuern wird!« Mit diesen Worten wandte sie sich zum Gehen.

»Dafür ist es zu spät. Das Schiff ist bereits mit der Morgenflut nach Madagaskar ausgelaufen. Aber er wird einen gerechten Anteil an der wertvollen Fracht erhalten, die sie zurückbringen wird. Vielleicht ist er dann ein reicher Mann. Aber ob arm oder reich, auf jeden Fall ist er dann ein Mann.«

Sie schwankte, und er trat eilig auf sie zu.

»Rühr mich nicht an! Wag es ja nicht, mich anzufassen!« schrie sie ihn an und schwor: »Dafür wirst du bezahlen.«

Der Kutscher half ihr auf ihren Sitz, und Mrs. Bishop öffnete den Mund, um zu fragen, wie das Gespräch verlaufen war. »Kein Wort oder ich schreie«, sagte Summer tränenerstickt und, an den Kutscher gewandt: »Nach Cheapside, wenn ich bitten darf.«

Als sie Solomon Storm an seinem Schreibtisch gegenübersaß, waren ihre Tränen getrocknet und ihre Entschlossenheit gestärkt.

»Sie haben mir bei unserer letzten Begegnung einen hervorragenden Ratschlag erteilt, Solomon. Ich wäre eine Närrin, würde ich ihn nicht beherzigen. Ich möchte, daß Sie Lord Helford die Rechnung für das Haus in der Friday Street sowie die Rechnungen für die Möbel schicken. Mal sehen, was brauche ich sonst noch? Natürlich eine Kutsche und Pferde und einen Stall. Vielleicht muß ich auch die Dienste Ihres Sohnes in Anspruch nehmen, Solomon, denn wenn mein Kind geboren ist, möchte ich nicht, daß Lord Helford auch nur ein gelegentliches Besuchsrecht erhält.«

42

Der Winter erwies sich als der kälteste seit hundert Jahren. Statt das frivole Treiben am Hof zu behindern, steigerte er allerdings noch das Verlangen nach neuer und einzigartiger Abwechslung. Der Kanal, den Charles im St. James Park hatte anlegen lassen, fror zu, und in seiner Umgebung entstand eine Wintermärchenwelt. Es herrschte regelrechte Karnevalsatmosphäre, und es wurde modern, Schlittschuh zu laufen, Schlitten zu fahren und Schneeballschlachten zu organisieren. Auf den Wegen drängten sich Schlitten mit farbenfroh dekorierten Ponies im Geschirr, und es wurde ein riesiges Eishaus gebaut, in dem es für die Feiernden warmes Bier, Grog und Rebhuhnpasteten gab.

Im Januar fror sogar die Themse zu, und die Londoner imitierten die Grillen des Königshofs und tollten wie die Kinder auf dem Eis herum. Überall wurden Buden aufgestellt, die heiße Getränke gegen die Kälte ausschenkten, und natürlich boten die gewieften Händler auch alles andere, von Schlittschuhen bis hin zu gerösteten Kastanien, an. Kasperletheater drängten sich neben den Buden von Wahrsagern, und Schweinerennen auf dem Eis kamen groß in Mode, denn die Londoner hatten nichts »Lustigeres« mehr geboten bekommen seit dem Tag, an dem man Hunde auf heißen Metallplatten hatte tanzen sehen.

Summer war viel zu beschäftigt mit ihrer eigenen kleinen Welt, um sich an den Festlichkeiten der Wintersaison zu beteiligen. Mit Hilfe von Tante Lil möblierte sie das neue Haus in der Friday Street und verfiel dort in Erwartung der Geburt ihres Kindes gemeinsam mit Mrs. Bishop in einen regelrechten Winterschlaf. Mit grimmiger Genugtuung registrierte sie, daß Lord Helford sämtliche ihm von Solomon Storm präsentierten Rechnungen kommentarlos beglich.

In der ersten Februarwoche zog die Hebamme ein. Sie brachte den Gebärstuhl und sämtliche erforderlichen Instrumente mit, und Mrs. Bishop war so aufgeregt, daß Summer schließlich meinte, sie würde wahnsinnig. Sie sehnte sich danach, der Enge nur für ein paar Tage zu entfliehen, und in ihrer Phantasie kehrte sie an den einsamen Strand in Cornwall zurück, an dem sie auf Ebony durch das vom Golfstrom erwärmte azurblaue Wasser ritt. Ihr geliebtes Cornwall, wo die ewig blühenden Blumen die sanfte Luft mit verführerischem Duft erfüllten und wo jeder Gedanke mit der Erinnerung an jene perfekte Morgendämmerung endete, in der sie zum ersten Mal mit Ru zusammen gewesen war.

Ein plötzlicher, stechender Schmerz in ihrem Bauch brachte sie umgehend in die Gegenwart zurück. Mrs. Bishop drängte sie, sich auf den Gebärstuhl mit dem ausgeschnittenen Sitz zu legen, aber nach einer Stunde voller Höllenqualen schob sie sich wieder auf die Füße und fing an, wie eine gefangene Löwin im Zimmer auf und ab zu gehen. Der Tag wich der Nacht, und die Wehen brachten sie fast um. Stunde um Stunde quälte sie sich, und sie fand nur dann Erleichterung, wenn sie den Kopf in den Nacken warf und Ruark Helford verfluchte. Nach kurzem Überlegen tat sie dasselbe mit Rory, nur für den Fall, daß er schuld an ihrem Elend war.

Wie Millionen anderer Frauen vor ihr schwor sie den Männern für den Rest ihres Lebens ab. Sie verspürte dieselben Gefühle wie alle anderen Gebärenden, mal brach sie hilflos in Tränen aus und mal in hysterisches Gelächter ob des grausamen Scherzes, den die

Natur den Frauen spielte, indem sie das Kind ihren Körper auf demselben Weg verlassen ließ, auf dem es auch hineingekommen war!

Schließlich kam das Baby auf die Welt, und Mrs. Bishop nahm den kleinen Jungen ehrfürchtig in den Arm. Er war so dunkel und robust wie sein Vater, und sie fürchtete, sein großer Hunger wäre vielleicht zuviel für die zerbrechlich wirkende junge Frau, die von der Hebamme gerade ins Bett gesteckt worden war. Außerdem fragte sich die arme Bish, wie Summer nach all den Flüchen, mit denen sie Helford bedacht hatte, auf ein Kind reagieren würde, das die Miniaturausgabe seines Vaters war, angefangen bei den leuchtendgrünen Augen bis hin zu dem auffallend kräftigen männlichen Attribut. Aber sie hätte sich keine Gedanken machen müssen, denn Summer streckte überraschend kraftvoll die Arme aus und rief: »Mrs. Bishop, bitte bringen Sie mir meinen Sohn!« Sie drückte ihn an ihr Herz, küßte das struppige, dunkle Haar auf dem wohlgeformten Köpfchen, und instinktiv suchte das Baby nach ihrer Brust. Ein selbstsüchtiges kleines Lächeln umspielte ihren Mund. Die ultimative Rache wäre, Ruark sein Kind vorzuenthalten.

Während der folgenden Wochen wurde sie von Besuchern geradezu überrannt. Ehrenjungfern vom Hof kamen mit ihren Kavalieren vorbei, und als ihre Adresse bekannt wurde, kamen regelmäßig Gentlemen mit einer Einladung zum Essen und zum Besuch eines Theaterstücks, denn sie lebte nur einen Katzensprung vom Theaterviertel entfernt. Es kursierten Gerüchte, daß sie nicht mehr verheiratet wäre, und natürlich genossen die Bewohner von Whitehall derartiges Geschwätz. Sie hatte so lange zurückgezogen gelebt, daß sie vergessen hatte, wie es war, tanzen zu gehen, zu flirten oder die schmeichlerische Annäherung eines eifrigen Bewunderers abzuwehren.

Lord Helford schickte ihr eine Nachricht, in der er sie fragte, wann er kommen könne, um seinen Sohn zu sehen, und sie griff zur Feder und antwortete mit einem einzigen Wort. »Nie!« Dann wurde ihr klar, daß er diese Reaktion nur als Herausforderung betrachten würde, so daß sie das Blatt zerriß und ausweichend antwortete. Sie schrieb, sie führe mit dem kleinen Ryan aufs Land, weil ihm die frische Luft sicher guttäte, und sie würde ihn wissen lassen, wenn sie wieder nach London käme.

Als ihr die Königin eine Einladung zu einem Spielabend übersandte, spürte Summer, wie die alte Erregung von ihr Besitz ergriff. Es war lange her, daß sie etwas Eleganteres als ein Tageskleid getragen hatte, und sie hatte das Gefühl, als hätte sie sich vor Jahren das letzte Mal geschminkt.

Mrs. Bishop drängte bereits die ganze Zeit, sie sollte sich mehr amüsieren. Es war nicht natürlich, wenn eine schöne junge Frau sich ausschließlich ihrem Kind widmete, sagte sie, und Summer lächelte. Sie wußte, daß Bish vollkommen versessen darauf war, das Kind öfter für sich zu haben, und ehrlich gesagt hätte sie niemanden gewußt, bei dem es besser aufgehoben war. Sie überlegte, ob sie wohl wieder in ihre Kleider paßte, und stellte überrascht fest, daß ihre Taile noch schmaler war als vor der Schwangerschaft, was für ihre Brüste jedoch nicht zutraf. Am Ende entschied sie sich für eine Kreation, in der sie noch niemals aufgetreten war. Es bereitete ihr ein typisch weibliches Vergnügen, etwas Außergewöhnliches anzuziehen, bei dessen Anblick die anderen Frauen sicher grün würden vor Neid. Sie würde das blaßgrüne Kleid tragen, das im Kerzenlicht silbrig schimmerte. Sie steckte ihre dunklen, seidigen Locken hoch und machte sie mit geschnitzten Jadekämmen fest, ehe sie mit einem Kholstift über ihre langen, dunklen Wimpern fuhr und ein leuchtendes Rot auf ihre Lippen strich. Außerdem stäubte sie ein wenig mit Goldstaub durchsetzten Puder auf Wangen und Dekolleté, und zur Krönung ihres verführerischen Äußeren klebte sie sich winzige, goldene, kronenförmige Schönheitsflecken auf einen Wangenknochen und eine Brust. Ehe sie das Haus verließ, hüllte sie sich noch in die prachtvolle blaßgrüne Pelzstola ein.

Die Kutsche wurde aus dem Stall hinter der St. Matthew's Church gebracht, sie gab dem Baby einen Kuß und sagte Mrs. Bishop, sie brauche ihretwegen nicht aufzubleiben. In Whitehall angekommen, atmete sie tief ein, hob stolz den Kopf und betrat die Galerie. Sie hörte, daß die Anwesenden nach Luft rangen, und als sie dem uniformierten Herold sagte, er solle sie als Lady Summer St. Catherine ankündigen, drehten sich sämtliche Köpfe zu ihr herum.

Der König stand galant neben Catherine, um die Gäste in Empfang zu nehmen, und als Summer vor ihm einen Knicks machte, spürte sie, daß er sie amüsiert musterte. Erst nachdem sie von Catherine mit Wangenküßchen begrüßt worden war, wagte sie es, ihm in die Augen zu sehen. Sie entdeckte eindeutige Bewunderung für ihre Schönheit in seinem Blick, und zugleich sah sie, daß ihre Erklärung, daß sie nicht länger Lady Helford war, ihn zu Spekulationen veranlaßte.

Dann betrat sie den Saal. Alle waren sie da, doch es fiel ihr leicht, die verschiedenen Gäste auseinanderzuhalten, denn inzwischen war sie keine Fremde mehr, sondern gehörte dazu. Lord Sandwich, Oberbefehlshaber der königlichen Marine, Cornwallis, der während feierlicher Zeremonien immer mit Silbermünzen um sich warf, Albermale, der das Essen des Königs kostete. Der Herzog von Ormond, der einst auf seinem Pferd in die Abtei von Westminster hineingeritten war, Ned Hyde, der alternde Kanzler, und seine häßliche Tochter Ann, Herzogin von York. Summers Blick wanderte durch den Raum, und sie nickte Rochester, Clifford, Ashley und Arlington freundlich zu.

Plötzlich allerdings erstarrte sie, denn der Mann, der sie aus schmalen Augen vom anderen Ende des Raums her beobachtete, war niemand anderer als ihr Ehemann. »Verdammt und zugenäht«, fluchte sie. »Wenn ich gewußt hätte, daß er hier ist, wäre ich bestimmt nicht gekommen.« Als sie hinter sich das vergnügte Kichern des Königs vernahm, drehte sie sich zu ihm um. »Ihr gebt mir wirklich großes Selbstvertrauen, Sire.«

»Ich weiß«, sagte er und nahm ihre Hand. »Aber keine Angst, ich werde Ihnen im Angesicht des Feindes zur Seite stehen.«

Sie dankte ihm mit einem strahlenden Lächeln und flüsterte: »Auf ihn mit Gebrüll.«

Er warf den Kopf in den Nacken und brach in schallendes Gelächter aus, während sie sich verzweifelt an seine große Hand klammerte, als Ruark auf direktem Weg zu ihnen kam und tödlich leise sagte: »Wie ich sehe, hat Ihnen das Leben auf dem Land nicht gefallen, Madame.«

»Ich fürchte, ich habe gelogen, als ich schrieb, ich führe aufs Land, Lord Helford«, sagte sie, ermutigt durch den Beistand Seiner Majestät.

Seine Stimme wurde noch leiser. »Ich hoffe, du hast nicht die Absicht, mir zu verwehren, meinen eigenen Sohn zu sehen.«

»Der Vater, der weiß, welches seine Kinder sind, muß erst noch geboren werden!« stieß sie zornig aus.

»Bei Gott, Summer, ist diese Bemerkung auf mich oder auf Ihren Gatten gemünzt?« fragte der König und tat verletzt, denn den Gerüchten nach waren nicht alle Kinder, die Barbara geboren hatte, von Charles.

Ruark bedachte den König mit einem gespielt mitleidigen Blick. »Mir gilt diese Bemerkung wohl kaum, Sire, denn es heißt, mein Sohn wäre mir wie aus dem Gesicht geschnitten.«

Charles löste seine Hand aus Summers Umklammerung, murmelte: »Ich wünsche noch viel Spaß miteinander« und ließ die beiden Kampfhähne stehen.

Ruark sah sie wütend an, ehe er verächtlich knurrte: »Ein hellgrüner Pelz ist einfach dekadent.«

»Nicht wahr?« sagte sie und wirkte sehr zufrieden mit sich, als sie den Pelz auf ihre Hüften gleiten ließ, damit er ja ihre überquellenden Brüste sah. Sie wußte, daß er den inneren Kampf mit seinem Jähzorn verlor, aber sie fühlte sich sicher, denn schließlich waren sie von zahlreichen Menschen umgeben, die sie interessiert beobachteten.

Er trat einen Schritt auf sie zu, und trotz der anderen Gäste rann ihr ein ängstlicher Schauder den Rücken hinab. Sein Wangenmuskel war hart wie ein Eisenstück. »Das Kleid hast du doch nur zu einem bestimmten Zweck gekauft. Es soll einen Mann dazu auffordern, an deinen Brüsten herumzuspielen.«

»Ja«, pflichtete sie ihm bei. »Aber unglücklicherweise sind Sie nicht der Mann, an den ich dachte, als ich es zum ersten Mal sah.«

Er streckte den Daumen und den Zeigefinger aus, und sie rang entsetzt nach Luft, da sie meinte, er hätte die Absicht, ihre Brustwarzen herauszuziehen, doch als sie furchtsam an sich herunterblickte, merkte sie, daß er die goldene Krone abzupfte. »Nein, Madame, es ist offensichtlich, welchen Mann Sie beim Kauf dieses Kleides im Sinn hatten.« Er packte ihr Handgelenk und führte sie zum König zurück. Mit einem »Ich nehme keine Reste vom königlichen Tisch« legte er ihre Hand in die von Charles und wiederholte dessen spöttische Bemerkung von vorhin: »Ich wünsche noch viel Spaß miteinander.« Dann marschierte er davon, um seinen verletzten Stolz mit der ersten attraktiven Frau, die ihm über den Weg lief, zu besänftigen.

»Das ist nun mal das Helfordsche Temperament, Euer Majestät«, erklärte Summer mit vor Verlegenheit gerötetem Gesicht.

»Der verdammte Kerl hätte mich fast zum Duell herausgefordert. Aber Sie sind ihm eine durchaus würdige Gegnerin, egal ob am Tag oder in der Nacht«, stichelte Charles.

Ruark Helford stellte schnell fest, daß keine der anwesenden Damen eine geeignete Trösterin war. Noch ehe er überhaupt dazu kam, ein Techtelmechtel vorzuschlagen, hatte ihm seine jeweilige Tanzpartnerin bereits deutlich zu verstehen gegeben, wie interessiert sie an ihm war. Der Jäger wurde zum Gejagten, was seiner herrischen Natur zuwiderlief.

Er gab es nur sehr ungern zu, aber neben Summers Gesicht, das lieblich wie eine Kamee war, wirkte die Schönheit der anderen Frauen fast billig. Außerdem verstand sie es, einem Mann das Gefühl zu geben, immer mehr von ihr zu wollen, als sie zu geben bereit war. Bald gesellte er sich zu den Herren, deren Gespräche über Seeschlachten und Politik unendlich interessanter waren als die Flirtversuche des weiblichen Geschlechts.

Ned Hyde, der alte Kanzler, sah sehr zufrieden aus, als Ruark ihm dafür dankte, daß er das Parlament dazu bewogen hatte, zweieinhalb Millionen für den Krieg zu bewilligen. »Wir alle werden den Ruhm einheimsen, wenn wir die Schiffe der Feinde versenken«, sagte Ruark zu ihm, »Aber ehrlich gesagt gilt diese Ehre allein Ihnen.«

Charles trat zu ihnen, und nur aufgrund seiner tadellosen Erziehung wandte sich Ruark nicht wortlos von ihm ab. »Ned, die Königin sucht nach Ihnen. Sie möchte Ihnen ihren persönlichen Dank dafür aussprechen, daß Sie das Parlament dazu bewogen haben, mir endlich einmal behilflich zu sein.« Als sie allein waren, sagte Charles zu Helford, der mit steinerner Miene neben ihm stand: »Wenn Blicke töten könnten, wäre ich ein toter Mann. Wahrscheinlich bin ich ein Narr, daß ich es zugebe, aber ich habe Ihnen zu keiner Zeit Hörner aufgesetzt ... zumindest bisher noch nicht. Was soll dieser ganze Unsinn, daß Summer plötzlich wieder ihren Mädchennamen benutzt? Sie haben doch nicht tatsächlich Ihre Ehe gelöst, oder doch?«

»Nein. Sie wird Lady Helford bleiben, ob es ihr nun paßt oder nicht.«

»Dann schlage ich vor, daß Sie ihr nochmals Ihr Brandzeichen aufdrücken«, sagte Charles, »ehe ein anderer Mann die Frucht pflückt, die Sie begehren.«

Während der nächsten Stunde beobachtete Ruark aus dem Augenwinkel, was Summer trieb. Die Männer umschwirrten sie wie die Bienen den Honigtopf. Er sah, wie sie Jack Grenvile, den Bruder des Königs, James, den wilden Harry Killigrew und Sir Anthony Deane, den großen Schiffsbauer, der gerade zwei neue Schiffe, die *Hampshire* und die *Nonesuch*, fertiggestellt hatte und der einer der Ehrengäste des heutigen Abends war, abwimmelte. Als sie allerdings Sir George Digby, Earl of Bristol, mit einem Kuß begrüßte, runzelte er verärgert die Stirn. Der Earl mußte schon fast fünfzig sein, aber er hatte ein jugendliches Auftreten und war ein durch und durch attraktiver Mann. Summer wies ihn nicht wie die anderen ab, sondern ließ sich von ihm am Arm in den Kartenraum führen. Der Earl war seit über einem Jahr verwitwet, und keine Frau hatte bisher Glück bei ihm gehabt. Falls Summer mit dem Gedanken spielt, bald vielleicht eine Gräfin zu werden, dann werde ich dafür sorgen, daß sie sich keinen Illusionen hingibt, dachte Ruark grimmig und betrat ebenfalls den Kartenraum.

Er hörte, wie sie sagte: »Ich würde zu gern einen Clary probieren. Wie ich höre, ist er inzwischen ganz groß in Mode hier am Hof.«

Clary war ein Gebräu aus Brandy, Zucker, Muskateller und Ambra, von dem jeder wußte, daß es die Fleischeslust steigerte. Kein Wunder, daß Digby keine Zeit verliert, ihr ein Glas zu holen, dachte Ruark erbost. Er trat hinter sie und sagte: »Ich werde dich nach Hause begleiten.«

Sie fuhr zu ihm herum. »Oh, tut mir leid, ich habe soeben dem Earl of Bristol versprochen, daß er mich eskortieren darf.« Sie hatte den Titel extra betont, weil sie wußte, daß es ihn ärgerte.

»Ich werde dich auf der Stelle nach Hause bringen, denn ich habe beschlossen, mir endlich meinen Sohn anzusehen.«

Sie erstarrte, und Panik wallte in ihr auf, denn sie wußte, wenn er sich etwas in den Kopf gesetzt hatte, tat er es auch. »Ich kann George unmöglich derart enttäuschen«, protestierte sie.

»Keine Angst, das werde ich für dich erledigen.« Als der gutaussehende Graf mit zwei Gläsern Clary zurückkam, nahm Helford ihm eines ab und leerte es in einem Zug. »Danke, George, aber Summer darf im Augenblick keinen Brandy trinken, denn das verdirbt die Muttermilch.«

Summer rang nach Luft, George Digby errötete, und Ruark Helford setzte sein Wolfsgrinsen auf. »Entschuldige uns, George, aber wir gehen jetzt.«

Der Hurensohn hatte ihr absichtlich den Abend ruiniert. Sie stapfte zornig mit dem Fuß auf den Boden und starrte ihn zornig an. »Wir können unmöglich vor der Königin gehen.«

Er hatte die Hand fest um ihren Ellbogen gelegt und zerrte sie fast aus dem Kartenraum in die Galerie hinaus. »Bei diesem Gedränge wird es niemandem auffallen, wenn wir gehen.« Aber natürlich fiel es auf. Die Männer beneideten ihn, und die Frauen beneideten sie. Es sah aus, als könnten sie es einfach nicht mehr erwarten, miteinander ins Bett zu gehen, denn sie verließen fast im Laufschritt den Saal.

Sie wußte, was passieren würde, wenn er sie alleine zu fassen bekam. Dasselbe wie beim letzten Mal, das, was immer passierte, wenn sie mit ihm zusammen war. Am liebsten hätte sie sich auf ihn gestürzt und ihm mit ihren Fingernägeln das dunkle Gesicht zerkratzt, doch statt dessen probierte sie eine andere Taktik aus. »Ru, komm morgen zu uns. Es wäre zu selbstsüchtig, das Baby aus dem Schlaf zu reißen.«

»Ich bin bekannt für meinen Egoismus«, stellte er fest.

»Oh, nicht nur für deinen Egoismus«, brüllte sie, denn jetzt war es um ihre Beherrschung geschehen. »Du bist ein arrogantes, jähzorniges, zügelloses Schwein.«

»Zügellos?« wiederholte er. »Ich habe seit fast drei Monaten nicht mehr mit dir geschlafen.« Obgleich er es nicht sagte, wußte sie, daß er der Ansicht war, heute nacht wäre es endlich wieder einmal an der Zeit, und sie sann verzweifelt über eine Fluchtmöglichkeit nach. Wenn sie zu Hause wäre, ehe er dort ankam, könnte sie Mrs. Bishop bitten, sich zu ihr zu gesellen. »Also gut, aber ich nehme meine eigene Kutsche«, sagte sie.

»Das wird schwierig werden. Ich habe nämlich deinen Kutscher schon vor Stunden fortgeschickt.«

Sie blitzte ihn wütend an. »Wie kannst du es wagen, so etwas zu tun?« fragte sie und stampfte erneut mit dem Fuß auf dem Boden auf.

Er zog seine Brauen hoch. »Da ich den Mann bezahle, bin ich der Ansicht, daß ich lediglich von meinem Recht Gebrauch mache, seine Dienste in Anspruch zu nehmen oder nicht.« Bei seinen Worten wallte abermals Panik in Summer auf. »Ich mache lediglich von meinem Recht Gebrauch ... ich mache lediglich von meinem Recht Gebrauch.« Auf keinen Fall wollte sie allein mit ihm in seiner Kutsche sein. Er war ein viel zu verwegener und viel zu sinnlicher Mann, als daß ihm auch nur fünf Minuten lang zu trauen war. Er winkte seine Kutsche heran und öffnete die Tür, doch sie rührte sich nicht von der Stelle.

Als er sie spöttisch ansah und fragte: »Du hast doch nicht etwas Angst davor, mit mir allein zu sein?«, hätte sie am liebsten laut ja gesagt.

Satt dessen schnauzte sie: »Angst? Du mußt wahnsinnig sein! Ich habe weder vor Männern noch vor wilden Tieren Angst.«

»Was von beidem ich bin, weißt du wohl noch nicht so genau?« grinste er.

Sie schüttelte seine Hand ab, kletterte in die Kutsche und nahm stocksteif Platz. Als er sich neben sie setzte, spürte sie seinen Schenkel an ihrem Bein und versuchte, von ihm wegzurutschen, aber er saß auf ihrem Kleid, und sie merkte, daß sie festsaß wie ein eingeklemmter Schmetterling. Sie war wütend auf sich, weil sie immer noch für seine männlichen Reize empfänglich war, vor allem wenn sie mit ihm in der intimen Dunkelheit seiner Kutsche saß. Ihr Mund war trocken, ihre Brüste waren schwer vor Milch und taten unerträglich weh, und sie dachte an seine brennenden Lippen auf ihrer Haut.

Seine Männlichkeit überwältigte sie. Es war fast drei Monate her, seit er sie zum letzten Mal geliebt hatte, und ihr verräterischer Körper prickelte, seit die Hitze seines Beins durch den Stoff ihrer Garderobe gedrungen war. Das Prickeln steigerte sich zu Verlangen, als die Kutsche schwankte und sie gegen ihn fiel, doch sie fuhr zurück, als hätte sie sich verbrannt.

»Ich will nur, daß du mich in Ruhe läßt«, weinte sie.

Seine Stimme war tief, wissend, besänftigend, als er sagte: »Ich habe dich seit drei Monaten weder gesehen noch berührt. Ich glaube, das ist lange genug – eigentlich viel zu lange für eine sinnliche Frau wie dich, Summer, mein Schatz.« Ihr Name auf seinen Lippen ließ sie erschauern. Sie grub ihre Fingernägel in ihre Handflächen, und der stechende Schmerz half, sie zur Besinnung zu bringen.

»Warum bist du so böse auf mich«, fragte er, die Lippen nur wenige Zentimeter von ihrem Ohr entfernt.

»Zur Hölle mit dir, ich bin mehr als böse auf dich – ich hasse dich!«

»Warum?« flüsterte er.

»Natürlich wegen Spencer, und weil du mich vergewaltigt hast. Das werde ich dir niemals verzeihen!«

Er berührte sie nicht, aber sie erwartete, jeden Augenblick seine Hände zu spüren. Leise sagte er: »Du weißt, wie es dazu gekommen ist. Ich habe ihn auf einem Handelsschiff nach Madagaskar geschickt, weil er dort in Sicherheit ist. Wie lange hättest du ihn wohl davor bewahren können, zu werden wie dein Vater? Vielleicht wäre er sogar noch schlimmer geworden als er.«

Er versuchte tatsächlich, sie glauben zu machen, er hatte Spencer einen Gefallen getan! »Und die Vergewaltigung?« fragte sie. »Wie erklärst du mir die?«

»Mea culpa«, seufzte er, da er wußte, daß er kurz davor stand, noch einmal das gleiche Verbrechen zu begehen.

Die Kutsche hielt an, und sie wußte, sie mußte sofort auf die Straße hinaus. Sie versuchte, durch die Tür zu stürzen, und gleichzeitig hörte sie das jämmerliche Kreischen zerreißenden Stoffs, als sich ihr Kleid vom Knöchel bis zur Hüfte öffnete. Sie starrte ihn entgeistert an, doch er hatte ein unverhohlen lustvolles Lächeln aufgesetzt. Mit einer geschmeidigen Bewegung zog er ihre Beine auf den Sitz, und seine starken braunen Hände glitten zwischen ihren Schenkeln hinauf. Sein Mund suchte ihre Lippen, aber sie fuhr vor ihm zurück, bis sie schließlich lang ausgestreckt auf den Sitzen lag. Ihre Brüste quollen aus dem engen Oberteil heraus, und sein gieriger Mund umfing die rosigen Kronen, ehe ihr erneut die Flucht gelang. Zu spät! Er kostete den Tropfen Flüssigkeit, und es war eine so unglaublich erotische Erfahrung, daß er fast kam.

Sie erschauderte. »Nein, nein, nein!«

»Liebling, ich kenne deinen Körper so gut, daß ich weiß, wie sehr er sich nach mir sehnt.«

»Das ist vorbei, Ruark. Ich habe mich in jemand anderen verliebt.«

Diese Worte hatten dieselbe Wirkung wie ein Schlag ins Gesicht. Er zog sich sofort von ihr zurück, und sie setzte sich zitternd auf und verhüllte ihre Brust. Unerträgliche Stille dehnte sich zwischen ihnen aus.

Sie hatte ein paar Minuten gewonnen, und vielleicht schlüge sie ja mit etwas Geschick noch mehr heraus. »Wenn ich dich Ryan sehen lasse, versprichst du mir dann, daß du uns noch einmal für drei Monate in Ruhe lassen wirst?«

Seine Stimme war kalt und distanziert. »Ich glaube, ich kann dir versprechen, daß ich sowieso nicht in London sein werde. Die Holländer werden zurückschlagen, und zwar hart.«

Als sie das Haus betraten, schrie das Baby, und sofort rannen Milchtropfen über Summers geschwollene Brüste und durchnäßten das Oberteil von ihrem Kleid. Mrs. Bishop brachte den Jungen die Treppe herunter, insgeheim froh, daß Ruark ebenfalls gekommen war.

Er streckte die Arme aus, und Mrs. Bishop reichte ihm stolz seinen Sohn. Summer beobachtete ihn genau, und es versetzte ihr einen ängstlichen Stich, als sie den Vaterstolz in seinen Augen sah. Wortlos bedeutete er Bish, sie allein zu lassen.

»Mein Schatz«, flüsterte Summer, und ihr Herz schwoll an vor Liebe zu dem Kind. Als Ryan seine Mutter hörte, hatte er nur noch Augen für sie. Er begann, fordernd zu schreien, und Summer wußte, daß sie Ruark loswerden mußte, um ihn zu stillen. »Es ist schon recht spät«, sagte sie entschuldigend. »Das verstehst du doch, Ruark?«

Seinen Sohn auf dem Arm blickte er auf ihre Brüste hinab, und während er sie ansah, weiteten sich die beiden nassen Flecken auf ihrem Kleid weiter aus.

»O ja, ich verstehe«, sagte er.

Errötend nahm sie das Kind. »Wie du sehen kannst, ist jetzt Essenszeit für ihn. Würdest du also bitte gehen, nun, da du genug gesehen hast?«

»Nein«, sagte er leise. »Ich werde dir zusehen ... ich werde nie genug haben von dir und ihm.«

Ihre Brüste schmerzten so sehr, daß ihr keine andere Wahl blieb, als mit Ryan in den Salon zu gehen, sich in einen Schaukelstuhl zu setzen und ihn an ihre Brust zu legen. Sie wandte sich von Ruark ab, zog sanft eine volle Brust hervor und bot sie dem Kind. Während der ersten paar Sekunden jammerte der Kleine leise, als fürchte er, man entzöge ihm vielleicht gleich wieder die Quelle seines Glücks, doch dann beruhigte er sich und vergrub seine winzigen Händchen fest in ihrem Fleisch.

Ruark trat um den Schaukelstuhl herum und betrachtete das Stilleben mit ehrfürchtigem Blick. Nie zuvor hatte er einen derart schmerzlichen Beschützerinstinkt verspürt. Er wollte sie beide, und er wußte, wie er sie sicher bekam. Wenn er seinen Sohn mitnähme, folgte die Mutter sicher nach.

»Ru, ich bitte dich, laß uns in Ruhe«, flehte sie.

»Ein Baby gehört zu seiner Mutter, aber du weißt, daß ich ihn, wenn er größer ist, haben will, Summer. Ich werde nicht zulassen, daß mein Sohn in London großgezogen wird. Du weißt ebensogut wie ich, daß er nach Helford Hall gehört.«

Mit Tränen in den Augen blickte sie auf ihre kostbare Last. Ehe sie ihrem Kind weh täte, würde sie es lieber seinem Vater überlassen. Doch dann wurde Ruarks Blick weich. »Es tut mir leid, Summer, manchmal bin ich ein richtiges Schwein. Aber ab jetzt lasse ich dich in Ruhe, keine Angst.«

43

Für Summer begann die Phase ihres Lebens, in der sie herauszufinden versuchte, wer sie eigentlich war. Seit jenem schicksalhaften Tag, an dem sie zum ersten Mal nach London gekommen und Lord Ruark Helford begegnet war, hatte sie keinen Augenblick Ruhe gehabt. Die Leidenschaft, die sie beide fast verzehrt hätte, hatte ihr zu weh getan, um nicht abzukühlen, und seine Zurückweisung hatte sie direkt in die Arme und das Bett seines Bruders getrieben. Sie hatte die tödliche Sünde begangen, sich von beiden Männern lieben zu lassen, was schließlich dazu geführt hatte, daß sie ein Kind gebar.

Inzwischen lebte sie vollkommen männerlos, und endlich fand ihre Seele die langersehnte Ruhe. Es war eine solche Erleichterung, alles geklärt zu haben, von der Liebe zu zwei verschiedenen Männern befreit zu sein. Jetzt liebte sie nur noch ihr Kind. Es war das einzige männliche Wesen in ihrem Leben, das von Bedeutung für sie war. Ruhe und Frieden waren bei ihr eingekehrt, nun da sie es geschafft hatte, den Geist ihrer überschwenglichen Liebe zu Lord Ruark Helford zu bändigen.

Doch ihre Zufriedenheit währte nicht lange. Der Earl of Bristol führte sie ins Königliche Schauspielhaus in der Drury Lane, um dort mit ihr Ben Johnsons *Volpone* zu sehen. Die ganze Stadt sprach von dem Stück, und sie kleidete sich sehr elegant, da sie wußte, das Theater würde vor feinen Damen geradezu überquellen. Sie wählte ein schlichtes schwarzes Kleid, das ihre Rubine vorteilhaft zur Geltung brachte, und steckte ihr Haar streng und doch äußerst elegant zurück.

Die neidischen Blicke, mit denen die anderen Theaterbesucherinnen sie musterten, amüsierten sie, denn schließlich betrat sie mit dem bestaussehenden Mann der Stadt den Saal. Sie mochte George sehr gern. Sie waren gute Freunde, aber sein gutes Aussehen ließ sie vollkommen kalt. Es bedurfte eines wilderen Äußeren, damit ihr Herz schneller schlug. Der Graf rückte ihr den Stuhl in der Privatloge zurecht, und sie bedachte ihn mit einem strahlenden Lächeln, als sie ihren schwarzen Fuchspelz von den Schultern gleiten ließ. Dann sah sie sich im Theater um und bemerkte, daß eine kleine Gruppe den Raum betrat. Es war der König, und es belustigte sie, daß sowohl Barbara Castlemaine als auch Frances Stewart in seinem Gefolge waren. Barbara trug leuchtendes Purpurrot. Sie hatte die Farbe für sich beansprucht, um zu zeigen, daß sie in enger Beziehung zu Seiner Königlichen Hoheit stand. Zu dem Kleid hatte sie blitzende Diamanten angelegt, und widerwillig bewunderte Summer ihr Äußeres. Da sie wieder einmal mit einem königlichen Bastard schwanger war, hatte sie die Diamanten allerdings mehr als verdient. Dann fiel Summers Blick auf Frances Stewart, und wieder einmal fragte sie sich, was ein wollüstiger Mann wie Charles an ihr so anziehend fand. Sie war so jung, so schmal, so blaß. Nur eine züchtige kleine Perlenkette schmückte ihr bescheidenes Dekolleté. Summer verspürte so etwas wie Mitleid mit dem armen Charles, daß er zwischen zwei Frauen hin und her gerissen war, doch dann legte sich dieses Gefühl, als sie ihn plötzlich als alternden Lebemann sah, den es nach der extremen Jugend und Jungfräulichkeit des Mädchens gelüstete. Sie verzog den Mund und wollte gerade eine zynische Bemerkung machen, als ihr Blick auf die nächste Loge fiel. »Großer Gott!«

»Was ist los, meine Liebe?« fragte George, dem ihr Entsetzen nicht verborgen blieb.

»Es ist Helford. Er sitzt da mit einem Mädchen, das jung genug ist, um seine Tochter zu sein!« Unerklärliche Eifersucht wallte in ihr auf, und sie hatte das Gefühl, es schnüre ihr die Kehle zu.

George kicherte, und sie drehte sich erzürnt zu ihm um. »In der Tat ist die junge Dame *meine* Tochter.«

Sie wiederholte benommen: »Ihre Tochter?«

»Georgie. Sie ist zum ersten Mal in London, und Ruark hat sie unter seine Fittiche genommen ... damit sie keinem Mitgiftjäger in die Hände fällt«, fügte er vertraulich hinzu.

»Georgie?« Summer fühlte sich grauenhaft. Sie verspürte einen stechenden Schmerz, und ihr wurde klar, daß er in ihrem Herzen saß. Ihr Hals wurde so eng, daß sie kaum noch Luft bekam. Sie kniff die Augen zusammen und blickte zwischen Helford und dem König hin und her. Die beiden dunklen Gesichter lächelten freundlich den kleinen Mädchen zu, und sie sah, wie Charles die Hand ausstreckte und Frances' Knie tätschelte. Sie waren wie eineiige Zwillinge. Hurensöhne! Lüstlinge! Es war unerträglich. Sie war außer sich.

Großer Gott, in den Augen des Hofstaats sähe es so aus, als hätten sich die beiden Kerle verschworen, ihre Frauen gegen Töchter einzutauschen, aber der Earl of Bristol saß mit unbeteiligter Miene da, als ginge die Welt ihren gewohnten Gang, während sie geradewegs auf die Katastrophe zusteuerte!

Von Ben Johnsons Meisterstück bekam Summer nur wenig mit, denn sie wippte ungeduldig mit dem Fuß und wartete nervös darauf, daß endlich die Pause kam. Die Schauspieler hielten endlose Monologe, bis sie am liebsten geschrien hätte, doch dann senkten sie gnädigerweise die Samtvorhänge herab, und das Publikum bedachte die Akteure mit donnerndem Applaus. Summer klatschte ebenfalls begeistert, froh, daß das verdammte Stück wenigstens zur Hälfte vorüber war. Als sie auf die Galerie hinaustraten, wo Wein ausgeschenkt wurde, trafen sie dort unmittelbar auf Ruark und Georgie-Maus. Warum in aller Welt hatte sie nur ein schwarzes Kleid gewählt? Es machte sie bleich und viel zu alt. Ihre Frisur, die ihr zu Beginn des Abends elegant erschienen war, wirkte jetzt nur noch grauenhaft.

Digbys Tochter trug Babyblau, und Summers Meinung nach sahen die blonden Löckchen, die sich über ihren Schultern ringelten, wie kleine Würstchen aus. »Oh, Daddy«, plapperte sie. »Ich habe einen himmlischen Abend.« Sie sah bewundernd zu Ruark auf und fügte hinzu: »Lord Helfords Augen passen genau zu den Smaragden, die du mir zum Geburtstag geschenkt hast.«

»Ach ja?« fragte Summer gedehnt. »Mich erinnern sie immer an in Sirup schwimmende Stachelbeeren.«

Ruarks Miene war reglos und sein Benehmen wie immer tadellos. »Lady Georgina Digby«, sagte er, »darf ich Ihnen Lady Summer St. Catherine vorstellen?«

»Oh«, sagte Georgina, die plötzlich zu schmollen schien, ehe sie sich an ihre gute Erziehung erinnerte und vor der älteren Frau einen Knicks machte.

Summer kniff die Augen zusammen. »Ganz so alt bin ich nun auch noch nicht, meine Liebe.«

»Daddy, Lord Helford hat mich gebeten, nach dem Theater mit ihm auf das Fest der Herzogin von Lauderdale zu gehen. Darf ich ihn begleiten, bitte, Daddy?« fragte sie.

»Es paßt so gar nicht zu Ihnen, eine junge Dame derart zu hofieren«, sagte George belustigt an Ruark gewandt, und Summer flötete zuckersüß: »Manchmal muß man sich eben sehr verstellen, wenn man einen guten Eindruck machen will.« Die Spannung zwischen ihr und ihrem Mann war geradezu greifbar, aber erstaunlicherweise schienen Vater und Tochter nichts davon zu spüren.

Der Earl konnte seinem Kind keinen Wunsch abschlagen. »Also gut, du darfst auf das Fest gehen. Aber komm bitte nicht allzu spät zurück.«

Mit einem Blick in Summers Richtung sagte Ruark: »Keine Sorge, spätestens um elf liegt sie im Bett.« Summer rang ungläubig nach Luft, aber Helford hatte sich bereits abgewandt, um das Mädchen an seinen Platz zurückzuführen.

Offensichtlich hatte Georgina keine Ahnung, daß Lord Helford jemals verheiratet gewesen war. Als er ihr ihr leeres Glas abnahm, flüsterte sie: »Das also ist Summer St. Catherine. Wissen Sie, mein Vater ist in sie verliebt, und ich fürchte, daß sie ihn bereits sicher an der Angel hat.«

Ruark ballte die Fäuste, und das leere Glas zersprang in tausend Scherben.

»Oh, Mylord, haben Sie sich geschnitten?« fragte Georgie entsetzt.

Er schüttelte den Kopf. »Ich sehe kein Blut … aber das tue ich vielleicht später noch.«

Währenddessen sagte Summer zu George: »Ihre Wahl eines Begleiters für Ihre Tochter kann ich nicht gutheißen, Mylord.«

»Helford? Warum? Er ist der anständigste Kerl, den ich kenne.«

»Was kein besonders gutes Zeugnis für Ihre Freunde ist«, sagte sie kühl. Sie kämpfte vergeblich gegen das grünäugige Monster an, das an ihrer Gurgel hing. »Ich würde ihm noch nicht einmal dann trauen, wenn er in einem Kloster wäre.«

George zog sie an sich und sah sie lachend an. »Ihr verruchter Witz ist einfach hinreißend. Er ist eins der Dinge, die mich an Ihnen so faszinieren.«

Am folgenden Tag verlor sie keine Zeit und suchte umgehend Lil

Richwood auf. Ihre Tante hatte die einzigartige Fähigkeit, leises Geflüster aufzuschnappen, ehe es sich zu einem laut geäußerten Gerücht ausweitete, und Summer bombardierte sie mit Fragen über die Tochter des Earl of Bristol. »Ganz offensichtlich ist sie ein hinterhältiges kleines Biest, das seinen Vater mühelos um den kleinen Finger wickeln kann. Er hat ihr sogar Smaragde geschenkt ... Smaragde ... mein Gott!«

»Sie ist sein einziges Kind, Liebling, und als ihre Mutter starb, hat sie ein Vermögen geerbt.«

»Nun, ihren Kleidern sieht man das nicht gerade an«, stellte Summer erschaudernd fest. »Sie sah so gewöhnlich aus wie Schlamm. Bei Gott, sie trug Babyblau!«

»Sie trug Pastell, weil sie noch keine sechzehn ist«, beruhigte ihre Tante sie.

»Um Himmels willen, soll das etwa ein Trost für mich sein?«

»Hör auf, Summer! Als nächstes bildest du dir noch ein, daß er eure Ehe annullieren ließ, weil er sich eine andere Frau nehmen will.«

»Hat man dir das erzählt? Ist es das, was du vor mir geheimzuhalten versuchst?« fragte Summer erbost.

Lil rollte die Augen himmelwärts, als suche sie göttlichen Beistand in ihrer Not. »Es ist nicht zu übersehen, daß du ihn immer noch wie wahnsinnig liebst. Und wenn ich es merke, kannst du Gift darauf nehmen, daß er es ebenfalls merkt. Ich verstehe einfach nicht, warum er dich nicht einfach am Genick packt, zurück nach Cornwall schleppt und dir noch ein paar Babys andreht.«

Summer brach in Tränen aus.

»Was ist denn nun schon wieder los?« fragte Lil sanft.

»Rollige Kater schleppen Katzen am Genick durch die Gegend. Und etwas anderes als ein widerlicher rolliger Kater ist er wohl kaum!«

Allmählich hatte Lil genug. »Ich habe auch nur ein gewisses Maß an Geduld, und das ist nun erschöpft. Was du brauchst, ist ein Mann im Bett.«

»Wen?« fragte Summer geradeheraus.

Lil lachte. »Du bist wie ein Bankettbesucher, der den Hungertod sucht! Am Hof gibt es doch nun wirklich genügend Kerle, und du hast die Wahl vom König bis hinab bis zum geringsten seiner Höflinge. Nimm, wen du willst. Oder besser noch, heirate George Digby und werde Gräfin.«

Summer verfiel in Schweigen, und nach ein paar Minuten nahm sie ihren Fächer und ihren Muff und verschwand.

»Großer Gott, was hat sie denn jetzt schon wieder im Sinn?« murmelte Lil zu sich selbst.

Ein flüchtiger Beobachter hätte den Eindruck gewinnen können, Summer befolge den Rat ihrer Tante, als sie ein paar ihrer elegantesten Kleider einpackte und sich schnurstracks an den Hof begab. Sie brauchte einen Mann, und der Ort, an dem man einen fand, war natürlich der Hof. In ein paar Tagen fände ein Galaempfang für die Botschafter von Frankreich, Spanien und Rußland statt, und Summer kam zu dem Schluß, daß der Anlaß regelrecht nach Straußenfedern rief. Ryan war inzwischen sechs Monate alt und gerade entwöhnt, aber den Tag, ehe sie an den Hof zog, verbrachte sie ausschließlich damit, ihn in den Armen zu wiegen und ihm zu zeigen, daß er ihr ein und alles war. Mrs. Bishop schüttelte angesichts ihres Verhaltens verständnislos den Kopf. »Es gehört sich nicht, daß eine junge Dame ständig mit ihrem Kind auf dem Arm durch die Gegend läuft. Dadurch wird er nicht nur verwöhnt, sondern regelrecht ruiniert! Es gibt einfach zu viele Frauen, die Tag und Nacht ein Riesenaufhebens um ihn veranstalten.«

»Natürlich haben Sie vollkommen recht, Bish. Er braucht nicht nur eine Mutter, sondern auch einen Vater. Ich denke, es ist an der Zeit, daß ich etwas in dieser Richtung unternehme. Ich werde ab jetzt mehr Zeit am Hof verbringen. Aber das könnte ich nicht, wenn ich Sie nicht hätte, Mrs. Bishop.«

Die Haushälterin war ernsthaft besorgt. Sie verstand nicht, was mit dem Vater, den das Kind hatte, nicht in Ordnung war. Wenn Ruark erführe, daß sie auf die Jagd nach einem Ehemann ging, wäre er außer sich vor Zorn. Bish wußte, daß er seinen Sohn sofort zu sich nehmen würde, ehe ihn ein anderer Mann bekam, und im Grunde ihres Herzens war sie der Ansicht, daß dies richtig war.

Summer stand im Ankleideraum von Helfords Zimmern neben der Whitehallschen Bowlingbahn. Einen Augenblick lang war sie vollkommen verloren in einer anderen Welt, als der Duft von Sandelholz in ihre Nase stieg und sie über eine von Ruarks alten Westen strich. Halbvergessene Träume aus der Vergangenheit tauchten vor ihr auf, doch eilig schob sie Ruarks Garderobe an die Seite, um Platz zu machen für ihre eigenen Dinge. Sie hatte die Absicht, nach dem Bankett, aber vor dem Tanz zu erscheinen. Auf keinen Fall würde sie sich einem endlosen Dinner mit einschläfernden Reden und kaltem Essen unterziehen.

Als sie zwei Stunden später den großen Festsaal betrat, wedelte sie mit ihrem mit Straußenfedern besetzten Fächer, um den Duft ihres Frangipaniparfüms um ihre makellosen Schultern zu verteilen, und sämtliche Anwesenden drehten sich zu ihr um. Alles an ihrem Kleid war empörend, von den enormen Kosten bis hin zu der Pfauenfarbe, die strahlender als das Licht aus den Kronleuchtern zu leuchten schien. Der geringste Luftzug blähte die zarten, fedrigen Strähnen ihres Haares zu einer wogenden Wolke auf, die ihre Brüste und Schultern umspielte und sie abwechselnd enthüllte und verbarg. Ein Mann nach dem anderen trat vor und begrüßte sie, und eine prickelnde Erregung wallte in ihr auf. Sie war nur aus einem einzigen Grund auf diesem Fest. Sie würde Ruark Helford quälen und dafür sorgen, daß ihm ebenso elend zumute war wie ihr selbst, seit Lady Georgina Digby seine Mätresse war. Ihr Mund verzog sich zu einem verstohlenen Lächeln, als sie ihn am anderen Ende des Raums erblickte, wo er lachend neben dem König stand, während die kleine Larve versuchte, das gebrochene Englisch der Königin zu verstehen.

Jack Grenvile trat neben sie, küßte ihre Hand und strich verführerisch mit der Zungenspitze über ihre Haut. Sie hakte sich bei ihm ein und sagte: »Kommen Sie, Sie schöner Wüstling, seien Sie mir ein wenig behilflich, einen Ehemann zu ködern.«

Als er sah, in welche Richtung sie ging, flüsterte er: »Ich glaube kaum, daß die kleine Bristol ernsthafte Konkurrenz für Sie ist, meine Süße.«

»Nein, arme kleine Maus«, schnurrte Summer. Sie hatte einzig Augen für den König, der sie mit unverhohlener Bewunderung und Lust ansah. Sie machte einen Knicks vor der Königin und freute sich über die steinerne Miene von Ruark, als Charles den Ausschnitt ihres Kleides musterte und verkündete: »Summer, Sie sehen einfach bezaubernd aus.«

Grenvile pflichtete ihm umgehend bei. »Die Federn stehen Summer besser als jedem Strauß.«

Lady Georgina preßte mißbilligend die Lippen aufeinander und murmelte: »Wie grausam«, doch Summer wandte sich mit einem strahlenden Lächeln an sie und strich vorsichtig mit den Finger über den teuren Hermelinbesatz ihres Kleids.

»Das Kaninchen ist für Sie gestorben. Mein Strauß hingegen läuft jetzt lediglich nackt herum.«

Der König und Grenvile lachten, aber Ruark Helford nicht. »Ich glaube, das ist unser Tanz«, sagte er in einem Ton zu Summer, der keine Widerrede duldete.

»Sie irren sich«, sagte sie leise, während sie auf empörend offene Weise mit Charles flirtete. »Ich glaube, er gehört Euch, Majestät.« Der König bot ihr seinen Arm, und Jack Grenvile führte Georgina auf das Parkett. Also verbeugte sich Ruark vor der Königin und bat sie um diesen Tanz. Als die Courante endete, standen sie alle wieder an denselben Plätzen wie zu Beginn. Summer blickte auf Georgina Digbys Smaragdanhänger und sagte: »Ihre Kette ist einfach wunderbar. Wenn ich an Ihrer Stelle wäre, würde ich meinen Daddy so schnell wie möglich bitten, mir noch die passenden Ohrringe zu schenken. Denn wenn er erst einmal eine neue Gräfin hat, wird diese bestimmt alles für sich beanspruchen.«

Georgina wirkte ernsthaft alarmiert.

In diesem Augenblick tauchte der Earl of Bristol neben ihr auf. »Mein Lieber«, sagte sie und hob ihr Gesicht zu einem Kuß. »Ich war bereits untröstlich ohne dich.«

Ein hünenhafter Page kam mit einem Tablett, und Charles griff nach einem Champagnerglas. Summer nahm zwei Gläser und leerte sie hintereinander, während die Männer sie mit den Augen geradezu verschlangen. Dann setzte die Musik wieder ein, und sie sagte fröhlich zu Helford: »Ein häßlicher Kerl wie Sie hätte es eigentlich verdient, den ganzen Abend in der Ecke zu stehen, aber ich denke, ich erbarme mich und gewähre Ihnen diesen Tanz.«

Wieder brachen der König und Jack Grenvile in lautstarkes Gelächter aus, und Ruark wußte, daß er dastehen würde wie ein Flegel, wenn er sich weigerte. Auf der Tanzfläche sah er sie zornig an. »Was in aller Welt fällt dir ein, Digby in aller Öffentlichkeit auf den Mund zu küssen?«

»Wenn ich ihn woanders geküßt hätte, wäre sein kleines Mädchen wahrscheinlich in Ohnmacht gefallen.« Sein Griff wurde so fest, daß sie ernsthaft Angst um ihre zarten Knochen bekam. »Oder vielleicht auch nicht … Vielleicht ist sie ja als deine jüngste Hure inzwischen einiges gewöhnt.«

»Himmel, sie ist noch keine sechzehn Jahre alt«, protestierte er, ehrlich schockiert.

»George denkt, daß sie wieder eine Mutter braucht … Nun, vielleicht bewerbe ich mich um den Posten«, sagte sie leichthin.

Mit glitzernden grünen Augen schnaubte er: »Du hast bereits deinen Körper benutzt, um Lady Helford zu werden, so daß du wahrscheinlich auch jetzt vor nichts zurückschreckst, um ihn dazu zu bewegen, daß er dich zur Gräfin von Bristol macht.«

Seine grausamen Worte trafen sie, aber eher wäre sie gestorben, als sich etwas anmerken zu lassen. Also setzte sie ein strahlendes Lächeln auf und flüsterte: »Weißt du, es würde sich durchaus lohnen, wenn ich George dazu überreden könnte, Ryan als seinen Erben anzuerkennen.«

Ruark erstarrte. »Ich will mal so großmütig sein und annehmen, daß du mich nur ärgern willst, denn wenn ich auch nur einen Augenblick lang dächte, daß das ernsthaft deine Absicht ist, hätte das tödliche Konsequenzen für dich.« Die Musik wurde langsamer, und sowohl Ruark als auch Summer blickten sich nach den Digbys um, die sehnsüchtig auf die Rückkehr ihrer Partner warteten. Aber Summer war in viel zu gefährlicher Stimmung, um sich heute abend von Helford küssen zu lassen, obgleich das Tempo des Tanzes geradezu dazu aufforderte. Sie fegte vom Parkett, ohne sich auch nur umzusehen, ob er ihr folgte, und ergriff Georges Hand, als könne sie es nicht mehr erwarten, endlich in seinen Armen zu sein.

Als sie sah, daß Georgina Digby am anderen Ende des Raums ihr ach so unschuldiges Gesicht hob, damit Ruark sie küßte, war sie allerdings außer sich. »Hurensohn!« knurrte sie, und der Earl of Bristol, der gerade ihr verführerische Brust umfassen wollte, während er sie küßte, zog seine Hand zurück, als hätte sie ihn bei einem unwürdigen Akt erwischt.

Gegen Mitternacht waren die meisten Gäste sturzbetrunken, oder, wie sie es nannten, ‹gelöst›. Verabredungen wurden getroffen, und Paare tauchten aus abgeschiedenen Nischen auf und verschwanden verstohlen in den verwinkelten Korridoren von Whitehall oder draußen in der lauen Septembernacht. Summer hatte mit dem König öfter als mit allen anderen Männern getanzt und ging bereitwillig mit ihm auf einen kleinen Steinbalkon hinaus. Eine warme Brise wehte ihre zarten Federn um ihre Schultern, und Charles reagierte erregt auf ihre Schönheit. Er legte einen Arm um sie und zog sie an seinen harten Leib. »Du kleines Biest, es ist bestimmt nicht neu für dich, wenn ich dir sage, daß du einen Mann problemlos erregst.«

Sie lachte. »Es ist ein großes Kompliment, daß ein König vor mir die Flagge hißt.«

»Summer, Sie enttäuschen mich. Ich dachte, wir würden einander gut genug kennen, um mit diesem Unsinn von König und Untertan aufzuhören ... Ich dachte, wir wären einfach Mann und Frau.«

»Wir kennen einander zu gut, um etwas anderes als gute Freunde zu sein«, sagte sie ruhig.

Er seufzte. »Ah, ich dachte mir schon, daß Sie nur gekommen sind, um Ruark aus der Fassung zu bringen. Ich brauche wohl kaum zu fragen, wie ernst Ihnen die Sache mit George ist. Ganz offensichtlich ist das Ganze nichts weiter als ein grausamer Plan, um Helford zur Räson zu bringen.«

Sie strich mit ihren Fingern über die Federn an ihrem Kleid. »Er hätte mich nicht mit dieser kleinen Gänseliesel ärgern dürfen.«

»Er läuft in ein paar Tagen mit der Flotte zum Angriff aus. Warum verzeihen Sie dem armen Teufel nicht, ehe er sich ins Kampfgetümmel stürzt?«

Sie schüttelte den Kopf. »Er hat noch lange nicht genug gelitten«, sagte sie, stellte sich auf Zehenspitzen und gab Charles einen Kuß. »Danke, daß Ihr meine Staatsgeheimnisse mit mir teilt, Sire.«

»Ich sollte Sie in den Tower werfen lassen dafür, daß Sie mich in einem solchen Zustand hier stehen lassen«, flüsterte Charles, als sie wieder in den Ballsaal trat.

In ohnmächtigem Zorn hatte Ruark Helford beobachtet, wie sie mit Charles den Raum verließ. Normalerweise hätte er Georgina bereits vor Stunden nach Hause gebracht, aber er wagte es nicht, Summer allein zu lassen, wenn sie in solch gefährlicher Stimmung war. Fast wäre er schnurstracks auf den Balkon gestürzt und hätte sie an den Haaren wieder hereingezerrt. Er war vollkommen außer sich und zog ernsthaft in Erwägung, den Monarchen über die Brüstung zu werfen. Barbara Castlemaine, die mit der Weisheit einer Frau wußte, daß Summer nur mit dem König zusammen war, um Helford zu plagen, legte sanft die Hand auf seinen Arm. »Er schläft heute nacht in meinem Bett … nicht bei ihr.«

Als Charles hinter Summer wieder den Raum betrat, hakte sie sich eilig bei ihm ein und lotste ihn von Helford fort. Ruark seinerseits packte Summer und zerrte sie quer durch den Saal in eine Nische. Dort drückte er sie unsanft gegen die Wand.

»Du tust mir weh«, warf sie ihm mit blitzenden Augen vor.

»Das hoffe ich.«

Sie sah und spürte, daß er wahrscheinlich jeden Augenblick die

Beherrschung verlor. Sie hatte ihn gereizt, und die Macht, die sie immer noch über ihn zu haben schien, erfreute sie. Am liebsten hätte er seine Hände um ihren schlanken Hals gelegt und sie erwürgt. Es wurde höchste Zeit, daß er ihr zeigte, wer ihr Herr und Meister war. Er verspürte den Drang, eine Hand in ihren Ausschnitt zu schieben und ihr provozierendes Kleid bis zum Saum aufzureißen. Vor Wut wäre er fast erstickt. »Du hast dich den ganzen Abend über wie eine billige, kleine Nutte aufgeführt!«

In ihren Augen blitzte teuflisches Vergnügen, als sie sich mit der Spitze ihrer rosigen Zunge über die Lippen fuhr. »Tja, Wein regt mich nun einmal ungemein an.«

Er fletschte die Zähne wie ein Wolf. »Du bist betrunken ... und nicht um alles in der Welt würde ich dich jetzt anrühren.«

Sie lächelte, und ihr wissender Blick glitt an seinem Körper hinab. Nie zuvor hatte sie die übermächtige Mischung aus Ärger und Lust so deutlich bei ihm gespürt. »Dein Schwanz verrät mir, daß du ein elender Lügner bist. Du würdest deine Seele dafür geben, mich jetzt vögeln zu dürfen«, hauchte sie.

Ruark rang um Selbstbeherrschung, aber er wußte, daß sie die Wahrheit sprach. Zwischen ihnen herrschte eine explosive Mischung aus Liebe und Haß. Ihrer beider Gefühle waren zu intensiv, zu heftig, sie empfanden füreinander eine dunkle, übermächtige Leidenschaft. Er wußte, wenn er sich jetzt nicht beherrschte, täte er ihr weh. Also wandte er sich fluchend ab und stand plötzlich Georgina gegenüber, die seine Auseinandersetzung mit seiner Frau verfolgt hatte und ihn nun mit weit aufgerissenen Augen anstarrte. »Kommen Sie«, sagte er. »Ich bringe Sie zu Ihrem Vater zurück. Ich bin heute abend kein angenehmer Gesellschafter.«

Summer wußte, daß das, was zwischen ihnen aufgeflackert war, erst der Anfang war. Sie wußte ohne jeden Zweifel, daß er sie, sobald er Digbys Tochter los wäre, suchen würde, um die Auseinandersetzung zu Ende zu führen. Plötzlich lachte sie. Er hatte ja keine Ahnung, daß sie diese Nacht in seinem Zimmer schlief. Wie wunderbar! Sie würde in seinem Bett schlafen, während er in die Stadt führe und die ganze Nacht vor ihrem Haus in der Friday Street wartete.

Solange sie noch die Gelegenheit dazu hatte, raffte sie die Röcke ihres prächtigen Kleides und rannte in die Galerie hinaus. Ruark hatte recht, sie war betrunken, denn plötzlich schwankte sie. Auf dem Weg zu den Räumen neben der Bowlingbahn sah sie, wie zwei Menschen verstohlen in dieselbe Richtung schlenderten. Sie erkannte die schwarzen und weißen Streifen von Frances Stewarts Kleid und dachte, dieses frömmelnde kleine Biest. Sie tut so, als wäre sie die Reinheit und Jungfräulichkeit in Person, und heimlich macht sie für den König die Beine breit! Doch dann hörte Summer, daß der Mann einen schottischen Akzent hatte, und ihr wurde klar, daß es sich nicht um den König, sondern um seinen Vetter, den Herzog von Richmond, handelte, der ebenfalls Zimmer neben der Bowlingbahn besaß. Frances Stewart riskierte alles, nur damit sie einen Ehemann bekam. Doch dann wurde sie wütend. Das Leben war den Frauen gegenüber so verdammt ungerecht. Sie waren gezwungen, alles zu tun, um einen Mann in die Ehe zu locken, und dann bezahlten sie für den Rest ihres Lebens dafür!

Sie betrat Ruarks Appartement und schloß hinter sich ab. Dann zog sie sich aus, hängte das kostbare Kleid über einen Stuhl, warf sich auf das Bett und schwor sich, nie wieder derartige Spielchen zu spielen. Welchen Sinn hatte ihr frivoles Leben am Hof? Vielleicht konnte sie andere davon überzeugen, daß sie die Gräfin von Bristol werden wollte, aber sie selbst war alles andere als überzeugt davon. Sie wußte, daß sie Ruark mehr liebte als alles andere auf der Welt. Und nächste Woche zöge er in den Krieg. Morgen ginge sie zu ihm. Sie würde ihren Stolz überwinden und ihn bitten, sie zurückzunehmen. Es war an der Zeit, erwachsen zu werden. Und sie würde erwachsen werden, ohne sich auch nur einen weiteren Tag ihres Lebens zu runieren. Als sie den Kopf auf das Kissen legte und die Augen schloß, begann der Raum, sich zu drehen, und sie fluchte lautlos in sich hinein. Auch mit dem Champagner wäre es ab morgen vorbei!

44

Summer schlief wie eine Tote bis zum frühen Nachmittag. Sie erwachte mit einem Stöhnen und hob vorsichtig den Kopf. Sie hatte das Gefühl, als hätte ihr jemand den Schädel gespalten, und setzte sich ganz langsam und vorsichtig auf. Nie zuvor hatte sie einen derartigen Kater gehabt. Selbst ihre Augenbrauen schmerzten, als sie die Stirn runzelte. Sie hatte einen Geschmack im Mund, der dem Geruch in einem Affenkäfig nicht unähnlich war, und ihre Zunge fühlte sich an, als hätte sie an den Socken eines Schäfers gelutscht.

Als sie sich an den vorherigen Abend erinnerte, seufzte sie verzweifelt auf. Wie sollte sie Lord Ruark Helford nur unter die Augen treten, nachdem sie ihn betrunken zur Weißglut getrieben hatte? Angesichts ihrer Wortwahl wäre wahrscheinlich jeder halbwegs anständige Gentleman erbleicht. Er mußte regelrecht angewidert gewesen sein von ihr. Sie schwor sich, nie wieder auch nur ein einziges Glas Champagner anzurühren. Sie schwor sich, nie wieder zu fluchen. Elendig zusammengekauert hockte sie über eine Stunde auf dem Bett, ehe sie sich aufraffen konnte, sich zu waschen und den Mund auszuspülen. Eine weitere Stunde verging, ehe sie genug Energie gesammelt hatte, um sich anzuziehen. Sie blickte auf die Garderobe, die sie mitgebracht hatte, und schauderte, als ihr klar wurde, wie empörend freizügig sie war und aus was für unpraktischem Glitzerstoff.

Sie entschied sich für das am wenigsten elegante Kleid, einen cremefarbenen Seidentraum mit einem kirschroten Unterrock und kirschroten Bändchen an den Puffärmeln, und versuchte anschließend, die Ringe unter ihren Augen zu kaschieren. Ihr Make-up wirkte wahre Wunder, und sie hatte den Eindruck, nicht mehr ganz so mitgenommen auszusehen, aber ihr Befinden würde sich erst bessern, wenn sie etwas in den Magen bekam. In den Korridoren von Whitehall traf sie keine Menschenseele an, und zynisch dachte sie, daß nach den zügellosen Ausschweifungen des Vorabends wahrscheinlich noch jeder mit Kopfweh im Bett lag. Sie stieg langsam die Treppe hinauf und überlegte, ob sie wohl bis zu den Gemächern des Königs gehen müßte, um endlich einen Pagen zu finden, aber schließlich traf sie einen Wachmann an. »Himmel, wo sind denn heute nur alle hin?«

»Ihre Majestät und die Kammerzofen sind im obersten Stock und sehen sich das Feuer an, Ma'am.«

»Das Feuer?« murmelte sie. »Es überrascht mich doch immer wieder, was diese Leute unternehmen, um sich die Zeit zu vertreiben.«

Mühsam erklomm sie auch noch die Treppe zur obersten Etage, wo sie auf ungefähr dreißig Frauen stieß, die sich an den Ostfenstern drängten und so aufgeregt herumschnatterten, daß sie sich die Ohren zuhielt.

Elizabeth Hamilton trat beiseite, damit Summer ebenfalls etwas sah. In weiter Ferne über der Innenstadt hatte sich der Himmel rauchgrau verfärbt. Allmählich verstand Summer, was die Frauen sagten. »Stellen Sie sich nur vor, während wir gestern abend ahnungslos getanzt haben, ist fast die Stadt abgebrannt«, meinte eine der Damen, eine andere fügte hinzu: »Wie ich hörte, hat es in der Pudding Lane angefangen. Ist das wahr?« Und eine dritte Person antwortete: »Das glaube ich nicht. Mir hat man erzählt, die Holländer hätten das Feuer gelegt. In den Lagerhäusern unten in der Thames Street sind schließlich unsere gesamten Kriegsvorräte untergebracht.«

Königin Catherine rang verzweifelt die Hände, und als Barbara Castlemaine die Treppe heraufkam, überwand sie ihren Stolz und sagte: »Lady Castlemaine, man sagte mir, Charles und James wären in die Stadt gefahren, um bei den Löscharbeiten behilflich zu sein. Haben Sie etwas vom König gehört?«

»Euer Majestät, man erzählt mir auch nicht mehr als Euch.« Barbara sah, daß Summer leichenblaß war und unkontrollierbar zitterte. Sie nahm die junge Frau am Arm und führte sie von den anderen fort. Um Lady Helford davor zu bewahren, auch noch in Ohnmacht zu fallen, sprach sie nicht in besorgtem, sondern in boshaftem Ton mit ihr. »Himmel, ihr Helfords macht mir nichts als Schwierigkeiten. Ihr verfluchter Ehemann hat doch tatsächlich heute morgen um drei den König aus meinem Bett gezerrt.«

Summer starrte sie an, ohne zu verstehen. »Barbara ... mein Baby ... mein Haus liegt in der Friday Street!«

»Oje«, murmelte Barbara. »Hören Sie zu, wahrscheinlich haben sie das Feuer inzwischen unter Kontrolle. Sämtliche unversehrten Männer sind bereits seit zwölf Stunden zu Löscharbeiten unterwegs.«

»Was hat Ruark gesagt?« fragte Summer, doch auf keinen Fall würde Barbara ihr die Horrorgeschichten erzählen, mit denen Helford bei ihr aufgetaucht war, also sagte sie lediglich: »Er wollte mit dem König nach Woolwich und Deptford zu den Stützpunkten der Marine und der Miliz. Summer, wo wollen Sie denn hin?«

Was für eine dumme Frage, dachte Summer, die bereits mit gerafften Unterröcken die Treppe hinunterflog. Vergessen waren der Kopfschmerz und die Übelkeit, denn an ihrer Stelle schnürte ihr nun ein Angstknoten die Kehle zu. Sie rannte die Stufen zur Themse hinab, um ein Boot in die Stadt zu nehmen, aber der Fluß war menschenleer. Ihr blieb also nichts anderes übrig, als zu Fuß zu gehen. Die vier Meilen bis in die Innenstadt schreckten sie nicht, zur Not wäre sie auch vierzig Meilen marschiert.

Der warme Wind trug den Geruch des Feuers zu ihr herüber, und sie betete, daß sämtliche Brände gelöscht wären, ehe sie an den Ort des Geschehens kam. Als sie die Biegung der Themse umrundete, hörte sie ein lautes Brausen, und der Wind blies ihr kräftiger ins Gesicht. Die Luft war inzwischen so heiß und sie lief so schnell, daß sie zu schwitzen begann. Ihr Atem kam stoßweise, aber sie meinte, das käme von ihrer Erschöpfung und ihrer Angst. Sie hatte keine Ahnung, daß das Feuer sämtlichen Sauerstoff verbrauchte und daß der beißende Rauch tödlich war.

Als sie sich der Innenstadt näherte, sah sie, daß auf der Themse zahllose kleine Boote und Leichter schaukelten, auf die Menschen ihre Habseligkeiten gerettet hatten. Die Straßen waren mit Wagen verstopft, vollgeladen mit all den Dingen, die ihre Besitzer im Laufe ihres Lebens angesammelt hatten. Aber wenn sie alle vor dem Feuer flüchteten, wer blieb dann, um es zu löschen, ehe es sich durch ganz London fraß? Summer hatte den Eindruck, als kämpfe jeder nur für sich allein. Gleich habe ich's geschafft, gleich habe ich's geschafft, wiederholte sie immer wieder, während sie gegen den Wind und das Feuer anlief.

Sie spürte die Hitze des Gehwegs durch die Sohlen ihrer Satinpantoffeln, und die Luft war mit schwarzem Ruß erfüllt. Als sie an sich hinuntersah, stellte sie fest, daß ihre Garderobe nicht länger cremefarben war, sondern grau von Ruß und Schweiß, aber das war im Augenblick egal. Inzwischen waren die Flammen des Feuers zu sehen; anscheinend brannten sämtliche Lagerhäuser in der Lower Thames Street. Feuertropfen regneten auf sie herab, verbrannten ihre Wangen und versengten ihr Haar. Zwei berittene Wachmänner drängten sämtliche Leute zurück und ließen niemanden in die Upper Thames Street hinein.

Ohne zu zögern stürzte sie auf einen der beiden Männer zu und griff seinem Pferd in die Zügel, um seine Aufmerksamkeit zu erregen. »Mein Baby ist in Gefahr, ich muß unbedingt durch«, flehte sie ihn an.

»Die Lagerhäuser sind voller Pech, Teer, Öl und Brandy – hören Sie denn nicht die ständigen Explosionen?« brüllte er.

Verzweifelt schob sie sich in Richtung Ludgate Hill hinauf, aber im Gedränge der Menschen, die zum Fluß rannten, um sich auf die andere Seite zu retten, wurde sie beinahe erdrückt. Die Gesichter der Leute waren rußgeschwärzt. Die meisten waren bis zur letzten Minute in ihren Häusern geblieben, doch inzwischen brannten ihre Heime lichterloh. Verzweifelt bahnte sie sich einen Weg durch das Gewühl. Gleich habe ich's geschafft, gleich habe ich's geschafft, dachte sie, und wußte, wenn sie etwas anderes dächte, wäre es um sie geschehen. Tränen rannen ihr über das Gesicht ob all des Elends, das sie sah. Sie entdeckte kranke Kinder, die man in ihren Betten aus den Häusern trug, und alte Menschen, die kraftlos zu Boden sanken, als jüngere, stärkere über sie hinwegtrampelten auf der Flucht vor dem alles verzehrenden Feuer.

Sie blickte auf und sah lodernde Kirchtürme, blickte hinab und sah eine Katze, deren Schwanz in Flammen stand. Selbst die armen Tauben hatten die Simse der brennenden Häuser immer wieder umkreist, bis ihre Flügel Feuer gefangen hatten und sie auf die Straße gestürzt waren, wo alles und jeder auf ihnen herumtrampelte. Als sie St. Paul's Cathedral erreichte, hatte sie das Gefühl, ihre Lungen würden jeden Moment explodieren. Sie blieb stehen und preßte ihre Hand auf ihre schmerzende Brust. Die riesige Kirche strahlte eine geradezu überirdische Ruhe aus. Sie war aus massivem Stein erbaut, sie lag im Herzen der Stadt. Dieses Gebäude hielte dem gräßlichen Großbrand doch sicher stand. Summer bekreuzigte sich und rannte an der Südflanke der Kirche entlang in Richtung Friday Street, wobei sie unablässig murmelte: »Ich hab's geschafft, ich hab's geschafft.« Bei dem Anblick, der sich ihr gleich darauf bot, glaubte sie, wahnsinnig zu werden. Eine Seite der Straße brannte lichterloh, und die andere Seite, an der auch ihr Haus gestanden hatte, existierte nicht mehr.

Während sie am Rand der Straße stand, unfähig, das Ausmaß ihres Verlustes zu begreifen, überlegte sie plötzlich, woher der Schmerz in ihren Füßen kam. Als sie an sich hinabblickte, sah sie, daß aus ihren Schuhen Flammen züngelten. Sie streifte die Pantoffeln ab, und die glühend heiße Straße schmolz die Haut von ihren Fußsohlen fort. Dann entdeckte sie eine Frau, die mitten auf der Straße kauerte, doch als sie sich bückte, um ihr behilflich zu sein, merkte sie, daß sie bereits tot war. Ihr Gesicht war geschwärzt, ihr Haar knisterte noch. »Mrs. Bishop, Mrs. Bishop!« Überall um Summer herum stürzte brennendes Holz auf die Straße, und sie rannte verzweifelt los, als wäre der Leibhaftige hinter ihr her. Schluchzend und tränenblind stürzte sie in die Canning Street, ohne sich bewußt zu sein, wo sie war oder was sie tat. Sie stieß auf eine Gruppe von Männern, die fieberhaft versuchten, ein Haus einzureißen, damit sich das Feuer nicht noch weiter ausbreitete, und entdeckte unter ihnen eine vertraute, große dunkle Gestalt, die bis zu den Hüften unbekleidet war und die schwere Holzbalken auf ihre Schultern hob. »Ru, Ru!« Die Gefahr, in der sie schwebte, war ihr inzwischen vollkommen egal.

Charles drehte sich um, als ihn jemand an der Schulter packte, und traute seinen Augen nicht, als er erkannte, daß sich hinter all dem Schweiß und Ruß Summer verbarg. »Was in aller Welt machen Sie denn hier? Gehen Sie sofort in den Palast zurück!«

»Oh, mein Gott, ich dachte, Ihr wärt Ruark. Wo ist er? Mein Baby, mein Baby, mein Haus ist weg«, stotterte sie. »Ich muß meinen Mann und mein Baby finden!«

Er setzte sich auf eine Türschwelle und zog sie auf seine Knie. »Jetzt hören Sie mir mal gut zu, Summer«, sagte er, als spräche er mit einem kleinen Kind. »Ruark hatte Ihren Sohn und Ihre Kinderfrau in seiner Kutsche, als er heute nacht um drei zu mir kam. Sie sind hier nur im Weg. Wir versuchen zu verhindern, daß St. Paul's und der Rest meiner Stadt vollkommen dem Erdboden gleichgemacht wird. Also seien Sie ein braves Mädchen und verschwinden Sie von hir. Und seien Sie um Gottes willen vorsichtig. Wie soll ich Helford je wieder unter die Augen treten, wenn Ihnen etwas passiert?« fragte er.

Summer strahlte, überwältigt von Freude und Dankbarkeit. Seine große Hand bedeckte ihr Haar und drückte die glühenden Funken aus. »Gehen Sie in diese Richtung. Durch Doctor's Common hindurch und dann zur Werft hinab. Das Wasser ist der einzig sichere Ort.«

Auf den Stufen der Themse drängten sich bereits zahlreiche Menschen, und die Stimmung wurde aggressiv, als sie merkten, daß die Hälfte der Boote angemietet worden war, um teure Möbel zu transportieren, statt den ärmeren Familien mit ihren zahlreichen Kindern zur Verfügung zu stehen. Summer wurde sich bewußt, daß sie plötzlich dabei half, zwei Spinette aus einem Boot zu kippen, damit ein Dutzend verängstigter Kinder sicher ans andere Ufer kam. Schließlich machte ihr jemand Platz in einem Boot, und sie fuhr dankbar hinüber nach Bandside, wo sie in Sicherheit war.

Langsam wurde es dunkel, und das Feuer nahm die Gestalt eines bösen, unersättlichen Monsters an. Die Flammen krachten und knisterten, als wäre diese Orgie der Zerstörung eine Freude für sie.

Während Summer vom anderen Themseufer aus das brennende London betrachtete, spürte sie, daß der Engel des Todes in ihrer Nähe war. Sie sah, daß sich das Feuer ausbreitete, daß mit jeder Minute neue Flammen züngelten. Eine Ecke nach der anderen fing Feuer, und die Glut sprang über Straßen hinweg, fraß sich Dächer hinauf, tropfte von lodernden Kirchtürmen hinab. Die Flammen liefen über eine Meile den Hügel hinauf und verschlangen alles, von Häusern, Kirchen, Fabriken, Gefängnissen, Tavernen bis hin zum kleinsten Bordell. London war eindeutig eine verdammte Stadt. Kaum war die Pest vorüber, da steckte der Teufel den Ort der Sünde in Brand.

Sie saß die ganze Nacht auf dem Gras und beobachtete die Zerstörung der großartigsten Stadt der Welt. Bis zum Morgen hatte selbst St. Paul's Feuer gefangen, und der König, der Duke of York und die Bürgermeister beschlossen die Sprengung ganzer Häuserzeilen, um dem unersättlichen Feuer die Nahrung zu entziehen. Summer schlang die Arme um die Knie und fragte sich unwillkürlich, weshalb gerade sie derart großes Glück gehabt hatte. Daß Ruark rechtzeitig in die Friday Street gefahren war, um Ryan und Mrs. Bishop zu retten, kam einem Wunder gleich. Sie hatte Schuldgefühle wegen ihres Glücks, wenn so vielen anderen Menschen ein solches Unglück widerfahren war. Die Tatsache, daß sie ihr Heim und all ihre Besitztümer verloren hatte, kam ihr zu keinem Moment in den Sinn.

Schließlich machte sie sich auf den Rückweg zum Palast, obwohl sie fast den ganzen Tag dafür brauchte. Einige der Geschichten, die sie unterwegs hörte, kamen ihr geradezu unglaublich vor. Geschichten von Leid und Heldenmut und unglaublichen Begebenheiten, wie zum Beispiel, daß das Bleidach von St. Paul's in dem Inferno geschmolzen und das flüssige Blei durch die Watling Street geflossen war.

Sie warf all ihre Kleider auf den Abfallhaufen, dann nahm sie ein Bad und wusch sich den schwarzen Ruß aus dem angesengten Haar. Sie war so erschöpft, daß es ihr schwerfiel, die Hände hoch genug zu heben, um das Schampoo zu verteilen, und das Bett sah sehr verlockend aus, aber sie wußte, sie mußte in die Cockspur Street, denn höchstwahrscheinlich hatte Ruark Ryan dorthin gebracht. Sie nahm die Abkürzung durch die Pall Mann, und als der altbekannte Page mit herablassender Miene die Haustür öffnete, hätte sie ihn am liebsten geküßt.

Endlich kam Lady Richwood in einer austerfarbenen Seidenkreation in den Empfangsraum geschwebt, und Summer fragte atemlos: »Hat Ruark Ryan hierhergebracht?«

»Ja, mein Liebling, aber wo in aller Welt warst du die ganze Zeit? Wir waren vollkommen außer uns vor Sorge um dich.«

»O Lil, ich brauche bestimmt eine ganze Woche, um dir zu erzählen, wie es mir heute ergangen ist.« Plötzlich brach sie in Tränen aus, und Lil, die erkannte, daß ihre Nichte am Ende ihrer Kräfte war, sagte nichts. Schließlich schniefte Summer ein letztes Mal. »Tut mir leid, ich nehme an, das ist die Erleichterung zu wissen, daß mein Baby hier bei dir in Sicherheit ist.«

»Liebling«, setzte Lil mit verständlichem Zögern an. »Ich habe gesagt, daß Ruark das Baby und Mrs. Bishop hierhergebracht hat. Aber ich habe nicht gesagt, daß sie immer noch hier sind.«

»Wo sind sie dann?« fragte Summer verwirrt.

»Liebling, du wirkst vollkommen erschöpft. Warum gehst du nicht erst einmal ins Bett, und ich erzähle dir dann morgen früh, was sich alles zugetragen hat?«

Summer bekam eine Gänsehaut, doch dann blickte sie Lil in die Augen und sagte: »Ich bin heute durch die Hölle gegangen, um meinen Sohn zu finden, aber das war wohl noch nicht genug.«

»Lord Helford kam heute mittag mit einer Reisekutsche zurück, um das Baby und die Kinderfrau abzuholen. Er hat dir eine Nachricht hinterlassen.« Mit zusammengepreßten Lippen reichte Lil ihr einen versiegelten Brief. Sie fürchtete Summers Reaktion auf das Schreiben, denn sie wußte, daß die Beziehung zwischen ihrer Nichte und Ruark, gelinde gesagt, recht stürmisch war, und ihrer Meinung nach hatte Summer im Augenblick genug durchgemacht.

Ungeduldig brach Summer das Siegel auf, las die kurze Mitteilung und riß ungläubig die Augen auf.

»Ich entziehe Dir das Sorgerecht für meinen Sohn. London ist nicht der richtige Ort für ihn, denn sein Zuhause ist Helford Hall. Da ich Dir meine diesbezüglichen Wünsche bereits in der Vergangenheit mitgeteilt habe, dürfte diese Entscheidung keine Überraschung für Dich sein. Außerdem habe ich die Helfordschen Rubine gerettet, die Du bei Deiner überstürzten Rückkehr an den Hof so achtlos zurückgelassen hast.

R.«

Sie zerknüllte das Blatt, ballte die Faust und sprang so schnell auf, daß die weiße Perserkatze erschreckt in die Vorhänge sprang. »Hurensohn! Schwein! Ich hoffe, den Kerl trifft der Blitz!« Sie schenkte sich ein Glas Wein ein, leerte es in einem Zug und jammerte: »Ich habe mir geschworen, nicht mehr zu trinken und nicht mehr zu fluchen, aber dieser verfluchte Kerl bringt mich dazu, beides wieder zu tun!« Sie tigerte in dem kleinen Salon auf und ab, als wäre sie darin gefangen. »Also gut, jetzt schwöre ich noch etwas. Wenn Helford Hall das Zuhause meines Sohnes ist, dann ist es auch das meine. Ich werde diesem Schuft dichter auf die Pelle rücken als sein Unterhemd, und ehe ich mit ihm fertig bin, hat er mir die Helfordschen Rubine wieder um den Hals gehängt!«

Wenn Ruark Helford ihre Reaktion auf seinen Brief mitbekommen hätte, hätte er vor Zufriedenheit ein breites Grinsen aufgesetzt, denn ihr Entschluß entsprach genau seinem Wunsch.

»Liebling, können wir jetzt vielleicht ins Bett gehen? Ich hatte eine besondere Vorliebe für die Vorhänge, in denen jetzt die Katze sitzt.«

»Lil Richwood, du solltest dich schämen. Die Hälfte aller Londoner hat heute abend keine Fenster mehr, und du regst dich wegen dieser verdammten Vorhänge auf.«

Es dauerte bis Donnerstag, ehe das große Feuer unter Kontrolle war, und selbst dann stiegen an einigen Stellen noch Flammen in den Himmel auf. Clothmakers Hall zum Beispiel hatte einen Keller voller Öl, das brennen würde, bis nichts mehr davon übrig war. Die gesamte Flotte war bei Ausbruch des Feuers aus dem Hafen in den Kanal beordert worden, und nun hieß es, die holländischen und die englischen Matrosen könnten einander praktisch in die Augen sehen.

Summer und Tante Lil fuhren mit der Kutsche in die Stadt, um herauszufinden, wo Solomon Storm anzutreffen war. Seine Geschäftsadresse hatte sich in Cheapside befunden, doch von Cheapside waren nur noch schwarze Ruinen übrig. »Summer, ich habe das unangenehme Gefühl, daß sich das Gold, das wir bei ihm deponiert hatten, ebenfalls in Rauch aufgelöst hat.« Lil starrte ihre Nichte bedrückt an.

Summer brauchte einen Augenblick, ehe sie die Bedeutung des Gesagten verstand, doch dann verzog sie das Gesicht. »Ich habe meinen Sohn verloren, meinen Schmuck, mein Haus, mein Gold ... ich habe sogar all meine schönen Kleider verloren außer diesem verdammten federgeschmückten Ding. Wie in aller Welt komme ich bloß nach Cornwall zurück?«

Lil schüttelte stumm den Kopf, zu getroffen von ihren eigenen Verlusten, um Summers Frage zu beantworten. Somit blieb nur noch eine Person, die Summer helfen könnte – Black Jack Flash. Oh, wie sehr sie ihn brauchte in diesem Augenblick! Sie schloß die Augen und sah sein lässiges, amüsiertes Lächeln, seine blitzenden Augen, die Silbersträhne in seinem Haar vor sich. Wenn sie doch nur wüßte, wo die *Phantom* zu finden war.

Zurück in der Cockspur Street kniete sie sich vor ihre alte Truhe und hob den schweren Deckel hoch. Die schwarzen Kleider, die sie darin fand, wirkten symbolisch für ihre Situation.

Sie erinnerte sich daran, daß sie schon einmal vollkommen mittellos und allein auf ihren Verstand und ihren Mut angewiesen gewesen war. Sie zog die schwarze Hose und die Weste heraus und stellte erleichtert fest, daß sie wieder schmal genug dafür war.

Dann zog sie die schwarzen Stiefel an, steckte ihr Haar zu einem Knoten zusammen und holte den breitkrempigen schwarzen Hut hervor. Die darunterliegende Pistole und Maske schob sie in die Westentasche, ehe sie vor den Spiegel trat. Die Männerkleider verliehen ihr neues Selbstvertrauen. Während sie auf und ab stolzierte und sich bewunderte, umspielte ein dämonisches Lächeln ihren Mund.

Mit langbeinigen, männlichen Schritten näherte sich den Stallungen des Palasts und stahl das erstbeste unbewachte Pferd. Dann ritt sie in den Londoner Hafen und verkündete, sie würde mit Gold bezahlen, falls jemand für sie eine Nachricht an Black Jack Flash, den Kapitän der *Phantom*, übermittelte. Natürlich besaß sie kein Gold, aber das war egal, denn sie war davon überzeugt, daß Rory nicht in London war. Sie wußte, daß er Häfen wie Southampton oder Portsmouth bevorzugte, wenn er seine illegalen Geschäfte tätigte. Dort hatte sie ihn zuletzt gesehen, und nun faßte sie einen Entschluß. Sie hatte nichts zu verlieren. Wenn sie Rory nicht fände, hätte sie zumindest den halben Weg nach Cornwall hinter sich.

Lil Richwood versuchte ihr möglichstes, um Summer ihr verwegenes Vorhaben auszureden. Es wäre ein zu langer Ritt, sie sei eine alleinreisende Frau, sie hätte kein Geld, schlechtes Wetter und Stürme würden ihr Vorhaben noch erschweren. Doch schließlich erkannte sie, daß ihr Widerspruch nur dazu diente, Summer in ihrem Entschluß zu bestärken.

Am ersten Abend kam sie nicht über Dorking hinaus, wo sie sich für ein Feld in der Nähe eines Baches als Nachtlager entschied. Sie führte ihr Pferd ans Wasser und ließ es grasen, ehe sie sich unter einem der Heuhaufen zusammenrollte und mitgebrachtes Brot und Käse genoß. Sie erwachte noch vor Anbruch der Dämmerung vom Krähen eines Hahns und merkte, daß sie fror. Sie rieb sich Arme und Beine und stampfte mit den Füßen auf, bis ihr Blut wieder ein wenig wärmer war. Verdammt, dachte sie. Heute nacht brauche ich ein Bett, und Dobbin hier braucht Weizen, sonst macht er noch schlapp.

Sie ritt geduckt durch den bitterkalten Wind, der vom Kanal heraufblies, und gegen Abend beschloß sie, eine Kutsche zu überfallen, die aus Portsmouth kam, was die Gefahr verringerte, daß sie später einem ihrer Opfer begegnete. Sie setzte die Maske auf, zog den Hut tief ins Gesicht und rief dem erschreckten Kutscher ihre Forderung zu. Portsmouth war ein rauher Ort, an dem es besser war, regelmäßig über die eigene Schulter zurückzusehen, aber nachdem er die gefährlichen Straßen der Stadt erst einmal hinter sich gelassen hatte, hatte sich der arme Mann entspannt. Sein Passagier war außer sich. »Warum haben Sie den Kerl nicht einfach abgeknallt?« fragte er den Kutscher erbost.

»Weil er mehr Hirn hat als Sie«, knurrte Summer, »und er ist offenbar nicht allzu besessen drauf, es auf die Straße spritzen zu sehen.«

»Dafür lasse ich Sie auspeitschen«, brüllte der Fahrgast den Kutscher an. »Und was dich betrifft, du Mistkerl, so werde ich dafür sorgen, daß du gehängt, ertränkt und gevierteilt wirst.«

»Halt's Maul und mach die Taschen leer«, sagte sie und richtete die Pistole auf ihn. Widerwillig gab er ihr sein Geld, aber nachdem sie ihn weiterfahren ließ, wies er seinen Kutscher offenbar an, kehrtzumachen, denn das Gefährt wendete und kehrte schnurstracks nach Portsmouth zurück. Summer fand keinen Gefallen an ihrer Rolle als Straßenräuber, und sie würde versuchen, mit dem erbeuteten Geld so sparsam wie möglich umzugehen.

Als sie in den Hof des Three Cranes ritt und abstieg, hatte sie so lange im Sattel gesessen, daß ihre Beine völlig steif waren. Sie bezahlte für Weizen und einen Platz im Stall, ehe sie das Gasthaus betrat und ein Bett und einen Teller Eintopf orderte. Anschließend ging sie in den Hafen, um zu sehen, ob das Schiff, das sie suchte, dort vor Anker lag. Mit vor Erschöpfung zitternden Knien beschloß sie gerade, kehrtzumachen, als ihr ein großes, unförmiges Schiff ins Auge stach. Als sie näher trat, sah sie, daß Frauen mit Fußketten von Bord stolperten. »Was in aller Welt hat denn das zu bedeuten?« fragte sie einen der Seeleute, der das Treiben ebenfalls beobachtete.

»Gefangene aus London«, erklärte der ihr. »Die Gefängnisse sind verbrannt ... deshalb haben sie die Frauen aus Bridewell und dem Schuldnergefängnis nach hier und nach Southampton verlegt.«

Sie starrte die Frauen in fasziniertem Entsetzen an, und plötzlich hatte sie das unheimliche Gefühl, von jemandem beobachtet zu werden. Sie blickte sich eilig um, und dann erstarrte sie. Genau hinter ihr stand Sergeant Oswald und grinste sie boshaft an.

45

»Packt ihn«, brüllte er die Männer im Hafen an. Summer machte einen Satz, doch ihre Beine versagten ihren Dienst und gaben unter ihr nach, als sie zu fliehen versuchte. Ehe sie wußte, wie ihr geschah, war sie von vier stämmigen Kerlen umstellt. Sie riß ihren Hut herunter und schüttelte den Kopf. Die schwarze seidige Masse ihrer Haare fiel über ihre Schultern, und sie sah ihre Angreifer flehend an. »Bitte, bitte, wenn irgendeiner von euch Black Jack Flash, den Kapitän der *Phantom*, kennt, soll er ihm eine Nachricht von mir zukommen lassen. Ich bin seine Frau, ich bin Cat.«

Die Männer waren verblüfft von ihrer Schönheit und gerührt von ihrem leisen, drängenden Flehen. Sie sahen einander an, bereit, sie laufenzulassen, aber bevor sie wieder auf den Beinen war, hatte Oswald seine fleischigen Hände auf ihre Schulter gelegt. »Nanu, wenn das nicht der berüchtigte Schwarze Kater ist«, sagte er.

»Lassen Sie mich los, Sergeant Oswald, sonst melde ich Sie dem König«, drohte sie.

Er verdreht ihr schmerzlich den Arm. »Inzwischen nicht mehr Sergeant, sondern Hauptfeldwebel, du Zimtzicke.« Eilig führte er sie ans Ende der Schlange von Frauen, die jetzt am Ufer stand, und legte ihr ebenfalls eine Fußkette an. Eine Mischung aus Haß und Stolz hielt sie auf den Beinen, als Oswald und die sechs ihm untergeordneten Milizionäre die Frauen vom Schiff durch den Hafen in Richtung des Gefängnisses führten. Die vierzig Frauen mußten im Hof warten, bis sämtliche Papiere geordnet waren. Die Tatsache, daß es inzwischen regnete und daß eisige Tropfen in ihre Gesichter schlugen, war dem gequälten Aufseher egal.

»Unsere Zellen sind inzwischen hoffnungslos überfüllt«, sagte Bludwart in dem vollgestopften Zimmer, das sein Büro und gleichzeitig seine Heimstatt war. »Der für Hampshire und Dorset zuständige Richter ist seit über einem Jahr krank, und seitdem wurde niemand mehr gehängt. Die Gefangenen sitzen einfach nur herum und fressen einem die Haare vom Kopf!«

Ein gut gekleideter Mann stand neben dem überfüllten Schreibtisch und starrte den Aufseher angewidert an. »Bludwart, ich versuche, ein Verbrechen zu melden. Wie können Sie es wagen, mich warten zu lassen? Wenn Sie ein paar Ihrer Männer losgeschickt hätten, hätten Sie den Kerl bestimmt schon längst erwischt! Ich weiß einfach nicht, was aus diesem Land noch werden soll!«

»Sie müssen schon warten, bis Sie an der Reihe sind, Mr. Blackthorn. Man kann wohl kaum von mir erwarten, alles auf einmal zu tun. Ich habe nicht genügend Milizionäre, nicht genügend Wachmänner, nicht genügend Lebensmittel, und was machen die? Schicken mir weitere vierzig Weiber, die ich ernähren und unterbringen soll. Ich sage Ihnen, ich habe noch nicht einmal Platz für vier von ihnen, wo soll ich also bitte mit vierzig hin?«

Oswald überlegte fieberhaft, wie er die Situation zu seinem Vorteil nutzen konnte. Die Aussicht, Helfords Hure in seiner Gewalt zu haben, erregte ihn. Von den vierzig Frauen, die draußen im Regen standen, interessierte ihn nur sie. Er blätterte in der offiziellen Gefangenenliste herum und sagte: »Wenn ich dafür sorge, daß Ihnen die Arbeit erleichtert wird, Bludwart, dann erwarte ich eine Gegenleistung dafür.«

Der Gefängnisleiter kniff die Augen zusammen und trat näher an Oswald heran. Der Hauptfeldwebel hätte fast die Nase gerümpft ob des Gestanks, der von seinem Gegenüber ausging. Der Kerl roch nach Schmutz und Schweiß und Gin. Seine Augen waren verquollen und blutunterlaufen, da seine Liebe zur Flasche zuviel für die Äderchen war. »Die meisten der Frauen sind keine Taschendiebinnen oder Prostituierte, die ich mit nach Southampton nehmen kann. Ein halbes Dutzend sind Mörderinnen, und ich habe Anweisung, sie hier in Portsmouth unterzubringen, weil es hier sicherer ist. Sie geben mir einen Vernehmungsraum, wenn ich es will, und dafür lasse ich Ihnen nur die sechs Weiber da. Was sagen Sie?«

»Abgemacht! Holen Sie sie rein«, sagte Bludwart. »Währenddessen sorge ich dafür, daß der Protokollführer kommt.«

Mr. Blackthorn trat einen Schritt vor. »Es ist empörend«, tobte er. »Sie können ja wohl unmöglich noch mehr Mörderinnen hierherbringen, die dann von uns ernährt werden müssen. Wann werden sie hingerichtet? Ist wenigstens schon ein Termin festgelegt?«

»Mr. Blackthorn, die Hälfte meiner Gefangenen sitzt wegen der Krankheit des Richters ohne Verurteilung hier. Und ich muß mich an die Vorschriften halten. Ich kann sie nicht einfach aufhängen, wie es mir gefällt. Ich bin hier, um das englische Rechtssystem zu wahren, Mr. Blackthorn. Haben Sie etwa noch nie etwas von der Magna Charta gehört?«

Oswald trat in den kalten Regen hinaus, und sofort setzten die Frauen zu unflätigen Beleidigungen an. »Du Schwein, bring uns ins Haus. Hurensohn ... Bastard ... Filzlaus.«

Summer schauderte, als er geradewegs auf sie zumarschiert kam. Sie wußte, daß die Beleidigungen noch viel zu harmlos waren für ihn. Sie wußte, daß er böse war.

Zunächst ging er wortlos an ihr vorbei und machte fünf Frauen von ihren Fesseln los, ehe er zu ihr zurückkehrte und auch sie losband. Überrascht stellte sie fest, daß er die anderen Frauen nicht ihres Aussehens wegen ausgewählt zu haben schien. Eine von ihnen war klein und fett, so breit wie lang, und eine andere sah wie ein kleines Mädchen aus. Eine weitere war hochschwanger, und ihr Anblick schnürte Summer vor Mitleid die Kehle zu. Die vierte Frau war alt, mit struppigem grauen Haar und einem zahnlosen Mund, die fünfte war nicht häßlich, sondern eher hübsch, aber nichts konnte die Tatsache verbergen, daß sie die Härte einer berufsmäßigen Kriminellen aufwies. Als Oswald zu Summer zurückkam, lächelte er. Er konnte nicht anders, denn er war einfach zu zufrieden mit sich.

Als die sechs tropfnassen Frauen in Bludwarts Büro geführt wurden, klappte Mr. Blackthorn vor Überraschung die Kinnlade auf die Knie. »Das ist es ... sie! Das ist der Straßenräuber, der mich überfallen hat! Verdammt, so tun Sie doch was!«

»Mr. Blackthorn, wir haben sie gefangengenommen, was wollen Sie also noch?«

»Ich werde Ihnen sagen, was ich will, Sir ... ich will, daß er, sie, es ... ich will, daß man das Subjekt hängt!«

Oswald wollte nicht, daß sich irgend jemand einmischte in seinen Akt der Privatjustiz. Also trat er auf den zornigen Bürger zu und sagte: »Diese Frauen sind alle wegen Mordes hier. Seien Sie also versichert, daß keine von ihnen den Ort hier lebend verläßt. Wir treffen die größtmöglichen Sicherheitsvorkehrungen, aber wir müssen streng nach dem Gesetz vorgehen. Die Namen der Frauen werden zu Protokoll gegeben, und keine von ihnen wird ihrer gerechten Strafe entgehen. Ich danke Ihnen für die Identifizierung einer der Missetäterinnen.«

Bludwart kratzte seinen verlausten Kopf. »Die einzige leere Zelle, die ich noch habe, ist im Keller, und nachts steht dort das Wasser knöchelhoch.«

»Das ist gut genug für diesen Abschaum, Bludwart. Schließen Sie sie dort ein. Ich brauche zwei Wagen, um die anderen nach Southampton zu bringen, aber morgen werde ich zurückkommen, und dann will ich den netten kleinen Vernehmungsraum, den Sie mir versprochen haben.«

Summer starrte Oswald an. Er war auf Rache aus, und allein der Gedanke erregte ihn bereits. Er würde sich nehmen, was er wollte, das bezweifelte sie nicht.

Die Frauen wurden über eine Steintreppe ins Innere des festungsähnlichen Gebäudes geführt, das nur als Folterkeller zu bezeichnen war. Alle sechs wurden in einer Zelle zusammengepfercht, die höchstens fünf Quadratmeter maß.

»Tja, wenigstens haben wir fließend Wasser«, stellte Sidney, die Hartgesichtige von ihnen, lakonisch fest.

Summer hatte noch nie etwas Ähnliches gesehen. Von den Steinmauern lief das Wasser in kleinen Bächen auf den Boden, wo es in einen stinkenden Abwassergraben floß. Außer ein paar Talgkerzen in Wandleuchtern, zwei Haufen feuchten, fauligen Strohs und einem Eimer in einer Ecke gab es nichts. Als sich die sechs Frauen hinlegten, berührten sich ihre Körper, und Summer schauderte. Sie roch die ungewaschenen Leiber, was sie überraschte, denn der Keller selbst stank unerträglich nach Fäule, Verfall, Abwasser und schimmeligem Stroh.

Sie alle waren bis auf die Haut durchnäßt, also zogen sie ihre grauen Kammgarnkittel aus und banden sie zum Trocknen an den Gitterstäben fest. Unter den Kitteln hatten sie schwarze Baumwollstrümpfe und Unterhosen an, und die meisten von ihnen zogen die Unterhosen bis zu den Achselhöhlen hoch, um ihre Brüste zu bedecken. Die einzige, der das nicht gelang, war die fette Frau namens ›Lardy‹, und ihre Brüste hingen in einem obszönen Überfluß an wabbeligem Fleisch über ihren dicken Bauch. Summer wandte die Augen ab. Sie selbst zog weder ihr Hemd noch ihre Hose aus, obgleich ihre Garderobe klatschnaß an ihrem Körper hing. Wenn sie eine Lungenentzündung bekäme, dann sollte es wohl so sein, dachte sie stur. »Wie heißt du?« fragte Sidney sie.

»Cat.«

»Du siehst auch wie eine verdammte Katze aus«, stellte Sidney fest.

»Ich weiß«, sagte sie und sah sie mit ihren grünen Augen an.

»Die Alte da drüben nennen wir Granny, und die Kleine ist Gert. Die Schwangere ist Nellie.«

Summer sah die anderen Frauen nacheinander an und murmelte: »Freut mich, Ihre Bekanntschaft zu machen.«

»Du redest, als wenn du in einem verdammten Ballsaal wärst«, knurrte Sidney sie an.

»Das liegt bestimmt daran, daß sie eine echte Lady ist«, warf Lardy ein.

»Ach tatsächlich? Und woher willst du wissen, daß ich keine Lady bin?«

»Aus einem Schweinsohr hat noch niemand ein Seidentäschchen gemacht«, stellte Lardy trocken fest.

»Du mußt's ja wissen«, lachte Sidney. »Wenn du dich auf das verdammte Stroh legst, siehst du schließlich selbst aus wie eine trächtige Sau.«

»Bei deinem Gesicht bewerfen dich wahrscheinlich die Kinder noch nicht mal mit Scheiße, ohne daß du sie dafür bezahlst!«

Sidney kniff gefährlich die Augen zusammen, doch dann ging sie zu Cat hinüber und befühlte den Seidenstoff ihres Hemds. »Das Ding gefällt mir ... Wie wär's, wenn du es mir schenkst?« Dies war keine Frage, sondern ein Befehl.

»Leck mich«, sagte Cat und stieß Sidney unsanft gegen die Wand. »Das einzige, was du von mir bekommen kannst, ist ein blaues Auge oder vielleicht auch zwei.«

»Er hatte recht, als er dich Zimtzicke genannt hat«, grinste Sidney.

Cat erwiderte das Lächeln, bereit, Frieden zu schließen mit ihrer Mitgefangenen. »Ich fürchte, er ist noch nicht fertig mit mir. Hör zu, wir sitzen gemeinsam hier, also sollten wir uns das Leben nicht noch gegenseitig erschweren. Ich denke, Nellie sollte sich hinsetzen.«

Lardy half Nellie auf das Stroh und setzte sich neben sie. Beide Frauen knackten mit den Daumennägeln an irgend etwas herum, und Summer beobachtete entsetzt, daß es sich um Läuse handelte, die in Schwärmen aus dem fauligen Stroh aufstiegen und die Frauen belästigten. Nellies Gesicht war aschgrau, ihre Augen waren von schwarzen Ringen eingerahmt. Abgesehen von ihrem dicken Bauch und den geschwollenen Knöcheln war sie klapperdürr. »Es ist eine Schande, daß man eine schwangere Frau im Gefängnis sitzen läßt. Was passiert, wenn sie ihre Wehen bekommt?« fragte sie.

Die anderen Frauen zuckten mit den Schultern, und die Alte sagte: »Dann kriegt sie ein Baby, das sie nicht will, was sonst? Und ich muß es wissen, denn schließlich sitze ich wegen so was hier. Ich hab' eine Abtreibung verpfuscht, un' das Mädchen is' daran krepiert. Aber meiner Meinung nach is' sie jetzt besser dran, findet ihr nich'?«

Cat hätte ihr beinahe zugestimmt. »Ich glaube nicht, daß Charles sich auch nur im entferntesten vorstellen kann, wie es den Frauen im Gefängnis ergeht.«

»Welcher Charles?« fragte Sidney sie.

»Der König«, erläuterte Cat. »Wenn ich hier rauskomme, werde ich sofort zu ihm gehen. Ich werde nicht eher Ruhe geben, als bis er etwas gegen diese Zustände unternimmt.«

»Wenn du hier rauskommst, wird dein Kopf in einer Schlinge stecken«, stellte Sidney fest.

»Kennst du den König?« fragte Gert und riß die Augen auf.

»Ja, noch vor zwei Tagen habe ich ihn in Whitehall gesehen.« Granny und Lardy brachen in lautes Lachen aus.

»Ach nee«, spottete Sidney. »Und was für Hobbys hat die feine Dame sonst? Vielleicht vergnügt sie sich allabendlich mit 'ner netten kleinen Stickarbeit?«

Cat blickte auf einen Punkt an der Wand und erinnerte sich an ein paar der unglaublichen Dinge, die ihr widerfahren waren. Dann lächelte sie traurig und sagte: »Ich habe Rubine gesammelt.«

Gert klappte die Kinnlade herunter, und Granny machte eine Geste, die verriet, daß Cat ihrer Meinung nach übergeschnappt war.

»Meint ihr, daß wir hier was zu essen kriegen?« fragte Lardy betrübt.

»Heute abend nicht mehr«, sagte Sidney. »In London hatten wir wenigstens Anspruch auf Brot und Wasser. Aber wie das hier läuft, weiß nur der liebe Gott.«

Da Cat vor ihrem Spaziergang zum Hafen noch den Eintopf gegessen hatte, war sie nicht besonders hungrig, aber wie wollte sie das Elend hier ertragen, wenn auch noch ihr Magen zu knurren begann? Eine nach der anderen kauerten sich die Frauen auf den feuchten Boden, die Rücken an die schimmelige Wand gelehnt. Cat war froh, daß sie so müde war, denn angesichts dieses Alptraums würde Schlaf eine wahre Erlösung sein. Sie kreuzte die Arme über den Knien und legte ihren Kopf darauf. Die Frauen verstummten, die Talgkerzen erloschen, und ihr Geist schwebte gerade an einen friedlicheren Ort, als sie plötzlich merkte, daß es Besucher in der Zelle gab. Ratten! Sie kletterten zu Dutzenden den Abwasserkanal herauf. Als sie schrie, richteten sich die Nager neugierig auf den Hinterbeinen auf.

»Stell den Eimer über das Loch und dann schlaf«, knurrte Sidney sie an.

Den ersten Rat befolgte Cat, aber der zweite erwies sich als unmöglich zu erfüllende Forderung. Als sie am nächsten Morgen versuchte aufzustehen, tat ihr jeder einzelne Knochen weh. Sie bekamen Holzlöffel und Schüsseln mit dünnem Haferschleim, doch als Oma eine Kakerlake in ihrer Suppe fand und sie genüßlich aß, brachte Cat es nicht mehr über sich, den Löffel in den Mund zu schieben. Obwohl ihr Verstand ihr sagte, daß sie Nahrung brauchte, wollte sie noch einmal lebend aus diesem Kerker heraus. Als sie Nellie ihre Schüssel gab und Lardys beleidigte Miene sah, sagte sie lahm: »Schließlich ißt sie für zwei.«

Sidney bedachte sie mit einem verächtlichen Blick. »Du wirst nie überleben, wenn dir andere wichtiger sind als du selbst. Offensichtlich hast du in Whitehall nicht allzu viel gelernt.«

Cat setzte ein trauriges Lächeln auf. »Glaub mir, dort gelten genau dieselben Regeln wie hier.« Sie ertrug Hunger, aber Unsauberkeit war ihr ein Greuel. »Darf man sich hier etwa nicht waschen?« fragte sie.

»Ein paar Schichten Schmutz halten die Kälte ab«, lachte Lardy, doch Sidney verbesserte sie: »Du meinst wohl ein paar Schichten Fett?«

Cat stellte betrübt fest, daß die Scherze, Flüche und schamlosen Gespräche für die Frauen der einzige Schutz waren gegen eine wilde, gnadenlose Welt, der es egal zu sein schien, ob sie lebten oder nicht. Sie sammelte die leeren Schüsseln und die Löffel ein und schob sie durch das kleine Loch in der Wand, durch die auch das Essen gekommen war. Einen der Holzlöffel behielt sie, und als die anderen Frauen ihre feuchten grauen Kittel anzogen, hielt sie ihn Sidney hin. »Wenn wir damit an der kleinen Öffnung herumkratzen, kriegen wir vielleicht ein paar Steine los.«

Sidney maß sie mit einem beifälligen Blick. »Vielleicht kriegen wir auf diese Weise ein paar anständige spitze Waffen in die Hände, aber erwarte bloß keine Hilfe von mir, falls du irgendeinen unausgegorenen Fluchtplan hast.«

Den ganzen Tag über saß oder stand Cat irgendwo herum. Ihre Gedanken wanderten in das wunderbare Cornwall, wo ihr Baby war, und sie stellte sich vor, wie es wuchs und gedieh. Vor ihrem geistigen Auge sah sie Mrs. Bishop, die ihn badete und fütterte, und als sie daran dachte, wie die Haushälterin wahrscheinlich mit Mr. Burke aneinandergeriet, lachte sie laut los. Dann stellte sie sich vor, wie sie auf Ebony über den Sandstrand ritt und wie Ruark ihr folgte, weil er es nicht ertrug, von ihr getrennt zu sein. Seufzend dämmerte sie ein. Bei Tageslicht schlief es sich leichter als in der finsteren Nacht.

Das Abendessen bestand aus wäßriger Kohlsuppe, und dieses Mal würgte Cat das widerliche Zeug herunter, obgleich es unterträglich stank. Sie wußte, sobald es dunkel würde, käme Oswald, um sie abzuholen.

Er riß die Zellentür auf und starrte die Frauen eine nach der anderen an. Cat trat vor und sagte: »Nellie bekommt bald ihr Kind … Sie sollte nicht hier unten sein.«

»Sie hätte sich eben nicht erst vögeln lassen sollen. Vergeude lieber nicht dein Mitleid an sie, Zimtzicke, du selbst hast es dringender nötig. Komm mit.«

Sidney bedachte ihn mit einem drohenden Blick, und er fragte: »Hast du irgendwas zu sagen, Idiotengesicht?«

Sie verzog den Mund zu einem boshaften Grinsen und sagte: »Leck mich am Arsch!«

Er schlug ihr so heftig auf die Nase, daß das Brechen des Knochens deutlich zu hören war, doch obgleich sie in die Knie ging, stieß sie noch nicht einmal ein leises Wimmern aus. Er packte Cat am Arm und schob sie durch die Zellentür hinaus. Dann führte er sie zwei Treppen hinauf und durch den Teil des Gefängnisses, der die Männer beherbergte. Sie hörte noch nicht einmal die Pfiffe und die zweideutigen Komplimente, die sie auf ihrem Weg begleiteten, denn sie war ganz auf Oswald konzentriert. Er öffnete die Tür zu einem angenehm geheizten Raum, wo Bludwart mit einem Tablett voll köstlichem Essen stand. »Brauchen Sie vielleicht meine Hilfe?« fragte er mit einem lüsternen Seitenblick auf Cat.

»Nein danke. Mit einer Frau braucht man nicht anders umzugehen als mit einem Pferd, und das schaffe ich durchaus allein.«

»Sie meinen, man muß sie nur anständig reiten?« fragte der Aufseher und leckte sich die Lippen.

»Nein, Bludwart, das meine ich nicht. Man muß sie brechen. Man zeigt ihnen, daß man ihr Meister ist, und schon befolgen sie auch den kleinsten Befehl, wenn man sie nur leicht mit der Peitsche berührt.«

Seine Worte und sein drohender Ton schnürten ihr vor Angst die Kehle zu. Wahrscheinlich hatte sie mehr Kampfgeist als jede andere Frau. Oh, die Gefechte mit Ruark hatten ihr sogar Spaß gemacht. Trotz seines unkontrollierbaren Jähzorns hatte sie ihm beständig die Hölle heiß gemacht, doch mit einem Mal wurde ihr klar, daß sie das nur gewagt hatte, weil sie sich seiner Liebe sicher gewesen war. Es war ein Spiel gewesen, das Spiel der Liebe. Nur die Liebe sprach einer Frau irgendwelche Rechte zu. Als Bludwart die Tür hinter sich schloß und sie mit ihrem Feind alleine ließ, zitterte sie.

»Du brauchst keine Angst vor mir zu haben, solange du mir gehorchst. Ich folge dem Gesetz. Ich kann nichts tun, was nicht in den Gefängnisvorschriften steht.« Ihre Augen brannten vor Furcht.

Und dann befahl er: »Zieh dich aus.«

Sie schloß die Augen und überlegte, wie sie die kommende Folter ertragen sollte, doch dann tat sie, wie ihr geheißen, und er griff nach ihrer Brust.

»Ich habe festgestellt, daß nichts den Gehorsam besser fördert als eine sanfte Drehung der Brust«, sagte er und zerrte an ihrem weichen, biegsamen Busen herum. Sie rang nach Luft und stöhnte leise auf.

»Von nun an sagst du, wenn ich dir einen Befehl gebe, ›Ja, Herr Hauptfeldwebel‹, ist das klar?«

»Ja, Herr Hauptfeldwebel.« Sie kochte innerlich und wartete nur auf eine Gelegenheit, ihm zu beweisen, daß sie noch lange nicht gebrochen war.

»Sehr gut. Es steht in den Vorschriften, daß ich die Gefangenen durchsuchen darf. Also zieh dich aus.«

»Fahr doch zur Hölle, du Schwein!«

Dieses Mal griffen seine beiden Hände nach ihren Brüsten, und sie flüsterte: »Ja, Herr Hauptfeldwebel.« Sie zog langsam ihre Stiefel, ihr schwarzes Hemd und die Hose aus. Ihre linke Brust wies bereits blaue Flecken von seinen Fingern auf, und sie senkte die Lider und sah ihn aus halb geschlossenen Augen haßerfüllt an. Er war ein krankhaft machtbesessener Kerl.

Er lächelte. »Ich werde es jedesmal genießen, wenn du mich besuchen kommst. Ich bin in Southampton stationiert, also kann ich jede Woche kommen. Nächste Woche weißt du dann schon, was ich will. Und wenn du es vergißt, sorge ich dafür, daß du meine Peitsche zu spüren bekommst. Aber jetzt darfst du mir erst mal nackt das Essen servieren, ehe du dich wieder in deine Kleider hüllst.«

Am liebsten hätte sie ihn angespuckt. Sie hatte sich an den Kampf mit Männern gewöhnt, aber dieser Mann weckte ehrliche Angst in ihr, so daß sie lieber vorsichtig war. Sie mußte denken, ehe sie handelte ... mußte die Beleidigungen herunterschlucken, ehe sie sie ihm entgegenschleuderte, zumindest, solange sie nicht wieder angezogen war.

Als sie endlich wieder in Hemd und Hose vor ihm stand, war sie so erleichtert, daß sie fast kicherte, doch sie reckte lediglich trotzig das Kinn. »Sind Sie mit mir fertig, Hauptfeldwebel?« Aus ihrem Mund klang sein Rang jämmerlich.

»Nicht ganz.« Bei seinen Worten rann ihr ein Schauder den Rücken hinunter. »Dieser Überfall war nicht dein erstes Vergehen. Einem Dieb wird immer der Daumen verbrannt, damit man ihn beim zweiten Mal sofort als Wiederholungstäter erkennt und automatisch hängt. Zeig mir deinen Daumen«, wies er sie an, und als sie zögerte, packte er ihre Hand.

»Genau wie ich befürchtet hatte. Beim letzten Mal haben wir dich offenbar sträflich vernachlässigt.« Er stand auf, nahm einen langen Metallstab aus einem Halter und machte ihn über dem Feuer heiß.

»Nein!«

Er zeigte nicht das geringste Mitleid mit ihr, sondern packte ihre Haare und zwang sie vor dem Feuer in die Knie. Dann setzte er sich mit seinem ganzen Gewicht auf sie und drückte das Eisen in ihr weiches Fleisch. Cat schrie auf und verlor das Bewußtsein, so daß er sie auf den Armen in den Keller zurücktrug und zwischen die anderen Frauen warf.

Sie sahen und rochen das verbrannte Fleisch, drehten ihre eigenen Daumen hoch und sahen sich ihre Brandmale an. Es war ein Segen, daß Cat beinahe zwei Stunden ohnmächtig blieb, aber noch vor Anbruch der Morgendämmerung weinte und schluchzte sie vor Fieber und Schmerz.

46

Lord Ruark Helford war ein glücklicher Mann. Er hatte zugesehen, als Mrs. Bishop Ryan wie jeden Morgen badete, und dann hatte Mr. Burke ihm ein üppiges Frühstück serviert. Er war von freudiger Erwartung erfüllt. Der Gedanke an Summers Ankunft erregte ihn derart, daß sein Blut in Wallung geriet. Bald, sagte er sich, bald. Nach dem Frühstück erklomm er das Dach von Helford Hall, trat zwischen die Schornsteine und Wetterfahnen und blickte aufs Meer hinaus. Doch dann runzelte er die Stirn. Wo blieb sie nur? Warum war sie immer noch nicht da? Er konnte es nicht erwarten, daß seine wunderbare Frau wie ein tropischer Sturm hereingefegt kam und verlangte, ihren Sohn zu sehen. Dieses Mal ließe er sie nicht wieder fort. Was für ein Idiot war er doch gewesen, jemals zuzulassen, daß sie weiter als einen Meter von seiner Seite wich. Ein Lächeln umspielte seinen Mund. Er sollte sie in ihrem Schlafzimmer einsperren und dafür sorgen, daß sie das Bett frühestens in einem Monat wieder verließ. Seine Männlichkeit regte sich und schwoll an, und er rief wie ein liebeskranker Jüngling aufs Meer hinaus: »Summer … komm schnell!«

Im Verlauf des Tages verwandelte sich die freudige Erwartung in Besorgnis. Was in aller Welt würde er tun, wenn sie morgen immer noch nicht kam? Er vernachlässigte seine Pflichten, was vollkommen untypisch für ihn war. Er hatte versprochen, die Holländer bei dieser letzten Offensive zu bekämpfen, und obgleich seine Schiffe ihm selbst gehörten und nicht der Marine, war er Charles, seinem Monarchen und Freund, treu ergeben.

Die *Golden Goddess* war von ihrer Fahrt nach Madagaskar zurück, und sofort nach dem Entladen der kostbaren Fracht hatte er sie gegen die Holländer in den Kanal geschickt und versprochen, er käme so bald wie möglich auf der *Pagan Goddess* nach. Summer hätte Spencer nicht wiedererkannt. Er hatte zugenommen und war sonnengebräunt. Ruark hatte ihm seinen Neffen Ryan gezeigt und ihm erklärt, Summer wäre auf dem Weg von London hierher. Daß er ihr seinen Sohn geraubt hatte, hatte er allerdings nicht erwähnt. Nun verspürte er bei dem Gedanken an seinen Schwager Gewissensbisse. Vielleicht hätte er ihn besser nicht in den Krieg geschickt. Vielleicht hätte er darauf bestehen sollen, daß Spencer in Cornwall blieb, damit Summer die Möglichkeit bekäme, ihren Bruder als ganzen Mann zu sehen, aber wenn er ehrlich war, hätte er ihn einsperren müssen, um ihn davon abzuhalten, abermals auf der *Golden Goddess* mitzufahren.

In dieser Nacht empfand Ruark Helford sein Bett als einsam und kalt. Zweifel wallten in ihm auf, was ungewöhnlich für ihn war. Warum trieb sie sich immer noch in London herum? Wenn sie immer noch mit George Digby schäkerte, würde er sie erwürgen, sobald er sie zu fassen bekam. Er wußte, daß ihr Digby nichts bedeutet, aber was den Titel der Gräfin betraf, konnte er nicht sicher sein. Die meisten Frauen gäben ihre Seele dafür, daß ein Graf sie heiratete. Nein, so war sie nicht. Sie war Ruark Helfords Frau, und das wußte sie. Sie brauchten nur in einem Raum zu sein, damit die Funken stoben und das Feuer der Leidenschaft entzündeten. Es wäre ihr allerdings durchaus zuzutrauen, daß sie ihn hier in Cornwall warten ließ, damit er sich vor Verlangen und Eifersucht verzehrte, während er darüber nachdachte, wie viele Küsse sie sich vom König rauben ließ. Nein, verdammt, sie mochte herzlos genug sein, um ihren Ehemann warten zu lassen, aber niemals bliebe sie freiwillig so lange ihrem Baby fern. Ryan bedeutete ihr mehr als alles andere auf dieser Welt.

Während er endlich mit der Morgendämmerung in einen unruhigen Schlaf versank, dachte er an ihren morgendlichen Hilferuf nach ihrer Rückkehr von Stowe und wünschte sich sehnlichst, er hätte anders darauf reagiert.

Nach Summers Geständnis, ihr Bruder sei in Haft und Roseland sei mit einer Hypothek belastet, wäre er zum Bett zurückkehrt und hätte sie liebevoll umarmt. »Mein kleiner Liebling, warum hast du mir all das nicht bereits früher erzählt? Hast du etwa nicht geglaubt, daß ich dir helfen würde, wenn du in Schwierigkeiten bist? Liebling, wie lange hast du diese Last mit dir herumgetragen? Pst, jetzt wird alles gut, mein Schatz«, hätte er gesagt und sie sanft geküßt. »Wenn Roseland dir so wichtig ist, werden wir es wieder so herrichten, wie es einmal war. Wird dich das glücklich machen? Bei Gott, meine Süße, ich ertrage den Gedanken einfach nicht, daß du gehungert hast.« Er hätte sie beschützend an sich gepreßt.

»Und was wird aus Spencer?« hätte sie flüsternd gefragt.

Er hätte ihr Gesicht zwischen seine starken Hände genommen

und sie liebevoll angesehen. »Noch heute hole ich ihn nach Hause«, hätte er gesagt.

Tränen der Dankbarkeit wären über ihre Wangen gerollt, und er hätte sie fortgeküßt. »Mein Liebling, weine nicht. Ich möchte, daß du nie wieder weinst. Sieh her, was ich für dich habe.« Er hätte in den Nachttisch gelangt und die Diamantkette hervorgeholt, doch sie hätte nur noch stärker geschluchzt.

»Oh, Ru, du bist so gut zu mir.« Sie hätte ihn unter ihren Tränen lächelnd angesehen. »Ich will nicht, daß du mir Diamanten schenkst.«

»Was willst du dann, mein Schatz?« hätte er gefragt.

Sie hätte die Arme um seinen Hals geschlungen und ihn angesehen. »Ich möchte, daß du ein Baby mit mir machst.«

Plötzlich fuhr Ruark aus dem Halbschlaf hoch, sah das leere Bett und kehrte mit seinen Gedanken in die Realität zurück. Was für ein grausamer Bastard er war, daß er ihr ihr Baby nahm. Er warf die Decke zurück. Zur Hölle mit den Holländern, er würde nach London zurückfahren zu seiner Frau!

Es dauerte eine ganze Woche, bis der Schmerz der Verbrennung in Summers Daumen nachließ. Sie litt abwechselnd unter Fieber und Schüttelfrost, gab ihren Haferschleim meistens an Nellie ab, und es gelang ihr, einen zweiten Holzlöffel zu stehlen. Ironischerweise war der erste Tag, an dem es ihr körperlich wieder besser ging, zugleich der Tag, an dem ihre Verzweiflung am größten war, denn sie wußte, nun käme Oswald wie angedroht zu ihr zurück. Als er die Zelle betrat, fuhren die anderen fünf Frauen zurück aus Angst, er entschiede sich für eine von ihnen, aber als er wieder Summer nahm, wünschte sich selbst die hartgesottene Sidney, sie könnte etwas für das arme Mädchen tun.

»Du kennst die Routine. Zieh dich aus.«

Summer hatte beim letzten Mal jedem seiner Befehle gehorcht und hatte jedesmal mit einem unterwürfigen ›Ja, Herr Hauptfeldwebel‹ geantwortet, und dennoch hatte er sie mit dem heißen Eisen gequält. Vielleicht wäre es auch nicht schlimmer, wenn sie erneut zu widersprechen begann. Als sie ihm allerdings nicht sofort gehorchte, griff er nach ihrer Brust und drehte schmerzhaft daran herum. Sie schrie auf und verfluchte sich, weil sie nicht stark genug war. Langsam legte sie ihre schmutzigen Kleider ab, fast froh, sie los zu sein. Als er ihr befahl, ihm das Essen zu servieren, stieg ihr der Duft der erlesenen Köstlichkeiten in die Nase, worauf sich ihr Magen schmerzlich zusammenzog. Sie nahm all ihren Mut zusammen und fragte: »Dürfte ich vielleicht ein Bad nehmen, Herr Hauptfeldwebel?«

»Nein, das darfst du nicht«, erwiderte er vergnügt.

»Wie können Sie es ertragen, sich von mir das Essen servieren zu lassen, wenn ich vollkommen schmutzig bin?« schrie sie ihn zornig an.

»Es überrascht mich, daß das erste, worum du mich bittest, Waschwasser ist. Das zeigt mir, daß dir Sauberkeit wichtiger als Essen ist.« Er lächelte. »Je dreckiger du wirst, um so mehr werde ich mich freuen. Erst wenn du so dreckverkrustet bist, daß keine Seife der Welt dich mehr sauber bekommt, werde ich zufrieden sein, eher nicht, Mädchen. Und jetzt darfst du dich wieder anziehen.«

Dieses Mal entspannte sie sich nicht, nachdem sie wieder angekleidet war. Sie erinnerte sich zu lebhaft an das, was beim letzten Mal geschehen war, und erwartete, daß er noch irgendeine Grausamkeit auszuüben beabsichtigte.

Er trank sein Bier aus und sah sie mit zusammengekniffenen Augen an. »Ich wette, du dachtest, du könntest mich mit sexuellen Diensten bestechen. Du kennst mich noch nicht sehr gut... aber ich bin sicher, daß du mich mit der Zeit kennenlernen wirst. Ich wette, dein Haar macht Helford rasend vor Lust. Breitet er es auf den Kissen aus, ehe er dich liebt? Zu schade«, sagte er in gespieltem Bedauern. »Aber die Vorschriften besagen, daß ich dir die Haare schneiden darf, wenn der Verdacht besteht, daß du Läuse hast.« Er griff nach einem Rasiermesser und leckte sich erregt die Lippen, während er ihre Haare so kurz schnitt, bis es nur noch knapp bis zu ihren Ohren reichte. Sie wußte, wenn sie sich gegen ihn zur Wehr setzte, brächte er es fertig und rasierte sie kahl.

Als sie wieder in die Zelle gestoßen wurde, sah sie, daß es den anderen Frauen nicht anders ergangen war. »Verdammter Perverser!« fluchte Sidney, doch Lardy tröstete sie.

»Macht euch nichts draus. Das Haar wächst schließlich wieder nach. Und vielleicht sin' wir ja jetzt tatsächlich ein paar von den Läusen los.«

Summer faßte wieder Mut. Die Kommentare der anderen zeigten ihr, daß ihnen nicht egal war, was mit ihr geschah. Außerdem hatte sie gar keine Zeit, um den Verlust ihrer Schönheit zu betrauern, denn gegen Mitternacht setzten bei Nellie die Wehen ein.

Sofort, nachdem die *Pagan Goddes* in London eingelaufen war, begab sich Ruark Helford zu Lil Richwoods Haus in der Cockspur Street. Er hob abwehrend die Hände in der Hoffnung, sie würde nicht zu einer langen Aufzählung seiner Missetaten ansetzen. »Lil, ehe Sie irgend etwas sagen, möchte ich Ihnen versichern, daß ich weiß, daß es falsch war, Ryan einfach mitzunehmen. Ich habe wirklich genug von diesem dummen Hin und Her. Ich will sie fragen ... sie bitten ... zu mir zurückzukommen.«

»Das ist wunderbar, mein Lieber«, sagte Lil gedehnt. »Wissen Sie, Summer hat bei dem Feuer alles verloren – ihr Haus, ihr Gold und alle Kleider außer dem einen, das sie am Leibe trug.«

Allmählich verstand Ruark, warum sie nicht umgehend zu ihm nach Cornwall gekommen war. »Dann meinen Sie also, daß sie gewillt sein könnte, mit mir nach Helford Hall zurückzukehren?« fragte er hoffnungsvoll.

»Sie ist bereits dorthin unterwegs, mein Lieber. Sie war außer sich, weil Sie ihren Sohn mitgenommen hatten.«

»Hat sie sich etwa ohne Geld auf den Weg gemacht?« fragte er alarmiert.

Lil Richwood zuckte mit den Schultern. »Sie kennen doch Summer, mein Lieber. Ich habe versucht, ihr klarzumachen, daß sie unmöglich allein reisen kann, aber das hatte ungefähr denselben Effekt, als schwenkte man ein rotes Tuch vor einem Stier!«

»Ich weiß, wie starrsinnig sie ist, Lil«, sagte er. »Aber jetzt erzählen Sie mir, was sie vorhatte.«

»Sie hat sich ein Pferd aus dem königlichen Stall ›geborgt‹ und ist nach Portsmouth geritten, um von dort aus ein Schiff nach Cornwall zu nehmen«, erklärte Lil.

»Ich wußte, daß sie kommen würde, um Ryan zu holen, darum habe ich ihn schließlich mitgenommen, aber wo in aller Welt ist sie jetzt?« fragte er. Er spürte, daß Lil ihm irgend etwas verschwieg.

Plötzlich läuteten sämtliche Kirchenglocken der Stadt, und die Bediensteten stürzten auf die Straße hinaus, um zu sehen, was passiert war. Ganz London wußte, daß es sich um irgendeinen Alarm handelte. Seit dem katastrophalen Feuer war jeder auf der Hut.

Ein Page kam mit bleichem Gesicht ins Haus zurückgerannt, und Ruark sah ihn fragend an. »Was ist los?«

»Es heißt, wir würden angegriffen! Die Holländer sind gelandet«, schrie der Mann.

Ruark griff nach seinem breitkrempigen Hut. »Ich gehe sofort nach Whitehall, um herauszufinden, was das zu bedeuten hat«, stellte er grimmig fest, und in der Tat marschierte er geradewegs in die Gemächer des Königs, wo Charles in Hemdsärmeln an einem Tisch mit seinem Bruder James, Kanzler Hyde und ein paar Marineoffizieren saß und die Lage besprach.

»Helford! Haben Sie Neuigkeiten?« rief der Monarch.

Dies war einer der wenigen Augenblicke in Ruarks Leben, an denen er um Worte verlegen war. »Nein, Sire. Als ich gestern abend in der Themse vor Anker ging, habe ich nichts Ungewöhnliches bemerkt. Den Gerüchten zufolge werden wir soeben attackiert«, stellte er fragend fest.

»Den Berichten zufolge haben wir die ganze letzte Woche mit über hundert Schiffen die holländische Küste attackiert, und die Holländer haben sechstausend Mann verloren. Kann irgendwer diese Berichte bestätigen?«

»Ich«, sagte Sandwich, der die englische Flotte befehligte. »Unglücklicherweise haben sie die *Hector* versenkt und die *Mary* so schwer beschädigt, daß sie nach Hause gekrochen kam, aber sie haben tatsächlich sechstausend Mann verloren, wohingegen von unseren Leuten höchstens zweihundert Mann gefallen sind.«

Der Duke of York, der gemeinsam mit Sandwich die Flotte befehligte, aber noch nie auf See gewesen war, senkte verschämt den Kopf, als er fragte: »Und was ist mit dem Gerücht, wir würden attackiert?«

»De Ruyter und eine Handvoll seiner verwegensten Kapitäne sind uns bis hierher gefolgt und versuchen, die Themse und den Medway zu blockieren, wo unsere größeren Schiffe vor Anker liegen.«

»Eine Handvoll?« brüllte James. »Warum sind wir dann nicht einfach aus der Mündung herausgesegelt und haben sie aus dem Wasser geholt?«

»Weil den Gerüchten zufolge die Franzosen vor der Küste von Dover liegen«, war Sandwichs knappe Erwiderung.

James wurde kreidebleich, und Charles, der die Erregung seines Bruders bemerkte, wußte, daß dieser trotz seines hohen Ranges Sandwich keine große Hilfe mehr war. Er sah Helford an. »Sie denken offenbar das gleiche wie ich. Wir brauchen Rupert, und zwar sofort.«

»Ich habe sein Schiff, die *Henrietta*, gestern in Portsmouth gesehen. Ich will mein altes Kommando unter Prinz Rupert zurück«, sagte Ruark, und es war ihm egal, ob er Sandwich damit zu nahe trat.

Charles sah seinen alten Kanzler an. »Sorgen Sie dafür, daß dieses gräßliche Glockengeläut aufhört, Mann. Wie sollen wir sonst den Kanonendonner hören?«

Edward Progers, die Graue Eminenz im Hintergrund, kam herein. »Sire, draußen sind inzwischen so viele Höflinge versammelt, daß ich es für das beste hielt, niemanden mehr heraufzulassen, aber nun, da Buckingham und Lauderdale ebenfalls gekommen sind, habe ich keine Kontrolle mehr. Anscheinend wollen sie alle ihre Dienste anbieten.«

»Ich komme sofort. Bitten Sie die beiden, sich um alles zu kümmern, bis ich da bin. Ich denke, sie genießen es, wenn sie sich einbilden können, sie genössen eine gewisse Autorität.«

»Wir werden den Medway sperren, dann kommen ihre Schiffe nicht weiter durch«, sagte Sandwich, doch Helford widersprach.

»So wie ich de Ruyter einschätze, ist ein Ausleger kein sonderliches Hindernis für ihn. Wir müssen schon ein paar Schiffe versenken, wenn wir verhindern wollen, daß er den Fluß heraufgesegelt kommt.«

»Wir brauchen unsere Schiffe«, sagte Sandwich und bedachte Helford mit einem zornigen Blick.

»Upnor Castle ist eine gute Festung. Von dort aus läßt sich der Medway sicher verteidigen«, pflichtete James ihm bei.

»Upnor wurde seit dem Bürgerkrieg schändlich vernachlässigt«, sagte Charles. »Wir hätten dort Kanonen errichten sollen, aber das ist dummerweise nicht geschehen. Ich habe kein großes Vertrauen in diese kleine Festung, wenn es darum geht, den Feind davon abzuhalten, den Medway zu passieren.«

»Albermales Flotte in Chatham wird äußerst verwundbar sein«, sagte Sandwich und schüttelte den Kopf. »Wenn sie nicht bereits versenkt worden ist.«

»Schicken Sie alle Freiwilligen zu ihm, bis Rupert dorthin kommen kann«, schlug Helford vor.

»Ich werde ebenfalls gehen«, erbot sich der Duke of York.

»James, du wärst nützlicher als Verbindungsmann hier im Palast«, sagte Charles, um ihn nicht allzu sehr vor den Kopf zu stoßen. »Am besten erstellst du umgehend eine Liste der Schiffe und der Kapitäne, die uns zur Verfügung stehen. Ich glaube, Albermarle hat die *Sovereign of the Seas,* und William Penn befehligt die *Royal Charles.*« Der König wandte sich seinem Schlafzimmer zu. »Und jetzt entschuldigen Sie mich bitte. Helford bleiben Sie doch bitte noch kurz da, während ich mich rasiere und ein paar anständige Kleider anziehe.«

Ruark folgte ihm durch die Verbindungstür in sein Schlafgemach. Er grinste breit, als er die zerwühlten Laken sah. Überall lagen Decken und Kissen herum, und zwei königliche Spaniels zerrten an Barbaras Satinpantoffeln herum, die sie verloren hatte, als sie beim Läuten der Alarmglocken eilig aufgebrochen war.

»Ich brauche die Dienste der *Phantom*«, sagte Charles. »Sie meinen doch nicht, daß sie irgendwo auf dem Medway in der Falle sitzt, oder?«

»Mein Bruder hat viele Fehler, aber Dummheit gehört nicht dazu«, stellte Ruark fest.

»Benutzt Rory immer noch die Isle of Sheppney als Unterschlupf?« fragte Charles.

»Eure Spione scheinen Euch gut zu informieren, Sire«, wich Ruark aus.

»Offensichtlich ja.« Charles lachte und wies mit dem Kopf in Richtung des zerwühlten Betts. »Die Holländer haben mich tatsächlich mit runtergelassenen Hosen erwischt.« Er setzte sich an den Schreibtisch und tauchte eine Feder ins Tintenfaß. »Ich glaube nicht, daß die Franzosen vor Dover stehen. Ich glaube, daß sie Feinde und nicht Verbündete der Holländer sind. Ich hoffe, Rory wird mir bestätigen, daß dies der letzte Angriffsversuch von de Ruyter ist. Meiner Meinung nach ist die holländische Flotte stark angeschlagen, und diese Farce dient einzig dem Zweck, uns im Verlauf der unvermeidlichen Friedensverhandlungen bessere Bedingungen abzuringen.«

Ruark wußte, daß der König gerissener war als seine sämtlichen Minister zusammengenommen.

»Ru, ich möchte, daß Sie Rory zwei geheime Schreiben anvertrauen. Eins an die Holländer, das andere an die Franzosen. Aber ich warne Sie, diese Mission ist anders als die vorherigen.« Charles stieß einen abgrundtiefen Seufzer aus. »Der alte Hyde wird zurücktreten müssen. Er ist von keinerlei Nutzen mehr für mich. Ich werde ihn durch vier oder fünf andere ersetzen, so daß nie wieder ein Mann allein eine solche Macht besitzt.«

»Staatssekretär Arlington?« fragte Ruark. »Buckingham und Lauderdale?«

Charles nickte. »Ich möchte, daß keiner von ihnen, noch nicht einmal mein Bruder James, von den Geheimverträgen mit Holland und Frankreich erfährt. Niemand soll etwas davon wissen, ehe es nicht vollendete Tatsachen sind. Auf diese Weise wird in Europa ein für England günstiges Gleichgewicht der Kräfte hergestellt.«

»Mit Hilfe der gröbsten politischen Schikanen«, stellte Ruark Helford grimmig fest.

»Himmel, warum können Sie nicht Ihrem Bruder Rory ein bißchen ähnlicher sein?« stöhnte Charles.

Die beiden dunkelgesichtigen Männer starrten einander eine volle Minute lang an, ehe die gegenseitige Herausforderung in gemeinsamem Gelächter endete. Sie beide wußten, daß sie zuviel zusammen durchgemacht hatten, um zu diesem Zeitpunkt noch getrennte Wege zu gehen.

47

Nellies Schreie hätten ausgereicht, um Tote zu erwecken. Als Bludwart kam, um zu sehen, was das Gezeter bedeutete, sagte Cat: »Sie bekommt ihr Kind. Wir können ihr helfen, aber nicht ohne heißes Wasser und saubere Decken.« Bludwart wußte, daß die Zelle noch nicht einmal für die Ratten, die nachts durch den Abwasserkanal kamen, eine geeignete Unterkunft war, und er hätte die Frauen niemals hier unten eingesperrt, hätte Oswald nicht darauf bestanden. Eines Tages käme vielleicht jemand mit noch größerer Autorität zu einer Inspektion, und er wollte nicht, daß er dann Schwierigkeiten bekam. Er war verantwortlich für alles, was in seinem Gefängnis geschah, und er wollte nicht, daß die Frau starb, nachdem sie weniger als einen Monat in seiner Obhut war.

Cat wußte, daß die junge Gert nutzlos wäre; und der Gedanke,

Granny, die Engelmacherin, um Hilfe zu bitten, behagte ihr nicht; und als sie in Sidneys harte Züge blickte, wußte sie, daß die Frau nicht bereit wäre, ihr behilflich zu sein. So blieb also nur noch Lardy übrig. Als sie den Eimer mit heißem Wasser bekamen, wuschen sie Nellie von Kopf bis Fuß. Bludwart hatte ihnen nur ein Laken und eine einzige Decke gebracht, doch sie wußten, es war ein Wunder, daß es überhaupt etwas für sie gab.

Sie hüllten Nellie in das Laken ein und versuchten, es ihr so bequem zu machen, wie es unter den gegebenen Umständen möglich war. Ihre Schreie wurden mit der Zeit immer schwächer, und als das winzige, bläuliche Baby herausgerutscht kam, versank sie in einen erschöpften Dämmerzustand. Sie hatte so stark geblutet, daß das Laken nicht mehr zu gebrauchen war. Cat wusch das neugeborene Mädchen und warf das schmutzige Laken in den Eimer, der inzwischen aussah, als wäre er voller Blut. Dann wickelten sie Nellie und das Baby in die verbliebene Decke ein, und Cat setzte sich neben sie, um die Ratten abzuwehren.

Als am Morgen der Haferschleim kam, sagte Lardy: »Ich glaube, der Speck auf meinen Rippen reicht eine Weile aus.«

Cat lächelte sie an. »Sie muß unbedingt zu Kräften kommen, sonst hat sie vielleicht nicht genug Milch für das Kind.« Sie fütterten Nellie, aber sie wirkte vollkommen apathisch und in gewisser Weise losgelöst von dieser Welt. Sie sprach nicht und sah auch ihr Kind nicht an, aber schließlich legte sie es an ihre dünne Brust, und die anderen Frauen hörten, wie das Baby leise schmatzend zu saugen begann.

Cat behielt abermals einen Holzlöffel zurück. Bludwart sagte nichts, aber danach bekamen sie keine Löffel mehr. Cat wußte, daß sie viel dünner als noch vor einem Monat war. Außerdem fühlte sie sich so verdammt schwach und müde, daß sie sich oft wünschte, sie könnte einschlafen und nie wieder aufwachen. Der Geruch der Zelle haftete ihr inzwischen genauso wie allen anderen an. Sie hatte sich schnell angepaßt, um die anstrengende Gesellschaft der anderen Frauen zu ertragen, und ihr Magen war inzwischen geschrumpft, so daß sie den Hunger nicht mehr allzu schmerzlich empfand. Sie spürte, daß ihre Gedärme beständig nach Nahrung schrien, aber sie gewöhnte es sich an, das Ziehen und Kneifen zu ignorieren. Langsam gewöhnte sie sich sogar an den Schmutz. Wenn man sich Tag und Nacht gegen eine Sache auflehnte, verbrauchte man dabei all seine Energie. Um diese Folter zu überstehen, mußte man sie akzeptieren, sagte sie sich in der Hoffnung, daß dieses Martyrium vielleicht eines Tages ein Ende haben würde.

Sie benutzte ihre Vorstellungskraft, um regelmäßig aus dem Käfig zu fliehen, in dem sie gefangen war. Jeden Tag und jede Nacht verbrachte sie lange, angenehme Stunden mit gedanklichen Ausflügen an Orte, die weit entfernt waren von dem Verlies, an dessen feuchte, schimmelüberzogene Wände gelehnt sie saß. Sie verbrachte Stunden mit der Erinnerung an ihr Kind, an die Weichheit seines schwarzen Flaums, an die winzigen schwarzen Wimpern, die Halbmonde auf seinen Wangen formten, wenn es schlief, an den Rosenknospenmund, der lächeln konnte oder sich zusammenzog oder in einer solchen Lautstärke schrie, daß man sich am besten die Ohren zuhielt. Und sie erinnerte sich an seinen süßen, sauberen Duft und an die Art, wie seine grünen Augen aufmerksam ihren Bewegungen folgten.

Manchmal segelte sie auf der *Phantom* in warme Länder, während die dunkelhäutigen, grinsenden Männer fröhliche Melodien aus ihren Blechpfeifen und Mundharmonikas zauberten. Rory mußte seine Mannschaft in allen Teilen der Welt zusammengesucht haben, denn die Männer sahen teils spanisch, teils türkisch, teils schwarz und teils sizilianisch aus. Einige von ihnen waren bestimmt Korsen aus den Häfen von Marseille und Genua. Und dann war da Black Jack Flash selbst – sie spürte seine Hände auf ihren Fingern, während sie das Schiff steuerte, spürte seinen warmen Atem an ihrer Wange und seinen rauhen Bart an ihrem Hals. Wann immer er hinter ihr gestanden hatte, hatte sie seine harte Erregung an ihrem Po gespürt, und dann – oh, wie hatte sie es genossen, wenn er sie in seine Kabine hinuntergetragen hatte zu dem roten, von Seidenvorhängen verhüllten Bett. Sie spürte immer noch, wie sein Bart über ihre Brust, ihren Bauch, ihre Schenkel strich. Sie hatte Rory Helford einfach nicht zu widerstehen vermocht, und jetzt war sie froh, daß es so gewesen war. Sie begriff, daß eine Frau niemals die Dinge bedauerte, die sie in ihrem Leben getan hatte, sondern immer nur die, die sie versäumt hatte.

Sie würde sich niemals vollkommen eingesperrt fühlen, solange sie sich vorstellen konnte, wie er am Ruder seines Schiffes stand, das Gesicht feucht von der Gischt, das Haar flatternd im Sturm. Ein Unwetter auf dem Meer erregte ihn ebenso wie sie, also stellte sie sich ihn immer als verwegenen Piraten vor, dessen amüsierter Blick über alles zu lachen schien.

Einer ihrer gedanklichen Lieblingsausflüge führte sie an den Strand. Sie saß auf Ebony und genoß die warme, duftende Brise, das azurblaue Meer, die Buchten, in denen verspielte Seehunde Muscheln auf ihren Schnauzen balancierten. Sie spürte den weichen Samt von Ebonys Nüstern, sah seine schwarzen, schimmernden Flanken, die zitterten, um eine Wespe oder eine Libelle abzuwehren. Falls sie je wieder die Gelegenheit bekäme, die Morgendämmerung auf dem Rücken ihres geliebten Tieres zu begrüßen, täte sie es nackt, wie es einer heidnischen Göttin angemessen war. Die wahre Freiheit erreichte sie wohl nur durch den Tod, den sie nicht länger füchtete. Zu sterben war leicht. Es war das Leben, das sie ängstigte. Das Leben kam der Hölle gleich. Nur in ihren Träumen nicht.

Die angenehmste Erinnerung war jedoch Ruark Helford, ihr Ehemann. Wie gern hatte er sie auf seinen Schoß gezogen und seinen Platz mit ihr geteilt. Sie spürte immer noch die Härte seiner Lippen auf ihrem Mund, hörte immer noch die Worte an ihrem Haar: »Ich liebe dich, Summer. Ich liebe dich von ganzem Herzen. Nie zuvor habe ich eine Frau so geliebt wie dich.« Wenn sie sich geliebt hatten, wenn sein dunkler Schopf an ihrer Brust lag und er sie mit den Augen verschlang, hatte sie gewußt, daß er weder hart noch grausam war. Niemand kennt einen Mann so gut wie die Frau, die mit ihm schläft. Die seltenen Momente der ungewohnten, nur ihr geltenden Zärtlichkeit in seinem Blick hatten ihr den Atem geraubt. Sie erinnerte sich wieder und wieder daran, wie er tief in sie eingedrungen und die Gewalt seiner Leidenschaft ungezügelt und wild und unvergeßlich über sie hereingebrochen war. Die kostbarste Erinnerung für sie galt dem verzückten Augenblick der Stille, wenn sie einander in die Augen gesehen hatten, wenn ihrer beider Lächeln erloschen und das schmerzliche Feuer zwischen ihnen aufgelodert war.

Im Grunde war es ihr egal, was mit ihr geschah, denn sie hatte alles gehabt, was eine Frau sich wünschen konnte. Sie hatte seine Liebesworte an ihrem Hals gehört, hatte seinen dunklen Kopf zwischen ihren Händen gehalten und an ihre Brust gepreßt. Sie hatten sich hitzige Streitgespräche geliefert, ja, und manchmal hatte sie ihn sogar besiegt. Solange er in Freiheit war, den dunklen Kopf stolz erhoben, solange sie wußte, daß er lebte und lachte, war es ihr egal, was mit ihr geschah, denn sie war ein Teil von ihm und würde es immer sein.

Noch ehe der Morgen anbrach, wurde Cat von irgend etwas geweckt. Sie verspürte ein unerklärliches Angstgefühl, und dann fiel ihr ein, daß Oswalds allwöchentlicher Besuchstag war. Sie erwachte aus ihrer Betäubung und hörte das Quietschen und Rascheln der Ratten in der Erde, wo Nellie lag. Sie sprang auf und riß eine der Talgkerzen aus der Eisenhalterung heraus. Dann stürzte sie in die Ecke, hielt die magere Flamme über die lange, schmale Gestalt und fuhr entsetzt zurück. Der Körper des Babys war über und über mit Rattenbissen bedeckt. Sie hob das winzige, blaue Geschöpf vom Bauch seiner schlafenden Mutter und sah, daß es bereits vor Stunden gestorben war. Sie stand verwirrt und schweigend da und biß sich auf die Lippen, bis der Schrei in ihrer Kehle erstarb. Wenn sie sich jetzt nicht mit aller Kraft beherrschte, würde sie zusammenbrechen, und sie wußte, das durfte erst nach ihrem Zusammentreffen mit Oswald geschehen.

Als Nellie erwachte, schien sie gar nicht zu verstehen, was vorgefallen war. Sie legte den kleinen blauen Leichnam beiseite, als hätte er niemals existiert. Lardy machte sich große Sorgen um sie. Es war offensichtlich, daß sich der Sensenmann nicht mit diesem einen Opfer begnügen würde. Sidneys Gesicht war reglos, als sie sagte: »Das Königreich des Todes ist die Nacht. Wenn die Eulen jagen, hat der Tod die Macht. Der Geruch des Todes macht aus der nächtlichen Welt ein Leichenhaus.« Summer wurde schlecht, aber da sie nichts im Magen hatte, blieb es bei ein paar schmerzlichen Zuckungen. Sie wandte sich ab und versuchte, nicht daran zu denken, daß heute Hauptfeldwebel Oswald kam.

Bis zum Abend, als Bludwart kam, um das tote Baby abzuholen, war Nellie ihrem Kind in die nächste Welt gefolgt. Er zerrte die Frauenleiche über den Boden und wirkte ernsthaft besorgt, aber natürlich ging es ihm nur um seinen eigenen Hals. Noch ehe Nellie aus der Zelle geschleift worden war, hatte Sidney sich ihre Decke geschnappt.

Summer erwachte mit einem Ruck aus ihrer Lethargie. Sie ging in die Ecke, in der sie die drei Löffel unter dem Stroh versteckt hatte, und schob sie nacheinander zwischen den eisernen Kerzenhalter und die Steinwand, bis sie der Länge nach splitterten. Nur ein Löffel zerbrach anders, als sie es sich vorgestellt hatte, aber als sie fertig war, hatte sie fünf gezackte Holzspieße, die in den richtigen Händen fünf häßliche, todbringende Waffen waren. Die anderen Frauen taten so, als interessiere sie das Treiben ihrer Zellengenossin nicht, aber sie wußten genau, was sie tat und warum sie es tat. Sie hatte gerade noch Zeit, die Spieße im Stroh zu verstecken, ehe Oswald in die Zellentür trat.

Sie sah nicht ihn, sondern Gert und Lardy an. Dann wandte sie sich Granny und schließlich Sidney zu. Sie kommunizierten ohne Worte miteinander, doch die Botschaft war klar. Sie würden alle sterben, eine nach der anderen, wenn sie sich weigerten, zusammenzuhalten und einander zu helfen.

Als Oswald sie sicher im Vernehmungszimmer hatte, musterte er zufrieden das Wrack, das Summer geworden war. Während sie früher attraktiv schlank gewesen war, war sie jetzt nur noch ein mageres Knochengerüst. Ihr kurzes, schmutzverkrustetes Haar stand büschelweise ab, und ihr einst so liebliches Gesicht war hager und ausgezehrt. Ihre Wangenknochen traten deutlich hervor, und unter ihnen zeichneten sich tiefe Einbuchtungen ab. Ihr Blick kam beinahe dem eines Dorftrottels gleich.

»Zieh dich aus«, befahl er aalglatt.

Cat rührte sich nicht. Nie wieder würde sie einen Befehl von ihm befolgen. Eher würde sie sich töten lassen.

Er trat auf sie zu, riß ihr Hemd entzwei und starrte ihre Brüste an. Sie waren geschrumpft und wiesen häßliche gelbe, grüne und purpurfarbene Flecken auf. »Du siehst aus und riechst wie eine Straßendirne aus den Elendsvierteln der Stadt. Wußtest du, daß es durchaus im Rahmen der Vorschriften wäre, wenn ich dir den Buchstaben *H* für Hure einbrennen würde?«

Bei dem Wort ›Einbrennen‹ dehnte sich roher Schmerz von ihrem Daumen bis zu ihrem Herzen aus, aber sie rührte sich immer noch nicht. Er suchte nach dem richtigen Brandeisen, und als er es nicht fand, drehte er sich zornig zu ihr um. »Morgen abend werde ich das richtige Ding holen und dir ein purpurnes *H* in die Brust einbrennen. Nein, besser zwei, auf jede eins. Dann bist du auf ewig gebrandmarkt als Helfords Hure.«

Er schob sie durch die Tür, und sie knöpfte eilig ihr Hemd zu, ehe sie den Trakt für die männlichen Gefangenen betrat, obgleich sowieso niemand mehr auf sie achtete. Sie wußte, ihre Zeit wurde knapp, aber sie brauchte unbedingt die Hilfe der anderen. Er öffnete die Zellentür und schob sie durch. Dann merkte er, daß die schwangere Frau verschwunden war, und trat zornig einen Schritt vor. »Wo ist das schwangere Weibsbild hin?«

Zum ersten Mal bewies die junge Gert überraschenden Mut. »Sie ist tot ... du Schwein hast sie umgebracht!«

Seine Faust traf sie so hart ins Gesicht, daß sie einen Zahn verlor, was ihr junges Gesicht für alle Zeiten verunstaltete. Dann hörte er, wie hinter ihm die Tür zufiel, und gleichzeitig stürzte sich das alte Weib wie eine kreischende Todesfee auf ihn. Summer wußte, daß die alte Frau keine ebenbürtige Gegnerin für den stämmigen Oswald war. Er schleuderte sie gegen die Wand, wo sie leblos zusammensackte, aber als er an sich hinuntersah, entdeckte er zu seiner Überraschung ein kleines blutendes Loch, das aussah, als rühre es von einem Sauspieß her. Er taumelte und ging in die Knie. Lardy warf ihn um und setzte sich auf ihn, wobei sie ihm wie eine Wilde mit ihrem Spieß in die Kehle stach.

Sidney reichte Cat eine Waffe und starrte entgeistert auf Granny, die mit gebrochenen Gliedern in der Ecke lag. Sie hatten keine Wahl. Wenn sie ihn nicht umbrachten, wären sie alle innerhalb kürzester Zeit tot. Gemeinsam stürzten sich die beiden Frauen auf Oswald und stachen ihm in Gesicht, Augen, Hals. Er stieß entsetzliche Schmerzensschreie aus, und als Gert ihm wieder und wieder zwischen die Beine stach, schwoll sein gräßliches Lamento noch weiter an. Allmählich verzweifelte Cat. Sie wußte, daß die Verwundungen nicht tödlich waren, sonst hätte er nicht mehr so laut geschrien. Hektisch tastete sie nach der Arterie an seinem Hals, und mit letzter Kraft und dem Mut der Verzweiflung trieb sie das gezackte Messer hinein. Hauptfeldwebel Oswald machte ein gespenstisches, gurgelndes Geräusch und zuckte unkontrollierbar am ganzen Körper. Die vier Frauen ließen jedoch nicht eher von ihm ab, bis er vollkommen reglos unter ihnen lag. Neben seiner Leiche lag die unnatürlich verkrümmte Leiche der alten Frau. Sie hatten ihn getötet, aber zuvor hatte er noch einer von ihnen den Garaus gemacht.

König Charles war außer sich vor Zorn und Schmach. Es waren tatsächlich holländische Kriegsschiffe durch die Sperre quer durch den Medway gebrochen, und verwegene Angriffskommandos hatten die Kanonen auf Upnor Castle zum Verstummen gebracht. Upnor, das immer als stark genug erachtet worden war, um den Seitenarm des Medway zu schützen, der zu der Stelle führte, wo die englische Flotte vor Chatham vor Anker lag.

Charles liebte Schiffe und Meer, und er kannte sich hervorragend mit der Technik aus. Seine Marine war immer sein Stolz gewesen, und innerhalb weniger Jahre hatte er sie trotz der Sparsamkeit des Parlaments zu einer starken Streitkraft ausgebaut. Er hatte den Plan und die Hoffnung gehabt, daß England noch während seiner Regentschaft die uneingeschränkte Macht über die Weltmeere erhielt.

Der Vetter des Königs, Prinz Rupert, war das größte Militärgenie seiner Zeit, und Englands beste Soldaten und Seeleute hatten sich danach gedrängt, unter ihm zu dienen. Da er jedoch Kaperschiffen gegenüber der regulären Marine den Vorzug gab, hatte er seine *Henrietta* mit Ruark Helfords *Pagan Goddess* zusammengeführt, um einen Angriff auf Sheerness abzuwehren.

Die Holländer hatten William Penns *Royal Charles* gekapert, waren den Medway hinaufgesegelt und hatten ein halbes Dutzend Kriegsschiffe in Brand gesteckt. Währenddessen entwickelten Rupert und Helford einen brillanten Plan. Im Schutz der Dunkelheit gingen sie an Bord der brennenden Schiffe, manövrierten sie an den holländischen Seglern vorbei und versenkten sie, so daß den Holländern der Rückweg abgeschnitten war. Die beiden Flotten lagen einander gegenüber, ohne daß es zu weiteren Auseinandersetzungen kam, und bald wurden die ersten ernsthaften Friedensverhandlungen geführt.

Der König unterzeichnete einen Friedensvertrag mit Holland, demzufolge England die gesamte Küste von Guinea erhielt. Die holländischen Festungen in jener Gegend Afrikas würden ebenfalls an England fallen, so daß von nun an einer ungestörten Plünderung der dortigen Goldvorräte nichts mehr im Wege stand. Außerdem erklärten sich die Holländer zur Übergabe des größten amerikanischen Hafens an die Engländer bereit, und New Amsterdam wurde nach dem Bruder des Königs in New York umbenannt. England trat die Gewürzinseln an die Holländer ab und erklärte seine Bereitschaft, den Handel in jener Region nicht über Indien hinaus auszudehnen.

Gleichzeitig handelte Rory Helford zwei hochgeheime und private Abkommen zwischen Charles und Holland und Charles und Frankreich aus. Rein äußerlich näherten sich England und Holland einander an, um gemeinsam Widerstand zu leisten. Sollte Frankreich eines Tages weniger umgänglich sein, und für den Fall eines Krieges zwischen den beiden Kontinentalmächten garantierte der König den Holländern die englische Neutralität. Allerdings hatte er schon immer ein gutes Verhältnis zu Frankreich gehabt, so daß er sich zu gleicher Zeit bereitwillig von König Ludwig dafür bezahlen ließ, daß er ihm versprach, Holland im Stich zu lassen und seine Soldaten zur Unterstützung der französischen Armee zu schicken, bräche ein Krieg zwischen Frankreich und Holland aus.

48

Nachdem Lord Ruark Helford seinem König und seinem Land zu Diensten gewesen war, setzte er umgehend Segel, um nach Cornwall zurückzukehren. Sein Mund verzog sich zu einem Lächeln, als er an Summer dachte und daran, wieviel Zeit sie sich gelassen hatte für ihre Rückkehr zu ihm. Dies war ihre Art, ihm zu zeigen, daß sie selbst dann nicht auf Knien gekrochen käme, wenn er alle Trümpfe in den Händen hielt. Nun, er war fast drei Monate fort gewesen, lange genug, daß sie das Alleinsein mit Ryan auf Helford Hall hatte genießen können, aber nun müßte sie lernen, was Teilen hieß. Und außerdem müßte sie lernen, Ehefrau und Mutter gleichzeitig zu sein.

Er schwor sich, daß er ihr von nun an stets sagen und beweisen würde, welche Liebe er für sie empfand, und dafür wünschte er sich, daß auch sie ihm all ihre Liebe schenkte, ohne Vorbehalt. Mit lustvollem Vergnügen dachte er an den bevorstehenden ›zweiten Ehebeginn‹.

Als Mr. Burke und Mrs. Bishop jedoch behaupteten, Summer wäre nicht da und wäre auch zu keinem Zeitpunkt auf Helford Hall aufgetaucht, war er ehrlich verwirrt. Er segelte umgehend nach London zurück, von entsetzlicher Sorge um sie erfüllt. Er begab sich sofort an den Hof und erkundigte sich nach ihr, aber seit dem Feuer hatte sie niemand mehr gesehen, so daß er in großer Besorgnis zu Lil Richwood in die Cockspur Street fuhr, wo er ohne Umschweife zu sprechen begann. »Sie ist nie in Helford Hall aufgetaucht. Aber mit Ihnen hat sie doch bestimmt Kontakt aufgenommen«, stellte er grimmig fest.

»Ruark, mein Lieber, Sie nehmen doch wohl nicht ernsthaft an, daß ich Sie belüge«, sagte sie gedehnt.

»Nein, aber irgend etwas verschweigen Sie mir.«

»Wie kommen Sie nur auf diese Idee, Ruark?«

»Ich mache mir furchtbare Sorgen um sie. Und wenn Sie ebenfalls keine Ahnung hätten, wo Summer sein könnte, wären Sie ganz wie ich außer sich vor Angst um sie.«

Lil sah ihn an. »Ru, nehmen Sie doch Platz.« Sie klopfte neben sich, als wolle sie ihm etwas Vertrauliches erzählen. Als sie seine dunklen Brauen sah, fand sie, er sah aus wie Luzifer nach dem Sündenfall. Sein schwarzes Haar war wirr, weil er verzweifelt mit den Fingern hindurchgefahren war.

»Ich hatte gehofft, daß ich es Ihnen nicht sagen müßte. Ich will Ihnen nicht weh tun, Ruark. Ich fürchte, Summer ist mit Ihrem Bruder Rory durchgebrannt. Ich glaube, sie ist in ihn verliebt.«

Der qualvolle Laut, der aus Helfords Kehle drang, klang wie das Gewinsel eines verwundeten Wolfs. Lil wünschte sich von ganzem Herzen, sie hätte es ihm nicht gesagt, denn offensichtlich erschütterte ihn diese Neuigkeit zutiefst.

Summer hatte aufgehört zu leben. Sie hatte aufgehört, Tagträume zu hegen, aufgehört zu wünschen, sogar aufgehört zu denken. Sie existierte – mit knapper Not. Im Grunde ihres Herzens wußte sie, daß sie nie wieder eine Nacht auf einem mondbeschienenen Balkon über den Gärten von Helford Hall erleben würde. Ebony und ihr Ritual des morgendlichen Ritts am Strand waren für immer verloren für sie. Zu Anfang ihrer Gefangenschaft hatte sie noch die Ungerechtigkeit der Situation empfunden, aber inzwischen hatte sie einen anderen Menschen umgebracht; nun war sie unrein und schlecht. Ihr Sohn wäre besser dran ohne sie, also war es nur gerecht, daß er für sie verloren war.

Sie hatte ihren Ehemann verloren. Sie hatte ihren Geliebten

verloren. Sie hatte ihre Schönheit verloren, ihre Jugend, ihre Vitalität. Inzwischen war es ihr egal. Sie war passiv und taub, innerlich zu Eis erstarrt, unempfindlich für jeden Schmerz und jede Qual.

Sie war so abgemagert, daß man hätte meinen können, ihre Handgelenke und Knöchel würden brechen, wenn man sie nur anblickte. Ihre Kleider und ihre Haut waren unter so vielen Lagen Schmutz versteckt, daß sie nicht mehr zu erkennen war. Ihr Haar war inzwischen nachgewachsen, aber die glatten, fettigen Strähnen klebten widerwärtig an ihrem Hals.

Im Schutz der Dunkelheit glitt die *Phantom* lautlos den Solent hinauf, an der Isle of Wight vorbei und in den Hafen von Portsmouth hinein. Prinz Rupert ging als gewöhnlicher Matrose gekleidet von Bord und wurde sofort von einer wartenden Kutsche verschluckt. Black Jack Flash hatte ihn innerhalb des letzten Monats, ohne daß irgend jemand davon erfahren hätte, zweimal sicher nach Frankreich und zurück gebracht. Er war im Auftrag seines Vetters König Charles in geheimer Mission unterwegs, um dafür zu sorgen, daß Charles die Gelder bekam, die Ludwig ihm für geleistete Dienste schuldete.

Rory Helford hielt sich nie lange in einem Hafen auf. Noch vor Morgengrauen würde seine *Phantom* Portsmouth verlassen haben, um in einer versteckten Bucht vor der Isle of Wight zu ankern.

Obgleich er niemals in Eile zu sein schien, verlor er keine Zeit, um auf sein Schiff zurückzukehren. Er wußte sofort, daß ihm jemand folgte, und tastete nach dem geschnitzten Griff seines langen Messers. Zur Hölle mit dem Kerl, dachte er. Unnötiges Töten ist mir verhaßt.

Er war von Kopf bis Fuß in Schwarz gehüllt, und als er hinter einer eisernen Ankerwinde verschwand, war er nicht mehr zu sehen. Als sein Verfolger stehenblieb und sich suchend in der Dunkelheit umsah, trat Rory lautlos einen Schritt vor und schlang dem Kerl den Arm um den Hals. Mit der anderen Hand hielt er ihm das Messer an die Niere. »Mach den Mund auf und sieh zu, daß du mir eine plausible Geschichte erzählst, sonst ...« drohte er.

»Black Jack, ich bin es, Gitan. Ich bin mal mit dir zur See gefahren. Dabei habe ich einen Arm verloren, erinnerst du dich?«

Rorys Hand glitt von der Schulter des Mannes und tastete an dem leeren Hemdsärmel herum. »Dreh dich langsam um«, befahl er, »damit ich dein Gesicht sehen kann.«

Der dunkelhäutige Bretone war tatsächlich Gitan. Rory grinste. Er konnte ihn leben lassen. Die einzigen Menschen, die über seine wahre Identität Bescheid wissen durften, waren jene wenigen Männer, die mit ihm gefahren waren. »Du brauchst Geld, Zigeuner.«

»Das ist nicht der Grund, weshalb ich dich beobachtet habe«, entgegnete der Mann, und Rory zog fragend eine schwarze Braue hoch.

»Es geht um eine Frau. Vor vier oder fünf Monaten wurden weibliche Gefangene auf einem Schiff von London hierhergebracht. Die Soldaten haben hier im Hafen eine weitere Frau festgenommen und sie zusammen mit den anderen abgeführt. Sie hat mir eine Nachricht an dich mitgegeben. Sie sagte, sie wäre deine Frau.«

»Cat?«

Der Bretone nickte. »Ja, genau.«

»Großer Gott«, fluchte Rory, »darum war sie also plötzlich wie vom Erdboden verschluckt.« Er steckte sein Messer wieder ein. »Kann man die Wachen bestechen?« fragte er.

Gitan schüttelte den Kopf.

»Gibt es irgendeine Möglichkeit, wie ich in das Gefängnis kommen kann?«

Abermals schüttelte der Bretone den Kopf. »Es gibt keinen Eingang und keinen Ausgang, es sei denn durch die Totentür.«

»Du hast dir heute nacht einen Beutel Gold verdient. Komm mit mir an Bord und erzähl mir alles ganz genau«, forderte Rory den Matrosen auf.

Er ging das Risiko ein und blieb im Hafen, aber nachdem er dreimal am Gefängnis gewesen war, war er davon überzeugt, daß es einfach keine Möglichkeit gab, herauszufinden, wie es um Cat stand. Bludwart beantwortete keine Frage, gab keinen Hinweis, nahm kein Bestechungsgeld. Am liebsten hätte Rory einfach seine Männer zusammengetrommelt und das Gefängnis gestürmt, doch er konnte nichts tun. Lord Ruark Helford hingegen sollte in der Lage sein, irgendwie in das Gefängnis hineinzukommen, um wenigstens zu versuchen, Cat zu befreien. Rory fluchte. Der Gedanke, Cat auch nur eine Stunde länger in ihrem Kerker zu wissen, war unerträglich für ihn, aber er mußte unbedingt nach London fahren, denn er wußte, dies war eine Aufgabe für Lord Helford und nicht für Black Jack Flash.

Ruark lief ernsthaft Gefahr, vor Zorn und Ungeduld die Nerven zu verlieren. Es war eine Platitüde, wenn man sagte, das Schicksal eines geliebten Menschen zu kennen sei besser, als im Ungewissen zu sein. Der Gedanke, daß seine süße, kostbare Summer in einer Gefängniszelle saß, und, noch schlimmer, daß sie dort bereits seit fünf Monaten dahinvegetierte, war einfach unerträglich für ihn.

Ihm war, als hätte ihm jemand ein Messer ins Herz gerammt, und der Schmerz wurde noch schlimmer durch die übermäßigen Schuldgefühle, die er empfand. Hätte Lil Richwood mit ihrem Verdacht doch nur recht gehabt. Wäre Summer doch nur vor fünf Monaten mit Rory durchgebrannt. Nun, er würde Lil nichts erzählen, würde ihr nichts von dem Schmerz verraten, der ihn bei dem Gedanken an Summer zu erdrücken schien. Irgendwie würde er sie befreien, und niemand würde jemals erfahren, daß sie auch nur eine einzige schreckliche, schmachvolle Stunde in einem englischen Gefängnis gewesen war.

Er stapfte wie ein gefangenes Tier im Vorzimmer der königlichen Gemächer auf und ab. Alles in ihm drängte danach, etwas zu unternehmen, aber hier saß er, gefangen mit all seiner aufgestauten Energie, die nach Befreiung schrie. Endlich öffnete sich die Tür, und Charles trat heraus.

»Na, das lief ja wie geschmiert«, stellte der Monarch grinsend fest.

Ruark starrte ihn verwirrt an, doch dann verstand er, daß Charles offensichtlich von der verdeckten Operation Rorys und Ruperts sprach. »Ich bin in einer ganz anderen Sache hier«, sagte er in, wie er hoffte, neutralem Ton. »Der oberste Richter von Hampshire ist seit über einem Jahr krank, und seitdem hat es in Southampton und Portsmouth keine einzige Verhandlung mehr gegeben. Die Gefängnisse platzen aus allen Nähten, und ich denke, ich sollte etwas dagegen unternehmen, ehe ich in meinen eigenen Bezirk zurückkehre.«

»Dann suchen Sie doch einfach einen geeigneten Ersatzrichter. Diese Situation ist in der Tat regelrecht lächerlich. Sämtliche Seehäfen sind überfüllt, und es treiben sich zahllose Halunken dort herum, die täglich die Gesetze brechen, aber trotzdem sollten sie nicht ohne Verhandlung in den Gefängnissen vor sich hin vegetieren.«

»Sire, ich brauche nichts weiter als ein Ermächtigungsschreiben von Euch.«

»Da wenden Sie sich am besten an Cornwallis. Ich habe ihn zum Justizminister ernannt. Offensichtlich braucht das gesamte System dringend eine Reform. Er hat auch schon einen Plan entwickelt, demzufolge kleine Kriminelle nach Amerika verschifft werden sollen. Offensichtlich herrscht in den Kolonien ein eklatanter Mangel an Arbeitskräften und Frauen.«

»Das klingt nicht dumm«, sagte Helford, während er bereits selbst fieberhaft an einem Plan arbeitete.

»Zumindest wäre es besser, die Leute zu deportieren, als sie in den Zellen sitzen zu lassen, wo sie uns nur die Haare vom Kopf fressen, ohne etwas Sinnvolles zu tun«, sagte Charles.

Ruark Helford sprach umgehend bei Cornwallis vor und stellte es so dar, als hätte der König ihn nach Portsmouth geschickt. »Nach dem Feuer wurden ein paar Frauen in die Gefängnisse anderer Bezirke verlegt. Das ist inzwischen fünf Monate her, und sie wurden bisher noch nicht einmal dem Richter vorgeführt.«

Cornwallis warnte ihn. »Sie müssen außerordentlich sorgfältig bei der Auswahl der Frauen sein. Wir wollen nicht, daß die Kolonien von Mörderinnen überschwemmt werden, aber ich sehe keinen Grund, weshalb Frauen, die wegen geringer Schulden im Gefängnis sitzen oder weil sie Brot für ihre Kinder gestohlen haben, keine zweite Chance bekommen sollen. Was die Prostituierten angeht, so habe ich noch keinen Entschluß gefaßt. Was meinen Sie, Helford?« fragte er und zog die buschigen Brauen hoch.

Dies war der amüsanteste Augenblick für Ruark, seit er erfahren hatte, wo sich seine Frau befand. Zu denken, daß vielleicht das Schicksal vielleicht mehrerer Hundert Huren in seinen Händen lag. Er dachte ernsthaft darüber nach, und dann sagte er ohne jeden Spott: »Da die Männer in den Kolonien Frauen brauchen, die ihre Betten wärmen und ihnen das harte Leben erträglicher machen, denke ich, daß Frauen mit lockerer Moral dort sehr willkommen sind.«

»Mmm. Stimmt. Der Mensch lebt nicht nur vom Brot allein«, pflichtete Cornwallis ihm in der Erinnerung an zahlreiche seiner eigenen Vergnügungen bei.

»Sobald Sie mir das erforderliche Ermächtigungsschreiben ausstellen, mache ich mich nach Portsmouth auf den Weg. Und auf welchem Schiff werden die Frauen, die ich auswähle, transportiert?«

»Verdammt, Helford, Sie haben's ja wirklich eilig. Ist Ihnen denn noch nicht aufgefallen, daß die Mühlen der Justiz langsam mahlen?«

»Tja, nun, da der Krieg vorüber ist, sehe ich keinen Grund, daß die Marine uns die Haare vom Kopf fressen soll, ohne daß sie etwas Sinnvolles tut«, zitierte Helford Charles in leicht abgewandelter Form.

»Da haben Sie recht«, sagte Cornwallis, der bei dem Gedanken an Männer der Marine wie Sandwich und Albermarle immer noch eine gewisse Eifersucht empfand, da er selbst während der Auseinandersetzung mit den Holländern vollkommen unwichtig gewesen war. »Ich nehme an, ich kann mir einfach die Schiffe aussuchen, die ich haben will.«

»Das denke ich auch«, pflichtet Helford ihm bei. »Wie wäre es zum Beispiel mit der *Neptune*? Ich glaube, sie liegt im Augenblick in Portsmouth, ohne daß es etwas für sie zu tun gibt.« Die langsame, schwerfällige *Neptune* schien ihm wegen ihrer fehlenden Ausstattung mit Kanonen das geeignete Schiff zu sein.

»Die *Neptune*?« fragte Cornwallis, der allmählich die amüsante Seite von Helfords Vorschlag sah. »Himmel, das ist doch das Schiff, das sie William Penn gegeben haben, nachdem er die *Royal Charles* verloren hat. Ich kann mir allerdings nicht vorstellen, daß unser streng religiöser Penn allzu großen Gefallen daran finden wird, Schiffsladungen voller Nutten zu transportieren.«

»Ganz im Gegenteil«, sagte Helford. »Ich glaube nicht, daß die Frauen irgendwo in besseren Händen sind.«

Schließlich kam Ruark mit einem halben Dutzend junger Milizionäre vor dem Gefängnis von Portsmouth an. Als er im Hof abstieg, verspürte er zum ersten Mal in seinem Leben echte Furcht. Sein Magen zog sich schmerzlich zusammen, und fast hätte er kehrtgemacht. Als er das Gebäude betrat, preßte er die Lippen zusammen, um sich wegen des Gestanks nicht übergeben zu müssen. Ein Blick auf Bludwart allerdings genügte, und sofort war er wieder ganz die Autoritätsperson. Er zückte das von Cornwallis unterzeichnete und mit dem königlichen Siegel versehene Ermächtigungsschreiben und entschied, daß er dem anderen Mann von nun an keinerlei Erklärung mehr schuldig war.

Bereits zuvor hatte er William Penns Einwände gegen den Transport von Gefangenen zurückgewiesen und Anweisung erteilt, daß die *Neptune* sich für die Reise nach Amerika rüstete. Nun übernahm er Bludwarts Büro und warf den Kerl samt seinen Möbeln hinaus. Er befahl seinen Männern, den Boden zu schrubben, als wäre er das Deck eines Schiffs, und bat sie, Schwefel und Salpeter zu verbrennen zur Desinfektion der Luft.

Anschließend wurde ein Tisch ins Zimmer gestellt für den

großen Aktenberg, und ein makellos uniformierter Milizionär wurde dahinter gesetzt. Als alles fertig war, ließ er sämtliche Frauen vorführen, die es im Gefängnis gab, zwischen fünfzig und sechzig an der Zahl. Als sie hereinkamen, wurden sie gebeten, sich an die Wand zu stellen.

Lord Helford musterte jede einzelne von ihnen genau. Er hatte sich bereits gegen die Vorstellung gewappnet, daß sie verändert aussah, aber sosehr er sich auch bemühte, er konnte einfach nicht akzeptieren, daß eins dieser Elendshäufchen seine Ehefrau war. Sein Mann las jeden Namen laut vor, und wenn die betreffende Frau vortrat, wurden ihre Verbrechen aufgezählt.

Ruark Helford war als harter, disziplinierter Mann bekannt, dessen Glaube an Gut und Böse, an Verbrechen und Bestrafung unerschütterlich war, aber heute empfand er nichts als Mitleid mit diesen Frauen, die seit Monaten Schmach und Erniedrigung erduldeten und die langsam im Dreck verhungerten wegen ihres sündigen Tuns. Außerdem empfand er Scham, weil er nur deshalb Mitgefühl entwickelte, weil seine geliebte Frau eine von ihnen war.

Langsam wallte Panik in ihm auf. Sie war nicht dabei. Gott, sie durfte einfach nicht gestorben sein, ehe er zu ihrer Rettung gekommen war. Wieder und wieder fuhr er sich verzweifelt mit den Händen durchs Haar. Er nahm die Liste der Gefangenen und überflog sie noch einmal. »Wurden vielleicht irgendwelche Frauen noch nicht vorgeführt?« fragte er.

Der Milizionär hatte die Namen der Frauen, die vorgetreten waren, abgehakt und die Namen der Verstorbenen mit einem dicken schwarzen Strich versehen. Ruark ging eilig die Liste durch und zeigte auf vier Namen, zu denen es weder Häkchen noch Striche gab. Der Name St. Catherine sprang ihm geradewegs von dem Blatt ins Gesicht. »Bludwart!« donnerte er und stapfte in den Flur hinaus. »Es fehlen noch vier Frauen.«

Der Aufseher rang die Hände, öffnete den Mund und klappte ihn wieder zu.

»Nun? Was soll diese Pantomime?« fragte Helford erbost.

»Euer Lordschaft, die vier sind gemeingefährliche Mörderinnen«, stotterte er. »Ich habe sie in Ketten gelegt, aber sie haben sich sogar gegenseitig angefallen. Anfangs waren es sechs Frauen und ein Kind, aber jetzt sind es nur noch vier.«

Ruark schloß die Augen zum stummen Gebet. Bitte lieber Gott, laß mich nicht so weit gekommen sein, nur um feststellen zu müssen, daß du sie zu dir genommen hast. Als er die Augen wieder öffnete, schien sich sein Blick geradewegs in Bludwarts Seele zu bohren. »Holen Sie sie her«, krächzte er.

Wieder stand er in dem Raum voller Frauen, als die vier Gespenster durch die Tür geglitten kamen. Sein Herz hörte auf zu schlagen, als er sah, daß Summer nicht unter ihnen war. Doch plötzlich hätte er vor Zorn beinahe die Maske des harten Richters fallengelassen, als er ihre fein geformten Wangenknochen erkannte. Er hatte das Gefühl, als risse man ihm bei lebendigem Leib das Herz heraus, denn er merkte, daß sie lieber gestorben wäre, als sich ihm zu erkennen zu geben.

Er räusperte sich, und dann erklärte er den Frauen in sachlichem Ton, weshalb er gekommen war. Als er Amerika erwähnte, von Freiheit sprach, sah er, daß in ihren stumpfen Augen Hoffnung zu flackern begann. Sein Blick wanderte zu Summer hinüber, ohne sich anmerken zu lassen, daß er wußte, wer sie war. »Sämtliche anwesenden Frauen werden nach Amerika deportiert. Das Phantom des Todes hat euch alle lange genug verfolgt. Ich verurteile euch dazu, von nun an streng nach dem Gesetz zu leben. Ich verlange, daß ihr euch als würdige Mitglieder der Gesellschaft erweist. Ich verlange, daß ihr ständig Ausschau haltet nach dem *Phantom*, das euch auch jetzt noch einholen kann.« Er wandte den Frauen den Rücken zu, unfähig, die mitleiderregenden Geschöpfe noch länger anzusehen. Er wies seine Männer an, den Frauen eine anständige Mahlzeit und genügend Decken auszuhändigen. Ohne sich umzudrehen, erhob er die Stimme über das Gemurmel der Gefangenen. »Morgen werdet ihr alle gebadet und desinfiziert, und man wird euch saubere Kleider geben, ehe ihr an Bord der *Neptune* geht.«

Als sie sah, wie Ruark mit kerzengeradem Rücken den Raum verließ, verspürte Summer nichts als Erleichterung. Gott sei Dank hatten seine Augen noch nicht einmal geflackert, als sein Blick über sie hinweggegangen war. Sie hätte es niemals ertragen, von seinem Abscheu bei ihrem Anblick erniedrigt und gedemütigt zu werden. In diesem Augenblick wurde ihr bewußt, daß sie immer noch ihren verdammten Stolz besaß. Das Gefängnis hatte ihn nicht zerstören können, obgleich sie während der letzten Monate wie betäubt gewesen war. Die Aussichten darauf, diesem gräßlichen Gefängnis zu entrinnen, hatte ihren Lebenswillen und ihren Stolz wiederhergestellt

Der Gedanke an Amerika erfüllte sie jedoch mit unendlichem Schmerz. Die Deportation würde dazu führen, daß sie Ryan nie wieder sah, aber sie müßte die Trennung ertragen, da ihr Kind wahrscheinlich ohne sie besser dran war.

Irgend etwas veranlaßte Ruark, sich das Verlies, in dem sie ein halbes Jahr lang eingekerkert gewesen war, anzusehen. Er nahm eine Laterne und stieg in den Keller hinab. Der Gestank hier unten war noch wesentlich widerlicher als in Bludwarts Büro. In einer Ecke der Zelle lag ein Haufen, der einmal Stroh gewesen sein mußte, ehe er unter einer Schicht aus Blut und Exkrementen faulig geworden war. Als er den offenen Abwassergraben und den Eimer sah, fuhr er unwillkürlich zusammen, aber noch entsetzlicher als die Fäulnis war für ihn die Enge des Raums. Lord Ruark Helford glitt in einer Ecke an der schmierigen Steinwand hinab, und die Ratten stellten sich neugierig auf die Hinterbeine, als er erschüttert zu schluchzen begann.

49

Die eine Hälfte des Frachtraums der *Neptune* war mit Nahrungsmitteln und Wasser für die monatelange Reise gefüllt, die andere Hälfte mit schmalen, dreistöckigen Kojen versehen. Kapitän William Penn hatte fast einhundert Frauen an Bord. Sie waren nicht gefesselt, aber sie durften nur tagsüber an Deck, und bei Anbruch der Dämmerung wurden sie unten eingesperrt.

Die meisten von ihnen waren noch nie auf dem Meer gewesen, und es ängstigte sie derart, daß sie sich freiwillig unten zusammenkauerten. Außerdem litten nicht wenige von ihnen unter Schwindel und Übelkeit. Aber wenn sie die Wahl gehabt hätten zwischen dieser Reise nach Amerika und einer Fortsetzung ihres elenden Lebens daheim, wäre keine von ihnen zurückgeblieben.

Summer dagegen verbrachte so viel Zeit wie möglich an Deck. Sie saß ruhig in einer Ecke und sprach kein Wort. Es war einfach paradiesisch, sie atmete die saubere, frische Seeluft ein und ließ sich den kühlen Wind um die Nase wehen. Der Jodgeruch des Tangs erschien ihr wie Parfüm, das Salz auf ihren Lippen hatte einen köstlichen Geschmack, das Ächzen des Holzes und das Rasseln der Ketten im Ankerloch klangen in ihren Ohren wie Musik. Sie sprach und sie dachte noch nicht, aber ihre Sinne waren wiedererwacht.

Als die *Neptune* an den Scilly-Inseln vorbeisegelte, stieg ihr der Duft von Blumen in die Nase, und verwundert stellte sie fest, daß offenbar Frühling war. Zwei Tage später sichteten sie ein anderes Schiff. Es hatte den Union Jack gehißt, so daß Sir William Penn nicht sonderlich beunruhigt war, als es sich ihnen langsam näherte. Als aber das schlanke, mit Kanonen bestückte Schiff eine Kugel über den Bug der *Neptune* hinwegdonnern ließ und man ihm befahl beizudrehen, war es um seine Ruhe geschehen.

»Räumt die Decks! Kanoniere auf eure Posten!« brüllte Penn, aber er wußte, es war zu spät. Die Flagge des gegnerischen Schiffs hatte ihn in falscher Sicherheit gewiegt, doch als die *Phantom* neben die *Neptune* glitt und und er die dunkelhäutigen, grinsenden Gesichter und die bedrohlichen Kanonen sah, deren Kugeln auch noch einen meterdicken Schiffsrumpf durchbohren konnten, wurde ihm klar, daß er Piraten begegnet war.

»Kapitän Penn«, donnerte die Stimme des Anführers. »Ich möchte nicht, daß die *Neptune* zu Schaden kommt und werde Sie friedlich weitersegeln lassen, wenn Sie mir eine Bitte erfüllen.«

»Welche Bitte?« fragte Penn in skeptischem Ton.

»Ich will eine Frau«, rief der Pirat.

»Diese Frauen werden nach Amerika gebracht. Sie stehen unter meinem Schutz.«

»Ich will nur eine einzige Frau, Kapitän. Ich werde sie Ihnen sogar abkaufen ... nennen Sie mir nur einen Preis.«

Penn blickte zu den Kanonen auf seinem eigenen Schiff, und fast wäre er versucht gewesen, den Schießbefehl zu erteilen. »Du gottloses Schwein, Frauen sind keine Ware, die man einfach kaufen kann!«

Black Jack Flash schwang sich über die Reling des Schiffs und landete mit gezücktem Schwert geschmeidig wie ein Panther auf dem Deck der *Neptune*. Schwarze Kalbslederstiefel reichten bis zu seinen Schenkeln hinauf. Ein bis zum Nabel geöffnetes Rüschenhemd war in eine schwarze, hautenge Hose gestopft. Sein unrasiertes Gesicht stand in scharfem Kontrast zu der Silbersträhne, die zickzackförmig über seine Schläfe verlief. Mit einer tiefen Verbeugung trat er vor William Penn. »Vertrauen Sie nie einem religiösen Menschen, denn er versteckt sich hinter Gott. Ein Atheist hingegen steht immer nackt vor Ihnen.« Als der Kapitän nicht reagierte, setzte er zu einer Erklärung für seine Bitte an.»Meine Frau ist an Bord Ihres Schiffes. Ich bin hier, um sie abzuholen.«

»Wie heißt diese Frau?« fragte Penn.

Rory sah sich auf dem Deck nach Cat um. »Sie weiß, wer sie ist, Kapitän.«

Als keine Frau vortrat, setzte Penn eine fast trotzige Miene auf. »Offenbar möchte sie nicht mit Ihnen gehen.«

Rory setzte sein Wolfsgrinsen auf. »Unglücklicherweise hat sie in dieser Angelegenheit keine Wahl, Kapitän.« Zielsicher steuerte er auf eine dunkelhaarige, dünne Frau zu und streckte die Hand nach ihr aus. »Cat.«

Sie hatte das Gefühl, als wäre sie endlich aus einem Alptraum erwacht. Lord Helford hatte sie also doch erkannt. Seine letzten Worte fielen ihr wieder ein: »Ich verlange, daß ihr ständig Ausschau haltet nach dem *Phantom*, das euch auch jetzt noch einholen kann.« Ruark und Rory hatten gemeinsam ihre Flucht geplant. Das dunkle, lebhafte Gesicht mit den grünen Augen erinnerte sie an einen wilden Falken. Er war so schamlos arrogant, daß jeder andere Mann neben ihm verblaßte. Ihre Finger näherten sich zögernd seiner ausgestreckten Hand, und er umschloß sie warm und zog sie neben sich. Dann nahm sie alles nur noch wie durch einen Schleier wahr. Sie rannten leichtfüßig über das Deck, und seine starken Arme hielten sie sicher fest, als sie sich auf die *Phantom* hinüberschwangen und eilig lossegelten, so daß die *Neptune* schon nach wenigen Minuten nicht mehr zu sehen war.

Er hielt sie immer noch fest, als sie ihn ungläubig ansah und seit Monaten die ersten Worte flüsterte. »Du hättest mich gehen lassen sollen.«

Meergrüne Augen sahen sie lächelnd an. »Ich werde dich niemals gehen lassen«, erwiderte er. »Als Kapitän dieses Schiffes befehle ich dir, sofort unter Deck und ins Bett zu gehen. Du wirst eine Woche lang nur essen und schlafen, sonst nichts.« Und dann fügte er noch einen beruhigenden Satz hinzu. »Niemand wird dich stören.«

Ohne sich noch einmal umzusehen, ging sie dankbar in die wohlbekannte Kabine hinab. Die roten Seidenvorhänge, die das Bett wie Rauchschwaden eingehüllt hatten, gab es nicht mehr, und an ihrer Stelle hingen jungfräuliche weiße Vorhänge über sauberen, schneeweißen Laken herab.

Sie schlief drei Tage und drei Nächte lang. Am vierten Tag begann sie, zwischen Ruhepausen zu essen, und am fünften Tag gönnte sie sich eine weitere Wohltat. Sie nahm ein Bad.

Am sechsten Tag wagte sie sich an Deck und stellte fest, daß das Schiff in einer sonnenüberfluteten Bucht vor den Scilly Inseln vor Anker lag. Rory eilte ihr nicht entgegen, sondern wartete vernünftigerweise ab, bis sie von selbst zu ihm kam. »Der Sonnenschein und die frische Luft werden dir guttun. Auf deinen Wangen sind schon wieder rote Tupfen zu sehen.«

Sie ging ans Ufer, lag stundenlang im heißen Sand, ging auf einsame Wanderungen, sammelte zarte Muscheln, ließ winzige Krebse über ihre Zehen krabbeln und sah zu, wie über ihrem Kopf ein Schwarm Möwen kreischend seine Kreise zog.

Schließlich fing sie auch wieder zu denken an. Anfangs war es schmerzlich für sie, doch bald hatte sie sich daran gewöhnt. Und der eine Gedanke, der sie wieder und wieder bewegte, ließ ein trauriges Lächeln um ihre Lippen spielen. Das Schicksal hatte die Entscheidung für sie getroffen, nun war sie Rorys Frau. Bald müßte sie zu ihm gehen, und sie täte es von Herzen gern. Er hatte ihr das Leben gerettet, und dafür schuldete sie ihm ihre Liebe und Dankbarkeit.

An einem warmen Spätnachmittag fühlte sie sich endlich wieder kräftig genug, um Schwimmen zu gehen. Rory sah ihr ängstlich zu, aber als sie wieder an Bord geklettert kam und sich die dunklen Locken abtrocknete, grinste er. »Ich glaube, es ist an der Zeit, daß ich dich nach Hause zurückbringe, nach Helford Hall.«

Sie fuhr zusammen. »Nein! Ich will ihn nicht sehen.«

»Du mußt. Weißt du, wir haben eine Abmachung. Ich sollte dich retten und dich dann zu ihm nach Hause bringen.«

»Nein!« schrie sie, denn Panik wallte in ihr auf. »Warum willst du mich zwingen, zu ihm zurückzugehen?«

»Höllenkatze, wann siehst du endlich der Wahrheit ins Gesicht. Er ist derjenige, den du liebst. Nur er.«

Sie starrte ihn entgeistert an, und er senkte den Blick. »Du weißt, in welcher Kabine ich bin. Wenn du bereit bist, sag mir Bescheid.«

Sie setzte sich auf den Boden, zog die Knie an, legte ihr Kinn darauf und beobachtete den karmesinroten Sonnenuntergang. Als der Nachthimmel schwarz wurde, seufzte sie abgrundtief und stand auf. Was nützte jede weitere Schauspielerei? Offenbar wußten sowieso alle Bescheid.

Sie schlang Rorys weiße Djellaba um sich und ging die Treppe hinab, doch als sie die Tür zu seiner Kabine öffnete, riß sie schockiert die Augen auf. »Ruark!«

Er hatte sich gerade fertig rasiert und bürstete eine schwarze Substanz in sein Haar. »Wo ist Rory?« fragte sie.

»Es gibt keinen Rory«, sagte er ruhig. »Es gibt nur mich, Ruark Rory Helford.«

Sie starrte ihn ungläubig an. Das konnte nicht sein. Er war größer und breiter als Rory, und er hielt den Kopf mit noch arroganterem Stolz gereckt. Ruark hatte eine gewisse düstere Melancholie in seinem Blut, jenes Erbe von Gewalt und Unruhe, das den Männern in Cornwall zu eigen war, das dem jugendlichen, sorglosen Rory allerdings erspart geblieben war. In Lord Ruark Helfords Adern floß dunkles, leidenschaftliches Blut.

Dennoch wußte sie plötzlich, daß er die Wahrheit sprach. Endlich hatte er ihr die Augen geöffnet, und sie fragte sich ungläubig, wie es möglich sein konnte, daß sie nie etwas davon geahnt hatte. Sie griff sich an die Kehle. »Weiß außer deinen Männern sonst noch jemand darüber Bescheid?« flüsterte sie.

»Der König«, sagte er ruhig. »Es war sein Vorschlag, daß ich mir eine zweite Identität zulege. Jedesmal, wenn er Black Jack Flash haben will, erkläre ich ihm, daß Rory tot ist, aber dann setzt er sein charmantestes Lächeln auf und sagt: ›Ich bin sicher, das ist sicher nichts weiter als ein Gerücht, das der Schurke aus nur ihm bekannten Gründen in die Welt gesetzt hat.‹«

Sie lächelte, und er streckte die Hand nach ihr aus. »Lady Helford ... Summer ... darf ich dich nach Hause bringen?«

Sie trat schüchtern vor und ergriff zögernd die gebotene Hand. »Wenn du mir Zeit gibst, mich wieder einzugewöhnen.« Dann machte sie einen Schritt zurück. »Ich muß das Ganze erst verstehen.«

Am liebsten hätte er ihr gesagt, daß er sie bis an sein Lebensende lieben würde, daß er alles, was sie erlitten hatte, wiedergutmachen würde, selbst wenn es ihn das Leben kostete, aber er wußte, sie war noch nicht bereit für diese leidenschaftliche Rede und diesen Schwur.

Als die *Phantom* am späten Nachmittag in einer geschützten

Bucht im Helford River vor Anker ging, hämmerte Summers Herz vor Aufregung darüber, daß sie bald Ryan wiedersah. Sie war sich sicher, daß er sie nicht mehr erkennen würde, aber das war egal, solange er nur gesund und glücklich war. Sie zog ein lavendelfarbenes Seidenkleid an, das sie nach ihrem Einkauf in Den Haag an Bord gelassen hatte, aber sie wagte es nicht, in den Spiegel zu sehen. Sie brauchte keine Bestätigung dafür, daß ihr Kleid um ihren dürren Leib schlotterte und daß ihr Haar immer noch viel zu kurz war, um schön zu sein.

Ruark kam in die Kabine, um sie abzuholen. Als er sah, wie sie sich zum dritten Mal die Hände wusch, runzelte er besorgt die Stirn. Immer noch trennte ihn eine tiefe Kluft von ihr. Bisher hatten sie noch nicht einmal ein Gespräch gewagt. Oh, sie hatten höflich miteinander geplaudert, wenn sie sich begegnet waren, aber sie hatten nicht *gesprochen*, hatten sich in keinster Weise *berührt*. Doch dann glättete sich seine Stirn. Er würde derjenige sein müssen, der die Kluft überbrückte. Vielleicht wäre es ihr ja eine Hilfe, wenn sie das Baby wiedersah.

Sie spürte seinen starken Arm in ihrem Rücken, als sie durch die Eingangstür des Herrenhauses trat, und sie war ihm dankbar dafür. Ihre Knie waren butterweich, seit sie von Bord des Schiffes gegangen war. Die Eingangshalle war mit einem Meer cremefarbener Rosen übersät, und dort stand Mrs. Bishop, die ein kleines, stämmiges Abbild von Ruark Helford in den Armen hielt. Eigentlich war er gar kein richtiges Baby mehr, er war ein einjähriger Satansbraten mit seidigen schwarzen Locken und einem lachenden roten Mund.

Summer schnürte der Anblick ihres Kindes die Kehle zu, und sie brachte keinen Ton heraus. Mrs. Bishop versuchte, Lady Helford nicht allzu unverhohlen anzustarren, doch ihr war klar, daß ihre Herrin offenbar sehr krank gewesen war, denn sie wirkte so schwach, als könnte bereits der kleinste Windstoß sie umpusten. Trotzdem hielt sie ihr Ryan hin, doch Summer schüttelte den Kopf und verschränkte eilig die Hände hinter ihrem Rücken, damit niemand den verbrannten Daumen sah. »Mrs. Bishop«, sagte sie leise. »Sie haben wunderbare Arbeit geleistet. Ich danke Ihnen aus tiefstem Herzen dafür.«

Dann kam Mr. Burke in den Flur. Er und sie sahen einander lange an, dann blinzelte er ihr verschwörerisch zu, und sie wußte, es würde alles gut. Er nahm besitzergreifend ihren Arm und sagte: »Kommen Sie mit hinauf in Ihr Zimmer, Mylady, und sagen Sie mir, ob alles zu Ihrer Zufriedenheit ist.«

Sie war ihm dankbar, daß er nicht sämtliche Bediensteten zusammengerufen hatte, und in diesem Augenblick erkannte sie, daß ihr die Wertschätzung dieses Manns wichtiger war als die des Königs und aller Höflinge.

Ruark nahm seinen Sohn, setzte ihn auf seine Schultern und galoppierte mit ihm durch das Haus und in den Garten hinaus. Es war unmöglich zu sagen, welcher der beiden Helfords den Ritt mehr genoß. Als sie den Brunnen erreichten, stellte Ruark Ryan auf die Füße und beobachtete ihn, als er die Hand ins Wasser steckte, um einen der glitzernden Fische zu fangen. »Ryan, alter Junge, wir haben ganz schön was vor uns. Irgendwie müssen wir den Panzer durchbrechen, den sie sich zugelegt hat.« Seine Hand ruhte auf den schwarzen Seidenlocken, die denen Summers zum Verwechseln ähnelten.

»Nun, du hast mein Herz erobert, und ich denke, daß du auch das von deiner Mutter erobern wirst.«

Ryan spritzte seinen Vater von oben bis unten naß und lachte vergnügt.

»Du Schlingel!«

»Lingel! Lingel!« ahmte Ryan ihn nach

»Wie kommt es nur, daß du solche Wörter viel schneller als andere lernst?« fragte Ruark lachend, und währenddessen kletterte Ryan auf den Rand des Brunnens und fiel kopfüber ins Wasser, so daß Ruark nichts anderes übrig blieb, als ihn wieder herauszufischen und ins Haus zu bringen.

Mrs. Bishop schalt Ruark, weil er nicht besser auf das Kind aufzupassen verstand, aber er fragte: »Sie baden ihn doch, bevor er ins Bett kommt, oder nicht?«

»Natürlich«, schnaubte die Kinderfrau

»Was soll's also, daß er jetzt schon ein bißchen naß geworden ist?« fragte er scherzhaft, doch dann wurde er wieder ernst. »Bish, wenn Sie zu Abend gegessen haben, möchte ich, daß Sie nach Roseland fahren und dort übernachten. Ich gebe Ihnen ein Schreiben an Spencer mit, und er bringt Sie dann morgen hierher zurück.«

»Aber vielleicht braucht Ryan mich.«

»Er braucht seine Mutter, Bish. Und sie braucht ihn.«

Mr. Burke hatte Lady Helford ein Essentablett hinaufgeschickt, und Summer hatte gerade fertig gespeist, als Ruark in Hemdsärmeln ihr Zimmer betrat. An der Art, wie sie errötete, erkannte er, daß sie sich fragte, ob er bei ihr zu schlafen beabsichtigte. Er würde sich ihr gewiß nicht aufzwingen, aber er wußte, daß es unbedingt erforderlich war, die alte Intimität zwischen ihnen wiederherzustellen. Mit einen Blick auf das halbvolle Tablett fragte er: »Kannst du nicht ein bißchen mehr essen, mein Schatz?«, während er den Deckel von einer Schale nahm, die die ersten Erdbeeren der Saison enthielt. Er schob sich eine in den Mund und hielt ihr dann die Schale hin. Sie saß neben der offenen Flügeltür, die auf den Balkon hinausging. Auf den Balkon, von dem sie angenommen hatte, sie würde ihn nie wiedersehen.

»Du hattest immer eine besondere Vorliebe für Erdbeeren«, erinnerte er sie, und als sie lächelte, schob er ihr eine der Früchte in den Mund.

»Mmm«, seufzte sie. »Bei dieser Behandlung verwandele ich mich bestimmt innerhalb von vierundzwanzig Stunden in ein verwöhntes kleines Biest.«

»Es macht mir Spaß, dich zu verwöhnen«, entgegnete er, während er ihr die Schale zu halten gab und zum Nachtschränkchen ging, um ihre Rubine zu holen. Er öffnete das samtbezogene Kästchen für sie, und sie strich zögernd über den schimmernden Schmuck.

»Sie sind einfach wunderbar«, murmelte sie.

»Sie sind noch viel wunderbarer, wenn du sie trägst. Darf ich sie dir anlegen?« fragte er sanft.

Sie erinnerte sich daran, daß sie sich geschworen hatte, er würde ihr die Kette um den Hals legen, ehe sie mit ihm fertig war. Wie halsstarrig und materialistisch, wie eigennützig und gierig sie damals gewesen war. Und nun hatte sie plötzlich das Gefühl, daß sie noch einmal eine zweite Chance bekommen hatte. Nie wieder nähme sie ein hübsches Kleid oder ein üppiges Mahl als gegeben hin. Sie würde das Leben mit diesem Mann zu schätzen wissen.

Als er die Kette an ihrem Hals befestigte, konnten seine Finger der Versuchung einfach nicht widerstehen, die drahtigen kleinen Locken in ihrem Nacken zu berühren. »Du bist wunderschön«, hauchte er

»Ich weiß, daß ich das nicht bin«, erwiderte sie. »Du bist einfach freundlich zu mir.«

»Ich? Freundlich?« fragte er gespielt überrascht.

Sie kicherte, doch dann wurde sie wieder ernst. »Ich muß Tante Lil Bescheid geben, daß ich gerettet bin.«

Ruark zog einen Stuhl für sich heran und setzte sich dicht neben sie. In seinem Blick lag spöttische Belustigung.

»Lil hat mir erklärt, du wärst mit Rory durchgebrannt, weil du verliebt in ihn bist.«

»Das war ich auch«, stichelte sie.

Er wurde ernst. »Sie denkt wirklich, daß du bei Rory gewesen bist. Sie hat keine Ahnung, daß du im Gefängnis warst. Und es besteht keinerlei Veranlassung, sie oder sonst irgendwen über die wahren Geschehnisse aufzuklären, meinst du nicht?«

Ihre Erleichterung war ihr deutlich anzusehen.

»Außer mich«, fügte er sanft hinzu. »Wie bist du dort gelandet, mein Liebling?«

Sie riß die Augen auf, doch schließlich stieß sie hervor: »Oswald hat mich dorthin gebracht.«

»Bei Gott, das hätte ich mir denken sollen«, sagte er, außer sich vor Zorn. »Der Mann hat mich aus tiefster Seele gehaßt. Es tut mir so leid, meine Liebe, daß er seine Rache gegen mich auf deinem Rücken ausgetragen hat.« Er ging vor ihr auf die Knie. »Ich schwöre dir, Summer, ich werde ihn finden. Und dann bringe ich diesen Bastard um.«

»Er ist bereits tot«, flüsterte sie. »Ich habe ihn umgebracht.«

Er starrte sie entgeistert an. »Himmel! Was hat er dir angetan?« Dann wurde seine Stimme traurig und sanft. »Hat er dich vergewaltigt?« Er nahm ihre Hände und versuchte, sie zu ermutigen, ihm auch das Schlimmste zu gestehen.

Sie schüttelte den Kopf. »Er hat keine sexuellen Anforderungen an mich gestellt.« Sie setzte ein trauriges Lächeln auf. »Das wäre vielleicht sogar noch leichter zu ertragen gewesen, aber Oswald war kein normaler Mann.«

Ruark schnürte es die Kehle zu, als er sah, daß ihr eine Träne über die Wange rann. Er wischte sie mit sanften Fingern fort und holte tief Luft, um gerüstet zu sein für alles weitere.

Summer allerdings liebte ihn viel zu sehr, um ihm noch größeren Schmerz zu bereiten, also sagte sie leise: »Er hat es einfach genossen, grausam zu sein. Er hat meinen Daumen gebrandmarkt und uns alle erniedrigt, indem er uns die Haare abschnitt und uns langsam verhungern ließ. Laß uns nie wieder von ihm sprechen.«

Er nahm sie in die Arme und zog sie an sein Herz. »Ich werde versuchen, alles wiedergutzumachen, das verspreche ich dir, meine Liebste.«

Sie lächelte und sah ihn offen an. »Das hast du bereits getan.«

50

Ruark führte ihre kleine Hand an seine Lippen und küßte ihren vernarbten Daumen, ehe er sie erneut in die Arme nahm und festhielt, bis auch der letzte Schluchzer verklungen war. Sie lag in seinem Schoß und teilte den Platz mit ihm, wie es zu Anfang ihrer Ehe Brauch gewesen war.

Schließlich hob sie den Kopf und sah ihm tapfer ins Gesicht.

Seine Miene zeigte nichts als Mitgefühl und Liebe zu ihr. »Ich bin so müde«, murmelte sie.

Er nahm sie auf die Arme und trug sie zu ihrem riesigen Bett. Mit sanften Händen half er ihr, sich auszuziehen, und zog dann die weiche Decke bis zu ihrem Kinn hinauf. »Schlaf, mein Liebling«, murmelte er. »Ich liebe dich sehr.«

Zum ersten Mal seit ihrem ersten großen Streit fühlte Summer sich vollkommen sicher und verfiel in einen tiefen, ungestörten Schlaf. Mitten in der Nacht wurde sie allerdings von irgend etwas geweckt. Sie setzte sich eilig auf, da sie spürte, daß etwas nicht in Ordnung war. Ruark stand splitternackt in der Tür und raufte sich verzweifelt das Haar, während er auf dem anderen Arm den jammernden Ryan trug.

»Summer, Summer, er hört einfach nicht auf zu weinen.«

»Wo ist Mrs. Bishop?«

»Ich habe sie für die Nacht nach Roseland verbannt. Ich dachte, wir kämen selbst mit ihm zurecht«, sagte er schüchtern. »Ich bin runtergegangen und habe ihm Milch geholt. Ich habe sie sogar vorher warm gemacht, aber er hat sie einfach auf den Boden geworfen.«

Einen Augenblick fühlte sie so etwas wie Panik, aber dann streckte sie lachend die Arme aus. Mit drei großen Schritten war er neben ihrem Bett. Summer zog das Baby an ihre Brust und wiegte es sanft hin und her, während sie besänftigende, mütterliche Geräusche machte, was Ryan offenbar sehr gut gefiel. Er klammerte sich verzweifelt an ihr fest, nicht länger der eigenwillige Einjährige, sondern wieder das Baby, das in den finstersten Stunden der Nacht die Nähe und Liebe der Mutter brauchte, bis es schließlich vertrauensvoll einschlummerte.

Ruark schob sich auf der anderen Seite des Babys ins Bett, und sie verbrachten die herrlich warmen, dunklen Stunden der Nacht mit Liebesgeflüster und dem Austausch sanfter Küsse, während ihrer aller Herzen im Gleichtakt schlugen. Ruark betete stumm: Bitte, lieber Gott, ich möchte nichts von dir, außer daß du mir diese beiden wunderbaren Geschöpfe läßt.

Als am nächsten Morgen Spider kam, konnte sie kaum glauben, wie verändert er war. Er war so groß und breit geworden; den Jungen von früher gab es nicht mehr, und an seiner Stelle stand ein erwachsener Mann vor ihr.

»Ich habe ihm Roseland verkauft.« Ruark lachte. »Du wirst schließlich genug damit zu tun haben, Helford Hall in Schuß zu halten.«

Spider grinste. »Er hat es mir für fünf Goldkronen verkauft, damit ich mir von den Gewinnen, die ich in Madagaskar gemacht habe, ein eigenes Schiff kaufen konnte.«

»Du bedauerst es also nicht, daß du mitgefahren bist?« fragte Summer.

»Doch, natürlich, denn schließlich habe ich dadurch den Krieg verpaßt!«

Summer lächelte. »Das hat Ruark absichtlich getan, damit du in Sicherheit bist.«

Spider sah sie genau an. »Ich werde dir jetzt etwas sagen, Cat, ob es dir nun gefällt oder nicht. Ich hoffe inständig, daß du aufhörst, dich in London herumzutreiben. Du bist dünn wie eine Bohnenstange. Ich glaube nicht, daß du bisher je versucht hast, eine gute Ehefrau oder Mutter zu sein.« Er sah Ruark an. »Wenn sie meine Frau wäre, hätte ich nicht übel Lust, sie übers Knie zu legen. Wenn man ihr den kleinen Finger reicht, nimmt sie nämlich gleich die ganze Hand.«

Ruark versuchte vergeblich, ein Grinsen zu verbergen. »Du hast ja keine Ahnung, wie sehr ich schon versucht gewesen bin, das zu tun.«

Summer bedachte ihn mit einem Seitenblick, und plötzlich machte ihr Herz einen Satz.

Spider blieb zum Essen, und Summer erlaubte Ryan, mit ihnen zusammen am großen Tisch zu sitzen. Sie sah, daß ihr Bruder und ihr Sohn bereits dicke Freunde waren, und ihr Herz schwoll an vor Dankbarkeit für all die Gnade, die ihr zuteil geworden war, bis sie meinte, es sprenge ihr die Brust.

Am Nachmittag brachte Ruark in einem abgeschiedenen, blumenduftenden Teil des Gartens eine Hängematte an. Sie legte sich gehorsam hinein, und als er sich auf den Rand setzte und sie anblickte, hob sie die Hand und strich ihm über das glattrasierte Gesicht. »Ich verstehe einfach nicht, weshalb mir nie in den Sinn gekommen ist, daß Rory mit dir identisch ist«, sagte sie in Erinnerung an den stoppeligen Bart und die weiße Strähne in seinem Haar. »Warum hast du mir nur einen so bösen Streich gespielt?«

»Ich konnte die Mauer der Feindseligkeit zwischen uns einfach nicht durchbrechen. Nachdem ich so unbeherrscht gewesen war und all diese grausamen Dinge zu dir gesagt hatte, tat es mir sofort leid. Aber es war zu spät. Jedesmal, wenn wir miteinander sprachen, haben wir uns aufgeführt wie Hund und Katze. Rory gegenüber warst du viel umgänglicher. Du warst ganz du selbst – keine Lügen, keine Ausflüchte. Da du dich von Ruark bestimmt nicht hättest lieben lassen, habe ich dich eben als Rory verführt.«

»Hast du überhaupt eine Vorstellung davon, mit welchen Schuldgefühlen ich mich deswegen gequält habe?« Sie sah ihn fragend an, doch dann senkte sie verschämt den Blick. »Ich wäre fast gestorben, als ich herausfand, daß ich ein Kind erwartete, ohne zu wissen, wer der Vater war.«

Er sah ihr ins Gesicht, das im Schatten der blühenden Mandelbäume einfach zauberhaft aussah. »Du hast Rory gestanden, daß du nicht wußtest, wer der Vater des Babys ist, aber ich habe höchst belustigt festgestellt, daß du deinem Ehemann gegenüber kein Sterbenswörtchen verraten hast«, sagte er, und seine grünen Augen blitzten spöttisch auf.

»Oh, Gott«, flüsterte sie. »Das habe ich einfach nicht gewagt.«

Er sah sie prüfend an. »Liebling, hattest du Angst vor mir?«

Sie hob den Blick. »Ja, ein bißchen ... vielleicht mehr als ein bißchen.«

Er neigte den Kopf und stahl ihr einen sanften Kuß. »Aber jetzt hast du doch sicher keine Angst mehr vor mir, oder?«

»Natürlich nicht«, sagte sie. »Nun, vielleicht noch ein bißchen.«

Er hob ihre Hand an seinen Mund und liebkoste ihre Handfläche mit einem intimen Kuß. Sie hob die Finger an seine Schläfe und strich ihm an der Stelle über das Haar, wo die Narbe verborgen lag. Sie fragte sich, weshalb ihr die Narbe zu Anfang ihrer Ehe niemals aufgefallen war. Vielleicht hatte sie in ihrem tiefsten Inneren ja doch gewußt, daß Ruark mit Rory identisch war? Aber eine Antwort auf diese Frage bekäme sie wohl nie. »Also warst du derjenige, der in den tosenden Helford River ritt, um deinen Vater zu retten.«

»Wir standen uns in puncto Jähzorn in nichts nach. Er ging in den Tod, ehe die Kluft zwischen uns überwunden war«, sagte er wehmütig. »Bei Gott, und uns beiden wäre beinahe dasselbe passiert.« Er umfaßte ihre Schultern. »Es tut mir leid, daß ich dir angst gemacht habe, daß ich dich bedroht habe, daß ich all die grausamen Dinge zu dir gesagt habe.«

»Hast du unsere Ehe tatsächlich annullieren lassen?« fragte sie ihn im Flüsterton.

Er stöhnte. »Natürlich nicht, mein Herz. Du bist alles, was ich will. Aber inzwischen hast du doch sicher erkannt, daß ich nur ein bellender Hund bin, der niemals beißt!«

»Mmmm«, sagte sie mit einem sehnsuchtsvollen Seufzer. »In letzter Zeit hast du mich tatsächlich nicht gebissen.«

Trotz seiner Absicht, sich zurückzuhalten, wallte übermächtiges Verlangen in ihm auf. Doch er brachte all seine Willenskraft auf, um das Feuer, das in seinem Innern loderte, zu bändigen, denn er glaubte nicht, daß sie schon bereit wäre, sich erneut mit ihm körperlich zu vereinigen. In leicht spöttischem Ton sagte er: »Eines Tages werde ich dir zeigen, wie man sich in einer Hängematte liebt. Weißt du, man muß einen ganz bestimmten Trick anwenden, damit es funktioniert.«

Sie bedachte ihn mit einem provozierenden Blick. »Und warum zeigst du es mir nicht gleich jetzt?«

Sein Lachen klang leicht verzerrt, als er seine Hände um ihre

Wespentaille schob. »Kleines Teufelsweib!« Seine Finger umspannten ihren Leib ohne Mühe, und er erinnerte sich daran, daß er sehr sanft sein mußte, um ihr nicht weh zu tun. Langsam, ganz langsam, öffnete er die Bänder an ihrem Kleid und zog es über ihre Schultern hinab. Es fiel wispernd auf das üppige grüne Gras, wo es darauf wartete, daß sich ihr Unterhemd und ihre Strümpfe dazugesellten. Ihre seidigen Locken reichten ihr gerade bis auf die Schultern, und sie dachten beide an die Zeit, als ihr Haar lang genug gewesen war, um ihre Brüste zu verhüllen.

»Beweg dich nicht«, bat er sie. »Ich bin sofort zurück.« Er wählte die größten cremefarbenen Rosen aus, die er fand, und pflückte eine scharlachrote Hibiskusblüte ab. Mit behutsamen Händen legte er eine Rose auf jede Brust seiner Frau und steckte die leuchtendrote Blüte in die herrlichen dunklen Locken, hinter denen sich ihre Weiblichkeit verbarg. Summer hatte der Gedanke an Ruarks Reaktion auf ihren abgemagerten Körper angst gemacht, aber plötzlich gab er ihr das Gefühl, wunderschön zu sein, und dafür liebte sie ihn. Sie seufzte, als er sie mit den Augen verschlang.

»Ich schwöre dir, dieser Garten ist schöner als das Paradies.«

»Und du bist herrlicher als Eva … Wer war noch jene legendäre Zauberin, von der es hieß, daß sie Evas Mutter gewesen sei? Lilith, ja genau … Sie muß wie du eine echte heidnische Göttin gewesen sein.«

Er zog eilig seine Kleider aus und schob sich vorsichtig in die schwingende Hängematte hinein. Wieder ermahnte er sich, langsam vorzugehen, sich Zeit zu nehmen für sie. Er ballte die Hand zur Faust, fragte sich, ob er verrückt war, sich einzubilden, er könne noch an Vorsicht denken, sobald er sie erst einmal berührt hatte. Er zog sie in seinen Schoß und legte sich in der Hängematte zurück, knabberte sanft an ihrem Nacken und glitt mit seinen Händen über ihre weichen Rundungen.

Alle die empfindlichsten Stellen ihres Körpers boten sich seinen zärtlichen Händen dar, während sie so an ihn geschmiegt lag. Er streichelte ihre Haut und murmelte: »Sonnenschein … Seide

… Süße … Duft.« Er atmete tief ein, und das sanfte Schwingen unter den betörenden Mandelblüten war die herrlichste Folter für ihn. Jedesmal, wenn sich die Hängematte bewegte, bewegten sich ihre Pobacken leicht auf der Spitze seiner geschwollenen Männlichkeit, bis er schließlich vor lauter Lust aufschrie.

Er hob ihre Hand an seine Lippen, küßte sie und strich mit der Zunge an ihren Fingern entlang. »Ich liebe es, dich zu berühren, dich zu kosten, und ich weiß, daß auch du es liebst … daß auch du es willst.« Er führte ihre Hand an die Stelle, wo die scharlachrote Blüte lag, nahm ihre Finger und schob ihre Spitzen tief in sie hinein. Dann zog er die honigbenetzten Finger an seinen heißen Mund und saugte all die Süße aus ihnen heraus.

»O Ru, die Dinge, die du mit mir machst, geben mir das Gefühl, verrucht wie die Sünde zu sein.«

»Das hoffe ich«, murmelte er und wiederholte den erotischen Akt.

Ihre andere Hand glitt unter ihr Hinterteil, wo sie seine gebieterische Härte umschloß, und die Welt begann, sich um ihn zu drehen. Sie streichelte ihn mit der Zartheit von Schmetterlingsflügeln, tastete nach seiner Form und maß seine Länge und Dicke. »O Gott …«, keuchte er. »Wie habe ich es vermißt, nackt neben dir aufzuwachen.«

Sie drehte sich herum, so daß ihre Brüste auf seinem muskulösen Oberkörper lagen, ihr Bauch auf seinem Bauch, die heiße, feuchte Spalte zwischen ihren Schenkeln auf seinem Glied. Sie war so lange ohne ihn gewesen, daß ihr ganzer Körper fieberte in einer Mischung aus Schüchternheit und pulsierendem Verlangen.

Er bewegte sich behutsam an ihrem Schoß entlang, glitt zart durch die Feuchtigkeit, die zwischen ihre festen Locken gedrungen war. Die Spitze seines Gliedes drang wie karmesinroter Samt in sie ein, und wieder und wieder schrie sie seinen Namen um der puren Freude willen, ihn über die Lippen zu bringen.

Sein steifer Schaft bereitete ihr auf sanftere Weise Lust, als sie jemals zuvor geliebt worden war, und sie bäumte sich ihm entgegen und hob ihren Mund an seine Lippen, aber auch seine Küsse waren samtig und voll der Liebe, die er für sie empfand, statt hart und fordernd wie zuvor.

Sie spreizte die Beine so weit wie möglich und preßte sich auf ihn, aber seine Hände hielten sie vorsichtig zurück, damit sie sich nicht allzu heftig auf ihn schob und eventuell Schmerzen empfand. Ein paarmal fürchtete er, die Beherrschung zu verlieren, aber seine eiserne Willenskraft behielt jedesmal die Oberhand. Er hatte sie immer ermutigt, ihre Bedürfnisse zu äußern und beim Liebesspiel mit nichts zurükzuhalten, so wie er selbst. Ihr Stöhnen und die leisen Schreie verrieten ihm, daß sie nach Erfüllung drängte, und so hob er sie sanft an und stieß leicht in ihren Schoß.

Summer war fast wahnsinnig vor Verlangen. Schließlich merkte sie, daß er sie musterte, und daß er jedesmal, wenn er sie anhob, beobachtete, wie sein Glied in sie drang, ehe es sich aus ihr zurückzog. Er wollte jede einzelne ihrer Regungen sehen, während er sie liebte, und der erotische Rhythmus der schwingenden Hängematte brachte sie schließlich auf eine herrlich sinnliche Art zum gemeinsamen Höhepunkt. Sie klammerte sich lange Zeit erschauernd an ihm fest, und der Nektar ihrer Liebe floß warm zwischen ihren verschmolzenen Leibern hinab.

Nach einer Woche der Seligkeit wußte Ruark, daß er noch nie zuvor so glücklich gewesen war. Waren sie mit anderen Menschen in einem Raum, liebten sie sich mit den Augen, und er konnte es kaum erwarten, sie zu berühren, zu küssen, zu liebkosen, aber immer mit einer geradezu schmerzlichen Zärtlichkeit. Bevor Ryan abends schlafen gelegt wurde, nahmen sie ihn immer mit in ihr Schlafzimmer und verbrachten eine intime Stunde trauter Dreisamkeit.

Manchmal spielten sie mit ihm auf dem Fußboden, und manchmal tollten sie alle drei auf dem riesigen Bett, wobei Ruarks Wildheit nur geschauspielert war. Er war gleichermaßen sanft zu Summer und ihrem gemeinsamen Kind, und die Liebe, die er für diese beiden Menschen empfand, sprengte ihm fast das Herz.

Eines Abends lag Summer ausgestreckt auf dem Bett und beobachtete Ryan, der mit ihrem Schmuck spielend auf dem Boden saß. Ruark kniete hinter ihr auf dem Bett, schlang einen Arm um sie und zog sie an seine Brust. Mit sanften Händen hob er ihr Haar und drückte zärtlich Küsse auf ihren Hals. Dann sah er Ryan an. »Offenbar hat er die besondere Vorliebe seiner Mutter für Rubine geerbt.«

Summer lachte. »Schmuck ist mir nicht mehr so wichtig wie früher einmal.«

»Mmm, schade«, murmelte er an ihrem Hals. »Denn ich habe eine herrliche Diamantkette, die ich dir bereits seit einer Ewigkeit schenken will.«

Sie sah über die Schulter zurück. »Nun, vielleicht kannst du mich dazu überreden, sie anzunehmen, wenn du mich bestichst.«

Seine Hände begannen, sie zärtlich zu streicheln, und seine Stimme wurde heiser vor Lust. »Laß uns Ryan ins Bett bringen, dann werde ich mir die größte Mühe geben, dich dazu zu bewegen, daß du mir vorführst, wie dir die Diamantkette steht.«

Wie immer brach Ryan in lautstarkes Protestgeschrei aus, so daß sie ihm die Rubine ließen, bis er in einem eigenen Zimmer in seinem Bettchen lag. Mrs. Bishop schüttelte den Kopf, als Lord Helford seine nur mit einem Morgenmantel bekleidete Gattin in die Arme nahm und ins Schlafzimmer trug. Oh, sie mochten sich eine Weile wie die Turteltauben gebärden, denn schließlich hatten sie sich lange nicht gesehen, aber sie kannte die beiden gut genug, um zu wissen, daß eines Tages erneut die Funken sprühen würden, daß sie streiten würden und daß die junge Frau erneut quer durch England oder sonst irgendein Land reisen würde, bis er sie wiederfand. Es gäbe abermals Drohungen und Eifersüchteleien und lautstarkes Geschrei, ehe er sie ins Bett zerren würde und ihr dort seinen Willen aufzwang. Ein ruhiges, friedliches Leben entsprach einfach nicht dem Helfordschen Stil.

Im Schlafzimmer nahm Ruark den diamantenen Wasserfall und ließ ihn spielerisch durch seine Finger gleiten, um sie in Versuchung zu führen, sich als Gegenleistung für den prachtvollen Schmuck von ihm lieben zu lassen.

»Das wäre zu verrucht von mir«, protestierte sie.

»Haben sie dir in der Kirche nicht erklärt, daß der Teufel die Verruchtheit einzig zu dem Zweck so attraktiv macht, um die Tugendhaften in Versuchung zu führen?«

Sie sah ihn unter halb geschlossenen Lidern an. Er war ein verwegener Halunke, der sie lehrte, ihre Sünden im großen Stil zu begehen, statt sich mit kleinen Dingen zufriedenzugeben.

»Ich habe beschlossen, sie doch anzunehmen«, sagte sie schließlich und streckte die Hand nach der Kette aus.

»O nein, du mußt dich schon ganz ausziehen, ehe ich dir erlaube, sie zu tragen.«

»Das ist unfair. Wenn ich nackt herumlaufen soll, mußt du das ebenfalls tun.«

Er setzte sein Wolfsgrinsen auf und verlor keine Zeit, ehe er seine Kleider abwarf. Von der engen Hose befreit, richtete sich seine pralle Männlichkeit auf, stark und eisenhart. Er zog Summer so eng an sich, daß sie sehen konnte, wie sich ihr Gesicht in seinen schwarzen Pupillen spiegelte. Mit ehrfürchtigen Händen streifte er ihr den Morgenmantel von den Schultern und legte ihr sanft den diamantenen Wasserfall um den Hals. Dann gab er ihr einen zärtlichen Kuß.

Sie rieb sich provozierend an ihm und flüsterte: »Ru, ich bin es leid, daß du immer so vorsichtig bist.«

Er trat einen Schritt zurück, blickte ihr ins Gesicht, und plötzlich verdunkelten sich seine smaragdgrünen Augen vor Leidenschaft.

Sie öffnete ihre Lippen unter seinem Mund. »Großer Gott, ich glaube, ich sterbe, wenn du mich nicht gleich nimmst.«

Ihre Sprache wirkte wie ein Aphrodisiakum auf ihn. Sie war ihm sowohl seelisch als auch körperlich so zerbrechlich erschienen, daß er bisher nicht gewagt hatte, irgendwelche Forderungen zu stellen, aber jetzt war sie diejenige, die etwas forderte, und er konnte es kaum erwarten, sie zufriedenzustellen. Er hob sie hoch und trug sie vor den verspiegelten Kleiderschrank, damit sie beobachten konnte, wie er sie nahm. Er stellte sie vor sich auf die

Füße und drehte sie um, damit sie in den Spiegel sah. »Siehst du, wie wunderbar deine Brüste unter dem diamantenen Wasserfall aussehen?«

»Mmmmm«, sagte sie und preßte ihr Hinterteil an seine Erektion. Sie lächelte, als sie hörte, wie er keuchend nach Atem rang, und dann riß sie die Augen auf, als sie sah, daß sich seine Hand von hinten zwischen ihre Schenkel schob und ihren Venushügel zu streicheln begann. Sie hielt den Atem an, während sie sich von seinen Händen, die zu brutaler Stärke imstande waren, spielerisch und intim liebkosen ließ.

Ruark übte sanften Druck aus, als er sie umfaßte, und rieb seine Handfläche langsam an ihrer heißen Haut, bis sie meinte, sie käme jeden Augenblick in seine Hand, aber als erfahrener Liebhaber wußte er, wann es an der Zeit war, die Hand zurückzuziehen, wobei er mit seinen Fingerspitzen über ihre feuchte Knospe glitt. Sobald ihre Erregung abzuebben begann, heizte er sie aufs neue an. Er wußte, einer der erregendsten Teile des Liebesspiels war die Penetration, und er zeigte ihr die verschiedensten Möglichkeiten, um dieses sinnliche Vergnügen zu erreichen.

Zuerst errötete sie ob seiner Verwegenheit, aber bald schon hörte sie zu denken auf. Sie konnte nur noch fühlen, und sie ließ sich gehen und gab sich ihm vollkommen hin, während sie gleichzeitig seine Männlichkeit in vollen Zügen auskostete. Jedesmal, wenn sie ihn in sich hineinzog, glitt er wieder aus ihr heraus, und jedesmal betrauerte ihr Körper den Verlust. Er drang wieder und wieder in sie ein, vergrub sich ganz in ihr, und dann füllte seine Zunge ihren Mund mit demselben dominanten Drängen, ehe sie ihn ebenfalls wieder verließ.

Als sie schließlich die Qual des Getrenntseins nicht länger ertrug, umschloß sie ihn so fest, daß er in ihrem Schoß gefangen war, saugte mit einer solchen Leidenschaft an seiner Zunge, daß er es nicht über sich brachte, sich erneut aus ihrem honigsüßen Mund zurückzuziehen. Er drängte sie gegen den Spiegel und stieß derart kraftvoll in sie hinein, daß sie sich haltsuchend an ihm festklammern mußte.

Ihr Liebesspiel wurde so wild, daß plötzlich die Diamantkette zerriß und die einzelnen Steine über ihre verschmolzene Nacktheit regneten. »Ich kaufe dir noch mehr Diamanten ... Smaragde ... Rubine«, versprach er ihr, doch sie flüsterte heiser: »Ich will keine Juwelen, Ru.«

»Was willst du dann?« Er wußte, er würde ihr jeden Wunsch erfüllen. »Ich will noch ein Baby von dir.«

Seine Hände glitten unter ihr Hinterteil, und sie schlang die Beine um seine Hüften, ehe er sie zum Bett trug und sie dort unter sich schob. Es sollte die ganze Nacht dauern, aber sie waren derart heftig erregt, daß sie beide bereits nach wenigen Minuten erschauerten, als er sich in sie ergoß.

Später, als sie nebeneinander hinter den Bettvorhängen lagen und miteinander plauderten, legte sie geistesabwesend die Hand auf sein Glied, bis es abermals anzuschwellen begann.

»Meinst du, daß du London vermissen wirst?« murmelte er.

»Natürlich werde ich es vermissen. Aber du wirst jedes Jahr mit mir hinfahren, damit ich dort einkaufen, ins Theater gehen und mit dem König flirten kann.«

»Oh, übrigens gab es am Hof einen Riesenskandal«, sagte er. »Charles hat die tugendhafte kleine Frances Stewart mit Richmond im Bett erwischt, so daß Richmond gezwungen war, sie zu heiraten.«

»Ich wußte, daß sie ein Verhältnis hatten. Ich habe eines Nachts gesehen, wie er sie mit auf sein Zimmer neben der Bowlingbahn genommen hat.«

»Davon hast du mir nie etwas erzählt«, sagte er verblüfft.

»Ich konnte ja wohl unmöglich eine andere Frau verraten. Schließlich hatte ich zu der Zeit selbst ein Verhältnis mit dem verdammten Piraten. Nun, wenn Frances endlich verheiratet ist, ist Barbara bestimmt froh.«

»Kein bißchen«, klärte Ruark sie lachend auf. »Durch die Heirat mit dem Herzog von Richmond wurde Frances zur Herzogin, wohingegen Barbara nur eine kleine Gräfin ist. Jetzt redet sie pausenlos auf Charles ein, daß er sie zur Herzogin von Portsmouth machen soll. Um sie zu beschwichtigen, hat er ihr Berkshire House vermacht.«

Summer räkelte sich wie eine Katze in dem warmen Bett und strich mit ihrem nackten Fuß über Ruarks Bein. Sie würde mit niemandem auf der Welt tauschen, und sie wußte, daß es ihrem Mann ebenso erging. Sie lehnte sich über ihn, so daß sich ihre Brüste an seinen muskulösen Oberkörper preßten, und strich ihm mit dem Finger über das Kinn. »Rasier dich heute nicht und wasch dir das schwarze Zeug aus dem Haar.«

»Ah, du möchtest also wieder mal von Rory geliebt werden?«

»Nun, nicht jede Frau hat das Glück, mit zwei Männern verheiratet zu sein ... Und schließlich macht Abwechslung das Leben erst interessant«, schnurrte sie.

Er war überglücklich, daß ihre Leidenszeit hinter ihr lag und daß sie einander inniger liebten als je zuvor. »Liebling, verzeihst du mir all das Leid, das ich über dich gebracht habe?«

»Dir verzeihen? Dir verzeihen? Himmel, nein, die furchtbaren Austern und den Champagner verzeihe ich dir nie!« kreischte sie und zerrte an seinem dunklen Schopf.

Er fing ihre Hände ein und zog sie zu sich hinab. Als er sie küßte, vergaß sie selbst die Schalentiere und den übermäßigen Alkoholgenuß. Er war ihr Fels in der Brandung, er gab ihr Kraft. Sie würde ihn nie mehr verlassen, und in seinen sicheren Armen würde es keine Alpträume mehr geben.